Kurt Oesterle
Der Wunschbruder

Kurt Oesterle

DER WUNSCHBRUDER

Roman

KLÖPFER&MEYER

Wohl dem, dem die Geburt den Bruder gab,
Ihn kann das Glück nicht geben! Anerschaffen
Ist ihm der Freund, und gegen eine Welt
Voll Kriegs und Truges steht er zweifach da!

Friedrich Schiller, Die Braut von Messina

Erstes Kapitel

1

Vor einigen Monaten begegnete mir zum ersten Mal nach sehr langer Zeit jener Mensch wieder, der in der Kindheit mein Wunschbruder gewesen war und der mich damals fast umgebracht hätte.

»Max! Ist das … Max Stollstein?«, rief er vom nahen Uferweg herüber. Ich saß wie jeden Vormittag während dieser kurzen, allein unternommenen Urlaubsreise an meinem Lesetisch auf der noch menschenleeren Terrasse des Restaurants »Stern«, den Blick in die Zeitung gesenkt, daneben griffbereit zwei, drei Bücher und ein wenig Schreibwerkzeug. Es war ein hoher, wolkenlos blauer Sommertag am Bodensee, kein Tag fürs Erinnern geschaffen.

Er nannte sich Wolfgang. Früher hatte er Wenzel geheißen, ausgeschrieben Wenzeslaus, mit Nachnamen Bogatz, und war für einige Jahre der Pflegesohn meiner Eltern gewesen. Als mein Vater ihn hinauswarf, sagte er ihm zur Begründung: »Weil du den umbringst!« – und zeigte dabei schroff auf mich. Ich erschrak, und auch Wenzel erschrak; wir verstanden nicht, ahnten wohl nicht einmal, was mein Vater genau meinte mit »umbringen«. Dieses Erschrecken war unsere letzte Gemeinsamkeit gewesen. Noch am selben Tag fuhren wir ihn der Reihe nach zu seinen Verwandten, doch keiner wollte ihn, alle schickten ihn weg. Wir fuhren wieder nach Hause und verständigten telefonisch das Jugendamt; dann stellten mein Vater und ich ihn auf dem nächsten Bahnhof ab. Da stand er, knapp siebzehnjährig, zwischen seinen Habseligkeiten, darunter, im schwarzen Kasten, sein Saxophon, und wartete auf den Zug, der ihn fortschaffen sollte.

Seit diesem Tag im Frühsommer 1972 hatte ich ihn nicht mehr gesehen, fünfunddreißig Jahre lang, ein halbes biblisches Leben. Wenn mir während dieser Zeit jemand gesagt hätte, er sei tot, hätte ich geantwortet: Klar, der ist am Gift seiner Herkunft verreckt, meine Familie hat einmal versucht ihn zu retten, wir sind aber elendig gescheitert und mußten am Ende froh sein, daß sein Gift nicht auch uns …

Ja, so hätte ich wahrscheinlich geredet.

Wenzel war nicht vergessen, keineswegs, doch er kam mir auch nicht mehr oft in den Sinn. Anfangs hatte ich ihn immer wieder allein auf dem Bahnsteig stehen sehen, ein flackerndes Bild, das nicht so schnell verschwunden war. Wie lange dauerte es wohl, bis ich nicht mehr denken mußte: Heut ist sein Geburtstag? Mittlerweile gehörte Wenzel zu jenem Trupp von Halbvergessenen, die jeder Lebensspur folgen, sich mal verständlich, mal unverständlich zu Wort melden und wieder verstummen. Nie, niemals hätte ich aber geglaubt, daß er eines Tages zurückkommen könnte, und auf den ersten Blick auch noch entgiftet. Schon bald sollte ich mich darüber wundern, wie reich meine Erinnerung an Wenzel tatsächlich war.

Er sprang auf die Terrasse und schritt rasch auf mich zu, ein Mann in meinem Alter, breite Schultern, ein bißchen schwerfällig und um die Hüfte schon behäbig geworden, der mir völlig fremd war; seine ungekämmten Haare hatten dieselbe Farbe wie meine: »mausblond« (so drückte meine Frau es aus). Er trug eine Brille – viel zu fein für sein rundes und kräftiges, frisch von der Sonne verbranntes Gesicht, das an diesem Morgen noch unrasiert war. Ein helles Freizeithemd hing ihm über den Hosenbund heraus, die Hemdsärmel waren weder zugeknöpft noch umgeschlagen, sondern schlackerten um die Handgelenke; in diesem Aufzug mochte er erst kürzlich vom Bett aufgestanden sein, einer, der mit der Unordnung auf gutem Fuß zu stehen schien. Auch als er sich vor meinem Tisch aufbaute und noch einmal zudringlich laut meinen Namen aussprach, erkannte ich ihn nicht. Er mußte sich selbst vorstellen.

Ich war nicht geistesgegenwärtig genug, ihm zu antworten:

»Sie täuschen sich!«

Statt dessen fragte ich in schrillem, unwilligem Ton:

»Aber wie hast du mich denn erkannt?«

»I hob ollweil an di deenkt«, sagte er, das letzte Wort betonend und übermäßig dehnend. Er zuckte mit den Schultern und lachte, als wäre dies die einzig mögliche Antwort auf die Frage, wie es ihm gelungen sei, ein Bild von mir zu bewahren, das fünfunddreißig Jahre später noch nicht falsch war. Doch daß ich vor ihm saß, gab seiner Methode recht, und er war sichtlich stolz darauf.

Wenzel setzte sich an meinen Tisch. Wir schoben Wiedersehensfloskeln hin und her; ihm gelang es, der Überraschtere zu sein. Inzwischen schien er den bayerischen Dialekt angenommen oder sich antrainiert zu haben. Der volle Brustton, mit dem er ihn sprach – ein wahres Mannesdröhnen –, wirkte unecht und lachhaft auf mich; das Lachen freilich verbiß ich mir. Erst später, noch immer aufgewühlt von unserer Begegnung, fiel mir ein, daß er schon früher gern Bairisch gesprochen hatte, aber nur im Umgang mit mir, nicht mit meinen Eltern. Es war vor allem die Mundart seiner Mutter gewesen, doch damals hatte er sie nur brockenweise gebraucht, sie eher zitiert und nachgeahmt als wirklich gesprochen. »Kimm, kimm!«, konnte er rufen, wenn ich bei unseren Gängen zu langsam hinter ihm herkam, zwei lockende Vogellaute, ehe er wieder in unser rauhbauschiges Waldschwäbisch verfiel, das in der Jugend auch seine Umgangssprache war. Am Bairisch seiner Mutter hatte er sich nur kurz erwärmt.

Über den Zufall, der uns jetzt wieder aufeinandertreffen ließ, sagte er:

»Soist wissen, doß mi dees narrisch g'frait!«

Keiner schien dem andern zu grollen oder setzte zu einer Entschuldigung an. Ich sprach wenig. So gelang es mir, freundlich zu sein. Aber vor allem unterließ ich es, ihn bei einem seiner beiden Vornamen zu nennen. Er redete viel, schwitzte dabei und wurde immer aufgeregter. Seine Hände flatterten und ballten sich abwechselnd zur Faust. Das Gesicht rötete sich noch mehr, und die Augenlider zwinkerten wie bei einem Erwachenden. Allmählich, dachte ich, kommt ihm zu Bewußtsein, wen oder was er da wiedergefunden hat.

Wenzel Bogatz war der Sohn von Vertriebenen, die bei uns im Dorf früher nur Flüchtlinge genannt wurden, wahrscheinlich weil »Flüchtling« mehr nach Selbstverschulden klang als »vertrieben«. Seine Familie hatte bei Kriegsende im Sudetenland ihre Heimat verloren und hier keine neue gefunden, nicht einmal eine richtige Wohnung. Wenzels

Eltern tranken entsetzlich, geradezu selbstmörderisch, vor allem die Mutter, eine Schnapserin. Jahrelang lebte der Junge mit ihnen in einer einzigen Kammer zusammen. Tagsüber konnte man ihn durchs Dorf laufen sehen, auf der Suche nach seiner Mutter, während der Vater arbeitete, als Stallknecht, als Schwellenleger, auch auf dem Bau. Oder Wenzel schaute zu, wie die Mutter am hellen Mittag volltrunken in einer Schubkarre heimgebracht und vor die Tür gekippt wurde wie ein Haufen Viehfutter. Wir waren Klassenkameraden und hatten täglich ein Stück weit denselben Weg zur Schule, schließlich wurden wir Freunde. Doch das genügte mir nicht, ich wünschte mir einen Bruder, weil ich kein Einzelkind mehr sein wollte, und Wenzel war zu haben wie kein zweiter im Dorf, niemand brauchte oder wollte ihn, so schien es zumindest, man mußte nur seinen Heimweg ein bißchen in meine Richtung ändern.

Ich bekam meinen Bruder.

Um mir damals seinen Namen vertrauter zu machen, sagte ich ihn oft laut vor mich hin. »Wenzel« schien aus dem Niemandsland zwischen »Werner« und »Hansl« zu stammen (Werner hieß ein Kriegskamerad meines Vaters, Hansl ein Nachbarspferd). Wenn ich das zweite e deutlich mitsprach, kam der Name mir schön vor: mein Bruder namens Wenn-Zell.

Nach dem Tod seiner Mutter begann die Zeit der Rasereien. Er nahm allerlei Drogen (nur den Alkohol mied er), und mindestens einmal versuchte er, sich mit den Schlaftabletten aus unserem Küchenschrank das Leben zu nehmen. Nicht weniger furchtbar waren seine Fluchten. Alle paar Wochen floh er, schlug sich in die Wälder, schlief in Scheunen oder Erdhöhlen, lebte von grünen Äpfeln, Beeren, Tannenzapfen und Bucheckern, oder was die Wildschweine sonst noch übriggelassen hatten. Fliehend zog er mich hinter sich her, und ich lief ihm nach, tage- und nächtelang, um ihn zu finden, zu trösten, wieder heimzubringen. Aber nie holte ich ihn ein. Auch wartete er hinter keiner Wegbiegung auf mich, wie ich immerfort hoffte. Wenn Wenzel nicht vom Förster oder von der Polizei aufgegriffen wurde, kam er nach einigen Tagen oder Wochen freiwillig zu uns zurück. Wir, meine Eltern, meine Großeltern und ich, setzten uns dann um ihn herum, mit geneigten Köpfen und gefalteten Händen, demütig und gedemütigt zugleich. Es muß ausgesehen haben, als beteten wir ihn an. Nach jeder Rückkehr war er völlig ausgezehrt und selber fassungslos über sein Weglaufen, sein »Auf-und-davon«, wie er es nannte und von dem er sagte, es sei gar nicht bös gemeint. Nie machte er uns Vorwürfe – anscheinend quälte er uns grundlos. Meine Mutter und meine Großmutter servierten ihm Berge von Nudeln, im Duett trugen sie auf. Auch fing Wenzel in unserem gemeinsamen Zimmer, der sogenannten Bubenkammer, sofort wieder an, auf seinem Saxophon zu üben, Ländler, Märsche und Polkas, um den Anschluß im Musikverein nicht zu verlieren. Doch kaum war er bei Kräften, türmte er wieder.

Wie ich das Suchen von ihm lernte! Auch das Warten und Fürchten, das Wachbleiben unter der Decke, das Knirschen und Verdammen, das Lauschen auf den eigenen, einsamen Herzschlag und das Hoffen, den Geflohenen mit der bloßen Macht meiner Gedanken wieder heimwärts lenken zu können. Ich durfte nicht loslassen, mußte aus meiner Betthöhle heraus die Verbindung zu ihm halten, und so flüsterte ich wie im Krampf vor mich hin: Wenn du einschläfst, ist er verloren, wenn du einschläfst ...

Wenzel wollte nicht mein Mitleid, er wollte mein Mitleiden, vielleicht sogar bis in unseren gemeinsamen Tod. Das mußte mein Vater befürchtet haben, als er ihm auf den Kopf zu sagte: »... weil du den umbringst!«

Ich beugte mich diesem Urteil, ohne es recht zu verstehen. Wir sprachen nicht oft darüber. Auch ich schwieg lieber, meine Familie brauchte nicht zu wissen, was ich mit Wenzel in unseren letzten gemeinsamen Wochen alles erlebt hatte, in der Schiffschaukel zum Beispiel, hoch über dem nächtlichen Festplatz. Erst viel später begann ich zu ahnen, was meinen Vater, der die Gabe besaß, sich auch vor sich selbst zu fürchten, im Innersten umgetrieben haben mochte, ehe er Wenzel verstieß: Wie gefährlich ist dieser Findling? ... so fragte mein Vater sich wohl. Gefährlich für uns, für unseren Sohn? Verführt er ihn: zum Rauschgift, zum gemeinsamen Selbstmord, zur Flucht aus dem Elternhaus? Warte ich zu lange? Bin ich zu geduldig? Falls ja – werde ich dem Findling eines Tages etwas antun müssen und sein Gesicht an der Hauswand zerreiben. Davor muß ich mich, muß ich uns schützen. Schluß mit dem Händeringen! Fort mit ihm! Und wenn er untergeht …

»Wie geht es deinen Eltern?«, fragte Wenzel mich auf der Terrasse am See. Sein Bairisch hatte sich verflüchtigt, nur eine leichte Färbung war davon geblieben.

»Meine Eltern sind tot«, antwortete ich.

Er schwieg, nickte kaum merklich, schwieg weiter. Es fiel ihm nicht ein, mir zu kondolieren. Er strich sich mit der Hand über die Wange, wirkte mit einem Schlag müde und enttäuscht.

»Wann … sind sie gestorben?«

Ich nannte die beiden Jahreszahlen. Jetzt wollte er auch den jeweiligen Todestag noch wissen. Und als ich ihm, leicht übertölpelt, die beiden Sterbedaten mitteilte, fuhr er beim Datum meines Vaters auf:

»Am 9. April 2000«, rief er, »da ist auch mein Vater gestorben. Genau, genau an diesem Tag! Unglaublich!« Er schien ehrlich überwältigt von so viel Zufall und ließ den Mund offenstehen. Als er merkte, daß ich keineswegs überwältigt war, beruhigte er sich und machte den Mund wieder zu. Ich hatte nicht vor, etwas mit ihm zu teilen, schon gar nicht das Todesdatum meines Vaters. Wenzel war dabei, mich mißtrauisch zu machen. Doch da begann er bereits wieder zu sprechen, ja, er hielt sogar eine Rede. Und so wie er zu reden anfing, zögernd, aber auch zielstrebig, fürchtete ich, daß er mit mir, mit meiner Familie doch noch abrechnen wollte: als der große Wolfgang im Namen des kleinen Wenzel. Denn auch mir dämmerte allmählich, wer oder was mich da wiedergefunden hatte, obwohl er von mir überhaupt nicht sprach, oder nur ganz nebenbei und auch diesmal wieder mundartfrei und in einem Deutsch, das ich ihm nicht zugetraut hätte.

Seine Rede ging ungefähr so:

»Ich hab deinen Vater und deine Mutter immer Onkel und Tante genannt. Sie waren meine Pflegeeltern – feines Wörtchen: Pflegeeltern«, sagte er, das Wort beinahe buchstabierend, »wenn's Leute sind wie deine Eltern, Max. Sie haben mich nur kurze Zeit erzogen, doch das genügte. Was ich von ihnen mitbekam, hat mich vor dem Untergang bewahrt, später. Ich hab es erst gefunden, als ich es brauchte, und als ich es brauchte, war's da. Ist das nicht die beste Erziehung: die man gar nicht spürt? So möcht ich meine Kinder auch erziehen. Hast du Kinder, Max? Ich hab vier, meine Große und die drei Kleinen. Deine Eltern waren für mich so … so wichtig … mein fremdes … eigen Fleisch und Blut. Was für ein Vater dein Vater gewesen ist, siehst du auch daran, daß er mich rausgeschmissen hat, um seine Familie zu schützen; warum ich so gefährlich für euch gewesen sein soll, hab ich übrigens nie begriffen … aber du, Max, du bist unvergessen …

Pflegebruder – ein komisches Wort. Wer pflegt da wen?

Ich trauere sehr um deine Eltern.«

Seine Offenheit verblüffte mich. Wenzel spürte es und bat um Verzeihung dafür. Unter heftigem Nicken, aber in nüchternem Ton fügte er noch an, daß es richtig gewesen sei, ihn hinauszujagen und gründlich ins Unglück zu stürzen, nur so habe er es schaffen können, zu sich selbst zu finden, sich zu festigen und ein freier Mensch zu werden. Psychologie aus der Hausapotheke – aber ich ließ es ihm durchgehen und wollte nicht nörgeln, geschweige denn streiten (Streit verbindet mehr als gemeinhin angenommen).

Ohne uns eine Pause zu lassen, sagte er noch:

»Gell, wenn ich dein richtiger Bruder gewesen wär, hättet ihr mich nicht so leicht ausschaffen können!?«

Ich hob langsam die Achseln.

Während Wenzels Ansprache war mir etwas aufgefallen oder geradewegs ins Auge gesprungen, eine winzige Geste nur, doch sie hatte genügt, mich tiefer und umfassender an Vergangenes zu erinnern, als mir lieb war, altertümlich gesprochen, sie schlug mich in Bann. Wenzel hatte sich nämlich kurz und kaum bemerkbar mit den Fingerspitzen an den Mund getippt – so vertraut war er mir also noch, so ganz gegen meinen Willen nah, daß dieses äußerst flüchtige Zeichen mir nicht entging. Und jetzt sah ich ihn vor mir: als Kind, das sich mal zart, mal grob gegen die eigenen Lippen schlägt, wenn es ins Stottern gerät, das mit tastenden, suchenden Fingerbewegungen den störrischen Mund beschwört, ihm den Dienst nicht zu versagen; denn wie gern redet der kleine Wenzel flüssig, wie freut er sich, wenn ihm Wörter und Sätze gelingen, wenn sie nicht zerstückelt werden und stückweise im Hals hängen bleiben, wie strahlt er, wenn er sich ungebremst reden hört. Und ich sah auch, wie ich selbst versuche, mit allerlei Kindermitteln die Stotterqual abzuwenden oder wenigstens zu lindern, wie ich Wenzel den Hals streichle, Zaubersprüche dazu brabble, Buchstaben aus dem Brot schneide und an ihn verfüttere, und das alles, um den Wunschbruder zu heilen, ihm die Furcht zu nehmen, daß er verstummen müsse und nie wieder sprechen könne.

Doch Wenzel war noch nicht fertig mit mir. Mein Schweigen schien ihn gereizt oder ermutigt zu haben. Und so fragte er mich, den Kopf verräterisch geneigt – nein, er fragte überhaupt nicht, sondern teilte mit, was für ihn bereits festzustehen schien, nämlich daß jetzt sicher ich, meine Frau, meine Kinder das große Haus bewohnten, samt dem schönen Garten mit seinen Zwetschgen-, Birn- und Apfelbäumen. Gefaßt, ein wenig lauernd sogar, erwartete er, daß ich ihm mein Glück bestätigte.

Das Haus, das Wenzel meinte, hatte unmittelbar vor der Vollendung gestanden, als wir ihn hinauswarfen, die Fenster waren bereits eingesetzt. Es gab in diesem Haus auch ein Zimmer, das allein für ihn bestimmt gewesen war: gleich unter dem Dach, nach Osten gelegen, hoch und lichtvoll, mit eigenem Balkon und nur um ein weniges kleiner als mein Zimmer, das gegenüber lag. Er hätte dieses Zimmer nach seinem Geschmack einrichten dürfen, genau wie ich meines und ebenfalls auf Rechnung meiner Eltern; ein weiterer Schritt zu seiner Gleichstellung mit mir und sicher nicht der letzte, der geplant war. Doch statt die Chance zu nutzen und vollends heimisch zu werden bei uns, hinterließ er in dem neuen Haus ein nie bezogenes Zimmer – das Museum seiner Abwesenheit, in dem ich mich noch oft auf den kahlen Boden setzen würde, den Kopf zwischen den Händen, um an der Frage zu kauen, ob ich jetzt traurig sein sollte oder froh. Denn besonders hier, in diesem Raum, fanden Wörter zu mir, die schmerzhaft genau aussagten, was wir eigentlich getan hatten, nämlich: »ausgetrieben«, »fortgejagt«, »vor die Türe gesetzt«, »hinausgeschmissen«, »weggewiesen«, »verstoßen«, »verbannt« …

Wie doch die Wörter gegen einen aufstehen können!

Endlich sagte ich zu Wenzel: »Ich habe alles verkauft.«

Er staunte entsetzt, brachte keinen Ton hervor. Bis er ausrief, darauf brauche er einen Schnaps. Er bestellte, trank das Glas aber nicht in einem Zug leer und legte, als er es wieder abgesetzt hatte, ein Zwei-Euro-Stück daneben, wobei er sich kurz nach links und nach rechts umschaute, so als gäbe er jemandem Zeichen. Dann wandte er sich mir wieder zu und zählte mit lauter, unverschämt beschwörender Stimme auf, was meine Familie alles besessen hatte: die großväterliche und die väterliche Werkstatt mitsamt den Maschinen darin (die älteste, eine Hobelmaschine der Marke Aldinger, stammte aus dem Jahr 1926, selbst das wußte er noch!); außer dem Hauptgarten, in dem das neue Haus stand, noch den von Nachbarn hinzugekauften Dietrichsgarten mit der windschiefen, efeu-umrankten Laube sowie einem Brennholzschober, zwei kleine Wälder, ein paar obstbaumbestandene Wiesen, darunter Pfingstweide und Haarbühl, außerdem die steingefaßte Quelle am Immensitz sowie den vom Wetter gegerbten Holzlagerschuppen, in dem mein Vater, der Schreinermeister, immer auch einige von ihm selbst gezimmerte Särge vorrätig gehalten habe; doch auch andere Plätze und Namen fielen ihm noch ein, mühelos, wie es schien, und nicht einer von ihnen war falsch.

Dieser Wolfgang besaß ein Gedächtnis wie ein Grundbuch.

Nach einer Pause sagte er:

»Haamet, so sog i d'rzue!«

Dazu klopfte er mit den Fingerknöcheln hart auf den Tisch. Wenzel bebte, wirkte ergriffen. Diesmal hatte er den breitesten Dialekt aus unserem Waldtal zu Hilfe genommen, so als fürchte er, sich mir anders nicht mehr verständlich machen zu können. Er beherrschte ihn noch immer, diesen inzwischen fast verklungenen Dialekt (ein Schwäbisch, dem die Franken die Doppellaute geklaut haben: für »breit« sagte man bei uns »braat«, nicht »broit«; auch nicht »Rauchfloisch«, sondern »Raachflaasch«) – beherrschte ihn erpresserisch gut, unseren einstigen Dialekt; der Mann kannte sich aus mit der Macht einschüchternden Erinnerns.

Außerdem rief Wenzel mir ins Gedächtnis zurück, daß der einzeln stehende Nußbaum im Hauptgarten einer Walnuß entsprossen war, die mein Vater aus einem amerikanischen Kriegsgefangenenlager in

Oberösterreich mitgebracht hatte. Wenzel tat es wie beiläufig. Doch danach hob er den Ton, um die Schönheit all der (meist schon lange gefällten) Bäume zu preisen, die einmal unser Eigentum gewesen waren, indem er sie der Reihe nach herbeizählte und vor mir aufmarschieren ließ wie Birnams Wald, damit sie stumm bezeugten, welchen Verrat ich an meinem Eigensten begangen hatte.

Ich weiß, auch vor meinen Eltern und Großeltern hätte ich schlecht dagestanden – und die Toten entschuldigen nichts. Es gelang mir immer weniger, gefaßt zu bleiben. Ich lächelte um Erbarmen.

»Was hätt ich denn tun sollen?«, rief ich, »auch andere haben mir zum Verkauf geraten, durchaus vernünftige Leute! Ich bin doch schon so lange fort und wäre nie wieder zurückgekehrt, verstehst du, nicht einmal … zum … Sterben.« Das Sterbens-Wort! Noch nie hatte ich mich auf den Tod berufen, um die Endgültigkeit meines Abschieds von daheim zu begründen. Eigentlich wollte ich sagen: nicht einmal, wenn ich bankrott – arbeitslos, pleite, geschieden – wäre, aber *diese* Angst, mit der ich erst Bekanntschaft gemacht hatte, als ich zum Erben geworden war, sollte ihm verborgen bleiben.

Wenzel nickte und lächelte ebenfalls, nicht unzufrieden.

»Du befreist mich von einer Last«, sagte er ruhig.

Ob er denn glaube, daß es mir leicht gefallen sei, die schon über zweihundert Jahre dauernde Existenz meiner Sippe in diesem Dorf zu beenden? Mein einziger Trost dabei: daß es gar nicht anders möglich, daß es unausweichlich war. Und wieso? Weil schon meine Vorfahren sich gegenseitig ein Versprechen auf Bildung gegeben hätten, höhere Bildung, für die man das Dorf verlassen mußte. Dieses Bildungsversprechen konnte aber lange nicht eingelöst werden, zu oft kam etwas dazwischen: ein Krieg, ein Staatsumsturz, Geldklemmen aller Art. Also blieben sie zu Hause und warteten, den Blick auf den Ausgang gerichtet. Nie sei das Versprechen zurückgenommen worden, sagte ich, jede Generation habe es erneuert, selbstlos, und damit die Sehnsucht wachgehalten bis in unsere Zeit. Alle, zumindest in meiner Familie, hätten hinaus gewollt aus dem Waldtal, besonders die jungen Männer. Doch erst in meiner Person sei es ihnen gelungen, vorher nicht; ich durfte fort, ich mußte – und wurde so zum Nutznießer der ersten dauerhaft gefestigten Demokratie in unserem Land. Gymnasial- oder Universitätsbildung war für einen von meiner Herkunft zuvor noch nie erreichbar gewesen. Jetzt war sie es, was einigen im Waldtal gar nicht paßte.

Das alles, unvorstellbar, sagte ich zu ihm, fast schreiend.

Doch er antwortete mir nur kühl: »Dann hast du dort gar nichts mehr und kannst nicht mehr heim.«

Ich blieb stumm.

Zögernd hängte er die Frage an, ob ich vielleicht eins meiner Erbstücke entbehren könne, für ihn, zur Erinnerung. Er denke da an eine Küchen- oder Wohnzimmeruhr, und sie brauche nicht einmal zu funktionieren. Außerdem erbitte er ein Foto meiner Eltern aus späteren Jahren, dazu vielleicht noch eine Vase, einen alten Mostkrug oder auch gern etwas aus der Werkstatt meines Vaters, einen Hobel, einen Hammer oder die feine kleine Handsäge namens Fuchsschwanz; sein Bedarf an Erinnerungen sei unermeßlich.

Und zur Übergabe könne man sich ja nochmals treffen.

Bewegliche Besitztümer hatten meine Eltern nach vierzig Jahren Wohlstand nicht gerade wenige hinterlassen. Nicht drei Generationen war es vorher gelungen, zusammen dermaßen viel Besitz anzuhäufen, obwohl meine Eltern immerfort behauptet hatten, nichts zu wollen, nichts zu brauchen, nichts zu begehren. Um nach der Ausräumung ihres Hauses alles unterzubringen, hätte ich eigens eine Wohnung anmieten müssen, mindestens fünfmal so groß wie die unsrige. Mir war nur die Wahl geblieben – keine grausame Wahl, meistens nicht einmal eine schmerzliche; der Respekt vor den Dingen nimmt ab, wenn die Dinge selbst überhand nehmen.

Von den größeren Möbeln konnten meine Frau Irene und ich lediglich einen Schrank aus rotbraun schimmerndem Kirschbaumholz mit hohen schlanken Glastüren für uns behalten, das Meisterstück meines Vaters, angefertigt in den ersten Jahren nach dem Krieg. Das dazu nötige Holz hatte er sich seinerzeit bei einem der Waldbauern unserer Gegend »schwarz« beschafft. Vaters Herz hing sehr daran, und zwar nicht allein, weil dieses Stück den Neuanfang nach Krieg und Kriegsgefangenschaft bezeugte, den kaum erhofften Beginn eines zweiten Lebens, sondern auch, weil der Schrank für den Traum von einer tüftelig-originellen Möbel- und Modellschreinerei stand, den mein Vater jedoch schon bald für eine harte Notwendigkeit hatte aufgeben müssen: die Einsicht nämlich, nur zu überleben, wenn er auf halbindustrielle Fensterproduktion umstellte, auf »Staubfresserei von früh bis spät«, wie er sagte.

Diesem Meister-Erbstück mußte unsere für die erste gemeinsame Wohnung erworbene Möbelmarkt-Kommode auf den Sperrmüll weichen; lange sahen wir sie nachher durchs Fenster in einem nicht allzu fernen Asylantenwohnheim stehen – man blieb sich verbunden.

Aus dem Strom der kleineren Dinge hatte ich nach dem Arche-Noah-Prinzip ausgewählt: höchstens zwei von jeder Art (Stühle, Gläser, Aschenbecher … keine Uhren, keine Hämmer, aber natürlich die beiden Hochzeitsbibeln meiner Eltern und Großeltern, den Meisterbrief meines Vaters von 1948 und den meines Großvaters von 1922; außerdem rettete meine Frau den kohlrabenschwarzen, halbmeterlangen Haarzopf, den meine Mutter sich um vierzig, rechtzeitig vor dem Ergrauen, selbst abgeschnitten und über Jahrzehnte in einer mit Seidenpapier ausgeschlagenen Schachtel aufbewahrt hatte. Ich hätte diesen Zopf vor lauter Arche-Noah-Eifer vermutlich übersehen).

Ja, jawohl! Dieser Wenzel sollte sein Erbstück erhalten – ich sagte mit Bedacht »Souvenir«, er schluckte das Wort trocken hinunter, daß es im Kehlkopf krachte –, und welches, wußte ich auch schon, ließ ihn aber wissen, daß er sich gedulden müsse, es sei kompliziert.

»Gib mir doch deine E-Mail-Adresse!«

Er war einverstanden.

Auf jeden Fall wollte ich verhindern, daß wir unsere Postanschriften austauschten. Es interessierte mich nicht, wo genau er wohnte (die Angabe »zwischen München und Regensburg« hatte mir vollauf genügt), und er sollte nicht erfahren, wo ich wohnte (meine Aussage »nicht mehr daheim, aber auch nicht sehr weit von daheim entfernt«, war mir ausreichend erschienen). E-Mail-Kontakt, mehr sollte es nicht sein; jener Kontakt im Nirgendwo, der über keinen zuviel verrät. Ich hoffte, daß Wenzel mein Abstandsbegehren bemerkte und respektierte. Und wie zum Zeichen, daß er begriffen habe, schrieb er mir lediglich seine E-Mail-Adresse auf einen Bierdeckel – überreichte also kein Visitenkärtchen mit der üblich gewordenen Litanei aus Privat- und Firmenanschrift, Homepage, Postfach, mehreren Telefonbucheinträgen und mindestens einer kometenschweiflangen Mobiltelefonnummer.

Danach verabschiedete er sich mit einem allzu oft wiederholten »Adé!« und drückte mir obendrein noch die Hand, warm und trocken und nicht ohne Herzlichkeit. Er wolle nun schleunigst zurück zu seiner Familie, die ihn auf dem Campingplatz erwarte, sagte er. Zum Brötchenholen sei er ausgeschickt worden, und eigentlich müsse er mich jetzt bitten, ihn zu seiner Frau und seinen Kindern zu begleiten – seine Kinder nannte er wahlweise auch »die Kameraden« –, damit er ihnen glaubhaft erklären könne, wo er so lange gesteckt habe.

Er lachte bemüht sarkastisch, wenn auch mit einem bitteren Unterton, der echt klang.

»Aber das lassen wir besser! Sie wissen nichts von dir. Ich muß sie erst auf dich vorbereiten, auf meinen (er lachte lauter) Fastbruder …« – grad als hätten wir beide einmal demselben Hungerorden angehört.

Bevor er hinter den Uferweiden verschwand, pfiff er scharf nach mir herüber.

Wenzel Bogatz und ich besuchten von 1962 an die Grundschule meines Geburtsorts Rotach im Wald, der in einem der engen, kühlen, bis nah an die Flußläufe herab bewaldeten Täler zwischen Schwaben und Franken liegt. Wir gingen drei Jahre lang in dieselbe Klasse und waren gleich nach der Einschulung auch zu Weggefährten geworden. Wenzel hatte sich mir angeschlossen, weil er noch nicht lange in unserem Dorf lebte und offenbar glaubte, ich, ein schon länger hier Eingesessener, kenne mich aus. Für gewöhnlich wartete er am Morgen auf mich und fädelte in meine Spur ein. Ich wohnte damals mit meinen Eltern und Großeltern noch in unserem alten, einem hundertjährigen Haus an der Straße zum Friedhof, nahe dem Ortsrand. Straßennamen gab es in diesem Teil des Dorfs keine, nur Hausnummern, und unsere war auf einem wappenförmigen Stein über der Tür zu lesen: 79. Wenzel wohnte mit seinem Vater und seiner Mutter nicht weit entfernt, bergab- und dorfeinwärts, im verwinkelten Anwesen einer alleinstehenden Bäuerin, die den Hausnamen »die Flaschnerin« trug und von zwei Kühen und einer Kriegerwitwenrente lebte. Die Familie Bogatz wohnte bei ihr zur Miete, ein Verhältnis, mit dem man zumindest im hinteren Dorf noch nicht viel anzufangen wußte, denn hier besaß man, was man bewohnte, und wer zur Miete wohnte, konnte nur heimatvertrieben sein. Das traf, außer auf Wenzel und seine Eltern, auch auf eine zweite Kriegerwitwe zu, auf Frau Nieder, die aus Ostpreußen stammte und jetzt gegenüber der Flaschnerin eine Heimstatt gefunden hatte, wo sie vollkommen einsam, ohne Angehörige und selbst ohne Tiere lebte. Sie lag fast den ganzen Tag im offenen Fenster auf ihrem Busen wie auf einem Sofakissen. Unter ihrem Blick trafen Wenzel und ich uns morgens auf dem Weg zur Schule, unter ihrem Blick trennten wir uns mittags wieder. Es war jedesmal belebend und ermutigend, von Frau Nieder angeschaut zu werden, im Gehen, ohne selbst zu ihr hinzusehen. Wenn meine Großmutter beim Abschied zu mir sagte: »Einer sieht dich immer«, dann mußte ich oft an diese Kriegerwitwe denken.

Die übrigen Vertriebenen, die nach dem Krieg bei uns im Tal angesiedelt worden waren, lebten inzwischen fast alle in einem stetig wachsenden Neubaugebiet, das »Vorstadt« hieß, obwohl Rotach im Wald nach wie vor ein Dorf war, und in der Vorstadt trugen die Straßen Namen. Die Flüchtlinge gehörten zu den ersten, die dort Häuser gebaut hatten, teilweise mit staatlichem Geld, das ihnen zum Ausgleich für die Verluste in der ehemaligen Heimat bezahlt worden war. Doch man neidete ihnen ihren neuen Besitz, man behauptete, daß er mit falschen Angaben über Gehöfte und Güter erschwindelt sei, weshalb mitunter der Satz zu hören war:

»Schau, der Mond ist auch ein Flüchtling, er hat einen Hof!«

Einige hausten noch in den umliegenden Weilern im Wald und auf den Höhen. Es waren vor allem alleinstehende Männer, die sich als Bauernknechte verdingen mußten, aber früher selbst einmal Bauern gewesen waren, was sie unter Schwüren beteuerten. Sie hatten im Wald, auf den Viehhöfen und in Sandgruben zu arbeiten. Einer von ihnen, ein Ungarndeutscher namens Samuel Kastner, verunglückte mit dem Pferdefuhrwerk: Bei der Fahrt den Berg hinab hätte er bremsen müssen, die Pferde konnten den Wagen alleine nicht halten, doch der Fuhrmann fand die Bremse nicht, weil er in den Ebenen Donauschwabens, so hieß es, eine Bremse nie benötigt hatte. Andere brachten sich um, hängten sich in der Knechtskammer auf oder sprangen vom obersten Heuboden der Scheune mit dem Kopf voraus auf die betonierte Tenne hinab, und mein Vater, der Schreiner, der immer einige selbstgemachte Särge im Schuppen bereit hielt, wurde geholt, um sie einzusargen, weil es damals im Waldtal noch kein Bestattungsinstitut gab.

Mein täglicher Gang zur Schule wurde zu einem berauschenden Erlebnis. Ich hatte keine Geschwister, war bis zu meiner Einschulung in Abgeschiedenheit aufgewachsen und rein häuslich erzogen worden, von gleich vier Erwachsenen. Die Kinderkirche hatten sie für kindisch erklärt und mich zum Hauptgottesdienst mitgenommen, wo ich mich unter noch mehr Erwachsenen wiederfand – seltsam, wie es da roch: nach Sägemehl und Zitrone. Und der Besuch des Kindergartens war mir verwehrt worden, weil mein Großvater die Kindergärtnerin für eine militaristische Hexe hielt. Doch in Wahrheit hatten Eltern und Großeltern mich aus Angst, aus Unsicherheit, auch aus Schuldgefühlen zurückbehalten.

Ein Einzelkind galt damals noch als Unglücksfall der Natur, gemäß der alten, mächtigen Bauernregel: »Volle Ställe, volle Stuben.« Und einen Zweiten von meiner Art gab es ringsherum in der Tat nicht. Dafür konnte man auf der Straße bedauert oder auch ein bißchen beleidigt werden. So wurde meine Sehnsucht geboren. Fortan hörte ich hinter jeder Hauswand Geschwister flüstern, bei jedem Einzelgänger, der uns begegnete, dachte ich dessen Brüder und Schwestern mit, zu jeder Spur im Schnee oder im Sand fand ich die Geschwisterspur.

Um mir weitere Kränkungen zu ersparen, hatten meine Erwachsenen mich eingelagert wie einen Boskop-Apfel für den Winter, damit ich reif werden und die Gemeinheiten der Welt auf lederfester Haut aushalten würde … oder sie hatten gehofft, Zeit zu gewinnen, Zeit, in der das Dorf mich und meinen Mangel vergäße. Umzäunt und eingehegt von vier Erwachsenen war auch mein starker, wenngleich sinnloser Geschwisterwunsch eingeschlafen, eingeschläfert worden. Oder hatten wir ihn nur betäubt? Was auch immer, ich selbst hatte dazu beigetragen, indem ich die unerfüllbare Bitte um Geschwister zornig aus meinem Nachtgebet tilgte.

Freilich war ich schon vor Beginn meiner Schulzeit mit Kindern zusammengekommen, bei Verwandtenbesuchen oder Familienfeiern, aber noch lange blieben sie schattenhafte und zuweilen unheimliche Wesen für mich. So wie der kleine König, der nach einem Konfirmationsessen am Tisch eingenickt war und den im Schlaf alle so nett gefunden hatten, außer mir – ich war der Ansicht gewesen, er sei tot oder zumindest ohnmächtig geworden. Noch nie hatte ich mit einem Kind eine Stunde allein in einem Zimmer verbracht, noch nie eines angefaßt, seinen Atem gespürt, seine Spucke gerochen. Im Alter von knapp sieben Jahren, als ich mit leichtem Bangen hinaustrat und mich auf das Schulabenteuer freute, war ich voll und ganz auf e gestimmt, e wie erwachsen.

Niemandem fiel es schwer, diese Saite anzuschlagen.

Und die Rechnung meiner Erwachsenen schien aufzugehen. Als Erstkläßler im Dorf unterwegs, erlebte ich eine Reihe prächtiger Überraschungen. Die Leute, wiederum lauter Erwachsene, fragten mich mit unruhigem Zeigefinger, wer ich denn sei, falls sie es nicht bereits ahnten oder im nächsten Moment errieten. »Max Stollstein«, antwortete ich in jedem Fall, und erfreut klatschten sie in die Hände, nannten mich »Sohn vom Fritz« oder »Enkel vom Paul« oder beides zusammen. Bald winkten Männer mit und ohne Schürzen mir schon von weitem zu und riefen mich beim Namen, von Viehfuhrwerken herab und aus offenen Werkstatt- oder Wirtshausfenstern. Frauen machten es ebenso, während sie hinter einem Zaun – bisweilen auch singend – Bohnen pflückten, auf der Haustreppe ein Huhn rupften oder Wasser aus einem Eimer quer über die Straße gossen, als hätte sie es nötig, gewaschen zu werden; denn bald sollte die Königin von England unsere Gegend besuchen, das war bekannt, und niemand wußte, durch welche Dörfer sie auf ihrem Weg nach Schloß Langenburg reisen würde, um dort, wie mein Großvater sagte, ihrer »buckligen Verwandtschaft« die Hand zu schütteln. Wie doch das Dorf sich danach sehnte, von der großen weiten Welt berührt zu werden!

Ich grüßte alle, die mich grüßten, krächzend vor Glückseligkeit, daß ich so beliebt und geachtet war. Das Erlebnis wiederholte sich täglich, wöchentlich und zu allen vier Jahreszeiten. Der Begrüßung folgte in der Regel das Lob des Herkommens: Man nannte meinen Vater fürsorglich, meine Großmutter tüchtig und meinen Großvater einen rechtschaffenen Mann, der fünf auch mal grade sein lasse. Und mich rühmte man unter Lachen, weil sich auch an mir die für meine Sippe typische Manneskopfform grandios und unverfälscht zeige. Vom Stolz verwirrt, fiel ich ins Duzen zurück und vergaß mein Ziel. Ich rannte in Häuser und Ställe hinein und schrie, daß ich Pfarrer werden würde oder Düsenjägerpilot, wozu man mich gleichermaßen beglückwünschte. Oft kehrte ich aus den Häusern mit einem Apfel in der Hand zurück, in den ich vor Aufregung meine Nägel grub. Doch wenn mir jemand den Rücken zukehrte, weil er am Straßenrand mit etwas beschäftigt war, sprang ich kurz in die Höhe und ließ meinen halbvollen Schulranzen klappern, damit man im letzten Augenblick doch noch bemerkte, wer da vorüberkam.

Mittags, auf dem Heimweg, wurde ich mit den Worten angefeuert: »Die Mutter hat sicher was Gutes gekocht, lauf schneller!«

Es stimmte jedesmal.

Und beim Essen konnte ich erzählen, mit doppeltem Genuß.

Der Höhepunkt war erreicht, wenn ich an Berts Schmiede vorüberging. Der Meister, ein Freund und Feuerwehrkamerad meines Vaters, unterbrach sogar seine Arbeit, hob eigens für mich die Augen, wenn er ein glühendes Eisen ins Wasser tauchte oder im Hof ein Pferd beschlug – ja, selbst dann, bei einer so wichtigen Arbeit –, und er wedelte, oft brandschwarz von oben bis unten, mit dem Hammer, der für ihn so leicht wie ein Spielzeug zu sein schien, zu mir herüber. Mit jedem seiner Hammergrüße durfte ich mich tiefer beheimatet fühlen, und beim Erzählen und Essen daheim noch einmal.

Meine und Berts Familie besaßen seit mehr als zwei Jahrhunderten eine Art Freundschaftsstammbaum: Dieser Baum wuchs aus der gemeinsamen Wurzel dörflicher Handwerkerarmut, er hatte zwei Stämme, und seine Äste schlangen sich bis hinauf in die Krone munter und fest ineinander. Die einen waren Schreiner, die anderen Schmiede, was sich in den Augen meines Großvaters zwar nicht so gut ergänzte wie Bäcker und Metzger – aber man könne sich gegenseitig auch mit Witzen und guten Worten füttern. Es hatte noch keine Generation gegeben, in der zwischen den beiden Familien nicht mindestens eine lebenslange Freundschaft geschlossen worden war. Auch Liebschaften zwischen Söhnen und Töchtern hatten sich ergeben, wenn auch noch keine Heirat. Nur am 1. Mai 1933 enttäuschten sie einander, als der Schmied an seinem Hausgiebel die Hakenkreuzfahne, der Schreiner an seinem noch immer Schwarz-Rot-Gold flaggte. Erst der Schmerz vereinte sie wieder; denn jede der beiden Familien hatte im Krieg einen Sohn namens Gotthilf verloren, jeweils »Gottl« gerufen: Der eine war mit seinem Flugzeug auf den Äckern bei Wien zerschellt, der andere im Schlachtkessel von Stalingrad verschollen.

Wenn mich Wenzel begleitete, sagten die Leute manchmal: »Ah, einen Kameraden hat er auch schon!«

Dabei lächelten sie zu mir herunter oder legten mir die Hand auf den Kopf. Ich wurde dafür gelobt, daß ich einen Kameraden hatte. Meinen Kameraden selbst sahen sie nur flüchtig an. Ich nannte den Namen des Jungen, der noch nicht lange im Dorf lebte – auch das konnte ich bereits: einen schwierigen Namen wie den seinen klar und deutlich aussprechen.

»Wenzel Bogatz!«

Sofort schauten sie noch einmal auf meinen Begleiter, ein kurzes Mustern, dann blickten sie mich wieder an, stutzend, fragend, beinahe vorwurfsvoll.

Worauf er auch mir gleich fremder vorkam.

So oder so ähnlich ging es oft.

Wenzel erhielt keine Grüße, keine Scherzworte, keine Zurufe und kein Händeklatschen. Er war niemandem aus dem Gesicht geschnitten, den man kannte, und darum selber niemand, also der leibhaftige Unterschied zu mir. Sein Name wurde, wenn überhaupt, dann nur verstümmelt ausgesprochen. Aber ich traute mich nicht, den Namen noch einmal zu sagen, um ihn dem Dorf mit ganzer Stimmkraft einzuschärfen, damit es ihn nie wieder falsch ausspreche. Ja, vielleicht wartete das Dorf nur darauf, mit Wenzel Bogatz bekannt gemacht zu werden, doch ich unterließ es, aus Mangel an Mut oder weil ich einfach zu beschäftigt war mit meinem Straßenruhm. Währenddessen stand Wenzel irgendwo in der Leere hinter mir oder neben mir. Ich fragte nicht danach, wie ihm zumute sei, fragte weder ihn noch mich. Sah nicht, spürte nicht, begriff nicht. War vollkommen blind und taub für ihn. Nicht einmal seine Bewunderung brauchte ich. Blickte nur großäugig hinauf in die Gesichter überragender Gestalten, die mir von knapp unterhalb der Sonne zunickten. Wenn wir unseren Weg fortsetzten, ging Wenzel still neben mir. Nie klagte er. Sagte gar nichts. Hin und wieder war er nach einem solchen Zwischenspiel auch verschwunden, und ich sah ihn erst im Klassenzimmer wieder, allerdings nur von fern, denn wir saßen nicht nebeneinander.

Trotzdem, spätestens am anderen Morgen wartete er auf mich.

3

Ohne unseren Lehrer Randolph Schumann wären Wenzel und ich keine Freunde geworden, geschweige denn Brüder; Schumann schaffte das mit einem einzigen Stockhieb. Doch dieser ungemein dicke Dorfschullehrer wurde nicht nur deshalb so bedeutsam für mein Leben, weil er mich in meine erste Gewissensnot stürzte, sondern weil er auch eine wichtige Entscheidung für meinen weiteren Bildungsgang traf. Mir versprach er eine Zukunft, Wenzel mißhandelte er. Ich muß ausführlich von ihm erzählen.

An einem Tag im dritten Schuljahr klopfte er, damals mein Klassenlehrer, abends bei uns daheim an der Tür, zog den Hut und sagte in seinem sonntäglichsten Sächsisch zu meinen Eltern:

»D'r Maxe kommt uff de Oberschul!«

Das war eine Empfehlung und ein Befehl zugleich.

Meine Eltern antworteten:

»Jaa! Er hat keine Geschwister. Er darf lernen …«

Dann redeten die Männer über den Krieg, und meine Mutter zog sich zurück. Ich durfte am Tisch sitzenbleiben. Die beiden tranken Most und rauchten Zigaretten; bald hatten sie mich in Qualm gehüllt und vergessen. Schumann, ein ehemaliger Frontoffizier, trug vor, wie in Rußland die Partisanen bekämpft worden waren. In seiner Reichweite hätte ich kein Partisan sein mögen, doch es überraschte mich, wie gut auch mein Vater sich mit dem Partisanenwesen auskannte.

Zeitlebens mußte ich immer wieder an Lehrer Schumann denken, doch nie mit Verachtung, vielmehr mit Vergnügen, zugleich mit Entsetzen und nur selten ohne Mitleid. Wenn ich ihn für längere Zeit vergessen hatte, rief er sich mir von selbst wieder in Erinnerung, mitunter auf kuriosen Bahnen. Sogar bei einer viel späteren Lektüre von »Moby Dick« kam er mir noch einmal in den Sinn. Zuerst als Hirngespinst mit Bart und Flossen, doch dann, allmählich, konnte ich ihn immer deutlicher, immer wahrer, immer körperlicher vor mir sehen: seine Hose bis fast zu den Achselhöhlen heraufgezogen über die mächtige Bauchwölbung, dafür hängt sie unten zu hoch über den Schuhen; der Krawattenknoten unter den Kinnwulst geschlüpft, das Haar des

Mittfünfzigers bereits ausgebleicht, nur die oberste, hoch aufragende Strähne ist noch von spätem, verglimmendem Blond; die Hände groß, Patschhände, dauernd in Gefahr auszurutschen; der Mund oft verzerrt von Schmerz und Wut. Ja, er kann heftig sein, rauscht er am Sitzpult vorüber, spürt man den Luftzug. Doch neben Grobem findet sich auch Zartes: die Ohren rosig und flaumig; oder wie er beim Geigenspiel den kleinen Finger der bogenführenden Hand so kindlich einkrampft und beim Singen die Augen schließt.

Auch seine oft wiederholten Sprüche und Ausrufe in sächsisch-erzgebirgischer Mundart fielen mir wieder ein – man hätte die Poesie-alben unserer Klasse damit füllen können:

Wenn er einen Schüler schlagen mußte, klagte er:

»O dieser Bittergeschmack!«

Bevor er auf ihn losschlug, drohte er:

»Ich hupp dir 'nan!«

Und wenn er ihn geschlagen hatte, schimpfte er:

»Mit den Senfdöppeln wieder fünf Minuten Zeit vermährt!«

Randolph Schumann unterrichtete uns während der ersten vier Schuljahre in mehreren Fächern, zuerst in Lesen, Rechnen und Schreiben, schließlich nur noch in Heimatkunde, der romantischen Disziplin, dem Fach aller Fächer in der alten Dorfschule, das so vieles in sich schloß: malen, zeichnen, basteln, wandern, Pflanzen und Tiere bestimmen, Gedichte und Lieder lernen und – natürlich – ein Heimatkundeheft führen.

Als wir in der dritten Klasse waren, brachte Herr Schumann einen riesigen Stempel samt passendem Stempelkissen in den Unterricht mit. Wir mußten antreten und einer nach dem anderen das Heimatkundeheft vor ihm auf den Schreibtisch legen, quer, geöffnet, eine weiße, unbeschriebene Seite nach oben. Er drückte den Stempel darauf, und als er ihn wieder fortnahm, blieb auf dem Blatt blauglänzend unser Landkreis zurück, maßstabsgerecht verkleinert auf Größe DIN A 4. Man sah einfache Schlangenlinien für Flußläufe und doppelte für Verkehrswege; Kästchen für große, Kringel für mittlere, Pünktchen für kleine Orte; dazu, fein gestrichelt, die Ränder von Berg- und Waldlandschaften und immer wieder winzige Fähnchen für Burgruinen.

Alles war zu sehen, aber nichts zu erkennen, bis Schumann mit uns Zentimeter um Zentimeter durch das Chaos wanderte. Er gab Hinweise, wir kombinierten. Er nannte Anfangsbuchstaben, wir vollendeten. Er korrigierte, wir wurden sehend und rollten die Augen. Nach den ersten Erfolgen fiel uns die Orientierung leichter, und in weniger als einer Schulstunde war die Karte mit Namen übersät und bunt bemalt. Was für ein Anblick! Aus dem flachen, blauen, namenlosen Geäder eines Tintenstempels hatte sich unsere Heimat gehoben.

Doch es fehlte etwas: der Limes. Er war in der Karte nicht vorgesehen. In der nächsten Stunde bestand unser Lehrer darauf, daß wir ihn trotzdem einzeichneten. Mit einer Skizze an der Wandtafel zeigte er uns, wie diese 1800 Jahre alte Staatsgrenze historisch exakt zu verlaufen hatte. Wir legten das Lineal an und zogen zielgenau einen roten Strich, vom Kartenrand links oben zum Kartenrand rechts unten, schräg durch die Mitte unseres Landkreises.

Schumann forderte uns auf, den Strich kräftig nachzuziehen, damit er gut sichtbar bliebe. Auch sollten wir mit dem Finger langsam daran entlangfahren, auf und ab, die Narbe fühlen. Unsere Entdeckungen durften nach vorn gemeldet werden, denn der Limes hat die Karte neu geordnet: Er schneidet die Bundesstraße – unsere B 14 – auseinander, er kappt die Bahnlinie Stuttgart-Nürnberg, er schießt über die Heimatgrenzen hinaus und zerteilt auch die Nachbarkreise. Ja, und der Limes verläuft nur zwei Fingerbreit von Rotach im Wald entfernt, unserem Dorf. Seht genau hin, schallt es aus Schumanns Mund! Auf welcher Seite liegt Rotach? Auf der rechten, das ist die östliche, die Germanenseite; gegenüber, im Westen, die Römerseite. Dazwischen dieser Limes – der wurde gebaut, um uns, die Germanen, die traurigen Bewohner des Ostens, aufzuhalten, damit wir nicht hinüberstürmen. Ein gewaltiges Bauwerk, fünfhundert Kilometer lang, geht durch halb Deutschland. Es besteht aus Holzpfählen, den Palisaden, zwei Meter hoch; dahinter folgt der Graben, zwei Meter tief; anschließend der Grenzwall, aufgeschüttet mit dem Erdreich, das beim Grabenbau ausgehoben wurde … außerdem Wachtürme, die Grenze rauf und runter, und auf den Türmen bewaffnete Posten. Germanen, da gibt's kein Durchkommen! Ihr bleibt gefangen in euren Wäldern. Nie werdet ihr eure Kreisstadt sehen, die hinter dem Limes liegt, nie eure Landeshauptstadt, die noch weiter westlich liegt, niemals den Zoo namens »Wilhelma« besuchen, das Neckarstadion oder den Fernsehturm.

Wir waren dreiundzwanzig Schüler. Unser Lehrer war allein. Dennoch fühlten wir uns eingekreist. In der entstandenen Stille, die nicht vergehen wollte, befand Schumann uns reif für ein Diktat, und er diktierte die folgenden Sätze in unsere zittrigen Hände:

»Hier führte früher der Limes vorüber, der das Land der Römer vom Land der Germanen, unserer Vorfahren, trennte, so wie heute der Todesstreifen und die Berliner Schandmauer quer durch unser Vaterland laufen und die Bundesrepublik von der Ostzone (sowjetisch besetzt) trennen. Ein Unterschied besteht darin, daß der Limes eine Grenze zwischen zwei verschiedenen Völkern bildete, daß der heutige Todesstreifen zusammen mit der Berliner Schandmauer aber ein Volk trennt, Deutsche von Deutschen, Eltern von Kindern, Brüder von Brüdern, Schwestern von Schwestern. Ein weiterer Unterschied besteht darin, daß damals Germanen gegen Römer kämpften, aber heute ›Deutsche‹ auf Deutsche schießen.«

Er stellte uns zudem noch eine Hausaufgabe. Bis zur nächsten Unterrichtsstunde sollten wir den Limes, die Schandmauer und den Todesstreifen in unsere Hefte zeichnen, alle drei; dazu Deutsche, die sich über den Zaun hinweg die Hände entgegenstrecken, einander aber nicht fassen können.

Ich entschied mich für einen Bruder und eine Schwester.

Das war das deutsche Leiden; daß es auch meines war, fiel mir gar nicht auf.

Im Dorf wußte keiner sehr viel über Randolph Schumann. Er war Anfang der fünfziger Jahre mit seiner schwangeren Frau und zwei kleinen Söhnen aus der DDR geflüchtet, hatte sich aber hier niemandem angeschlossen – selbst von persönlichen Freundschaften war nichts bekannt, anscheinend wollte er bei uns keine Wurzeln schlagen. Im Osten, hieß es, habe er nach dem Krieg nicht mehr Lehrer sein dürfen und sei schließlich »zur Wismut« gegangen, in den erzgebirgischen Uranbergbau, der dem sowjetischen Geheimdienst unterstand. Doch unter Tage hatte Schumann es nicht ausgehalten und war geflüchtet, der harten, unmenschlichen Arbeit wegen, aber auch aus Furcht vor radioaktiven Strahlen.

Schumann besaß einen ungeheuren sächsischen Kulturstolz, sowohl auf seinen hochmusikalischen Zwickauer Namen als auch auf das polternde, schlagwetternde Sächsisch aus seinem »Arzgebarg«. Im Waldtal trat er auf wie ein Missionar für Bildung und Fortschritt. Das Christentum hätte er uns zweifellos nicht gebracht, dieser bis zur Roheit innerweltliche Mann, der die von anderen Lehrern eingeübten Krippenspiele zur Weihnachtszeit – »Joseph, lieber Joseph mein …« – von Jahr zu Jahr grimmiger verachtete. Nein, er träumte von anderen Segnungen, von Seilbahnen, Schrägaufzügen oder Sesselliften, die auf unsere Berge fuhren, Touristen hinauf- und Schüler herunterbeförderten, damit auch die Kinder aus den hintersten Nestern und Winkeln leichter das Tal erreichten. Wir staunten im Unterricht über seine Zukunftsvisionen, die er ausbreitete, indem er schwer schnaufend durchs Klassenzimmer walzte und hin und wieder mit dem glattgeschliffenen Stock, den er seinen Dirigentenstab nannte, auf ein unbesetztes Pult hieb, um sich sowohl unsere Aufmerksamkeit wie auch unsere Zustimmung zu sichern. Wenn ein Schüler ihn spöttisch oder auch nur verständnislos anblickte, blieb Schumann vor ihm stehen, bückte sich so weit hinab, daß er mit seiner Nase die Nase des andern beinahe berührte und machte mit wüst verzogenem Maul »Aaaoouuuuh!« – ein Schmerzenslaut aus stollentiefem Schlund, der uns vertraut war und den unser Lehrer meistens ausstieß, wenn er die Grenze menschlicher Ausdrucksfähigkeit erreicht sah; bis zum gewalttätigen Übergriff war es von dort nur noch ein kleines Stück.

Was sich von seinen Klassenzimmer-Visionen draußen im Dorf herumsprach, erregte nur Kopfschütteln und Gelächter. Man hielt ihn für einen Schwärmer und Spinner, der das schwäbisch-fränkische Waldhügelland mit den bayerischen Alpen verwechselte. Seine Seilbahnen, Schrägaufzüge oder Sessellifte bekam Schumann nicht (ebensowenig die Skisprungschanze, die er sich als touristische Hauptattraktion in der Wimbach-Schneise am Südhang des Ebersbergs wünschte, einem harmlosen Viehweidebuckel, dessen Name nicht einmal der Bürgermeister kannte) – aber als eines Tages, nicht lange nach meiner Grundschulzeit, erstmals ein Omnibus eingesetzt wurde, um die Schulkinder von den Bergen täglich zum Unterricht ins Tal zu bringen und wieder zurück, da war dieser Fortschritt ihm zu verdanken, Lehrer Schumann. Hartnäckig und unverfroren hatte er über Jahre hinweg in Rathäusern, auf Behörden und bei Parteien die »endgültige bildungspolitische Erschließung einer vernachlässigten Waldlandschaft« gefordert. Bei der Jungfernfahrt des Schulbusses saß er streng und unnahbar vorne neben dem Fahrer auf dem Sitz des Reiseleiters, rauchend; so zeigte die Kreiszeitung ihn im Bild.

Doch Schumann verwechselte unsere Landschaft nicht mit Bayern, sondern mit Sachsen. Niemand wußte das besser als wir, seine Schüler.

Als er uns den Limes nahebrachte, lebten wir im Jahr Drei nach dem Bau der Mauer. Er begriff wohl, daß eine neue Zeit begonnen hatte. Das Land, aus dem unser Lehrer stammte, war jetzt noch dichter, noch unversöhnlicher abgeschlossen als zuvor, geradezu versiegelt. Wenn er, ein Flüchtling, bisher gehofft hatte, je wieder heimzukehren, so mußte er nun einsehen, daß er im Irrtum gewesen war. Schumann saß im Waldtal fest, unter sieben Nebeldecken und zwischen Einheimischen, die für ihn kaum verständlich waren; er faßte es nicht, wie man zu Laub »Laawich« sagen konnte. Doch keiner außer dem Pfarrer und dem Schulleiter beherrschte hier etwas anderes als Rotachs reibeiserne Mundart.

Seine Heimat im Osten, mit Eltern, Geschwistern, Freunden, war ihm mit dem Mauerbau noch einmal ferner gerückt. Selbst wenn die Grenze zwischen Deutschland und Deutschland auch nur ein Zehntel der Zeit bestehen würde, die der Limes bestanden hatte – für ihn wäre das zu lang. Endgültiges war eingetreten, endgültig genug für sein Leben.

Widerwillig richtete Herr Schumann sich bei uns ein.

Nicht lange vor seiner Pensionierung baute er in der Vorstadt, die mittlerweile doppelt so groß war wie das alte Dorf, ein Haus, das erste Fertighaus des Waldtals. Seine Frau starb und wurde auf unserem Friedhof begraben; auf dem Grabstein war, obwohl er noch lebte, auch sein Name schon zu lesen, zusammen mit dem Geburtsjahr. Er wollte sich keiner Illusion hingeben – so hätte sein Grabspruch lauten können.

Als seine drei Söhne erwachsen und aus dem Haus waren – keiner von ihnen sprach je anders als volltönend sächsisch –, gründete er den Rotacher Fremdenverkehrsverein. Dort haute er, so wie den höchsten Trumpf beim Skat, gleich den Vorschlag auf den Tisch, im Waldtal eine Seilbahn zu errichten; vergeblich, man lachte ihn aus. Randolph Schumann starb 1984 im Alter von 77 Jahren.

Das Erzgebirge hat er nie mehr wiedergesehen.

Erst von heute aus erkenne ich seine Lage:

Im Jahr Drei nach der Mauer kann der Volksschullehrer Schumann angesichts der vertieften deutschen Teilung keinen Trost finden. Doch er will sich nicht lähmen lassen, er mag es nicht, wenn Zeit »vermährt« wird – dieses starke sächsische Wort, das er uns im Unterricht so oft an die Köpfe warf: es bedeutet, nach dem Wörterbuch der Brüder Grimm, »rührend, wühlend in Unordnung bringen«, und im Fall der Zeit dürfte das heißen, nicht den richtigen Gebrauch von ihr zu machen. Was kann Schumann tun? Er kann seinen Schmerz in uns einsenken, seine Schüler. Dazu muß er die Liebe zu seiner verlorenen Heimat und ihren Bewohnern in uns wecken, eine Liebe, die über jeden Limes springt. Wenn ihm das gelänge, spürten auch wir die Folgen dieser in der Welt noch nie dagewesenen Amputation am eigenen Leib. Wir sollen, zuerst mit ihm, schließlich alleine, an der Teilung leiden, um sie irgendwann zu überwinden, oder, falls uns das zu Lebzeiten nicht möglich wäre, den Schmerz noch einmal weitergeben an Künftige.

So kam es zur unvermeidlichen Ausdehnung unseres Waldtäler Heimatkundeunterrichts ins Gesamtdeutsche. Die Geschichte schien Schumann keine andere Wahl zu lassen. In beinahe jeder Schulstunde versuchte er, vom Unglück seines Heimatverlustes wenigstens ein Tröpfchen ins Glück unseres Heimatbesitzes hineinzuträufeln. Hinter jedem Maibaum ließ er uns den Todesstreifen ahnen, hinter jedem Mühlenrad die Schandmauer. Doch wir fürchteten uns nur vor ihm, weil er in seinem Leiden so schrecklich grunzte und jaulte, weil er tobte und den Stock schwang.

Wir duckten uns weg, kauerten uns nur noch tiefer hinein in die alten, kaiserzeitlichen Pulte mit den schrägen Schreibflächen, den längst nicht mehr gebrauchten, schwarz verkrusteten Tintenfaßlöchern und den arschpolierten Sitzplanken.

Die von uns Neun-, höchstens Zehnjährigen ganz und gar unverstandene Botschaft Schumanns war zeitgemäß und kein bißchen idyllisch: Es gibt keine Unschuld, lautet sie, nicht die Unschuld der Heimat, nicht die Unschuld der Kindheit, es gibt nur das Gift der Geschichte, das jede Unschuld zerfrißt.

Wir versuchten, ihn zu trösten und stellten Kerzen ins Fenster. Er haute sie mit gezielten Stockschlägen vom Sims und schimpfte, daß dies die billigste Art sei, Mitgefühl zu zeigen. Viel lieber übte er mit uns Heimatlieder in erzgebirgischer Mundart ein: das Lied vom »Vugelbeerbaam« und »Wu de Walder haamlich rauschen.« Er begleitete uns dabei auf der Geige, die er diesmal nicht strich, sondern zupfte; winzig lag sie auf der Leibeskugel. Schumann sang selbst auch mit, stimmführend und als einziger Baß kellertief unter unseren glockenhellen, ängstlich zur Zimmerdecke aufsteigenden Stimmchen.

Und auch Briefe ließ er uns schreiben, ins Heimatkundeheft, Briefe an gleichaltrige Kinder in seinem Kummerland hinter dem Stacheldraht, die genauso hießen wie wir. An der Tafel führte er vor, wie man einen Brief aufsetzt, den Wortlaut sollten wir uns selber ausdenken. Schumann wollte sich unsere Briefe in regelmäßigen Abständen vorlesen lassen. Aber schon bald wurde das Unternehmen ohne Begründung abgebrochen. Vermutlich litten wir ihm nicht genug, vermutlich nahmen wir zu wenig Anteil am Leben unserer Brüder und Schwestern in Unfreiheit, vermutlich schwelgten wir zu sehr, zu hemmungslos in unserem Reichtum, unseren Wünschen, unserer Zukunft.

Es mußte Lehrer Schumann kränken, daß wir uns in diesen Briefchen schamlos deutlich als das zu erkennen gaben, was wir waren: die junge Garde der Bundesrepublik, die nur eine einzige Himmelsrichtung kannte, und das war nicht Osten; die davon träumte, Eisprinzessin, Fußballprofi oder Schlagerstar zu werden und ein Haus im Grünen zu besitzen mit dem Namen »Waldfriede« – und dennoch ein Leben lang die geschenkte Freiheit genießen würde, aufzubrechen, wohin sie wollte.

In den Pausen saß Schumann im Korridor des ersten Obergeschosses und rauchte zum offenen Fenster hinaus. Er schien müde und

knetete seine Stirn. Es sah aus, als würde er sich das Sonnenlicht ein-
massieren, das darauf fiel. Uns hatte er auf den Schulhof hinuntergejagt,
niemand durfte nach dem Unterricht im Klassenzimmer bleiben. Es
machte ihm Freude, die Herde mit einer Handbewegung aus seinem
Sichtfeld zu wischen; von seinem Sitzplatz aus überschaute er den
Hof. Was immer wir dort trieben, sein Lauern war um uns. Eine Pause
begann, wenn Schumann einen Schüler aufforderte, den Lehrerstuhl
zum Flurfenster zu tragen. Eine Pause endete, sobald er drei bis vier
Zigaretten geraucht hatte und Anweisung gab, seinen Stuhl wieder ins
Klassenzimmer zu bringen. Manchmal aß und rauchte er gleichzeitig,
essend und rauchend baute er seiner Wut eine Brücke zwischen den
Schulstunden, riß mit gelben Zähnen ein Gebäck entzwei, während aus
seinem Mund blaugrauer Rauch drang. Unter dem Fenster, nah an der
Hauswand, stand ein Holunderbusch, unter dem sich Dutzende von
Kippen häuften, ein schwelender, qualmender, die Wand hinaufwach-
sender Berg, den gewisse Mitschüler auf mancherlei Art zu löschen
versuchten, auch indem sie ihn anpißten.

In den Pausen winkte Herr Schumann seine Helfer zu sich, um
»Vertrauensaufgaben« an sie zu verteilen. Es waren immer Jungen, die,
allein oder in Zweiergruppen, Besorgungen für ihn zu machen hatten.
Wer wußte, wo in den Auwiesen die saftigsten Scharteln wuchsen,
wurde ausgeschickt, um ihm einen Rupfensack voll Hasenfutter zu
pflücken. Wer Vertrauen in Geldsachen verdiente, mußte ihm Brot
oder Briefmarken oder auch Zigaretten der Marke »Mokri« besorgen, die im Dorf sonst keiner rauchte und die der Ladenbesitzer nur
für ihn besorgte. Schumann wählte seine »Flügeladjutanten«, wie er
sagte, mit sicherem Griff. Keiner scheiterte je an seiner Aufgabe, auch
ich nicht, dem er immer wieder Geld anvertraute oder auftrug, nach
Unterrichtsschluß den Geigenkasten aus dem Klassenzimmer in die
Lehrerwohnung zu bringen, ohne anzuecken. Wenn ich mit seinem
Geld unterwegs war, hielt ich meine Hand oft so fest geschlossen, daß
sie sich am Ende kaum wieder öffnen ließ. Dank war für all das keiner
zu erwarten, Vorteile im Unterricht, gar bei der Notengebung, noch
weniger; ihm ohne Aussicht auf Dank dienstbar sein zu dürfen, das
war als Entbehrungsübung anzusehen, die er für lebensnützlich hielt.

Ich fühlte mich dennoch belohnt von ihm und glaubte sogar, sein Lieblingsschüler zu sein. Schumann lobte mich für mein hübsch und sauber geführtes Heimatkundeheft und zeigte es in der Klasse herum. Er ließ mich auswendig ein Gedicht aufsagen, wenn er vorführen wollte, wie eine schöne Aussprache und eine gute Betonung zu klingen hätten. Und – mein schwierigster, ehrenvollster Auftrag – er schickte mich manchmal, wenn ein Schüler fehlte, aus dem Unterricht zu dessen Haus, in dessen elterliche Wohnung, ja, sogar in dessen Zimmer hinein, damit ich herausfand, ob der Fehlende krank war oder nur schwänzte. Wieder zurück, durfte ich zur Berichterstattung Lehrer Schumanns Ohr überaus nahe kommen, jener fein behaarten, rosig-grauen Muschel, in der ich meinte, die Wälder seiner Heimat rauschen zu hören.

Doch bevor er Wenzel schlug, schlug er Krampitz, der in der Bank neben ihm saß und schon öfter etwas abbekommen hatte: Schläge, die ihm selber galten oder Schläge, die einem anderen galten, unserem Lehrer aber aus der Hand gelaufen waren. Üblicherweise sprang Schumann von seinem Stuhl auf, tat ein paar schnelle Schritte in die Klasse hinein und ließ dann den Stock sprechen. Hin und wieder rannte er auch frontal gegen eine Bank in der ersten Reihe, schob sie mit dem Bauch gegen die Bank dahinter, beide zusammen noch einen Meter weiter, und hieb erst dann drauflos. Oder er warf ein Stück Kreide, vielleicht auch seinen Schlüsselbund nach dem Schüler, von dem er sich gestört oder beleidigt fühlte, und stürzte mit erhobenem Stock hinterher. Nur Mädchen schlug Schumann nicht, auch nicht zufällig. Ebensowenig einen der reichen Waldbauernerben, die am Schulspartag ihre großen blauen Geldscheine in unsere Ohren knistern ließen. Er schlug nur diejenigen, die keine Vornamen hatten.

Und diesmal wurde einer von ihnen nach vorn kommandiert – das war neu. Einige ahnten trotzdem sofort, was geschehen würde und feixten erwartungsvoll; wenn geschlagen wurde, belohnte die Klasse den Schläger mit ihrem Lachen, ich auch.

Krampitz war noch auf dem Weg, als mein Name fiel. Ich brauchte ein wenig Zeit, um zu begreifen, daß Schumann ihn ausgesprochen hatte. Ich, der noch nie geschlagen worden war, nicht hier und nicht daheim, wurde in dieser unzweideutigen Angelegenheit zum Lehrer nach vorn bestellt. Worin bestand mein Vergehen? Ebensogut hätte ich fragen können: Worin bestand das Vergehen des anderen? Denn auch das wußte ich nicht. Oder worin bestand ein Vergehen überhaupt? Das wußte ich am allerwenigsten. Doch schon lehnten Krampitz und ich aneinander, wir hatten uns ergeben. Schumann saß noch am Schreibtisch, seine Hände ruhten auf der Tischplatte vor ihm, vom Stock war nichts zu sehen.

Da hörte ich unseren Lehrer sagen:

»Maxe, nimm dem Krampitz de Brille ab.«

Die Klasse jauchzte vor Freude auf.

Und ich gehorchte, schnell und selbstverständlich.

Noch während ich meine Hände hob, drehte Krampitz mir willig sein Gesicht mit der viel zu kleinen Kinderbrille zu. Dankbar nahm ich sie ihm von der Nase: dankbar, weil er es mir so leicht machte, dankbar auch, weil nicht ich geschlagen wurde. Bald ging der Unterricht weiter. Erst auf dem Heimweg entdeckte ich einen graugrünen Rotzflarren in meinen Haaren. Er mußte Krampitz aus der Nase geflogen sein, als Schumann ihm mit der flachen Hand ins Gesicht geschlagen hatte. Ich kämmte mir den Rotz mit den Fingernägeln heraus – und brauchte doch eine Weile, um ihn mit heftigem Schlenkern wieder loszuwerden.

Nicht lange danach schlug Lehrer Schumann Wenzel mit dem Stock. Er schlug ihn mehrmals auf den Hintern, traf ihn aber auch einmal seitlich am Schenkel, gleich unterhalb des Saums der kurzen Hose. Er traf ihn schwer. Das nackte Fleisch platzte auf, Blut lief davon. Alle konnten es sehen. Schumann griff ungerührt nach dem Handtuch, das beim Waschbecken hing, und warf es Wenzel zu, der es ruhig, ohne zu klagen und zu weinen, um sein verletztes Bein schlang. Wie sorgsam er dabei vorging! Wenzel war im Stehen geschlagen worden, vor der Tafel. Jetzt ging er zurück zu seinem Platz und setzte sich steif und langsam – fast möchte man sagen: ungebeugt – hin.

Wieder hörte ich meinen Namen. Wieder war es Schumann, der ihn rief und mich aufforderte, ihm sein Opfer aus den Augen und nach Hause zu schaffen. Wenzel folgte mir ohne Widerspruch.

Sein Zuhause bestand aus einem einzigen großen Zimmer, unten im Haus der Flaschnerin. Man betrat es von der zweistufigen Steintreppe aus, ohne einen Öhrn oder Vorraum durchqueren zu müssen. Niemand zeigt sich, kein Vater, keine Mutter, denen man erklären könnte, was passiert ist. Oder die einen vorwurfsvoll fragen: Hast *du* das getan? Nein, nein, *ich* bin nur der Klassenkamerad, der ihn heimbringt, hätte man geantwortet, unsicher, ob einem geglaubt wird. Die Anwesenheit eines Erwachsenen hätte alles viel einfacher gemacht, denn in Anwesenheit eines Erwachsenen kann man sich selber mehr getrauen; so allein aber nicht – ich muß aufpassen, daß mir die Tränen nicht kommen. Hier, in dieser kahlen, verstunkenen, senfgelb ausgepinselten Bude, in der ein einzelnes Bild an der Wand hängt – das einer düsteren, sonderbar kugelförmigen Kirche –, herrscht die angsterregende Freiheit, nichts erklären, nichts rechtfertigen zu müssen … hier muß man selber groß sein. Ich sehe einen Tisch und drei Stühle, aber nur *ein* Bett, darauf einen Berg Kissen, auf dem, in meine Richtung blickend, ein Teddybär thront. Mein Gefühl sagt: Unter den Kissen liegt ein Jemand und schläft, wacht aber sicher gleich auf. Ich hoffe es, ich fürchte es.

Wenzel hat sich sofort nach dem Eintreten vor mir auf den Fußboden sinken lassen, so als wolle er mir den Weg versperren, damit ich nicht tiefer in den Raum vordringe, dorthin, wo es weniger hell ist und wo das Bett steht. Die Haustür bleibt offen, draußen gehen Leute vorbei. Auch ich könnte jetzt wieder gehen, meine Pflicht ist getan, Lehrer Schumanns Auftrag erledigt, und mit Macht zieht es mich in die Schule zurück zu seinem Ohr: Vollzug melden ist schön. Aber ich bleibe und setze mich zu Wenzel auf den Boden, der es gar nicht merkt, weil er sich gerade, fast liegend, in das Zimmer hinein ausstreckt, um einen Kübel zu sich her zu ziehen. In diesem Kübel, mit einem Holzdeckel obendrauf, schwappt Wasser. Einen Wasserhahn scheint es in dieser Unterkunft nicht zu geben – ob die ihr Wasser vom Bach holen?

Wenn niemand da ist, mußt du bleiben, sagt eine Stimme in mir, die ich noch nie gehört habe.

»Soll ich dableiben?«, frage ich ungläubig zurück.

»Mhm?«, brummt Wenzel.

Er fingert an seinem Verband, um ihn abzunehmen; die Wunde darunter blutet. »Herrgottsakrament!«, sagt er mit brüchiger Stimme und lacht. Erst als er sein klaffendes Fleisch genauer ansieht, verstummt er und versucht, das Blut mit dem Handtuch abzuwischen. Kurz ist dabei mehrmals die Wunde zu sehen: eine Furche, ein Schlitz, ein fingerlanger Riß, außen wulstig rot, innen seltsam weiß und rillig, bis sie sich wieder mit Blut füllt. In ihrem Umkreis, von weiteren Treffern herrührend, hat sich ein Bluterguß ausgebreitet, schwarzblau und wolkig, der bis hinauf unter das Hosenbein reicht. Kniend nehme ich dem halb liegenden, halb sitzenden Wenzel das Tuch aus der Hand, tauche es in den Kübel und wringe es aus, immer wieder. Das wird auch dem gefallen, der da hinten unter den Kissen liegt.

Wir schauen beide auf die Wunde und warten, daß sie aufhört zu bluten.

4

Wie es weiterging, weiß ich nicht. Hier versickert meine Erinnerung, um später, an einer anderen Stelle, wieder zutage zu treten. Ich weiß nicht, ob und auf welche Art ich Schumann weiterhin gedient habe. Wußte ich damals überhaupt, was ich tat, besaß ich ein Wort, einen Begriff dafür oder wenigstens ein Gespür? Gewalt war gut eingebürgert im Waldtal – ein uraltes Erbe, älter als Viehzucht und Waldbau zusammen. Geprügelt wurde in den meisten Häusern, zu Straf- und Erziehungszwecken, oder einfach weil es das Gewohnheitsrecht der Alten über die Jungen war, die immer noch Jüngere fanden, an denen sie üben konnten. Eine Rotacher Redensart lautete: »Schad um jeden Schlag, der daneben geht!« Wie sollte da einer vom Schlage Schumanns auffallen? Oder ein Kind wie ich, das ihm eine Zeitlang in blinder oder vielleicht – seiner Bildungszukunft wegen – verschlagener Komplizenschaft zur Hand ging?

Doch obwohl mein Gedächtnis mich im Stich läßt, entdecke ich Spuren eines verletzten Gewissens. Sie ziehen sich durch einige meiner Heimatkundehefte, die ich nach meiner Zufallsbegegnung mit Wenzel am Bodensee erregt hervorsuchte, nachdem mir vollends aufgegangen war, welch prominente Rolle Lehrer Schumann bei der Entstehung unserer Freundschaft einst gespielt hatte. Die ersten Spuren sehen noch aus wie Folgen von Ungeschicklichkeit: Löcher und Risse in Deckblättern und einzelnen Seiten, mehrfach Spritzer von roter Tinte, fahrige Kugelschreiberstriche, darunter schwarze und grüne, die an manchen Stellen das Papier perforiert haben, oder Flecke von unbestimmbarer Herkunft. Anderen Spuren sieht man den Vorsatz deutlicher an: Fingerabdrücke in stempelblauer Farbe, von meiner Frau Irene, einer ausgebildeten Lehrerin, die allerdings nie im Lehramt angekommen ist, scherzhaft »polizeiverwertbar« genannt; dann dicke silbergraue Bleistiftstriche, mit denen Diktate oder Gedichte durchgestrichen sind, schließlich großgeschriebene und häufig nachgezogene Zensuren unter vielen meiner Einträge, egal ob Texte oder Zeichnungen: lauter Fünfen und Sechsen. Daneben Hohn- und Ekellaute, teils in Sprechblasen und farbig grundiert: »Ha!«, »Oho!«, »Igitt!«. Manche der Seitenecken oben oder unten sind angekohlt oder weggesengt.

Welch ein Barbareneinfall im liebevoll gehegten Gärtchen meines Heimatkundehefts!

Ich sehe mich als Kind am Küchentisch sitzen und aus dem Gedächtnis Blumen, Bäume oder Vögel in mein Heft malen und ihre Namen dazusetzen mit einer noch schwankenden blauen Schrift. Hin und wieder halte ich mir einen der hölzernen Malstifte unter die Nase, weil sie so gut riechen, mal betörend, mal anheimelnd. Ich schließe die Augen und öffne sie wieder, betrachte stolz meine Mal- und Schreibhand. Was sie schon alles kann und noch können wird! Selbst den Todesstreifen und die Schandmauer hat sie mit alptraumhafter Akribie dauerhaft gemacht – dauerhafter als Todesstreifen und Schandmauer es in Wirklichkeit waren.

Ohne Zweifel, die Fingerabdrücke, die Schmutzflecken, die Brandspuren, die von Haß und Selbsthaß diktierten Zensuren – all das sind Verwüstungen von meiner eigenen Hand. Allerdings müssen sie später, nach der Grundschulzeit, entstanden sein. Denn rote Tinte oder einen teuren Vierfarbenkuli habe ich erstmals nach drei oder vier Jahren auf dem Gymnasium verwendet – nutzlose Statussymbole eines Hinterbänklers, der längst ahnte, daß er es auch damit nie nach ganz vorn schaffen würde.

Aber es finden sich noch aufschlußreichere Zusätze in den letzten Heften, die ich unter Schumann zu führen hatte. Sie stammen aus der Grundschulzeit selbst und hätten unserem Lehrer eigentlich auffallen müssen. Denn alle paar Wochen zog er unsere Heimatkundehefte ein und inspizierte sie – nie kam eines ohne kritischen Kommentar zurück. Schumann ließ uns nichts durchgehen, keinen Fettfleck, keine kindlichen Späße, kein Gekrakel. Doch zu diesen Zusätzen scheint ihm nichts eingefallen zu sein. Dabei sind sie kaum zu übersehen, weder ihrer Zahl noch ihrer Größe nach. In schönster Schrift wurden sie in die geforderte peinlich-reinliche Ordnung eingefügt, auch wenn sie vollkommen unsinnig waren und gewiß nicht nach dem Geschmack unseres Lehrers.

Diese Zusätze bestehen aus Namen, den unschuldigen Vor- und Nachnamen jener Mitschüler, die damals von Schumann geschlagen wurden, zumindest in einem Fall mit meiner Beihilfe. Unverkennbar sind diese Namen ebenfalls von mir aufs Papier gesetzt worden, mit blauer Tinte und in meiner leserlichsten, nach Ewigkeit strebenden Handschrift, die sich nicht im mindesten verstellt und von sich ablenken will; vor allem drei Namen kehren regelmäßig wieder:

Henoch Pfeffle   *Michael Krampitz*   *Wenzel Bogatz*

Wie Verfassernamen stehen sie rechtsbündig unter Diktaten, Aufsätzchen und Liedstrophen; oder als hätten die drei jeweils in meiner Handschrift frech ihren unreifen Servus darunter gesetzt, so wie man Verträge unterzeichnet oder Briefe. Immer wieder habe ich also mit diesen fremden Namen die Einträge in meinem Heimatkundeheft abgezeichnet, als wären es die Werke der mißhandelten Schüler. Manchmal stehen sie auch frei auf einer sonst leeren Seite, nebeneinander oder untereinander in langen Kolonnen, bis die Handschrift zusehends erlahmt und die Buchstaben umzukippen drohen, grad als hätte jemand mir auferlegt, die Namen zur Strafe endlos hintereinander weg zu schreiben. Ich weiß nicht, ob alle Namen richtig geschrieben sind, ich weiß nur, daß sie vollständig sind, und das heißt: mitsamt den zugehörigen Vornamen, die Lehrer Schumann diesen Jungen, anders als mir, stets vorenthalten hat.

Am Bodensee, ein paar Wochen zuvor, fragte mich Wenzel:
»Wie hat das mit uns eigentlich angefangen?«
Ziemlich rasch fiel mir Schumanns Stockhieb ein.
»Und ich durfte dich heimbegleiten ...«
Wenzel nickte, an den Schlag erinnere er sich, seither trage er eine Narbe mit sich herum, »knapp unterm Geldbeutel«.
»Aber das war nicht der Herr Schumann, sondern der Herr Knoll, bei dem wir Turnen hatten in der Dritten!«, sagte er treuherzig und zugleich ein wenig eifernd, so wie alle, die versessen sind auf Anfänge, Ursprünge, Nullstunden. Nein, nein, belehrte er mich weiter, unsere Freundschaft habe ganz anders begonnen: vor dem Kaufladen am ersten Schultag, ich sollte, die Zuckertüte in der Hand, alleine fotografiert werden, schaute aber so verloren um mich, daß er, Wenzel, sich zu mir stellte und wir zusammen aufs Bild kamen.

»Ein Wanderfotograf hat dieses Bild gemacht, ein aufdringlicher Kerl, der Mütter und Kinder nach der Einschulung abpaßte und durchs halbe Dorf verfolgte. Dir hat er Angst eingejagt. Er schrieb sich alle Namen auf, auch unsere, obwohl du ihm deinen zuerst gar nicht nennen wolltest, ich mußte dich überreden dazu. Ein paar Tage später hat er jedem das Foto nach Hause gebracht und abkassiert.« Selbst das hatte Wenzel nicht vergessen.

In der Tat, auch bei uns daheim hatte es ein professionell gemachtes Foto gegeben, auf dem, die Wange an der Zuckertüte, ich zu sehen war – aber alleine! Ich sagte es ihm schmucklos. Er erwiderte darauf, das Foto von uns beiden am ersten Schultag könne er mir jederzeit vorlegen. Es sei die einzige Aufnahme, die er aus der Rotacher Zeit vor seiner Verbringung ins Kinderheim besitze; und wahrscheinlich das erste Bild überhaupt, das von einem Schnutenzieher wie ihm geschossen worden sei.

5

Meine Eltern und Großeltern freuten sich, daß ich einen Freund
gefunden hatte. Wie mir das gelungen war, erzählte ich ihnen nicht.
Schumanns Schläge und Wenzels Wunde ergaben mein erstes Geheimnis, an dem einer wie ich vermutlich so schwer trug wie Wenzel
an all seinen Geheimnissen zusammen. Sonst war ich immer das
plaudernde, sprudelnde, alles gestehende Kind gewesen, das seine noch
so winzigen Erlebnisse unter Gefuchtel herausschreien mußte, zuerst
den Eltern und dann, eine Haustür weiter, den Großeltern stracks in
die Ohren. Jetzt übte ich mich zum ersten Mal im Schweigen, was mir
etwa so leicht fiel wie nicht mehr zu atmen.

»Bring ihn doch einmal mit, deinen Freund!«, sagte meine Mutter.
Genau das war meine Absicht gewesen. Wenzel und ich würden auf
dem wiesengrünen Teppich unseres Wohnzimmerbodens miteinander
spielen und das Heer meiner Spielsachen mit doppelter Phantasie
endlich in Bewegung setzen. Ich hatte etwas nachzuholen aus meiner
Vorschulzeit. Alleine zu spielen, war mir, je älter ich wurde und nachdem ich meine beiden Teddybären aufgegeben hatte, immer seltener
gelungen. Nur von mir berührt und angeschaut, hatten sich all die
Geburtstags-, Weihnachts- und Ostergeschenke nicht mehr beleben
wollen. Wie oft ich die Plastikritter, Legosteine oder Blechautos auch
angehaucht, bespuckt oder am Ärmel gerieben hatte, sie hatten sich
nicht erwärmt und in meine Hand geschmiegt, oder nur kurz. Wenn
meine Eltern in der Nähe gewesen waren, hatte ich das Spielen oft vor-
getäuscht, um sie nicht traurig zu machen. Davon war ich selber traurig
geworden. Seither spielte ich lieber Karten mit meinen Großeltern.
Wir spielten fast jeden Abend »Gaigel« um Pfennige, die zum Schluß
alle wieder herausgerückt werden mußten und bis zum nächsten Mal
in einem alten Tabaksbeutel aufbewahrt wurden. Man konnte bei uns
siegen, aber nichts gewinnen; ich war mir nicht sicher, ob das meinem
Freund gefallen würde.

Doch Wenzel wollte überhaupt nicht spielen. Er tat so, als fände
er das Spielen läppisch und nicht mehr altersgemäß. Ihn mit herrlichen Mahlzeiten zu locken, gelang mir ebenfalls nicht, obwohl es

ihm schon schwerer fiel, dieses Angebot abzulehnen. Ich spürte, daß er hungerte; was in seinen Augen stand, las ich, der nur den Appetit kannte, als Hunger. Und so schwärmte ich ihm vor, daß meine Erwachsenen alles kochten, was ich mir wünschte, ein Fingerschnippen genüge. Hasenbraten zum Beispiel oder Linsen mit Teigspatzen und Saitenwürstchen oder Ofenschlupfer und dazu Vanillesoße in Strömen, auch Bratäpfel oder Birnen- und Zwetschgenkompott. An unserem Küchentisch sei jeder willkommen, sagte ich. Tatsächlich saßen manchmal schon in der Frühe gegen halb sieben Gäste bei uns in der Küche, erzählten weinend von ihrem Unglück und erhielten Trost und Rat und eine Schale Milchkaffee, während ich, noch müde und strubbelig, am äußersten Rand der Küchenbank dabeisaß und ein Stück Hefekranz in meinen heißen »Kaba« tunkte. Wir waren ein christliches Haus, lutherisch offen und zugewandt, wir wollten von Nächstenliebe nicht nur reden, sondern uns immer wieder kraftvoll und hilfreich ins Leben unserer Nächsten einmischen und notfalls darin verstricken; das hatte ich früh zu lernen, warum nicht auch frühmorgens.

Wenzel ließ sich jedoch nicht umstimmen. Er wollte mich nicht zu Hause besuchen, so wenig wie er von mir zu Hause besucht werden wollte.

»Ziehen wir lieber rum«, sagte er.

Wir trafen uns beinahe täglich im Lauf des Nachmittags, hin und wieder auch sonntags und so gut wie an jedem Tag in den Ferien. Anfangs hatte er vor dem Haus auf mich gewartet, doch immer öfter war ich es, der wartete, ohne es recht zu merken. Ich stellte mich ein paar Meter entfernt von Wenzels Haustüre auf, sammelte Luft und Gedanken und rief seinen Namen an der hohen Fassade hinauf. Nichts regte sich, auch nicht, als ich den Namen wiederholte, laut und lauter. Mein Geschrei hatte bereits ein paar Nachbarn ans Fenster oder vor die Türe gelockt; das war mir unangenehm, denn mit jedem Schrei bekannte man doch nichts als seine Bedürftigkeit und sein Sehnen. Bis Wenzel endlich herauskam. Er erschien gern unter den Blicken von Zeugen und Zuschauern, unter Beobachtung machte es anscheinend noch mehr Spaß, derjenige zu sein, der gerufen, erwartet und abgeholt wurde. Mit gönnerhaftem Lächeln blieb er auf der Treppe stehen, hob gemächlich die Hand und begrüßte mich:

»Jaddermax!«

Wenn wir uns wieder trennten, dämmerte es oft schon. Wenzel lief in der Regel einfach weg. Plötzlich scherte er aus, sprang wie erschreckt oder von jemandem angestoßen zur Seite und ließ mich allein zurück – grußlos oder mit einem unverständlichen Ruf über die Schulter. Das war seine Art, sich zum Verschwinden zu bringen: indem er sich losriß und mich an Ort und Stelle zusammenfahren ließ. Es kam aber auch vor, daß er ein paar Momente ruhig dastand und lauschend den Kopf hob, bevor er davonrannte, so als riefe ihn jemand dringend und flehend. Im Unterschied zu mir hatte er gewiß keine Angst vor der Nacht, vor dem Alleinsein und vor dem Käuzchen. Eher mochte er fürchten, in der Dunkelheit weich und anhänglich zu werden und doch noch mit mir heimzugehen.

Manchmal öffnete er die Tür, durch die er ins Freie treten mußte, nur einen Spalt weit, durch den er kaum hindurchpaßte. Es sah so aus, als würde er dabei gegen fremden Widerstand ankämpfen, der ihm von drinnen, aus dem Verborgenen entgegengesetzt wurde. Manchmal stieß er die Tür auch ganz auf, stellte sich auf die oberste Treppenstufe, kehrte mir den Rücken zu und sprach mit verfremdeter Stimme dunkel und begütigend in den Raum hinein.

»Mammole, Mammole« verstand ich, sonst nichts.

Wenzel war am Tag der Einschulung auf dem Heimweg vor mir hergelaufen, wir gingen Hand in Hand mit unseren Müttern. Der andere Sohn hatte seine Hand in den überlangen, speckig-schwarzen Mantelärmel seiner Mutter gesteckt, die Hand war völlig darin verschwunden, wie in einem Tunnel, und man ahnte nur, wie sie sich dort im Dunkeln an die Hand der Mutter klammerte. Auch legte der fremde Junge zwischen seinen Hauptschritten immer wieder Unterschritte ein, mal hüpfte, mal trippelte er, so als könne er gar nicht genug Weg unter die Füße bekommen; doch nie hatte er dabei die Hand im Ärmel losgelassen, so sehr er an ihr riß.

Und Wenzel spielte doch gerne, wenn auch anders als ich es mir vorgestellt hatte. Eines Tages brachte er einen Ball mit, einen braunen handvernähten Lederball, voll aufgepumpt. Wir gingen zu den Wiesen am Feuersee, um Fußball zu spielen. Das Spielgerät, lederwürzig und griffig, versetzte uns in Aufregung, es versprach eine neue Gemeinsamkeit. Ich war stolz auf Wenzel, daß er mit einem solchen Ball aufwartete. Unsere Zukunft erschien mir plötzlich leicht und erfüllt. Im halbhohen Gras kickten wir »Tor auf Tor«, jeder war seine eigene Mannschaft, jeder sein Torhüter, Mittelstürmer und Ausputzer in einem, jeder durfte beim Spielen gleichermaßen Fuß, Hand und Kopf benützen; so hatte mein Vater es mir gezeigt, im Garten, mit meinem silberfarbenen Gummiball, und jetzt spielte ich zum ersten Mal mit einem anderen Jungen. Wenzel konnte härter schießen als ich, auch jubelte er lauter und hatte öfter Grund dazu. Mir brannte bald schon der rechte Spann, als stecke er in einem Ameisenhaufen.

Da rollte uns der Ball die Böschung hinab in den See. Sofort war alles anders. Wenzel stürzte hinterher und umrundete panisch das Wasser, auf dem der Ball von uns wegtrieb. Die Frösche waren längst geflohen. Wenzel klagte, schrie und wimmerte, als würde ihm da draußen jemand ertrinken. Er war außer sich, beinahe verzweifelt, und mein Herz klopfte wie selten; ein Wunder, daß er nicht ins Wasser sprang, um seinen Ball zu retten – oder mich hineinstieß.

Er beruhigte sich erst, als ich sagte, daß wir den Ball schon wieder kriegen würden. Für einen Moment überlegte ich, einen Erwachsenen herbeizuholen, doch ich gab den Gedanken wieder auf und schwor mir mit trockenem Mund, mein Versprechen selber einzulösen. Der Ball war ziemlich genau in der Seemitte auf dem algengrünen Wasserspiegel liegen geblieben, zuerst noch ein wenig schaukelnd, dann völlig ruhig wie auf dem Elfmeterpunkt. So wartete er, ungefähr vier, fünf Meter von uns entfernt, wartete, um verwandelt zu werden. Nur wie? Ich fing an, rings im Gras und unter den Bäumen Wurfgegenstände zu sammeln – gut in der Hand liegende Steine, feste Stücke von Baumrinde, kleine harte grüne Äpfel –, und Wenzel machte es mir nach. Dann beschossen wir den Ball, beschossen ihn so lange, bis er ans Ufer getrieben wurde. Das hatten *wir* vollbracht! Ich war ganz in meiner Ziel- und Werflust aufgegangen, hellwach und trittsicher am schrägen, struppigen Ufer. Ich hatte öfter geworfen und öfter getroffen als Wenzel. Wie die Steinchen gegen das Leder gepfätzt waren! Und wie der Ball gehorcht hatte, träge, aber immerhin. Doch als er landete, eindeutig dunkler geworden von der Nässe, hob Wenzel ihn hastig aus dem Wasser, drückte ihn an sich und rannte ohne ein Wort davon.

Von diesem Erlebnis erzählte ich daheim, der Schrecken meines Freundes zitterte noch nach in mir. Meine Eltern lachten mich aus und fanden Wenzels Verhalten gar nicht sonderbar. Der achte eben sein Spielzeug und passe darauf auf, sagten sie. Aber einige Wochen später, als der Sommer anbrach, mußte ich von meiner Mutter das Schwimmen lernen, im grünglitschigen Feuersee, der nicht nur von Karpfen, Fröschen und Molchen bewohnt wurde, sondern auch das Freibad unseres Dorfes war.

Kaum einmal sprach Wenzel mit mir über Geschehenes. Jeder Tag schien für ihn wirklich ein neuer Tag zu sein, und der vorangegangene wie ausgelöscht. Doch in mir häuften sich mehr und mehr Rätsel auf. Mitunter machte mein Freund mir sogar Angst, obwohl es auch lustig sein konnte mit ihm, bis dann alles wieder ganz anders kam. Das einzig Beständige war meine Freude an der Vorstellung, einen Freund zu haben. Abends stellte ich mich daheim in unserem Wohnzimmer manchmal ans Fenster und starrte durch die Scheibe ins Dunkel: Da draußen, da hatte ich einen. Ich hauchte gegen das Glas und schrieb mit dem Finger schnell seinen Namen auf die beschlagene Stelle.

Körperlich war Wenzel um einiges stärker als ich. Das wurde mir rasch bewußt, obwohl wir nie miteinander kämpften, ja, wir faßten uns nicht einmal an. Nur in Augenblicken des Innehaltens war es so, als würden wir uns gegenseitig berühren. Im Schatten des Birnbaums an der unteren Friedhofsmauer etwa, wo wir zusammen auf dem Boden hockten und, den Geruch eines Kartoffelfeuers in der Nase, unsere Blicke ins stille, menschen- und maschinenleere, wie mit dem Besen ausgefegte Tal hinausrichteten. Währenddessen, so schien es mir, warteten wir gemeinsam darauf, daß einer von uns etwas sagte, ein Freundeswort, nur für den jeweils anderen bestimmt und äußerst kostbar, besonders nach langem Warten in der Stille. Meistens war ich es, der zu reden anfing, obwohl es mir sehr erwachsen vorgekommen wäre, gemeinsam zu schweigen. Viel seltener ergriff Wenzel das Wort:

»Wir können rauchen. Hast du Geld?«

»Nein, aber ein Sparbuch.«

Er wußte nicht, was ein Sparbuch ist.

»Da steht drin, wieviel Geld ich habe.«

»Aber du hast keins!«

»Ich bring mein Sparbuch mit und zeig es dir.«

»Lieber das Geld!«

Nein, ich wollte ihm mein himbeerrotes, auf dem Umschlag mit goldenen Buchstaben beschriftetes und mit einem grüngoldenen Bankwappen verziertes Sparbuch zeigen – das schien mir wertvoller als Geld. Doch ich durfte es nicht mit aus dem Haus nehmen. Meine Eltern sagten, wenn mein Freund das Sparbuch sehen wolle, dann müsse er schon zu Besuch kommen.

Wenzel wollte es nicht mehr sehen.

Er sprach wenig und besaß im Unterschied zu mir einen wachen Sinn dafür, nur das Nötigste zu sagen. Immer schob er das Reden auf, so lange wie es ging. Lieber ließ er mich antworten, selbst auf meine eigenen Fragen, und begnügte sich damit, zu nicken oder Zustimmung zu murmeln. Auch bediente er sich häufig gewisser Laute wie »ts-ts-ts«, »mhm-mhm« oder sagte »ja, ja-ja, ja-ja-ja-ja« und »ahà, ahà, ahà«, um wenigstens so zu tun, als spräche er mit mir. Falls er einmal nicht darum herumkam, etwas zu sagen, machte er es so kurz wie möglich und schien dankbar zu sein, wenn es vorbei war. Sein Problem war der Auftakt. Er mußte das erste Wort erwischen, dann gelang ihm meistens der ganze Satz. Das erste Wort traf er aber fast nur, wenn er ihm irgendeinen Laut vorausschickte – aus diesem Laut und wie durch eine Schleife mit ihm verbunden stieg dann das erste Wort auf.

Oder Wenzel öffnete einfach nur den Mund wie ein Sänger, der auf seinen Einsatz wartet; das Kinn geriet in Bewegung, die Lippen zuckten, die Halsmuskeln schwollen an, die Hände verkrampften sich und die Wimpern flackerten – endlich kam ein Ton oder keiner. Wenn ihm sein Satz nicht gelang, keckerte und meckerte er noch eine Weile herum, aber man verstand nur wenig, und wir wurden beide verlegen. Hin und wieder streckte er auch einen oder sogar beide Arme aus und schnippte rasch hintereinander mit den Fingern wie einer, der den Kellner ruft; oder er nahm den Arm noch höher, bisweilen über den Kopf hinaus, und schlenkerte die Hand heftig wie ein übereifriger Schüler, der vom Lehrer unbedingt aufgerufen werden will, um vor allen anderen antworten zu dürfen. Das half manchmal und manchmal half es nicht.

Auch beim Zuhören verhielt er sich merkwürdig: Er legte die Stirn ruckartig in Falten, so daß die vordersten Locken in dunkelblonden, wippenden Spiralen bis über die Augenbrauen herunterfielen. Während ich zu ihm redete, zielte er mit dem Blick auf meine Lippen, und seine eigenen Lippen bewegten sich, als versuche er lautlos nachzusprechen, was ich sagte. Er verzog den Mund, ich sah seine Zahnlücken und die schwarz gewordenen, zerfallenden Milchzähne. Oft schaute er drein, als wolle er gleich in Gelächter ausbrechen. Ja, sein Gelächter hing über uns wie Donner, Blitz und Hagelschlag. Und wenn er tatsächlich loslachte, dann in einem tiefen, bronchitischen Bollerton, der unmöglich aus einem Kind kommen konnte. Dieser Ton wurde höher und höher und ging in ein Schreien oder Singen über, bei dem Wenzel den Mund aufriß und seinen Kopf hin und her schleuderte – ein Lachgebrüll, von dem die zarten Sätze, an denen wir bauten, im Nu kurz und klein gehauen waren; es dauerte eine Weile, bis danach selbst ich wieder ein Wort zu sagen wagte.

Manchmal sprach er aber auch ganz normal.

Ich begriff nicht.

Was Wenzel da trieb, kam mir wie Übermut vor oder Ungeschick. Ich dachte: Bei dem wollen die Wörter alle gleichzeitig zum Maul heraus, darum verkeilen sie sich. Er sollte besser überlegen, was er sagen will, der Kasper. Oder er hat zu starke Gefühle, und *sie* lassen ihn nicht sprechen, würgen ihn ab. Erst als ich zu Hause erzählte, wie Wenzel sich bisweilen aufführte, erfuhr ich von meinen Eltern, daß er das nicht absichtlich tue, sondern daß es über ihn komme, ihn heimsuche, weil er ein »Stotterer« oder »Stammler« sei; Wörter, die ich noch nie gehört hatte, die aber einiges erklärten und fürs erste beruhigend wirkten. Meine Mutter fuhr mir mit der Hand über den Kopf, zerzauste spielerisch mein Haar und sagte:

»Der gibt dir eine Nuß zu knacken, nicht?«

Mein Vater dagegen blieb ernst und fügte noch etwas an, was ich nicht verstand. Ich wollte mir den Satz aber für später merken, wenn ich ihn verstehen würde:

»Dem ist das Stottern *eingebleut* worden.«

Darauf machte ich, allein mit mir vor dem Spiegel im elterlichen Schlafzimmer, den stotternden Wenzel nach, so lange bis ich die Gewalt spürte, die in seinem Rachen saß und ihn von innen würgte. Mit beiden Händen drückte ich meine Gurgel zu und versuchte, dabei zu reden oder zu singen. Auf der Stelle hüpfend, begann ich zu brummen und hörte, wie die Brummtöne mit mir hüpften. Zerhackte Kehllaute stieß ich aus, mal langsam, mal schnell – und klang wohl wie eine junge Elster, die das Schackern übt. Ich fauchte, röchelte und stöhnte, verdrehte die Augen, spannte die Halsmuskeln unter Zähnefletschen, entließ Kotz- und Reihertöne aus dem Schlund und sah, wie dabei meine Speicheltropfen gegen den Spiegel flogen. Schließlich war ich, ohne ein einziges Wort aus mir hervorgelassen zu haben, ganz ausgepumpt und taumelig, auch mochte ich mich selbst nicht mehr hören und sehen und bekam es mit der Angst zu tun.

Doch schon bald sollte ich erfahren, wie es war, wenn die Sprache tatsächlich versagt, und vermutlich beschwor ich diese Erfahrung eigenmächtig herauf. Meine Großmutter hätte zielsicher gesagt: Man spielt nicht ungestraft fremde Leiden nach!

Es geschah an dem Abend in der Rotacher Festhalle, als unser neuer Bürgermeister in sein Amt eingeführt wurde. Einige Kinder sollten für ihn und seine Frau Gedichte aufsagen, die unsere drei Heimatdichter verfaßt hatten, und außerdem Begrüßungsgaben überreichen. Auch ich war dafür ausgewählt worden, nachdem mich mein Vater – gedrängt von allen, am meisten von mir –, dem Festkomitee vorgeschlagen hatte. Die beiden Vierzeiler erhielt ich zeitig genug, um sie auswendig zu lernen – viel Längeres hatte ich bereits intus, Lieder, Sinnsprüche, Balladen und nichts davon in Mundart. Es war meine Großmutter gewesen, die mir, noch in der Vorschulzeit, als ich allein unter vier Erwachsenen gelebt hatte, den Vorschlag machte, Gedichte zu lernen. Sie sagte sie vor, und verseweise schnappte ich sie von ihren Lippen, um sie so lange nachzusprechen, bis ich sie vollständig aufsagen konnte, von einem Stuhl herab etwa, vor dem die Freundinnen meiner Großmutter beim Kaffee saßen, lauschten und applaudierten.

Eine Kraft wie die Auswendigkraft hatte ich bisher noch nicht verspürt, auch nicht beim Beten. Kaum erhob sich meine Stimme, um Verse zu sprechen, wurde mir warm, das Gesicht straffte sich, der Atem strömte wie von selbst aus und ein, und ungeahnter Mut flog mir zu. Man mußte einen Vers nur am Zipfel erwischen, schon folgte ratternd das ganze Gedicht. Küche und Stube ließen sich mit seinem Klang ausfüllen. Wie der Wind aus dem Blasebalg in Vaters Werkstatt fuhr das Gedicht in die Ecken und scheuchte Staubflusen auf. Zum Fenster konnte man es hinausschreien. Oder hinein durch den Spalt einer Tür, die man danach zuschlug. Am machtvollsten tönte das Gedicht ins Dunkel einer leeren Gießkanne gesprochen. Im hallenden Hausgang konnte man damit Erwachsene von der Treppe pusten. Auch auf dem Abort, wenn zäh die Zeit verstrich, tat es gute Dienste. Es war treu, das Auswendiggelernte ... selbst stumm ließ es sich gebrauchen, indem man es Vers für Vers vor sich hindachte. Und nie ging es verloren, noch am anderen Morgen, nach durchschlafener Nacht, in der man es vergessen glaubte, war es wieder da.

Nur diesmal nicht.

Ich stand auf der Bühne über dem vollbesetzten Parkett, einen Blumenkohl in den Händen, den ich nach meiner Darbietung in den Wäschekorb vorn am Bühnenrand legen sollte. So hatten es alle Kinder zu machen: zuerst das Gedicht, dann die Feldfrüchte, einen Laib Brot, einen Schinken, vielleicht auch Rehbraten und Hirschkeulen, Wurstbüchsen oder eine Flasche mit wasserklarem Schnaps. Und jedesmal klatschte der Bürgermeister, der unterhalb der Bühne neben seiner schwangeren Frau saß, nickend und strahlend vor Freude über all die Gaben, die man ihm darbrachte, und der ganze Saal klatschte mit; ein Saal voll mit Erwachsenen, die für dies eine Mal zu mir aufsahen, ihre Augen, ihre Lauscher zu mir erhoben – das war sehr nach meinem Geschmack. Doch als ich sprechen wollte, ging es nicht. In mir war keine Silbe, geschweige denn ein Vers. Zuerst packte mich Zorn, weil das Gedicht nicht parieren wollte. Viel zu früh trat ich vor an die Bühnenkante, hob den Kohlkopf über mich hinaus, um ihn wie vom

Festkomitee vorgeschrieben dem Publikum zu präsentieren, und ließ ihn dann ohne ein Wort in den Wäschekorb fallen; wenn schon kein Gedicht, dann wenigstens Gemüse. Drunten im Saal lachten alle, außer meinem Vater, der sich vor Scham an der Hallenwand auf seinem Stuhl krümmte. Nicht eines der gehörten Gedichte rief an diesem Abend so lebhafte Regungen hervor wie mein ungehörtes – höchstens vielleicht der armlange Hinterschinken, als er langsam zu den übrigen Fressalien in den Korb gesenkt wurde. Aber mich packte auch Angst, weil alle, während sie lachten, mitleidig oder höhnisch oder auch gehässig zu mir heraufschauten. Das war das Schlimmste: angeglotzt zu werden, wenn man nichts sagen kann. Die Blicke saugten sich am Körper fest, brannten auf der Haut, schnürten gleich unter den Mandeln den Hals ab und erhitzten die Ohren. Nur ein einziges Wort, und die Blicke wären wieder gezähmt gewesen und harmlos wie Blindschleichen, die sich am Boden ringeln.

Ohne Sprache war man wehrlos, ohne Worte ein Nichts.

6

Wenzel und ich verbrachten unsere gemeinsamen Mittage oft damit, den Leuten beim Arbeiten zuzusehen, auf der Straße, am Fluß, in den Werkstätten. Zur Jugendzeit meines Vaters war ein solches Arbeitsschauen nicht selten der Berufswahl vorausgegangen. So verliebte man sich in die Möglichkeit, etwas zu können, so wurden die alten Handwerksgriffe und -begriffe weitergereicht. Während unserer Kindheit war dieses Arbeitsschauen neben dem Sportplatzbesuch und den Feuerwehrübungen die einzige bodenständige Unterhaltung, die das alte Dorf zu bieten hatte. Ohne es zu ahnen, richtete man sich bei diesem Zeitvertreib das noch weitgehend leere Gedächtnis ein: mit Bildern, Wörtern und Gleichnissen, die, älter als alle Fernsehbilder, auch heute, in der Computer-Ära noch nicht verblaßt sind und einen fortlaufend daran erinnern, wieviel Zeit seitdem vergangen ist und aus welcher kaum mehr glaubhaften Welt man selber stammt, fast wie ein Einwanderer aus einem armen Land.

Wir besuchten Meister Hausch in seiner Werkstatt, den kriegsversehrten Schuster, der längst keine Schuhe mehr herstellte, sondern sie nur noch flickte. Wie gern hätte ich dem traurigen Schuhmacher ein ganzes neues Paar in Auftrag gegeben. Es roch nach allerhand in seiner niedrigen Werkstatt, auch nach Zigarrenrauch und aufgewärmtem Essen, am strengsten aber war der Leimgeruch, der in der Luft hing und wohlig benommen machte, wenn man ihn längere Zeit einsog. Das Leder, das Hausch zurechtschnitt, mußte von uns auf sein Geheiß angefaßt und zwischen den Fingern gerieben werden, damit wir einen bleibenden Begriff von Feinheit und zugleich Haltbarkeit bekamen, daran lag ihm und mir auch. Ich war schon oft in der Schuhmacherei zu Gast gewesen, mit meinem Vater oder meinem Großvater, und längst hatte ich mir die anfangs noch wundersam fremden Wörter »Ahle«, »Kneip« und »Pfriem« gemerkt, einfach nur, um sie nicht wieder zu vergessen – Sprach- und Klangproviant für eine unermeßliche Zukunft. Kurz vor dem Rentenalter schloß Schuster Hausch sich einer Sekte an – den sogenannten Schönemännern –, die ihn fortzog aus unserem Dorf, in irgendein gelobtes Land; wir hörten nie wieder von ihm. Mit dem Linienbus sah ich ihn abreisen, nachdem er unter Wert sein Haus und seine Werkstatt samt Inhalt verkauft hatte, darunter den blankgewetzten gußeisernen »Dreifuß«, der heute in einem Museum steht und den die Besucher meistens für einen Kultgegenstand aus keltischer Zeit halten, bis man ihnen die Wahrheit sagt und sie notgedrungen enttäuscht. Der abreisende Meister Hausch warf mir aus dem Bus noch ein seltsam zuversichtliches und unvernünftig frohes Lächeln zu, so als hätten wir beide in dieser Welt rein gar nichts mehr zu fürchten.

Ebenso stand ich mit Wenzel während unseres Arbeitsschauens bei Donele Kern herum, der auf dem Platz vor seinem Haus in der Sonne saß und aus Weidenruten Körbe flocht, darunter ganz kleine, zierliche, wie meine Mutter sie für Blumengestecke benutzte. Wie flink und geschickt er die zuckenden, klatschenden Ruten umeinander wand – es sah jedesmal so aus, als würde er seine Hand mit hineinwinden, zauberhaft, doch am Ende blieb sie erstaunlicherweise immer frei. Bei Hausiergängen trug Kern seine Körbe in die entferntesten Weiler, kunstvoll hatte er sie auf seinen Rücken gebunden, und sie ragten, wippend und knarrend, um fast eine Körperlänge über ihn hinaus.

Auch bei Müller Eisenmann kehrten wir ein, der uns mit hinaus auf die schmale Brücke nahm, wo er mit einem schwer zu drehenden Eisenrad das Mühlenwehr öffnete und das gestaute Wasser der Rotach, das er auf seine Turbine geleitet und mit dessen Kraft er Korn gemahlen hatte, hinabstürzen ließ ins fast schon ausgetrocknete Flußbett. Eisenmann war der letzte Müller im Dorf; schon bald mußte er sein Handwerk aufgeben und Arbeit in der örtlichen Motorenfabrik annehmen, weil sein Mehl inzwischen teurer war als das Mehl im Kaufladen.

Auf dem Rückweg von der Mühle gingen Wenzel und ich den Fluß entlang, wir wollten mit dem Wasser ziehen, das wir hatten fallen und zerstäuben sehen und das nun rasch weiterfloß, mit seinen Schaumflocken, seinen Strudeln und seinem Getöse. Wir wollten mit ihm ziehen, bis es sich beruhigte und der Fluß seine alte Farbe wiedergewann, das satte Grünbraun des gemächlichen Wiesenflusses, den man nur fließen sah, wenn auf seinem Wasser ein Blatt, ein Zweig, ein Büschel Gras mitschwammen. Einen Weg gab es nicht, wir mußten uns erst einen bahnen, unter großen, überhängenden Weiden und zwischen schirmförmigen Froschohren, Riesenschorch und grünflammenden Brennesseln hindurch, die so hoch waren, daß sie uns am Kinn kratzen konnten; doch hatten wir mit Wenzels Taschenmesser – ich durfte noch keines besitzen – aus einem Haselstrauch zwei Stöcke geschnitten und hielten uns damit das Unkraut vom Leib. Schreiend flatterten Vögel auf; starke Gerüche umwehten uns, von Fluß und Schlick, von zerpeitschten und niedergetretenen Pflanzen. Das leuchtende Grün ringsum stach in die Augen. Und plötzlich stießen wir auf eine Insel, die nicht weit vom Flußufer entfernt und durch einen Sprung mit kurzem Anlauf zu erreichen war. Sie lag noch unter dem Blätterdach der Uferbäume, erstreckte sich bis fast zur Flußmitte und war ganz aus hellem Sand. Wenn man auf dieser Insel bis vor ans Wasser lief, konnte man die Mühle und das Stauwehr sehen, beides zusammen aufragend wie eine Burg und undeutlich wie im Küchendunst. Ein längerer Blick in den Dunst, und man meinte, die Mühle verschwinde vollends darin. Mit dem Wasser kam ein kühler Windhauch von dort herüber und fuhr einem angenehm über die Stirn. Unablässig rauschte fern der Fluß über die Kante des Wehrs, stürzte in die Tiefe, Wasser in Wasser, und erzeugte ein sanftes Dauergrollen, hinter dem das Dorf weit weg schien – oder lag es gar in der anderen Richtung? So allein hatte ich mich mit Wenzel noch nie gefühlt, aber noch nie war er mir so wenig fremd gewesen. Je fremder der Ort, desto vertrauter mein Begleiter, den ich ja noch kaum kannte. Vielleicht würde die Insel unser »Lieblingsplatz« werden; von anderen, Verliebten etwa, wußte ich, daß man so etwas haben konnte. Niemand würde uns hier suchen: für eine Stunde eine abenteuerliche Gewißheit (die danach in Verlorenheit umschlagen konnte, jedenfalls bei mir). Wir erkundeten alles und jedes, stießen auf herrliche Nichtigkeiten, sogar ein paar rostige Fahrradglockendeckel, gruben mit den Händen im Sand, balancierten über einen angeschwemmten Baumstamm und setzten uns schließlich nieder, um unsere Schuhe auszuziehen und den rieselfeinen Sand herauszuschütteln. Heimlich, als wäre es nicht erlaubt, schaute ich meinen Freund von der Seite an. Sein Gesicht war von der Hitze gerötet, das Haar schweißnaß, und der Mund arbeitete angestrengt, so wie dieser Mund es oft tat, doch nur ein Grummeln, Zischen oder

Schnalzen drang bisweilen über die Lippen. Wenzel schien versunken in unser Treiben, nichts lenkte ihn ab oder langweilte ihn, mein Freund war bei der Sache und somit bei mir, genau wie ich es von Anfang an gewünscht hatte, aber nur selten erreichte. Das richtige Wort für mich würde er schon noch finden.

Nicht alle im Dorf mochten es, beim Arbeiten betrachtet zu werden. Wagner Leippold zum Beispiel scheuchte Wenzel und mich vom offenen Fenster seiner ebenerdigen Werkstatt fort und schalt uns »russische Spione«. Wie kam dieser Vertreter eines damals schon aussterbenden Handwerks bloß auf den Gedanken, ein Geheimdienst könnte sich für seine Künste interessieren, die Kunst vielleicht, »den perfekten Bogen zu sägen«, wie mein Vater sagte? Diesen Bogen würden wir, während er unter der Bandsäge entstand, nie zu Gesicht bekommen; von weitem war in der Tiefe der Werkstatt nur Leippolds Rücken zu sehen und über ihm, an der Decke, ein paar fette staubgraue Spinnweben, die im Sägenwind zitterten. Wieviel Stolz und Mut muß man besitzen, um so wie dieser Wagner dem eigenen Untergang beizuwohnen und trotzdem gewissenhaft, nur von Zeit zu Zeit ein wenig knurrend, seine Arbeit zu tun?

Doch ich fürchtete andauernd, Wenzel nicht genug zu bieten. Je länger wir zusammen umherstreiften, desto deutlicher war zu spüren, daß er meine kleinmeisterliche Handwerkswelt nicht halb so sehr liebte wie ich, diese Welt mit ihren Kanonenöfen und tickenden Uhren, mit ihren Wandsprüchen und Herzensgrüßen von Haus zu Haus, mit ihrer ehrbaren Langsamkeit, ihrer Menschenfreundlichkeit und Menschenanhänglichkeit sowie ihrer nach wie vor lebendigen Vorstellung, das Leben sei – selbst nach zwei Weltkriegen! – noch immer etwas, das sich »meistern« ließe. Und meine Liebe wurde noch stärker durch eine heimliche Trauer, denn oft genug sagte mein Vater, daß es diese Welt nicht mehr lange geben werde.

Zwar beklagte Wenzel sich nie, auch weigerte er sich nicht, mir weiterhin zu folgen, doch gleichsam im Vorübergehen ließ er mich erkennen, was ihn weit mehr fesselte als die von mir gebotenen Sehenswürdigkeiten. Es waren meistens unbedeutende Vorgänge am Straßenrand, auf Haustreppen oder in Hofeinfahrten, die mir entgangen wären.

Er jedoch hielt staunend bei ihnen an oder verlangsamte seinen Schritt oder ging sogar eine Weile rückwärts neben mir her, um voranzukommen und doch zuzuschauen und zuzuhören.

Was gefiel ihm bloß daran, daß ein Betrunkener über die Straße torkelte und gegen die einzige Litfaßsäule im alten Dorf – sowohl hin und her als auch vor und zurück schwankend – sein Wasser abschlug? War es wirklich so anziehend, wenn Leute öffentlich miteinander stritten, sich beschimpften und beinahe prügelten? Wenn sie mit geöffneten Mündern aufeinander zu taumelten, als wollten sie sich küssen oder beißen? Wenn sie Geld verloren und es nicht merkten? Wenn sie vom Fahrrad fielen, oder auch nur ihr Einkaufskorb? Oder wenn einem Ochsen mit dem Stock hart auf die Hörner geklopft wurde, weil er störrisch war? Wieso konnte ein Lallen, ein Fluch, ein Aufschrei, ein Lust- oder Verzweiflungsjodler derart belustigend sein, daß man mit einem Lachen den Kopf ins Genick werfen mußte? Für *dieses* Dorf konnte er sich begeistern – mir war es fremd, dunkel lag es neben meinem hellen. Auch hatte ich noch nie begriffen, weshalb gewisse Leute außer ihren – denn nur so schien es mir richtig – würdevoll auszusprechenden Familiennamen noch Haus- und Necknamen brauchten, die auf geheimnisvolle Weise häßlich und vermutlich als Beleidigungen gedacht waren: »Seckelhart«, »Nillengret«, »Schneckenfett«, oder der unergründliche »Seegrasmaurer«, ganz zu schweigen von dem Doppelnamen »Saudackel-Motorrad« – mich biegend vor Pein versuchte ich wegzuhören, wenn diese spitzigen Namen zum Einsatz kamen, während Wenzel, dem das alles offenbar noch längst nicht wüst genug war, sich auf die Schenkel klatschte und rief:

»Kann noch andere, kann noch andere Namen!«

Auch ahmte er mit Leidenschaft die Stimmen von Betrunkenen nach, denn für einmal war sein Stottern ihm dabei nützlich.

Mir hingegen gefielen die Schauspiele der Geschicklichkeit mit Menschen und Tieren oder Maschinen, etwa wenn der erste Langholz-Lastwagen im Waldtal versuchte, sich durch die S-Kurve in der Ortsmitte zu winden. Das dauerte oft eine volle Stunde und passierte nicht jeden Tag. Niemand wußte, wann der Wagen durchs Dorf kommen würde, man mußte sich überraschen lassen. Aber wenn er kam, dann wurden vier, fünf Männer benötigt, um das schwere, mit Baumstämmen beladene Vehikel um die Häuserecken zu dirigieren, ein Vorgang, den man »Schwicken« nannte. Die Männer, allesamt Passanten oder Anwohner, rannten auf der Straße herum, winkten und brüllten dem Fahrer Kommandos zu, der an seinem Lenkrad riß, sich ab und an aus dem Führerhaus beugte, darin herumschnellte oder seinen Blick hastig von Rückspiegel zu Rückspiegel springen ließ. Doch diese Männer waren nur Gehilfen, die Hauptperson, das war der Fahrer mit der schwarzen Schildmütze auf dem Kopf, ihm gehörte meine Bewunderung, mit ihm schwitzte und steuerte ich, mit ihm schnellte ich herum, freilich ohne je meinen Stehplatz auf Bauer Nothdurfts Gartenmauer aufzugeben, hoch über den Köpfen der Zuschauer und unmittelbar an Wenzels Seite, dem ich diesmal bestimmt nicht zuviel versprochen hatte.

Als Vier-Augen-Erlebnis war das Zuschauen am schönsten, an der Seite eines Mitsehers wurde man erst richtig aufmerksam, das fremde Auge schärfte den eigenen Blick.

Die Stämme lagen ohne Äste und Wipfel auf dem Lastwagen, und ganz hinten, am längsten von ihnen, hing ein roter Lappen. Sie lagen eng beieinander und übereinander und wurden von Ketten zusammengehalten, die ihnen durch die Rinde ins fleischfarbene Holz schnitten. Nie mehr würden sie aufrecht stehen, aber bevor sie unter die Säge mußten, um biedere Bretter zu werden, legten sie sich quer, wurden sperrig und behinderten den reibungslosen Fortgang. Kein Haus, an dem das motorisierte Fuhrwerk qualmend und knirschend entlangrutschte, blieb auf Dauer ohne Schrammen und Risse, auch ein Fenster wurde bisweilen eingedrückt, ein Treppenaufgang beschädigt, eine Dachrinne zerquetscht. Und mit Schrecken erkannten die Zuschauer, daß das alte Dorf für solch ein Maschinenwesen allmählich zu klein wurde und in nicht allzu ferner Zukunft umgebaut werden müßte.

Wenzel hatte fast nur Augen für das »Sessele«, wie er unter Mühen sagte, eine graue Sitzschale aus Eisenblech, die an der uns zugewandten Außenseite des Langholz-Lastwagens angebracht und für eine Person, vielleicht den Holzknecht, bestimmt, jetzt aber leer war. Diese Schale hing gefährlich nahe bei dem großen, doppelreifigen Hinterrad.

Wenzel wünschte sich, in diesem Sesselchen einmal mitzufahren, nicht hier auf der Dorfstraße beim mühsamen Hin und Her, sondern draußen, wenn es in flotter, federnder Fahrt über Land ging – und wußte auch schon, wie das wäre: Mit eingezogenem Kopf (er zog ihn ein) hinge er unter den wuchtigen Baumstämmen, während seine Füße (er hob sie abwechselnd an) knapp über dem nach hinten wegsausenden Band der Straße in der Luft baumelten. Trotzdem säße er völlig ruhig (er hielt kurz die Luft an), hätte keine Angst, und in jeder Ortschaft wunderten sich die Leute auf der Straße, daß da einer unter dem Lastauto (er winkte mit der Hand) hervorgrüßte.

Eines Tages sagte Wenzel zu mir, daß wir doch den Alten noch einmal besuchen könnten. Ich freute mich über diesen Vorschlag, bis mir klar wurde, daß er von Wagner Leippold sprach, der uns davongejagt hatte; ihn wollte er durchs offene Werkstattfenster mit Geschrei und Gefuchtel reizen und gegen uns aufbringen.

»Dann rennt er uns nach, mal sehen, wen er kriegt!«

Leippold war längst nicht so alt, wie Wenzel glaubte, ich wußte also, wen er kriegen würde. Aber nicht deshalb lehnte ich seinen Vorschlag ab, es kränkte mich, daß er überhaupt annehmen konnte, ich würde bei einer solchen Lumperei mitspielen. Welche Grenze wollte er überschreiten – Wagner Leippolds Grenze oder meine? Wenzel ließ sich nicht abbringen von seinem Plan, und er schnaubte sich so in Wut, daß ich ihn auf der Straße stehen ließ und weglief, im Glauben, nun meinen ersten und einzigen Freund verloren zu haben. Doch Minuten später ging er wieder neben mir, stampfend und schweigend; auch ich sagte nichts, war sogar dankbar für sein Schweigen, weil es mir Gelegenheit gab, ihm den wahren Grund meiner Zurückhaltung nicht zu nennen, nämlich das vollkommen wehrlose Mitgefühl, das ich für den Mann in der Werkstatt empfand und für das ich mich vor dem rauhen Wenzel schämte.

7

Ein andermal fragte ich Wenzel, ob er mich zur Backstube begleiten wolle. Fast das ganze Dorf ließ dort backen. Bäcker Xander verlangte für das Ausbacken fremder Brote und Kuchen lediglich ein paar Groschen oder ein wenig Brennholz, das im Waldtal oft als Währung eingesetzt wurde. Nur die großen Bauern hatten zu Hause einen eigenen Backofen, aus Ziegelsteinen gemauert, und noch kaum jemand im Dorf besaß damals einen Elektroherd. Auch meine Mutter machte das Brot selbst, nur kleinere Kuchen wurden daheim gebacken, in der Röhre des Küchenherds. Alle paar Wochen knetete sie auf dem Küchentisch den Teig für vier oder sechs fünfpfündige Graubrote. Wenn der Teig aufgegangen war, mußte ich die Brote mit dem Handwagen sicher zu Xanders Bäckerei fahren und sie tags darauf wieder abholen, das Münzgeld in der Tasche; zur Belohnung hatte ich schon vorab vom reinen Sauerteig kosten dürfen, der den Magen jedesmal ganz wunderbar verödete und den Appetit, egal auf was, ins Maßlose steigerte. Die Fünfpfünder lagen in flachen Strohkörben rund und schwer in meinem Wagen und waren mit Tüchern zugedeckt. An jedem Brot klebte ein vom Rand der Zeitung abgerissener, mit Spucke befeuchteter und zart in den Teig gedrückter Papierschnipsel, auf den ich mit dem Bleistift winzigklein, aber gut lesbar unseren Familiennamen geschrieben hatte; denn keiner wollte später anderer Leute Brot essen.

Die Fahrt zur Backstube zählte zu den Pflichten, die ich seit Beginn der Schulzeit außerhalb von Haus und Garten wahrzunehmen hatte; außerdem gehörten dazu das Einkaufen im Dorfladen und in der Metzgerei, der Gang zur Post oder das Zustellen von Rechnungen, die mein Vater für seine Kunden schrieb. Meine häuslichen Pflichten dagegen waren schon älter, sie stammten aus der Zeit vor der Schule, als Arbeit und Spiel noch leicht zu verwechseln gewesen waren. Doch die kleinen Aufgaben hatten sich ziemlich schnell zu festen Pflichten ausgewachsen. Es ging ganz unmerklich vor sich, scheinbar zufällig: Anfangs war dem Großvater Feuer für seine Zigarre zu reichen, dann hatte die Großmutter Zwirn durch ein kaum sichtbares Nadelöhr zu fädeln, schließlich fiel der Mutter auf, daß das Stubenparkett leichter zum Glänzen zu bringen sei, wenn beim Bohnern jemand auf dem Gewicht des Bohnerbesens, genannt Blocker, kniete. Ich lieh meinen Erwachsenen Hand, Fuß, Auge oder Ohr, und erst durch mich wurde jeder von ihnen zu einem Ganzen – höchstes Glück des Einzelkindes! Mit der Zeit gelang es mir immer besser, im rechten Augenblick dort aufzutauchen, wo jemand fehlte; dafür wurde ich gelobt. So entdeckte man meine Nützlichkeit. Und seitdem hatte ich täglich, wenn nach dem Essen die Schularbeiten gemacht waren, dafür zu sorgen, daß das Brennholz im Herdkasten unserer Küche nicht ausging. Im Herbst mußte ich noch Äpfel und Birnen im Garten auflesen und die Äste unserer Zwetschgenbäume schütteln, mit der Hand oder mit dem Haken. An Sonntagen deckte ich den Mittagstisch und trocknete nach dem Essen das von der Mutter gespülte Geschirr ab. Die Hühner, die Ziegen, das Schwein und die Hasen: Sie waren regelmäßig zu füttern, ihre Ställe auszumisten – von mir alleine oder zusammen mit einem meiner Erwachsenen. Auch beim Rettichschaben, Krauthobeln oder Marmeladekochen durfte ich mich bewähren. Die nährenden Tätigkeiten waren mir die liebsten; nur beim Schlachten, bei der Blutarbeit, brauchte ich nicht zu helfen. Wer für die Zukunft lerne, sagten meine Erwachsenen, der dürfe das Schlachten getrost vergessen. Auch Soldat, das war ebenfalls schon beschlossen, würde ich niemals werden müssen. Du nicht, sagten wie aus einem Mund mein Vater und mein Großvater, die beide Soldaten gewesen waren, jeder in seinem eigenen Krieg. Wenn aber in der hintersten Gartenecke unter unserem einzigen Kirschbaum, der im rauhen Waldtäler Klima nur alle paar Jahre Früchte trug, flinke schwarze Waldameisen mit dem Kehrwisch einzufangen waren, weil meine Großmutter, die den Ruf einer Kräuterhexe hatte, Ameisengeist ansetzen wollte, dann war meine Hilfe wiederum willkommen. Und auch zum Arbeiten in unseren zwei Wäldern mußte ich nicht mit hinaus, weil nämlich bekannt war, daß ich den Wald und seine dunkle, knarzende Menschenleere fürchtete. Seit dem Krieg fehlten überall Menschen, jede Lücke, jede Leere, jeder freigebliebene Stuhl erinnerten an sie, auch mich, ohne daß ich eigens daran denken mußte. Überhaupt war mir jede von Menschen unbelebte Natur nicht geheuer.

Ganz zu schweigen von menschenlosen, alleinlaufenden Hunden, von trüben Wettern, fahrenden Wolkenschatten, dem grießbleichen, blauscheckigen Mond und der Nachtstille, ihr ganz besonders.

Ich war ein anerkanntes, gut erprobtes Haus- und Gartenkind, nicht nur in der Vorschulzeit. Gleich einem Meldegänger flitzte ich tagsüber zwischen meinen Eltern und Großeltern hin und her, überbrachte Botschaften (auch erfundene), tauschte Blicke, Grüße und Zeichen, rief zum Essen, obwohl alle wußten, wann Essenszeit war, oder zerrte den Vater aus seiner Werkstatt im Erdgeschoß hinauf in die Wohnung ans Telefon. Manchmal sprang ich aus dem Verborgenen vor sie hin, daß sie erschraken, oder rief ihnen von fern etwas Unverständliches zu, worüber sie grübeln sollten. Ich durfte es keine Stunde versäumen, mich in Erinnerung zu bringen. Mit meinem Gerenne spannte ich unsichtbare Bindfäden aus, mit denen meine Familie straff zusammengehalten wurde. Bei mindestens zwei meiner vier Erwachsenen wußte ich stets, wo sie sich gerade aufhielten; die übrigen waren zum Glück schnell wiedergefunden.

Bei all meinen Arbeiten trug ich einen Schurz, der aus dem gleichen dunkelblauen Stoff genäht war wie die Arbeitsanzüge meines Vaters. In diesem Schurz stand ich in den Pausen manchmal da, ein Knie abgewinkelt, einen Arm in die Seite gestemmt, und spuckte in silberhellem Bogen über unseren Gartenzaun auf die Straße hinaus.

Die Schreinerwerkstatt meines Vaters, unten im alten Haus, durfte ich nur betreten, wenn darin keine Maschine lief. Dann zimmerten wir zusammen oft Futterhäuschen und Brutkästen, die mein Vater an Vogelfreunde verkaufte oder verschenkte, je nach Laune, und hin und wieder ließ er mich sogar, mit einer kinderhandgerechten Schaufel, Sägespäne in einen leeren Sarg einfüllen, damit der Tote, der auf unseren Sarg wartete, nicht nur sanft ruhe, sondern auch weich liege.

Angst erfaßte mich, wenn ich in den Keller geschickt wurde, um einen Krug Most, eine Flasche Wein, Büchsenwurst oder, in einem Korb, gleichfalls nicht zu groß für meine Hand, Kartoffeln zu holen. Niemand begleitete mich, und anscheinend wollte mich auch niemand begleiten, obwohl jeder meiner vier Erwachsenen ein wenig mitleidig zu mir hinsah, bevor ich Stufe um Stufe abwärts stieg.

Die Angst wuchs, je näher der Keller kam. Und die Angst zupfte die Erinnerung wach, daß etwas fehlte: das Mitkind, das wenigstens den halben Weg mitginge und von oben her mit einem redete, während man sich an seinen Worten, seinen Sätzen tiefer und tiefer hinunterfädelte. So aber waren nur ein paar rasch leiser werdende Werkelgeräusche aus der Küche der Großeltern zu vernehmen. Die breite, niedere Kellertür, nicht leicht aufzustoßen, mußte nach dem Eintreten sofort wieder geschlossen werden, damit es im Keller kühl blieb. Sobald sie zu war, riß die Hörverbindung nach oben ganz ab, egal wie sehr man beim Weitersteigen auf der nächsten Treppe, diesmal einer steinernen und feuchten, auch hinauflauschte.

Ganz unten war der Keller eine ausgemauerte, halbrunde Höhle; der Boden bestand aus nackter, festgetretener Erde, die einen Geruch ausströmte, für den ich keinen Namen hatte. Das einzige Licht, das hier brannte, kam aus einer vergitterten Lampe im Gewölbe und konnte nur von oben, von den Wohnräumen aus, an- und abgeschaltet werden. Doch es erleuchtete den Keller nicht eigentlich, sondern sprenkelte allenfalls die Gegenstände in seinem Dunkel mit gelbbraunen Flecken. Wäre das Licht nur für einen Moment erloschen, ich hätte kaum angenommen, noch dazusein, wenn es wieder angegangen wäre, sondern vermutet, durch diese eine, einzige Schalterumdrehung mitausgelöscht worden zu sein; so schwach und nichtig, so zufällig, ja versehentlich und mangelhaft im Leben abgestellt fühlte ich mich hier unten.

Um so größer die Dankbarkeit, wenn meine Hand endlich den Faßhahn gefunden hatte, und der Most mit freundlichem Rauschen in den Krug floß. Trotzdem wurde der Krug nie voll – und was darinnen war, nicht selten beim Gang treppauf noch verschwappt.

Wieder oben, versuchte ich meine Erwachsenen mit demselben wortkargen Ernst zu mustern, mit dem sie mich losgeschickt hatten. Auch umrundete ich sie, um sie von hinten zu sehen, vielleicht verriet sich ja dort etwas. Doch nichts war ihnen anzumerken, man mußte wohl mehr Mut aufwenden und länger fortsein, um vermißt zu werden.

Seit ich Wenzel kannte, fiel die tägliche Pflichtarbeit mir schwerer. Die Stunde, die sie ungefähr dauerte, wollte nicht vergehen. Darum begann ich abzukürzen, wandte Tricks und Schliche an, übersprang, wenn niemand in der Nähe war, ganze Aufgabenfelder oder schummelte einfach, indem ich etwa die Holzscheite im Herdkasten so locker aufschichtete, daß statt der üblichen vier Körbe nur zwei hineinpaßten. Mehrmals lief ich aufgeregt zum Zaun oder zur Tür, als wäre von draußen nach mir gerufen worden. Zwar hatte ich nichts gehört, aber vielleicht hatte ja einer meiner Erwachsenen etwas gehört und würde nun endlich zu mir sagen:

»Horch, dein Freund ruft, geh jetzt!«

Wenn meine Betrügereien jedoch aufflogen, dann setzte es Strafarbeiten, die ohne Aufschub verrichtet werden mußten.

Als ich mit dem Brotwagen bei Wenzel vorfuhr, stand er bereits vor dem Haus und schien auf mich zu warten. Das hatte er nur am Anfang und dann nie wieder getan. Es war ein Nachmittag in den Ferien, und erst tags zuvor hatten wir uns für den Gang zur Bäckerei verabredet. Wenzel trug, ganz und gar unpassend, Sonntagskleider, ein weißes Hemd mit schmalem dunklem Schlips und darüber einen bis zur Brust herauf geschlossenen hellgrauen Anorak mit roter Kapuze; leuchtend lag sie um seine Schultern. Er sah sehr festlich aus, wogegen ich in Werktagsklamotten und Gummistiefeln daherkam und mein holperndes, lärmendes Handwägelchen hinter mir herzog. Bei seinen Großeltern sei er gewesen, sagte Wenzel, einen Tagesausflug habe er gemacht, zusammen mit der Mutter, zu Fuß durch den Wald, um seine Geschwister zu treffen: Schlockel, Mizzi und Hossassa. So lauteten offenbar die Geschwisternamen – Wenzel legte eine Pause ein und wartete, wie sie auf mich wirkten. Ich erwiderte nichts und hoffte, daß mir nichts anzumerken sei. Er nannte noch den Ort, in dem seine Angehörigen wohnten: gar nicht weit von hier, in Murr, wo der Wald zu Ende ging. Im Auto seien sie zu einem Zoo gefahren, »alle sieben, fünf hinten drin«; im Auto, Schlockels Auto, seien er und seine Mutter dann auch wieder heimgebracht worden nach Rotach, vor einer halben Stunde erst, so frisch war das noch. Auf diese Weise erhielt ich Nachricht von Wenzels Familie. Es gab da anscheinend mehr als nur die armselige Mutter und den abwesenden, von mir noch nie bemerkten Vater. Die angenehme, für das Einzelkind so vielversprechende Leere

64

um Wenzel herum füllte sich schlagartig mit märchenhaft bunten, quicklebendigen Figuren. Schon wenn er diese Namen aussprach – Schlockel, Mizzi, Hossassa –, schien Wenzel geborgen. Er hatte drei Geschwister, war also Bruder. Dreifacher Bruder! Und während er noch erzählte, konnte ich die drangvolle, warme, herrliche Familienenge auf dem Rücksitz von Schlockels Auto fühlen, von dem mir außerdem noch mitgeteilt wurde, daß es ein schwarzer VW sei, mit Fuchsschwanz an der Antenne und weißen Spritzlappen. Auch hörte ich »hinten drin« die Geschwister flüstern: Flüstern, das wußte ich, war Geschwisterton. Alles in allem Gründe genug, Wenzel zu bewundern, sogar zu beneiden. Trotzdem folgte er mir zur Bäckerei, was ich schon nicht mehr gehofft, sondern bereits gefürchtet hatte, denn für jeden, der uns auf unserem Weg begegnen würde, mußte ich aussehen wie der Gehilfe, der Brotknecht dieses Krawattenjungen.

Als Wenzel und ich gemeinsam die Brote in die Backstube trugen, hinein in die duftige Wärme, drehte Bäckermeister Xander sich zu uns herum und schaute uns musternd an. Der mehlbestäubte, geisterweiße Mann, der keine Strümpfe trug und dessen nackte Füße mit den kralligen Zehennägeln in den immergleichen Sandalen steckten, er schien uns zu kennen – und doch nicht zu kennen. Wir stellten die ersten beiden Brote im Regal für Ungebackenes ab und trabten hinaus, um die übrigen zu holen; als wir zurückkamen, folgte der Blick des Bäckers uns wieder. Dann, plötzlich und unerwartet, lobte Xander uns dafür, daß wir Freunde seien, Freunde, die sich gegenseitig halfen. So und nicht anders müsse es sein. Bei der Arbeit habe es anzufangen – dann könne das Leben ruhig noch andere Prüfungen schicken. Ich hielt erschrocken inne bei diesem Lob – eher wie Geschimpfe traf es mich –, und rechnete mit Widerspruch, wenigstens mit Gelächter. Selbst die Laugenstangen im Ofen mußten sich doch biegen vor Lachen und zu Brezeln werden! Aber es kam nichts, von niemandem, auch nicht von Wenzel.

8

Bevor Wenzel bald darauf in meine fast unmittelbare Nachbarschaft zog, womit unsere eigentliche Geschichte erst beginnen sollte, führte er mich noch über die engeren Grenzen unseres Dorfs hinaus; gegen meinen Willen zwar, aber im Einklang mit meinen Wünschen, die er besser zu kennen schien als ich selbst.

Wenzel hielt, mitten auf der Dorfstraße, einen Lastwagen an und verlangte vom Fahrer, einsteigen zu dürfen, zusammen mit mir. Fuchtelnd war er ihm in den Weg gelaufen und hatte ihn auf diese Art gezwungen, anzuhalten, wenn er kein Kind überfahren wollte. Keine Minute später saßen wir beide im Führerhaus, ich in der Mitte, Wenzel am Fenster, das er sofort aufkurbelte, um seinen Arm lässig hinauszuhängen. Wenzel war der Beifahrer, ich nur der Fahrgast oder höchstens der Mitfahrer. Der Fahrer selbst, ein stämmiger Mann mit öl- oder fettfleckigem Hut auf dem Kopf und ungewohnt breiten, bis weit unter die Ohren herabreichenden silbrigen Koteletten, hatte über Wenzels Erscheinen auf der Fahrbahn nur gelacht und ihn »Wenz« gerufen. Er hieß Johann Humbel, war der erste motorisierte Fuhrunternehmer in Rotach und mir damals noch völlig unbekannt; gleichwohl wurde er von Wenzel geduzt.

Ich dachte: Von dem hat er seinen Lederball!

Dieser Humbel saß gebeugt über seinem riesigen schwarzen Steuerrad, unten, zwischen mehreren Pedalen, bewegte er scharrend seine Füße, so als tanze er im Sitzen, und manchmal langte er mit der rechten Hand nach dem Schalthebel herüber, der gleich neben meinen Beinen krumm und zitternd aus dem Boden ragte und mir Angst einflößte. Ich begriff, daß Fahren Schwerstarbeit war; Mitfahren aber auch. Immerhin wurde ich nichts gefragt, von keinem. Wenzel verzichtete sogar darauf, mich vorzustellen. Er ließ mich nur wissen, daß wir »mit dem Johann ein wenig rumfahren« würden, mehr nicht; näher nachzufragen, unterließ ich, ganz gegen meine Gewohnheit. Wenzel war mir in diesem Führerhaus unvermutet zur Respektsperson geworden, Teil jener anderen, erwachsenen Respektsperson, die am Steuer saß, unsere Fahrt lenkte und eine Pfeife im Mund hielt, die nicht rauchte.

Ich suchte Halt in dem rumpelnden, schütternden Auto, fand aber von meinem Mittelsitz aus, den Humbel unter Wenzels Gelächter den »Weiberplatz« nannte, keinen; nur links am Schalthebel oder rechts an Wenzel hätte ich mich festhalten können, aber beides vermied ich. Der Motorenlärm, immer wieder sekundenlang von lautem Gezisch unterbrochen, legte sich drückend auf die Ohren. Dieser Lärm war so nah, so einhüllend und allgegenwärtig, daß man meinte, er käme aus dem eigenen Kopf. Wir saßen hoch droben in unserem Gehäuse mit der großen gewölbten Glasscheibe vorn; wie hoch, entdeckte ich, als uns draußen Leute zu Fuß entgegenkamen: weit über ihren Köpfen – meine ersten Erwachsenen von oben gesehen. Wie jämmerlich bleich ihre Scheitel waren! Doch alle Leute grüßten derart herzlich zu uns herein, als würden wir für immer wegfahren und sie dürften sich darüber freuen. Wenn mich so meine Eltern sähen! Ihren untreuen Sohn, der daheim bei der Arbeit betrog und mit anderen auf Großfahrt ging. Auf meine erste Autofahrt überhaupt, und auch noch zum Dorf hinaus. Meine Eltern besaßen kein Auto, wir waren Spätmotorisierte; bei uns hatte noch nicht einmal einer den Führerschein. Es war jedoch bereits beschlossen, daß wir bald ein Auto kaufen würden, und meine Mutter sollte zuerst den Führerschein machen, noch vor dem Vater, sie war unsere Pionierin. Aber ich konnte ja nicht warten, unternahm meine erste Ausfahrt nicht mit den Eltern und den Großeltern zum Hagbergturm und seinem Ausflugslokal, sondern mit Wenzel und einem mir gänzlich unbekannten Wagenlenker. Wie sich alles änderte, seit ich diesen Wenzel kannte, wie sich alles geändert hatte, seit er da war, wie sich alles weiterhin ändern würde, wenn ich nicht achtgab. Allein dank Wenzel entfernte ich mich von meiner Familie – und verwaiste sozusagen. Auch neue Wörter wie »Hallo« oder »Idiot« hatte ich zuerst aus seinem störrischen Mund gehört, und heute sollte noch ein weiteres dazukommen, nämlich »Muldenkipper«.

Wir fuhren am Ortsschild vorbei, ich sah das Schild im Rückspiegel, darauf war der Ortsname zu lesen; das hatte ich nicht erwartet, und es versetzte mir, wie ein allzu plötzlicher Abschied, einen Stich. Jetzt, auf einmal, weitete das Tal sich, statt der Dorfhäuser rechts und links nur noch Bäume und Büsche, die eng verwachsen mit ihren Schatten an uns vorüberflogen, als liefen sie ins Dorf zurück, um zu melden, daß ich wegfuhr; dahinter Wiesen bis hinüber zum Fluß, der sich zusammen mit der Straße, mit uns, mit mir vom Dorf entfernte. Die Gemeinsamkeit mit dem Fluß – ein Gefühl, das mir Mut machte. Wir bogen schon um die scharfe Linkskurve am Ausgang des Finsteratzer Wäldchens, wo es oft zu Überschwemmungen kam, manchmal zu so großen, wasserreichen, daß nur die schweren und schnellen Lastwagen noch hindurchfahren konnten. Dabei, so hatte ich gehört, spritzte das Wasser rechts und links in so schönen, regelmäßigen Bögen durch die Luft davon, daß es aussah, als wüchsen diesen Fahrzeugen Flügel. Hier also war unser Waldtal zu Ende, auch das wußte ich aus den Überschwemmungsgeschichten, die bei uns daheim am Küchentisch erzählt wurden. Fast alles kannte ich nur vom Hörensagen. Dabei hätte es bleiben sollen. Doch kurz darauf erreichten wir die erste fremde Ortschaft, ein langgezogenes, flach hingestrecktes Kaff namens Viechberg, das nicht halb so schön war wie mein Rotach im Wald, das uns aber den Bahnanschluß um rund hundert Jahre voraus hatte. Ich schaute mir die Fußgänger an – kannte jedoch keinen und würde gewiß auch von keinem gekannt worden sein. Hier waren die Leute noch kleiner als zu Hause, zumindest von oben gesehen; wie zusammengestauchte Waldmännlein mit knolligen Nasen sahen sie aus. Wenn meine beiden Begleiter mich zwischen ihnen ausgesetzt hätten, ich hätte nicht wieder heimgefunden, im Stich gelassen von schulterzuckenden, kleinwüchsigen Fremden. So schnell konnte die Heimat verloren sein! Schon im Nachbardorf! So waren die Zeiten, die wir liebten und fürchteten. Wenzel, was hast du vor mit mir? Wer bist du? Warum bin ich eingestiegen? Gehören wir zusammen? All das hätte ich gerne gerufen, scharf und schneidend in den Fahrtlärm hinein, brachte aber nur im Stillen einen kümmerlichen, unfertigen Gedanken zustande: Nachher, dachte ich, nachher, wenn wir wieder zu Hause sind …

Tatsächlich wieder zurück in Rotach, höchstens zwei Stunden später, von meiner Angst aber leicht auf das Doppelte gedehnt, ließ Johann Humbel uns auf dem Dorfplatz aus seinem Lastauto steigen. Ich rutschte mehr als ich stieg aus dem Führerhaus ins Freie hinab.

Wir hatten im Steinbruch von Wilhelmsglück, wo die Muldenkipper hoch über unseren Köpfen auf nicht gesicherten Wegen quer durch die Felswände gerast waren, eine Wagenladung Flußkies geholt und auf einer der Baustellen des Waldtals mit viel Staub und Donner ausgekippt. Als der rundbackige Humbel endlich weiterfuhr und wir beide wieder unter uns waren, wußte ich mir nicht anders zu helfen, als Wenzel wortlos und mit Steinstaub im Mund die Hand hinzustrecken, mochte es bedeuten, was es wollte. Sofort schlug er ein und drückte so kräftig zu, daß es mir wehtat.

Nach diesem Ausflug fehlte Wenzel für einige Tage, weder paßte er mich morgens auf dem Schulweg ab, noch ließ er sich mittags von mir herausrufen. Ich schrie und schrie vor der Kammer seiner Eltern unten im Haus der Flaschnerin, bis mir die Stimme versagte. Auf dem Absatz herumzufahren, nützte ebensowenig – auch hinter mir wartete kein Wenzel. Ich kniff die Augen zu, hielt sie minutenlang geschlossen, krampfhaft, dann auch die Fäuste, doch wenn ich beides wieder aufgehen ließ, Augen und Fäuste und auch den Mund staunensbereit öffnete, war mein Freund immer noch nicht da. Die Straße ohne ihn lag nur eine winzige Spanne neben der Straße mit ihm. Er war anwesend, nur zeigte er sich nicht. Und auch die Plätze, die wir öfter besucht hatten, unter einem Kastanienbaum etwa, im Laub nach seinen Früchten stöbernd, Plätze, in die ich Wenzel nun mit aller Kraft hineindachte, so daß er fast schon zu sehen war, diese Plätze blieben leer, nur Licht und Schatten flirrten dort durcheinander und riefen Täuschungen hervor, die den Puls beschleunigten und sogar ins Stolpern brachten.

Doch weiter half das Wünschen nicht.

Zuerst sah meine Mutter ihn wieder, auf der Dorfstraße. Sein Gesicht sei geschwollen gewesen, sagte sie, auf der einen Wange habe man »alle fünf Finger« zählen können. Als sie ihn fragte, was passiert war, erhielt sie keine Antwort. Wenzel floh. Minuten später lief er ihr aber doch noch einmal über den Weg, diesmal ohne sie zu bemerken. Er aß Schokolade, brach Stück um Stück von einer Tafel ab und schob die Stücke auf der unversehrten Seite vorsichtig in seinen Mund. »Wie ein trauriger Schlaraffe« sei er herumgegangen, mampfend, trielend, einen braunen Schokoladenring um den Mund. Meine Mutter trat von hinten an ihn heran und stellte ihm ihre Frage noch einmal. Er antwortete nur, daß er sich an einem offenstehenden Fensterflügel gestoßen habe.

Während meine Mutter von Wenzel erzählte, sah ich ihn vor mir, und mit jedem Wort, das sie sagte, sah ich ihn schärfer. Ich sah sogar Dinge, von denen sie gar nicht sprach, zum Beispiel, daß Wenzel sich mit der Schokolade, aus Gier oder aus Unachtsamkeit, auch Fetzen von Silberpapier in den Mund schob und sie gleich darauf als winzige Sterne wieder ausspie; sah, wie er nach seiner blaurot gestriemten, aufgeschwollenen Wange tastete … sah seinen Schmerz und sein Weh – dafür gab es also ein Auge.

Und auch mein Vater, plötzlich, wollte Wenzel gesehen haben, im Vesperkarren auf einer Baustelle, wo er mit den Arbeitern, darunter vermutlich Wenzels Vater Alois, während der Mittagspause am Tisch hockte und Karten spielte. Ich verstand: Erst wurde er geschlagen, dann belohnt – entweder mit Schokolade oder mit Kartenspielen.

»Du mußt ihn suchen!«, sagten meine Eltern.

Aber er war nicht zu finden, auch nicht an jenem Ort, der vielleicht noch unser Lieblingsplatz geworden wäre. Dort hätte er doch warten können, um von mir gefunden zu werden. Das stellte ich mir schön vor, malte es mir aus, erlebte es viele Male in Gedanken, bis der Kopf mir brummte und die Knie wackelten.

Ich suchte jedoch immer nur an Orten, an denen – umgekehrt – er *mich* gefunden hätte, und zwar verläßlich. Ich suchte nicht an seinen Orten, wenn es sie denn gab. Ich schaute eher herum, als daß ich suchte. Suchen wäre etwas vollkommen anderes gewesen, nämlich atemlos laufen, lauern, stöbern, in Aufruhr versetzen, eindringen in fremde Häuser mit erhobener Faust, brüllen (»Wo?« oder »Heraus!«), etwa bei dem Kraftfahrer Johann Humbel, von dem ich allerdings nicht wußte, wo er wohnte.

Vielleicht wohnte jener eigenartige Humbel ja auf dem Kaffeeberg, von dem die Gülle gluckernd zu Tal floß: kaffeebraun, daher der Name; aber da oben, wohin die Großmutter einmal im Jahr unsere Ziege brachte und wo der Deckmeister »Heewammer«, der so hieß, weil er der Mann der Dorfhebamme war, unsere Ziege unter den Bock schob, da war ich noch nie gewesen, gleichsam in Rotachs Fruchtbarkeitswinkel. Auch das verrufene Café »Hemdhoch« sollte dort oben sein, wie ich von meinem Großvater wußte, ganz oben allerdings und fast schon bei der Henkerswiese mit den drei sturmfesten Eichen, wo sich amerikanische Soldaten und ungarndeutsche Flüchtlinge einst Messerstechereien um den Vortritt bei der Wirtin und bei den Kellnerinnen geliefert hatten und wo in noch älterer Zeit der Rote Fritz, ein unedler Ritter, zum Lohn für seine Überfälle, Morde und Schändungen von kaiserlichen Schergen an einer der noch immer stehenden Eichen aufgeknüpft worden war (da hatte die große weite Welt uns einmal berührt: an der Gurgel). Eine überaus waldnahe, windgebürstete Gegend war das – nicht mehr meines, aber Wenzels Dorf hätte es ohne weiteres sein können; jenes »sündige Dorf«, gegen das unser Pfarrer angepredigt und die Kreiszeitung angeschrieben hatte, vergeblich, das unser unbeliebtester Heimatdichter, von allen dreien der einzige Freirhythmiker, jedoch mit den bleibenden Worten pries: »Schwarz schlachten, nackt tanzen / der Krieg ist vorbei …«

Ich fragte auch ein paarmal auf der Straße nach ihm, sagte »Wenzel Bogatz« und wieder »Wenzel Bogatz«, ich buchstabierte den Namen inständig, sang ihn fast an den Leuten hinauf, doch niemand wußte von meinem Freund oder kannte ihn oder wollte mir helfen. Niemand half gern einem so schlechten, schwachen Sucher, was mir durchaus auch ein bißchen recht war, denn ich fürchtete mich vor der klaren, harten Antwort:

»Der? Der hat dich verlassen.«

9

Als ich nach meinem Bodensee-Urlaub wieder zu Hause war, sandte ich Wenzel-Wolfgang als Anhang einer E-Mail einige Ausschnitte aus jenen Aufzeichnungen zu, die ich in den Wochen und Monaten nach dem Tod meiner Mutter – sie starb am 8. Dezember 2003 – gemacht hatte und die über mich gewiß nicht weniger aussagten als über meine Eltern, um die er angeblich so sehr trauerte. Ich hatte in diesem etwa dreißigseitigen Text, der aus mehr oder weniger eng zusammenhängenden Kleinkapiteln bestand, keine biographischen Porträts meiner Eltern zeichnen, sondern wenigstens in skizzenhafter Form festhalten wollen, was mir bei ihrem Tod widerfahren war oder genauer: wie überaus nah der Tod sie mir noch einmal gebracht hatte. Wenzel wünschte sich ein Erinnerungsstück – dies schien mir das richtige zu sein, auch wenn er darin beim Lesen vielleicht nicht ganz so nostalgisch schwelgen konnte wie beim sinnierenden Betrachten eines Mostkrugs. Den Titel »Beim Tod der Eltern« änderte ich geringfügig ab in »Beim Tod meiner Eltern«; das Motto, das dem Leser gewissermaßen den Reisesegen gab, blieb unübersehbar stehen.

Wenzel war nach meiner Frau und meinem besten Freund Henry (der von Beruf Pfarrer ist und zugleich mein Herzbruder, zuweilen aber auch mein Seelsorger) nach langer Zeit der erste, der Einblick in diese Aufzeichnungen erhielt, und vielleicht gab er sich ja mit diesem »Souvenir« zufrieden:

Beim Tod meiner Eltern

> *Die Eltern sind das Intimste, was wir besitzen.*
> Victor Jerofejew

Manchmal schrecke ich auf, tags oder nachts:
»Du mußt Mutter anrufen!«
Ihr Tod ist mir in drei Monaten noch nicht zur endgültigen Gewißheit geworden. Mutter wartet nach wie vor. Lieber hätte sie vergeblich gewartet, als selbst anzurufen. Anzurufen war die Pflicht des Sohnes in der Ferne, ihres einzigen Kindes. Sie nahm das Telefon mit in den

Garten und stellte es in eine Astgabel. Während wir redeten, hörte ich aus dem Hintergrund unseren Hahn krähen oder die Glocken der Dorfkirche läuten. Knapp vier Jahre lang haben wir nach Vaters Tod beinahe täglich miteinander gesprochen.

Das Gedächtnis korrigiert mit einem Federstrich:

» … du bist ja tot!«

Nur schwer kann ich widerstehen, trotzdem Mutters Nummer zu wählen und ihr Telefon in die Leere des Elternhauses hineinschrillen zu lassen; in jenes vom Tod ausgeräumte Haus, in das der Sohn sich nun zum ersten Mal kaum hineintraut, selbst nicht in Gedanken. Der ferne Sohn verdankt dem Telefon viel. Auch die Todesnachricht erreichte ihn beide Male durch das Telefon.

Mutter rief an einem Sonntag gegen Mitternacht an, heiser und mit kreischender Stimme schrie sie:

»D'r Vatter isch g'schtorba!«

Hätte ich je gedacht, daß dieser Satz in unserem Dialekt sagbar wäre?

Zu Mittag erst hatten meine Frau und ich uns daheim von meinen Eltern verabschiedet, nach einer mit viel Wein fast durchfeierten Nacht und einem ruhigen, verschlafenen Morgen. Im Trainingsanzug war Vater vors Haus getreten, um uns nachzuwinken. Lebend habe ich meinen Vater zum letzten Mal in einem Rückspiegel gesehen. Noch in der Nacht fuhren wir zurück, ich in Furcht vor dem Schmerz meiner Mutter und vor dem Anblick des Toten. Doch in Vaters Gesicht fand sich nicht der geringste Schrecken. Seine Züge waren vollkommen ebenmäßig. Mutter hatte ihm Mund und Augen zugedrückt und ihm lange das Gesicht gestreichelt. Sein Kinn war nicht mehr hochgebunden.

Meine Mutter weigerte sich zu schlafen oder sich auch nur hinzulegen. Sie war wie vernichtet und doch von einer unbeirrbaren Konzentration, so als wolle sie diesen einmaligen Augenblick nicht in Trauerlähmung verstreichen lassen. Im Schneidersitz nahm sie auf dem Ehebett Platz, legte das Haupt des Toten in ihren Schoß und las laut aus den Psalmen, bis der Morgen kam. Uns schickte sie zum Schlafen. Im Bett liegend, schämte ich mich, weil ich mich nicht getraut hatte, Vaters Stirn zu berühren.

Oft hatte ich den Elterntod vorausgedacht, seit sie beide über siebzig waren. Wie wird es sein, wenn es soweit ist? Wirst du vorbereitet sein? Der ferne Sohn war nicht vorbereitet. Er stürzte heimwärts und dachte nicht einmal an Trauerkleidung. Seine Mutter schickte ihn am anderen Tag in die Kreisstadt, damit er sich eine schwarze Hose und ein dunkles Hemd für die Beerdigung kaufte. Dort überkam ihn der Wunsch, sich eine Ausgabe des »Hamlet« zu besorgen. Er suchte den Trost der Poesie – der Trost der Religion war ihm schon vor längerem abhanden gekommen – und fand in Hamlets Rede gleich den geliebten Satz über den Tod, »das unentdeckte Land, von des Bezirk kein Wandrer wiederkehrt«. Was war daran tröstlich? Die Aussage, daß *alle* Menschen sterben müssen, und der Tod des Vaters nicht als Ausnahme, als etwas Zufälliges oder gar Erbärmliches empfunden werden durfte, zumal der Vater vom Tod in Augenblicken wahrhaft fortgerissen worden war? Oder daß Sterben der Beginn einer Wanderung sei und nicht das absolute Ende? Beim Lesen und Nachsprechen der Hamlet-Worte fiel jedenfalls der Glanz des Würdig-Erhabenen auf Vaters allzu raschen Tod – und wenn es nur das gewesen wäre, was der Sohn als Trost empfinden konnte.

Als Mutter starb, lief der Fernseher. Er lief die ganze Nacht hindurch und zeigte ihren Tod an. Nachbarn, auf dem Weg zur Arbeit, sahen das bläuliche Licht hinter ihrem Zimmerfenster und weckten Mutters Untermieterin, die sie tot in der Wohnung fand, genau an der Stelle, an der Vater, dreieinhalb Jahre zuvor, sterbend vom Stuhl gesunken war. Gegen sieben Uhr in der Frühe erhielten wir einen Anruf von der uns fremden Untermieterin. Meine Frau hörte das Telefon und nahm den Hörer ab. Ich erfuhr im Halbschlaf davon, wurde sanft an der Schulter gerüttelt, hochgezogen am Arm, um, noch bevor ich ganz wach sein konnte, die Worte zu hören:

»Deine Mutter ist tot.«

Was einen so antrifft, doppelt unvorbereitet durch die Ahnungslosigkeit und durch den Schlaf, muß später in der Vorstellung nicht eigens heraufgerufen und wiederholt werden; es wiederholt sich von selbst, viele Male, ungebeten. Es war dieses langsame Erwachen in die

Gewißheit hinein, dieses Geweckt-Werden mit dem Tod, das sich in den ersten Wochen oft bei mir einstellte und angeschaut und angehört werden wollte. Ebenso unvergessen ist eine andere Wirkung der schockhaften Todesnachricht geblieben: ein tagelanger, unabweisbarer Bittergeschmack, der mit nichts aus dem Mund zu spülen war. Ob es darum heißt, der Tod sei bitter?

Wir fuhren in mein Heimatdorf, ich wieder in der Furcht vor einem Totenantlitz. Im Haus war niemand außer der Toten. Sie lag angekleidet, aber nicht zugedeckt auf ihrem Bett, neben der leeren, mit einem Überwurf bedeckten Betthälfte des Vaters. Mutter war allein gewesen, als sie starb: ihr eines Auge gänzlich geschlossen, das andere nicht; um den Mund so etwas wie Verwunderung, auch Verlassenheit. Der Ausdruck der Verlassenheit galt mir. Ich war nicht dagewesen. Es war unmöglich gewesen, da zu sein. Aber in diesem Augenblick und bei diesem Anblick gab es nur einen einzigen Gedanken: das Unmögliche, es hätte möglich sein müssen.

Die Untermieterin kam, sie wußte, daß die Notärzte die Tote ins Schlafzimmer getragen hatten. Der Rolladen war geschlossen, das Deckenlicht brannte. Ich wollte für meine tote Mutter aus den Psalmen lesen, fand aber nicht den rechten. Im Vaterunser, auswendig gesprochen, verhedderte ich mich. Dann fand ich doch einen Psalm und las ihn zur Hälfte. Weiter trug die Stimme nicht. Was Mutter bei Vaters Tod gelungen war, gelang mir bei ihrem nicht. Bei aller Verzweiflung, den Vaters Tod ausgelöst hatte, schien er doch in eine Ordnung zu passen. So fiel ihr plötzlich ein, daß der April Vaters »Schicksalsmonat« gewesen sei. Im April war er kriegsverwundet worden, im April hatte er seine Meisterprüfung abgelegt, im April war er gestorben. Sie redete immer wieder von seinem April. Vater hatte diese Ordnung selbst zu bauen begonnen, Mutter vollendete sie nun. Zu dritt erinnerten wir uns auch an Vaters oft wiederholten Vorausweis:

»Wenn ich einmal dort oben bin …«

Dabei hatte er mit der Hand über unseren Gartenzaun hinweg zum Friedhof gedeutet.

Meine Mutter hatte mich nicht auf ihren Tod vorbereitet. Sie schien zeitlebens viel weniger als mein Vater mit ihrem Ende beschäftigt gewesen zu sein. Wie in einem Akt der Unterordnung nahm sie mit Selbstverständlichkeit an, daß er sie, nicht nur wegen seiner besseren Gesundheit, um mindestens ein Jahrzehnt überleben werde. Daß diese Annahme falsch gewesen war, versetzte ihr einen Schock. Der Gesunde war tot, die Kranke lebte. Eine neue Zeitrechnung wurde nötig, doch nach welchem Kalender war die Zeit ohne ihn zu berechnen?

Mir ist zusammen mit der Mutter auch der Vater noch einmal gestorben. Und mit ihm und ihr noch ein weiteres Mal Großvater und Großmutter, deren Tod fast dreißig Jahre zurückliegt. Alle vier – mein vierblätteriges Kleeblatt, dem im Lauf der Zeit nacheinander die Blätter abfielen – sind nun noch einmal gemeinsam fortgegangen. So weit wirkt der Tod des Letzten zurück. Er ruft alle Früheren noch einmal zum Abschied hervor. Ich weiß noch bei allen, was wir ihnen für Kleider aussuchten, bevor sie ein letztes Mal angezogen und in den Sarg gelegt wurden. In diesen Kleidern stehen sie jetzt paarweise vor mir, wie bei meiner Konfirmation.

Nach Mutters Tod gibt es niemanden mehr, der meine Früheren kennt und in Erinnerung rufen kann wie ich. Mit ihr verschwindet das letzte Glied meiner kleinen, mehrstimmigen Erinnerungsgemeinschaft. Von nun an werde ich mir meine Eltern und meine Großeltern allein und ohne Hilfe ins Gedächtnis rufen müssen: in der Furcht, nicht nur sie verloren zu haben, sondern im Lauf der Zeit auch all das Vergangene zu verlieren, das sie mit sich trugen und das bis weit vor meine Geburt zurückreicht. Wieviel von meiner Erinnerung war ihre Erinnerung und nur vorhanden, solange sie da waren? Wer wird mich künftig im rechten Augenblick an das erinnern, was ich nicht vergessen darf?

Jetzt bin ich unser Gedächtnis.

Meine Eltern starben jählings, beide eher in Sekunden als in Minuten. In einer älteren Sprache: Der Tod ereilte sie. Ihr Leben wurde hastig ausgelöscht und abgewürgt, das meiner Mutter sogar im Alleinsein. Doch nach Heinrich Heine zählen mein Vater und meine Mutter zu »Fortunas Favoriten«, denen ein »schmerzlos rasches Verscheiden«

gewährt wird. Meine Großeltern hingegen, gebrechlich und bettlägerig, von meiner Mutter jahrelang unter gesundheitlichen Opfern gepflegt, sahen ihr Ende langsam auf sich zu kommen. Sie konnten ihren Tod schon von weitem erkennen und erwarteten ihn. Er ließ ihnen so viel Zeit, daß sich in ihrem Ableben noch einmal der Grundriß ihres Lebens abzeichnen konnte: bei meiner Großmutter die immer vorherrschende Sorge, nicht genügend Nächstenliebe geübt zu haben und drüben für zu leicht befunden zu werden; bei meinem Großvater der freie Sinn des wandernden, weinliebenden und singfreudigen Sozialisten, dem es gleichgültig war, ob Gott existierte oder nicht. Er gab uns allen die Hand und entschuldigte sich für seine Fehler und Schwächen; darauf verabschiedete er sich ohne Klage, mit den Worten:

»Jetzt geht's auf zur letzten Fahrt.«

Ein Leben lang erlaubte sich mein Großvater auch Witzeleien über den Tod, als einziger in unserer Familie. Noch im hohen Alter wollte er, der ehemalige Kriegsteilnehmer, nicht damit aufhören, über den Tod zu lachen, obwohl meine Großmutter diese Art von Humor ganz und gar nicht mochte; zu einem Freund hörte ich meinen Großvater einmal sagen:

»Vorm Sterben hab ich keine Angst. Aber wenn ich mal tot bin – was mach ich am andern Morgen?«

Der schnelle Tod meiner Eltern war nicht von Worten und Gesten begleitet, zumindest nicht von eindeutigen. Aber einen Tag nach Mutters Tod, an einem kalten und klaren Dezembertag, als ich in der Waldschenke »Zum Jägerhaus« für den Tag der Beerdigung den Leichtrunk buchen wollte, stellte sich unvermutet ein Gefühl aus der Kindheit ein, süß und bitter zugleich und erstaunlich leicht wiederzuerkennen. Dieses Gefühl verlieh ihrem Tod wenigstens einen schwachen Abglanz von Sinn. Darum empfand ich Dankbarkeit. Es war einer jener Winternachmittage, an denen wir früher nach der – meist sonntäglichen – Einkehr von der Gaststätte nach Hause spaziert waren, Vater, Mutter und Sohn. Wir hatten haltgemacht an der Stelle, an der ich nun aus dem Auto stieg, und in die Weite geblickt, so wie ich es jetzt tat; Vater den Arm um Mutters Schulter gelegt, ich ein wenig abseits. Die Wälder talabwärts lagen im Abendrot, darüber standen die ersten Sterne und ein voller Mond. Blendende Klarheit, noch so spät an diesem winterlichen Tag. Vater, der Fensterbauer, hätte begeistert gesagt:

»Glaserlicht!«

Es war, so kurz nach Mutters Tod, dasselbe Gefühl, das sich beim Kind eingestellt hatte, wenn es sich der Liebe der Eltern zueinander bewußt wurde, wenn es sie bei einer Zärtlichkeit bemerkte oder beobachtete. Das Gefühl besagte, daß man als Kind ausgeschlossen sein konnte, verbannt aus einem geheimen inneren Kreis, der einen nichts anging; daß Mutter und Vater eine vom Kind abgewandte Seite besaßen und auch ohne den Sohn zusammengehörten (was mich immer gefreut und beruhigt hatte). Diesmal, das letzte, allerletzte Mal, erkannte der Ausgeschlossene an diesem in die Gegenwart verirrten, aber gern entgegengenommenen Gefühl, daß seine Eltern bald wieder vereint sein würden, wenn nicht im Tod, so doch im Grab.

Beim Tod des letzten Elternteils fällt die eigene Zukunft ins Dunkel. Pathetisch gesprochen: Die Ziele schweigen und verhüllen sich. Der Tod der Eltern fragt nach deinem Leben, nach dessen Wahrhaftigkeit und innerer Festigkeit. Wie ein Schwindel kommt die Frage über dich, ob dein Leben, gleich wie alt du bist, auch weiterhin tragfähig sein wird; ob du nun, nach dem endgültigen Abschied, wirklich allein und selbständig leben kannst, als hättest du es seither nicht gekonnt; ob du dir alles nur erlogen hast und bislang einzig von ihrer Kraft, ihrem Willen abhängig warst, vielleicht ohne es zu ahnen. Denn du weißt: Wenn die Eltern tot sind, hast du deine ältesten Kraftgeber verloren. Darum duzt der Elterntod dich wie ein unreifes Kind. Weist dir einen Platz an, drunten auf dem Schemelchen. Prüft dich wie einen ABC-Schützen. Schüttelt dich durch, bis du das Kind wieder in dir spürst, das nichts so sehr fürchtet, wie seine Eltern zu verlieren und allein auf der Welt zu sein. Jetzt ist es soweit. Jetzt hast du sie verloren.

Die Trauer meiner Mutter bei Vaters Tod war nicht nur zerreißend, sie war auch mit Haß auf den Tod vermengt. Als Mutter die Traueranzeige in der Zeitung sah, brüllte sie auf vor Schmerz und Zorn und drohte, das Frühstücksgeschirr gegen die Wand zu werfen. Und als der Leichenwagen am Nachmittag vorfuhr, um den Toten abzuholen, rief sie schluchzend:

»Jetzt holen sie ihn, jetzt holen sie ihn!«

Mich schaute sie dabei an, als müsse ich es verhindern.

Wieder beruhigt oder eher betäubt stand sie dabei, als mein toter Vater an Händen und Füßen durch die Terrassentür des Schlafzimmers in den Garten hinausgetragen und in den dort aufgestellten Sarg gelegt wurde. Welch ein Kontrast zwischen der schneeweißen Totenbettwäsche und den gerade ergrünenden Bäumen und Sträuchern! Die Bestatter hatten »der Einfachheit halber« vorgeschlagen, Vater draußen im Freien einzusargen. Der geschlossene Sarg sollte dann um das Haus herum und die Gartentreppe hinab zu ihrem Wagen geschafft werden. Ich war gefragt worden, ob ich helfen könne, den Toten hinauszubefördern. Noch bevor ich eine Antwort hatte geben können, war aus dem Hintergrund ruhig und deutlich Mutters Stimme zu hören gewesen:

»Freilich hilft er. Es ist doch sein Vater.«

Mutter rebellierte gegen Vaters Tod als das größte denkbare Unrecht. Wenn sie redete, dann immer knapp unterhalb der Schreischwelle. Ihr Gesicht war verschwollen, die Augen trüb vom Weinen und mit schwarzblauen Ringen umrahmt. Lippen und Hände zitterten unentwegt. Sie aß kaum, schlief schlecht oder gar nicht und sank in sich zusammen. Ihr Gehen war ein Schleichen, als trete sie barfuß auf Scherben. Die vielen Kondolenzbesuche halfen ihr lediglich, solange sie dauerten. Hinterher war Mutter nur noch zerhauener, denn jeder Besuch mehrte die Gewißheit, daß Vater nicht wiederkommen würde. Dennoch fand sie immer wieder die Kraft, sich gegen das Endgültige zu wehren. Ihre erste Trauer war fast nichts anderes als Auflehnung. Mutter erbleichte, als ihr bewußt wurde, daß von nun an das Wort »Witwe« auf sie zutraf. Aufspringend sprach sie es mehrmals hintereinander aus und lauschte ihm nach. Schließlich ballte sie die Fäuste vor ihrem Gesicht, so als trete sie zu einem Kampf an.

Ich dachte: Vater, wie um dich getrauert wird!

Ihre Trauer war so scharf und schneidend, als wolle sie sich durch ein großes Leiden das Recht bewahren, wieder mit ihm vereint zu werden. Meine Mutter war gläubig, aber ich hatte nicht das Gefühl, zumindest nicht so kurz nach dem Tod meines Vaters, daß der Glaube ihre Trauer milderte und ihr auch nur den kleinsten Trost gab. Das christliche Glaubensgefäß war offensichtlich nicht dafür geschaffen, ihren unbändigen, vor allem körperlichen Trauerschmerz aufzufangen. Mutters einzig echte Hoffnung schien zu sein: Wer sich im Leben so nahe war wie wir, mein Mann und ich, der kann sich auch im Tod nicht verlieren.

Außerdem dachte ich: Mutter, *mein* Tod hätte dich wohl nicht so getroffen …

Und dachte es ohne Bitterkeit.

Bei Vaters Beerdigung trat in der Leichenhalle die russische Ehefrau eines jüngeren Schreinerkollegen aus dem Dorf an seinen offenen Sarg, beugte sich hinunter zu ihm, legte die Hand in sein Haar, drückte ihre Wange an seine Wange und küßte ihn auf die Stirn; mir war das ein unfaßbarer Trost.

Wenige Tage nach dem Tod meines Vaters begann meine Mutter – auf Anraten ihrer Ärztin –, eine Art Tagebuch zu führen, das sie ein Jahr darauf, zu Ostern, beendete und dem sie den Titel gab: »Briefe an meinen toten Mann«. Sie hat sich dafür ein Schulheft gekauft, auf dessen Pappdeckel ein paar Wanderstiefel und ein Rucksack abgebildet sind. Ich las diese Briefe erst nach Mutters Tod, wußte aber schon länger von ihrer Existenz und wo sie aufbewahrt wurden; vorne ist das Kalenderblatt von Vaters Todestag eingeklebt.

Mir sagte meine Mutter, daß sie nach Vaters Tod doch nicht aufhören könne, ihn anzusprechen. Es gelinge ihr nicht, auf einmal zu verstummen, nur weil er verstummt sei. Sie müsse weiterhin in seine Richtung reden, auf die Leerstelle zu, die er hinterlassen habe.

Der erste Brief beginnt mit dem Satz: »Wie du es dir gewünscht hast, so bist du gestorben. Du hast dein Leben einfach ausgehaucht …«

Gleich mehrere Briefe beginnen mit den Worten: »Wieder einen Tag näher bei dir.« In jeder neuen Jahreszeit berichtet sie dem Toten aus dem gemeinsamen Garten. Auch soll er wissen, daß sie erntet, was er noch gepflanzt hat. Oder sie bedauert einen nicht mehr teilbaren Genuß: »Die Kirschen heuer sind wunderbar, schade, daß ich sie allein essen muß.« Sie erinnert ihn an die gemeinsame Freude, als ihnen der Sohn geboren wurde. Wieder und wieder gesteht sie ihm ihre Liebe und entschuldigt sich für Lieblosigkeiten. Sie ruft Vater als ihren Schutzpatron um Hilfe beim Trauern an. »Trauern ist ja wirklich Arbeit«, schreibt sie. Jeden Sonntagabend fürchtet sie seine heranrückende Sterbestunde (ich weiß noch, wie wir sie am Telefon oft gemeinsam überstanden haben). Und am ersten Todestag notiert sie: »Ich hatte Angst vor dieser Stunde, so als ob du noch einmal sterben müßtest.«

Es ist keine kleine Kunst, zu trösten ohne Jenseitshoffnung. Habe ich sie als Kind nicht beherrscht? Aus Ehrgeiz, daß es auch ohne Gott gehen müsse, zumal er mir Geschwister vorenthielt? Wenn er mich verließ, mußte ich ihm beweisen, daß ich ohne ihn auskam und daß auch andere, nämlich die von mir Getrösteten, ohne ihn auskamen. Vielleicht würden sie und ich, vielleicht würden wir die Geschwister *Ohne-ihn*.

Von einer Ausfahrt in den Schwarzwald, zu der meine Mutter von zwei Freundinnen überredet worden war, schrieb sie mir einen kurzen Brief, in dem steht:

»Niemand kann sich vorstellen, wie sehr er mir fehlt! Ja, er fehlt mir auch als Mann, seine Nähe, seine Wärme, sein Körper fehlen mir. Wir haben ein Leben lang miteinander geschlafen, verstehst Du, es hat nie aufgehört, niemals! Jeden Abend drücke ich mein Gesicht in das Unterhemd, das er an seinem letzten Abend getragen hat und das ich nie wieder waschen werde. Ich kann es, glaub mir, kaum erwarten, wieder daheim zu sein.«

Diese Worte waren an mich gerichtet. Trotzdem gewann ich den Eindruck, daß ich nur der Anlaß, nicht der Adressat war. Mutter schien mir in der Hoffnung geschrieben zu haben, daß *er* ihren Brief mitlese, und so sprach sie auch manchmal zu mir: als ob *er* zuhören könne.

Ich bin froh, diese Liebeserklärung zu besitzen.

Als meine Mutter mit dem Schreiben aufhörte, sagte sie zu mir, wieder am Telefon:

»Ich meine, du trauerst nicht genug.«

Es klang nicht vorwurfsvoll, eher wie eine Feststellung, wenn auch wie eine wohlüberlegte und darum ein wenig spitzig und tonlos. Ihr war ernst damit, und doch sprach sie es mit Vorsicht aus. Zugleich schwang darin ein Stolz auf die Größe der eigenen Trauer mit: Wer groß geliebt hat, muß groß trauern; in der Trauer wird die Liebe ein letztes Mal beglaubigt und abschließend ausgehärtet – ein Gedanke, der gut in die Vorstellungswelt meiner Eltern paßte. Zugleich begann meine Mutter, ihre eigene Trauer vor dem Sohn zu verheimlichen, so als wolle sie mich nicht beschämen.

Ich versprach, darüber nachzudenken, wann Trauer genügt und wann Trauer nicht genügt.

Einmal, in einem der Träume, die mich heimsuchten zu dieser Zeit: Mit drei Nachbarn trage ich den Sarg meines Vaters, was nahe Verwandte niemals tun. Am Grab stellen wir ab, und ich greife zur Gitarre, um ein Lied zu spielen, was nahe Verwandte gleichfalls nicht tun – sie sind nur da, um zu trauern. Dann trete ich zu meiner Mutter hin, um ihr zu kondolieren, doch sie verweigert mir den Handschlag und erweckt den Eindruck, als kenne sie mich nicht.

Nach ihrem eigenen Tod übernahm ich schon bald die Rolle meiner Mutter und fragte mich, ob ich auch genügend trauerte. Allerdings wußte ich noch immer nicht, welches Maß beim Trauern das richtige sei und wann die Trauer gewissermaßen glückt. Den fernen Sohn bedrückte das Gefühl, seine Trauer sei ungerecht und zu schwach für das, was sich ereignet hatte. Die Ferne dämpfte seinen Abschiedsschmerz. Im geschäftigen Alltag konnte man sich vor ihm verbergen, auch wenn man wie schwer gekränkt umherschlich. Dem fernen Sohn waren die fernen Eltern gestorben, mit denen er Jahrzehnte nicht mehr zusammengelebt hatte, er kannte sie nur noch von gegenseitigen Besuchen. Niemand aus dem engsten Lebenskreis war von ihm gegangen. Aber die wahre, reißende Trauer, sagte er sich, konnte doch immer nur denen gelten, die einem unmittelbar von der Seite gingen und täglich vermißt wurden. Nur wer in nächster Nähe stand und weggerissen wurde, konnte voll und ganz betrauert werden.

Meine Trauer verhielt sich zu Mutters Trauer wie Wetterleuchten zu einem schweren Gewitter. Ich war gereizt, niedergeschlagen, erschöpft. Nach drei, vier Stunden Schlaf ging meistens die Nacht zu Ende. Fast regelmäßig stand ich noch weit vor dem Morgen auf, las in Mutters Trauerbuch, starrte Fotos an oder versuchte, persönliche Dokumente zu entziffern: die hilflose Totenwache des Sohnes in der Ferne.

Anders erging es mir, wenn ich nach Hause fuhr, dorthin, wo sie gelebt hatten und gestorben waren. Dann wuchs die Trauer mit dem Näherkommen. Dabei war mir wohler als bei dem trügerischen Gefühl in der Ferne, in der ich heimisch geworden war. Denn am anderen Ende dieser Ferne, daheim, war die Trauer am stärksten. Im verlassenen Elternhaus, einzig und allein hier, fehlten die Eltern wirklich. Ihre Brillen, ihre Armbanduhren, die Kleider in den Schränken, Rasierpinsel, Haarspange, Vaters nie getragenes, ihm verhaßtes Hörgerät, Mutters Asthmaspray sowie die vielen Schuhe (sie ganz besonders) – alles zeugte davon. Trauer war zu Hause Trauer auf fast beruhigende Art. Angemessen und gerecht. Hier *genügte* sie, mir und sich selbst, und hätte wohl auch seiner Mutter genügt.

Zugleich wurde mir bewußt, daß ich einem seltsamen Glauben anhing, vielleicht sogar einem Aberglauben, der sich auf die folgende Formel bringen läßt: Wer nicht richtig trauert, darf sich später nicht erinnern. Oder: Das Recht auf Erinnerung muß ertrauert sein. Ich staunte, daß ich diesem Glauben so offenkundig anhing. Doch ebenso fand ich den umgekehrten Schluß zutreffend: Gedächtnisarmut ist die gerechte Strafe für unterbliebenes Trauern. Ja, ich hoffte sogar, daß es so wäre; und hoffte zugleich, daß ich mich vor dieser Strafe bewahren könnte.

Ich allein in der Leichenhalle an Mutters Sarg, wenige Tage vor der Beerdigung – entdecke den Ehering an ihrer rechten Hand, die auf der linken ruht: dünn ist er geworden, sieht nur noch aus wie schwacher Kupferdraht, so schmal, so unscheinbar, daß man ihn fast nicht bemerkt. Dieses Reifchen ist übriggeblieben vom einstigen Ring, abgetragen, dünngerieben und vernutzt in neunundvierzig Jahren Ehe; ich möchte es behalten, zum Beweis.

Wie leicht es sich vom Finger ziehen läßt.

Einmal, etliche Jahre davor, hatte ich erlebt, daß die Trauer um die Eltern dem Elterntod weit vorauseilen kann. Da waren Vater und Mutter bei uns zu Besuch gewesen. Wir hatten ein Wochenende miteinander verbracht und meinen vierzigsten Geburtstag gefeiert. Am Tag nach ihrer Abreise war es mir geschehen, daß ich sie in der Erinnerung noch einmal vor mir sah, plötzlich und mit schärferen Umrissen als in der Wirklichkeit: Meine Eltern, wie sie im Sonntagsstaat tags zuvor auf dem bläulichen Sofa gesessen und gelächelt hatten, alt geworden, überaus sterblich und womöglich todesnah. Ja, hier in der Ferne, bei ihrem fernen, vielleicht schon fremden Sohn schienen sie auf einmal weit älter zu sein und dem Tod ausgesetzter als in ihrer eigenen Umgebung, daheim, in Stiefeln und Arbeitskleidern, beschäftigt mit ihrem Alltag. Ungeahnt mächtig und mit dem Anhauch der Verzweiflung flammte die Liebe des Kindes zu seinen Eltern auf. Es war das erste Mal und noch zu ihren Lebzeiten, daß ich um meine Eltern trauerte und gezwungen war, noch lange vor ihrem Ende erstmals Abschied von ihnen zu nehmen.

Doch das Bild, auf dem sie in meinem Gedächtnis festgehalten sind – vom Reisen entspannt, mit einem Lächeln, festtäglich gelaunt –, ist deutlicher als jede Fotografie es sein könnte, so tief hat sich damals der erste Abschiedsmoment mir eingegraben. Überdies erkenne ich heute an diesem Bild, was ich damals noch nicht erkannte, weil ich noch kein Auge dafür besaß, nämlich daß meine Eltern auch mit siebzig nach wie vor ein Liebespaar waren.

Einige Wochen nach Mutters Tod träumte ich zum erstenmal von ihr: Wieder klingelte das Telefon. Jemand aus meinem Dorf war am anderen Ende und sagte, meine Mutter sei gar nicht gestorben, sie erhole sich auf der Pflegestation des örtlichen Altenheims. Über eine schneenasse, rutschige Wiese lief ich nach Hause, unter tropfenden Obstbäumen hindurch und mit einem schlechten Gewissen, weil ich kürzlich ihr Auto verkauft hatte. Meine Mutter setzte sich im Bett vor mir auf, einem weißlackierten Eisenbett auf grauen Gummirädern. Mit den Händen strich sie die Bettdecke glatt und prüfte, ob sie auch richtig zugedeckt sei; immer wieder klemmte sie die Decke unter ihren Beinen fest, ihre Hände kamen nicht zur Ruhe. Ich wartete auf ein Wort von ihr, doch der Mund blieb zu, auch beide Augen blieben geschlossen. Ihr Haar war wie im Schrecken nach hinten gesträubt, nichts schien so tot an meiner Mutter wie dieses Haar. Es war Zeit, zu gehen, aber ich konnte mich nicht rühren.

Am anderen Morgen, noch ratlos und traumbetäubt, fiel mir eine Begebenheit vom Tag der Beerdigung ein, die mit Sicherheit nicht geträumt war. Wir standen in der Leichenhalle an ihrem Sarg, kurz bevor er von den Trägern geschlossen und zum offenen Grab gebracht wurde. Meine Cousine, unmittelbar neben mir stehend, ihren kleinen Sohn an der Hand, sprach in die Stille hinein den gut hörbaren Satz:

»Das ist nicht Tante Gertrud!«

Sie wandte sich um und ging mit dem Jungen hinaus.

Wer, Mutter, fragte ich mich, liegt dann in deinem Sarg?

Später war mir noch sehr oft der rätselhafte Umstand tröstlich, daß mein Vater und meine Mutter im Elternhaus an ein und derselben Stelle gestorben sind. Beide starben sie am gleichen Punkt ihrer Wohnung: auf dem Boden des Eßzimmers. Dort, wo Vater zusammengebrochen war, lag am Morgen nach ihrem Tod auch die Mutter. Dies ist mir das wichtigste unter den Letzten Dingen, die meine Eltern betreffen: daß meine Mutter vom selben Platz aus fortgegangen ist wie mein Vater, so als habe sie dadurch die Gewißheit erlangt, ihn wiederzufinden. Der ferne Sohn neigt nicht zur Mystik. Doch ich kann gar nicht anders als in Mutters Tod einen gleichsam gelebten und somit bewußt empfangenen Tod zu sehen. Sterbend strebte sie der Stelle zu, an der mein Vater gestorben war. Es mag ihr eine Genugtuung gewesen sein, dieses Zeichen zu geben, ein Zeichen, daß sie in dem untrüglichen

Bewußtsein, nun fortzumüssen, sich ganz nahe zu ihm gelegt hatte. Vielleicht fühlte sie sich so auch weniger einsam. Das Zeichen aber hat sie mir hinterlassen, dem fernen Sohn, der nicht bei ihr sein und ein Abschiedswort von ihr vernehmen konnte. Ihm wollte sie sagen, daß es gut sei und sie die Hand des Vaters gern ergriffen habe, um durch die Tür zu gehen, durch die er bereits gegangen war. So deutete sie ihr Einverständnis mit dem Tod an – weil er sie wieder mit ihm zusammenbrachte. Sie wußte, daß ich versuchen würde, es als Wahl zu begreifen. Sie muß es gewußt haben, weil wir, Vater, Mutter und Sohn, auch in dem Wissen um die Kunst solchen Zeichen-Gebens jenseits der Sprache miteinander verbunden waren.

Doch der ferne Sohn weiß auch, daß derlei Sinnstiftungen nur den Abschied erleichtern. Sie sind wie der Versuch, dem Tod ein Trinkgeld zu geben. Deshalb will der Sohn – seinen Eltern nun an jedem Ort gleich fern und gleich nah – auch die Gegenstimme, die in ihm laut wird, nicht überhören. Und diese Stimme ruft ihm zu:

Rätsle nicht herum! Laß den Gestorbenen ihr Geheimnis, ihre Intimität! Laß ihnen diese Letzten Dinge, sie werden sie unter sich geregelt haben.

Zweites Kapitel

1

Gegen Ende September 2007, also rund sechs Wochen nach unserem zufälligen Treffen auf der Terrasse am Bodensee, erhielt ich von Wenzel eine Antwort auf meine Zusendung, ganz wie erwartet. Seine E-Mail (genau wie meine ohne Postadresse und Telefonnummer im Anhang) war von staunenswerter, ja beunruhigender Länge. Was hatte der mir in solcher Ausführlichkeit mitzuteilen? Während ich den Brief ausdruckte, fiel mir der peitschende Pfiff wieder ein, den er bei seinem Verschwinden hinter den Bäumen am Seeufer zu mir herübergeschickt hatte. Mit mulmigem Gefühl begann ich zu lesen. Unter »Betreff« hatte er übrigens, in aller Bescheidenheit, »Dank und zwei Bitten« eingetragen.

Wenzel schrieb:

»*Lieber Max,*

recht herzlichen Dank für den Bericht über den Tod Deiner Eltern. Ich habe ihn gleich an meine Frau weitergegeben. Auch sie, dachte ich, soll ihn lesen, er wird ihr gut tun. Sie muß sich endlich an den Gedanken gewöhnen, daß auch ihre Eltern eines vermutlich gar nicht so fernen Tages sterben. Sie tut sich außerordentlich schwer mit diesem Gedanken und manchmal weint sie, wenn sie daran denkt. Aber die Eltern sind freilich schon alt und auch krank.

Aber, lieber Max, Dein Bericht kann mir ein echtes Erinnerungsstück leider nicht ersetzen. Verzeihung, wenn ich so direkt darauf zurückkomme. Ich bin kein geübter Briefschreiber, und dies ist der wahrscheinlich längste Brief meines Lebens. Weißt Du noch, wie ich Dir früher manchmal aus dem Kinderheim geschrieben habe? Zitternd vor Aufregung, keine Ahnung warum, ich dummer Hund! Schwester

Thaddäa, unsere Stockwerks-Mutter, hat mir meine Briefe einige Male weggenommen und mich ausgeschimpft: Das kann dein Freund ja gar nicht lesen, die Schrift ist viel zu wackelig und auch verschmiert, schreib den Brief noch einmal, Bub! – Daran kann ich mich noch gut erinnern.

Aber nun zurück zu meinem Wunsch. Ich fordere ja nichts, ich bitte ja nur. Und so sage ich es noch einmal frisch und frei heraus: Schenk mir doch ein Werkzeug Deines Vaters oder eine Wanduhr, die Du nicht brauchst, und dazu möglichst ein Foto Deiner verstorbenen Eltern, das ich in unserer Bilderecke in der Wohnstube aufstellen kann. Dort kann ich Deine Eltern jeden Tag anschauen. Sie würden mir Kraft geben und ich könnte ihnen zunicken. Und meine Kinder hätten auch von meiner Seite endlich ein ›Großeltern‹-Bild. Bitte! In dieser Ecke steht bislang nicht viel von mir.

Jetzt etwas Schwieriges, Max. Ich würde Dich sehr gerne noch ein weiteres Mal treffen, um mit Dir zu reden und ein paar ganz einfache Fragen zu stellen, am Bodensee ist mir alles viel zu schnell gegangen. Das wäre hoffentlich nicht zuviel verlangt. Ich schreib halt nicht so gern, ich rede lieber, von Mensch zu Mensch. Es ist jedoch überhaupt kein Geheimnis dabei, keine hintergründige Überlegung. Ich schlage lediglich vor, daß wir uns in den kommenden Wochen mal für einen Tag treffen, in Augsburg, Du lachst. Warst Du schon einmal dort? Ich noch nicht. Aber wahrscheinlich liegt Augsburg ziemlich genau in der Mitte zwischen Dir und mir und ist zudem für jeden von uns in zwei, höchstenfalls drei Stunden erreichbar. Oder etwa nicht? Augsburg erschiene mir also gerecht. Des weiteren schlage ich vor, daß jeder von uns alleine dort hinkommt, ohne Frau, ohne Kinder oder Anhang, damit wir nicht abgelenkt werden. Wir treffen uns im Laufe des Vormittags, wir gehen herum, essen und trinken etwas zusammen und reisen im Lauf des frühen Abends wieder ab, oder schon vorher. Augsburg soll eine schöne Stadt zum Herumwandern sein, recht altertümlich und heimelig, wenn Dir so etwas gefällt.

Nun, wenn Du einverstanden bist, so teile mir doch beizeiten einen Termin mit, der Dir paßt. Es kann ruhig ein Werktag sein, ich nehme dann frei für Dich. Du kannst mir ja das echte ›Souvenir‹ mitbringen, dafür wäre ich dankbar.

So, jetzt ist alles gesagt.
Nun will ich enden.
Mit freundlichem Gruß
Wolfgang Bogatz«

Mein erster Gedanke nach der Lektüre war: schade, daß er nicht von
Hand unterschrieben hat! Zu gerne hätte ich gesehen, wie weit er es
in der Kunst des Unterschreibens inzwischen gebracht hatte. Seine
Unterschrift war Wenzel bereits in der Kindheit heilig gewesen (das
ist keineswegs übertrieben). Während der ersten Zeit bei uns, im Alter
von zehn, höchstens elf Jahren, als ich meinen Namen noch genauso
unpersönlich schrieb wie alle übrigen Wörter, feilte und bosselte er
schon an dem seinen herum, besonders am W, das unverhältnismäßig
viel größer und weiter ausfiel als die anderen Buchstaben: Links oben
mußte dieses W – damals noch das von Wenzel, nicht von Wolfgang –
mit einer ringelschwanzartigen Schleife beginnen und rechts oben in
einen langen dünnen waagrechten Strich auslaufen, der den restlichen
Vornamen geradezu überdachte. Wenzel übte abends am Küchentisch meiner Eltern, schnaufend und zungewälzend schrieb er seinen
Vor- und seinen Nachnamen mit dem Kugelschreiber immer wieder
auf ein Blatt Papier; nur daheim konnte man einen »Kuli« benützen,
in der Schule war er verboten, weil er, wie es hieß, die Handschrift
verderbe. Wenzel schrieb zuerst langsam und krakelig, dann schneller
und schwungvoller, bis die schließlich nur noch so hingeworfenen
Namenszüge sich kaum mehr voneinander unterscheiden ließen und
man ihnen deutlich ansah, daß sie aus einer einzigen heftigen Origi-
nalbewegung hervorgegangen waren.

Ich entsinne mich, daß mein Vater das über und über vollgeschrie-
bene Blatt, das nach dem Bittermandelaroma der noch nicht getrock-
neten Kugelschreibertinte roch, in die Hand nahm, es hochhob und
lange betrachtete. Schließlich sagte er voller Anerkennung: »Eine
Unterschrift wie ein Generaldirektor!«, worauf Wenzel vor Freude
glühend rot wurde. Am Abend darauf war er jedoch entsetzt darüber
gewesen, daß seine Unterschrift ihm auf Anhieb nicht wieder gelang,
und er hatte seine Übung von vorn beginnen müssen.

Ich beschloß, nach Augsburg zu fahren. Eine jähe Entscheidung, vernunftfern und aus dem Bauch, was mich selber überraschte – mag es der harmlose, unbeholfene, sentimentale Ton dieses Briefs gewesen sein, der mich so blitzartig entscheiden ließ. Auch meine sonstige Neigung, jedes Wort um- und umzudrehen, es auf Widersprüche, versteckte und unbewußte Botschaften hin abzusuchen (um am Ende meist doch nur auf mein eigenes Mißtrauen zu stoßen), machte sich diesmal nicht bemerkbar. Die kaltblütige Eleganz, mit der Wenzel meine Elternschrift an ein nahes Familienmitglied weitergereicht hatte, beeindruckte mich noch am meisten. Er hatte damit meinen Text zum Gebrauchstext erklärt – was darf ein Autor mehr verlangen!? Es war zum Lachen. Nein und wieder nein, ich fühlte mich Wenzel gewachsen, sogar überlegen, und wenn er dreimal Wolfgang hieß! So schob ich den noch am See gefaßten Vorsatz, diesen Menschen unter keinen Umständen wieder in mein Leben zu lassen, beiseite. Du fährst da hin, du stellst dich, du wirst nicht kneifen! So rief es in mir. Sei kein Feigling! Das würde *dem* so gefallen. Wenn du nicht hingehst, kommt er irgendwann zu dir, punktiert dich mit Fragen, und eines Tages ... so rief es weiter: ein Stimmengewirr aus Trotz, Angst und Spott, das nur derjenige versteht, der weiß, was es bedeutet, sich einmal der Macht eines Ohnmächtigen ausgeliefert zu haben.

Es gab aber noch einen anderen Grund, nach Augsburg zu fahren, einen reiferen und rationaleren, wie mir schien: Ich wollte wissen, wie Wenzel überlebt hatte, wollte herausfinden, warum er nicht untergegangen war, nachdem mein Vater ihn aus dem Haus gescheucht hatte, um mich vor ihm zu schützen, ich wollte seinen Bericht hören, wie er stotterfrei sprechen gelernt hatte. Wenzel war verstoßen worden – notwendigerweise –, damit ich wieder unbeschwert und sorglos leben konnte. Nicht aus Bequemlichkeit, sondern weil mein Vater geglaubt hatte: Der bringt meinen Sohn um! Der zerstört unsere Familie! Wenzel war für mein und für unser Glück geopfert worden – hatte zum Opfer aber offensichtlich nicht werden wollen, sondern sich selbst gerettet, gegen alle Wahrscheinlichkeit. Wie hatte er das geschafft? Dieser verzweifelte, drogen- und suizidgefährdete Junge, mit einer

Mutter, die sich bereits zu Tode gesoffen hatte und einem Vater, der damit noch beschäftigt schien, dieser Junge, jetzt auch noch preisgegeben von seiner Pflegefamilie und mit sehr wenig Hoffnung in die Welt hinausgestellt.

Mein Leben war ohne ihn bald wieder in ruhigen Bahnen verlaufen, und nach einem Schulwechsel (dem zweiten in zwei Jahren) hatte ich mich erneut ganz auf meine Zukunft konzentrieren und mit der Einlösung des großen Versprechens aus meiner Kindheit fortfahren können: Bildung und wieder Bildung, zur Entschädigung für meine Geschwisterlosigkeit. Ich ging in meiner alten Schulstadt auf Kellerparties, begann ein zweites Mal, in unserem Dorfverein Fußball zu spielen und eroberte mir diesmal in der A-Jugendmannschaft sogar einen Stammplatz. Außerdem verliebte ich mich auf der allmorgendlichen Fahrt in meine neue Schulstadt im Bus in eine Mitschülerin, wenn auch glücklos, während sie stets einen von mir freigehaltenen Sitzplatz vorfand. Aber allein die Freiheit, etwas anderes empfinden zu können als Furcht und Sorge um Wenzel, war den Versuch schon wert gewesen, und ich ließ, von meiner Mutter dazu ermutigt, gleich den nächsten folgen, ebenso glücklos. Jede noch so kleine Freude, von den größeren zu schweigen, hatte der Wenzelschrecken mir für eine als unendlich lang empfundene Zeit durchkreuzt und vergällt. Und jetzt hatte ich Liebeskummer, einen soliden und bodenständigen Liebeskummer, für den ich dankbar sein mußte, weil er es mir leichter machte, in einer Welt ohne Wenzel heimisch zu werden. Auch mit dem Lesen fing ich nun wieder an, so dicke Bücher wie noch nie, von Dostojewskij vor allem, dessen Gesamtausgabe meine Eltern mir zum Einzug in unser neues Haus, im Spätsommer 1972, auf meinen Wunsch hin geschenkt hatten. Und beim richtigen, nächtelangen Lesen – manchmal schrieb ich vor Begeisterung sogar seitenweise mit – war ich zum Pfeifenraucher geworden und hatte es mir außerdem angewöhnt, aus unserem Kofferradio mit der geknickten Antenne klassische Musik zu hören; so genoß ich das langsame Einwohnen in dem stillen neuen Haus, das kaum eigene Geräusche kannte und in dem noch nie jemand geboren oder gestorben war. Der Ernst meiner Lektüren drückte sich am stärksten darin aus, daß ich auf kleinen Zetteln, die als Lesezeichen dienten, mit roter oder schwarzer Tinte festhielt, wann eine Lektüre begann und wann sie endete, etwa so: »*Der Doppelgänger, 23. September 1972 bis 3. Dezember 1972*« oder »*Onkelchens Traum, 3. Dezember 1972 bis 15. April 1973*«. Diese Lesezeichen verraten die Neigung, mittels einer überaus wörtlich genommenen Buchführung mein Leben zu ordnen, zugleich verbergen sie meinen kannibalischen Hunger nach Menschenkenntnis; ich befand mich, grob gesagt, in der Lage des Geprügelten, der einen Kampfsport lernt, um sich künftig besser zu schützen. Bei meiner neuentdeckten Art des verschärften Lesens zog ich mir übrigens auch meine erste Falte zu, die wohl eher eine Furche zu nennen wäre, die Doppelfurche angespanntester Konzentration genau zwischen den Augenbrauen – sozusagen ein Lesezeichen mitten im Gesicht.

Zum ersten Mal war ich nun endlich gern allein gewesen, dünn und blaß, mit längeren Haaren als je zuvor und zeitgemäßeren Klamotten, die ich mir vom Lohn meiner ersten Ferienarbeit im Sägewerk gekauft hatte. In unserer Dorfdrogerie ließ ich neue Paßbilder anfertigen, für die – nach all den Erfahrungen – das absolut lächellose Gesicht eines Leidtragenden aufzusetzen war, worauf der Drogist, Herr Warnowas, mich mit dem Gekreuzigten verglich. Im neuen Haus konnte ich duschen und baden, so oft ich wollte – und ich wollte oft: im Handumdrehen – fast wie im Märchen – war warmes Wasser da! In unserem alten Haus hatten wir weder ein Bad noch eine Dusche besessen, sondern uns immer am Spülstein gewaschen, mit Wasser, das in Töpfen auf dem Küchenherd erhitzt worden war. Nachts saß ich allein auf meinem Balkon unter der Giebelspitze – kein Haus mehr zwischen uns und dem nahen Schloßwald. Im Mondlicht kamen die Rehe hervor, und es war so still, daß ich meinte, sie Gras rupfen zu hören. Oder ich lag im Bett und blickte durch das Dachfenster über mir in den Sternenhimmel hinauf.

Vom Wunschbruderwahn fühlte ich mich im großen und ganzen geheilt, schockgeheilt, und bisweilen überkam mich damals sogar eine Art Veteranenstimmung. Doch ohne es zu wissen, war ich auch ärmer geworden; wie arm, das ahnte ich erst jetzt, in der Gegenwart, seit unserem unverhofften Wiedersehen im vergangenen Sommer am

Bodensee. Denn ganz allmählich und mit einigem Widerwillen begann ich zu verstehen, welches Gewicht die Wenzelerfahrung eigentlich für mich besaß. Mein Gedächtnis war verblüffend gut, besser als ich je angenommen hätte. Nichts schien vergessen, besonders nachts im Schlaf, wenn die Erinnerung mich mit Träumen weckte, um mit mir fortfahren zu können. Dabei mußte ich entdecken, daß mein Gedächtnis keineswegs nur *für* mich arbeitete. Trauer jedoch stellte sich keine ein, dafür war es wohl zu spät – oder noch zu früh.

Ich sprach mit meiner Frau Irene darüber und mit meinem Freund Henry, dem Pfarrer, trug stammelnd vor diesen beiden zusammen, was mir seit Wochen klar und klarer wurde: daß dieser Wenzel es gewesen war, der mir als erster die Augen für menschliches Leiden geöffnet hatte, er hatte mich Mitgefühl und Respekt für den anderen gelehrt sowie die Furcht um ihn; es war gleichgültig, ob er das *gewollt* hatte, niemand *will* unser Bestes, wir bekommen es immer geschenkt. Nie, nie wieder fühlte ich die Wucht des Lebens so wie in der Zeit mit ihm. Eine Geschichte, die fast auf den Tod hinausgelaufen wäre; das einzig Tragische, das mich jemals anrührte. Es war meine Jugend gewesen – das gute Wort Jugend. Wenzel hatte sie zuerst auf wüste Art bereichert und dann beendet, mich gezwungen, erwachsen zu werden und meinen Eltern ein partnerschaftlicher Sohn zu sein, der sich zu-allererst mit seiner Geschwisterlosigkeit abfand, so wie sie sich damit abfinden mußten, kein Kind zu haben außer mir, ihrer Eingeburt. Nie wieder sollte ich so gefordert werden wie von Wenzel, oder ließ mich so fordern, erschüttern, ängstigen, und nie wieder erlebte ich bis zum heutigen Tag ein derart tiefgreifendes Scheitern. Wenzel hatte mir gezeigt, was ich unter der Haut aushielt und was nicht.

Endgültig überwunden sollte mein Wunschbruder-Komplex aber erst viel später sein: in der Liebe zu meiner Frau Irene, die Freundschaft und Erotik, geistige Nähe ebenso wie blindes Vertrauen umfaßt und in der auch der Geschwisterehrgeiz meiner Kindheit ganz langsam und kaum merklich aus fremder Quelle gestillt worden ist.

Ich würde also fahren. Auch meine Frau und mein Freund rieten mir dazu: *Sie* mit dem Argument, es könne nicht schaden; *er* mit dem Argument, es könne sogar »fruchten« (der Christ, der überall Hoffnungsvolles und Lebensspendendes sieht). Der Ort war gut gewählt und mit dem Zug in der Tat schnell zu erreichen für mich; auch war ich noch nie in Augsburg gewesen. Die Idee, ein Gespräch auf neutralem Boden zu führen, erinnerte auf unfreiwillig komische Art an die diplomatischen Praktiken des Kalten Kriegs, wie sie in Spionagefilmen dargestellt werden. Auch viel Disziplin würde vonnöten sein, denn an Wenzels Seite und unter seiner andauernd drohenden Übergriffigkeit fände ich sicher keine Zeit, um zwei Augsburger Sehenswürdigkeiten von persönlichem Wert zu besuchen: das Brechthaus und vor allem die Puppenkiste, die doch vermutlich das wichtigere, das wahrere epische Theater meiner Generation gewesen ist und die ich einst als seltener Fernsehgast in fremden Häusern kennengelernt hatte.

Um es mir nicht doch noch anders zu überlegen, sandte ich Wenzel sofort eine E-Mail, mit dem Angebot, mich an einem Werktag Ende Oktober zu treffen. Ich hatte Zeit im Überfluß, war, wie mein Freund Henry es ausdrückte, »stolzer Zeitinhaber«, während er selbst, nach seinen eigenen Worten, als vielgefragter Gemeindepfarrer »von Besinnung zu Besinnung rase«, und konnte mir seit meiner letzten beruflichen Veränderung jeden beliebigen Tag aus dem Kalender picken. Nur Stunden später traf bereits Wenzels Antwort ein, daß er einverstanden sei und mich pünktlich auf dem Bahnhofsvorplatz erwarte. Wie froh war ich, als es endlich losging! Doch auf der Hinreise, während die Distanz zwischen uns abnahm und mit ihr mein billiges, diffuses Überlegenheitsgefühl, mußte ich mir plötzlich eingestehen, den Vergleich zu fürchten: jene vielleicht unmittelbar vor mir liegende Augsburger Entdeckung, daß *der* mit den weit schlechteren Ausgangsbedingungen das aufregendere, weniger abgezirkelte und damit weniger langweilige Leben geführt hatte.

Ich saß am Fenster, in Fahrtrichtung, und schaute hinaus. Die Bäume im Frühnebel erschienen wie in Wachs gedrückt. Neben mir auf einem der freien Sitze lehnte mein schwarzer Lederrucksack mit den leidigen Gastgeschenken. Dieser Wenzel hatte mich nicht nur so weit gebracht, ihm das Gewünschte zu liefern, sondern darüber hinaus auch eine Flasche Rotwein aus einem der schwäbisch-fränkischen Anbaugebiete für ihn einzupacken, einen Löwensteiner Lemberger, der nah an unseren Wäldern gewachsen war, gewissermaßen auf deren sonniger Rückseite, in einem Landstrich namens Weinsberger Tal, der unserer Waldbewohner-Vorstellung vom Paradies ziemlich genau entsprach. Außerdem hatte ich für ihn in einem Briefkuvert ein Farbfoto meiner Eltern in fortgeschrittenem Alter dabei, beide auf der Treppe vor ihrem Haus, die Mutter grußbereit lächelnd, der Vater freundlich verdutzt; sodann eine Säge, nicht den von ihm als Vergangenheits-Trophäe begehrten Fuchsschwanz, sondern eine etwas größere Handsäge mit längerem, weicherem, nach vorne zu sich verjüngenden Blatt, das schon mit einer leichten Schüttelbewegung zum Schwingen und Singen zu bringen war. Ich hatte das Stück, das mein Vater mir zusammen mit anderen unverzichtbaren Werkzeugen bereits zum Studium mitgegeben hatte, in reißfestes blaßrotes Ölpapier eingeschlagen und mit dem Griff voraus in meinen Rucksack gesteckt – das Sägenblatt ragte weit hinauf in die Höhe.

Was hätten meine Eltern wohl dazu gesagt, daß Wenzel wieder aufgetaucht war und daß ich jetzt sogar zu ihm fuhr? Mit einem Sack voller Mitbringsel, darunter eine von Vaters ursprünglich mir vermachten Sägen? Es hätte ihnen sicher gefallen, sie hätten mich Grüße ausrichten lassen an ihn und mir geraten: Gib ihm ruhig eine Chance, denk an den »verlorenen Sohn« aus der Bibel, eine Rückkehr nach so langer Zeit ändert alles und erfordert Demut. Allerdings war ich mir sicher, daß meine Eltern ebenso gesagt hätten: Aber zieh uns da nicht mit hinein, nicht noch einmal, danke, und laß dich selbst auch nicht zu tief hineinziehen, vielleicht findet ihr ja zu einem normalen, gelassenen, reifen Umgang … Und so wie eine Erkenntnis schockartig über einen hereinbrechen kann, kam mir der Satz in den Sinn, den meine Mutter kurz nach Wenzels Verabschiedung in ratloser Familienrunde ausgesprochen hatte und den niemand ihr widerlegen konnte:

»Liebe ist nicht genug.«

Das war und blieb unser Schlußwort.

Was aber wäre *genug* gewesen, also *mehr* als Liebe? So fragte ich mich zum erstenmal hier im Zug nach Augsburg. Etwa ein professionellerer Umgang mit einem traumatisierten Kind, bewirkt durch Erziehungsberatung, Supervision oder die Anleitung des Jugendamts? Also Hilfe für uns. Niemand sprach damals von solchen Dingen, zumindest nicht auf dem Land. Nur von Psychotherapie war gegen Ende einmal die Rede, also Hilfe für ihn. Doch vielleicht hätte man gerade uns, die Pflegefamilie, von Staats wegen auch über die besondere Dynamik aufklären müssen, die zwischen einem verwahrlosten Flüchtlingsjungen und einem behüteten Einzelkind auftreten kann. Flüchtling und Einzelkind – zwei Figuren, die gegensätzlicher kaum denkbar sind, und sie werden in der sogenannten globalisierten Welt, in der die kinderreichen Armen in immer größerer Zahl zu den kinderarmen Reichen fliehen, vermutlich noch oft aufeinanderprallen ... doch wer ahnte damals etwas davon? (Und was heißt eigentlich »globalisiert«, daß die Erde überall gleich rund ist?) Einzelkinder waren zu dieser Zeit noch selten und Flüchtlingsleiden unbekannt, auch unerwünscht, was sie mit Einzelkindern gemeinsam hatten. Das einzige Leiden, das man Flüchtlingen und Vertriebenen zugestand, war das Heimweh, etwas sehr Privates, ja Intimes, das glücklicherweise keinen weiter zu interessieren brauchte. Auch meine Familie ahnte nicht einmal, daß Wenzels Leiden die Leiden eines Flüchtlingskindes waren und daß er den Schrecken seiner Eltern in sich trug; auch wir erkannten nur, was der allgegenwärtige Zeitgeist uns zu erkennen gab: Suff, Gewalt, Verwahrlosung.

Außerdem hielt sich zur damaligen Zeit der Staat der Gesellschaft noch ziemlich fern, grad als müsse er zu ihr, so kurz nach der Diktatur, einen gerichtlich verordneten Mindestabstand einhalten. Nur zögerlich griff er ein, spielte nicht den Besserwisser, den Volkserzieher oder -bestrafer. Und die Bürger – keineswegs Untertanen – waren dankbar dafür und häufig sogar stolz darauf, den Staat nicht zu benötigen, sondern sich aus eigener Kraft selbst und gegenseitig helfen zu können; auch wenn es nur mit den unzureichenden und riskanten Mitteln der Nächstenliebe war, die übrigens nicht nur fromme Leute übten.

Als ich Wenzel gleich nach meiner Ankunft in Augsburg die Präsente aushändigte, trug er sie sofort in die Tiefgarage, um sie in seinem Auto einzuschließen. Er tat es schnell und entschieden, so als fürchtete er, ich könne sie ihm wieder wegnehmen. Dann kam er zurück, bedankte sich und meinte, wir sollten uns bei einem zweiten Frühstück stärken. Er war überaus höflich, fast herzlich. Unterwegs drückte er mir ebenfalls ein Geschenk in die Hand, eine kleine, flachmannartige Flasche mit gelb leuchtendem Likör aus der Hallertau, jener Landschaft, in der er seit vielen Jahren lebe, genauer: nicht weit entfernt von einem Ort namens Nandlstadt, der zu ihm passe wie zu keinem anderen und der mitten im ältesten Hopfenanbaugebiet der Welt gelegen sei, wie er ein wenig geheimnistuerisch und auch prahlerisch anhängte, so als habe diese Gegend ihren Superlativ ihm zu verdanken. Wenzel sprach sein gut geübtes Hochdeutsch, zart bairisch getönt. Aber genau wie ich sagte er nur wenig. Noch in Bahnhofsnähe tranken wir einen Kaffee im Stehen, jeder aß ein Croissant dazu, beide tunkten wir es ein und lachten, als uns diese Gemeinsamkeit auffiel. Wenzel behauptete, das habe er vor Urzeiten von meinem Großvater übernommen, der diesen Vorgang »Einbrocken« nannte, was mir freilich nicht neu war. Er wirkte gelöst, jedenfalls weit weniger aufgeregt als bei unserer letzten Begegnung. Auch war er frisch rasiert, trug ein elegantes nachtblaues Hemd unter einem offenen dunkelgrauen Mantel mit seltsam militärisch wirkendem Stehkragen, dazu einen feinen weißen Wollschal; außerdem hatte er eine blaßblaue enge Jeans und leichte Wanderschuhe an. Wenzel war mindestens einen halben Kopf größer als ich und weit muskulöser – früher hätte man einen in die Jahre gekommenen Schwerarbeiter in ihm vermuten können, heute, nach dem Ende der Schwerarbeit, dachte man eher an einen Freizeitsportler, der alle paar Tage den Kraftraum aufsucht, um an einer erträglichen Obergrenze sein Gewicht zu halten. Sein Haar wirkte erstaunlich voll und lockig, es erschien mir noch grauer als am See. Die Brille, die mir Wochen früher zu filigran für Wenzels derbes Gesicht vorgekommen war, fand ich jetzt angemessen, und an der rechten Hand fiel mir ein Ring auf, der nur ein Ehering sein konnte. Sein Gesicht war wieder ein wenig gerötet und die Augen glänzten, als hätte er vorher geweint. Nachdem wir ausgetrunken hatten, ließ Wenzel sich nicht davon abhalten, für beide zu zahlen, und gab großzügig Trinkgeld. Ich nahm mir noch einmal vor, ihm auch beim Fragen, beim Erzählen den Vortritt zu lassen. Dann traten wir hinaus und marschierten einfach los, wie zwei Touristen, die sich nicht auskennen, denen es aber auch nichts ausmacht, sich zu verlaufen. Daß ich in meinem lässig nur über eine

Schulter gehängten, jetzt so gut wie leeren Rucksack einen Augsburger Stadtplan mit mir trug, behielt ich für mich. Wir gingen nach rechts, wie selbstverständlich, den vielen Kirchtürmen entgegen, obwohl es auch links genug Kirchtürme gegeben hätte. Die Luft war kühl, der Himmel bedeckt, aber nach Regen sah es nicht aus.

Schon nach den ersten Metern sagte Wenzel, daß auch er am liebsten so wie ich mit dem Zug nach Augsburg gekommen wäre, aber sein Sohn habe es ihm nicht erlaubt. »Er hält es einfach nicht aus, wenn ich mit dem Zug irgendwohin fahre und ihn nicht mitnehmen kann, zum Beispiel weil er in die Schule muß.« Ein lieber, guter, sanfter Junge sei er, sein Sohn Emanuel, wenn auch für sein Alter, neuneinhalb Jahre, ein bißchen arg zerstreut: Erst wenige Tage zuvor habe er, sein Vater, ihm aufgetragen, einen Brief zur Post zu bringen. »Wirf ihn in den Schalter!«, habe zu ihm gesagt, doch Emanuel, der genau wisse, wo sich in ihrem Dorf das Postamt befinde, warf den Brief gleich draußen an der Gartentür, nur ein paar Meter weit entfernt, in den elterlichen Briefkasten, wo er am anderen Tag bei der übrigen Post gefunden und wieder hereingetragen wurde, gleichfalls von Emanuel. Das Zugfahren, sagte Wenzel, sei die größte Gemeinsamkeit zwischen ihm und seinem Sohn. »Wir sind zwei Eisenbahnnarren und verbringen viel Zeit im ICE oder im TGV, wir fahren auf alten Dampfloks mit und setzen uns in den Schienenbus wie zu unserer Jugendzeit, kannst du dich erinnern, Max? – oder wir spielen droben im Dachzimmer mit unserer Modelleisenbahn, und das nicht nur an Weihnachten oder Ostern, weißt.«

Darum habe sein kleiner Sohn ihm in der vergangenen Woche mindestens ein dutzendmal das Versprechen abgenötigt, nicht mit dem Zug, sondern mit dem Auto nach Augsburg zu fahren. Emanuel sei richtig verzweifelt gewesen, habe getobt und gebrüllt und schließlich damit gedroht, nichts mehr zu essen; nachts sei er lange nicht eingeschlafen, erst auf dem Wohnzimmersofa, an der Brust seines Vaters und unter geflüsterten Versprechungen, habe er sich allmählich beruhigt und in den Schlaf gefunden: Sei friedlich, sei friedlich, ich fahr schon nicht mit dem Zug ...

Mir schoß die Frage heraus:

»Hast du ihm denn gesagt, mit wem du dich triffst?«

»Nein, nur meine Frau weiß von dir!«, antwortete er heftig, um sich jedoch gleich wieder zu fassen; kurz lachte er auf. »Schau, Max, schau, mein Emanuel ist ein seltsames Kind. Wenn er und ich Zug fahren, dann tun wir es ohne Ziel, wir kommen nirgends richtig an, sondern steigen nur um, essen vielleicht eine Bratwurst und fahren wieder zurück. Das ist mein Geschenk an ihn – ich will ein guter Vater sein! Doch in den letzten Sommerferien, irgendwo unterwegs, fragt er mich zum erstenmal: Papa, wann sind wir da? Ich frage zurück: Wo denn? Bei deinen Leuten, sagt er, deinen Eltern, Geschwistern und so. Hast du keine? Die Mama hat doch auch welche … Ich will nicht immer im Kreis herumfahren wie die Modelleisenbahn … Plötzlich redet der so, forscht mich nach meiner Herkunft aus. Er erzählt von anderen Kindern, ihren Großeltern, Tanten und Onkeln, von Besuchen und Geschenken, von langen Telefonaten. Noch nie, Max, hat eins meiner Kinder sich für meine Herkunft interessiert, glaub mir, auch nicht meine große Tochter, Natalie, bis heute nicht, sie hat sich immer damit zufrieden gegeben, daß ich allein dastehe, aber er will *wissen*, mein Emanuel, plötzlich fängt er damit an. Für den bin ich nur ein Hier und Jetzt … und darf ihn doch nicht enttäuschen!«

»Warum sagst du ihm nicht die Wahrheit?«, fragte ich.

Wie zur Antwort zog er ein Foto seines Sohnes hervor und gab es mir, so als wolle er sagen: Würdest du *diesem* Jungen die Wahrheit zumuten? Er wartete gespannt, bis ich mir seinen Sohn angesehen hatte – ein bleiches, großäugiges Kind mit trotzig aufgeworfenem Mündchen und glattem, schneeblondem Haar; und nachdem er mit den Fingerspitzen kurz seine Lippen angetippt hatte, als müsse ein Stottern ferngehalten werden, fuhr Wenzel ungeduldig fort:

»Soll ich ihm erzählen, wie meine Mutter mit einem ihrer Liebhaber in mein Bett fiel und gar nicht merkte, daß ich drin lag, weil sie zu voll war? Oder wie Frau Nieder, die Kriegerwitwe von nebenan, wenn meine Eltern mich wieder mal daheim eingesperrt hatten, sich draußen vor unsere Haustür setzte und durch eine Ritze zu mir hereinsprach: ›Jungchen – biste woll doud?‹ Oder wie mein Vater und meine Mutter sturzbetrunken heimkamen und mich durchprügelten bis zur Erschöpfung (*ihrer* Erschöpfung) – vielleicht aus Scham, weil ich sah, was mit ihnen los war? Soll ich ihm erzählen, daß meine Mutter sich mit fünfzig ins Grab gesoffen hat? Und daß mich mein Vater, als ich bei euch rausgeflogen bin, nicht einmal vorübergehend bei sich aufnahm, daß auch meine Großeltern und meine beiden älteren Geschwister mich nicht wollten, sondern die Tür vor mir zuknallten? Mein Vater, der Lois, war der einzige, mit dem ich später noch mal Kontakt gesucht hab, doch der wollte gar nicht. Als es ans Sterben ging – selbst da! –, sagte er zu mir: Geh, geh doch fort, Mensch, du erinnerst mich an alles Schlechte in meinem Leben.«

Wir waren inzwischen stehen geblieben, ein wenig abseits des Fußgängerstroms – solche Reden hält man nicht im Gehen. Wenzel schaute mich aus weit aufgerissenen Augen an. Er hatte sich mit gespreizten Beinen breit vor mir aufgebaut, als müsse er einem Ansturm standhalten. Ich war froh, als er den Blick wieder abwandte und wir weitergehen konnten, beide für eine ganze Weile wortlos. Mir war so, als spucke Wenzel, der rechts ging, ein- oder zweimal kurz hintereinander aus, weg von uns, in Richtung Fahrbahn.

Manche Eltern verdienten keine Erinnerung und keine Blumen auf ihrem Grab, fuhr er schließlich fort, so tonlos leise und gepreßt, als hielte ihm jemand ein Messer an den Hals. Sein Sohn Emanuel aber brauche eine Geschichte, und zwar eine bessere als diejenige, die er, sein Vater, ihm zu bieten habe, und ebenso eine bessere Verwandtschaft, wie Wenzel voller Überzeugung und mit größerer Lautstärke nachschob. Seine wahre Geschichte hingegen bleibe in seinem Inneren verschlossen und ende mit ihm, auf keinen Fall werde sie an seine Familie weitergegeben, nie, niemals dürfe »dieser Dreck« die Chance bekommen, das Gedächtnis seiner Kinder zu verseuchen, vom Gedächtnis aus ihr Denken und Fühlen und am Ende ihre ganze Person. »Was glaubst du, wieso ich meinen Namen gewechselt habe? Der neue Name hat mich nach vorn gezogen. Nicht einmal meine Frau, die jetzige, weiß etwas von Wenzel, sie kennt nur Wolfgang, obwohl ich ihr im Lauf der Zeit fast alles erzählt hab von mir.« Sein Junge verdiene eine andere Geschichte, punktum, basta, aus. Ebenso seine zwei kleinen Töchter und seine »Große« (wenn sie wolle). Und außerdem natürlich irgendwann auch sein Enkelkind, das erst vor wenigen Wochen zur Welt gekommen sei ... ja, er sei inzwischen Großvater geworden, fügte er mit gespieltem Unglauben an. »Wenn Emanuel nach meinem vorherigen Leben fragt, dann fragen auch bald die anderen danach, das ist doch sicher.« Für diesen Fall müsse er vorbauen. Die Leere hinter ihm, schloß Wenzel sinngemäß, müsse endlich ausgefüllt werden. Eine schnelle Antwort sei nötig, sonst wende sein Sohn sich von ihm ab, und er verliere ihn.

Ich hielt alles, was er da vortrug, für reichlich übertrieben oder sogar panisch und verworren, schwieg jedoch. So altert man offensichtlich mit einem verkorksten Anfang, dachte ich, mit einer Elendskindheit. Und grad als erriete er meine Gedanken, sagte Wenzel:

»Es überrascht mich ja selber, Max – aber eine kaputte Kindheit läßt sich nie mehr ganz reparieren. Wenn du denkst, du bist fertig mit ihr, dann ist sie noch lange nicht fertig mit dir. Ich hab mich aufs Alter gefreut und gehofft, daß es mich entschädigt: ein schöner Ausklang für einen miserablen Beginn, verstehst? Aber ich bin mir nicht sicher … vielleicht muß man eine gute Kindheit verlebt haben, so wie du, Max, um ein gutes Alter zu bekommen; Anfang und Ende hängen wahrscheinlich doch irgendwie zusammen. Ich hab mich wahnsinnig angestrengt – geschunden! –, um aus meiner Kindheit noch etwas Gutes zu machen, mit Fleiß, mit Disziplin und einigen mühseligen Therapien hab ich das Schlechte … weggefräst. Und ich dachte, ja, wenn meine Kinder eine gute Kindheit haben, ja, dann ist meine schlechte ausgeglichen, sie befreien mich – wenn ihre Kindheit gelingt, hat sich meine erledigt, sie heilen mich, machen alles gut, und ich darf ein ruhiges, angenehmes Alter erwarten, ohne Schrecken, so hab ich mir das vorgestellt. Genau wie dein Großvater möcht ich einmal sein, der war gern ein alter Mann, mit seiner Sackuhr im Täschel, mit Stock und Hut, würdig, gemächlich, für den war seine Uhr noch der Beweis dafür, daß er Zeit hat, viel Zeit … Aber jetzt, jetzt fragen meine Kinder mich nach meinem Leben – eins fängt damit an, die übrigen folgen nach –, jetzt graben sie in mir, tiefer und tiefer, und ich fühl mich, wie wenn ich eine Schandtat zugeben müßte. Meine Angst, Max … daß meine Kinder den Respekt vor mir verlieren und mich am Ende so derart verachten wie ich meine Eltern, das ist meine größte Angst.«

In diesem Wortlaut notierte ich mir, während der Heimfahrt im Zug, Wenzels Ansprache aus dem Gedächtnis in mein Notizbuch und las sie mehrmals durch.

Ganz unvermittelt hatte er mich dann noch gefragt:

»Max, hast du Kinder?«

»Jaa!«, antwortete ich rasch und fest, denn in diesem Moment war mir sehr danach, zu lügen. Aber sogleich korrigierte ich mich wieder, sprach von Verwirrtheit, in die seine Worte mich gestürzt hätten, hob die Hände, senkte den Blick und ließ die Wahrheit folgen: »Nein, wir haben keine Kinder.« Natürlich wollte Wenzel wissen, warum, er bekam darauf aber nur das Allernötigste zu hören; längst wußte ich, wie gefräßig seine Phantasie war und wie boshaft mitunter seine knappen, zustechenden Bemerkungen. So sagte ich nur:

»Nach einer Fehlgeburt ist meine Frau nie wieder schwanger geworden.«

Irene und ich waren seit unserem ersten Semester im Winter 1976 ein Paar, doch geheiratet hatten wir erst fünfzehn Jahre später. Was für ein Jubel damals, daß ich endlich ungehemmt und ohne Furcht lieben durfte, zwar nicht das erste Mal, aber das erste Mal richtig. Nur mit der Familienplanung ließen wir uns unvernünftig viel Zeit, und als meine Frau mit dreiunddreißig Jahren wie gewünscht endlich schwanger wurde, da waren es Zwillinge. Ich dachte: auf einen Schlag zwei – jetzt entschädigt das Leben dich doppelt dafür, daß du keine Geschwister bekommen hast, die Natur ist gerecht! Geradezu demütig hatte ich mir immer Kinder gewünscht (stets zwei, kein Einzelkind), jedenfalls nicht annähernd so verlangend und gierig wie seinerzeit den Wunschbruder. Aber es wurde eine Fehlgeburt, in der neunten Woche. Irene hatte viel liegen müssen, wegen einer sogenannten Risikoschwangerschaft, mit häufigen und starken Blutungen. Ich richtete für sie und die Zwillinge einen Platz zum Liegen her, genau unter einem unserer Dachfenster, daß der Himmel ein Auge auf sie habe; ich kaufte eine Leselampe, ein Beistelltischchen und wartete und hoffte voll Bangigkeit. Ein paar Namen hatte ich auch schon ausgewählt, traute mich aber noch nicht, sie meiner Frau vorzuschlagen. Dann kam die neunte Woche, und der Arzt sagte, die Frucht sei abgestorben. Er wollte noch zuwarten, bis sie von selbst abginge, doch als ich am Abend des 15. Januar 1991 Irene aus seiner Praxis abholte, hatte er sich anders entschieden, und ich mußte sie auf dem schnellsten Weg ins Krankenhaus bringen, damit die toten, schon halb zerfallenen Föten ihr aus der Gebärmutter geschabt würden. Es hatte geschneit, die Straßen waren überfroren, wir gerieten in einen Stau; noch im Auto verlor Irene, die Schmerzen hatte und fieberte, das Bewußtsein. Und als sie wieder gesund war, versicherte uns der Arzt, wir könnten auch jetzt noch ohne weiteres Kinder bekommen – er wollte uns aufheitern und sagte die hornköpfige Dummheit: »alle Kinder der Welt« –; doch wir bekamen gar keins mehr, und eine künstliche Befruchtung lehnte Irene ab. Was uns blieb, war Trauer und das nie gelüftete Geheimnis um unsere Kinderlosigkeit. Außerdem aber die schwierige Frage: Wohin mit dem Liebesüberschuß, der sich allmählich aufgebaut hatte, in Erwartung der Zwillinge, wohin mit der Liebe?

Doch lange war ich auf Irene auch zornig gewesen, zuerst insgeheim. *Sie* trug die Schuld, weil sie die Schwangerschaft aufgeschoben und wieder aufgeschoben hatte. Da fing ich mit ihr zu streiten an, nächtelang. Ich fühlte mich verraten und im Stich gelassen, zuerst mit meinem Kinderwunsch, dann mit meiner Trauer, ich war wehleidig, beschimpfte und beleidigte meine Frau, schrie und polterte herum, daß die Nachbarn an die Wand klopften; vergeblich wartete sie darauf, daß meine Suada verrauschte, und wurde schließlich verstockt. Jeder lebte nun weit entfernt vom andern in derselben Wohnung, beide leer und übermüdet. Aber wir fanden wieder zueinander – von dem Tag an, als ich ohne ein Wort zu sagen die Schuld auf mich nahm, mir, mir ganz allein unsere Kinderlosigkeit anlastete und mich für unfruchtbar erklärte, ohne dafür einen Beweis zu haben. So überlebten wir als Paar, so ließ sich allmählich wieder lieben. Von Zeit zu Zeit muß man sich etwas aufbürden, gleichgültig ob zu Recht oder nicht. Irene aber begann ich zur Schönen abseits aller Mütterlichkeit zu stilisieren, schmalhüftig, mädchenhaft, amazonisch und noch in ihren Vierzigern flink und geschickt (was sie alles tatsächlich auch war), weil sie nie, niemals ein Kind hatte austragen und zur Welt bringen müssen.

Und schon bald darauf erging es mir wie in der Kindheit – womit ich weit besser zurecht kam als mit meinem Zorn. Die Einsamkeit schien nun wieder mein größter Feind zu sein. Geschwisterlos gewesen, kinderlos geblieben, da durfte niemand ein großes Verwandtschaftsgefolge erwarten. Ich ulkte gern darüber, sagte: Wenn ich in der Stadt solo ein

Bier trinken gehe, dann ist das schon ein Familientreffen, ha-ha …
Würde ich nun, in so überschaubarer Lage, meine Frau und meinen
Freund Henry verlieren, gleich auf welche Weise, dann wäre ich *ganz
allein auf der Welt*. Eine Formel, die auch in meinen eigenen Ohren
beschämend kindlich klang, doch aus der Kindheit rührte diese Angst
ja auch her. Nie habe ich versucht, meine Vereinsamungsfurcht mit
Scharen von Freunden und Bekannten zu beschwichtigen. Ich brauchte
und verbrauchte zeitlebens nur wenige Menschen, legte stets Wert auf
Dauer und Anhänglichkeit, vielleicht eine Folge des Scheiterns mit
Wenzel. Zwei waren und sind mir besonders wichtig, immerhin zwei,
und vor allem Irene, meine Frau, die ich noch immer liebte und nach
wie vor liebe, mehr braucht es eigentlich nicht. Und falls das Schlimmste
eintreten sollte (Irenes erster Zusammenbruch aus Überarbeitung hatte
mir eine schmerzhaft genaue Vorahnung davon gegeben), so erwiese
sich hoffentlich, daß ich in den Jahrzehnten mit ihr, gleichsam in unserer
Epoche, genügend Kraft und Mut und lebensspendende Erinnerungen
angesammelt hätte, um dem Alleinsein auf der letzten Strecke trotzen
und auch ein einsames Sterben halbwegs würdig ertragen zu können.
Eine Frage des Proviants, wie mir scheint, doch vielleicht überschätze
ich die Macht des Gedächtnisses. Wie auch immer, meine Frau und ich
waren uns in Folgendem einig wie selten, und wir sind es immer noch:
Wenn wir uns schon trennen müssen, dann soll es der Tod sein, der uns
trennt – kleineren Mächten mögen wir dieses Recht nicht einräumen.

Überhaupt stellt sich mir seit meinem nunmehr fünfzigsten Geburtstag oft und öfter die Frage: Was kommt denn noch? Hat meine
Generation, zumindest ihr intellektueller Teil, nicht schon immer alles
gehabt: Freiheit, Wohlstand, Selbstverwirklichung? Was kann da überhaupt noch kommen? Vielleicht ein Unglück? Jedenfalls erschreckt
mich zuweilen der Gedanke, mir und meinen Jahrgängen könnte
unsere Katastrophe erst noch bevorstehen, im Alter, am Lebensende,
wohingegen unsere Eltern und Großeltern ihre Katastrophe mit Krieg,
Zusammenbruch und Not bereits in der Jugend erlebt haben.

Von alledem erfuhr Wenzel freilich nichts. Er nickte und bedauerte
uns, besonders meine Frau. Es kam mir so vor, als vergliche er nun
stillschweigend mein Schicksal mit dem seinen. Er nickte noch einmal,

doch ich verstand nicht, weshalb. Vielleicht war ihm jetzt klar geworden, daß meine elterliche Familie mit mir *aussterben* würde. Früher hätte ich gesagt: Aussterben, was für eine archaische, dämlich-dramatische Vorstellung – wichtig ist der Einzelmensch, nicht die Sippe, die Linie, das Material; doch seit ich definitiv der Letzte war, bedrückte mich die Gewißheit, daß meine Familie mit mir erlosch. Wie leicht geriet man als Kinderloser unter Druck und Verdacht, eigenen sowohl wie fremden. So hatte meine Mutter in ihren letzten Jahren manchmal die Vermutung ausgesprochen, daß mein Vater noch leben könnte, hätte er Enkelkinder gehabt – ständig und überall suchte sie Lebensgründe für ihren Toten. Oder man wurde von irgendwelchen neugermanischen Biosozialaposteln, die noch vor kurzem die Wiederkehr des Faschismus befürchtet hatten und sich nun um den Volksbestand sorgten, in ruppig forderndem Ton gefragt, ob man nicht adoptieren wolle und wenn nein, warum nicht, wenn man schon nicht selbst … Ein überaus gutmütiger Kollege mit einem behinderten Kind, das er unter der Woche in ein Heim abschiebt, meinte sogar, für einen wie mich in die Rentenkasse einzuzahlen, sei viel verlangt; wer sich nicht fortpflanze, dürfe eigentlich nur eingeschränkte Solidarleistungen erwarten – im Namen der genetischen Nachhaltigkeit!

O Ahnenwahn und Samenstolz …

Vielleicht bereitete auch Wenzel, der leidend wirkte, als wälze er tausend trübe Gedanken um, ohne auch nur mit einem zur Klärung zu gelangen, im Augenblick die Frage vor, weshalb wir kein fremdes Kind angenommen hatten. Sollte er! Bei ihm hätte ich wie bei keinem anderen im Nu die beste aller Antworten parat gehabt: Ein fremdes Kind? Nach den Erfahrungen mit *dir*? Bist du plemplem? Und tatsächlich öffnete er den Mund, sagte dann aber mit flehentlicher Stimme etwas ganz anderes:

»Max, einen Zeugen brauch ich!«

»Für was?«

»Für meinen Lebenslauf – den anderen.«

»… den anderen …«

»Ja, den ohne *meine* Familie, aber mit *deiner* … das ist die richtige Geschichte für meinen Sohn – der einzige Ausweg aus meinem Problem: Jemand kommt zu uns, als Gast, und erzählt diese Geschichte, wir sitzen im Garten hinter dem Haus, beim Grillen, trinken Bier, jemand, der aus meiner frühen Zeit kommt, der erste und einzige, kommt zu Besuch und erzählt meiner Frau, meinen Kindern, mir, daß wir Pflegebrüder gewesen sind, zwei Buben ohne Geschwister, beide aus demselben Dorf im Wald, und daß meine Eltern früh gestorben sind, vielleicht bei einem Autounfall, und daß seine Eltern mich danach aufgenommen haben ›an Kindes Statt‹, wie das hieß, sie waren Handwerker, genauer: Schreiner – sie verarmten aber nach einigen Jahren, eine Krankheit, dann der Konkurs, und mußten mich weggeben ins Kinderheim nach ›Schwäbisch Nazareth‹, ich konnte nicht mehr zurück zu ihnen, so verloren wir uns aus den Augen, es war bitter, und erst jetzt hab ich ihn nach langer Suche wieder gefunden, diesen Pflegebruder, bald kommt er zu uns, auf Besuch, erzählt mit mir zusammen, wer ich gewesen bin und wo ich herkomme, wir rufen uns die Stichworte zu, Nostalgie, Max!, zweistimmig; auch seine Eltern sind in der Zwischenzeit gestorben, es muß nicht viel gelogen werden, nur ein bißchen, doch sonst hab ich ja niemand, keine Verwandten, keinen zweiten Freund von damals und schon gar keinen Bruder, der erzählen kann, zum Beispiel die Geschichte mit dem Schweinekorb, weißt du noch?, nur *der* kann das erzählen, weil er mit mir in dem Schweinekorb lag und mit mir zusammen gegautscht wurde, bis uns speiübel war, er ist der einzige und echte, und es hat verflixt lange gedauert, ihn zu finden, aber jetzt hab ich ihn, in Augsburg, ja, da hab ich ihn gefunden und kann es Emanuel nun sagen, daß er da ist, wie versprochen, ihn ankünden, meinen Pflegebruder, seinen Onkel Max – wenn er ihn so rufen darf!?«

Eine Weile herrschte Stille, dann fragte ich unbeeindruckt:

»Warum sollte ich da mitmachen?«

»Ich weiß es nicht!«, gab er beinahe empört zurück. »Vielleicht fällt uns ja noch was ein.«

»Laß uns das Thema wechseln«, schlug ich vor.

»Wennst moanst …«, antwortete er mit einem Grinsen, das wohl ein Schmunzeln hätte sein sollen, faßte mich am Arm und zog mich fort.

3

Später, im Zug nach Hause, versuchte ich mir vorzustellen, wie es wohl war, sein Sohn zu sein: der Sohn eines Vaters, der wahrscheinlich beinahe verrückt wird, wenn du einmal hinfällst und dir eine Schürfwunde holst, der bei der kleinsten Gefahr, die dir droht, farbig anläuft, zittert, schlottert, außer sich gerät und brüllt – ein blauroter Angstschreier; der dich in den Arm nimmt und zudrückt, daß du fürchtest, dir könnte die Luft wegbleiben; der beim Fällen eines Christbaums so aufgeregt ist, daß er dich um ein Haar mit dem Beil erschlägt; oder der dich, wenn du eine dicke Backe hast, zum Zahnarzt schleift und dort mit allerlei Unverschämtheiten darauf besteht, daß du der absolute Notfall seist und unverzüglich behandelt werden müßtest, sonst passiere was. Bei nahezu jeder Gelegenheit senkt er, ohne es zu merken, seine Angst in dich ein, von der er selbst nichts weiß. Nur eine einzige Angst ist ihm bewußt, nämlich die, an dir zu versagen und die Schuld seines Vaters auf sich zu laden, der an ihm versagt hat. Was an ihm selbst falsch gemacht wurde, muß an dir richtig gemacht werden, das ist das Programm, da gibt es keinen Ausweg, sieh dich also vor. Darum tut er so viele Dinge mit dir, Dinge, die du zum Teil gar nicht verstehst, zum Beispiel Eisenbahnfahren ohne Ziel und Zweck, und er kapiert nicht, daß dir das auf Dauer immer weniger einleuchtet. Oder Fußballspielen in eurem Garten und Radfahren zwischen den Hopfenfeldern, bis zur Erschöpfung – kein Wunder, daß du ihm gesagt hast, du möchtest lieber dem Schwimmclub in der Kreisstadt beitreten, denn so entgehst du ihm. Dieser Mann, der dein Vater ist, kostet dich unvorstellbar viel Kraft! Und etwas, das dir fürs Leben nützlich wäre, so fürchte ich, hast du von ihm noch nicht gelernt; nicht einmal einen Brief kannst du verläßlich zur Post tragen mit deinen zehn Jahren, Emanuel.

So dämmerte ich am Zugfenster, hinter dem es Nacht geworden war, von Gedanken zu Gedanken, von Einfall zu Einfall, wurde erst müde, dann schläfrig, und plötzlich konnte ich Wenzels Sohn die Sehnsucht nachfühlen, die ihn umtrieb, sie war der meinen aus Wunschbruderzeiten durchaus verwandt: die Sehnsucht nach Vollständigkeit. Ich hatte den Bruder gewollt, er wollte Verwandte von der Vaterseite her.

Beängstigend stark mußte Emanuels Sehnen und Wünschen sein, weil es ihm damit offenbar schon gelungen war, seinen Vater zum Handeln zu zwingen, damit er sich auf die Suche begab und endlich fand, was seinem Sohn fehlte, auch wenn Wenzel fest entschlossen schien, ihm lediglich eine dreiste Fälschung anzubieten: mich.

Ich dachte an die Wunschekstasen meiner eigenen Kindheit. Das Einzelkind hatte sich seinerzeit hervorragend aufs Wünschen verstanden, aber es wünschte wie einer, der die Liebe nicht kennt: maßlos, ohne echte Sehnsucht und ohne die Trauer des geübten Warters. Wünschen hieß für dieses Kind: Luft anhalten, Muskeln straffen, Augen schließen – und noch bevor man gezwungen war, wieder zu atmen, mußte das Gewünschte leibhaftig vor einem stehen und besitzbar sein. In einem einzigen Moment hatte der Wunsch mit seiner Erfüllung zusammenzufallen wie Blitz und Donner bei nahen Gewittern, das war der Idealzustand. In einer Gleichung ausgedrückt: Wünschen *ist* Wollen *mal* Ungeduld *geteilt durch* Zeit *hoch zwei.* Und die größte Seligkeit, die ich bis dahin kennengelernt hatte, war die Wunschseligkeit gewesen. Sie trat fast immer nur ein, wenn der Wunsch nicht in Erfüllung gegangen war und zum Traum wurde, einem Wachtraum, der filmartig im Kopf ablief. So hatte meine Großmutter mir von klein auf oft die Josephsgeschichte aus der Bibel erzählt, an ihr sollte ich erkennen, wie grausam Brüder miteinander umspringen können – ein Serum gegen meinen unstillbaren Geschwisterwunsch. Doch ich erzählte diese Geschichte insgeheim um, kaufte Joseph nach längerem Feilschen den Sklavenhändlern ab für eine Unsumme Geld und ließ ihn frei, wofür er mir so dankbar war, daß er zeitlebens mein Bruder sein wollte und sonst nichts. Bis zur Erschöpfung, bis zur Weinerlichkeit, zum Beben und Lippenklappern baute, malte, schmückte und staffierte ich diese Geschichte in meiner Vorstellung aus, mit allerlei Tieren, Bärten, Palmen und Gewändern, lauter Einzelheiten, in denen mühelos das Ensemble unserer hölzernen Weihnachtskrippe zu erkennen gewesen wäre. Und auch ein Gott, der alles lenkte und richtete, kam darin vor: mein Wunsch.

Ich nahm meinen Rucksack und ging auf ein Bier ins Bordbistro. Mußte ich Wenzel doch fürchten? Hatte ich ihn unterschätzt?

Wieder war mir von ihm, wie schon bei unserem Treffen im Sommer am See, einer seiner Wünsche aufgehalst worden, darin verschachtelt der schwer zu befriedigende Sonderwunsch seines kleinen, scharf empfindenden Sohnes. Selten kommt so ein Wunsch allein daher; ich grollte Wenzel wegen dieses Frontalangriffs auf offener Straße. Erst nach seinem Brief, beteuerte er, sei ihm der Einfall gekommen, mich um Hilfe für Emanuel zu bitten. Falscher Oheim: angeschiftet, o patch-geworkter Mietonkel! Mir war das überhaupt nicht geheuer und in meinem Rollenrepertoire bisher auch nicht vorgesehen. Welche Aufgaben mir aus meiner natürlichen Verwandtschaftsarmut wohl noch zuwachsen mochten? Ich antwortete auf Wenzels neuerliche Zumutung, als er beim Abschied ein letztes Mal darauf zu sprechen kam: Laß mich ein halbes Jahr überlegen, ja? Er lachte, schwieg und lachte wieder. Wenn er denn glaubte, sein Angebot müsse auf mich unwiderstehlich wirken, weil ich keine Kinder hatte, dann täuschte er sich. Ich brauchte jedoch einen Grund von außerhalb meiner eigenen Wunschmagnetfelder, sonst würde nichts daraus werden. Denn das hatte ich mir zeitig angewöhnt – Vorsicht, wenn einer dich bei deinen Wünschen packen will! Noch einmal: Hatte ich Wenzel zu fürchten? Nein, lautete die Antwort, denn ein Mensch mit so vibrierend starken Bindungen, der Verantwortung übernommen hat und dem die Sorge um seine Kinder so brennend aus den Augen stiert, der kann dir nicht gefährlich werden. Oder doch? Und vielleicht gerade darum? Es war nicht zu entscheiden. Ich nahm mir vor, für dies eine Mal unbekümmert zu sein, seelenruhig ein Risiko einzugehen und – wie einst in der Jugend – keine Furcht vor den Irrtümern des Herzens zu haben, doch Zweifel blieben mir.

Nachdem Wenzel in Augsburg lange genug auf seinem wunden Punkt herumgeritten war, hatte er es plötzlich eilig, mir noch einige der in seinem Brief angekündigten Fragen zu stellen. Er forderte mich auf, ihm ins nächste Speiselokal zu folgen, weil er mit mir essen wolle. Am Tisch sank er aber zuerst einmal in sich zusammen, seine Attacke hatte ihn Kraft gekostet, murmelnd kramte er in seinen Manteltaschen herum und begann gleich darauf, seine Brille zu putzen, aber so langsam, als schinde er Zeit. Wir konnten oder wollten uns nicht in die Augen sehen – auch für mich eine willkommene Pause. In einem einfachen Fußballerlokal waren wir gelandet, an den Wänden hingen Wimpel und Mannschaftsfotos, auf Konsolen über uns standen Pokale. Ein kleiner Torwart in Silber reckte die Hände hoch und fing Staub. Es roch nach heißem Fett aus der Küche und Zigarettenrauch. Meine Frau hätte dieses Gasthaus wahrscheinlich »Schni-Po-Sa-Kneipe« genannt, ein Lokal, in dem, wer auf Nummer sicher gehen will, am besten die Urkombination Schnitzel-Pommes-Salat bestellt. Doch Wenzel nahm Maultaschen überbacken mit Ei, ich einen Hähnchenschlegel mit Blaukraut und Kartoffelklößen, dazu tranken wir helles, sämig-malziges Bier der örtlichen Marke Hasenbräu; beim Anstoßen begegneten sich unsere Blicke wieder, stumm, denn geredet war vorläufig anscheinend genug. Eine alte Frau mit Kittelschürze trug unser Essen auf und sagte: »Gesegnete Mahlzeit!« Das tat tausendmal wohler als jedes eigene Wort. Erst jetzt schien Wenzel zu bemerken, daß er seinen Mantel noch anhatte, flink erhob er sich, zog ihn aus und ging ein paar Schritte hinüber zur Garderobe, um ihn aufzuhängen. Den Schirm, den er vor kaum zwei Stunden gekauft hatte, ließ er neben seinem Sitzplatz auf der Bank liegen, seinen weißen Schal behielt er um den Hals.

Während unserer Wanderung war es nicht lange trocken geblieben. Und als es angefangen hatte, stärker zu regnen, war Wenzel in ein rasch gefundenes Kaufhaus gelaufen und hatte einen Regenschirm beschafft, peinlich bunt, aber mit genügend Spannweite für uns beide. Wenzel war nicht aufzuhalten gewesen, und ich hatte wie aus großem zeitlichem Abstand seinen fuchtelnden Starrsinn wiedererkannt: Wehe, wenn der etwas wollte oder nicht wollte! Nun ließ er den Schirm vergnügt vor unseren Nasen aufschnappen, und Schulter an Schulter ging es weiter.

Doch auch ich war unterwegs einmal weggelaufen, um mich seiner Eindringlichkeit zu entziehen, und hatte mich für eine kleine Auszeit in ein nahes Buchantiquariat abgesetzt, mit dem Hinweis, daß ich einer solchen Gelegenheit nicht widerstehen könne. Durchatmen, die Lider senken, nicht angegafft werden, Stille … beim flüchtigen Suchen in den Kisten war mir eine Fibel deutscher Baustile in die

Hände gefallen. Angenehmes Dunkel herrschte in dem Laden – fast wie in der Augsburger Grabkapelle, die in dem Buch abgebildet war. Erst beim Bezahlen, von der Kasse aus, hatte ich Wenzel durchs Schaufenster wieder in den Blick bekommen: mit dem Rücken zu mir vor dem Denkmal eines keulenschwingenden Nackten, ein Kerl wie aus dem Kraftraum der griechischen Mythologie, an dem er hinaufstarrte, den Kopf zur Seite geneigt, den rechten Arm gehoben, um einen Handschild über den Augen zu bilden. Unbewegt – ja, beinahe selber Denkmal – hatte er gleich nach dem Regen, den Schirm unterm Arm, so dagestanden, vielleicht in Erwartung des Augenblicks, da die Sonne wieder hervorkäme. Dann, plötzlich, fährt seine rechte Hand in die Manteltasche, zieht ein Handy heraus und reißt es hoch ans Ohr. Immer noch steht er still da, abgewandt von mir, bis er sich schwungvoll zur Seite dreht, davonläuft, wieder kehrtmacht und dabei einen Passanten rempelt. Beim Sprechen gestikuliert er mit der freien Linken, wirft den Kopf hintenüber oder senkt ihn tief auf die Brust hinab, ein-, zweimal schlägt er sich auch gegen die Stirn; wenn er nur zuhört, wirkt sein Gesichtsausdruck gequält, fast panisch. Minutenlang geht das so, minutenlang sehe ich Wenzel ringen – und ahne, wer ihn da am Haken hat und ihm seine Macht zu spüren gibt.

Später fragte ich Wenzel möglichst unverfänglich, ob er mit seinem Sohn telefoniert habe. »Ja, jaa!«, sagte er ertappt und erleichtert zugleich. »Ich mußte Emanuel noch einmal trösten, daß ich diesen Ausflug ohne ihn mache, verstehst?«

Das Essen, selbst die dunkle Soße zum Geflügel, schmeckte übrigens ausgezeichnet, es sättigte und erfreute uns; doch diesmal zahlte jeder für sich.

In den uns verbleibenden Augsburger Stunden, die wir größtenteils im Freien verbrachten, fing Wenzel ziemlich schnell wieder an, von sich und seinem Leben zu reden. So erfuhr ich noch, daß er bereits in zweiter Ehe verheiratet war. Seine Frau, eine um dreizehn Jahre jüngere Ingolstädter Bäckertochter, hieß Adelheid und arbeitete samstags als Kassiererin in einem ländlichen, auf der grünen Wiese errichteten Riesenbaumarkt, während sie unter der Woche daheim blieb und sich um die gemeinsamen Kinder kümmerte, zwei Töchter im Vorschulalter – die Zwillinge Laura und Vanessa –, sowie den schwierigen, schon früh zerrissenen, auf Ursprünge versessenen Emanuel. Wenzels erste Frau, eine Streetworkerin diverser Stadtjugendämter in Bayern, war im Alter von fünfunddreißig Jahren gestorben und hatte ihm ihrer beider Tochter, Natalie, hinterlassen, beim Tod der Mutter zehn, inzwischen fünfundzwanzig und kürzlich selbst Mutter geworden – mit seinem, Wenzels erstem Enkelsohn. Die furchtbarste Panik seines Lebens, sagte er, habe ihn angefallen, als er sich nach dem Tod seiner Frau plötzlich der Aufgabe gegenübersah, das Kind allein vollends aufzuziehen; er, der am liebsten auf der Außenbahn den Versorger gespielt und seiner Frau auf der Innenbahn die Erziehung überlassen habe, aus starken, aber berechtigten Zweifeln an seinen Vaterqualitäten. Doch seine Schwiegereltern hätten zum Glück bei der Erziehung geholfen und ihm das Mädchen »mehr oder weniger abgenommen«, wie er sagte. Der Vater seines Enkelkinds sei übrigens ein junger Vietnamese, geboren noch in der DDR, wohin seine Eltern sich als Gastarbeiter aus Hanoi um 1980 hatten abwerben lassen. Mit diesem jungen Mann plane seine Tochter schon bald nach Vietnam auszuwandern, zumindest versuchsweise; vor dem bevorstehenden Abschied, sagte er, »grause« es ihn »ohne Ende«.

Wenzel arbeitete noch immer als Drucker und fuhr jeden Tag über achtzig Kilometer zu seinem Münchner Arbeitsplatz, ein Stück mit dem Auto, den Rest mit der S-Bahn (was sein zugvernarrter Sohn gerade noch ertrug). Mit Hin- und Rückfahrt ein Zwölfstundentag, aber er und seine Frau wollten, daß ihre Kinder auf dem Land groß würden; das habe ihm selbst schließlich auch nicht geschadet. Seine Lehre als Buchdrucker hatte Wenzel noch in der Zeit bei uns begonnen und, nachdem die Talsohle seines Kummers durchschritten war, in München abgeschlossen. Doch dieser Beruf sei heute nicht mehr das, was er einmal gewesen sei: das stolzeste Handwerk der Welt, darum habe er es schließlich erlernt ... stolz zu sein auf seinen Beruf, habe ihm sehr geholfen in Zeiten, in denen er sonst keinen Grund zum Stolz hatte; *einen* Stolz brauche jeder. Mittlerweile jedoch drucke er kaum mehr auf Papier, sondern auf allen möglichen anderen Werkstoffen, etwa Aluminium, Glas, PVC oder sogar Stein, im Digitaldruckverfahren. Ein Kollege von ihm drücke es manchmal so aus: Bald werden wir auch noch die Wolken bedrucken! Doch wer überleben wolle, müsse sich anpassen, notfalls bis zur Unkenntlichkeit, aber seinen Arbeitsplatz habe er sicher, immerhin, und der Verdienst sei nach wie vor in Ordnung. Drei Phasen wollte er in seinem Beruf bisher durchlaufen haben: zuerst, noch von Rotach aus, den Zeitungsdruck in unserem Provinzhauptort; dann, in den politisch radikalen siebziger Jahren in der Nähe der Münchner Universität, den Druck von Flugblättern, Broschüren und wissenschaftlichen Arbeiten bis hin zur Dissertation – eine herrliche Offsetmaschine hätten sie da in ihrer Kellerdruckerei stehen gehabt, ein eisernes schwarzes Ungetüm, und manchmal seien aus der Nachbarschaft die Punker angerückt, um auf die rhythmisch nicht allzu anspruchsvollen, aber krachlauten Stampfgeräusche dieser Maschine zu tanzen. Heute nun erlebe er die dritte Phase (hoffentlich seine letzte bis zur Rente): Da bedrucke er Fluchtwegschilder für Hochhäuser und Amtsgebäude, Bier-Jetons fürs Oktoberfest, Kundenstopper für den Bürgersteig oder die Laufgänge vor Kauf- und Gasthäusern, erotisch aufreizende Wandtattoos für die Schlafzimmer von Leuten, die sich nicht mehr selbst in Schwung brächten, außerdem Leuchtfolien, Fahrzeugbeschriftungen, Werbebanner, Messegraphiken und anderes, das ich mir auf die Schnelle nicht merken konnte; einmal habe er sogar an einem Großauftrag mitgewirkt, den die Polizei überwachte: zentnerweise Papiergeld hätten sie gedruckt für die Bundesbank.

»Was«, rief er, »hat das noch mit Schwarzkunst zu tun?«

Und als Wenzel schließlich nach meinem Beruf fragte, sagte ich schlicht:

»Lokaljournalist.«

Das war richtig, aber nicht alles.

Ihn jedoch ganz aufzuklären über meine berufliche und persönliche Lage in der Gegenwart, schien mir kropfüberflüssig. Ich hatte mir erst ein halbes Jahr zuvor ein Sabbatical verordnet und bei meinem bisherigen Arbeitgeber, der einzigen Zeitung in der engsten und verwachsensten Universitätsstadt Süddeutschlands (in einem subversiven Comic aus den siebziger Jahren heißt sie Neckargüllen), meinen

Vertrag als freier Reporter gekündigt. Meine Erbschaft erlaubte mir diese Unterbrechung, die unbefristet sein sollte, was der Verlag auch akzeptiert hatte; erst in ein oder zwei Jahren wollte ich sehen, ob ich in den Schlag zurückfliegen müßte oder mich, wie gehofft, vom freien zum vogelfreien Autor gemausert hätte. Dann wäre meine Kündigung endgültig. Mein vorherrschendes Gefühl derzeit noch war Freude, nur daß ich nicht so recht wußte, auf was.

»Welche Ausbildung macht man denn als Lokaljournalist?«, wollte Wenzel wissen.

»Ich habe studiert«, antwortete ich.

»Was?«

»Deutsch, Geschichte, Philosophie.«

»Was wird man da am Ende?«

»Ich … wurde … Doktor.«

»Ach so! Ja, bist du dann als Lokaljournalist nicht ein bißchen – überqualifiziert?«

»Nein … NEIN!«

»Vielleicht hätte man damit auch etwas anderes werden können, meinst du nicht?«

»Man kann immer etwas anderes werden.«

Meine Eltern hatten mich nie zu irgend etwas gezwungen, auch nicht bei der Berufswahl. Daß ich zuerst meine Studienfächer, später meinen Beruf frei wählen durfte, war ganz selbstverständlich ein Bestandteil jenes Bildungsversprechens aus meiner Kindheit gewesen, und sie unterstützten mich dabei mit Geld und Geduld. So hatte ich nie um etwas kämpfen, nie mich behaupten, geschweige denn durchsetzen müssen. Selbst nach meinem schlimmsten Absturz, der zugleich ein verzweifelter Angriff auf sie gewesen war, halfen meine Eltern mir wieder auf. Denn alles, was in puncto Bildung und Beruf in meinem Leben geschah, gehörte notwendigerweise zu jener bereits früh begonnenen Wiedergutmachung für mein Dasein ohne Brüder und Schwestern – der Grundvertrag meines Lebens. Selbst die in Ehren gehaltene Handwerkertradition der Familie Stollstein war dafür nach beinahe zwei Jahrhunderten weitgehend klaglos aufgegeben worden, und an der Wand meines Arbeitszimmers hing nun, neben den Meisterbriefen meines Vaters und meines Großvaters, folgerichtig und ganz und gar nicht deplaziert, mein Doktorzeugnis.

Mein sogenannter Beruf war allezeit ein seltsam zwittriges Konstrukt gewesen, wenngleich er mich immer gut ernährt hatte. Zwei Jahre lang war es mir sogar gelungen, meine Frau Irene mitzuernähren, in der Endphase ihres Jurastudiums, das sie an ihr fruchtloses Lehramtsstudium angeschlossen hatte; denn wie so viele aus unserer Generation war sie nicht in den Schuldienst übernommen worden ... Ich erzählte Wenzel, daß ich seit rund zwanzig Jahren ein Landberichterstatter sei und dessen einfache Freuden genösse; nichts erfuhr er von meinem zweiten Berufsleben, in dem ich als Lehrbeauftragter auf Honorarbasis, wenn auch nur für die niederen Semester, Seminare an der Universität abhielt, beziehungsweise abgehalten hatte, denn auch dies war seit kurzem vorüber. Es hatte mir in diesem Doppelleben ohne weiteres passieren können, daß ich aus einer meiner Veranstaltungen über Schillers Erzählungen in moralischer Absicht, über Grimmelshausens simplizianische Schriften, Mörikes »Wispeliaden« oder auch Paul de Mans kalt glänzende Dekonstruktion direkt ins Umland zu einem Treffen des Abwasserzweckverbandes, zu einer Ortschaftsratssitzung, einer Blutspenderehrung oder zu einem Faßanstich des Schützenvereins mußte und umgekehrt. Anfangs hatte mir das gut gefallen. Ich hielt es für den gelungenen Ausdruck eines inneren Reichtums sowie der Fähigkeit zur schwierigen Synthese; es ergriff mich geradezu. Beim Ortswechsel im Auto sang ich mich darum oft hinüber in die jeweils andere Sphäre, indem ich aus meinem Vorrat an Volks- und Kunstliedern schöpfte und beispielsweise »Bald gras i am Neckar ...« anstimmte oder Bob Dylans »Don't think twice, it's allright ...«. Doch auf Dauer war es mir unbehaglich, sogar unheimlich geworden, und ich hatte mich gefragt: Wie bist du da hineingeraten? Welcher Zufall hat dich dort abgesetzt? Irgendwie führst du ein falsches, zumindest groteskes Leben, hast dich nie ganz befreit, kommst, schollenträge, vom Dorf so wenig los wie von den Bildungstempeln, in denen du, vom Gymnasium bis zur Promotion, fast ein Vierteljahrhundert zugebracht hast – und schleichst, graugöpfig geworden, immer noch darin herum mit dem Herzklopfen eines ABC-Schützen. Um dir Kraft zu holen, setzt du dich alle paar Wochen im Gründungsgebäude der Universität unter die ins Gebälk eingeschnitzte »Attempto«-Palme wie unter eine Höhensonne und läßt dich von ihr bestrahlen. Oder reißt dich freitags bei der Terminvergabe in der Redaktion darum, die bestellte Wochenendreportage über ein Weinfest an den Hängen von Runeck schreiben zu dürfen oder über die neue Kirchenglocke von Kustertellinsburg sowie den Ursprung und die Bedeutung ihrer lateinischen Inschrift, die da lautet: VIVOS VOCO ○ MORTUOS PLANGO ○ FULGURA FRANGO *.

Beide, Dorf und Universität, liegen in deiner winzigen, gestockten wie gestauten Provinz so atemlos nah beieinander wie nirgendwo sonst, außer in deinem Kopf natürlich, und nur darum hast du dich hier derartig dauerhaft eingerichtet. In der Stadt aber bist du nie angekommen.

Und fortan erschien mir mein Doppelleben nicht mehr als geglückte Synthese, sondern nur noch als traurig-alberne Folge eines fast lebenslang mitgeschleppten Widerspruchs oder Gegensatzes, kurz: als lächerliche Paradoxie, die sich nun, reichlich spät, nämlich erst nach dem Tod meiner Eltern, zu erkennen gab. Denn wohlgemerkt, erst meine finanzielle Unabhängigkeit hatte mir dafür die Augen geöffnet. Doch vielleicht konnte dieser so plötzlich entdeckte, klaffend vor mir aufgesprungene *Widerspruch* (immerhin einer der Lieblingskampfbegriffe meiner Generation) in der nun anberaumten Lebenspause oder Bedenkzeit ja erfaßt und aufgelöst werden, mit ernstem klarem Blick auf einen Neuanfang (auch das so ein Lieblingswörtchen aus dem Reformzeitalter), den ich, ein junger Mann von fünfzig Jahren, mir durchaus noch wünschte.

* Ich rufe die Lebenden, beweine die Toten, bändige Blitze.

4

Nach unserem Ausflug mit dem Kraftfahrer Humbel blieb Wenzel mehrere Tage verschwunden. Trotzdem stellte ich mich jeden Morgen auf meinem Schulweg auch weiterhin vor das Haus, in dem er wohnte, und versuchte ihn herauszurufen. Als ich ihn schließlich wiedersah, kam er, einen neuen Schulranzen auf dem Rücken, unerwartet von links, den Berg herab. Ich zog soeben unsere untere Haustüre zu und trat auf die Straße hinaus. Er war umgezogen. Als ich ihn fragte, wohin, wies er nur hinter sich und sagte: »Da!« Tagelang hatte er mich vor einer leeren Wohnung seinen Namen schreien lassen. Doch von nun an wäre er der Abholer, jetzt kam Wenzel von weiter her und hatte also die Pflicht dazu. Es wäre schön, ihn draußen meinen Namen rufen zu hören. Aber nichts war zu hören, nicht am nächsten, nicht am übernächsten Tag. Er ging allein zur Schule. Im Klassenzimmer und auf dem Pausenhof wollte er mich nicht kennen, was vollauf genügte, um mich fernzuhalten. Doch stellte ich mich weiterhin jeden Morgen vor unser Haus auf die Straße und wartete; wieder war ich der Wartende, stand sogar früher aus dem Bett auf und frühstückte schneller, um mehr Zeit zum Warten zu haben. Aber er kam nicht. Entweder war er schon vorher vorbeigegangen oder er verspätete sich. Oder Wenzel nahm einen anderen Weg, den ich nicht kannte, und auch auf dem Heimweg war er nicht anzutreffen.

Ich wollte ihm entgegengehen, lief durch die scharfe Linkskurve bergauf bis zu dem Lindenbaum vor dem Hof von Bauer Bernroth. Weiter war ich auf der Straße zum Dorf hinaus noch nie gekommen. Unter dem Baum, der mit seinen Ästen die bucklige und löchrige Straße überwölbte, hielt ich an. Hier durften meine Großmutter und ich sommers Lindenblüten für Tee pflücken; unverlierbar ist mir der Geruch in der Nase hängen geblieben, zu dem in der Blütezeit der süße, weiche, nüsternöffnende Duft der Linde und der würgende Gestank aus dem nahen Schweinestall sich vermischten. Ich zögerte, traute mich nicht weiter den Berg hinauf. Hinter der nächsten Kurve, die nach rechts führte, endete, wie ich wußte, das Dorf; gleich dort, am Ortsrand, sollte das Denkmal für unseren zur Jugendzeit meines

Großvaters vom Blitz erschlagenen Schultheißen Heller stehen. Dahinter lag, auf der letzten Anhöhe vor dem Wald, unser Friedhof, auf
dem ich auch noch nicht gewesen war. Nur bis zu Bernroths Linde
hatte es bisher gereicht.

An den sandigen Platz mit dem Lindenbaum stieß ein Gemüse-
und Blumengarten, der sich links, entlang der Straße, den Berg hinauf
erstreckte. Oberhalb des Gartens gab es, soweit zu sehen, nur noch zwei
Häuser, beide auf derselben Seite. Bis zum ersten, einem fuchsroten
Backsteinbau, der mir seinen Giebel zuwandte, hätte ein guter Werfer
einen Stein oder eine große Kastanie vermutlich gerade noch werfen
können. Aus diesem Haus trat eines Tages, als ich wieder unter der
Linde stand und herumäugte, Wenzel. Dort also wohnte er neuerdings, so nachbarschaftlich nahe, so unglaublich unfern, daß ich mich
schämte, es nicht bemerkt zu haben. Ich rannte zu ihm hinauf, meinen
hüpfenden Schulranzen auf dem Rücken; sicherheitshalber winkte
ich auch noch mit beiden Händen, denn diesmal sollte er mich nicht
verfehlen. Wortlos gingen wir zur Schule. Das war im Herbst 1964.
Und von da an wurde wieder Wenzel abgeholt.

Das Haus, in das er zusammen mit seinen Eltern gezogen war, gehörte einer alteingesessenen Familie von Steinmetzen namens Graser.
Über drei Generationen hatten sie in Rotach ihr Handwerk ausgeübt.
Allerdings wohnte damals nur noch einer von ihnen in dem Haus
an der Straße zum Friedhof, der etwa fünfundsiebzig Jahre zählende
Witwer Heinrich Graser, der seine Grabdenkmale vor dem Krieg bis
ins bürgerliche Stuttgart verkauft hatte; selbst Mörikes Grabstein
auf dem Pragfriedhof soll er im Auftrag der Nachfahren zweimal
renoviert haben. So erzählten es mir meine Eltern irgendwann in spä-
terer Zeit, noch immer bedrückt und entsetzt vom Untergang dieses
Handwerkerhauses, der mit dem Einzug der Familie Bogatz in sein
letztes Stadium getreten war.

Begonnen hatte dieser Untergang bereits 1939, kurz nach Kriegsbeginn, als einer der Söhne des alten Graser, Robert, in einem Wirtshaus des Waldtals vor allen Gästen die unerhörten Worte sprach,
man müsse nur Hitler verhaften, und der Krieg sei vorbei. Er wurde

denunziert, eingesperrt und nach dem sogenannten Heimtückegesetz zu einer Zuchthausstrafe verurteilt, die man ihm jedoch erließ, weil der Zwanzigjährige bereit war, sich einer der damals ausgehobenen »Bewährungseinheiten« anzuschließen. So diente Robert zuerst in zwei Strafbataillonen und schließlich, gleichfalls unter Zwang, in der massenmörderischen SS-Brigade Dirlewanger.

Der alte Graser aber wurde wegen der staatsfeindlichen Rede seines Sohns um seine berufliche Existenz gebracht. Aufträge aus der näheren und ferneren Umgebung blieben schlagartig aus, und auch nach dem Krieg gewann Graser sonderbarerweise keine Kunden mehr. Nie wieder sollte er, erst fünfzig Jahre alt, als Steinmetz arbeiten. Um zu überleben, verdingte er sich als Maurer und Fuhrmann, als Forstarbeiter und Tagelöhner bei der Ernte oder im Steinbruch. Wer ihn auf einer Baustelle oder zwischen Johannisbeerbüschen, eine Milchkanne an seinem Gürtel, eine zierliche Nickelbrille auf der Nase, je gesehen habe, sagten meine Eltern, der könne den stillen handwerksmeisterlichen Stolz dieses Mannes unmöglich vergessen.

Heinrich Graser, großgewachsen, rund und fleischig, war zeitlebens Monarchist. Er trug einen Schnauzbart nach wilhelminischer Art: an beiden Enden steil nach oben gezwirbelt. In seiner Wohnstube soll noch lange ein Bild des letzten Königs von Württemberg gehangen haben. Auch unter Hitler dachte Graser nicht daran, seine freundschaftlichen und geschäftlichen Beziehungen zu Juden aufzugeben. Als er von einem jüdischen Viehhändler eine Kuh kaufte, wurde er für diesen Handel im »Stürmer«-Kasten, der in Rotach an der Außenwand der Gemeindewaage befestigt war, eine Woche lang angeprangert. Und obwohl er vom Ortsgruppenleiter auch unter Drohungen aufgefordert wurde, das »Judenasyl« in seinem Haus zu beenden, beherbergte Graser über mehrere Jahre hin den jüdischen Möbelfabrikanten Ostertag und zwei seiner Söhne bei sich, die in den Ferien oder an Wochenenden nach Rotach kamen, um im Fluß zu angeln – jenen aus Bad Cannstatt stammenden Max Ostertag, dem mein Großvater im Frühjahr 1939 zusammen mit einem elsässischen Kriegskameraden aus Deutschland forthalf.

Graser hatte vier Söhne, drei davon erlernten in seiner Werkstatt den Beruf des Steinmetzen, der bei uns im Waldtal Steinhauer hieß. Der älteste Sohn, Otto, war im Kaukasus vermißt. Der dritte, Willi, kam körperlich unversehrt, aber als Alkoholiker aus dem Krieg heim. Bis zu seinem frühen Tod lebte er mit seinen Eltern unter einem Dach und arbeitete als Rotacher Totengräber, wenn er nicht wegen Wilddieberei im Gefängnis saß. Willi spielte hervorragend Akkordeon und musizierte ringsherum bei Haus- und Gartenfesten. Der vierte, Heinrich (genau wie sein Vater), aber von allen nur Junior gerufen, worin sein Elend sich schon halb offenbarte, war für den Krieg zu jung und wurde im Rotacher Rathaus zum Gemeindepfleger in die Lehre geschickt; er unterschlug Geld, das die Eltern sogleich ersetzten, damit ihm ein Prozeß erspart bliebe – seine Kündigung freilich konnten sie nicht verhindern (das geschah 1946, als mein Großvater Bürgermeister von Rotach gewesen war).

Der zweitgeborene Sohn, Robert, kehrte nach drei Jahren in Dr. Dirlewangers Schlächtertruppe, von deren Soldaten die meisten gefallen oder von ihren eigenen Offizieren umgebracht worden waren, wieder zurück. Wundersamerweise, aber auch verdientermaßen, wie er glaubte, war er in Weißrußland, Polen oder der Slowakei im Kampf mit Partisanen und Aufständischen unverwundet geblieben. Nur die Haut an den Beinen sowie einen Teil des Fleisches, bis herauf zu den Knien, hatte er durch schweren Kältebrand eingebüßt; der Schmerz bei Tag und bei Nacht schien ihm dafür kein allzu hoher Preis zu sein. So hörte es mein Vater von ihm, den er besuchte, wenn er in Rotach zu Gast war.

Robert hatte sich in einer fernen Stadt niedergelassen und geheiratet. Seine Heimat, in der er verraten worden war, mied er, so gut es ging. Als er und seine Frau nach vielen Jahren Ehe noch immer keine Kinder bekamen, sich inzwischen aber beide ihrem vierzigsten Jahr näherten, ließen sie sich untersuchen. Die Frau war gesund. Doch bei Robert wurde entdeckt, daß seine Samenstränge durchtrennt waren. Man hatte ihn sterilisiert, ohne sein Wissen, ohne sein Ahnen. Er brauchte nicht sehr viel Zeit, um zu erfassen, bei welchem Eingriff ihm das angetan worden war. Nur ein einziges Mal in seinem Leben war er operiert worden, am Blinddarm, in einem Wehrmachtskrankenhaus gleich hinter der Front, unter Vollnarkose, von einem deutschen Feldarzt – und dabei hatte man ihn offenkundig seiner Fruchtbarkeit beraubt, hatte ihm, dem Regimekritiker jenes einen kleinen Satzes, die Fähigkeit zur Fortpflanzung genommen. Keinen Monat ertrug Robert diese Entdeckung, dann setzte er seinem Leben ein Ende, und zwar »nicht auf die unblutige Art«, wie meine Eltern andeuteten.

Mein Vater allerdings, dem er einen Abschiedsbrief geschrieben hatte, sprach in unserer Familienrunde leise und beinahe tonlos die Vermutung aus, daß Robert Graser auch von den um 1960 allmählich bekannt werdenden Kriegsverbrechen niedergedrückt wurde, die seine Mordbrigade in den Wäldern um Minsk oder in Warschau begangen hatte, gleich ob er selbst daran beteiligt gewesen sei oder nicht.

Als das Haus bis auf den Alten ausgestorben war – als Erste starb die alte Graserin, als Letzte Willis Frau, die kinderlose Rosa –, beschlossen drei Frauen aus der Nachbarschaft, für ihn zu sorgen. Die Bäuerin Bernroth wusch ihm Kleider und Wäsche, die Hammerschmiedin kochte jeden Tag für ihn mit und trug ihm das Essen hinüber, meine Mutter fütterte die Tiere, die Graser noch besaß, zwei Schweine, ein paar Hühner, einen Stall voller Hasen, und sie molk auch seine einzige Kuh. Da er zu trinken angefangen hatte (ein schweres, verzweifeltes, hirnverbrennendes Trinken) und für die drei Frauen anscheinend unberechenbar geworden war, wurde die unentgeltliche Nachbarschaftshilfe eingestellt. Meine Mutter aber ängstigte nicht allein der bisweilen an Irrsinn grenzende Zustand des Alten, sondern auch die Rattenplage in seinem Viehstall und seiner Scheune, jene gierige Meute, die noch während des Fütterns hervorkam und mit den Schweinen aus einem Trog fraß.

Nicht lange danach holte Heinrich Graser Wenzels Familie zu sich ins Haus, womöglich in der Hoffnung, daß Ida ihm nicht nur den Haushalt führen, sondern Ordnung in sein Leben bringen möge. Und wenig später zog auch sein einzig verbliebener Sohn wieder bei ihm ein, Heinrich junior, der viele Jahre verschollen gewesen war, jetzt aber als abgebrannter Lebemann mit einer jüngeren Geliebten sowie drei unehelichen Kindern, die angeblich alle nicht von ihm waren, im Waldtal auftauchte. Ein anderes Gerücht besagte, er habe schon mehrmals im Gefängnis gesessen, einmal sogar im Zuchthaus. Den Untergang seines Elternhauses sollte Junior nur noch beschleunigen. Nach dem Ende würde er eine Weile als Scherenschleifer durch die Dörfer ziehen, dann aber auch das nicht mehr.

Freudig meldete ich meinen Eltern, daß Wenzel wiedergefunden war. Aber sie wußten es bereits, ebenso daß er inzwischen in einem anderen Haus wohnte, und sogar in welchem. Sie hatten mich eine ganze Weile nach ihm suchen lassen, in der Gewißheit, daß ich ihn schon finden werde; jetzt beglückwünschten sie mich dazu. Meine Eltern schienen inzwischen viel mehr von Wenzel zu wissen als ihr Sohn. Wenige Wochen darauf, zu Winterbeginn, als mein Freund wieder einmal in der Schule fehlte, wußten sie, daß er krank war. Sie rieten mir, ihn zu besuchen, am besten mit einer Flasche von unserem selbstgemachten Himbeersaft, der heilende Kräfte besitze. Ich schwankte zwischen der Angst, das fremde Haus zu betreten und dem Glück, zu Wenzels Genesung beizutragen. Fiebrig und stöhnend sah ich ihn daliegen und auf meine Hilfe warten.

»Je eher du hingehst«, sagte mein Vater, »desto eher ist er wieder gesund.«

Das leuchtete mir ein.

Als ich vor Wenzels Haustür stand und mehrmals angeklopft hatte, ohne daß sich drinnen etwas regte, war ein kurzes, hartes Pochen gegen Glas zu hören, schräg über mir. Ich blickte auf und sah den alten Graser mit unbeweglicher Miene hinter dem Fenster stehen, in der Hand einen Spazierstock, mit dessen Knauf er mich hereinwinkte. Die hölzerne Tür streifte am Boden und konnte nur mit einem Tritt weit genug geöffnet werden. Im Hausgang roch es nach Holzfeuer, die Luft jedoch war kühl, kühler noch als draußen. Die erste Tür, rechter Hand, schien geschlossen. Ich ging ein paar Schritte geradeaus und stieg eine hölzerne Treppe mit bleichen und ausgetretenen Stufen nach oben, dem Alten entgegen; widerwillig tat ich es, denn hinauf hieß auch tiefer hinein, dorthin, wo es immer mehr nach dem Abtritt stank. Ebenso mußte ich an die Ratten denken, die meine Mutter vom Graserschen Anwesen vertrieben hatten.

Am Ende der Treppe wurde ich von einer Frau erwartet, die sich über mein Erscheinen nicht im geringsten wunderte. Sie verstellte mir den Weg und lächelte: wer sonst als Wenzels Mutter.

»Darf ich den Wenzel besuchen?«, fragte ich hastig.

Sie trat einen Schritt auf mich zu: »Was ist in der Flasche?«

»Saft!«, rief ich, als wäre dies mein Losungswort.

Den Hinweis auf die Heilwirkung unterließ ich.

Wenzels Mutter sprach mit schwerfälligem, beinahe zahnlosem Mund. Ihre Stimme klang nicht mehr nur rauchig, sondern bereits versengt. Das Gesicht war verquollen wie nach langem Schlaf; die Haare, kurzgeschnitten auch im Nacken, klebten am Kopf und wirkten naß. Beide Ohren lagen frei – hübsche, wohlgeformte Ohren, an denen Ringchen baumelten, jedes mit einem winzigen blauen Stein. Frauenohrringe: zu dieser Zeit ganz und gar ungewöhnlich im evangelischen Waldtal. Ida Bogatz war damals Anfang vierzig, neben ihr mußte meine fast gleichaltrige Mutter mir wie ein Mädchen erscheinen. Die dunklen Augen, die mich ziemlich gleichgültig ansahen, waren klein und glanzlos. *Frau Bogatz* – so hätte ich sie eigentlich anreden müssen, verzichtete aber, weil mich plötzlich die Furcht überkam, den Namen falsch auszusprechen ... Frau Bogatz trug einen schwarzen Pullover, der in den Bund ihres vielfarbigen, bis auf die Knöchel hinabfallenden Rocks gestopft war. Sie atmete hörbar und versuchte, noch einmal zu lächeln, mit einem Mund, der entglitt. Ihr Kopf wackelte, als säße er nicht richtig auf dem Hals. Mit einer fahrigen Geste forderte sie mich auf, ihr zu folgen.

Ich hatte noch nie eine betrunkene Frau gesehen.

Das Zimmer, in das sie mich führte, schien die Wohnstube zu sein, zumindest war der Raum gut beheizt. Wenzel lag bis zur Brust herauf zugedeckt auf einem Sofa mit geschwungener Rückenlehne, den Kopf auf einem der Seitenpolster. Gegenüber, genau in seinem Blickfeld, stand auf einem Stuhl ein Fernsehapparat, der ausgeschaltet war. Sobald Wenzel mich erblickte, rief er:

»Mama, das ist der Maxl, der holt mich morgens!«

»Ach *der* weckt uns immer!«, tönte die brandige Stimme.

Mocksel – so erschütternd fremdartig war mein Name noch nie erklungen, selbst nicht aus seinem Mund. Doch es war nicht zu überhören: Wenzel sprach hier unzerhackt, nicht einmal ein Anhauch von Gestotter. Für seine Mutter, die offenbar nicht so recht wußte, um wen es sich bei dem Besucher handelte, sprach ich laut und klar ins Zimmer hinein:

»Wir lernen zusammen.«

Wenzel schaute verdutzt. Er mochte es nicht bestätigen. Seine Mutter schwieg. Ich setzte mich auf einen Stuhl, der frei herumstand, und rückte nahe mit ihm an das Krankenbett heran. Mein Freund schien in Kleidern darin zu liegen, wahrscheinlich weil ihn trotz der Wärme im Zimmer fror. Die Saftflasche behielt ich einstweilen in der Hand. Sie zu überreichen und ihren Empfängern zu erklären, in welchem Verhältnis man den dicken roten Saft mit Wasser vermengte, das würde der Höhepunkt dieses Besuchs sein. Die Mutter befand sich anscheinend genau hinter mir; denn immer wieder blickte Wenzel knapp an mir vorbei in den Hintergrund und immer ein bißchen aufwärts, mal mit strahlendem Gesicht, mal mit üblen Grimassen, die mir unverständlich waren, von denen ich jedoch ahnte, daß sie eigentlich mir galten. Sein Haar war äußerst kurz geschnitten, gestutzt bis auf die Kopfhaut – mochte diese Frisur mit seiner Krankheit zu tun haben oder mit deren Heilung. Ich traute mich nicht, danach zu fragen. Und er sagte nichts dazu, sondern fuhr sich, in unregelmäßigen Abständen, mit der Hand heftig über den Schädel und ließ sein Bürstenhaar knistern. Auch fragte er mich nicht nach der Schule und was wir gerade lernten, oder wie ich den Tag herumbrachte ohne ihn. Er schien glücklich, allem und jedem so fern zu sein, wie ich es seinem Gesicht glaubte ablesen zu können; eine eigenartige Mischung: krank und glücklich.

Als hinter meinem Rücken ein Streichholz angerissen wurde, fuhr ich herum und sah, wie Ida Bogatz sich eine Zigarette ansteckte. Wenzel blickte mir starr ins Gesicht:

»Magst auch eine?« Er lachte los.

Die Mutter fiel rasselnd in sein Lachen ein.

Dann sagte Wenzel, ohne seinen Blick von mir zu nehmen:

»Weißt, Mama, der Maxl ist ein ganz *Koischer*.«

Dieses Wort kannte ich nicht. Es klang wie »Komischer«, nur ohne m. Ich ging nicht darauf ein, sondern ließ das Wort im gemeinsamen

Gelächter der beiden verrauschen. Sie lachten so laut und dröhnend, daß ich meinte, den zuerst am Fenster stehenden, dann verschwundenen alten Graser von irgendwoher mitlachen zu hören.

Bald sollte ich dieses Wort näher kennenlernen: Es war ein anzüglich und mit nach unten gezogener Oberlippe gesprochenes »keusch« (für das Waldtal ein gar zu katholisches Wort, als daß es mir bereits bekannt sein konnte), das zum Wortschatz des »Bonnadischen«, gehörte, einer Sprache, die Wenzel aus Lauten, Silben und Wörtern, aus wortlosen Zeichen und sogar Körperberührungen selbst erschaffen hatte und in der er Verbindung mit mir suchte, wenn, wie ich glaube, ein schweres Stottern in ihm heraufzog oder er von seinem peinlichen Gestotter ablenken wollte. Und auf Bonnadisch – also gleichsam in meiner ersten Fremdsprache – bedeutete »koisch« etwa so viel wie: blöde, unbedarft, ahnungslos.

Irgendwann, mein Zeitgefühl war längst erstorben, sagte die Mutter zu mir:

»Jetzt gehst wieder, mein Bub muß schlafen.«

Wenzel widersprach ihr nicht.

Sie trat an das Kopfende des Sofas und fuhr ihm mit plumper Zärtlichkeit über das Gesicht. Er machte sofort die Augen zu. Ich raffte mich zu einem Abschiedsgruß auf, der aber so schwach ausfiel, daß er nicht beantwortet wurde. Die Saftflasche hatte ich noch im Sitzen aus meinen Händen auf den Fußboden gleiten lassen und vorsichtig abgestellt. Auf keinen Fall konnte ich meine Krankengabe wieder nach Hause tragen; ungetrunken, ungeöffnet, unberührt, das graue Schimmelpelzchen nach wie vor im Flaschenhals, so stand sie da unten im Halbschatten und wollte entdeckt werden.

Ich ging heim und würde nichts von alledem preisgeben.

Als Graser junior um Weihnachten im Haus seiner Eltern eingezogen war, verwirrte sich meine Welt mehr und mehr. Ihm folgten noch andere Leute, Männer in Cowboystiefeln und Lederjacken, hübsche junge Frauen mit kurzen Röcken und alte geschminkte, auch ein paar Kinder. Niemand wußte, wo sie in dem kleinen Haus alle untergebracht waren. Der einzige von ihnen, der zur Arbeit gehe, sagte mein Vater, sei Wenzels Vater, der Lois; noch in den letzten Nachtstunden steige er regelmäßig den Berg herab, nicht lange bevor ich hinaufstiege, um Wenzel zur Schule mitzunehmen. Einzig der Lois verdiene Geld, das die anderen ihm jedoch wieder abknöpften. Jeden Samstag müsse er einen Handstand machen, damit sein Wochenlohn ihm aus der Tasche falle.

Das Haus lag grabesstill, wenn ich Wenzels Namen rief, nirgends war Licht zu sehen – plötzlich trat mein Freund aus dem Dunkel in den Morgendämmer heraus, und ich erkannte ihn kaum. Er war ungewaschen und hatte nicht gefrühstückt, wirkte müde, verfroren und übernächtigt; niemand war mit ihm aufgestanden oder hatte im Küchenherd Feuer für ihn gemacht.

Auf unserem Weg den Berg hinunter mußten Wenzel und ich an der neuen, fabrikartigen Werkstatt meines Vaters vorbei. Hinter den Fenstern brannten alle Neonlichter. Gleich sechs Leuchten mit Doppelröhren strahlten von der weißgestrichenen Decke; oft sagte mein Vater, die Zeit der finsteren Werkelhöhlen sei jetzt gottlob vorbei. Auch ich war dankbar: für die neue Werkstatt und die neuen Maschinen, für meinen Vater, für das harte, helle, zukunftsspendende Licht, in dem ich ihn stehen sah, sinnierend, das Zimmerblei hinter dem Ohr. Von seinem Arbeitsplatz aus konnte man mühelos zu Grasers Haus hinaufschauen, das im Dorf nur noch »Rocky-docky« hieß. Niemand erklärte mir diesen Namen, auch Wenzel nicht, obwohl er etwas zu ahnen schien. Das Haus bei einem neuerlichen Besuch selbst in Augenschein zu nehmen, verboten mir meine Eltern mit ungewohnter Strenge. Auch Dorfpolizist Stiel war mir keine Hilfe. Er besuchte uns mehrmals in der Werkstatt und bat meinen Vater, ihm Bericht zu erstatten, wenn er in seiner Blickschneise etwas Ungewöhnliches oder Verdächtiges bemerke. Nur – was da ungewöhnlich oder verdächtig sein könne, das sagte er nicht. Wenzel erschien immer wieder tagelang weder in der Schule noch auf der Straße.

Graser junior begegnete ich in Bauer Bernroths Milchhäuschen, wo auch wir Butter und Kuhmilch kauften; Ziegenmilch, die keiner mochte, hatten wir im Überfluß selbst. Junior trug abgewetzte weiße Schuhe, ein kariertes Sakko und benützte auch an Werktagen ein

Rasierwasser, dessen Duft mich an einen klebrig-süßen Automaten-Kaugummi namens »Dubble-Bubble« erinnerte; wenn er ging, streiften seine Knie aneinander, und er konnte nur Trippelschritte machen, so als wäre er gefesselt. Er schien mir noch jung, trotz der schlohweißen Haare, die von weitem an Watte erinnerten. Noch jünger als er selbst war anscheinend seine Stimme, sie klang geradezu kindlich, und ich meinte herauszuhören, daß er vor allem kein K sagen konnte und sich jedesmal sehr zusammennehmen mußte, wenn daraus kein T werden sollte. Doch für den mutmaßlich Letzten einer aussterbenden Sippe machte dieser Junior insgesamt keine schlechte Figur: ein Räuchermännchen aus Lehrer Schumanns erzgebirgischer Sammlung, das aus einem nimmermüden Maul Qualm spie und nicht ahnte, daß es bald selbst Feuer fangen würde … für einmal erlaubte ich mir, ihn so zu betrachten. Den Kerl, der immer um ihn war und der die Kraft besaß, die Junior offenkundig fehlte, rief er mit dem von mir noch nie gehörten Namen Golo. Zusammen kauften die beiden im Dorfladen ein: kistenweise Bier und Wein, transportiert in einer Schubkarre mit eisenbeschlagenem Holzrad, die von Golo geschoben wurde. Sie gingen täglich mehrmals ins Dorf, doch selten vor Mittag, da sie erst spät aus dem Bett fanden. Jedesmal zogen sie an unserem Haus vorüber, mit dem feinen Klirrgeräusch der Flaschen. Auf Junior, der vorneweg ging und rauchend nach rückwärts quasselte, folgte zunächst Golo mit der holpernden Karre und dann die Frauen, nicht selten vier oder fünf, darunter Wenzels Mutter, allesamt mit roten Lippen, die leuchteten bis zu mir her. Eine mit langem schwarzem Haar und über die Knie heraufreichenden Stiefeln, die sich nach oben trichterförmig öffneten, gefiel mir am besten (vermutlich wurden diese Stiefel morgens nicht mit der Hand angezogen, sondern man sprang vom Tisch herab zielgenau mit den Füßen voraus in die beiden Trichter hinein …). Auch tanzte die Gestiefelte sichtlich gerne auf der Straße herum, und ich dachte: Die will dich bezirzen!

Nach Neujahr schlachteten Juniors Leute eines der Schweine aus Grasers Stall. Schnee lag. Die Schweinehälften hingen am Scheunentor in der Kälte; von unserer Hobelbank aus konnten wir alles beobachten. Mein Vater sagte, einer von den Männern müsse ein gelernter Metzger sein, denn bei der Schlachtung sei es überaus fachmännisch zugegangen. Im Hof stand ein Öfchen, durch dessen Türritzen die Glut schien. Einige der Männer hatten sich drum herum aufgestellt und tranken aus einer Flasche, vermutlich Schnaps; Frauen waren diesmal keine dabei. Abends feierten sie drinnen alle ein Fest. Es herrschte großer Lärm, auch Musik und Schreie waren zu hören, ebenso Gelächter, das aufbrausend alles übertönte und dann wieder verebbte. Solcher Lärm war neu im Dorf, besonders im Winter. Mittendrin stellte ich mir Wenzel vor. Ob er mitfeierte oder, so wie ich bei Vaters Geburtstagsfesten, nur den Kellner mimte?

Dann schien in Grasers Haus das Brennholz auszugehen. Mein Vater rief mich von einer Hilfsarbeit zu unserem Ausguck. Wenn uns nicht alles täuschte, sägten Juniors Freunde stattliche Balkenstücke aus dem Dachstuhl der Scheune, die im Hof zerkleinert und ins Haus geschafft wurden. Und von einem Baum im Garten hackten sie mit dem Beil die vom Boden aus erreichbaren Äste herunter und heizten ebenfalls damit ein. Das Holz war feucht, darum stieg dicker Qualm aus dem Kamin. Mein Vater wurde immer wütender.

Oft wurden Autos und Traktoren vor dem Haus geparkt, manche schon mittags, manche erst vom Abend an. Sie stellten den Hof und fast die ganze Straße zu, am verwegensten stand – gegenüber – Johann Humbels Lastwagen schräg den Hang hinauf. Auch zu Fuß näherten sich Gäste dem Haus, die meisten aber erst, wenn es nicht mehr hell war. Männer aus dem Dorf! Verheiratete ebenso wie Junggesellen, darunter ortsbekannte Liebesstreuner. Und plötzlich bewegten sie sich alle wie Filmschauspieler und warfen mit Handküssen! Das war meinem Vater aufgefallen, der oft bis gegen zehn Uhr nachts in seiner neuen Werkstatt blieb, deren grelles, überbordendes Licht noch ein großes Stück von der Straße erhellte. Er sagte auch, daß man sich nur wundern könne, wer da alles an seinem Fenster vorbei mit ausgebeulter Hose den Berg hinaufpilgere. Ich wollte wissen, wer genau. Er antwortete: Das könne er mir sagen – »die gleichen Leute wie sonntags in der Kirche«. Beinahe jede Nacht wurde nun droben gefeiert, mit Gejodel, Geheul und Gegrunze; ich schnappte sogar auf, die Feste seien derart ausgelassen, daß die Teilnehmer nackt auf dem Dachfirst ritten.

Einmal wurden wir von Junior geweckt, der meinen Vater an der Haustür, die sich genau unter meinem Zimmerfenster befand, wachklopfte und mit Gewinsel anflehte. Worum er ihn bat, verstand ich vom Bett aus nicht, ebensowenig, was mein Vater ihm antwortete, ich hörte nur, wie Junior aufseufzte und klagend davonging.

Wenzels Vater, so hieß es, nächtige mittlerweile bei Bauer Bernroth in der Knechtskammer, weil er daheim in dem Getobe keinen Schlaf finde. Dann wieder war tage- und nächtelang alles ruhig wie in tiefer Erschöpfung. Doch mein Vater meinte, daß die Belegschaft ausgeflogen sei, einschließlich des alten Graser. Dorfpolizist Stiel sagte, das gefalle ihm gar nicht.

Über Wochen ging es so. Wenzel entzog sich mir in dieser Zeit wie noch nie oder wurde mir entzogen. Kaum mehr ließ er sich morgens abholen, ging mir, wenn er überhaupt in die Schule kam, meistens aus dem Weg, traf sich auch nachmittags immer seltener mit mir und verlor kein Wort über die Verhältnisse im »Rocky-docky«; daß er sie kennen mußte, diese Verhältnisse, machte mir seine Freundschaft noch kostbarer, auch wenn ich spürte, daß er aus Angst schwieg. Mir hätte er aber vertrauen können.

Nachts lag ich in meinem Bett und horchte auf den Festlärm. Eine Frauenstimme tänzelte über einen dicken Teppich aus Männerlachen … vielleicht die Gestiefelte. Mein Herz schlug schneller, so daß an Schlaf nicht zu denken war. Der Mund wurde mir trocken, ich wußte nicht, warum. Zwei Gefühle, die mir recht gut bekannt waren, etwas wie Angst und etwas wie Freude, vermischten sich zu einem dritten, das mir nicht bekannt, aber seltsam willkommen war. Gleich darauf befiel mich am Bauch und am Rücken ein starkes Kribbeln, so brandheiß und unwiderstehlich, daß ich mich hin und her wälzte, um es loszuwerden. Schließlich sprang ich sogar auf, weil ich dachte, es seien Ameisen in meinem Bett.

Bald darauf, in den Osterferien, an einem späten, trüben Nachmittag, drang mein Vater mit mir in das Grasersche Haus ein.

5

Meine Mutter war eingeweiht, als sie mich zu ihm schickte. Er wartete bereits vor der Werkstatt auf mich, drehte den Schlüssel herum, ließ ihn aber wie immer im Schloß stecken und sagte nur »Komm!«. Dann schritt er mir voraus den Berg hinan, und ich ahnte, wohin wir gingen. Auch von hinten war ihm anzusehen, wieviel Wut und Zorn mein Vater in sich hatte; mir machte er Angst. Die blaue Arbeitsmütze, stets bestäubt mit Sägemehl, saß ihm heute tief und einschneidend im Nacken, nicht wie sonst, gleichsam als Ausdruck seiner Neuen-Werkstatt-Stimmung, schräg und heiter über dem Ohr. Ich fürchtete, die üble Laune gelte mir, und mein Vater kommandiere seinen Sohn bergauf, um ihn den Grasers und ihren Gästen gegenüberzustellen – mit der Frage, ob *dieser da* heimlich und gegen alle Verbote doch hier verkehre.

Aber niemand schien daheim zu sein. Bis mein Vater, der zielstrebig in den kleinen, nicht umzäunten Vorgarten lief, auf ein Fenster in Bodennähe wies, und ich im Halbdunkel hinter der Scheibe einige helle Flecken entdeckte, die sich als Kindergesichter erwiesen. Schon am Vortag, hörte ich ihn schimpfen, seien die Erwachsenen alleine weggefahren, zu einer ihrer »Fick- und Sauftouren«, und bis jetzt nicht zurückgekehrt – die Kinder aber hätten sie eingesperrt. Und damit lief er aus dem Gärtchen und trat ohne zu zögern die Haustür ein, die diesmal nicht am Boden streifte, sondern in zwei Hälften zerbrach, im Inneren wahrscheinlich längst morsch geworden. Ich hatte ihm zugerufen, daß die Tür abgeschlossen sei, obwohl ich es gar nicht wußte. Ein paar Fußtritte hinterher, mit den gepanzerten Kuppen der Arbeitsschuhe; das noch heile, in den Angeln hängende Holz barst splitternd, das Schloß flog samt Klinke scheppernd davon, und zumindest ich konnte nun aufrecht eintreten. Mein Vater folgte fluchend und gebückt. Von seinem Kampfgeist angesteckt, hoffte ich, er werde auch die nächste Tür noch zerschmettern, doch er öffnete sie, die nicht verschlossen war, sanft und vorsichtig. Es war die Küchentür, hinter ihr befanden sich die Kinder: zwei kleine Jungen, die weinten; ein Mädchen, das jeden der beiden Kleinen mit der Hand berührte, den einen am Kopf, den anderen an der Schulter, und das ruhig zu meinem

Vater aufblickte; dann Wenzel, ein wenig abseits und im Hintergrund, grad als wolle er übersehen werden. Mein Vater sagte den Kindern, daß sie sich nicht fürchten müßten. Nur das Mädchen nickte überzeugt. Es hätte vom Alter her unsere Klassenkameradin sein können, war in der Rotacher Schule bisher aber nicht erschienen. Wenzel dagegen nickte kein bißchen, sondern blieb reglos. Er fürchtete sich nicht, da war ich mir sicher; eher schämte er sich, von mir in solcher Lage aufgefunden zu werden.

Mein Vater fragte, wann die Erwachsenen nach Hause kämen. Das Mädchen sagte: »Bald.« Darauf er: »Wann?« Sie antwortete nicht. Statt dessen sagte sie, daß sie Clara heiße und die beiden Jungen ihre Brüder seien. Mit diesem Namen kannte ich nur alte Frauen. Wenzel grinste, als wisse er etwas, was wir nicht wußten. Clara war ein dünnes Mädchen mit dunklen Augen und schwarzen Haaren, die sie in ungewohnter Weise nicht zu Zöpfen geflochten, sondern bis weit hinab offen trug, genau wie die Gestiefelte, der ich ein paarmal aus spitzem Winkel hinterhergelinst hatte. Sie sprach auch nicht unser Waldschwäbisch, sondern ein ziemlich reines Deutsch, wenngleich mit einem fremden Beiklang, der mir wie ein leichter Sprachfehler vorkam, ein sehr wohlklingender allerdings. Diese Clara schien auf alles gefaßt, unvorstellbar, sie erröten zu sehen. Sie war ganz blaß vor allzu früher Sorge. Wenn ich mir je eine Schwester gewünscht hätte, wäre sie die Richtige gewesen. Aber ich wünschte mir fortwährend einen Bruder und nur einen Bruder, vermutlich aus mehrerlei Gründen: weil Joseph in meiner Phantasie ein paarmal zu oft in die Hand von Sklavenhändlern geraten war und freigekauft werden mußte; weil mein Vater wie so viele zu dieser Zeit um einen gefallenen Bruder trauerte; weil ich meinen nie geborenen Geschwistern selbst ein Bruder gewesen wäre; weil in einer Männerwelt – besonders nach Kriegen – immerzu Bruderhunger herrscht.

Mein Vater sagte: »Wir nehmen euch mit zu uns.«

Ich konnte meine Freude nicht verhehlen; hoffentlich bemerkte Wenzel es. Doch sein Blick hing an Clara, lauernd und mißtrauisch.

Das Mädchen reckte meinem Vater jählings das Gesicht entgegen, die Kleinen hatten aufgehört zu weinen. Ihnen sei nur das Feuer ausgegangen, sagte sie, droben in der Stube. Alle hätten gefroren und seien in die Küche hinunter, um Holz zu holen, das dort gestapelt werde. Auch etwas zu essen, weil ihre Kekse aufgezehrt seien. Und für ihre Brüder außerdem wärmere Sachen, die in der Küchenbank aufbewahrt würden. Clara mußte eben damit begonnen haben, die Kleinen umzukleiden, als wir ins Haus eingebrochen waren. Denn der eine stand noch in Strümpfen da, seine Stiefel und ein paar Kleidungsstücke lagen verstreut am Boden. Danach wollten sie wieder hinauf in die Stube, sagte sie eifrig, um Feuer zu machen, zuzuwarten und hin und wieder aus dem Fenster zu sehen, so lange, bis die Erwachsenen nach Hause kämen. In der Nacht würden sie dann wieder das Licht anschalten, sich zusammen ins Bett legen und ein wenig singen. Alles sei gut. Aus dem Haus von Opa Graser gingen sie auf keinen Fall fort, nein, das dürften sie nicht, denn sie hätten es versprochen.

Mein Vater, der es keinesfalls gewohnt war, mit einem kleinen Mädchen zu ringen, wurde ungeduldig; aber die Frühreife, die geradezu mütterliche Umsicht Claras und ihre Verteidigung dieser elenden Heimstatt sowie die Tatsache, daß sie mit ihren kleinen Brüdern im Bett sang, schienen ihn auch zu rühren. Sein Gesicht war in der Dämmerung kaum noch zu erkennen, als er so gütig, wie es ihm möglich war, sagte:

»Ihr seid schon zu lang alleine hier. Es gibt kein Holz, es gibt auch kein Essen – ihr kommt mit uns! Bis morgen. Habt ihr verstanden? Nicht einmal der Lois hat sich um euch gekümmert, der Schlack. Ja, wißt ihr denn eigentlich, wie verlassen ihr seid?«

»Ja«, sagte Wenzel und stellte sich neben mich.

Ich hätte ihn am liebsten bei der Hand genommen.

Clara rief trotzig an meinem Vater hoch:

»Gibt Holz, gibt Essen!«

»Stimmt nicht«, maulte Wenzel dazwischen, »hab g'schaut.«

Ausgerechnet aus seinem Mund kam das Machtwort.

Und das Mädchen gab nach, bevor wir alle vollends im Dunkel versanken. Ich raffte die herumliegenden Klamotten zusammen. Mein Vater hob den Jungen, der ohne Schuhe dastand, auf seinen Arm. Clara versuchte, ihrem Bruder auch da oben die Hand noch zu halten, den anderen hielt sie fest an der Linken. Die beiden Kleinen klapperten vor Kälte und Angst. Ich genoß noch einmal den Anblick der Tür, die keine mehr war. Kurz streifte mich auch der Gedanke, Wenzel habe sein Einsehen nur gespielt, und kaum draußen auf der Straße, werde er davonlaufen. Aber den ganzen Weg bis zu unserem Haus ging er weich und rund neben mir und scharrte nicht ein einziges Mal mit dem Fuß.

Am anderen Tag sollten mein Vater und ich von Wachtmeister Stiel für die Befreiung der Kinder ausdrücklich und mit Handschlag belobigt werden.

Meine Mutter staunte, daß wir gleich vier Kinder mitbrachten. Sie kannte nicht eines von ihnen, und genau wie mein Vater tat sie so, als würde sie auch Wenzel nicht kennen. Über die Rettung des Mädchens freute sie sich besonders. Hoffentlich, sagte sie, fremdelten die Kleinen nicht zu sehr. Clara schien erleichtert, endlich eine Frau in ihrer Nähe zu haben und ließ mit den Augen nicht von meiner Mutter. Ihre Brüder blinzelten in unser Küchenlicht; sie waren beide noch keine fünf Jahre alt und hatten dicke, verfilzte Locken. Erst in der großen Wärme spürte ich, wie ausgekühlt sie alle sein mußten; mich fror nie schnell, in meinen eisigen Kinderzimmern hatte ich mich an Kälte beizeiten gewöhnt. Mein Vater hängte die Mütze an den Wandhaken hinter der Tür. Ein Topf mit Suppe stand auf dem Herd. Der Tisch war gedeckt, allerdings nur für vier Esser; ich deckte sofort auch für die übrigen und schleppte einen weiteren Stuhl sowie einige Kissen aus der Stube herbei. Unsere Küche war eine Wohnküche, gerade groß genug für drei und höchstens einen darüber hinaus. Die Wohnstube hätte mehr Platz geboten, wurde aber unter der Woche nicht beheizt. Es fiel mir nicht schwer, für alle einen Sitzplatz zu finden: unsere vier Gäste sollten auf die Bank an der breiten Seite des Tischs, meine Eltern und ich bekämen die Stühle an den drei verbleibenden Seiten. Die Teller mußten näher zueinander gerückt werden, damit sie alle auf den Tisch paßten. Rechts neben mir, gleich ums Eck, auf der Bank und ganz nahe, würde Wenzel sitzen. Ich nahm mein Besteck, das bereits neben dem Teller lag, und legte es festtäglich um seinen Teller herum, das Besteck mit den Märchenmotiven; für heute sollte es ihm gehören, und wenn er wollte, für immer. Ich mußte aber darauf achten, daß Wenzel den von mir vorgesehenen Platz auch einnahm. Wochenlang hatte er sich weiter und weiter von mir entfernt, jetzt plumpste er unversehens auf die Bank neben mir. Er brauchte mir nur noch ein Zeichen zu geben.

Unterdessen ließ meine Mutter passende Kleider zusammensuchen. Mein Vater mußte auf den Dachboden steigen, um den sogenannten Windelsack zu holen, der vollgestopft war mit Kleidungsstücken aus meinen bisherigen Lebensaltern. Und aus meinem Schrank im Elternschlafzimmer sollte er noch ein, zwei Hemden mitbringen und wollene Socken, die auch als Hausschuhe dienen konnten. Im Licht hatte Mutter rasch entdeckt, wie verschmutzt vor allem die kleinen Brüder waren, ihre Pullover und Hosen so sehr wie ihre Gesichter und Hände. Sie machte auf dem Herd Wasser heiß und goß es in unsere auf dem Spülstein stehende Waschschüssel. Handtücher wurden über die Herdstange gehängt und vorgewärmt. Wir besaßen kein Bad, auch kein Wasserklosett, nur ein freistehendes Aborthäuschen im Hof, mit schrägem, ziegelrotem Dach und einem winzigkleinen Fenster samt Vorhängchen an der Rückseite; darunter befand sich die Senkgrube, die alle paar Monate geleert werden mußte. Oft schämte ich mich für dieses Scheißhaus, wenn Gäste zu uns kamen – vor den heutigen Gästen schämte ich mich nicht. Clara übernahm es, die beiden Jungen auszuziehen und zu waschen, das heißt, sie ließ es niemand anderen tun, wobei sie flüsternd auf sie einsprach. Sich selbst wusch sie, mit demselben Waschlappen wie die Kleinen, nur im Gesicht, am Hals und im Nacken. Dazu brauchte sie keinen Knopf an ihrer Strickjacke zu öffnen. Das Wasser, in dem sie sich gewaschen hatte, war überhaupt nicht schmutzig (im Unterschied zu Wenzels). Sie bat noch darum, sich das Haar kämmen zu dürfen, und meine Mutter reichte ihr mit einem Lächeln ihre Bürste.

Auch Wenzel wollte sich zuerst nicht entkleiden und mußte überredet werden, wenigstens seinen Oberkörper zu entblößen, um sich zu säubern. Seine Hände, sein Gesicht, ja, selbst seine Ohren waren rußig, als hätte er mit dem Kopf voraus versucht, sich in ein Ofenloch zu zwängen. Er war auch der einzige, der schlecht roch. Widerwillig zog er sein Hemd aus, unter dem er einen dünnen, grünlich verwaschenen Rollkragenpullover zu tragen schien, der aber nur aus einem Kragen mit

Brustlatz bestand, den Rest des Pullovers hatte man weggeschnitten, den Rücken genauso wie die Ärmel. Dieses eigenartige Kleidungsstück trug er auf der nackten Haut, und auf Nachfrage meiner Mutter antwortete Wenzel, das sei sein »Schlamperle«, und es gebe recht warm. Mein Vater meinte halb ernst und halb im Scherz, solch einen Fetzen habe man zuletzt im Krieg getragen, und daher scheine es ja auch zu stammen, dieses »Schlamperle«, das man am besten gleich ins Herdfeuer schiebe und verbrenne; worauf meine Mutter ihm mit Gezischel das Wort verbot. Wenzel schnupperte unterdessen innig an der Seife.

Ihn dann am Tisch zu sehen in meinem Hemd, einem schwarz und gelb gewürfelten, sauberen und frischen Baumwollhemd, war für das Einzelkind ein überwältigender Eindruck: eine Seligkeit für Sekunden – als würde der andere bereits zu mir gehören. Mächtig wie nie ließ sich bei diesem Anblick erahnen, was es hieß, ein Bruder zu sein und einen Bruder zu haben. Und wie Wenzel sich mit meinem Rotkäppchenlöffel über die Suppe hermachte, berührte mich nicht minder; ihn nähren und kleiden zu dürfen, war ein unverhofftes Glück, an das ich nicht mehr geglaubt hatte, nur das bestätigende Wort, sozusagen die Bruderlosung, mußte noch ausgesprochen werden. Was erwartete ich? Daß Wenzel sagte: Ich bleibe!? Daß er sich hier und jetzt von seinen Eltern lossagte und sich mir und meiner Familie anschloß? Das Unmögliche erwartete ich: etwas von kindlicher Kühnheit, etwas zwischen Wunder und Unfug. Aber Wenzel sprach kein Wort und gab mir auch sonstwie kein Zeichen. Statt dessen neigte er gierig sein Gesicht in den Suppendampf und umklammerte meinen verzierten Löffel so wie nur irgendeinen. Als das Glücksgefühl wieder schwand, mußte ich an den Abschied von morgen denken.

Die kleinen Jungen am anderen Tischende hatten gleichfalls jeder etwas von mir an, alte, abgelegte Sachen zwar, meine Mutter jedoch schien sich zu erinnern – mit leuchtenden Augen schaute sie auf die beiden Kleinen. So viel Zauber fühlte ich nie von mir ausgehen. Nur mich zu haben, schien mir plötzlich wieder kraß ungenügend. Ich – einzig und allein – war die Armut meiner Familie, die Anwesenheit fremder Kinder bewies es wie schon lange nichts mehr. Vielleicht wich mein Vater deshalb jedem meiner Blicke aus.

Schon früh, noch in der Vorschulzeit, hatte mich diese Sorge heimgesucht: Wenn meine Eltern einmal traurig waren oder miteinander stritten, glaubte ich, es sei wegen ihrer ungeborenen Kinder; dann kroch ich still unter den Tisch, an dem sie sich so wie in diesem Moment gegenübersaßen, und hielt von Vater und Mutter jeweils ein Bein fest, weshalb sie mir von oben den Kopf tätschelten, ohne vielleicht zu ahnen, wofür sie getröstet wurden.

Wenzel aß, als wäre er nur deswegen hier. Und Clara horchte schon zum wiederholten Male auf, als fahre draußen jemand vor, auf den sie inständig hoffte, den sie aber auch fürchtete; dann nahm sie den Löffel und fing an, aus ihrem eigenen Teller ihre kleinen Brüder mit Nudelsuppe zu füttern, stets im Wechsel. Sobald wir alle zu essen begannen, regte sich, in seinem Käfig auf dem Küchenschrank über uns, der Wellensittich. Er aß immer mit, wenn wir aßen, und auch jetzt hüpfte er von seiner Schaukel herab, setzte sich auf den Rand seines Körnernapfs und pickte drauflos. Zwischendurch hob er den Kopf, spähte hinab auf die Esser am Tisch und stieß ein paar helle, rufartige Pfiffe aus, so als wolle er die Gäste ermuntern, zuzugreifen und sich nicht zu genieren. Er schien hier der heimliche Gastgeber zu sein. Manchmal sah es auch so aus, als äße er mit den Menschen um die Wette. Allerdings wartete er immer das Tischgebet ab; erst wenn meine Mutter wieder verstummte, fing er zu essen an (zu fressen, hätte mein Vater verbessert, aber ich bleibe dabei: unser grüner Wellensittich war ein Esser, kein Fresser; danach schwang er sich zu seinem Spiegel hinauf und schnäbelte mit dem Bild, das er darin erblickte).

Die beiden Kleinen verdrehten die Hälse, um den Vogel zu sehen; sie freuten sich an ihm, deuteten mit den Fingern zu seinem Käfig hinauf und schienen vollends ihre Scheu abzulegen. Clara blieb ernst. Je mehr ihre Brüder sich an die neue Umgebung gewöhnten, desto ernster wurde sie. Und fast erschrocken schaute sie drein, als einer der Kleinen auf einmal zu meinem Vater hinüberturnte, sich auf seinen Schoß setzte, ihm ans Kinn griff und ihn fragte, wie er heiße.

Wenzel hingegen achtete nur auf sich und sein Mahl; *er* war der Fresser – selbst unser Wellensittich schien über ihn zu staunen. Zuerst hatte Wenzel schlürfend die brühheiße Suppe in sich hineingeschlappt, dann etliche unterarmlange, dick mit Leberwurst bestrichene Brote hinterhergeschoben und sich dabei den Mund immer derart prall gefüllt, daß er kaum noch kauen konnte, jetzt biß er mit geschlossenen Augen und seinen schlechten, schwarzen, teils abgebrochenen Zähnen krachend in einen roten Boskop und aß ihn in kürzester Frist mitsamt dem Butzen auf, um dann noch das Glas süßen weißen Sprudel in seinen ausgefahrenen Hals zu kippen, das ich ihm eingeschenkt hatte. All das tat er so selbstverständlich, als säße er zum Essen jeden Tag hier, auf seinem angestammten Platz. Ich dachte: Der kotzt uns noch, sagte statt dessen aber, daß der Wellensittich auf dem Schrank mir gehöre und »Freitag« heiße, womit ich Wenzel verlocken wollte, mit mir zu reden, doch unfreiwillig meinem Vater die Chance bot, mir knapp und trocken den Bescheid zu geben, daß es wieder einmal höchste Zeit sei – und ich wisse, für wen –, den Käfig mitsamt dem blinden, verschmierten Spiegel zu putzen.

Dies war einer jener Kindheitstage, an denen man seine Eltern ein Stück besser kennenlernen oder sich zumindest über sie verwundern konnte. Mein Vater hatte wenige Stunden zuvor mit einer Gewalt, die mich noch immer beeindruckte, aber auch zusehends bedrückte, die Tür eines Nachbarhauses zertrümmert, um eingeschlossene Kinder zu retten. Ich war zum ersten Mal in einer so wichtigen Sache sein Mitwisser oder sogar Mittäter gewesen und empfand Stolz, allmählich erkannte ich jedoch das Unmäßige unserer Tat. Ohne es zu beabsichtigen, hatte mein Vater mir etwas von sich verraten, selbst wenn ich noch nicht begriff, was. Dem Einzelkind waren Erwachsene kein Rätsel, oder nur ein halbes. Darum entging mir auch nicht, mit welch schimmernden Augen meine Mutter unsere kleinen Gäste anblickte; sie hätte sie zu gerne liebkost und getröstet, das spürte ich, sie zog ihre Hand aber im letzten Moment jedesmal wieder zurück und fegte damit Krümel vom Tisch. Meine Eltern waren mir beide gleich wichtig, ich bevorzugte weder Vater noch Mutter und ging mit keinem von ihnen je ein einseitiges Bündnis ein; so wie sie zu mir stets mit einer Stimme zu sprechen versuchten. Ich liebte meine Eltern als Paar, liebte das Paar, das meine Eltern waren – unteilbar: wenn sie in der Werkstatt miteinander sangen, wenn sie sich in der Mittagspause gegenseitig aus dem Zeitungsroman vorlasen, wenn sie sich im Abendlicht zwischen den Beerensträuchern umarmten und küßten und miteinander ins Gras legten oder auch wenn sie von einer gemeinsamen Sorge, einer gemeinsamen Sehnsucht, einem gemeinsamen Wunsch getrieben wurden, so wie ich es an diesem Tag hinter all ihren Gesten, Worten und Blicken wahrzunehmen glaubte.

Meine Eltern lebten zu dieser Zeit in großer Anspannung. Sie hatten einen Kredit aufgenommen, damals noch »Darlehen« genannt, und mit diesem Geld die neue Werkstatt meines Vaters gebaut, daneben eine Garage errichtet und einen überdachten Holzplatz angelegt, moderne Maschinen gekauft und jüngst sogar ein gebrauchtes Auto angeschafft mitsamt einachsigem Anhänger; auch mein kostspieliger höherer Bildungsgang sollte in kaum einem Jahr anfangen. Nur für einen Fernseher hatte es bisher nicht gereicht. Opfer seien zu bringen, forderte mein Vater, und der Fernseher sei meines – ich fragte mich, wie man etwas opfern konnte, das man nie besessen hatte? Voller Unruhe sah ich den Antennenwald über dem Dorf wachsen und dichter werden, während unser Dach kahl blieb. Freilich brachten auch meine Eltern Opfer. Vaters Arbeitstag zog sich oft über sechzehn Stunden hin, nur unterbrochen von drei Mahlzeiten und einer halben Stunde Mittagsschlaf, den er nie verfehlte. Seine Arbeitswoche dauerte sechs Tage, nur am Sonntag ruhte er aus und schlief, wenn die Geschäftsbücher geführt, Rechnungen geschrieben, Baupläne studiert waren, ein paar Stunden auf dem Sofa in der Stube. Mein Vater war ein Schlafkünstler, seit dem Krieg konnte er immer und überall schlafen, auch sekundenweise und im Stehen. Einzig zum Singen ging er einmal in der Woche aus, jeweils am Dienstag abend, zur Chorprobe des Männergesangvereins. Mit dem Ruf, daß es an der Zeit sei, wieder ein Mensch zu werden, verabschiedete er sich – mit rosigem Gesicht und glänzenden Augen kehrte er vom Singen wieder zurück und tanzte mit meiner Mutter durch die Küche, zu Melodien, die nur die beiden hörten.

Meine Mutter arbeitete, wenn der Haushalt es zuließ, in der Werkstatt mit, sie strich die Fenster, die er herstellte, mit weißer Farbe an, und wenn ihr danach noch Zeit blieb, verdingte sie sich bei reichen

Bauern stundenweise im Forst oder auf den Feldern. Auch transportierte sie die fertigen, bereits verglasten Fenster mit Auto und Anhänger zu den Rohbauten, in die sie eingesetzt wurden – für einige Jahre sollte bei uns allein meine Mutter einen Führerschein besitzen; klein wie sie war, ragte sie mit dem Kopf kaum über das Lenkrad heraus. Wenn meine Schulaufgaben erledigt waren, mußte auch ich, zusammen mit meinem Großvater, in alten, vielfach bekleckerten Klamotten beim Fensterstreichen helfen, ebenso die Werkstatt fegen oder Brennholz für den Leimofen herankarren, was ich aber gerne tat, um meinen Eltern etwas von ihrer Last abzunehmen. Von erstaunlich weither noch war der Maschinenlärm aus Vaters Werkstatt zu hören, der mir bisweilen fast wie Musik klang, meinen Vater jedoch in den folgenden Jahrzehnten allmählich ertauben ließ; seine völlige Taubheit verhinderte einzig der Tod.

Unser Dorf und die Dörfer ringsum wuchsen von nun an beständig, Haus um Haus wurde gebaut, und für die meisten machte mein Vater die Fenster, die oftmals so groß und raumgreifend waren, daß sie in der alten, engen Werkstatt gar nicht hätten fabriziert werden können. Und dem Bauen folgte das Umziehen – im ganzen Land eine wahre Völkerwanderung aus dem Alten ins Neue. Jedes Jahrzehnt legte sich im Waldtal und anderswo von nun an eine weitere Neubausiedlung um die Dörfer herum; von den Bergen herab sollten diese Siedlungen bald wie Jahresringe anmuten, die man, nicht anders als bei Baumstämmen, von außen nach innen durchzählen konnte, zurück bis zum Herzen.

Als um 1965 überall das massenhafte Bauen begann, sagte mein Vater:

»Jetzt kommt die Stunde des kleinen Mannes.«

Diese Stunde wollte er auch für sich und seine Familie nutzen. Der neuen Werkstatt würde in wenigen Jahren ein neues Wohnhaus folgen. Neue Schulden mußten dazu gemacht werden. Und vielleicht erwiese es sich da endlich einmal als Vorteil, nur *ein* Kind zu haben – eine kleinere Familie mochte beweglicher und damit zukunftsträchtiger sein als eine große, auf jeden Fall war sie erschwinglicher. Mein Vater verfolgte geradezu einen Zehnjahresplan, um uns aus unserem alten

Haus herauszuführen, aus dem »Winkelgelumpe«, wie er es nannte, das mit allerlei Handwerkerdemütigungen aus Jahrhunderten verbunden war, und uns statt dessen in einem neuen, strahlenden, wohltuend gedächtnislosen Haus beheimaten, einem Haus, das endlich Zentralheizung, fließend Warmwasser und ein Spülklo besäße. Mit dem Beil werde er noch einmal durch das alte gehen, schwor mein Vater mehrmals, bevor wir dereinst auszögen.

Nach Feierabend saß er oft fahl und schweigend in unserer Küche wie in einem Wartesaal und lockte – Zigaretten rauchend, Most trinkend, vor sich hin murmelnd – den nächsten Arbeitstag herbei.

Am Abend mit den fremden Kindern wurde sogar gelacht. Meine Eltern waren ungewohnt fröhlich und versuchten, Wohlgefallen auch unter unseren Gästen zu verbreiten; ich verstand oder ahnte zumindest, wieviel Liebe in ihnen brachlag und welche Eltern sie weiteren Kindern noch hätten sein können. Mit keinem Wort sprachen sie die Lage Wenzels, Claras und der beiden Kleinen an, erinnerten nicht an deren Gefangenschaft im Haus des alten Graser und an die Befreiung daraus, ebensowenig an die Verkommenheit der Erwachsenen, die sie dort eingesperrt und zurückgelassen hatten. Alles, was dazu zu sagen war, sollte sich anderntags über Lois, Wenzels Vater, entladen. Behutsam bereiteten meine Eltern die fremden Kinder auf die Nacht vor, die letzte, schwierigste Schwelle, die hier, im unbekannten Haus, unter unbekannten Leuten, zu überschreiten war. Meine Mutter zeigte dem Mädchen, dessen Argwohn den ganzen Abend über nicht aus ihren Augen wich, wo sie und ihre Brüder schlafen würden: auf Matratzen in der Stube nebenan, die zwar unbeheizt, zum Schlafen unter mehreren Decken aber keineswegs zu kalt war; mehr Platz gab es nicht in dieser Herberge. Clara schien einverstanden, das Matratzenlager wurde hergerichtet. Sie selbst sollte gleich unter dem Lichtschalter bei der Tür schlafen, und wenn nötig durfte sie meine Eltern, die im Stockwerk darüber ihr Schlafzimmer hatten, mit Klopfen oder Schreien aufwecken. Auch ein Nachtgeschirr für die Kleinen wurde besorgt, damit sie nicht hinausmüßten in die Stockfinsternis unseres Hofes mit dem riesenhaften Kastanienbaum, der kaum das dünne Mondlicht durch sein Geäst ließ. Meine Mutter teilte Schokolade an die Kinder aus, während mir angesichts ihrer Pläne für die Nacht klar wurde, daß Wenzel bei mir in der Bubenkammer schlafen würde. Darauf hatte ich gehofft. Bevor wir alle zu Bett gingen, verhüllte ich wie jeden Abend den Käfig unseres Wellensittichs mit einem weißen Tuch, wobei der Vogel sofort sein Zwitschern einstellte, was die Kleinen ein letztes Mal in Staunen versetzte.

Mein Zimmer befand sich im Hausteil der Großeltern gleich nebenan. Um es zu erreichen, mußte man hinaus ins Freie und über den Hof; innerhalb des Doppelhauses gab es keinen Durchgang. Als ich eingeschult worden war, hatten meine Eltern entschieden, daß ihr Sohn nun alt genug sei für ein eigenes Zimmer und ihn aus ihrem ebenfalls unbeheizbaren Schlafzimmer ausquartiert. Allein zu schlafen, meinten sie, mache stark und selbständig. Seither querte ich, auf dem Weg ins Bett, Abend für Abend den holprigen, ungeteerten, mit Quecken und Wegerich übersäten und von Brennesseln gesäumten Hof, schlug einen Bogen nach links im Halbkreis um unseren Lokus herum und stieg die Steintreppe zur großelterlichen Wohnung hinauf. Solange ich unterwegs war, ließen meine Eltern das Licht über ihrer Haustür brennen; es leuchtete nicht besonders hell, schenkte mir aber immerhin einen Begleiter: meinen Schatten. Wenn meine Großeltern noch nicht schliefen, nahmen sie mich in Empfang, machten mir neuen Mut – ein tröstendes Wort von Großmutter, von Großvater ein Zug aus seiner Zigarre, ein Schluck aus seinem Weinglas – und schickten mich weiter in mein Zimmer, das im Stockwerk über ihrer Wohnung lag und einst die Schlafkammer ihrer beiden Söhne gewesen war. Wenn sie aber einmal früher zu Bett gingen, hinterlegten sie den Schlüssel zu ihrer Außentüre zwischen den Schuhputzkästen im lichtlosen Klo. So wie heute. In diesem Fall hatte ich von der elterlichen Küche an sieben Türen zu überwinden und drei von ihnen vor mir auf- und hinter mir wieder zuzuschließen, bis ich in meinem Zimmer war – ganz und gar sicher und von außen unerreichbar eingesperrt von eigener Hand. Es belustigte Wenzel, der mit offenen Schnürsenkeln hinter mir herhatschte, wie viele zum Teil seit hundert Jahren schon dienstbare, manchmal halbpfundschwere, langbärtige Schlüssel ich in die Hand nehmen und nach

Gebrauch wieder an den vereinbarten Plätzen hinterlegen mußte, wie viele Türen auf- und wieder zugingen, wie viele Lichtschalter ich an- und wieder auszuknipsen hatte, auch wie viele Fensterriegel zu kontrollieren und Vorhänge zuzuziehen waren, bevor wir endlich durch die siebente Tür in meine Schlafstube traten. Zuletzt mußte auf dem Weg dorthin eine steile, oft auch noch frisch eingewachste Holztreppe erstiegen werden, die sich nicht anders beleuchten ließ als mit einer eigens für mich auf der Kommode am Treppenfuß deponierten Taschenlampe. So erreichte man halbwegs sicher das Obergeschoß mit der Bubenkammer zur Rechten; wenige Schritte weiter nach links, am Kamin, an der Mehlkiste vorbei, und man konnte bei genügend Licht hoch hinauf ins Balkenwerk des Dachstuhls blicken, mit seinen Fledermäusen, Spinnweben, Vogel- und Wespennestern. An jeder Biegung, jedem Durchlaß, jedem Umlauf hatte Wenzel sich umgesehen, so als sei er fest entschlossen, sich vorsichtshalber den Weg zu merken.

In meinem Zimmer war bereits alles für die gemeinsame Nacht mit ihm hergerichtet, auch das Blumenkelchlicht an der Zimmerdecke brannte schon, und fast erschrak ich darüber. Das zweite Bett, sonst ganzjährig mit einem Überwurf bedeckt, stand frisch bezogen in seiner Ecke unter dem einzigen Fenster, obendrauf lag für unseren Gast einer meiner Schlafanzüge. Ich gab ihn Wenzel, für den er gedacht war, und schlug die Decke zurück, unter der eine kupferne Bettflasche zum Vorschein kam, erst vor kurzem gefüllt und noch ziemlich heiß. Er wußte nicht, was eine Bettflasche ist, hatte noch nie eine gesehen oder sich an ihr gewärmt. Ich ergriff sie am Henkel und zeigte sie in ihrer ganzen Harmlosigkeit vor, dann schob ich sie unter dem Leintuch bis ans Fußende hinab, damit er sich nicht so leicht an ihr verbrannte. Wenzels Nachtlager mußte von meiner Großmutter im Auftrag der Mutter vorbereitet worden sein, anders war das alles nicht zu erklären. Auch die Heizschlange an der Wand hatte bereits jemand eingeschaltet, rotglühend leuchtete sie aus ihrer Messingfassung und verbreitete den Geruch angesengten Staubes im Zimmer. Mein Vater hatte diese Schlange erst einige Wochen zuvor anbringen lassen – ein Ofenersatz in der ewig kalten Kammer unter dem Dach, die mir noch nie so bewohnbar erschienen war wie heute. Den Schlafanzug lehnte Wenzel übrigens ab: Er wolle so schlafen, wie er sei, nur seine Schuhe streifte er geschickt von den Füßen und kickte sie unters Bett. Ich roch strengen alten Fußschweiß und ließ ihn bei dieser Gelegenheit noch wissen, daß draußen vor der Tür, gleich beim Kamin, ein Nachttopf mit hölzernem Deckel stehe, dann war meine Nachtordnung erklärt. Als Wenzel ins Bett stieg, tat er es so umständlich und vorsichtig, als läge bereits einer drin, den er nicht wecken dürfe. Er versuchte, das weiße duftige Bett beim Liegen so wenig wie möglich zu berühren, stützte sich nur mit dem Hinterkopf und mit den Fersen ab, während sein Körper sich über das Leintuch wölbte wie ein Brückenbogen. Ich zog die Decke über ihn und dachte: Im Dunkeln wird dir wohler sein …, schlüpfte rasch in mein eigenes Bett gleich daneben und löschte mit einem Ruck an der Schnur, die über mir an der Wand herunterhing, das Licht. Nicht halb so finster kam dieser Raum mir vor, wenn ein anderer da war, der ihn mit mir teilte! Es verging einige Zeit, bis ich Wenzel unvermittelt sagen hörte:

»Wem gehört das Bett?«

»Welches?«

»Meins.«

»Keinem«, sagte ich.

»Dann hast du *zwei*.«

»Nein … wieso?«

»Du schläfst allein hier?«

»Ja.«

»Mit niemand?«

»Mhm.«

»Ich … ich hab kein Zimmer, schlaf immer beim Mammele.«

Pause.

»Und wenn sie mal weg ist?«, traute ich mich zu fragen und hielt die Luft an.

Er fuhr auf und stieß einen Lachschrei aus, so als griffe ihm einer ins Zwerchfell:

»Bei dir!«

Noch nie hatte jemand bei mir übernachtet, sowenig wie ich je bei anderen Kindern über Nacht gewesen war. Gemeinsam in einem Zimmer schlafen schien mir der Inbegriff des Geschwisterseins – in der Schule hatte ich davon gehört, daß Geschwister immer zusammen schlafen: Das Licht geht aus, und trotzdem ist keiner allein; Flüstergespräche beginnen von Bett zu Bett, jeder ist bei den anderen geborgen, in ihren Worten, ihren Gedanken und Träumen, auch wenn er in der Stille und im Dunkeln einmal erwacht, gleich weiß er, wo er ist, die anderen sind da, er hört sie atmen und atmet mit. Im Zimmer des Einzelkinds dagegen ereigneten sich ständig die Mißgeschicke der Einsamkeit. Wenn ich allein in der Nachtschwärze lag, verlor ich nach kurzer Zeit das Gefühl für oben und unten und dachte, mein Bett hinge von der Zimmerdecke herab oder lehne schräg die Wand hinauf. Je länger ich lag, desto sausender wurde dieser Nachtschwindel. Schließlich fürchtete ich, im Schlaf aus meiner kleinen in die große Finsternis hinausgesogen zu werden und am nächsten Tag an einem Punkt der Welt aufzuwachen, der mir vollkommen unbekannt war und von dem es keine Wiederkehr gab: zum Beispiel in Sibirien. Ich riß an der Lichtschnur und sah verschwommen, daß alles an Ort und Stelle war. Ich riß noch einmal an der Schnur und lag wieder im Dunkeln: Man mußte sich doch stellen! Dabei half das Reden nicht schlecht, in die Nacht hineinsprechen, auch wenn niemand antwortete und manches Wort in einem Krächzen verendete. Schelten oder Fluchen halfen sogar noch besser – gegen die Nacht ankeifen oder auch -bäffen, aber gedämpft. Denn niemals traute ich mich, laut zu werden oder um Hilfe zu rufen; meine Leute mußten schlafen, um kräftig zu sein für ihren Tag, und wer hätte mich auch gehört? Sie schliefen alle recht gut, von mir bewacht mit aufgesperrten Augen. Meinen Großvater hörte ich manchmal sogar durch das Ofenrohr schnarchen, das auf verschlungenen Wegen mein Zimmer mit dem Großelternschlafzimmer verband. Opfer waren zu bringen – daß das vollendete Alleinsein während der Nacht eins von meinen war, sollte mein Vater, der glaubte, die Nacht sei nur zum Schlafen da, nicht wissen.

Beruhigender als das Reden war das Lesen, wenn es mir hier oben einmal glückte: ein Lesen bis zur Selbstvergessenheit, das stummem

Beten glich und mir zum ersten Mal ein Gefühl von Freiheit und Furchtlosigkeit gab, obwohl ich weder frei noch furchtlos war; wie doch die Nachtbeklemmung erstmals alle Fragen aufwarf, die mich ein Leben lang beschäftigen sollten. Wort um Wort bereitete ich lesend meinen Schlaf vor, in den ich mich frühestens nach einer Stunde gleiten lassen konnte. Bis es mir im Dunkeln tatsächlich gelang, vollends einzuschlafen, erzählte ich mir das Gelesene in Gedanken noch einmal, mein Buch fest umklammert. Auf diese Art schaffte ich es manchmal sogar, durchzuschlafen, sonst wachte ich – eher ein Kurzstreckenschläfer – mehrmals verschwitzt in der Finsternis auf und fand mich verheddert in mein zerstrampeltes Bettzeug.

Sämtliche Bücher, die ich besaß, hatte meine Mutter mir seit der Einschulung geschenkt. Sie standen auf einem von zwei Winkeleisen getragenen Wandbrett über dem Kopfende meines Betts und erschienen mir kostbar, schon weil sie gut rochen und weil sie illustriert waren. Den Bildern wich ich bei Nacht allerdings aus, denn anders als die Sätze, die Wörter, die Buchstaben verschafften sie mir keine Ruhe; sowenig wie Christus mit seiner Dornenkrone, den glänzenden Blutstropfen auf der Stirn und den nach oben gedrehten Augen, dessen Bild gleich über dem Regal hing – an seine Leidensfratze durfte man nicht einmal am hellichten Tag denken. Bei meinen Büchern handelte es sich übrigens um eine Sammlung mit »Lederstrumpf-Erzählungen«, um einen Band »Winnetou«, um die »Abenteuer des Tom Sawyer und Huckleberry Finn«, um »Robinson Crusoe« und um »Moby Dick«. Lesestoffmengen, wie ich sie noch nie bewältigt hatte: ächzend und mit geschürzten Lippen bewegte ich mich nach Art eines Schneepflugs in ihnen voran, manchmal sogar leise mitsprechend. Doch nichts an diesen Geschichten konnte den Neun- oder Zehnjährigen ängstigen (meine Angst wurde für anderes gebraucht, für die Nacht und für Hunde, später auch fürs Fliegen).

Wie meine Mutter jeweils ihre Wahl getroffen hatte, erfuhr ich nie. Seit sie den Führerschein besaß und unser Auto steuerte, kam sie öfter nach Roßweil, unseren Hauptort außerhalb des Waldtals und bald auch meine Schulstadt, wo sie für den väterlichen Betrieb Lacke und Farben, Schrauben und Beschläge zu besorgen hatte. Von dort, aus der einzigen Buchhandlung im weiten Umkreis, brachte sie mir Bücher mit, in den folgenden Jahren noch die »Schatzinsel«, Schwabs »Sagen des klassischen Altertums«, Schillers Balladen und den »Ivanhoe«. Jedes Buch überreichte sie mir feierlich – und scherzte dabei, als wäre es gar nicht ernst gemeint. Erst lange danach, als sie schon tot war, wurde mir bewußt, daß sich zumindest durch die ersten Werke, die meine Mutter mir geschenkt hatte, ein und dasselbe Thema zog. Alle erzählten sie nämlich von einem Bund zwischen unechten Brüdern, zwischen Wahl- oder Wunschbrüdern, die gar nicht verwandt miteinander waren: von Natty Bumppo und Chingachgook, von Freitag und Robinson, von Ismael und Quiqueg, von Winnetou und Old Shatterhand. Einzig bei Tom & Huck erkannte ich damals das Muster, freilich ohne an eine mütterliche Botschaft zu denken, und übertrug es wohl allmählich auf Wenzel und mich. Doch vorher mußte mein Bruderwunsch wieder ganz erwachen, und er tat es in dieser Nacht.

Mein Zimmer war durch Jahrzehnte die Bubenkammer der Familie Stollstein gewesen, die meiste Zeit hatten zwei Söhne darin geschlafen, zuletzt mein Vater und sein später gefallener Bruder Gottl. Von hier aus waren die beiden in den Krieg gezogen: der eine stürzte mit seinem Flugzeug ab, notgedrungen, weil er an diesem Tag aus Übermut keinen Fallschirm mitgenommen hatte; der andere kehrte mit einer Verwundung heim, der er sein Leben verdankte – ein russischer Soldat, wie er sagte, habe wohl »einfach keine Lust« verspürt, den aus dem Rücken blutenden, wehrlosen Landser vollends umzubringen. So hatte mein Vater bis zu seiner Heirat dieses Zimmer noch einmal für volle fünf Jahre allein bewohnt. Danach stand es leer, bis ich einzog, der Bruderlose. Gottls in einem Silberrahmen steckendes Foto, das ihn mit lederner Fliegerhaube auf dem Kopf zeigte, wurde abgenommen und im Wohnzimmer der Großeltern wieder aufgehängt. Das tiefe kraterförmige Loch in der untapezierten, lediglich getünchten Wand, das hinter dem Bild zum Vorschein kam, überdeckte ich flugs mit dem Wimpel meines liebsten Fußballvereins, der auch der einzige war, den ich kannte: 1860 (in meinen Worten, denn ich wußte es nicht besser: eintausendachthundertsechzig) München; diesen Wimpel hatte mein Vater mir geschenkt, der hoffte, sein Sohn würde einmal ein so guter Torhüter werden, wie er selbst es in seiner Jugend angeblich gewesen war.

Im Bett liegend nahm ich mir vor, wach zu bleiben, um die erste Nacht in einem Zimmer mit Wenzel so vollständig auszukosten wie möglich; vielleicht schaffte ich es sogar, einmal das Licht anzuschalten und ihn, wenigstens kurz, schlafen zu sehen, zum Beweis für das Unglaubliche: daß ich nicht allein war. Doch Wenzels Gegenwart ließ mich wohlig müde werden, so daß ich bald einschlief und erst am anderen Morgen erwachte. Es war nicht ohne Komik: Der Schlaf vereitelte den Genuß jener Nähe, die mich zuerst von der Angst befreit und dann eingeschläfert hatte. Und als ich aus selten großer Schlafestiefe nach Stunden wieder auftauchte, saß Wenzel bereits auf der Bettkante und hatte seine Schuhe angezogen. Er grinste zu mir herab; eigentlich konnte er nur grinsen, nicht lächeln. Und falls er mir jetzt mit einem feinen, traurigen Lächeln sagen wollte: Tut mir leid, daß ich schon wieder fort muß! – dann war ihm das mißlungen. Mit seinem Grinsen aber sagte er etwas ganz anderes, nämlich: Tut *dir* leid, daß ich schon wieder fort muß. Wenzel durchschaute mich, verstand aber nicht, was er sah. Wieso sollte es einem anderen schwerfallen, Abschied von ihm zu nehmen? Das hatte er noch nie erlebt. Sollte er es mir ruhig ansehen! Wenn es ihn rührte, hätte er gelächelt. Doch er hielt es für Schwäche, also grinste er. Wohl selten durfte er sich so überlegen fühlen. Es gab keine Lösung, zumindest vorläufig nicht, ja, wir hatten nicht einmal eine Sprache füreinander, geschweige denn das erlösende Wort. Ich konnte ihm unmöglich meinen heimlichsten Wunsch verraten, sowenig wie er seine Herkunft verraten konnte, so erbärmlich sie war. Wir konnten einzig auf den Zufall setzen – daß Grasers Gäste an diesem Tag nicht wiederkehrten und am nächsten auch nicht, daß Wenzel also bei uns bleiben müsse, wenigstens für die Dauer der Osterferien. Doch als er sich drüben in der elterlichen Küche mein schwarzgelbes Hemd auszog und wieder die wollene Halskrause mit Namen »Schlamperle« über den Kopf streifte, wußte ich, daß es vorbei war. Wenzel erbleichte beim Umkleiden, er preßte Lippen und Lider zusammen, und ich ahnte, daß ihn daheim furchtbare Strafen erwarteten. Wir frühstückten noch gemeinsam, auch Clara und ihre

Brüder saßen bei uns und suppten den Tisch mit Milch und Kakao ein; ich hatte kaum ein Auge für sie. Meine Mutter hielt sich im Hintergrund und bewirtete uns mit mehrerlei Kuchen. Mit einem Mal schien die Zeit langsamer zu vergehen, gleichsam im Trauermarsch, uns zu Ehren. Doch plötzlich fuhr die Türe auf, mein Vater sprang in die Küche und machte der Zeit wieder Beine, indem er mir den Auftrag erteilte, sofort loszulaufen und dem Dorfpolizisten Stiel auszurichten, daß er in unsere Werkstatt kommen solle – gleich. Als ich zurückkam, waren die Kinder fort, geholt vom alten Graser, hinauf, hinein in das gräßliche Haus. Die kommende Nacht in der Bubenkammer sollte so dunkel werden wie noch keine davor.

In der Werkstatt gestand mein Vater dem Vertreter der Staatsmacht, daß er und sein Sohn am Vortag mit Gewalt in das Grasersche Haus eingedrungen seien, um eingeschlossene Kinder zu retten. Eine Tür sei dabei zu Bruch gegangen. Der Polizist winkte ab und hielt eine Rede über beherzte Nachbarschaftshilfe, bevor er unseren Einsatz ausdrücklich lobte. Währenddessen – wir konnten es durch das Frontfenster der Werkstatt ohne Mühe erkennen –, hantierte Junior mit seinem Gefolge an der zerschmetterten Tür herum und räumte die Trümmer fort. Ich rief, jetzt hätten sie wenigstens wieder Brennholz, und die beiden Männer lachten über meinen Witz, was mir nicht einmal besonders schmeichelte, denn ich hatte mich selbst darauf trainiert, Erwachsene zum Lachen zu bringen. Grasers Haus schien nun von mehr Leuten bewohnt als vor dem Ausflug, auch waren im Hof und am Straßenrand mehr Autos geparkt als bisher, selbst die mit Akazien bewachsene Böschung standen sie hinauf, und unser Wachtmeister meinte unter dreifach werkstattfüllendem Gelächter, womöglich hätte die Bande ja Verstärkung geholt. Mein Vater war so erleichtert und ermutigt von Stiels Freispruch, daß er gegen Abend den von der Arbeit nach Hause kommenden Lois Bogatz zu sich hereinbestellte und ausschalt, bis dieser zu schluchzen und zu jammern anfing und in die Knie sackte. Er nahm sogar die Hände hoch – doch es nützte ihm nichts. Einer wie er und seine Frau, brüllte mein Vater mehrmals, hätten ihr Kind überhaupt nicht verdient, und man sollte es ihnen wegnehmen. Er brüllte so laut, daß von seiner Hobelbank der Staub auffuhr und seine

Worte hinten im Schleifraum widerhallten wie Schüsse, auch schien er mir drauf und dran, den fremden, wie um sein Leben flehenden Mann zu schlagen. Ich stand nicht weit daneben mit weichen Knien. Nach dem Tag, den ich hinter mir, und der Nacht, die ich vor mir hatte, blieb mir nichts anderes übrig, als mit Wenzels Vater, der seine Strafpredigt gewiß verdient hatte, zu weinen.

6

Am Tag darauf besuchte uns in der Werkstatt ein Mann, der sich
mit dem Namen Niewöhner vorstellte. Mein Vater hatte ihn nicht
kommen sehen, weil er nach hinten in den Schleifraum gegangen war.
Der Mann war aus Grasers Haus getreten, das von mir wieder einmal
mit Blicken belagert wurde, und hatte die wenigen Meter den Berg
herab mit großen, entschlossenen Schritten zurückgelegt. Mir war er
unter Juniors Leuten noch nie aufgefallen, vielleicht gehörte er ja zu
der Verstärkung, die neulich eingetroffen war, und wie Verstärkung
sah er auch aus: mit seinem wehenden Haar, mit dem dichten Bart
bis herauf unter die Augen, der offenen Lederjacke, den ausladenden
Schultern. Die Glastür zu unserer Werkstatt ging nach außen auf,
was viele Besucher nicht erwarteten. Also drückten sie nach innen
und liefen unvermutet gegen die Tür, die sich so nicht öffnen ließ,
häufig und zu meiner Belustigung mit der Nase voraus. Ganz anders
dieser Niewöhner: Weit riß er sie auf, unsere Tür, schon beim ersten
Versuch, nahm die zwei Treppenstufen mit einem Satz, ergriff wieder
die Klinke, diesmal von innen, zog die Tür mit Schwung hinter sich zu
und ließ auf halbem Weg los, während er einen Satz in die Werkstatt
hinein machte. Die schwere Tür fiel darauf mit solch donnernder
Wucht ins Schloß, daß ihr Rahmen erbebte und die Drahtglasscheibe
zitterte, als wolle sie bersten. Mein Vater streckte den Kopf aus dem
Schleifraum und rief:
»He, wollen Sie mir meine Türe kaputt machen?«
»So wie Sie unsere?«
»Wer sind Sie denn?«, fragte mein Vater und näherte sich, das Stech-
eisen, das er gerade schärfte, in der Hand.
Der Mann, der makellos Hochdeutsch sprach, sagte, wie er heiße
und warum er hier sei: Am Vortag habe mein Vater in Begleitung seines
unmündigen Sohnes drei Straftaten begangen – Hausfriedensbruch,
Sachbeschädigung und Menschenraub; dafür könne er ins Zuchthaus
kommen. Man wolle aber auf eine Anzeige verzichten, wenn mein
Vater die zerstörte Eingangstür umgehend durch eine neue und gleich-
wertige ersetze, was ihm nicht schwerfallen dürfte, da er Schreiner sei.

Außerdem müsse er sein Ehrenwort geben, dem Graserschen Haus künftig fernzubleiben.

Das Gesicht meines Vaters wurde binnen Sekunden weißer als das weißeste Sägemehl – das von der Fichte. Er legte das Werkzeug auf seine Hobelbank und ließ die Arme sinken.

»Große Worte«, sagte er, »woher hat diese kleine Zeit nur ihre großen Worte? Aber darauf bin ich lang genug hereingefallen, davon hab ich mich lang genug einschüchtern lassen. Mir scheißt keiner mehr aufs Maul … Mein Bub und ich, wir haben ein paar Kinder befreit, die in diesem Haus eingesperrt waren, ohne Nahrung, in der Kälte, bei Dunkelheit. Jeder Mann, der etwas taugt, hätte so gehandelt – gehören Sie auch zu der Bande da oben?«

»Sie werden nicht beweisen können, daß die Kinder eingesperrt und hilflos zurückgelassen wurden.«

»Sind Sie Anwalt? Wie war noch der Name?«

»Niewöhner.«

»*Graf* Niewöhner?«, fragte mein Vater und zog vor Schreck die Mütze ab. Sein Gesicht wurde schmal und spitzig, langsam hob er das Kinn, als wolle er damit zustoßen.

»Ja.«

»Oberleutnant der großdeutschen Luftwaffe a.D.?«

»Jaa!?«

»Max!«, rief mein Vater zu mir herüber, ohne mich anzusehen, »da haben wir ja einen Fang gemacht! Den lassen wir nicht wieder fort! Der kommt in den Wurstkessel … Licht aus, Messer raus, zwölf Mann zum Blutrühren.« Er lachte höhnisch und in hohen hellen Bögen, wie ich meinen Vater noch nie hatte lachen hören. Seltsamerweise lachte der andere mit, gurgelnd, tief und heiser, ein unüberhörbar zufriedenes Lachen, so als möge er unsere Rotacher Schlachttagsscherze.

Ich wollte meinem Vater beistehen und sagte mit Würgen im Hals: »Doch, die Kinder waren eingesperrt!«

Aber die beiden Männer beachteten mich nicht; sie standen im fahlen Licht am Frontfenster unserer Werkstatt und schauten einander mit brennender Neugier an, während keiner von ihnen mehr lachen mochte. Je fremder mein Vater mir wurde, desto mehr fing er an, dem anderen zu ähneln, einzig seine blaßblauen Augen, die so sanft blicken konnten, schienen mir noch den Unterschied auszumachen.

Mein Vater ging zum Du über:

»Mit Kerlen wie dir haben sie Kerle wie mich für den Krieg scharf gemacht!«

Niewöhner darauf, ohne die geringste Verlegenheit:

»Jeder muß selber aufpassen, wen er zum Vorbild nimmt. Du hättest deinen Kopf benutzen sollen, Mann. Ich wollte nie Vorbild sein, mein Krieg war ein Privatkrieg, meine Luftkämpfe ein ganz privates Abenteuer! Ich habe Flugzeuge gejagt wie die englischen Lords ihre Sumpfhühner – nur daß meine Sumpfhühner zurückschossen!«

Jetzt lachte er wieder; mein Vater nicht:

»Ach so!! Das hat uns damals keiner gesagt – daß du nur zum Spaß fliegst und zum Spaß tötest!«

Niewöhner wandte sich ab und machte ein paar Schritte.

»Was stellst du denn her mit diesen Maschinen?«

»Fenster, Türen, wenn's not tut auch einen Sarg.«

»Hast es doch gut erwischt, Kamerad … warum trittst du Türen ein?«

»Reiß bloß dein Maul nicht so auf, du preußisches Riesenarschloch. Von Hitlers Luftakrobat zum Zuhälter im ›Rocky-docky‹ – wenn das kein Aufstieg ist!« Und darauf bat er mit blutleerem, verzerrtem Gesicht unseren Gast zur Werkstatt hinaus; allzu gern, ich sah es, hätte mein Vater sich an ihm vergriffen, andererseits schien er mir den Tränen nah. Durch den Türspalt rief er Niewöhner noch etwas nach, doch ich verstand ihn nicht, es wird eine Wiederholung gewesen sein.

Nie und nimmer hätte ich diesen Schlagabtausch so genau wiedergeben können, wenn mein Vater in späteren Jahren nicht noch oft darauf zurückgekommen wäre. Wort für Wort kauten wir die giftige Wechselrede in unserer Werkstatt wieder, und er war stets zufrieden, den Grafen Niewöhner derartig grob abgefertigt zu haben. Dennoch hatte er sich noch lange vor diesem Mann gefürchtet, so wie er sich noch lange vor seiner eigenen Vergangenheit fürchten sollte. In den Wochen gleich nach dem Besuch schlief er schlecht, war nervös, schweigsam und übellaunig. Er arbeitete noch mehr als sonst, verschanzte sich geradezu in der neuen Werkstatt und ließ die Maschinen bis gegen Mitternacht heulen, unerreichbar in Staub und Lärm. Dann wurde er krank, was, von Erkältungen abgesehen, noch nie vorgekommen war, und legte sich sogar für einige Tage ins Bett; niemand außer meiner Mutter durfte zu ihm. Ich aber hatte zum ersten Mal erlebt, wie der Krieg in unser Leben eingebrochen war, auf Wenzels Spur und im Gefolge seiner sonderbaren Leute, dieser Landsknechte und Marketenderinnen, die sich bis in Wirtschaftswunderzeiten durchgeschlagen hatten und nun darin herummarodierten. Es gab da offenbar eine mir unbekannte Vorzeit, die jenseits meiner Geburt lag. Aus ihr stammte mein Vater, und sie besaß Macht über ihn, ließ ihn sekundenschnell geisterweiß anlaufen, füllte ihn mit Gift und brachte ihn ins Wanken – und wenn mein Vater wankte, dann wankte auch ich und unser ganzes Leben, plötzlich wirkte es ungesichert und sehr flüchtig eingerichtet, jeden Moment konnte es auseinanderbrechen. Angestrengt lauschte ich durch die Wand, hinter der er sich wahrscheinlich im Bett herumwarf, und hoffte auf ein Lebenszeichen, das aber ausblieb.

Wenn ich mir das Zeitgefühl meiner Kindheit anschaulich machen will, fallen mir drei Schachteln ein: Die Zeit meiner Großeltern ist die größte Schachtel; in ihr befindet sich die etwas kleinere meiner Eltern; darin wiederum eingeschachtelt meine Zeit. Alle drei Schachteln haben einen Deckel und sind gut verschlossen, ihre Wände jedoch sind durchlässig, so daß wir uns von Schachtel zu Schachtel verständigen können. Ich höre einiges aus den anderen Schachteln, manches verstehe ich, manches nicht, und dunkel ist es sowieso. Mein Gefühl aber sagt mir: Bleib ruhig, bleib ruhig, in deiner Schachtel ist es am sichersten …

Ich weiß nicht, wann mir ganz und gar bewußt wurde, wer dieser Niewöhner für meinen Vater einmal gewesen war. Ich weiß nur, daß mein Vater versuchte, es mir zu erklären, umständlich und immer wieder aufs neue. Er zeigte mir in einem seiner Bücher das Bild dieses Mannes in jungen Jahren und trug mir dessen Kriegslebenslauf vor: Hermann Graf von Niewöhner, genannt der »preußische Lord«, lange Haare wie ein Oberschüler (so drückte mein Vater sich aus), ein sogenanntes Jagdflieger-As und nur zwei Jahre älter als er selbst, Tag- wie auch Nachtjäger an der russischen und anderen Fronten, bei 160

Feindflügen 37 Luftsiege, volkstümlich: Abschüsse, davon 13 bei Nacht (laut Vater eine besondere Kunst). Graf Niewöhner also war einer von den Junghelden in Hitlers Luftwaffe gewesen, der den noch Jüngeren während ihrer Ausbildung zum Piloten als Vorbild eingebrannt wurde, zum Beispiel mittels Filmpropaganda in der »Wochenschau« – Kippe in der Schnauze, Orden an der Brust, Blitzmädel im Arm –, und den sie allesamt heillos bewundert und blind verehrt hatten, so auch mein Vater, damals ein angehender Flugzeugführer im Alter von achtzehn Jahren.

Als ich selbst achtzehn wurde, legte er ein Geständnis ab, von sich aus und vor mir allein – der Vater beichtet dem Sohn. Das war um einiges später, im Jahr nach Wenzels Austreibung, 1973, und wenige Monate nach dem Tod meines Großvaters, der in unserem neuen Haus als erster starb und der mit seinem einzig verbliebenen Sohn seit dem Krieg nur das Allernötigste gesprochen hatte (noch heute wundert es mich, daß die beiden einander nicht siezten). Auf Dauer, sagte mein Vater, wolle er nichts vor mir verbergen, auch damit ich geimpft sei gegen politische Irrtümer, die er zu dieser Zeit in der Bundesrepublik um sich greifen sah wie noch nie seit ihrer Gründung. Leider könne er mir im Politischen kraft eigener Verfehlungen kein Vorbild sein, lediglich ein Freund oder Ratgeber, doch vor allem hoffe er, die Liebe seines Sohnes nicht zu verlieren. Ich sei nun alt genug, Zeuge seiner Geschichte zu werden, auch wenn sie für uns beide peinlich und beschämend klinge. Er sei sicher, »daß man einander immer die Wahrheit schuldet«, sagte mein Vater und bestellte mich an einem Samstagnachmittag in seine Werkstatt, so wie er mich schon einmal, drei Jahre davor, nach meinem Schulscheitern, dort empfangen hatte, um mir eine aufrüttelnde, durchschüttelnde Ansprache zu halten. Er bestellte mich also wieder genau dorthin, wo sein Neubeginn nach dem Krieg am greifbarsten und glaubwürdigsten war, zwischen den blankgewienerten neuen Maschinen und im harzigen Duft frisch geschnittenen Holzes – dort fiel ihm das Reden offenbar leichter als anderswo.

Mir jedoch war bang zumute, und bang ist mir immer noch. Allerlei Widerstände regen sich und wollen mich daran hindern, die Geschichte meines Vaters offen und ungeschönt, ohne Weglassungen und ohne Hinzufügungen, nachzuerzählen; ein Urgestein aus Loyalitäten – stabil bis weit über seinen Tod hinaus – muß durchstoßen werden, wenn es gelingen soll. Sich für einen Fremden zu schämen, wäre viel einfacher.

Wir putzten zuerst die Werkstatt, kehrten, fegten und bliesen mit Blasebalg und Luftdruckpistole den Holzstaub und die Sägespäne einer Woche auf einem Haufen zusammen. Anschließend verfüllten wir alles in Papiersäcke für einen der Bauern im Ort, der unseren Werkstattabfall als Streu in seinem Viehstall benützte. Danach wurde gründlich der Raum gelüftet und die letzten Staubwolken vertrieben, die draußen der Wind auf der Straße verwirbelte – so machte mein Vater es Samstag für Samstag, und ich half ihm zuweilen dabei. Schließlich setzte ich mich auf die Hobelbank, während er stehenblieb oder, seine bestäubte Arbeitsmütze auf dem Kopf, davor auf und ab ging; ich sah, daß er viel zu unruhig war, um es auf einem Sitzplatz auszuhalten.

Mein Vater gab in seinem Bericht nun nicht länger dem Grafen Niewöhner die Schuld an seiner Verirrung, sondern nur noch sich selbst. Es sei nicht gerecht, sagte er, sich mit der Dummheit anderer zu entschuldigen. Und auch auf seine Eltern könne nichts von seiner Schuld abgewälzt werden, weil sie ihn von Anfang an vor den Nationalsozialisten gewarnt hätten. Doch trotz dieser Warnung und ohne staatlichen Zwang trat er, genau wie sein Bruder Gottl, deren Jugendorganisationen bei: zuerst dem »Jungvolk« und, 1938, der »Hitler-Jugend«, in deren Rotacher Ortsgruppierung mein Vater schließlich zum zweiten Mann aufstieg, zum »Hauptscharführer«. Die Befehlsgewalt über rund dreißig Hitlerjungen habe er sehr genossen, sagte mein Vater, etwa wenn er das Lied anstimmen ließ mit dem Titel: »Es zittern die morschen Knochen«; er sang mir auch daraus vor, bemüht tonlos und entfärbt: »Wir werden weiter marschieren / Wenn alles in Scherben fällt / Denn heute gehört uns Deutschland / und morgen die ganze Welt«. Ihm selbst seien beim Mitsingen Schauer über die Haut und Tränen über das Gesicht gelaufen. Eisern habe er daran geglaubt, daß sein Volk zur Weltherrschaft berufen sei und andere Völker überfallen, unterwerfen, ausplündern dürfe – am meisten habe er die Russen und andere Slawen gehaßt, alles minderwertige Völker, wie er als junger Mann zu wissen glaubte, auf die man keinerlei Rücksicht zu nehmen brauchte.

Seine Eltern versuchten, ihm die »Hitler-Jugend« zu verleiden. Weder kauften sie ihm die zur Grundausstattung gehörige Winterjacke noch das Fahrtenmesser. Beides mußte er nach und nach von dem kärglichen Lohn bezahlen, den er als vierzehnjähriger Schreinerlehrling für seine Arbeit im väterlichen Betrieb erhielt. Doch je mehr die Eltern ihn zum Aufgeben drängten, desto verbissener bewies er ihnen, daß er mit dem neuen Staat völlig übereinstimmte und ihm dienen, wenn nötig auch für ihn töten und sterben wollte. Tag für Tag verloren die Eltern am Küchentisch den Kampf gegen ihren Sohn. Er glaubte ihnen nichts mehr und fühlte sich den beiden auf schon wahnwitzige Art überlegen, der Mutter mit ihren christlichen Bedenken gegen das Unrecht der Judenverfolgung, dem verhaßten Vater, einem Weimarer Sozialdemokraten, mit seinen ewigen Beschwörungen eines kommenden Krieges, der Deutschland den Untergang bringe. Ihr Sohn schrie ihnen ins Gesicht, daß er diesen Krieg kaum erwarten könne und unbedingt vorhabe, ihn – anders als der Vater den seinigen – auch zu gewinnen …

Viel schlimmer aber sei, so sagte er leiser und bedächtiger, daß seine Eltern ihn gefürchtet haben mußten: als gefährlichen Sohn, der mit dem Staat paktierte und sie ins Zuchthaus oder ins Konzentrationslager bringen konnte. Wohl darum seien sie ihm gegenüber mißtrauisch, auch wortkarg geworden und hätten ihn kaum mehr in ihre Geheimnisse eingeweiht. Damals kam noch der jüdische Möbelfabrikant Max Ostertag zum Essen ins Haus, wenn er mit seinen derben Tischen, Stühlen und Sitzbänken im Waldtal auf Verkaufstour unterwegs war. Ostertags Geschäfte mit seinen vor allem in bäuerlichen Haushalten lange beliebten Möbeln seien immer schlechter gegangen, und in der zweiten Hälfte der dreißiger Jahre habe fast niemand mehr bei einem Juden gekauft. Meine Großeltern rieten dem verzweifelten, zusehends verarmenden Mann, mit seiner Familie Deutschland zu verlassen. Dieser Rat sei am Küchentisch auch im Beisein meines Vaters mehr als einmal ausgesprochen und verhandelt worden – daß mein Großvater

aber noch vor Kriegsbeginn dem Juden Ostertag – wegen der Flucht-
steuer mit falschen, im Elsaß beschafften Papieren – zur Ausreise nach
Frankreich und von dort weiter nach Amerika verhalf, davon erfuhr er
erst nach dem Krieg: seine Eltern hatten es ihm schlichtweg verheimlicht, so sehr mögen sie zeitweise den eigenen Sohn gefürchtet haben.

(Welch seltsamer, an alle und keinen gerichteter Gruß traf dann –
wie aus dem Jenseits – 1947 aus Amerika im Waldtal ein, überbracht
von unserem ersten und besten Heimatdichter Otl Deininger, der
fast drei Jahre in einem Kriegsgefangenenlager in Neumexiko zugebracht und dort unsere bis heute vielgesungene, nahezu offizielle
Hymne auf das »Waldtaler Land« verfaßt hatte – ja, in steintrockener
Wüste, zwischen Riesenkakteen und in hitzebebender Luft ist unser
beliebtestes Heimatlied entstanden, in dem die Tannen ragen und
die Wasser rauschen. Nach seiner Rückkehr erzählte Otl Deininger
überall, daß er im Lager einen der Ostertag-Söhne getroffen habe, der
für die *Army* als Übersetzer tätig gewesen war und für die deutschen
Kriegsgefangenen gedolmetscht hatte – und als eben dieser Charles
Edmond Ostertag hörte, woher Otl Deininger stamme, da habe er den
Kopf herumgeworfen, um mit lauter Stimme zu fragen: »Und wie geht
es meinen Forellen in der Rotach?« Wenn er aber den schwäbischen
Juden Ostertag in der Wüste von Neumexiko nicht getroffen hätte und
von seinem Heimweh nicht berührt worden wäre, so sagte der Dichter
Deininger, dann wäre ihm wohl sein Lied auf unser Waldtal kaum in
den Sinn gekommen …)

Nie, niemals, rief mein Vater, hätte er seine Eltern verraten können; allein die Vorstellung, daß sie ihn verdächtigen *mußten*, aus purer
Verblendung zum Zerstörer seiner Familie zu werden, sei furchtbar
und quälend für ihn. Nach dem Krieg darauf angesprochen, bestritten
sein Vater und seine Mutter diesen Verdacht rundheraus, doch er habe
ihnen nicht geglaubt – auch das ein Teil seiner verdienten Strafe, wie
er meinte.

Was für ein fanatischer junger Nationalsozialist er gewesen sei, so
fuhr mein Vater fort, das erkenne er heute, dreißig Jahre später, am
ehesten daran, daß er sich zum Schrecken seiner Eltern mit siebzehn
bei der »SS-Leibstandarte ›Adolf Hitler‹« beworben habe. Seine Be-

werbung allerdings wurde abgelehnt, weil er die geforderte Körpergrö-
ße von 1,80 Meter nicht hatte, sondern zwei Zentimeter kleiner war.
Noch im selben Jahr, 1942, meldete er sich freiwillig zur Luftwaffe,
und dort wurde er, wie zuvor schon sein Bruder, angenommen: bei
einem Fliegerregiment in Kaufbeuren. Jetzt kam er zum ersten Mal für
mehr als ein paar Stunden aus seinem Dorf heraus. Doch kaum war er
zum Kampfpiloten ausgebildet, da wurde seine Flugzeugführerschule
aufgelöst und mein Vater mit allen Mitschülern zur Infanterie versetzt,
wo er als Meldegänger (zu Fuß oder auf dem Fahrrad) Dienst an der
Ostfront tat, in der Nähe von Städten wie Welikije Luki, Witebsk,
Brjansk, und ebendort Flugplätze der Luftwaffe bewachte oder Bahn-
linien gegen Partisanen schützte.

Nichts weiter als ein einfacher, schwer enttäuschter Soldat der
Bodentruppe sei er jetzt gewesen, gegen Ende noch zum Obergefrei-
ten befördert – und hatte doch von so viel mehr geträumt, auch von
ungeheuren Taten, sei es im Luftkrieg, sei es bei der SS. Hervortun
habe er sich wollen, sagte mein Vater, um jeden Preis, auch um den
Preis von Schuld und Tod, aber vollkommen unverdient sei ihm die
»göttliche Gnade« widerfahren, nicht in der »Leibstandarte« zum
Kriegsverbrecher oder als junger, kampfunerprobter Jagdflieger von
überlegenen Gegnern abgeschossen zu werden. Doch auch an seinem
Platz habe er in diesem Krieg getötet, allerdings nur im Kampf, mal
mit Partisanen, mal mit regulären Truppen, doch nie Zivilisten oder
Kriegsgefangene, das schwöre er mir (und tat es mit bebender Stimme).

Gnade, Zufall, Glück: Er wisse selbst nicht, welcher dieser Mächte
er sein Leben verdanke; darum neige er zu jener, die er am wenigsten
begreife: zur Gnade.

Und noch gegen Ende 1944 sei er so »vernagelt« gewesen, sich
einem neugegründeten Kommando mit sogenannten Rammjägern als
Freiwilliger anzudienen, einer dem Irrsinn entsprungenen deutschen
Kamikaze-Einheit, deren Piloten in amerikanische und britische
Langstreckenbomber »hineinfliegen« sollten, allzeit bereit zum Hel-
denselbstmord; doch auch bei den »Rammjägern« wies man ihn ab.
Ich weiß nicht mehr, ob mein Vater es mir damals in der Werkstatt
oder später, bei einer der vielen, kaum weniger geständnisartigen Wie-

derholungen seiner Geschichte erzählt hat, eingefallen ist es mir erst wieder nach dem 11. September 2001, als er bereits tot war: nämlich daß er in seiner »Rammjäger«-Phase auch davon geträumt hatte, »den Amerikanern in ihre hohen Häuser hineinzufliegen« (genau so hat er sich ausgedrückt). Ob das nur seine Privatphantasie gewesen war? Oder die Zwangsvorstellung einer ganzen Generation von fanatisierten Sturzkampffliegern? Wie auch immer, ich kann unter Schmerzen daran sehen, wie es um meinen Vater zeitweise stand und zu welchen Menschenopfern – an anderen, aber auch an sich selbst – er einmal bereit gewesen ist! Mein einziger Trost: daß er es mir selbst erzählt hat.

Um den Jahreswechsel von 1944 auf 45 mußte die Wehrmacht sich in Richtung Westen zurückziehen, verfolgt von der Sowjetarmee. Mit seiner stark dezimierten Truppe bereits in Österreich angelangt, wurde mein Vater vom Splitter einer russischen Panzergranate ins Kreuz getroffen. Sein Kompaniechef, mit derselben Wunde, verblutete neben ihm in einer Lichtung. Der Rotarmist, der die beiden vom Waldrand aus erblickte, hätte auch meinen Vater vollends töten können, mit einer einzigen Kugel, doch er habe es nicht getan, vielleicht weil er dachte, der Deutsche sterbe an seiner Verwundung sowieso, vielleicht aber auch, weil er einen so jungen Menschen nicht ohne Not um sein Leben bringen wollte. Mein Vater kam davon und konnte sich zusammen mit anderen Überlebenden seines Regiments weiter westwärts zu den Amerikanern durchschlagen, denen man sich viel lieber ergab als den Russen. Nach wenigen Wochen in einem Kriegsgefangenenlager wurde er entlassen und nach Hause geschickt, überrascht, beschämt und unbestraft, ein Kriegsveteran von zwanzigeinhalb Jahren mit einem faustgroßen Loch im Buckel. Daheim fand er sich in jener engen alten Schreinerwerkstatt wieder, der er auf immer hatte entfliehen wollen – auch darum habe er sich ja so sehr an den »Führer« gehängt, weil der ihn von seiner ärmlichen Herkunft – vom Beruf, vom Vater, von der Handwerkertradition – befreien sollte … Und von nun an durfte er für den Rest seines Lebens »Staub fressen« und mußte auch noch dankbar dafür sein, einmal weil er sich und seine Familie davon ernähren, dann weil er mit schwerer Arbeit Buße tun konnte.

160

Der Bericht war zu Ende. Mein Vater holte aus dem Werkzeug-schrank eine Flasche Rotwein und zwei Gläser hervor, die er für sich und seinen Sohn bereitgehalten hatte. Wir tranken. Er nahm sich eine Zigarette und bot auch mir eine an. Erstmals durfte ich an diesem Tag in der Werkstatt rauchen, gleich vorne neben der Tür und nur eine Armlänge entfernt von dem zerbeulten schwärzlichen Zinnteller auf der Fensterbank, der als Aschenbecher diente. In seiner neuen Werkstatt zu rauchen, gestattete mein Vater sonst nur jenen zwei, drei Besuchern, von denen er wußte, daß sie nie vergaßen, wie brennbar ihre Umgebung sei, und die streng darauf achtgaben, daß ihnen keine Asche oder gar Glut auf den Boden fiel.

Ich schwieg benommen, vom Wein, von einigen zu hastigen Zügen aus der Zigarette sowie von Vaters Geschichte, die ihn anscheinend gelehrt hatte, sich vor sich selbst zu fürchten. Seine Aufrichtigkeit erschütterte mich mehr als er wohl ahnte, und insgeheim gelobte ich, all das Gehörte im Lauf der Zeit besser und noch besser zu verstehen, nicht wissend, daß Vaterverstehen in Deutschland eine Lebensaufgabe ist … Da wollte er auf einmal von mir hören, welche Schlußfolgerungen ich aus seinen Irrtümern zöge, und zwar für mich, für meine Person, für mein eigenes Leben. Daran hatte ich nicht einmal von ferne ge-dacht, doch mein Vater fuhr bereits laut und in forderndem Ton fort, daß ein Fehler wie der seine sich in unserer Familie auf keinen Fall wiederholen dürfe.

Für mich bedeute das *erstens*: Finger weg von der praktischen Politik, vor allem von den Parteien! Einzig höhere Bildung, die ihm verwehrt geblieben sei, schütze gegen politischen Wahn; ich, sein Sohn, könne in den Genuß solcher Bildung kommen, als erster in unserer Familie. Der Preis, das Dorf dafür verlassen zu müssen, sei nicht zu hoch – außerdem ernähre unser Handwerksbetrieb sowieso keine weitere Familie.

Und *zweitens* bedeuteten Vaters Irrtümer für mich: Kein Dienst mit der Waffe, niemals! In Kürze sei ich wehrerfaßt, und wir müßten meine »Kriegs-, nicht Wehrdienstverweigerung«, wie mein Vater scharf unterschied, vorbereiten; er werde mir den besten Beistand ver-schaffen – ein schlauer Pfarrer aus der Umgebung sollte es sein – und außerdem den Bundespräsidenten so lange mit Briefen bombardieren, bis ich anerkannt sei.

Jugend sei »un-be-re-chen-bar« (mein Vater skandierte das Wort mehrmals hintereinander), und vor allem junge Männer, darum werde er mir helfen, ein Auge auf mich zu haben; das schulde der Vater dem Sohn, zumal, wenn dieser auch noch das einzige Kind sei. Ich staunte, mir war nicht bewußt gewesen, daß man Angst vor mir haben, auf mich aufpassen und mich entschärfen mußte, grad als wäre auch ich ein gefährlicher Sohn. Anfangs war es nicht leicht zu begreifen: Doch meine Friedfertigkeit sollte offenbar seine Wiedergutmachung an der Welt sein.

Am Ende unseres Gesprächs verlangte er noch von mir, ihn von nun an nicht mehr »Papa« zu nennen, sondern »Vater«.

Bereits in der ersten Instanz wurde ich anerkannt; es brauchte den Bundespräsidenten nicht, meine verfassungsmäßigen Rechte genügten. Den Kriegsdienst zu verweigern, war längst auch mein eigener Wille gewesen, und mein Vater wußte das. An der Seite von Wenzel, in der unbeschwertesten Zeit unserer Freundschaft und nur wenige Monate vor dem Bruch, hatte ich mich zum Pazifisten gemausert, freilich ohne je Militarist gewesen zu sein. Was mich bei meiner Entscheidung leitete, war von Anfang an meine – zunächst noch vage – Vorstellung von der Kriegsschuld der Väter gewesen. Doch mein Beistand, der schlaue Pfarrer, riet mir schließlich dazu, mich vor dem sogenannten Prüfungsausschuß viel stärker auf die christlichen Wurzeln meines Totalpazifismus zu berufen als auf die deutsche Kriegsschuld. Trotzdem waren alle Beteiligten tief beeindruckt davon, wie mein Vater in einem von mir verlesenen Begleitbrief meine Erziehung zur Friedfertigkeit darstellte; der Vorsitzende meinte sogar mit zartem Spott, damit wäre »der werte Herr Vater« als Verweigerer zweifellos selbst durchgekommen.

Sonntagmorgens, wenn mein Vater sich – während meiner Kindheit, noch im alten Haus – vor dem Küchenspiegel rasierte und dabei ausnahmsweise einmal nicht sang, sagte er reihenweise die Namen deutscher Mittelgebirge her, so wie er sie auf der Flugzeugführerschule gelernt hatte. Er tat es feierlich, so feierlich wie es ihm möglich war, mit Schaum im Gesicht und Rasiermesser am Hals; manchmal röteten sich dabei seine Augen und begannen sogar zu tränen. »Deutschland ist ein Land der Mittelgebirge«, so hob er in aller Regel schulmäßig an und reckte den Kopf empor; dann zog er großzügig ein paar breite, rauschende Rasurbahnen über seine Wange, hielt wieder inne und ließ die Namen der ersten Gebirge folgen, von denen zur damaligen Zeit übrigens nicht alle innerhalb unserer neu gezogenen Landesgrenzen lagen. Darauf schwieg er und schabte sich mit geschürzten Lippen vorsichtig den Hals; danach wandte er sich kurz zu mir um und strich den Schaum vom Rasiermesser an der Seifenschale ab, die ich ihm hinhielt (in der anderen Hand den Pinsel) – währenddessen sprach er die nächsten Gebirgsnamen aus, rhythmisch, begeistert, immer schneller, immer lauter. In meinen Ohren klang seine Litanei bisweilen überaus komisch, vor allem wenn sich zufällig Abzählverse oder Zaubersprüche ergaben wie diese:

Solling, Taunus … Hohes Venn
Westerwald und Vogelsberg
Hunsrück, Harz, der Hotzenwald
Eifel, Schneifel, Rhön …

Das war und blieb die letzte Form von Patriotismus, die mein Vater sich erlaubte.

Niewöhners Auftritt in unserer Werkstatt wurde sofort weitergemeldet an Dorfpolizist Stiel. Mein Vater schlug vor, ein paar seiner Freunde, alles ehemalige Soldaten, darunter zwei Stalingrader, nämlich die Maurermeister Bareißer und Noll, gegen den Grafen in Bewegung zu setzen. (Eine bewährte Truppe übrigens: Als zu Beginn der fünfziger Jahre in der Zeitung zu lesen war, auch ihre Jahrgänge könnten noch zur geplanten Bundeswehr eingezogen werden, begaben sie sich gemeinsam aufs Rotacher Rathaus und rieten, jeder einen Hammer oder ein Beil in der Hand, dringend davon ab, sie ein weiteres Mal zum Waffendienst zu zwingen … ihre Arbeitswerkzeuge, so ließen sie durchblicken, verursachten sehr häßliche Wunden …) Unser Wachtmeister jedoch war dagegen, Niewöhner »abzuschrecken«; statt dessen fragte er sogleich bei übergeordneten Polizeibehörden an, ob gegen diesen merkwürdigen Grafen etwas vorliege, zum Beispiel wegen illegalen Waffenbesitzes, wegen Zuhälterei oder gar Unzucht mit Minderjährigen. Doch der Mann war unbescholten, hatte nicht einmal eine Vorstrafe, und gesucht wurde er auch nicht. Stiel riet zum Abwarten. Wir könnten nicht beweisen, daß in Grasers Haus ein Puff betrieben und Kindern Gewalt angetan werde, sagte er. Doch habe er einen Plan. Die Schwachstelle dieser Leute seien ihre Kinder – da müsse man ansetzen. Wir sollten nur Geduld bewahren, die Lage weiterhin beobachten und unserem Wachtmeister davon berichten.

Meinem Vater empfahl er, die zerstörte Tür zu erneuern, um nicht doch noch angezeigt zu werden. Juniors Leute hätten als Notbehelf einstweilen eine Wolldecke in das Türloch gehängt, davor halte jede Nacht einer aus der Truppe Wache. Es verblüffte mich, wie schnell und widerspruchslos mein Vater einwilligte. Schon ein paar Tage darauf war die Türe fertig, und ich durfte sie anstreichen: zweimal und mit brauner Lackfarbe, bis sie einen Glanz verbreitete wie Schokoladenguß. Sie hatte ein einfaches schwarzes Schloß, eine schwarze, schmucklose Klinke – wie eine Waschküchentür –, und sie erinnerte viel eher an eine lieblose Laienarbeit als an ein Meisterstück. Als mein Vater die Tür mit meiner Hilfe eingehängt hatte, händigte er den Hausherren wortlos einen Schlüssel und einen Ersatzschlüssel dazu aus. Einen dritten Schlüssel, den er in seinem Schleifraum nachgemacht und im Türschloß so lange ausprobiert hatte, bis er sich butterweich und nahezu geräuschlos herumdrehen ließ, behielt mein Vater zurück.

Mir zeigte er ihn mit den Worten: »Den verlieren wir nicht.«

Bald darauf erhielten wir Besuch vom alten Graser. Während einer Mittagspause trat er ohne anzuklopfen in unsere Küche; mir erschien er sanft und hilflos wie ein Bittsteller, der sich nichts erhofft. Mein Großvater, sonst so gut wie nie in unserem Hausteil anzutreffen, begleitete ihn – über seinen plötzlichen Besuch erschrak mein Vater noch mehr als über den des Alten. Schnaufend, ja beinahe röchelnd setzte

Graser sich zu uns an den Tisch, während mein Großvater stehenblieb, selbst dann noch, als ich ihm meinen Stuhl anbot. Mein Großvater war mein Freund, was er in der Nähe meines Vaters lieber verbarg; doch hinterrücks lächelten wir uns jedesmal zu. Heute war er offensichtlich der Freund des alten Graser, der mir, kaum daß er Platz genommen hatte, seinen Spazierstock in die Hand drückte, weil er nicht wußte, wohin mit ihm. Ich sah den sauerkrautartig verstruppten Bart, die dünndrahtige, verschmierte Brille, den sich beim Luftschöpfen hebenden und senkenden Bauch, die dunkelblauen Lippen, besonders aber die winzigen, murmelartigen und, wie es schien, unbeweglichen Augen, vor denen mir grauste.

Wir ließen unser Essen kalt werden. Niemand fragte den Alten, was er wolle. Einen wie ihn drängte man nicht. Wir warteten, bis er von sich aus redete.

Er komme nicht mit Vorwürfen zu uns, so fing er schließlich an, sondern mit der Bitte, den eben beigelegten Streit nicht wieder aufflammen zu lassen. Einige der jungen Männer in seinem Haus wollten nämlich weiterstreiten, besonders der preußische Graf, diese »Kriegsgurgel«, die sich von meinem Vater schwer beleidigt fühle; vielleicht schaffe mein Vater es, Niewöhner aus dem Weg zu gehen … Daß die Kinder über Nacht allein im Haus zurückgelassen wurden, sei falsch und rücksichtslos gewesen, es werde sich nicht wiederholen. Die Tür sei inzwischen ersetzt – ihm genüge das. Wir, die Stollsteins und die Grasers, hätten immer ein gutnachbarschaftliches Verhältnis gepflegt, auch in schlimmen Zeiten, was mein Großvater bezeugen könne wie kein anderer, der noch lebe. Doch er, der alte Steinhauer, dessen Grabmale auf berühmten Friedhöfen stünden, habe nach und nach alles verloren, seine Söhne, seine Frau, seinen Verstand, seine Gesundheit, zuletzt sogar den im Dorf überlebensnotwendigen Sinn für Nachbarschaft. Jetzt sei niemand mehr da, außer Junior, der aber nichts tauge: Sein Sohn wisse ja nicht einmal, ob die beiden Bübchen, die er seit ihrer Geburt mit sich durch die Welt schleife, seine leiblichen Kinder seien oder nicht, und allem Anschein nach gelinge es ihm sogar, mit solch einer Ungewißheit leben. Was für ein Mensch, dieser Sohn!

Graser fuhr in einem altertümlichen Deutsch fort, das etwa so klang: »Ich bin bald tot – das könnt ihr verwarten. Die Ida ist das Beste, was mir seit Zeiten unterkam ... daß man im Alter nochmal geliebt wird ... daß man Aussicht hat, geliebt zu sterben! Wenn ihr niemand habt, der euch wärmt: Solche Leute geben auch warm! Ich bitt, macht mir das nicht hin, darum hab ich auch Junior und seine Kumpane gebeten, macht es mir nicht hin auf meinem letzten Wegstück, bitt ich. Was hintennach kommt, ist mir eins. Da könnt ihr selbander mein Haus umschmeißen.«

7

Im Mai 1965 kamen unangemeldet Wenzel und seine Mutter zu uns. Sie waren beide sehr verlegen und schoben einander in unserer Küche im Kreis herum, bevor sie sich wie Sternsinger vor dem Tisch aufbauten, ihre Blicke vor allem auf meinen Vater gerichtet, den Hausherrn. Das war kurz vor meinem zehnten Geburtstag, mit dem ich in die zweistelligen Lebensjahre eintrat, die, wie mein Großvater sagte, schnell vorbei seien, weil sie nur bis 99 gingen, einem Geburtstag, zu dem mir ein besonderes Fest und ein besonderes Geschenk versprochen waren. Das Geschenk bekam ich: mein erstes Fahrrad; das Fest jedoch wurde vergessen und fiel aus, weil wir uns mit Wenzel beschäftigen mußten, der soeben bei uns eingezogen war.

Mich erfaßte ein süßer, sanfter Schwindel, als ich hörte, was die Mutter mit schwerfälligem Mund vortrug: Sie bitte darum, ihren Sohn für einige Wochen bei uns unterbringen zu dürfen, denn sie müsse zu einer Operation ins Krankenhaus und anschließend in die Kur, und wir beide, der Wenzel und ich, seien doch Schulfreunde schon seit geraumer Zeit, auch verstünden wir uns gut. Kostgeld könne sie freilich keines entrichten für unsere Dienste, sondern nur ein herzliches »Vergelt's Gott!«, wenn das genüge …

Wenzels Mutter sprach weder in unterwürfigem noch in verzweifeltem Ton – man hätte ihr ohne Gewissensbisse auch mit nein antworten können. Doch mein Vater, der Ida noch mehr zu verachten schien als Lois, fragte scharf:

»Wie lang genau?«

»Drei, vier Wochen«, erwiderte sie leichthin.

Mein Eltern waren einverstanden.

Es wurden achteinhalb.

Ida deutete einen Knicks an, ihr Sohn machte einen Diener, und die beiden gingen wieder fort.

Ein paar Tage später zog Wenzel bei uns ein. Er kam mit wenig Gepäck, hatte über die eine Schulter seinen Schulranzen und über die andere einen Matschsack gehängt, in dem sich Unterwäsche, ein paar kläglich zusammengerollte Hemden sowie ein zweites Paar Schuhe befanden. Seinen braunen Lederball, der nicht aufgepumpt war und für den er auch keine Pumpe besaß, trug er unter dem Arm. Im Auftrag meiner Mutter zeigte ich Wenzel den Kleiderschrank, den wir in den kommenden Wochen miteinander teilen würden. Seine Schuhe durfte er hinter der Küchentür neben meine stellen. Wenzel war zwar einige Monate jünger als ich, trug aber bereits Erwachsenengrößen: wie lachhaft niedlich meine Schuhchen neben diesen Schlappen standen.

Das erste, was wir gemeinsam unternahmen, war, zu meinem Vater in die Werkstatt zu laufen und ihn zu fragen, wie wir Luft in den Ball bekämen. Vater setzte kurzentschlossen die Luftdruckpistole seines Kompressors auf das Luftloch, und der Lederball füllte sich in Sekunden, so daß er knallhart wurde und seine Nähte ächzten. Wenzel glaubte es kaum, staunte den Ball, staunte den Kompressor, staunte meinen Vater an – mir schien es genau das richtige Wunder zum Auftakt!

Unsere Schlafstatt war ihm von seiner ersten Nacht in unserem Haus ja bereits bekannt; ich zeigte sie ihm trotzdem noch einmal, so als müßte dort wortlos der Neubeginn beschworen werden. Danach wollte ich ihn meinen Großeltern vorstellen, aber bevor sie Wenzel auch nur begrüßen konnten, hatte ich ihn schon wieder fortgerissen, schleppte ihn hinter mir her durch die Waschküche, die auch Schlachtküche war, und noch tiefer hinab in den Keller, dann nach draußen auf die Straße, über die Straße hinweg und hinein in die neben der Werkstatt gelegene Garage mit unserem Auto (einem gebrauchten mausfarbenen Opel »Rekord« mit weißem Dach), schließlich hinauf in unseren etwas abseits, über der sogenannten Hohlgaß' gelegenen Garten, wo ich Wenzel den Ball abnahm und nach Torwartmanier aus der Hand in einen der blühenden Bäume schoß, so daß es Blüten und Blätter schneite. Ein paar Atemzüge später fegten wir im großen Schuppen an den Vorratssärgen meines Vaters vorbei, um gleich darauf die Leiter zum Heuboden über dem Hühnerstall zu erklimmen und umgehend wieder hinunterzuspringen in den Hof. Wenzel folgte mir überallhin – er war ein guter Springer und landete auf zwei Beinen, während ich hinfiel und mir wehtat. Selbst in den Ziegen- und Schweinestall brachen wir ein, so polternd und jäh, daß die Tiere zusammenfuhren und Schrecklaute von sich gaben. Ich war außer mir, besinnungslos, wie im Rausch und köpfte im Vorüberrennen mit Tritten ein paar Tulpen. Auch traute ich mich erstmals, Wenzel anzufassen, zog, schob und stieß ihn mit tobsüchtiger Begeisterung herum und schrie Unverständliches in seine Ohren. Er hielt das Ganze offenbar für Spiel und fragte, ob wir Pferde wären, weil er glaubte, ich hätte gewiehert. Doch Fragen wurden keine beantwortet, und kaum an dem einen Ort angekommen, rasten wir weiter zum nächsten, für den ich mich aber immer erst unterwegs entschied.

An diesem kaum mehr erhofften Tag trat Wenzel freiwillig in meine Welt ein: alles Wünschen und Warten schien ein Ende zu haben. Was aus mir hervorbrach und mich in blinde Laufwut versetzte, war nichts als unterdrückte Kindlichkeit, war das Wilde, der versehrte Mut, die auch von meiner eigenen, maßstabsgetreu verkleinerten Erwachsenenvernunft niedergehaltene Kraft zu hoffen, zu träumen, zu sehnen.

Als wir zum wiederholten Mal auf dem Rückweg vom Garten an der Werkstatt vorbeirannten, stürzte mein Vater heraus, packte mich am Arm und zwang mich, mit dem Gerenne aufzuhören. Ich war sogar dankbar, daß er mich abfing und mit festem Griff zu sich emporhob, bis ich ausgestrampelt hatte. Doch ganz beruhigte ich mich erst, als er mich wieder auf den Boden stellte und plötzlich seine Hand über mir erhob, als brächte er es heute zum ersten Mal fertig, mich zu schlagen. Wenzel hielt sich abseits und schien nicht zu verstehen, was da vor sich ging.

In der ersten Zeit war Wenzel überaus gehemmt und ängstlich. Er schlich zwischen uns herum, als erwarte er eine Strafe. Wenn er überhaupt etwas sagte, stotterte er so grauenvoll, daß meine Eltern erschraken; meiner Mutter schossen sogar Tränen in die Augen. Wenzels Sprache schien sich diesmal so tief in sein Inneres zurückgezogen zu haben, daß keines der üblicherweise von ihm angewandten Mittel mehr half, um sie wieder hervorzulocken: nicht das Antippen der Lippen mit den Fingerspitzen, nicht das Brummen oder bellende Räuspern, dem früher mitunter ein fauchender Satz gefolgt war, und auch nicht das Schlagen des Mundes mit der flachen Hand. Wenn wir beide allein waren, sprang er zuweilen in die Luft, drehte sich wie ein

Eiskunstläufer um die eigene Achse und landete wieder: grad als lasse sich mit Sprung, Drehung und anschließender Landung ein Krampf lösen. Oder er faltete die Hände, kehrte die Handflächen nach außen und drückte seine ineinandergefalteten Finger so gewalttätig durch, daß die Knochen knackten, als wollten sie brechen. In dieser Haltung blieb er stehen, bis sein Gesicht rot anlief. Doch auch so glückte ihm in Tagen kaum ein Wort. Vielmehr übertrug seine Anspannung sich auf mich. Ich wurde empfänglich für seinen Schrecken und selber schreckhaft. Bald erlag ich dem Zwang, ihn nachzuahmen und meine Hände fortgesetzt an den Hosenbeinen abzureiben, als wären sie schmutzig, oder mir damit fahrig ins Gesicht zu greifen, wie um zu ertasten, ob dort noch alles an seinem Platz sei. Wenzel schwitzte und schnaufte wie im Fieber. An seinem Hals wurden Muskelstränge sichtbar, dick wie Zugseile. Begleitet von solchen Plagen versuchte er, sich bei uns einzugewöhnen.

Daheim – wenn man seinen trostlosen Wohnsitz ein Heim nennen kann – war er vorwiegend sich selbst überlassen, wogegen er sich bei uns andauernd bedrängt und beobachtet fühlen mußte. Die Nähe, auch noch zu mehreren Menschen gleichzeitig, setzte ihm zu. Jeder von uns sprach ihn viel zu oft an, nickte und lächelte ihm geradewegs ins Gesicht, klopfte unentwegt auf seine Schultern. Wir meinten es gut mit unserem Gast, wollten ihn aufmuntern, ihm beweisen, daß er willkommen sei. Und besonders ich konnte kaum widerstehen, ihn immerfort zu umkreisen, seinen Blick zu suchen und mit aufgesperrten Augen festzuhalten – denn wozu lebten wir jetzt unter einem Dach? In den ersten Tagen verkrampfte Wenzel so sehr, daß nichts mit ihm anzufangen war. Nicht ein einziges Spiel gelang mir mit ihm, und meine Spiele waren anspruchslos. Wenn ich ihn wieder einmal berührte, kam sein Körper mir so hart wie ein Baumstamm vor. Gewiß spürte mein Freund unser Entsetzen über seinen Zustand, vor allem das Entsetzen meiner Eltern, an ihren Gesichtern ließ sich (auch für mich) ablesen, wie arm er wirklich dran war, und mit jedem Tag wurde (auch für ihn) sein Elend offenkundiger.

Bei seinem ersten Besuch hatte Wenzel die Kleider noch weitgehend anbehalten dürfen, diesmal mußte er sie allesamt ausziehen.

Meine Mutter erklärte ihm, daß er sich nicht über Wochen lediglich das Gesicht waschen und nachts in Socken, Hemd und Hose schlafen könne, was er einzusehen schien. Umständlich stieg er aus seinen Klamotten wie aus einer Rüstung und wurde der erste Nackte, den ich in meinem Leben sah. Er trug Flecken am Leib, die von Schlägen oder Stürzen herrühren konnten. Und er stank, vor allem nach altem, scharfem Fußschweiß – er schwitzte an den Füßen so sehr, als säße die Angst ihm in den Schuhen; noch Jahre später sollte es ihn stets große Überwindung kosten, sich im Beisein eines anderen seiner Socken zu entkleiden: als harre darunter der Schreck aller Schrecken. Unter seinen schlecht geschnittenen Zehennägeln hing noch mehr Schwarz als unter seinen Fingernägeln, und zwischen den ungewöhnlich langen, weit auseinander liegenden Zehen sammelte sich dicker, körniger Dreck. Meine Mutter forderte Wenzel auf, in den vollen, dampfenden Blechzuber zu steigen, in dem wir alle einmal pro Woche in der Küche badeten (waren meine Eltern dran, wurde ich zu den Großeltern geschickt). Dann zeigte sie ihm, wie man sich wusch, mal sitzend, mal stehend, die Hand in einen Waschlappen gesteckt. Er hatte es offenbar nicht gelernt, sich selbst gründlich von oben bis unten zu reinigen. Auch eine Zahnbürste schien er noch nie benutzt zu haben, und als er sich mit einer von mir in der Drogerie Warnowas eigens für ihn gekauften Bürste im Mund herumfuhr, brach er einen seiner toten schwarzen Zahnstumpen ab und spuckte ihn ins Wasser. Den Kopf wusch meine Mutter ihm selbst, mit viel Schaum, ebenso wie sie mit einem Schwamm vorsichtig seinen Rücken säuberte – dennoch krümmte Wenzel sich dabei, als sei sein Rücken eine offene Wunde. Als er aus dem Zuber stieg, senkte er beschämt den Blick. Meine Mutter legte ihm ein Handtuch um, setzte ihn auf einen Stuhl und schnitt ihm die Fußnägel.

Man mußte ihm indes auch beibringen, mit Messer und Gabel zu essen; gleichfalls lernte er in unserem Kreis, daß Trinken und Schütten nicht dasselbe sind und daß ein Apfel besonders in Gesellschaft eher gemächlich verzehrt als geräuschvoll zerfleischt wird. Und zum ersten Mal dürfte Wenzel bei uns davon gehört haben, daß hemmungsloses Furzen am Eßtisch nicht jedermanns Sache sei, außerdem, daß man beim Gähnen den Mund mit der Hand bedecken kann und dabei weder schreien noch Schnarchtöne von sich geben muß. Geduldig zeigte meine Mutter auf, was ihm fehlte, und Wenzel schienen – trotz aller Scham, in die er unablässig gestürzt wurde – ihre Geduld, die freundlich ihm zugewandte Aufmerksamkeit und die leisen Tröstungen aus ihrem Mund wohlzutun. Meine Mutter war es auch, die darauf beharrte, daß wir ihn nicht ausfragten, nicht nach seinen Eltern, nicht nach den Bewohnern des Graserschen Hauses oder den dortigen Zuständen; ebenso verlangte sie, daß wir uns nicht jedesmal laut über einen seiner Mängel verwunderten, sondern darüber hinweggingen. Und mich forderte sie auf, Wenzel nicht andauernd herumzuzerren wie einen jungen Hund, sondern mir zu überlegen, was ich Sinnvolles für ihn tun könnte.

Nur ein einziges Mal gelang es ihm in den ersten Tagen, uns zu überraschen: Er wußte, was ein Tischgebet ist; kaum hatte meine Mutter es gesprochen, bekreuzigte er sich zackig – so erfuhren wir, daß er katholisch war.

Schon bald saßen wir abends in unserer fernsehlosen Wohnung und zwangen uns zu einer Art Stillarbeit, die ihn beruhigen sollte. Mein Vater las in einem Buch und rauchte, ich pauste einen hechtenden Fußball-Tormann oder einen Rennradler in voller Fahrt aus der Zeitung ab, meine Mutter stopfte Socken, sie nähte oder sie schnipfelte Gartenfrüchte in eine Schüssel. Das taten wir auch sonst oft – obwohl nie alle drei gleichzeitig, nie in gemeinsamer Runde. Wir wollten Wenzel zeigen, was eine Familie ist, denn das schien ihm doch zu fehlen. Aber wir spielten ihm nur etwas vor, täuschten ihn und auch uns. Denn meistens stand mein Vater um diese Zeit noch in der Werkstatt, während Mutter und ich auf den nicht endenden Maschinenton horchten und fürchteten, daß Vater sich mit seinen Sechzehnstundentagen noch zu Tode schuftete; doch keiner zeigte seine Furcht, wir ließen sie einander nur ahnen. Wenn Vater dann tatsächlich kam, verstand er uns kaum, weil ihm der Lärm der Maschinen noch auf den Ohren lag, und er mußte schreien, um sein eigenes Wort zu verstehen. Es konnte aber auch sein, daß meine Mutter mich schon zu Bett geschickt hatte und, todmüde an die Tischkante gesunken, bis zu Vaters Heimkehr alleine aushielt. Oder sie fehlte selber noch und pflückte im Garten mit der Taschenlampe, die sie zwischen die Zähne geklemmt hielt, Beeren, weil ihr Tag dafür zu kurz gewesen war; während ich in der Küche die Überbleibsel der Abendmahlzeit forträumte, das Geschirr spülte und den Boden wischte, um mich anschließend drüben im alten Hausteil zwischen meine Großeltern zu setzen, weil ich nicht länger allein sein wollte.

Und jetzt saßen wir mit Wenzel in der Küche um den Tisch und hielten Feierabend – so wie Mutter es gewünscht und Vater es erstaunlicherweise nicht verhindert hatte. Ja, mein Vater, der arbeitswütige Handwerksmeister, machte für unser Zusammensein mit Wenzel ein paarmal pro Woche in seiner Werkstatt früher das Licht aus. Eine solche Macht hatte unser Gast bereits über seinen wichtigsten Gastgeber gewonnen! Wir sprachen wenig und gedämpft, fast im Flüsterton, jedoch nicht mit Wenzel, sondern wispernd um Wenzel herum. Wir wollten eine Stimmung erzeugen, in der er Vertrauen fassen und vielleicht ein Wort wagen würde. Aber noch schwieg er und ließ seinen Blick die Küchenwände hinauf- und hinabklettern, als suche er einen Ausweg. Wieder hockte er auf der Bank neben mir und trug schon zum zweiten Mal meine Kleider, bis die seinen vollends trocken und gebügelt wären. Mühelos und nichtsahnend hatte dieser fremde Junge uns zum Feierabend zusammengeführt; bevor wir seine Unruhe besiegen konnten, besiegte er unsere, und sei es nur für einige Stunden.

In der Schule schien er froh, mich nicht fortwährend an seiner Seite zu haben. Er saß vorne, bei den vier oder fünf anderen Schülern ohne Vornamen und drehte sich während des Unterrichts nicht ein einziges Mal nach mir um. Mein Blick hätte ihn eigentlich im Genick treffen müssen wie die Sonnenstrahlen, die ein Brennglas bündelt. Auch die Pausen verbrachte er mit seinen Sitznachbarn im Hof, während ich, der Vertraute von Lehrer Schumann – ein Ruf, den ich während meiner Rotacher Schulzeit nicht mehr los wurde –, meistens für mich blieb. Wenzel und ich hielten uns beide ganz von selbst an die gewohnte Pausenordnung, die auch nur ein Abbild der Klassenzimmerordnung war, und verspeisten die Vesperbrote, die meine Mutter für uns hergerichtet hatte – gleich groß, gleich dick belegt, mit ein und derselben schwarzbrauen, herb rußig schmeckenden Kruste. Beim Hineinbeißen geriet ich in eine wundervolle Stimmung: eine Art Glück der Verdoppelung, wie es bereits über mich gekommen war, als Wenzel eins meiner Hemden getragen hatte. Ich kaute mein Brot, sah ihn aber, der nur ein paar Meter weiter im gleichen Rhythmus mit mir kaute, allmählich verschwimmen, weil mir das Wasser in die Augen stieg. Mehr hatte ich bisher noch nicht erreicht: beim leisesten Glücksgefühl mußte ich weinen und war wieder der *Ich-allein* hinter dem Schleier. Aber nach Schulschluß, immerhin, gingen wir beide Schulter an Schulter nach Hause, so wie wir morgens von dort gekommen waren. Es bedeutete mir mehr und mehr, auf der Straße mit ihm gesehen zu werden, etwa von Frau Nieder, der Kriegerwitwe, die im Fenster auf ihrem überquellenden Busen lag; wenigstens auf dem Schulweg konnte ich daran glauben, nun endlich *einer zu zweit* zu sein, denn wenn andere es sehen konnten, dann mußte es auch wahr sein.

Nachmittags setzten wir uns in der Wohnstube an den Tisch, um die Hausaufgaben zu machen, jeder für sich, aber eng beieinander; seit Wenzel bei uns lebte, war nicht mehr die ewig unaufgeräumte Küche, sondern die etwas feinere, geräumigere, vor allem aber hellere Stube das Lernzimmer. Meine Mutter setzte sich zu uns und bemerkte rasch, daß Wenzel weder richtig lesen noch schreiben konnte. Auch diese Scham konnte ihm nicht erspart werden. Doch diesmal wurde meine Mutter wütend, und zwar auf unseren Klassenlehrer in der Dritten, Herrn Schumann; ihn wollte sie so bald wie möglich aufsuchen, um ihn zu fragen, wie einer in die Schule gehen könne und so wenig lerne. Als sie wiederkehrte, war sie noch wütender als zuvor, so wütend, daß ihr Haarknoten aufsprang und das pechschwarze Haar ihr über Gesicht, Schulter und Rücken wallte. Sie schimpfte, Schumann, sonst ein guter Lehrer, versage an Wenzel. Nicht einmal dessen Vornamen habe er gekannt – eine Schande! Auch dulde Schumann keinen Widerspruch, frech sei er sogar geworden: Wenn wir den Bogatz schon bei uns aufnehmen würden, habe er gesagt, sollten wir bloß aufpassen, daß er den Max nicht runterziehe – Dummheit sei ansteckender als Klugheit. Und auch hartnäckiger; oft könne man ihr überhaupt nicht beikommen, nicht einmal im Schulunterricht. Wenn wir's nicht glaubten, sollten wir's selbst versuchen und mit dem Bogatz daheim Lesen und Schreiben üben … eine Aufgabe für den Max, in dem er sowieso einen künftigen Lehrer sehe – und mit der Lehrerausbildung könne man gar nicht früh genug anfangen!

Wenzel, der alles mitanhörte, wußte offenbar nicht, was er davon halten sollte. Er schien es nicht gewohnt, daß ein solcher Gefühlsaufwand für ihn getrieben wurde, und man sah seine Angst. Als meine Eltern dann noch in Streit gerieten, ob es richtig gewesen sei, Lehrer Schumann, meinen Förderer, nur wegen Wenzels Lernrückständen derart herauszufordern – mein Vater, unser bekehrter Rebell, hielt es für schädlich und übertrieben –, senkte Wenzel so schuldbewußt tief den Kopf, als hätte er unser Haus angezündet. Streit, Uneinigkeit, ja starke Gefühle überhaupt schien er nur als Vorboten einer Gewalt zu kennen, die am Ende immer ihn traf. Und so konnte er lediglich verdutzt aufschauen, als die schlechte Stimmung sich von selber legte und keine Folgen für ihn hatte; ich aber war wieder voll trüber Ahnungen, wieviel doch Wenzel und mich noch unterschied.

Meine Mutter lernte als erste mit ihm, jeden Nachmittag eine Stunde lang. Wenzel fühlte sich wohl bei so viel Zuwendung und bewies seinen Dank durch Eifer. Er wollte lernen und konnte es auch – so schnell war Schumann widerlegt. Als ich den Unterricht übernahm, schien Wenzel enttäuscht und wurde von meiner Mutter ermahnt, mit mir genauso fleißig zu lernen wie mit ihr. Anfangs saß sie jedesmal noch einige Minuten mit am Tisch und hörte uns zu, dann verschwand sie leise, und er saß mit mir alleine da. Ich wollte es nun meiner Mutter nachmachen und diktierte ihm in sein Heimatkundeheft. Dieses Heft war äußerst lückenhaft geführt, was Lehrer Schumann offenbar nie bemängelt hatte; nun ließ ich es Wenzel mit Wörtern und Sätzen füllen, die ich ihm aus meinem Heimatkundeheft vorsprach, am Stück oder silbenweise, und die einst Schumann unserer Klasse diktiert hatte, etwa »Haselstrauch«, »Binnenhafen«, »Landtagsabgeordneter«. Wenzel schrieb mit dem Füllfederhalter, worin er keine Übung zu haben schien. Nicht selten verkantete er die Feder, stach damit ins Papier und mußte sie ein ums andere Mal von Fusseln befreien, wenn seine Schrift nicht verschmieren sollte. Kein Wort beendete er auf Zeilenhöhe, auch drängten seine Buchstaben sich überstürzt ineinander oder sie standen unverbunden weit voneinander entfernt. Er stotterte sozusagen auch beim Schreiben. Wir mußten oftmals neu ansetzen. Wenn Wenzel schließlich ein Wort vollständig und leserlich niedergeschrieben hatte, berichtigte ich, was falsch war, und ließ es ihn noch einmal schreiben. So bewies ich, wie ernst es mir mit ihm war. Und schon bald schritt ich wie Herr Schumann, eine Hand auf dem Rücken, durchs Zimmer und deklamierte; gleichfalls wie unser Lehrer lachte ich auf, wenn ein schwieriger Satz bevorstand, etwa der über den Specht: »Manchmal können wir beobachten, wie er in Astrisse eingeklemmte Haselnüsse mit dem Schnabel aufhackt.« Wenzel machte viele Fehler. Aber er wiederholte auch gern. Das war unser Glück. So mußte ich ihn nie ausschimpfen. Wenn ein Wort oder ein Satz endlich richtig auf dem Papier standen, klatschte er in die tintenfleckigen Hände und wurde von mir gelobt.

Zu sprechen war ihm noch wichtiger als zu schreiben. Ich sagte abermals Wort um Wort auf, diesmal schleppend langsam, mit überdeutlichen Mundbewegungen, und er rückte ganz nahe an mein Gesicht heran, las mir von den Lippen ab, tippte sogar mit dem Finger dagegen und versuchte, im Gleichklang mit mir zu artikulieren: wie unsere Stimmen ineinander tönten! Jedesmal war ein Lufthauch aus seinem Mund zu spüren. Still lauschten wir den Klängen nach und nickten uns zu: Das waren wir! Wenn Wenzel ein Wort nicht hervorbrachte, schlug er sich mit der Hand auf Nase oder Mund und begann wieder von vorn. Dazu ließ er sich von mir ohne Gegenwehr an Hals und Wangen streicheln. Es war mir zuwider, wenn er sich schlug. Es war mir auch zuwider, sein Lehrer zu sein – nur mit ihm reden wollte ich. Einer, mit dem man nicht reden konnte, war so gut wie nicht da. Mit dem Redenkönnen fing doch alles erst an!

Wir legten eine Vesperpause ein. Ich trug Brot, Butter und Äpfel auf, dazu gab es Schokolade, die in unserem Haushalt rationiert war. Wenzel erhielt den größten Teil meiner Wochenration, eine halbe Tafel. Ich belegte ein Butterbrot mit Schokoladenrippchen und ließ ihn davon abbeißen. Er tat es wie selbstverständlich, so als äßen wir immer auf diese Art, und als er mir seinen Apfel hinhielt, biß auch ich zu. Aus Brotteig formte ich Buchstaben und legte sie ihm zum Essen hin. Wenzel schlang sie hinunter wie alles andere und schien nicht zu bemerken, was er da verspeiste.

Irgendwann schaffte ich ein paar von meinen Büchern herbei, Einsamkeitslektüre aus der Bubenkammer. Ich zeigte sie ihm, der vermutlich kein einziges Buch besaß, und legte ihm eins in die Hand, feierlich. Wenzel schlug es auf, sah hinein und prallte zurück, als blicke er in einen Abgrund. Ich hatte noch nie jemandem vorgelesen, außer mir selbst, in gewissen Nächten, doch nun hob ich die Stimme und las drauflos, um ihm, hingerissen von unseren Lernerfolgen, vorzuführen, wie man sicher und gekonnt durch einen solchen Abgrund aus Schrift und Sprache turnt. Doch meine Stimme klang erbärmlich, zuerst wie ein Krächzen, dann wie ein Schnarren, und manchmal versagte sie fast. Ich hatte den Vorgang unterschätzt, denn kaum fing ich zu sprechen an, beschlich mich das Gefühl, als ginge es in dem Stück, das ich vortrug, um mich selbst, ja, als verriete ich gegen meinen Willen ein Geheimnis und stellte mich bloß, mit jedem Wort ein bißchen mehr. Dabei ging es nur um Tom Sawyer und seine Tante Polly; es war eine meiner Lieblingsstellen, gleich am Anfang des Buchs, die ich schon oft gelesen, aber offenbar noch nie recht verstanden hatte:

»»Tom!« – Keine Antwort. ›Tom!‹ – Tiefes Schweigen. ›Möchte nur wissen, wo der Bengel wieder steckt! To-om!‹ Die alte Dame schob ihre Brille fast auf die Nasenspitze hinunter und schaute über sie hinweg im Zimmer umher; dann schob sie sie hoch hinauf und spähte unter den Gläsern hervor nach allen Seiten. Nie, niemals würde sie durch die Brille hindurch nach etwas so Unbedeutendem wie einem kleinen Jungen Ausschau gehalten haben, denn sie war ja der Stolz ihres Herzens, ihre Staatsbrille, die nur zur Zierde diente und nicht zum Gebrauch; denn durch ein paar Herdringe hätte sie ebensogut sehen können. Sie stand einen Augenblick ratlos da, dann sagte sie, nicht allzu zornig, aber doch laut genug, daß die Möbel ringsum es hören konnten: ›Na warte, wenn ich dich kriege – ich will dir –‹ Sie sagte nicht, was sie wollte, denn schon hatte sie sich niedergekniet, um mit dem Besen unterm Bett herumzustochern, und da brauchte sie ihren ganzen Atem, auf daß die Stöße möglichst wirkungsvoll ausfielen. Aber sie förderte nichts zutage außer der Katze.«

Als ich fertig war, stand Wenzel der Mund offen. Jetzt wollte er selber vorlesen; dazu lief er um den Tisch herum, setzte sich zu mir auf den Stuhl und riß das Buch an sich. Doch er schaffte es nicht, über das erste »Tom!« hinauszukommen, und schob mir das Buch wieder zu. Noch einmal sprach ich ihm Wort für Wort vor, zuerst einzeln, dann in Sätzen, und er sprach mir nach, während wir beide Schulter an Schulter mitlasen – so lange, bis kein Wort ihm mehr fremd war. Mehrmals lasen wir einander zweistimmig den ganzen Abschnitt vor, sehr gemächlich und fast im Gleichklang. So fand Wenzel allmählich hinein. Lesend und sprechend hangelte er sich an den Wörtern entlang vorwärts. Sein Gesicht leuchtete auf, er hörte sich sprechen, ohne zu stottern und zu stammeln, beim lauten Lesen versagte die Sprache ihm nicht; Jubel vibrierte in seiner Stimme. Einzig wenn ich verstummte, weil er alleine weiterlesen sollte, verstummte auch er. Ohne mich traute er sich nicht voran. Seine Stimme wollte von meiner Stimme getragen werden. Also las ich wieder ein Stück vor, er fiel ein, und nach einigen Versuchen sprach er tatsächlich unabhängig von mir, anfangs stolpernd und schwankend wie ein Kind, das noch nicht lange auf eigenen Füßen geht, dann sicherer und mit anschwellender Lautstärke. Wenzel schrie seinen Ruhm geradezu hinaus. Und vom eigenen Sprachfluß mitgerissen, wollte er gar nicht mehr aufhören, kaum am Ende angelangt, sprang er sofort zurück zum Anfang und rief gleich wieder die ersten Worte, so als wären es seine eigenen:
»To-om!, To-hom!«
Schließlich biß er mir vor Freude in den Arm.
Natürlich war sein Stottern nicht behoben, so wie ich es mir in meinen Phantasien – gleichsam Tagträumen wider besseres Wissen – ausgemalt hatte. Oft wünschte ich mir als Kind, heilen zu können oder auf andere Weise Leben zu retten und zu erhalten, etwa indem ich in meiner Einbildung die schwierigsten Rätsel löste, um todgeweihte Geiseln zu befreien, indem ich mit meinem letzten Geld Sklaven

freikaufte oder fast schon Verhungerte nährte, stopfte, fütterte. Nein, Wenzel war nicht geheilt von seinem Stottern, in dem ich eine Art *Muttersprachlosigkeit* erkennen möchte, aber vielleicht hatte ich ihm, und sei es aus Zufall, eine Ahnung davon verschafft, wie es war, zusammenhängend zu sprechen. Dafür schien er dankbar zu sein, denn schon an einem der nächsten Lernnachmittage brachte er mir unerwartet eine Gegengabe dar: Er weihte mich in seine Geheimsprache ein, das Bonnadische, das er selbst unbeholfen »Bonnadsch« oder »Bonnad-Sprach« nannte. Es handelte sich dabei um ein wüstes Kauderwelsch, und später, als er schon im Kinderheim war, wo sein Stottern sich dank Sprechschulung zumindest ein wenig bessern sollte, bestand Wenzel darauf, sich hin und wieder auf Bonnadisch mit mir zu verständigen. Auch der neue Vorname, den er mir während der Heimzeit verlieh, stammte aus dem Bonnadischen, wie er behauptete. Dieser Name lautete »Jure« (mit rollendem R gesprochen), und zumindest ich hatte damals keine Ahnung, daß »Jure« (auch) ein slawischer Männername ist. Ich verabscheute es, umbenamst zu werden, und wehrte mich dagegen, aber Wenzel bat mich so inständig, ja zornig-verzweifelt darum, daß ich am Ende nachgab und mich »Jure« von ihm rufen ließ – allerdings nur wenn wir unter uns waren (meine Mutter, die Spitznamen haßte, hätte es verboten); genau wie er einst von mir verlangt hatte, niemandem, vor allem nicht Clara und ihren Brüdern, vom »Bonnadsch« zu erzählen. Ich sollte der erste und einzige sein, der davon erfuhr. Doch meine Erinnerung an diese krause, verstört wirkende Privat-Mundart, die mir im Nachhinein wie eine Ausgeburt der Graserschen Verhältnisse vorkommt, ist nicht allzu gut; weder weiß ich, was der Name »Bonnadisch« bedeutet, noch fällt mir viel vom Wortschatz ein (wenn dieser Begriff hier überhaupt berechtigt ist).

Ich versprach Wenzel, mir alles anzuhören, was er mir mitteilen wollte, weigerte mich aber von Anfang an, auf Bonnadisch mit ihm zu reden. Zu meiner Überraschung störte ihn das gar nicht, denn offenbar wollte er nur gehört und verstanden werden. Insbesondere meine Mutter hatte Geduld und Ernsthaftigkeit von mir gefordert – mühselig sei es, so sagte sie, einen Bruder zu haben, und mühseliger noch, ein Bruder zu sein. Also zwang ich mich immer wieder, für eine

Stunde sein Schüler zu werden, obwohl Bonnadisch mir als pure Angeberei erschien, hastig und schlecht erfunden, um eine eigene Gabe, einen eigenen Reichtum vorzuweisen. Viel zu sehr war ich bereits von Erwachsenen geprägt und in ihre (damals noch gänzlich kindferne) Sprache eingeübt, um mir vorstellen zu können, was dieses sonderbare Gebabel für Wenzel wirklich bedeutete; und daß es geheime Kindersprachen gab, ahnte das Einzelkind nicht einmal. Heute glaube ich, daß Bonnadisch vor allem eine Notsprache gewesen ist, auf die er hoffte, zurückgreifen zu können, wenn die Normalsprache ihm versagte. Von ferne erinnert es an die Lautmalereien in Comic-Heftchen, auch wenn nie eins bei ihm zu sehen war. Mich mußte Wenzel in diese Sprache einweihen, damit er hoffen durfte, sich wenigstens einem einzigen Menschen verständlich machen zu können, wenn Stottern und Stotterangst ihn stumm machten. Bonnadisch war ein Ort, zu dem er Zuflucht nehmen konnte – und kaum hatte Wenzel mich vertraut damit gemacht, stotterte er tatsächlich weniger. Allerdings dauerte es eine ganze Weile, bis er mir alles erklärt hatte, vieles davon mußte ich erfragen, manches erraten, und etliches verstand ich überhaupt nicht:

Da waren zuerst die echten, teils nur lautlich veränderten Wörter wie »koisch« oder »hart« – insbesondere »hart« benützte er gerne und oft, es schien auf fast alles zu passen, was ihm widerfuhr, und wurde mitunter mehrfach hintereinander hervorgestoßen, ein Allzweckwort, das sich ihm nie entzog und das er offenbar brauchte, um Druck abzulassen. Dann kamen die Phantasiewörter wie zum Beispiel »Kaft« oder »kafti«, was so viel bedeutete wie nett, netter Kerl; Wenzel schien sogar bereit, dieses Wort auf mich anzuwenden. Schwieriger wurde es mit »Murine«, und wenn ich recht begriff, handelte es sich dabei um einen, der einem anderen »in den Mund spuckt« – meinte er damit ein vertieftes Küssen, wie ich es bei meinen Eltern schon gesehen hatte? »Go«, rund, dunkel, kurz und stimmhaft gesprochen, hieß betrunken, »go-go« stark betrunken. Oder »fra«, womit etwas Übles und Bedrohliches bezeichnet wurde, das ihm Angst einjagte. Ein Mensch, der ihn ängstigte, hieß »frassa«, was unzählige Male wiederholt werden konnte, wie unter Zwang; »frassa« war gleichsam das Gegenteil von »kafti«. Doch wagte ich mir kaum vorzustellen, was »frassa frassa Murine«

wohl bedeutet hätte. Dann »uuuu!« – als beliebig langgezogener Ruf –, »uuuu!« schien mir ein allgemeiner, leicht verständlicher und niemals mißratender Klagelaut zu sein, der in jeder anderen Sprache auch hätte vorkommen können. »Jellimba« oder Jelluwe« hingegen tönten wie Beschwörungsformeln, die er einsetzte, wenn ihm ein Wunsch in Erfüllung gehen sollte. Und der Ausruf »neee!« bedeutete nicht, wie man meinen mochte, »nein!«, sondern eher zweitrangig, nebensächlich, auch abseitig; heute scheint mir, in dieses gleichfalls endlos dehnbare »neeee!« konnte Wenzel allen Spott und Hohn legen, zu dem er fähig war. Sich selbst nannte er übrigens »asch-kee«, was für meine Ohren reichlich indianisch klang, doch gebrauchte er dieses Wort nur, wenn er ausdrücklich »gut« mit sich war.

Sätze kamen im Bonnadischen nicht vor, nur Wörter, Laute oder Lautfolgen. Wenzel intonierte sie allesamt makellos, zumindest un-gestottert, was mir, bei meinen von ihm mit berstendem Gelächter begleiteten Nachsprechversuchen, nur selten glückte. Ich weiß nicht, aber vielleicht wollte Wenzel mir mit dem Bonnadischen auf seine wirre Art auch nur begreiflich machen, welche Zumutung die normale Verkehrssprache für einen Stotterer ist.

Unterhalb des Mündlichen gab es noch Körpersprachliches, zum Beispiel »Ritzen« oder »Fitzen«. Das erste bestand darin, mich mit dem Daumennagel behutsam – und stets unblutig – am Arm, an der Hand oder am Schenkel zu kratzen, in kurzen Bewegungen immer hin und her, als müsse dort ein Fleck oder eine Kruste beseitigt werden. Und beim Fitzen ließ Wenzel mir oder auch sich selbst seine Finger mit einem Schlenkern aus dem Handgelenk gegen die Hüften schnellen – was schmerzte –, so gezielt und fest, als reiße er dort ein Streichholz an oder schlage in die Saiten. Das Ritzen bauten wir später, während seiner Zeit im Kinderheim, auf mein Betreiben zu einem Spiel aus, bei dem wir uns gegenseitig einzelne Wörter mit dem Finger auf den Rücken schrieben; wer als erster das Wort auf seiner Haut nicht entziffern konnte, hatte verloren und mußte für einige Minuten die Augen schließen.

Am geheimnisvollsten jedoch war das »Deuten«; er konnte mir dieses Ritual nie erklären, und ich habe es von mir aus nie durchschaut.

Beim Deuten wies er mit allen fünf Fingern einer erhobenen Hand unbewegt und meist aus einiger Distanz auf einen Menschen, ein Tier oder einen Gegenstand, während er wortlos innehielt, manchmal minutenlang: vielleicht eine Art sprachloser Zielnahme in einer Welt, die er mit Worten weder erreichen noch erfassen konnte.

Wenn er damit fertig war, sagte Wenzel zufrieden:

»Hab ditten.«

Mehr als das Lernen halfen ihm beim Einleben die Arbeiten, die er an meiner Seite verrichtete. Wieder leitete meine Mutter ihn an, diesmal, indem sie ihn bei der Hand nahm und überall herumführte, danach kam er in meine Obhut. Jeden Nachmittag warteten andere Aufgaben auf uns, die ich sonst alleine oder mit einem meiner Erwachsenen zu erledigen hatte; neben Wenzel war ich der Erwachsene. Wir pflückten Erdbeeren im Garten, schichteten Brennholz unter dem Vordach der Werkstatt – von Mai an rüstete mein Vater sich für den Winter: der Holzmenge nach immer für einen russischen – und holten mit dem Handwagen Grünfutter oder Heu für unsere Hasen und Ziegen. Die Arbeiten machten Wenzel Freude, und sei es nur, weil er dabei nicht reden mußte. Er strengte sich an und verbarg seine Anstrengung nicht, im Gegenteil. Fast auf den Knien krattelnd, schob er den Wagen mit dem Futter den steilen, grob geschotterten Bergweg hinan, während ich, beinah auf dem Bauch kriechend, vorne zog. Wir taten uns beide weh dabei und heulten mit einer Stimme auf. Er schlug sich das Knie blutig, mir fuhr die Deichsel in den Leib, als ein Rad an einem Stein hängenblieb.

Und geschickt war Wenzel auch – das schien ihn zu überraschen, als hätte er es selbst nicht gewußt. Mit flinken Fingern wusch er die geernteten Beeren, keine Faulstelle entging ihm. Viel sparsamer als ich schälte er die Kartoffeln, unter seinen Händen schrumpften sie nicht halb so arg. Im Hühnernest übersah er kein Ei, selbst unter den Hühnern schaute er nach und ließ sich nicht leicht davon abbringen. Meine Eltern lobten ihn für seine Arbeit und versprachen ihm einen Lohn dafür. Er blickte sie begriffsstutzig an, und ich mußte für ihn nicken. Wenigstens stundenweise legte er nun seine Scham ab und zeigte uns etwa, wie versessen er auf Genüsse sein konnte. Beim Marmeladekochen schwelgte er in Küchendüften – auch sie, warm und betörend, mögen dazu beigetragen haben, daß er sich allmählich öffnete; voller Hingabe hielt er sein Gesicht in den Dampf, als müsse es aufgetaut werden. Zusammen rührten wir Erdbeerquark an, den er ganz alleine aufaß; anschließend steckte er seinen Kopf in die Schüssel und schleckte sie aus wie eine Katze, gierig und genau. Mir blieb nur, seinen Genuß zu genießen, aber auch das war süß.

Als Wenzel im Haarbühl, unserem Wiesenhang zwischen Dorf und Waldrand, bemerkte, daß das Gras schon gemäht war, das wir nach Hause schaffen sollten, fragte er:

»Wer hat das getan?«

Neugier lockerte ihm die Zunge, er vergaß seine Angst.

Ich antwortete: »Meine Mutter.«

Und als er sie ein anderes Mal selber beim Mähen erblickte, klatschte er in die Hände und rief:

»Die kann was!«

Wenn Wenzel sich einen Schmerz zuzog, lief er zu ihr und ließ sich von ihr trösten oder verarzten. Ich stand daneben und empfand keinerlei Eifersucht, sondern hatte vielmehr das gute, wenn auch eigentümliche Gefühl, meiner Mutter ein Geschenk gemacht zu haben. Am meisten beeindruckte ihn, daß sie als einzige in der Familie unser Auto fahren konnte, und oft wollte er mit ihr fahren, auf dem Beifahrersitz, während ich nach hinten auf die Rückbank stieg; mehr als einmal wurde ich dort von dem Gefühl überwältigt, einem jüngeren Bruder selbstlos meinen Platz überlassen zu haben. Wenn wir zu viert unterwegs waren, saß mein Vater vorne neben der Fahrerin und Wenzel hinten bei mir. Ich schloß die Augen und fühlte mein Vollständigkeitsglück. Nur beim gemeinsamen Fahren im Familienauto war dieses Glück so stark und kugelrund; denn solange wir fuhren – wenigstens für diese winzige Ewigkeit –, würde sich nichts ändern. Zugleich schämte ich mich für den Gedanken, daß wir erst jetzt, mit Wenzel, eine richtige Familie seien. Offenbar war mir einzig mein Glück, aber nicht meine Scham anzumerken, denn in einem Moment ohne Wenzel erinnerte meine Mutter mich an etwas, das ich in der Zwischenzeit wieder einmal vergessen hatte:

»Er bleibt nicht.«

Auf dem Freiplatz vor der Werkstatt strichen wir gemeinsam Fensterrahmen und -flügel. Meine Mutter trug Hosen und das verwaschene rote Kopftuch mit den weißen Punkten, das sie nicht unter dem Kinn, sondern im Genick zuband, und das ihr, verstärkt von ihren großen dunklen Augen, ein piratenhaftes Aussehen verlieh. Sie pinselte noch schneller und tänzelnder als sie mähte; uns feuerte sie mit dem Ruf an:

»Los, ihr Handlanger!«

»… wie die schuftet«, sagte Wenzel leise zu mir.

So wurde er langsam mit dem Alltag einer Handwerkerfamilie vertraut, die auf engem Raum zusammenlebte und zusammenarbeitete. Wir waren gut eingespielt, auch ohne Worte. Es erstaunte ihn Mal um Mal, daß man bei uns zum Essen erschien, sobald der Tisch gedeckt war – als wäre das Tischdecken die Ursache für das Erscheinen der Esser und locke sie magisch an. Oder es verwunderte ihn, daß mein Vater aus seinem Mittagsschlaf auf der Bank, ohne geweckt zu werden, stets ziemlich genau um ein Uhr erwachte. Besonders in den letzten Minuten wanderte Wenzels Blick erwartungsvoll zwischen dem Gesicht meines Vaters und der Küchenuhr hin und her. Und auch eines meiner Nachtkapitel lernte er kennen und teilen: Wenn wir beide spät abends noch immer allein in der Küche saßen, weil meine Eltern fehlten, wurde Wenzel unruhig und wollte wissen:

»Wo sind sie, wo sind sie?«

Er dachte wohl, sie kämen nicht wieder, und wir wären zurückgelassen worden; denn so kannte er es.

Eines Tages fragte mein Vater uns, ob wir nicht in den örtlichen Fußballverein eintreten wollten, das nötige Alter hätten wir. Ich hatte nicht gewußt, daß es in unserem Dorf einen solchen Verein gab. Mit Wenzel lief ich zur Geschäftsstelle des F.C. Rotach, und wir erkundigten uns nach den Trainingszeiten unserer Altersgruppe; dort erfuhren wir auch, daß jeder von uns einen Spielerpaß benötige, für den wiederum ein Paßbild mitzubringen sei. Auf dem Heimweg waren wir sicher, an dieser Auflage zu scheitern. Paßbilder schienen uns doch zuviel Aufwand für Kerle wie uns! Aber mein Vater wußte Bescheid und erklärte, wo man im Dorf solche Bilder machen lassen konnte: in einem Nebenraum der Drogerie Warnowas, ausgehängt mit weißen Tüchern, mittendrin ein Drehhocker, auf den man sich zu setzen habe, von Scheinwerferlicht angestrahlt; der Drogist selbst bediene den Fotoapparat und sage einem, wie man den Kopf halten müsse.

»Aber vorher«, befahl mein Vater, »geht ihr zum Frisör.«

Der Salon Ristock befand sich in der Vorstadt, und ich hatte ihn bisher, in regelmäßigen Abständen, immer nur mit einem meiner Erwachsenen besucht. Jetzt trat ich mit Wenzel dort ein, der noch nie öffentlich geschert worden war und die Haare derzeit länger trug als ich. Mein Vater hatte uns genügend Geld für zwei Knabenhaarschnitte mitgegeben. Und weil kein anderer Kunde da war, bestieg ich, wie abgemacht, als erster den Frisiersitz. Wenzel wollte vorerst nur zuschauen und setzte sich hinter mir auf einen Stuhl in der Wartereihe an der Wand; im Spiegel sah ich sein seitenverkehrtes Gesicht mit einem schwer hängenden Mundwinkel, und auch den Scheitel trug er plötzlich auf der falschen Seite.

Von seinem Platz aus hatte ich vor längerem einmal zufällig den drei Pfarrersöhnen Koltermann zugesehen: Sie waren in rascher Folge nacheinander bedient worden, ohne daß ein anderer Kunde zwischendurch drankam. Man hatte sie behandelt, als wären sie einer, während sich unter dem Stuhl ihre Haare vermengten, untrennbar, ununterscheidbar – verzückt hatte ich geglaubt, angesichts des auf- und ineinanderfallenden Haars von drei Köpfen, den Zauber brüderlicher Verbundenheit zu spüren. Und jetzt hoffte ich, mein Erlebnis mit den Pfarrersöhnen würde sich an Wenzel und mir wiederholen. Doch nach dem Schneiden wurde mein Haar sofort von der Frau des Frisörs zusammengefegt und in einen Treteimer gekippt; kurz darauf fielen Wenzels Locken ins Leere und blieben unvermischt und unverbrüdert auf dem Boden liegen.

Zu unserem ersten Training erschienen wir in kurzen Hosen von mir. Auch Fußballschuhe brachten wir schon mit, meine Mutter hatte sie mit uns in Rotachs einzigem Schuhgeschäft gekauft. Wenzels Schuhe – etliche Nummern über meinen – waren der Lohn für seine Arbeit. Bevor wir zu dem Laden aufgebrochen waren, hatte er darum gebeten, seine Füße waschen zu dürfen. Offenbar war ihm das Füßewaschen inzwischen so selbstverständlich geworden wie mir das Händewaschen – und meine Mutter, so bat er, solle dabei zusehen, ob er es auch recht mache; allein vor ihr schien es ihm nicht weiter schwerzufallen, sich seiner Strümpfe zu entledigen.

Wenzel erwies sich als großartiger Fußballer. Er schoß hart und konnte den schweren mistbraunen Ball weit schlagen, fuhr anderen grätschend zwischen die Beine und war beim Lauftraining einer der Ausdauerndsten. Unser Trainer, ein junger, sanftmütiger Jugoslawe, den alle Steff rufen durften, winkte ihn zu sich und wollte noch einmal seinen Namen hören. Mich bat Steff, der einer der beiden ersten Fußballgastarbeiter in Rotach war, gekommen für ein schmales Handgeld und einen Arbeitsplatz in der örtlichen Motorenfabrik, um die Uhr, die er an meinem Handgelenk entdeckt hatte. Mit ihrem Sekundenzeiger stoppte er Wenzels Zeit über hundert Meter auf der sogenannten Aschenbahn, und er tat es zweimal hintereinander, ungläubig, wie schnell mein Freund war; Steff verlieh ihm darauf den Namen »Sprinter«, mit dem ich nichts anzufangen wußte. Auch einige unserer Mitschüler besuchten das Training. Plötzlich taten sie so, als kennten sie Wenzel, mich dagegen übersahen sie, genau wie in der Schule. Und auch Wenzel schien mich zu übersehen; er ging ganz und gar auf in der Gruppe der Besten, die in einiger Entfernung wie eine dunkle Wolke summend vor Spannung über den Platz zog, der Trainer mittendrin.

Mir aber taten rasch die Füße weh, die neuen Schuhe drückten und rieben. Mein Gesicht brannte, die Schläfen pulsten und pochten, nirgends war Schatten zu finden – ein heißer Spätnachmittag im Juni. Mit ein paar Schwächeren drückte ich mich an der Außenlinie herum: die Zurückgebliebenen viel zu vieler Platzrunden. Auch im folgenden Spiel quer über das Feld war ich nicht gut, gewann keinen Zweikampf und gab nur Holperschüsse ab. Einmal wurde ich vom Gegner nicht überlaufen, sondern überrannt. Und andauernd mußte ich mich zwingen, die Hände nicht zu nehmen, weder für den Ball noch für Spieler, die an mir vorbei wollten. Nur beim Kopfballspiel bestand anscheinend Hoffnung. Unser Trainer ermutigte mich, meinen Kopf noch weit öfter in die wuchtigsten Schüsse zu halten, und lauthals rühmte er an mir »Schädel von Sieloff«; diesen Sieloff kannte ich zwar nicht, aber wenn er mir glich, dann konnte er am hellichten Tag die Sterne sehen.

Weder Steff noch anschließend Wenzel wagte ich zu gestehen,

wie sehr ich mich im Fußballspiel insgesamt getäuscht hatte. Schon bei unserer Ankunft zum Training war mir der Sportplatz viel zu weitläufig vorgekommen, mit Abstand die größte Wiese, die ich je erblickt hatte, feierlich in ihrer ausgedehnten Leere ohne einen einzigen Baum, aber auch trostlos und öde wegen ihrer erdgrauen, grasfreien Flecke, wie ein räudiges Fell sah sie aus. Ich kannte doch nur »Tor auf Tor«, das Spiel Mann gegen Mann ohne Mannschaft; mein Vater hatte es mir in der Abgeschiedenheit und Enge unseres Hühnergartens noch während der Vorschulzeit beigebracht, für mich und einen Zweiten, den es nicht gab. Manchmal haute ich den Ball kerzengerade hinauf zum Himmel, als wäre vielleicht dort oben der zweite Mann zu finden.

Auch in der Schule hatte ich nicht gelernt, wie Fußball richtig gespielt wird, denn in den ersten beiden Schuljahren war der Sportunterricht aus Lehrermangel entfallen, und seit dem dritten Jahr gab es nur Turnen und wieder Turnen; wenn Lehrer Schumann einmal die junge Kollegin, die uns im Turnen unterrichtete, das Fräulein Wackenhut, vertrat, dann übte er mit uns nur Strammstehen und Schweigen, fortgesetztes Schweigen in Reih und Glied, das Schumann, auf seinem Stuhl in der Halle nahe dabeisitzend, genoß, als brächte man ihm ein Ständchen dar. Das Fernsehen fiel als Quelle für Fußballkenntnis ebenfalls aus – die »Sportschau« war mir bislang nur vom Hörensagen bekannt. Meine Eltern hatten nie einen Fernsehapparat angeschafft, weil sie fürchteten, daß er das Einzelkind verderbe: der adoptiere mich, sagten sie, ein falscher Freund und Rabenbruder sei der Fernseher, der mich in den Sessel zwinge und mit seinem Licht, blau und giftig wie Kunstdünger, meine Lebenssäfte austrockne.

Als Steff uns am Ende entließ, reichte er jedem Jungen die Hand, und ich spürte sein Heimweh. Wenzel und mir rief er noch nach, was wir nicht wissen konnten, nämlich daß die Mannschaftsaufstellung für das Samstagsspiel immer tags zuvor im »Kasten« nachzulesen sei, so hieß der Vereinsaushang an der Gemeindewaage. Dort liefen wir am Freitag nach der Schule hin, aber die Aufstellung war noch nicht da, erst am frühen Abend hing sie im Kasten, verfaßt von ungeübter

Hand auf einem Stück linierten Briefpapiers und mit Reißzwecken an der Rückwand befestigt. Alle Namen waren sonderbar über das Blatt verteilt, wie zufällig hingeworfen oder ausgestreut; weder standen sie richtig nebeneinander noch untereinander, und jedesmal ging der Nachname dem Vornamen voraus, etwa: »Bogatz Wenzel«, so war es ziemlich genau in der Mitte zu lesen.

Mein Name fehlte, auch beim zweiten Durchlesen; kurz dachte ich: Wenzel erlaubt sich einen Witz mit dir, *er* hat das geschrieben, alles nur sein Gekrakel! Doch der Kasten, der zwei verglaste Türchen hatte, die in der Mitte zugingen, war abgeschlossen, und der Schlüssel steckte nicht. Plötzlich klopfte Wenzel gegen das Glas und blickte mich entsetzt an. Er hatte meinen Namen entdeckt, tief unten rechts in der Versenkung und so klein geschrieben, als hätte unser Trainer sich geschämt, ihn überhaupt aufs Blatt zu setzen, da stand er, in der äußersten Ecke, in einer Reihe mit ein paar anderen Namen und hinter dem Wort »Ersatz«.

Wenzel sagte nach einer Pause: »Dann gehen wir da nicht mehr hin!«

»Doch, du mußt spielen, du bist prima!«, antwortete ich.

Worauf es ihm gelang, zu nicken und gleichzeitig den Kopf zu schütteln. Ich sagte nichts mehr, aus Furcht, mein Wort zurückzunehmen. Und er wiederholte in der langgezogenen Stille sein Angebot nicht. Wir würden zusammen weitertrainieren, »Sprinter« und »Sieloff« – nicht ahnend, daß unser Fußballerleben schon bald wieder zu Ende ginge. Aber bis dahin sollte mir noch ausreichend Zeit bleiben, herauszufinden, worin die Pflicht der Ersatzleute bestand: vor den Heimspielen etwa darin – während die Besten sich schnaubend vor Lampenfieber in der Turnhalle umkleideten und vom Trainer eingestimmt wurden –, den Sportplatz mit Sägemehl zu streuen, die Eckfahnen zu setzen und die Tornetze aufzuhängen.

Nach dem Training kaum wieder zu Hause, wusch Wenzel in der Waschschüssel seine Füße; er bürstete sie härter als ich meine Fußballschuhe, und wenn er fertig und seine Füße rotgescheuert waren, puderte er sie auf Vorschlag meiner Mutter ein, betrachtete sie liebevoll und grummelte so etwas wie Segenssprüche dazu.

Eines Tages kam ein Brief an, der folgende Anschrift trug:

Herrn
Wenzeslaus Bogatz
(z. Zt. bei Stollstein)
7163 Rotach im Wald

Er lag auf dem Küchentisch, als wir von der Schule heimkehrten, und Wenzel getraute sich nicht, den Brief anzufassen. Namen und Adresse waren von Hand geschrieben. Auch ich hatte noch nie einen Brief erhalten und konnte Wenzel den Schrecken nachfühlen. Meine Mutter sprach ihm Mut zu:

»Na, von wem wird *der* schon sein!?«

Sein Gesicht hellte sich auf, er riß den Brief an sich und verließ eilig die Küche. Erst fast eine Stunde später kam er zurück, aus der Bubenkammer. Den Brief hatte er mitsamt dem Kuvert zusammengefaltet und in die Brusttasche seines Hemdes gesteckt; noch tagelang sollte er ihn so mit sich herumtragen. Wir fragten Wenzel:

»Was schreibt deine Mutter?«

»Sie kommt noch nicht heim«, antwortete er mühsam.

»Wann dann?«

»Trotzdem bald.«

»Was heißt das?«

»Vor den Ferien.«

»Und warum so spät?«

»Mama ist noch nicht gesund.«

»Weiß dein Vater Bescheid?«

»Ich sag es ihm … aber … will bei euch bleiben, Max!«

Meine Eltern stimmten zu, und ich zuckte auf vor Glück. Der Abschied, den ich in den Nächten bereits nahen fühlte, entfernte sich wieder mit Rollen und Stampfen – wie ein Eisenbahnzug, der auf einen zurast, plötzlich hält und rückwärts wieder davonfährt; vielleicht trafen ja noch weitere Briefe dieser Art ein.

»Schreib deiner Mutter! Sie muß wissen, daß du bei uns bleiben kannst. Hast du ihre Adresse?«, sagte mein Vater zu Wenzel, der die

Frage bejahte. Zwei Abende brauchte er für seine Antwort am anderen Tischende, dann bat er um eine Marke und brachte den Brief zur Post, so eilig, als ginge es seiner Mutter entgegen; ich fühlte wieder den Abschied nahen.

Tags darauf besuchte Wenzel zum ersten Mal, seit er bei uns war, seinen Vater, um ihm die Botschaft der Mutter zu überbringen. Lois Bogatz wohnte noch immer bei Bauer Bernroth, nachdem er sich aus Grasers Haus abgesetzt hatte. Am Feierabend oder samstags half er auf dem Hof, mistete die Ställe aus, holte mit Traktor und Anhänger frisches Futter von fernab gelegenen Wiesen oder trieb das Vieh von der Weide heim. Bisweilen sah man ihn auch in Bernroths Gartenlaube, wenn er einen Krug Most leerte, ohne dafür ein Glas zu brauchen, und dabei mehrstimmig Selbstgespräche führte: nach jedem größeren Schluck kam eine neue Stimme hinzu. Jedesmal wenn er dabei lachte, klang es auch so; war er nüchtern, klang sein Lachen stets nach Weinen. Doch nicht ein einziges Mal war der Lois bisher zu uns herübergekommen, um seinen Sohn zu sehen; keine fünfzig Schritt hätte er dazu machen müssen, eher weniger, bei seinem Schrittmaß.

Auch hatten meine Eltern Wenzel schon öfter aufgefordert, mit seinem Vater Verbindung aufzunehmen und ihn vielleicht einmal zum Essen einzuladen. Bei keinem, weder in der Nachbarschaft noch im Dorf, sollte der Eindruck entstehen, als würden die Stollsteins dem Vater den Sohn vorenthalten, als hätten sie ihn an sich gerissen und hüteten ihn eifersüchtig wie einen eigenen. Doch Wenzel mied seinen Vater, so wie sein Vater ihn mied.

Um so überraschender verlief ihr Treffen. Ich konnte es durchs Frontfenster unserer Werkstatt beobachten. Sie saßen bei laufendem Motor auf Bauer Bernroths Traktor, offensichtlich war eine gemeinsame Ausfahrt geplant: Lois eingesunken im Fahrersessel, breite Hosenträger über der nackten Haarbrust, Wenzel auf einem der beiden Beifahrersitze hoch über den Hinterrädern. Unentwegt sprach er von dort auf seinen Vater ein. Seine Stimme war im Lärm des Motors zu hören, aber nicht zu verstehen. Kein Stottern schien sie zu hemmen. Lois lauschte still und blickte manchmal bang zu seinem Sohn auf; dann wieder, nach einer Berührung, einem Schulterklopfen, wirkte er beruhigt und getröstet.

Einmal, als er sich aufrichten wollte, drückte Wenzel ihn wieder in den Sitz; ein andermal schien er dem Lois, die Hand gegen ihn ausgestreckt, ein Versprechen, gar einen Schwur abzunehmen. Ich begriff nicht, was zwischen den beiden vor sich ging – eine merkwürdige Verkehrung schien sich da unter meinem Blick abzuspielen, denn fast hätte man meinen können, daß Wenzel der Vater sei und der andere nur der Sohn.

Als Anfang Juli das Heu von der Pfingstweide eingebracht war, durften Wenzel und ich uns ein Eis am Stiel kaufen. Er hatte gemeinsam mit meinem Vater gegabelt, ich nachgerecht und meine Mutter den Handwagen geladen; so waren drei Fuhren zusammengekommen, die sich jetzt auf dem Heuboden türmten bis unters Dach. Auf dem Weg ins Dorf, unseren Groschenlohn in der Tasche, zupften wir einander das letzte Heu aus den Kleidern und aus den Haaren. Nur in den Wirtshäusern war an diesem Sonntagnachmittag Eis zu bekommen, und wir entschieden uns, weil er unserem Dorfteil am nächsten lag, für den »Hällischen«, eine talauf, talab berüchtigte Spelunke, in der Bier aus der Stadt Hall gezapft wurde.

»Was für ein Eis nimmst du?«, fragte ich Wenzel.

Er wußte es noch nicht. »Und du?«

»Kein Vanille«, nur so viel stand fest.

Die Vorauswahl gehörte bereits zum Genuß und dauerte oft länger als dieser. Erst an dritter Stelle folgte der Verzehr, nachdem das Papier vorsichtig entfernt und sorgfältig abgeschleckt worden war. Dabei durfte man sich nicht zuviel Zeit lassen, weil das Eis sonst tauen und besonders an einem so heißen Tag schnell vom Stiel fallen konnte. War es aufgegessen, blieb das Stäbchen übrig. Man konnte es im Mund behalten, herumwälzen und mit Speichel tränken, daran nagen oder darauf beißen, bis es zu zerfasern begann und holzig-bitter schmeckte. Man konnte es aber auch ausspucken, sofort oder auf der Brücke über dem Bach, und es von den Lippen ins Wasser gleiten lassen, wo es, vielleicht im Wettstreit mit einem zweiten, davonschwamm.

Eis essend würden auch wir uns treiben lassen und irgendwann wieder vor meinem Elternhaus eintreffen: mir wurde jeder Weg zum Heimweg.

Das Dorf roch nach dem aus allen Himmelsrichtungen eingefahrenen Heu. Kein Menschenlaut war mehr zu hören, nur das Plätschern des Pferdebrunnens und bisweilen ein Wispern aus Schwalbennestern. Wir kamen vom hinteren Dorf auf die Hauptstraße und fanden uns auch hier allein. An vielen Fenstern waren die Läden geschlossen oder die Vorhänge zugezogen. Nur im »Hällischen«, dessen Gastraum im ersten Stock lag, standen sämtliche Fenster offen. Von drinnen tönten Stimmen, ausschließlich Männerstimmen, die gegeneinander anrannten oder voreinander wegliefen. Ein Wort meines Großvaters fiel mir ein, nämlich daß man bei jedem Wetter saufen könne. Auch die Haustür, neben der die Eisfahne hing, stand wagenweit auf – wir traten ein, durchquerten einen kühlen, dämmerigen Gang, in dem es betäubend nach Pisse stank, stiegen eine Holztreppe hinauf und schritten vergnügt dem Licht entgegen, das durch die gleichfalls geöffnete Tür aus der Trinkstube drang. Geradeaus, am Fuß der Treppe vorbei, wäre es durch eine Hintertür hinaus in den Garten, zum Schuppen mit der Kegelbahn gegangen, die ich zusammen mit meinem Großvater schon ein paarmal aufgesucht hatte: als Kegeljunge, der für einige Groschen die Kugeln zurückrollen und die Kegel wiederaufstellen durfte. Heute, an einem so heißen Sommertag, lag die Bahn in tiefer Ruhe, doch wenn gekegelt wurde, konnte man fast überall im alten Dorf den Donner rollen hören.

Es waren nicht viele Gäste da, den Stimmen nach hätte man mehr Leute in der Kneipe vermutet; keiner beachtete uns. Wir gaben unsere Bestellung bei der einzigen Frau im Raum auf, einer dicken, schweren Person, die vor dem Tresen auf einem Stuhl weniger saß als lastete; die Arme baumelten hinab bis auf den Boden. Es war die Wirtin. Ihre Strümpfe hatte sie säuberlich nach unten aufgerollt, und sie lagen ihr wie winzige Rettungsringe um die Fesseln. Wie mit letzter Kraft schüttelte sie den Kopf und sagte schwach, daß sie uns nicht bedienen könne infolge der Hitze. Dann rief sie ohne Worte, nur mit Kopfwackeln und Augenrollen, einen ihrer Gäste herbei, der uns offensichtlich unser Eis verschaffen sollte. Es war aber einer aus Grasers Haus – der mit dem Namen Golo. Er trug ein weißes Trägerunterhemd und pfiff vor Überraschung, als er uns erkannte. Dann machte er mit einem Wink seine im Hintergrund trinkenden Freunde auf uns aufmerksam: Junior und Graf Niewöhner – und unser schöner, beinahe eisgekrönter Erntetag brach entzwei. Golo umrundete uns und stieß Wenzel in die Rippen, daß er sich bog. Die beiden anderen verharrten auf ihren Plätzen und reckten die Köpfe.

Junior hetzte am schlimmsten, wenn auch gezielt. Ich verstand nicht alles, was er von seinem Tisch aus sagte, erkannte aber in allem den Ton. Er schmähte Wenzels Mutter mit allerlei Schimpfworten, die mir nicht vertraut waren. Und seine Freunde pflichteten ihm jedesmal laut und höhnisch bei, wiederholten oft Wort für Wort, verschärften noch und lachten darüber, worauf Junior befriedigt an seinem Bier süffelte und sich noch einmal selber recht gab – mit einer kindlichen, selbstverliebten Stimme, die in herbem Kontrast zu all den Grausamkeiten stand, die er soeben ausgesprochen hatte. Woher dieser Ehrgeiz, zu dritt auf einen kleinen Jungen loszugehen? Juniors Auftritt zog sich minutenlang hin, während die Gäste, von denen augenscheinlich keiner einschreiten wollte, immer gebannter in Wenzels Gesicht starrten, als müsse sich dort endlich eine Wirkung zeigen. Einzig die Wirtin schien etwas unternehmen zu wollen, ihr Mund öffnete sich, ihr Arm bewegte sich, der Stuhl unter ihr knackte und ächzte; vielleicht wollte sie aber auch nur andeuten, daß von ihr keine Hilfe zu erwarten sei.

Mich hätte Juniors Botschaft eigentlich freuen können: Wenzels Mutter ist gar nicht im Krankenhaus, lautete sie, sie hat sich davongemacht und ihren Sohn verlassen, mit der Lüge, bald wieder zurückzukommen, aber sie kommt nicht zurück, die alte Hur', der Sohn ist verraten und verkauft an diese saubere Familie von Türeintretern, bei denen er jetzt lebt und sich bereits als etwas Besseres fühlt … Doch Juniors – vielleicht auch an mich gerichtete – Botschaft freute mich nicht, ich wollte sie auf keinen Fall wahrhaben, auch wenn sie meinem Wunsch schmeichelte und ihn erfüllbar erscheinen ließ wie nie zuvor; zuviel Bosheit und Gemeinheit haftete dieser Botschaft an, und darum war sie unannehmbar, selbst wenn sie wahr sein sollte. So lieb war mir mein Freund inzwischen doch geworden: um diesen Preis wollte ich ihn nicht zum Bruder.

Irgendwann endete die Szene mit einem jähen Schrei:

»Ihr Lumpen!«

Wenzel hatte ihn ausgestoßen, und damit sprang er zur Tür hinaus, von Golo verfolgt. Wieder einmal sah ich ihn fliehen, doch diesmal lief ich ihm nach. Drunten die Straße war leer, über mir, im Fenster, zeigten Junior und Niewöhner ihre Gesichter: in ihnen war zu lesen, was meinem Freund drohte. Ich rannte ein paar Meter hin und wieder her und wußte nicht, wohin aufbrechen. Auch zu warten war unsinnig, Wenzel würde nicht hierher zurückkommen. Also gab ich meiner Unruhe nach, behielt aber die Haustür im Auge, als schösse aus ihr im nächsten Augenblick Wenzel hervor. Ich rief sogar leise seinen Namen. Da kehrte Golo wieder, kaum außer Atem und ziemlich zufrieden; fast spazierte er daher. Ich war mir sicher, daß er Wenzel eingeholt hatte, und trat ihm in den Weg: Wer Wenzel kriegte, durfte auch mich kriegen – aber Golo wollte mich gar nicht und wich aus. Er ging zurück in den »Hällischen«; ich folgte ihm und hob den Stein vom Boden auf, der bei der Tür lag, um sie offen zu halten. Der Stein war schwer, ich aber ein guter Werfer. Golo schwenkte rechtsum ins Pissoir und trat vor an die Rinne. Ich stellte mich hinter ihm auf und sah hell und klar, was gleich geschehen würde: der Stein schlägt in sein Fleisch und bleibt darin stecken. Mein Gesicht verzog sich gegen jeden Willen, die Zunge füllte den ganzen Mund, der Nacken brannte wie von Nesseln – unfaßbare Gier, *dem da* weh zu tun! Doch mit einem Mal erhob Golo die Hände wie zur Kapitulation, ließ sie kurz in der Luft stehen, strich sich dann aber mit der Linken das Haar nach hinten und zog mit dem Kamm in der Rechten nach. So pflegte er eine ganze Weile beidhändig seinen Kopf, während er unten freihändig sein Wasser laufen ließ. Und schon war es unmöglich geworden zu werfen, enttäuscht, aber auch mit einem Anflug von Dankbarkeit, ging ich hinaus, legte den Stein an seinen Platz und verschwand.

Wenzel fand ich kaum eine Stunde später auf einer frischgemähten Wiese zwischen Sportplatz und Friedhof. Er lag ausgestreckt unter einem Baum, und von weitem hatte ich schon das Schlimmste befürchtet. Doch war er unverletzt, Golo hatte ihn nicht erwischt. Wenzel nahm den Vorfall nicht halb so schwer wie ich, als wir jedoch gegen den

Baumstamm gelehnt beieinander saßen, schien auch er zu weinen oder zumindest trocken zu schluchzen. Ich hatte vorher damit begonnen, weinte aber von ihm weg und hütete mich auszusprechen, was ich dachte, nämlich: Bald schon mußt du mit *denen* wieder zusammenleben … Auf dem Heimweg forderte Wenzel mich auf, meinen Eltern nichts zu verraten – wieder war das Schweigen sein erstes Gebot. Und ich gab nach, ließ mich unter dieses Gebot zwingen, obwohl mir dabei sehr ängstlich zumute war; außerdem hatte ich gemeinsam mit meinem Vater Dorfpolizist Stiel versprochen, alles zu melden, was wir mit der Bande aus Grasers Haus erlebten. Doch ich fügte mich Wenzel und ahnte mehr und mehr, was es hieß, ein echtes Geheimnis zu besitzen.

Daheim beim Abendessen hing ich mit den Augen die ganze Zeit an seinem Gesicht: Er war so beherrscht und dabei doch sanft und aufmerksam zu meinen Eltern, daß er auch mir Kraft damit gab. In solchen Momenten scheint er mir, zumindest rückblickend, bereits unser heimlicher Mittelpunkt gewesen zu sein. Hätte er aber nur ein einziges Mal mit dem Mund gezuckt, ich hätte den meinen nicht länger geschlossen halten können, sondern aufgestöhnt und alles gestanden. Allmählich wurden mir in Wenzels Nähe sogar meine Eltern fremd, und eine traurige Sehnsucht ergriff mich nach dem offenen Wort, das in unserem Haus sonst üblich war. In der folgenden Nacht lagen Wenzel und ich nebeneinander in unseren Betten und schliefen schlecht; mir war, als bewache einer den andern.

Am nächsten Morgen verfiel er wieder für mehrere Tage in eine Stotterlähmung.

Noch im selben Monat fuhren wir »in die Kirschen«, das erste Mal mit Auto und Anhänger und nicht mit dem Zug, mit dem die Fahrt mehr als doppelt so lang dauerte. Wenzel war auch dabei und saß neben mir auf dem Rücksitz. Ich sah zum Fenster hinaus, las, während sie vorüberzogen, die Straßenschilder an der von uns noch nie zuvor benützten Strecke, träumte mich an Ortsnamen entlang und ahmte sie mit den Lippen nach. Süß, warm und strotzend waren sie: Sulm, Hößlinsülz, Grantschen – um so mehr, als wir vorher, in den Bergen, noch durch Orte wie Grab oder Wüstenrot gekommen waren. Für uns Waldbewohner bot das Weinsberger Tal mit allem, was darin wuchs, nicht weniger als einen Vorgeschmack aufs Paradies. In solcher Landschaft muß der Dichter Villon den Vers gefunden haben: »Und es erbrach die Luft sich fast vor Fruchtbarkeit.« Bei den zwei steinernen Löwen, die jahrhundertelang den Waldausgang bewacht hatten, hielten wir an und stiegen aus, schauten ins Tal hinab und zwinkerten unter unseren Handschilden. An so viel Licht und Weite mußten unsere Augen sich erst gewöhnen. Wir priesen unseren Opel »Rekord«, daß er uns solch ein Erlebnis schenkte. Dann fuhren wir weiter auf der abschüssigen Straße talwärts und erschraken über den steilen Hang, in den wir nichtsahnend geraten waren und durch den sich unzählige Kurven nach unten wanden, von meiner Mutter am Lenkrad sicher gemeistert. Hoffentlich würde unser Auto am Abend, bei der Heimfahrt, an dieser Steige nicht hängen bleiben, wenn wir den Anhänger geladen hätten, mit Kisten voll frühreifer Pfirsiche und Aprikosen, besonders aber mit Körben voller Kirschen, die daheim im Waldtal in solcher Menge und Güte nicht gediehen und die allesamt eingeweckt wurden: Nachtisch für ein volles Jahr. Ebenso würden wir ein stattliches, gut befestigtes Fäßchen Rotwein auf dem Anhänger mit uns führen, das mein Vater sich in diesem Jahr, 1965, zum erstenmal leistete und das er zum Verwandtschaftspreis zu bekommen hoffte; auch die Früchte waren für uns stets billiger, weil wir sie selber ernteten, diesmal sogar zu viert.

Die Leute, zu denen wir fuhren, waren entfernte Verwandte, wie es hieß, aber das Echo in meinem Kopf hörte immer nur: ... *Ernteverwandte ... Ernteverwandte ...* Wir besuchten sie gerne; jeder Tag, den wir mit ihnen verbrachten, war für uns ein Festtag, obgleich ein Schatten darauf fiel. Denn sie kannten unseren Mangel, und kein Besuch verging in all den Jahren, ohne daß wir von ihnen an diesen Mangel erinnert worden wären, meistens beim Mittagessen oder zur Kaffeestunde; trotzdem reisten wir immer wieder hin, der Kirschen halber. Ich wurde bemitleidet für meine Geschwisterlosigkeit und meine Eltern wurden getadelt, weil sie nur ein einziges Kind gezeugt hatten. Die fünf Kinder unserer Gastgeber saßen mit in der Runde und wußten nicht, wen von uns sie zuerst bedauern sollten – das eigene wunschlose Glück, zu dem übrigens auch ein gewaltiger Fernseher gehörte, glotzte ihnen mitleidlos aus allen zehn Augen.

Meine Eltern wehrten sich nicht. Sie wehrten sich nie – für einen solchen Mangel konnte man sich nicht rechtfertigen. Gott, Natur, Schicksal, wer oder was auch immer, schien diesen Mangel über sie verhängt zu haben. Sie fügten sich schuldbewußt und senkten die Köpfe. Längst war die geburtenstarke Republik ausgerufen, zu der auch sie mit mehr als nur Einem hatten beitragen wollen, um die vom Krieg gerissenen Lücken wieder zu füllen. So blieb ihnen nur – vor mir und der Welt –, immer und immer wieder das Versprechen zu erneuern, aus ihrem einzigen Kind etwas Besonderes zu machen und alle Bildung, die sie sich leisten konnten, auf ihren Einzigen zu häufen. Und zum »Er darf lernen!« der Frühzeit sollte später, als sie es zu einigem Wohlstand gebracht hatten, noch das »Er erbt alles!« kommen, die zweite und letzte Formel, mit der meine Eltern sich von ihrer »Schuld« lossprechen wollten.

Ich wußte damals nicht, weiß es bis heute nicht, wann meine Eltern ihre Hoffnung auf ein weiteres Kind endgültig aufgaben. Sie sagten es mir nie; offenbar gab es kein Wort dafür. Als meine Mutter in den drei Jahren nach meiner Geburt nicht wieder schwanger geworden war, ließ sie sich untersuchen. Die Ärzte fanden keinen Grund, warum sie nicht noch einmal gebären sollte. Voller Freude und Zuversicht kam sie aus einem Krankenhaus namens »Diak« heim, in dem ich sie hatte liegen sehen: mit offenem Haar in einem weißen, eisernen Bett auf Rädern – meine älteste Erinnerung überhaupt. Ich hatte alles falsch verstanden und schon beim Besuch im Krankenhaus erwartet, daß meine Mutter die Decke zurückschlägt und mein Geschwisterchen zum Vorschein kommt, für mich dort unten warmgehalten.

Auch in den folgenden Jahren wurde meine Mutter nicht schwanger, und meine Eltern und Großeltern fingen an, mich für ein Leben als Einzelkind zu rüsten, bevor sie mich in die Welt entlassen wollten. Vor allem mußte ich teilen lernen und dazu alljährlich die Hälfte meiner Weihnachtsplätzchen armen Dorfkindern ins Haus tragen, die meine Zimtsterne, Makronen und Kringel aber so vorsätzlich undankbar mit flacher Hand in ihre Mäuler hineinrieben, daß die Brösel nach rechts und links davonspritzten. Auch meine Mitarbeit in Haus und Garten nahm damals, noch in der Vorschulzeit, ihren Anfang – im donnernden Dreiklang der Begriffe: Sorge, Pflicht, Verantwortung. Und meine Großmutter lehrte mich, daß ein Einzelkind mehr lieben, mehr sorgen, mehr dienen, mehr aushalten und mehr verzeihen müsse als ein Geschwisterkind, wenn es nicht in Einsamkeit und Gottesferne enden wolle. Sie sagte – sinngemäß – so tröstliche und aufmunternde Sätze wie:

Du mußt lieben, auch wenn du selbst nicht geliebt wirst.

Sei selbstlos, mach dich wertvoll, halte Augen und Ohren offen, um fremdes Leid schneller zu erkennen als andere.

Sei nachgiebig und hingebungsvoll.

Trage und stütze, laufe voraus, bahne Wege.

Warte nicht auf Worte.

Wittere Gefahren, die sonst keiner wittert, und beschütze die anderen. Sei ihr Engel. Versuch es wenigstens.

Sei brüderlich – und wenn du weit herum der einzige wärst.

Auch ohne Bruder kannst du eines Bruders Hüter sein, Max, du mußt nur herausfinden, wie. Jeder ist dein Bruder! Und wenn du das erkennst …

Mein Vater wurde übrigens nicht untersucht; niemand kam damals auf den Gedanken, daß es »am Mann liegen« könnte, wenn seine Frau nicht schwanger wurde.

Schon bald kannte das ganze Dorf meinen Mangel. Fast könnte man sagen, mit mir sei das Wort »Einzelkind« im Waldtal eingezogen. Auf der Straße, bei Nachbarn oder Verwandten wurden bisweilen ähnlich klingende Wörter auf mich abgeschossen, alle mit der spitzigen Ein-Silbe vorne dran, etwa das inzwischen ausgestorbene »einzecht«. Geschwisterlos, so war daraus zu lernen, bedeutete noch weniger als allein, geschwisterlos bedeutete unvollständig: ein Schlitten mit nur einer Kufe, ein Schatten ohne Körper, ein Schuh, zu dem der andere erst gemacht werden mußte. Eine meiner frühesten Lektionen lautete, in der Geschwisterlosigkeit den Grund allen Leidens zu erkennen.

Wenn ich traurig, ängstlich oder auch nur mürrisch war, wurde mir sogleich ins Ohr gesetzt: »Gell, dem Max fehlt ein Geschwisterchen!« Dieser Satz konnte mitleidig oder höhnisch intoniert sein und so oft wiederholt werden, bis ich »Ja!« rief, obwohl der Satz gar keine Frage, sondern selbst eine Antwort war. Und damit man leichter zugab, was einem fehlte, tat der Satz so, als wäre »der Max« ein abwesender Dritter, über den mit dem anwesenden Max, der ihn ebenfalls kannte, nur ein bißchen unverschämt geplaudert werden sollte. Mitunter hätte ich nicht einmal widersprochen, wenn mir gesagt worden wäre, Nasenbluten, Bauchweh oder ein verstauchter Knöchel rührten daher, daß ich ein Geschwisterloser sei. Und täglich zeugte die Welt von neuem gegen mich. Sie war und blieb unübersehbar geschwisterlich eingerichtet. Auch in meinem Dorf war das Geschwisterwesen reich und vielfältig entwickelt. Alle ringsherum hatten Geschwister und liebten sie, nur ich, die Eingeburt, nicht.

Wie etwas, das es nie gegeben hatte, so fehlen konnte.

Wenzel erfuhr im Weinsberger Tal, wie es wirklich um mich und meine Familie bestellt war. Von unseren Verwandten wurde er an diesem Erntesonntag genauso freundlich begrüßt wie ich. Und am Mittagstisch lobte mein Onkel ihn für seinen Eifer, für sein Geschick und meinte, daß Wenzel zum Kirschenpflücken »ja fast an den Bäumen hinaufgerannt« sei. In der Tat hatte Wenzel mit meiner Mutter einen Wettstreit angefangen, wer als erster die Wipfelkirschen erreicht, während ich mit ausgebreiteten Armen unter dem Baum herumgelaufen war, ohne zu wissen, wen ich zuerst auffangen sollte, falls beide gleichzeitig fielen. Wenzel gewann – und trug die Kirschen als Ohrgehänge davon. Mich aber beglückwünschte man zu »diesem Bruder«, und noch oft an diesem Tag fiel das mir so liebe Bruderwort oder besser: es wurde fallen gelassen, ausgespuckt wie ein Kirschkern, durchs Laub gezischelt, in den Wind geraunzt. Und selbst als unsere Verwandten darüber aufgeklärt waren, daß Wenzel nur so lange bei uns wohne, bis seine Mutter aus dem Krankenhaus zurückkehre, hörten sie nicht damit auf.

Niemand nahm dieses Gerede so ernst wie Wenzel selbst. Mit blassem Gesicht und kirschblauen Händen zog er mich zur Seite, konnte

nicht warten, bis wir wieder daheim waren, und sagte, indem er wie
zur Entschuldigung meine Hand in seine nahm:

»… kann nicht dein Bruder, kann doch dein Bruder nicht …«

Es schien, als schäme er sich noch mehr als ich, daß mein Wunsch
verraten worden war. Mit seinen eigenen Eltern wolle er leben, nicht
mit meinen, sagte er, anfangs noch ruhig. Sein Vater und seine Mutter
hätten ihm versprochen, es noch einmal miteinander zu versuchen, ihm
zuliebe. Doch Wenzel spürte wohl, daß ich ihm nicht glaubte, und hob
die Stimme, um überzeugender zu wirken: Erst seit er mich kenne,
wolle er auch eine Familie, eine richtige, so wie ich sie hätte, erst bei
uns habe er gesehen, daß es gehe … und seinen Eltern davon erzählt,
vor allem der Mutter. Wenzel stotterte kaum, sondern stakste nur ein
wenig herum, weil ihm öfter ein Wort fehlte. Ich dachte: Der lügt, um
dich zu trösten, der lügt, weil er nicht dein Bruder sein mag – und beim
Lügen stottert er nicht halb so arg wie bei der Wahrheit (ähnlich war
es beim Fluchen). Begriffsstutzig, vielleicht auch mißtrauisch und ein
wenig spöttisch muß ich ihn dabei angeblickt haben. Die Vorstellung,
daß ein Zehnjähriger auch nur versuchen könnte, seine Familie zu
retten, war mir, dem Vier-Erwachsenen-Kind, außerordentlich, ja au-
ßerirdisch fremd. Ich sagte nichts, nickte nicht einmal, zeigte keinerlei
Verständnis. Da geriet Wenzel in Zorn über so viel Verstocktheit und
schleuderte mir entgegen, daß seine Mutter gar nicht im Krankenhaus
sei, sondern in einer »Säuferheilanstalt«; dieses Wort kannte ich nicht,
es klang wie gerade für mich erfunden. Er, ihr Sohn, habe sie ganz
alleine dazu gebracht, sich in dieser Anstalt einzuliefern, damit sie
wieder gesund werde. Auch hätten er und seine Mutter von Anfang an
gewußt, wie lange die Behandlung in dieser Anstalt dauere, nämlich
acht und nicht vier Wochen – eine Lüge, ohne die wir ihn wohl kaum
aufgenommen hätten, so glaubte er zu wissen. Alles gab Wenzel zu,
und es schien, als hätte er gerne noch mehr zugeben können, nur um
mich zu kränken. Das Schlußwort klang wie eine Drohung: Wenn
»die Mama« wieder da sei, arbeite sie »beim Bäcker als Verkäuferin«
und verdiene Geld; dann könne sie mit ihm fortgehen, weg vom alten
Graser, weg von diesem Dorf, weg von mir, und der Lois, sein Vater,
ziehe irgendwann hinter ihnen her.

Nichts von diesem Unfug würde ich meinen Eltern erzählen.

Nur wenige Tage vor den Ferien kam Ida Bogatz schließlich zurück. Sie betrat zur Mittagszeit unsere Küche, genau wie damals, als sie ihren Sohn bei uns abgegeben hatte. Vielleicht hoffte sie, daß wir beim Essen wehrloser seien, vielleicht wollte sie, daß die Stollsteins alle dabei wären, wenn sie ihre Macht vorführte: Nur die Hand mußte sie ausstrecken, mehr nicht, schon legte Wenzel sein Besteck nieder, erhob sich und ging mit ihr festen Schrittes hinaus, grußlos und ohne auch nur einen von uns anzuschauen. Meine Mutter drehte das Gesicht zur Wand und mein Vater schnappte, puderweiß geworden, nach Luft. Mir schlug das Herz herauf bis hinter die Pupillen – wer so kaltblütig weggehen konnte! Nicht einmal Wenzels Gepäck hatten sie mitgenommen: den Matchsack, den Ball, die Kickschuhe, ein paar Paßbilder, die Zahnbürste, Kleider, den Schulranzen, der immer noch neu roch. Ich durfte alles zusammenpacken und ihnen nachschleppen, stellte den Krempel aber nur an der von meinem Vater aus gegebenem Anlaß jüngst erneuerten Haustüre ab und lief rasch zurück, da ich Wenzel auf keinen Fall in den Weg laufen wollte.

9

Die verbleibenden Schultage verstrichen, ohne daß ich bemerkt hätte, ob Wenzel noch am Unterricht teilnahm. Ich war blind und taub vor Enttäuschung, da konnte kein Erwachsener helfen. Auf meinem letzten Heimweg vor den großen Ferien trugen mich kaum die Beine, so sehr graute mir vor der vielen freien Zeit, die vor mir lag. Auch das Alleinsein besitzt eine Unschuld, die man nur einmal verlieren kann. Mein Vater versuchte, mich aufzumuntern und holte das Fahrrad hervor, das ich zu meinem Geburtstag im Mai geschenkt bekommen, aber noch nie benützt hatte, weil kurz darauf Wenzel bei uns eingezogen war, der kein Fahrrad besaß. Erst jetzt brachte er mir bei, damit zu fahren, und bis ich es einigermaßen konnte, war ich abgelenkt. Doch schon bald fühlte ich mich auf dem Rad so einsam wie zu Fuß. Von den wenigen Autos, die damals noch im Dorf unterwegs waren, gelang es mir in meiner Versunkenheit, innerhalb einer Woche gleich zwei zu rammen: das fahrende des Roßweiler Tierarztes und das parkende von Wachtmeister Stiel – beide Male kam ich unversehrt davon. Meine Großmutter glaubte, daß es nun endlich an der Zeit sei, mir einen richtigen Freund zu beschaffen, vielleicht einen aus der Sippe der Schmiede, in der noch jeder aus unserer Familie einen gefunden hatte. Sie schlug den um ein oder zwei Jahre älteren Armin vor, und ich sah mir den Jungen, der Stehhaare hatte, meist ein rotes Halstuch trug und nicht weit von uns wohnte, einige Male aus der Nähe an, entschied mich aber anders, weil ich nicht schon wieder suchen, betteln und hoffen mochte. Lieber kurvte ich allein im Dorf herum, und mein Herz pochte hart und leer.

Da starb, mitten im August, der alte Graser. Wir erfuhren durch Junior davon, der plötzlich in der Werkstatt stand und bei meinem Vater mit kindlicher Stimme einen Sarg bestellte. Er und seine Freunde hätten versucht, in der Scheune selbst einen Sarg zu zimmern, seien aber gescheitert. Mein Vater nahm den Auftrag an – kein Streit konnte ihn hindern, einer alten Dorfhandwerkerpflicht zu genügen. Als der Sarg fertig war, durfte ich ihn schwarz anstreichen und mit Hobelspänen füllen; über die warmen, weichen Späne breiteten wir ein weißes

Laken, auf das der Alte gebettet würde. Mein Vater fragte mich, ob ich ihn zum Einsargen begleiten wolle. Ich nickte ohne nachzudenken. Mir war sehr danach, in diesem Sommer meinen ersten Toten zu sehen.

Golo und Graf Niewöhner trugen die leere schwarze Kiste, die im Sonnenlicht glänzte wie ein Kohlenbrikett, von unserer Werkstatt zu Grasers Anwesen hinauf. Junior täppelte aufgeregt voran – ein lustiger Kontrast zu der Trauer, die ihn augenscheinlich bedrückte. Wir würden den Alten draußen im Freien einsargen müssen, für das verwinkelte Haus war unser Sarg zu groß und zu sperrig. Junior erschrak, als ihm mein Vater das mitteilte. Der Sarg wurde vor der Haustür abgesetzt und geöffnet, während mein Vater und ich, von Junior geführt, in die Totenkammer hinaufstiegen. Dort lag der Alte im Anzug und mit Krawatte in einem Bett, das fast den ganzen Raum einnahm, er war zugedeckt bis herauf zur Brust, seine Hände lagen ungefaltet über dem Bauch. Im Tod sah Heinrich Graser senior keineswegs ungesünder aus als zu Lebzeiten, die einzigen Unterschiede, die mir auffielen, waren die blauen Halbmonde auf seinen Fingernägeln und die schwarzblauen Lider über den eingesunkenen Augen. Es roch streng süßsäuerlich im Zimmer, ein bißchen auch wie nach angewärmtem Essig. Mein Vater rümpfte die Nase und wollte von Junior wissen, wie lange der Alte schon tot sei, erhielt aber keine Antwort. Erst die Frage, ob der Arzt dagewesen sei und den Totenschein ausgestellt habe, wurde bejaht. Mein Vater drehte den Kopf zu mir und schaute mich an; er tat es sorgenvoll, um mir im nächsten Moment die Hand auf die Schulter zu legen. Aber ich empfand nichts, wofür ich hätte getröstet werden müssen. Mein erster Toter jagte mir weder Angst noch Schrecken ein, und ich überlegte, was wohl geschehen würde, wenn man ein brennendes Streichholz an seinen Schnurrbart hielte – da würde sich erweisen, ob er wirklich hinüber war!

Mein Vater zog aus der linken Tasche seiner grauen Sonntagsjacke, die er zu Einsargungen über der blauen Arbeitshose trug, jene sonderbare Bibel hervor, die er dazu immer mitnahm. Ich habe sie aufbewahrt, seine schmale, handliche, allenfalls taschenbuchgroße Konfirmandenbibel aus dem Jahr 1938, die kein Buch des Alten Testaments enthält, mit Ausnahme der Psalmen, grad als hätte es diese anderen Bücher nie gegeben. Daraus las mein Vater nun vor, mit unfeierlicher Stimme: »Siehe, meine Tage sind eine Handbreit bei dir, und mein Leben ist wie nichts vor dir. Wie gar nichts sind alle Menschen, die doch so sicher leben ...« Anschließend sprach er das Vaterunser, weil es im Dorf vom Sargschreiner seit alters so erwartet wurde. Auch Junior nahm Vaters Auftritt wie selbstverständlich hin. Nur ich wunderte mich darüber und faltete brav die Hände, reckte mich zugleich aber trotzig vor dem Toten auf – vor ihm reichte es für jenen Stolz, den ich vor den Lebenden so selten aufbrachte.

Dann wurden Niewöhner und Golo gerufen. Sie mußten den Alten in ein Leintuch schlagen und durch mehrere Zimmer sowie das Treppenhaus hinunterschleppen zum offenen Sarg. Für mich sahen die beiden aus wie Diebe, die einen zusammengerollten Teppich davontrugen. Die Leiche, mal auf ihren Schultern, mal in ihren Armen, zeigte sich erstaunlich biegsam. Ohne anzustoßen oder Lärm zu machen, schwickten die Träger mit ihr noch um das schärfste Eck. Außer uns schien niemand im Haus zu sein, zumindest war niemand erschienen, um dem Toten den letzten Abschied zu geben. Dennoch fürchtete ich, Wenzel zu begegnen – seinen Anblick hatte ich einen Tag und zwei Nächte mit weit mehr Angst erwartet als den Anblick des Toten. Als der Sarg geschlossen war, wurde er hinüber in die Scheune getragen, aber nicht wieder aufgemacht. Ich dachte: wohl wegen der Ratten ... Am Tag der Beerdigung, das wußte ich bereits, würde man ihn mit dem von zwei Pferden gezogenen Leichenwagen abholen und auf den Friedhof bringen.

Einige Zeit später zog Wenzels Vater, Lois Bogatz, bei Bauer Bernroth aus und nahm wieder Quartier im Graserschen Haus, an seinem alten Leidensort. Mein Vater hatte von der Werkstatt aus diesen Umzug beobachtet: einen ohne Taschen und Koffer – auf den Armen habe der Mann seine Habseligkeiten vom einen Haus zum anderen geschleppt und nicht öfter als zweimal hin und her laufen müssen. Erklärbar sei dieser Umzug nur damit, daß nach Grasers Tod dessen Rente wegfalle, der Lois aber ein festes Einkommen habe, das »da oben« jetzt dringend benötigt werde. Dreimal, fügte mein Vater an, dreimal dürfe ich raten, womit sie ihn gelockt hätten: mit den jungen Weibern! Ich schwieg und behielt für mich, was Wenzel mir auf unserer Kirschenfahrt angekündigt hatte, nämlich seine Familie wieder zu vereinen; womöglich war Lois' Heimholung nur der erste Schritt dazu.

Als die Sommerferien vorüber waren, erschien Wenzel nicht in der Schule, und auch in der zweiten und dritten Woche fehlte er noch immer. Niemand fragte nach ihm. Kein Schüler und kein Lehrer schien ihn zu vermissen. Wenn *ich* nach Wenzel fragte, so mußte das geheuchelt klingen, schließlich hatte er wochenlang bei mir gewohnt, was zumindest im hinteren Dorf keinem entgangen sein konnte; darum war es besser, zu schweigen. Heimlich, ohne daß meine Eltern oder Dorfpolizist Stiel davon wüßten, wollte ich mich hinauf in Grasers Haus begeben, um dort jemanden zu finden, der mir sagen konnte, wo Wenzel geblieben sei. Und vielleicht ließe sich dabei sogar erfahren – das wünschte ich mir am meisten –, ob Wenzel tatsächlich mit seiner Mutter (der Vater sollte ja später erst nachkommen) Rotach verlassen hatte, um seine Familie an einem anderen Ort aus eigener Kraft neu zu gründen. Sie beunruhigte, mehr noch, sie peinigte mich: diese unbegreifliche Kraft, die er sich zutraute, und die doch eigentlich kein Kind besitzen konnte.

Aber ich mußte gar nicht heimlich hinauf, denn noch im September drückte mein Vater mir die Sargrechnung in die Hand, mit dem Auftrag, sie Junior zu überbringen, und ganz gewiß nur ihm. In der Graserschen Küche traf ich auf Clara; sie war alleine, spülte einen Berg Geschirr (am einen oder anderen Glas waren Spuren von rotem Lippenstift zu entdecken – man küßte hier offenbar auch die Gläser …) und wirkte noch kleiner, auch schmutziger und elender auf mich als bei ihrem Besuch in unserem Haus. Sie trauerte um Opa Graser; auch von ihr hatte der Alte sich also geliebt fühlen dürfen bis zum Schluß. Ich fragte:

»Wo warst du, als wir mit dem Sarg kamen?«

»Wir durften nicht raus«, antwortete sie.

»Hier ist die Rechnung – nur für Herrn Junior.«

»Schläft …«

Clara brachte mich zu ihm.

Junior lag rauchend in jenem Bett, aus dem wir erst kürzlich seinen toten Vater gehoben hatten, wenn ich recht sah, im selben Bettzeug. Er staunte, daß man ihm die Sargrechnung bis ins Schlafzimmer nachtrug, und zögerte, sie anzunehmen. Mir machte das Ganze großen Spaß. Allmählich entwickelte ich, was bei meinem Großvater »Humor« hieß, jenen angriffslustigen, nur begrenzt zum Lachen geeigneten und manchmal an der Beleidigung knapp vorbeistreifenden Witz in Worten und Taten, den außer ihm, wie er glaubte, in unserer Familie keiner besaß. Gar zu gern hätte ich noch gewußt, ob Junior alleine im Bett lag oder ob unter der Decke die Gestiefelte sich an ihm rieb; ihre ofenrohrartigen Stiefel jedenfalls standen in einer Ecke, aufrecht, weit geöffnet und einsprungbereit. Schon lüpfte ich mit der freien Hand ein wenig die Bettdecke, was Junior sich aber verbat. Er wurde laut, mit seiner brüchigen, kindlich gebliebenen Sohnesstimme, forderte Respekt, für sich, für den toten Vater, für die Situation – begann schließlich zu weinen und bedeckte mit der einen Hand seine Augen, während er mit der anderen die glimmende Kippe hielt. Worauf ich mich verabschiedete und ging, allerdings nicht, ohne ihm die Sargrechnung mit Nachdruck auf den Bauch zu legen.

Auf dem Rückweg wollte ich von Clara wissen:
»Wo schläft eigentlich der Wenzel?«
»Droben unterm Dach«, sagte sie, »ist aber nicht mehr da.«
Im Treppenhaus erzählte sie mir, was geschehen war. Sie erzählte bereitwillig, doch auch überstürzt und verworren, bis hinter uns Niewöhner auftauchte und mich aus dem Haus wies; er mußte unsere Stimmen durch die Wand gehört haben. Schon halbwegs draußen, rief ich zurück: »Ich komme wieder!« – wußte aber selbst nicht, ob das eine Drohung für Niewöhner oder ein Versprechen für Clara war.

Zu Beginn der Ferien, so verstand ich Clara, hätten Wenzel und seine Mutter eine Reise unternommen. Als sie zurückkehrten, sei der Alte tot und bereits begraben gewesen. Ida habe sehr um ihn geweint, alle paar Stunden sei sie an sein Grab gegangen, auch bei Nacht. Eines Morgens wurde sie weggeschickt, mit ihrem Sohn – und das bedeute: hinausgeworfen. Ida wollte wissen, warum. Weil ihr Platz gebraucht werde für eine andere Frau, die bald einziehe, lautete die Antwort. Ida weigerte sich zu gehen, sie kämpfte und schrie dagegen an. Der Alte habe ihr versprochen, für immer hierbleiben zu dürfen! Junior sagte, daß jetzt er der Hausherr sei, fluchte auf seinen toten Vater und riß Ida an den Haaren. Golo habe sie sogar geschlagen. Keiner sei jedoch so garstig zu ihr gewesen wie der Graf Niewöhner alleine mit Worten. Sie drohte, sich umzubringen. Nur Wenzel, sagte Clara, sei ruhig geblieben und habe gesagt: Mama, wir gehen … an der Hand führte er sie hinaus, als wäre er gar nicht unglücklich, daß man ihn und seine Mutter aus dem Haus jagte. Wo die beiden hingegangen seien, wisse sie nicht – die könnten ganz fern, aber auch ganz nah sein. Eine andere Frau sei bis jetzt noch nicht eingezogen, nur der Lois, eigenartigerweise …

Ich erzählte alles ausführlich und immer wieder von vorn meinen Eltern. Daß ich offen sprechen konnte wie ehedem, war eine Befreiung; es gab keinen Wenzel mehr, der mich zum Beschweigen und Verheimlichen nötigte. Aber noch beim Erzählen wurde ich traurig und bekam Angst um ihn; je mehr ich erzählte, desto größer wurde meine Angst. Nicht nur mein Freund war unberechenbar, meine Gefühle waren es auch. Es nützte mir nichts, wenn mein Vater sagte, wir dürften nun »getrost einen Strich unter die Sache ziehen«. Mir gelang dieser Strich nicht, und ich spürte: meiner Mutter auch nicht. Wenn ich versuchte, gar nicht erst an Wenzel zu denken, fiel mir gleich das Atmen schwerer. Dachte ich einmal wirklich nicht an ihn, rief er sich mir mit jähem Aufschluchzen wieder ins Gedächtnis. Bei Tag glaubte ich manchmal, ihn auf der Straße zu entdecken, und der Täuschungsschreck fuhr mir in die Glieder. Bei Nacht war Wenzel mir jedoch am nächsten, mochte er noch so weit weg sein. Ganz allein und ohne Mühe hielt er mein Denken und Fühlen besetzt; selbst in mein schwärzestes Dunkel warf er seinen Schatten. So verlor der gewohnte Nachtschrecken für eine Weile die Macht über mich, immerhin. Wenzel griff von drinnen und draußen gleichzeitig an – und blieb doch unsichtbar. In jedem Geräusch war er zu erkennen, aber in der Stille zwischen den Geräuschen auch. Und oft weckte er mich mit seinem Namen, den ich im Schlaf selber gerufen hatte.

Am Ende meines Berichts war ich im Auftrag meiner Eltern zu Wachtmeister Stiel gelaufen, um ihm ein letztes Mal von der »neusten

Entwicklung« zu berichten; doch zu unserem Erstaunen wußte Stiel bereits Bescheid.

Keine zwei Wochen später waren Wenzel und seine Mutter wieder da. Sie wollten ins Grasersche Haus gelassen werden, aber niemand öffnete ihnen, auch schien die Tür verriegelt. Ida trommelte mit den Fäusten dagegen und flehte heulend zu den Fenstern empor, hinter denen regungslos Junior und seine Leute standen – und manchmal schien es, als streichle sie die Hausmauer. Oder sie stolperte auf die Straße hinaus, bückte sich, scharrte eine Handvoll Dreck zusammen und schleuderte ihn gegen die Hausfront, daß es klirrte und prasselte. Dann stolperte sie zum Haus zurück und hüpfte mehrmals mit ausgestrecktem Arm an der Wand hinauf, so als springe sie nach einer Hand, die sie hochziehen sollte. Wenzel unterstützte seine Mutter bei ihren Angriffen nicht, vielmehr umkreiste er sie leicht vorgebeugt und mit offenen Armen, als wäre sie ein Huhn oder eine Ente, die er in den Stall treiben müsse. Ihre Bluse hatte sich geöffnet, der Rock war heraufgerutscht, doch es störte Ida nicht, ihre Blößen zu zeigen: die bleichen, tiefblau geäderten Schenkel. Zuweilen schlug sie um sich, traf aber nur ihren Sohn, der davor keineswegs zurückwich, sondern die Schläge wie selbstverständlich einsteckte, als würden sie zu ihrem gemeinsamen Kampf gehören. Und als Ida im Vorgarten hinfiel, wollte er sie sofort wieder aufrichten, schaffte es aber nicht. Ihre Brust hob und senkte sich mächtig – man sah das Grauen in ihr atmen. Sie wimmerte, manchmal lallte sie auch. Da konnte selbst ich erkennen, daß sie betrunken war, Wenzels Mutter hatte wieder zu trinken angefangen. Erschöpft ließ ihr Sohn sich schließlich neben ihr auf den Boden fallen, streichelte zart und gleichmäßig ihre Hand, obwohl es ihn durch und durch schüttelte.

Von Idas Gezeter angelockt, waren auf der Straße vor dem Haus einige Nachbarn zusammengelaufen, darunter, sprachlos vor Schreck, auch ich. Um nicht wegzusacken, hielt ich mich an einem fremden Hosenbein fest. Immer wieder wurde rings gefordert, Wenzel und seine Mutter ins Haus zu lassen. Junior schien zu verstehen, denn er drohte mit der Faust. Einige drohten zurück, schalten ihn einen Unmenschen und baten im Namen Gottes oder wenigstens des alten Graser, Mutter und Sohn bei sich aufzunehmen, doch vergeblich. Nach endlosen Minuten erhoben Wenzel und seine Mutter sich aus ihrer Erdkuhle und schlichen davon, bergaufwärts, in Richtung Friedhof und dem dahinter liegenden Wald zu.

Doch die beiden kehrten wieder, sie gaben nicht auf, wie manche geglaubt hatten. Jeden Tag stiegen Wenzel und seine Mutter, meist gegen Spätnachmittag, den Berg herab, um Juniors Haus zu belagern und dagegen anzustürmen. Auch der Sohn half jetzt dabei, so schien es zumindest, da er einen Stock in der Hand hielt und bisweilen ein kehlig rauhes, aber nicht zu verstehendes Wort an der Außenwand hinaufmaulte, das mich jedesmal erschauern ließ, denn er hatte wieder die Sprache verloren. Als seine Mutter sich einmal am Haus vorbei schwer schlingernd in den Garten mühte, der auf der Rückseite lag, folgte er ihr. Anscheinend wollte sie dort ein Parterrefenster ein-drücken, um ins Innere zu gelangen. Doch bei dem Versuch brach sie durch verfaulte Dielen in die Abortgrube ein, und Wenzel mußte sie, über und über besudelt, zurück auf die Straße führen, wo alle sie sehen konnten. Die Hammerschmiedin kam mit einer Gießkanne gelaufen und übergoß Ida mit Wasser – aussichtslos bei dem schlammigen, schwarzbraunen, mit wimmelnden Würmern durchsetzten Kot, der zäh an ihr klebte, selbst in den Haaren.

Auch Zuschauer fanden sich täglich ein, vier oder fünf waren es immer, und oftmals dieselben; sie kamen längst nicht mehr nur aus der Nachbarschaft, sondern aus dem ganzen Dorf, selbst aus der Vorstadt. Ich fragte mich, ob nicht auch ehemalige Festgäste des »Rocky-docky« darunter seien, die Ida gegenüber eine besondere Dankesschuld hätten. Alle ergriffen Partei für Mutter und Sohn, bettelten um Einlaß für die beiden, sprachen ihnen Mut zu und versorgten sie sogar mit Essen und Trinken. Auch so kam Ida zu ihrem Schnaps. Man vermutete, daß sie und Wenzel in nahen Heuschobern oder Holzfällerkarren ihre Nächte verbrachten und hin und wieder bei einem der Einöd-bauern unterkrochen, deren Gehöfte über die Waldhügel verstreut lagen. Über eine Woche belagerten die beiden schon das Grasersche Anwesen – ohne Erfolg. Selbst unser Pfarrer, aber auch Polizist Stiel waren als ihre Fürsprecher aufgetreten. Junior hatte darauf immerhin kurz das Fenster geöffnet, um mit heiserer Stimme herauszuschreien, daß Mutter und Sohn überhaupt kein Recht hätten, in sein Haus aufgenommen zu werden, nie seien sie Mieter gewesen, immer nur Gäste, die ein gutmütiger Alter umsonst bei sich habe wohnen lassen. Wer Mitleid verspüre, könne Ida und Wenzel ja ohne weiteres bei sich selbst aufnehmen, aber so menschenfreundlich seien sie ganz gewiß nicht, die Rotacher Spießer …

Stiel – das sah man sofort – war keiner, der sich und sein Dorf so abfertigen ließ.

»Dann will ich jetzt eure Ausweise sehen!«, antwortete der Wachtmeister überdeutlich laut, nachdem er für einige Augenblicke ratlos geschienen hatte. Einer nach dem anderen mußten Juniors Gäste unter der Haustür antreten und ihre Pässe vorzeigen, die Stiel so gründlich wie langwierig durchsah, wobei er sich im Stehen hin und wieder eine Notiz machte. Zum Schluß befahl er noch einmal alle Frauen zu sich heraus – auch Wenzels Mutter –, um ihnen einzuschärfen, daß es ein Vergehen sei, schulpflichtige Kinder nicht zur Schule zu schicken. Ernst hörten sie sich Stiels Ermahnung an, bevor sie wie auf Verabredung grinsten.

Meine Mutter war die erste, die es nicht länger aushielt. Fast im Laufschritt zog sie mich eines Nachmittags den Berg hinauf und bot Ida Bogatz, die rauchend an der Böschung gegenüber von Grasers Haus saß, die Aufnahme bei uns an, wenigstens für eine Zwischenzeit und natürlich nicht ohne ihren Sohn – obwohl keiner von uns wußte, wo wir die Mutter unterbringen sollten. Mit trübem Blick und viel zu müde, den Kopf zu schütteln, lehnte Wenzels Mutter jedoch ab, und ihr Sohn, der an sie hingesunken dabeisaß – mit glasigen Augen und wie im Wachtraum –, widersprach mit keinem Laut. Ida sagte noch, indem sie mit traurigem Gesicht auf das Haus wies, und ihr Sprechen war kaum mehr als ein Röcheln: Hier und nur hier wolle sie wohnen – und entzog meiner Mutter die Hand. Nirgends im Westen sei sie je so daheim gewesen wie unter dem Dach des alten Graser. Mir aber entfuhr die Frage, ob dann nicht wenigstens der Wenzel wieder bei uns wohnen könne, worauf er selbst mir ungestottert die Antwort erteilte:

»Schau, der Maxl! Nein, ich bleib schon bei der Mama.«

Der nächste, der den Verzweiflungskampf nicht mehr ertrug, war
Lois Bogatz. Eines Nachts versuchte er, sich in Grasers Scheune
aufzuhängen, doch der Balken über dem Heuboden, an dem er den
Strick angebracht hatte, brach entzwei, das halbe Dach stürzte ein und
krachte hinunter auf die Tenne. Von den Nachbarn alarmiert, rückte
die Feuerwehr an und barg Wenzels Vater verletzt aus den Trümmern,
unter denen er solche Schreie ausgestoßen hatte, daß die Feuerwehr-
leute dachten, es handle sich um ein Tier. Man brachte ihn zu unserem Dorfarzt, Dr. Roschütz, der ihn in seine kleine Krankenstation
aufnahm und zur Beobachtung einige Tage dabehielt; danach wurde
Lois von meinem Vater überredet, ja genötigt, für eine Weile in einem
Bauwagen unterhalb des Sägewerks am Fluß zu logieren, damit er in
Grasers Haus nicht doch noch zugrunde ginge.

Anderntags kletterte Junior mit seinen Freunden in den Trümmern
herum. Sie zogen Balken und Bretter daraus hervor und zersägten sie
im Hof zu Brennholz für den nächsten Winter. Anscheinend hatten
sie nicht vor, die Scheune wiederaufzubauen. Der Viehstall, unter
demselben Dach wie die Scheune, war gleichfalls beschädigt worden –
das einstürzende Balkenwerk hatte an mehreren Stellen die Stalldecke
durchschlagen, und fortan konnte das Vieh in den Himmel sehen. Daß
bei diesem Unglück weder Mensch noch Tier zu Schaden gekommen
waren, betrachtete man selbst im evangelischen Waldtal als »echtes«
Wunder. Es blieb sowieso ein Rätsel, wer die Tiere des alten Graser bis
zuletzt gefüttert hatte. Ich hätte auf Clara gewettet. Doch statt den Stall
zu reparieren, verkaufte Junior die einzige Kuh und das noch verbliebene
Schwein an einen Bauern aus dem Dorf; Hasen und Hühner waren
offenbar längst geschlachtet und aufgezehrt. Dennoch schien nichts
dagegen zu sprechen, daß im »Rocky-docky« bald wieder Feste gefeiert
würden – nach dem baldigen Ende der Trauerfrist, wie wir vermuteten.

Da reiste überraschend Niewöhner ab.

Wachtmeister Stiel, der uns diese Nachricht überbrachte, war sich
völlig sicher, daß der Graf nicht wiederkommen werde, doch mein
Vater wollte es ihm nicht glauben. Stiel war voll grimmiger Vorfreude
und sagte, daß er schon bald gegen Junior und seine Bande einschreite;
was er plante, erfuhren wir nicht.

Als Dritter hielt ich es nicht mehr aus, daß Wenzel und seine Mutter so grausam ausgesperrt wurden. Ich beschloß, den Kraftfahrer Johann Humbel um Hilfe zu bitten: ihn duzte Wenzel, ihm war er furchtlos vor das Lastauto gesprungen, von ihm hatte er wahrscheinlich auch seinen Lederball. Humbel, den ich mir (schon weil er berufshalber ein Lenker und Steuermann war) als kühnen, selbstlosen Beschützer dachte, obwohl ich wußte, daß auch er im »Rocky-docky« verkehrte, wohnte flußnah am entgegengesetzten Ende des Dorfs. Er war nicht leicht zu finden gewesen, doch mit dem Rad gelang mir das Suchen besser als zu Fuß: besonders im Stehen fahrend, hochaufgereckt, gewann man einen ausgezeichneten Überblick. In einer Art Garagenschuppen, dessen zweiflügeliges Tor offen war, lag Humbel unter einem aufgebockten Personenwagen und streckte die Stiefel hervor. Ich grüßte, und er wollte wissen, wer der Besucher sei. Die Mühe, unter dem Auto hervorzuschauen oder gar hervorzukriechen, machte er sich nicht, auch nicht, nachdem ich rein und klar meinen Namen genannt hatte. Die ganze Zeit über sollte der Mann mir nicht mehr von sich zeigen als seine Füße. Ich nannte meinen Namen noch einmal, sagte, daß Wenzel auch *mein* Freund sei, und fragte, ob er, Humbel, für ihn und seine Mutter nicht ein Zimmer habe – die beiden hätten ihre Unterkunft verloren und könnten doch nichts dafür. Ja, das sei ihm zu Ohren gekommen, doch denke er im Traum nicht daran, eine verheiratete Frau und ihren Sohn bei sich zu beherbergen; da müsse man ihm schon mit einem interessanteren Vorschlag kommen … sprach mit hallender Stimme Johann Humbel unter dem Auto hervor, wobei seine Füße vollkommen unbewegt dalagen. Ich wartete noch auf ein weiteres Wort, doch es kam keins mehr. Auch von mir nicht. Wie gern hätte ich mich noch einmal reden hören! Mutig – um den Mann mit der Frage zu beschämen: »Und Sie wollen ein Kraftfahrer sein?«, aber ich brachte nichts mehr heraus und ärgerte mich über mein Verstummen.

Schwer ist es, überzeugend für einen anderen zu bitten, wenn man noch nicht einmal gezwungen war, für sich selbst zu bitten. Doch bei meinem nächsten Gang wollte ich es richtig machen – und fiel auf die Knie. Das war keineswegs beabsichtigt gewesen. Als ich während der Mittagspause, kaum daß mein Vater auf der Küchenbank für eine halbe Stunde in Schlaf gefallen war, zu Grasers Haus hinaufstieg, hatte ich mir lediglich vorgenommen, mit Junior eindringlicher zu reden als mit Humbel: dazu sollte Wenzels Notlage ausgemalt, die Verzweiflung seiner Mutter beschworen, meine Sorge um ihn immer wieder betont werden – ein Erwachsenenkind mußte das können! Kurz hatte ich sogar erwogen, Gastgeschenke mitzubringen, Blumen und Schokolade etwa oder eine im Bach mit eigener Hand »schwarz« gefischte Forelle, was mir allerdings noch nie gelungen war.

Nach ausgiebigem Klopfen öffnete mir zu meinem Entsetzen Graf Niewöhner. Er war wieder da und blickte mich feindselig an, feindseliger denn je – vielleicht war er nur um dieser neuen Feindseligkeit willen zurückgekehrt. »Schickt dein Vater dich?«, fragte er scharf. Ich bejahte. »Und warum kommt er nicht selbst?« Darauf gab es keine Antwort. Wenn Niewöhner wieder im Dorf war, durfte ruhig auch ein bißchen gelogen und betrogen werden. Grob zog er mich mit sich fort, zuerst die Treppe hinauf in den oberen Stock, dann hinein in jene Stube, in der ich den kranken Wenzel mit meiner Saftflasche beschenkt hatte. Dort saßen sie alle um den Tisch herum, essend oder rauchend; einige waren noch nicht einmal vollständig angekleidet, besonders Frauen. Clara hatte ihre zwei kleinen Brüder rechts und links von sich plaziert; von allen am Tisch schaute sie mich noch am wenigsten unfreundlich an. Clara – und nur sie – hätte ich beim Reden ansehen sollen, nicht den nachtzerzausten Junior, nicht den lichtgeplagten Golo oder gar diesen Niewöhner, bei dessen Anblick mir mein auf der Küchenbank schlafender Vater in den Sinn kam: mein armer, treuer Vater, den ich während seiner Mittagsruhe hinterging, um rücksichtslos eigene Ziele zu verfolgen; den ich in Gefahr brachte, weil mein freches, vorwitziges Auftreten diesen Niewöhner reizte, der meinen Vater haßte und doch nur deswegen nicht abgereist war, weil er ihm etwas antun wollte.

Verstört von dieser wie aus dem Nichts hervorgeschossenen Erkenntnis, kam mir kein klarer Satz mehr über die Lippen. Nur mit Mühe brachte ich noch heraus, was mir am wichtigsten erschien: nämlich daß sie Ida und Wenzel wieder bei sich aufnehmen sollten. Danach verfiel ich vollends in Gestammel, ließ unzählige Male hintereinander weg das Wörtchen »bitte« folgen und jammerte mit weinerlicher Stimme schließlich nur noch vor mich hin, so lange bis ich vor Juniors Truppe unversehens auf den Knien lag. Dem war keine Willensentscheidung vorausgegangen, eher eine Art Sekundenohnmacht – so daß ich mir nachher einreden konnte, mir sei schwindlig geworden und ich sei hingestürzt.

Doch anderntags wurden Ida und Wenzel tatsächlich wieder in Grasers Haus aufgenommen. Mein Vater, der nichts von meinem Bittgang wußte, nahm an, Junior sei das Aufsehen im Dorf allmählich zu groß geworden, und er fürchte um seine Geschäfte. In der Schule tauchte Wenzel nicht wieder auf, und ich versuchte, nicht auf ihn zu warten. Doch an einem Tag noch im Oktober 1965 erzählten meine Eltern mir beim Mittagessen, daß am Morgen alle vier Kinder in ein Heim gebracht worden waren. Ich solle mich damit trösten, daß dies die beste aller Lösungen gewesen sei, auch für Wenzel. Früh am Morgen war Wachtmeister Stiel mit zwei uniformierten Kollegen aus der Kreisstadt in das Haus eingedrungen und hatte die Bande in ihren Betten überrumpelt. Die drei Polizisten waren in Begleitung einer Frau vom Jugendamt gewesen, die wahrscheinlich die nötigen Gerichtspapiere vorgelegt habe. Fast zwei Stunden hatte der Besuch sich hingezogen, und von drinnen seien viel Klagen und Geschrei zu hören gewesen, außerdem eine Männerstimme, die wiederholt rief:

»Plötzlich liebt ihr eure Kinder!«

Darauf waren die Kinder mitsamt ihrem Gepäck in zwei Autos verladen und weggefahren worden. Ida Bogatz hatte mit Gewalt zurückgehalten werden müssen, als Wenzel auf den Rücksitz bugsiert wurde.

Streng, aber traurig sagte meine Mutter am Ende zu mir:

»Geh nicht hinauf. Glaub uns einfach. Und such ihn nicht. Er ist fort.«

Dorfpolizist Stiel schaute frohgemut bei uns herein, packte mich an den Schultern und sagte unter Lachen, daß er *mir* auf keinen Fall verraten werde, in welches Kinderheim Wenzel eingeliefert worden sei, »weil du ihn sonst befreist!« Doch mich quälte einzig und allein der Gedanke, ungewollt und undurchschaut zum Abtransport meines Freundes beigetragen zu haben. Ängstlich, auch niedergeschlagen wie nie, benötigte ich alle Kraft, um mich gegen meine Nächte anzustemmen. Bei Tag fing ich sogar wieder an, nach der Hand eines meiner Erwachsenen zu greifen, sobald wir auf die Straße traten – und glaubte doch, es längst überwunden zu haben. Irgendwann war mein Entschluß reif, beim Fußballtraining vorbeizugehen und Wenzel abzumelden: vielleicht ließ sich danach das *Endgültige* besser begreifen. Trainer Steff, der Jugoslawe, war an diesem Tag noch nicht zugegen, aber die Mitspieler, die sich gerade warmliefen, bedauerten Wenzels Verlust mit Geschrei und schauten plötzlich alle zugleich auf den Platz hinaus, als müsse der »Sprinter« dort im nächsten Augenblick erscheinen. Langsam, mit immer kürzer bemessenen Schritten ging ich weg von ihnen, aber keiner rief hinter mir her: Dann bleib doch wenigstens du! – und schnell waren auch ihre Blicke nicht mehr zu spüren. Daheim wurden schon bald sämtliche Vorsätze für meine Zukunft erneuert. In einem halben Jahr sollte ich auf die Oberschule wechseln. Vorher war noch eine Aufnahmeprüfung zu bestehen, für die in den Weihnachtsferien Lehrer Schumann mit mir üben wollte.

Die Frauen verließen Grasers Haus als erste; auch Ida war unter ihnen und sollte nie wieder nach Rotach zurückkehren, obwohl sie bis zu ihrem Tod in der näheren Umgebung lebte. Gleich darauf folgten die Männer, denn ohne die Frauen hatten sie niemanden, mit dem sich so ganz ohne eigene Arbeit Geld machen ließ.

Die eingestürzte Scheune blieb ein Trümmerhaufen, bis etliche Jahre danach eine aus dem Rheinland zugezogene Steinmetzenfamilie Heinrich Graser junior das gesamte Anwesen abkaufte und wieder bewohnbar machte. Bis dahin aber lag jede Menge Abfall, soweit er nicht verfault und verwittert war, im Garten herum: Klamotten und Bettzeug, Gläser, leere Flaschen, ein Lederball – schlapp wie ein toter Luftballon – sowie zerdepperte Teller und Tassen, ja sogar Dachziegel, die, zusammen mit eingeschlagenen Fensterscheiben und umgehauenen Bäumen, bezeugten, welche Wut nach Abholung der Kinder sich hier ausgetobt hatte.

Und Lois zog wieder bei Bauer Bernroth ein.

Junior, der Alleinerbe, dem auch ein beinahe schrottreifes Auto von undefinierbarer Marke geblieben war, sollte sich als Letzter davonmachen. Er wohnte noch einige Zeit allein in seinem Elternhaus und versuchte, sich als Scherenschleifer durchzuschlagen, was ihm auch gelang. Eines Tages trat er in unsere Werkstatt und bat meinen Vater mit der ihm eigenen Kinderstimme, die Schleifmaschine benutzen zu dürfen. Das wurde ihm erlaubt – für ein kleines Entgelt pro Maschinenstunde, nur einen Pfennigbetrag. Junior stimmte zu, schliff seine Scheren und Messer und bezahlte immer gleich. Doch schon bald kam er nicht mehr. Statt dessen konnten wir beim Mittagessen in der Küche von weitem oft unsere Schleifmaschine anlaufen hören, und kurz darauf, wie geschliffen wurde. Die Tür zur Werkstatt war abgeschlossen, aber der Schlüssel steckte, was Junior zu wissen schien. Wir lauschten, bewunderten seine Schlauheit, aber noch mehr seine Ausdauer, die wir ihm nicht zugetraut hätten. Die Kreischgesänge der Messer und Scheren am Schleifstein wollten nicht enden. Erst um eins, dem Ende der Mittagspause, war Junior jedesmal fertig, denn mein Vater ließ ihn bis zur letzten Minute gewähren.

Im folgenden Winter verschwand der junge Heinrich Graser mit dem früh erbleichten Haar, das von weitem aussah wie Watte und seinem Alter weit voraus war, für immer aus unserem Dorf.

Drittes Kapitel

1

Keine fünf Monate nach unserer Augsburger Begegnung bekam ich erneut Post von Wenzel. Es war in der Osterwoche 2008, als plötzlich, aber nicht überraschend eine E-Mail von ihm eintraf, in der er mich an das baldige Ende meiner von mir selbst auf ein halbes Jahr befristeten »Bedenkzeit« erinnerte – »in betreff« seines Sohnes Emanuel, wie er, viel und gar nichts sagend, angehängt hatte. Wenn es mir recht sei, fuhr Wenzel fort, dann könnten wir uns Ende April oder Anfang Mai wiedersehen, diesmal an einem Ort meiner Wahl, der ruhig um einiges weiter von seinem als von meinem Wohnort entfernt liegen dürfe; dort erwarte er meine Antwort. Ich schlug ihm, ohne groß nachzudenken, Heilbronn vor, wo ich bisher nur ein einziges Mal gewesen war, Mitte der siebziger Jahre, um vor dem Prüfungsausschuß unseres Wehrkreises – siegreich – den Kriegsdienst zu verweigern. In kaum anderthalb Stunden war diese Stadt für mich zu erreichen, während Wenzel aus seinem bayerischen Hopfengäu etwa dreimal so lang dafür bräuchte. Er getraute sich nicht, abzulehnen. Außerdem lag Heilbronn in unaufdringlicher Nähe zu unserem gemeinsamen Kindheitsort, und ich war gespannt, ob ihm das auffiele.

Dieses Mal würde es keine Geschenke geben, im Gegenteil: Wenn er wirklich wollte, daß ich vor dem kleinen Emanuel einen zufällig wieder aufgetauchten Jugendfreund mimte, um ihm, Wenzel, eine bessere Herkunft zu bezeugen, als er sie besaß, dann nur unter einer Bedingung: Er mußte mir seine Geschichte überlassen – mir alles, insbesondere aus der Zeit nach seiner Austreibung bei uns, von sich erzählen, keiner Frage ausweichen und mir außerdem gestatten, den Rohstoff seines Lebens und Überlebens so zu verarbeiten, wie ich es für richtig hielt. Erst danach würde ich bereit sein, mich in »Onkel

Max« zu verwandeln und ihn, seine Familie und seinen verschrobenen Sohn daheim zu besuchen. So lautete mein Beschluß, der nach unserem Treffen in Augsburg allmählich gereift war. Dabei hatte ich mir anfangs nur überlegt, ob es nicht besser wäre, auf Wenzels Forderung mit einer Gegenforderung zu reagieren, und sei es bloß, um selbstbewußter aufzutreten. Vor einem wie ihm, dachte ich, darf man nicht zuviel Demut oder auch nur Passivität zeigen, allzu gern übersieht er den Wert des anderen und seiner Gabe; er greift stets rasch und heftig zu, ohne zu wissen, daß er dafür auch geben muß, er ist gierig, raubgierig, wenn auch aus Not … Doch was konnte ich von dem verlangen? Was besaß dieser Wenzel, das für mich begehrenswert oder auch nur interessant gewesen wäre? So kam der Gedanke auf: seine Geschichte!

Aber es gab noch einen zweiten Grund, einen rein egoistischen.

Zu dieser Zeit befand ich mich nämlich in einer schwierigen Lage, die sich zur Krise auszuwachsen drohte. Mein Sabbatical dauerte inzwischen schon über ein Jahr, doch der erhoffte Neubeginn war noch nicht in Sicht gekommen. Von meiner Erbschaft übermütig geworden, hatte ich sämtliche Arbeitsbeziehungen abgebrochen beziehungsweise bis auf weiteres außer Kraft gesetzt. Anfangs war es wundervoll gewesen: Das Telefon klingelte kaum mehr, die eingehende Post im Briefkasten oder in der Mailbox schrumpfte auf weniger als die Hälfte zusammen, Werbung eingerechnet. Ich schaffte mein Auto ab und ließ einige allzu gute Bekannte, die mich schon länger ärgerten oder anödeten, hinter mir, ohne mich auch nur ein einziges Mal nach ihnen umzudrehen. Frohgemut entrümpelte ich mein Leben und achtete nicht darauf, ob es auch weiterhin bewohnbar sei. Niemand hatte mich vor so viel Freiheit gewarnt. Ich fing mein erstes neues Schreibvorhaben an, einen (laut Arbeitstitel) »deutsch-deutschen Plutarch«, bestehend aus Doppellebensläufen – je einer aus dem Osten, einer aus dem Westen –, und meine Freude am Reisen, Reden und Recherchieren gaukelte mir vor, meine Erneuerung sei damit gelungen. Die beiden ersten von rund dreißig geplanten Parallelleben schrieb ich auch gleich nieder – die Leben zweier um 1930 geborenen Puppenspieler, der eine aus Halle an der Saale, der andere aus dem schwäbisch-fränkischen Künzelsau. Doch schon nach wenigen Wochen trat Stillstand ein, Plutarch war nicht das Richtige gewesen, zumindest nicht für diesen Moment. Warum nur? Wahrscheinlich weil diese Doppelleben mich zu weit von meinem eigenen, zu dieser Zeit äußerst pflegebedürftigen Einzelleben wegführten. Ein zähes, nervöses Warten begann. Und bald sehnte ich mich nach meinen gewohnten Alltagspflichten zurück. Nach Aufträgen, Termindruck, Wochenend- und Nachtarbeit. Schlichtweg nach Landberichterstattung, wie ich sie lange ausgeübt hatte: nah an den Menschen. Wie gern hätte ich mal wieder für die Zeitung von morgen eine »Goldene Hochzeit« geschrieben, als Neunzig-Zeilen-Porträt eines Paares, das die unausdenkliche Dauer von fünfzig Jahren zusammen verlebt hatte (und vielleicht das letzte seiner Art war). Und auch nach der derben Notwendigkeit, Geld verdienen zu müssen, verlangte es mich, nach Monatsabrechnung, Spesenbescheinigung, Fahrtenbuch. Aber so schnell darf man nicht aufgeben, sagte ich mir, so schnell nicht in alten Abhängigkeiten Schutz suchen. Spannung und Unruhe wuchsen, mein Schreibtisch verwaiste. Nichts sprang mich an wie ehedem. Und mit der Zeit kam der gewohnte Rhythmus mir vollends abhanden – nachts hellwach, tagsüber oft müde und taumelig. Selbst das Lesen gelang nur noch ausnahmsweise. Mir war bislang nicht bewußt gewesen, daß ein Erdentag sich so hinziehen kann. Immer öfter führte ich Selbstgespräche, drinnen oder draußen, hatte mir aber nichts Erbauliches zu sagen. Allen anderen gegenüber schwieg ich, zu peinlich war mir meine selbstverschuldete Lage; darum auch das Zögern, meinen Freund Henry einzuweihen. Der tiefste Punkt meines Kummers schien noch nicht erreicht. Bisweilen trank ich zu viel und mußte – womöglich aus diesem Grund – kaum verjährte Schmerzen noch einmal durchleiden: die Trauer des in die Jahre kommenden Kinderlosen, den endgültigen Abschied von den Eltern, die Angst vor dem Altwerden und völligen Vereinsamen. Im Jogginganzug, der meine Haustracht geworden war, begab ich mich inzwischen auch zum Einkaufen. Alle paar Tage schien es mir nötig, meine Kontoauszüge zu kontrollieren. Ich wurde zu einem Meister der Vorratshaltung, fing sogar an, das Altbrot aufzuheben und verteilte es, wenn der Knappsack voll war, über die nahen Wiesen und Äcker – für die Krähen. Panisch deckte ich mich mit Ersatzpflichten ein. Meine Frau, täglich von sieben bis sieben außer Haus, mußte bekocht werden. Das war auch früher bereits meine Aufgabe gewesen. Doch wenn sie jetzt abends von der Arbeit aus ihrem Präsidium heimkehrte, dann war der Tisch reicher und schöner gedeckt als je zuvor. Stundenlang hatte ich am Küchenherd experimentiert, schwitzend vor Angst zu versagen. Wenn Irene einmal unerwartet später kam, fürchtete ich, daß sie mich verlassen hätte oder – noch schlimmer – unterwegs mit dem Zug verunglückt oder wieder kollabiert sei. Wer so wie ich einen lebenswichtigen Menschen einmal fast verloren hat, der fühlt mehr und mehr eine Art von Verhängnis um sich. Verbrachte meine Frau aber einen freien Tag daheim, stürmte ich beinahe stündlich in ihr Zimmer, um ihr etwas vorzulesen, Prosastücke oder Gedichte, die einen von Robert Walser, die anderen von Christian Wagner, und auch gegen ihren Willen. Tag für Tag schnitt ich Zeitungsartikel aus und legte sie ihr, teils mit Markierungen oder Anstreichungen versehen und auf Druckerpapier geklebt, breit auf den Schreibtisch oder steckte im Tabakladen gekaufte Tierpostkarten an ihren Computerschirm, mit der rückseitigen Aufschrift: »Schone dich!« Selbst ihre Pflanzen wurden inzwischen meist von mir versorgt, ihr Auto häufiger gewaschen als jedes andere in der Stadt … und, je länger je mehr, fühlte ich mich mit Entsetzen an den Dienstbarkeits- und Domestikenwahn meiner frühen Jahre erinnert, der mich einst dazu getrieben hatte, mich überall und jederzeit nützlich zu machen, um mein Einzelkinddasein zu rechtfertigen.

In dieser Lage warf ich mir selbst einen Rettungsring namens »Wenzel-Projekt« zu und faßte wieder Mut. Wie belebend doch Vorarbeiten sein können! Sie geben uns einen Mittelpunkt und zerstreuen zugleich. Ich spitzte meine Stifte und legte ein Heft für »Skizzen und Notizen« an; darin hielt ich stichwortartig fest, was mir seit unserer Zufallsbegegnung am Bodensee alles eingefallen war oder was ich mit Wenzel sowohl dort als auch später in Augsburg erlebt und aus seinem Mund vernommen hatte. In einem großräumigen »Materialordner« wurde unser winziger, im Internet geführter Briefwechsel abgeheftet, ebenso die beeindruckende Rede, die er in Augsburg an mich gerichtet und die ich auf der Heimfahrt im Zug aus dem Gedächtnis niedergeschrieben hatte, unter anderem mit jenem Satz, der so viel von Wenzels

Pein verriet: »…jetzt fragen meine Kinder mich nach meinem Leben, nach meinen Vorfahren, und ich fühl mich, wie wenn ich eine Schandtat zugeben müßte!« Ein schmaler Grundstock. Aber sonst besaß ich ja nichts von ihm, kein Kindheitsfoto, kein Briefchen aus dem Heim, keinen schiefgetretenen Stollen von seinen Kickschuhen – denn nichts, aber auch gar nichts, was an Wenzel erinnert hätte, war meiner Frau und mir bei der Leerung meines Elternhauses in die Hände gefallen. So gründlich hatten wir, meine Eltern, meine Großeltern und ich, damals, nach der Ausweisung, seine Spuren offensichtlich getilgt …

Und bevor mein Eifer und meine Begeisterung wieder erlahmen konnten, verabredete ich mich mit ihm auf den letzten Märzsamstag in Heilbronn. Das war kaum eine Woche nach Ostern. Wenzel dürfte gestaunt haben, wie eilig ich es dieses Mal hatte.

Mein Freund Henry, der Pfarrer, erteilte mir seinen Segen, indem er sagte: Jawohl, fahr zu ihm, es ist deine »Pflicht«, dich um ihn zu kümmern, sei du sein Hoffnungsträger; denn daß »einer zum Heilsbringer des anderen« werde, so lautete schließlich eine der Kernforderungen von Henrys frei nach Bonhoeffer entwickelten Alltagstheologie für unsere Zeit. Irene, meine Frau, glaubte indes, daß es nicht meine Pflicht, sondern meine »Freiheit« sei, mich mit Wenzel noch einmal zu treffen – und da wolle sie mir nichts dreinreden. Beiden hatte ich jedoch meinen Plan, Wenzels Leben zu erforschen und in irgendeiner Form vielleicht sogar aufzuzeichnen, bisher verheimlicht, und von Emanuels Existenz sowie der Rolle, die mir darin zugedacht war, wußten sie ebenfalls nichts.

Am Abend vor der Reise aß ich mit meiner Frau; wir hatten zusammen gekocht und tranken viel Wein. Ich befand mich in einer Abschiedsstimmung, als stünde eine Trennung für Wochen bevor. Spät in der Nacht schliefen wir miteinander. Als Irene eingeschlummert war, lag ich noch lange bei ihr wach und kostete das Glücksgefühl aus, das sich zu der Zeit nur selten bei mir einstellte, auch wenn wir uns geliebt hatten. Meine Frau schlief fest, ich wachte neben ihr und fühlte mich geborgen. Und noch Stunden vor der Abfahrt überfiel mich das Heimweh, so daß ich mir Trost zusprechen mußte: Am Ende des Tages wirst du wieder bei ihr sein, bei deiner Einzigen …

In Heilbronn erwartete Wenzel mich schon am Bahnsteig. Ich hatte ihn nicht erkannt unter einem schwarzen Hut mit breiter Krempe und grünem Band; schwarz war auch die Lederjacke, die er dazu trug, und grünlich der Pullover darunter, einer mit Stehkragen, der eng am nackten Hals schloß. Wenzel zog seinen Hut vor mir – und wenn er ihn nur deswegen aufgesetzt hatte. Unwillkürlich blickte ich auf seine neuen, dicken, im Kontrast zu seinem silbergrauen Kopf viel zu hell blondierten Koteletten, die fast bis zum Kinn reichten. Er grinste, als er meinen Blick bemerkte und meinte, seine Frau habe ihn aufgefordert, seine Männlichkeit deutlicher herauszustellen; dabei ließ er kurz und lustvoll sein Bairisch aufklingen. Über der Schulter hatte er einen viel zu kleinen bunten Plastikrucksack mit der Aufschrift »KiKA« hängen, den vielleicht sein Sohn ihm für diesen Tag geliehen hatte, eine Art Unterpfand, auf daß er stets an ihn denke … Im übrigen trug Wenzel das gleiche wie ich: Bluejeans und nicht zu grobe Wanderschuhe, beide waren wir für einen neuerlichen Stadtumgang gerüstet. Doch hatte er am Bodensee und in Augsburg nicht eine Brille getragen?

Ich fühlte mich verkatert und schlug vor, zuerst einen Kaffee zu trinken. Noch im Bahnhof fanden wir ein Selbstbedienungslokal mit Stehplätzen, in dem die Tauben aus der Haupthalle furchtlos ein- und ausgingen. Man ließ sie freundlicherweise gewähren, und bald liefen ein paar von ihnen unter unserem Tisch herum und hofften auf Brosamen, nicht umsonst. Mit allem, was ich zu sagen hatte, wollte ich warten, bis mir weniger flau war, und besorgte mir zu meinem Kaffee ein Käsebrötchen sowie ein Mineralwasser. Wenzel hatte sich von einer anderen Theke unterdessen ein Stück Kuchen geholt, das er mir unter die Nase hielt mit den Worten: »Ein gedeckter Apfelkuchen, Max, so wie deine Mutter ihn gemacht hat.« Jeder seiner Frauen habe er »früher oder später« abverlangt, ihm ebenfalls einen solchen Kuchen zu backen, »und sie lernten es alle«. Ich fragte, wie viele Frauen er bisher gehabt habe, und Wenzel antwortete: »Sechs oder sieben.« Dann aß er still seinen Kuchen und schaute kauend zur Decke hinauf, als zähle er im Geist nach. Mein Zustand besserte sich merklich – sogar das Glücksgefühl der vergangenen Nacht blitzte wieder auf und versetzte mich in leichte Euphorie.

So als versuche er sich an einem zweiten Gesprächsauftakt, sagte Wenzel, auf Wikipedia sei zu lesen, daß Heilbronn auch »Käthchenstadt« genannt werde. Er frage mich, warum – und schaute dabei, als handle es sich um eine seiner ältesten Fragen überhaupt. Ich sagte etwas über Kleist und sein Theaterstück, das Käthchen aber stellte ich ihm als einen Menschen von ungeheuerlicher Liebeskraft vor; nie höre dieses Mädchen, fast noch ein Kind, zu lieben auf, trotz gröbster Zurückweisungen. Mit schon wahnwitziger Hartnäckigkeit laufe sie ihrem geliebten Ritter nach und lasse sich nicht abschrecken, nicht von seinen Beleidigungen, nicht von den Intrigen ringsum, nicht einmal von einem Fenstersturz oder einer Feuersbrunst. Dieses unerhörte Käthchen sei die zudringlichste Verfolgerin, die man sich denken könne, eine Verfolgerin aus Liebe freilich, die läuft und rast und treibt, bis sie gewonnen hat, bis ihre Liebe den Panzer des Ritters – den Leibpanzer wie den Seelenpanzer – durchschlägt und ihre Liebe endlich erwidert wird … was aber, wenn sie *nicht* erwidert würde, was dann – Mord und Totschlag? Schon beim Lesen, schloß ich, erschöpfe einen das Käthchendrama bis tief ins Herz hinein …

Wenzel sah mich verlegen und zugleich ein wenig amüsiert an, so als hätte ich ihm unverhofft etwas sehr Persönliches gestanden. Doch er schwieg mit bebender Oberlippe, und mir schien der richtige Augenblick gekommen, ihm ebenfalls eine Frage zu stellen:

»Wie geht es Emanuel?«

»Gut – als ich ihm sagte, wen ich treffe, da hat er mich reisen lassen, ohne einen Skandal zu machen.«

»Was hast du ihm denn gesagt?«

»Daß ich zu einem Freund aus meiner Jugend fahr. Es gibt dich also schon, Max, du brauchst nur noch einen Namen, dann kannst du bei uns aufkreuzen …«

»Ja, ich mache es, aber nur für eine Gegenleistung.«

»Ach! Und was soll das sein?« Er legte vorsorglich seine Finger an die Lippen.

»Du mußt mir von deinem Leben erzählen, dem wahren und wirklichen, vor allem von deinem Leben nach der Zeit bei uns, verstehst du?«

»Aber das hätt ich doch sowieso getan! Was immer du wissen willst.«

»Du mußt auch Fragen beantworten, die du sonst nicht beantwortet hättest.«

»Ich hätt dir auch so alle Fragen beantwortet.«

»Auch brieflich, in E-Mails, vielleicht auch mal eine Tonaufnahme, ja?«

»Ja, ja doch.«

»… und du mußt mir deine Geschichte frei überlassen, damit ich sie …

»Du willst meine Biographie schreiben?« Er lachte verdutzt.

»Ich weiß nicht – das steht noch nicht fest.«

»Was soll denn an meiner Geschichte so interessant sein?«

Ich hätte ihm darauf wahrheitsgemäß antworten können: daß du nicht untergegangen bist, daß du dich gerettet hast, daß du noch lebst! Doch statt dessen sagte ich:

»Überlaß das ruhig mir!«

Er nickte ein wenig zu eifrig mit dem Kopf und zeigte die Zähne: »Ein gutes Gedächtnis hab ich ja!«, sagte er und zupfte sich den Backenbart. »Ich weiß noch, wie du mir mal eins mit der Peitsche gegeben hast, als ich dir nicht folgen wollte, bei Bauer Bernroth im Stall … hilft dir das?«

»Außerdem mußt du mir etwas unterschreiben.«

»Unterschreiben – was denn?« Er war ernst geworden.

»Die Erlaubnis, daß ich in verschiedenen Archiven Dokumente zu deinem Leben einsehen darf: deine Jugendamtsakte, Akten aus deinen Kinderheimen, Akten zu deinen Eltern. Es handelt sich dabei um Dokumente, die laut Gesetz zum Teil gesperrt sind und die erst dreißig Jahre nach dem Tod zugänglich werden. Nur du kannst mir vor Ablauf der Frist diese Erlaubnis geben.«

»Was willst du denn mit dem Papierzeug?«

»Sehen, was drinsteht.«

Wenzel unterschrieb auf dem Blatt, das ich ihm vorlegte, die von mir schon daheim verfaßte Erklärung, ohne sie auch nur flüchtig durchzulesen. Er lächelte ungläubig, das Lachen jedoch, das dabei aufkommen wollte, schien er zu unterdrücken. Seine Unterschrift war gut zu lesen, sie schien mir mit seiner frühen, kindlichen noch viel Ähnlichkeit zu haben, nur der eine oder andere Schnörkel fehlte. Der wilde Krakel jedoch, mit dem er seinen Namenszug am Ende einzukreisen versuchte, wobei er ihn fast wieder durchgestrichen hätte, verriet, daß er eigentlich nicht begriff, was ich von ihm verlangte. Er unterschrieb nur wie zum Spaß, so als halte er mich für einen Wichtigtuer, einen Narren oder Schwachkopf, der mit ihm »Vertragsschluß« spielt so wie Kinder »Kaufladen« spielen. Am liebsten hätte ich ihm gesagt: Du kennst eben den wahren Wert deiner Geschichte nicht, den Erzähl- und Erfahrungswert, gewissermaßen ihren Goldgehalt – aber die meisten Menschen heutzutage kennen diesen Wert ihrer Geschichte nicht und wissen ihn darum auch nicht zu schätzen; einen Wert vermuten sie nur in den Geschichten von anderen: denen, die jeden Tag öffentlich vorgeführt werden, im Netz, im Fernsehen, in der Presse …

Doch ich sagte etwas, das für Wenzel wichtiger sein mußte: »Du hast mein Wort! In den nächsten Sommerferien komme ich zu Emanuel.«

Er schien erleichtert, als der Handel vorüber war.

Endlich konnten wir unseren Gang antreten. Doch bereits auf dem Bahnhofsvorplatz hielt er abermals an und schrie durch den Straßenlärm, daß er die Richtung ändern wolle: nicht hinein in die Stadt, sondern hinaus aufs Land. Er zog eine Karte aus dem Rucksack, breitete sie über der nächsten freien Sitzbank aus und zeigte mir das Ziel, das er angeblich daheim schon ausgesucht hatte. Es lag ein paar Kilometer draußen im Umland, hieß Heuchelberger Warte und schien für die Stadt ein bedeutendes Ausflugsziel zu sein, zumal auf der Karte viele Rad- und Wanderwege dorthin führten. Schon bei seinen Reisevorbereitungen, sagte Wenzel, habe er entdeckt, in welch einzigartiges Weinland er fahre. Und diese Entdeckung sei am heutigen Morgen, bei seiner Anreise, von der Autobahn aus, in natura noch übertroffen worden – Weinberg an Weinberg allüberall! Wenigstens zu einem von ihnen müsse er pilgern, rief Wenzel aus und steckte die Karte wieder weg. Widerspruch schien er nicht zu erwarten.

Mir war ein Richtungswechsel ins Offene durchaus willkommen, allein der Landluft wegen, die mir an diesem Tag gar nicht heilsam genug sein konnte. Sekundenweise spürte ich aber auch wieder mein

Mißtrauen gegen diesen Menschen und wäre vielleicht doch lieber innerhalb der Stadt, zwischen anderen Passanten, mit ihm herumgegangen. Doch ich schwieg und ließ ihm seinen wieder viel zu laut vorgetragenen Willen.

Wir brauchten mehr als eine Stunde, bis wir – über die Stadtautobahn, über den wuchtig ausgebauten, schiffbaren Neckar hinweg sowie unter mindestens einer Bahnlinie hindurch – endlich zur Stadt hinausgefunden hatten und auf dem freien Feld standen. Die Luft war trocken, hin und wieder kam die Sonne hervor, und aus der Ebene blies uns ein kühler Wind entgegen. Wenzel zog den Hut in die Stirn und knöpfte seine Lederjacke zu, ich schlug mir den beigefarbenen Seidenschal meiner Frau um den Hals, den ich am Morgen, während sie ausschlief, an unserer Garderobe aus einem Mantelärmel gezogen und auf diese Fahrt mitgenommen hatte.

Vor uns erhob sich in fünf, höchstens sechs Kilometern Entfernung der Heuchelberg, ein bewaldeter Höhenzug, der sich schräg von uns wegzog und an dessen Flanken sich unüberschaubar Rebhänge erstreckten – um diese Jahreszeit waren sie noch kahl und braun. Auf der ersten Anhöhe des Berges, die einer Terrasse glich, konnte man die Warte erblicken, zu der Wenzel wollte, einen mittelalterlich anmutenden Turm, der einst zu einer Grenzbefestigung gehört hat und nun als Aussichtsturm dient. Auf einem geteerten Feldweg schritten wir darauf zu, durch eine nahezu baumlose Landschaft, aus der nur vereinzelt Büsche und Hecken aufragten. Schnee lag keiner mehr. Jede Farbe schien verblaßt. Die Märzsonne leuchtete so schwach, als wolle sie die wintermüde Landschaft schonen. Auffallend viele Greifvögel kreisten in der Luft, vor allem Habichte und Falken – die Mäuse auf den Äckern und Wiesen, falls sie sich hervorwagten, dürften vor ihnen kaum Schutz gefunden haben. Am Hang zur Linken zog sich ein Dorf hin, mit vielen neuen und neuesten Häusern: je neuer sie waren, desto kleiner wurden sie. Rechter Hand zeigte sich ein Kraftwerk mit einem dampfendem Kühlturm und zwei hohen, schlanken, rauchenden Schloten. Hochspannungsleitungen führten von dort herüber und knisterten über unsere Köpfe hinweg. Eine Sirene heulte in der Ferne, es war Mittagszeit. Wir passierten Aussiedlerhöfe und immer wieder

Gruppen von Scheunen, die mit ihren streng geschlossenen Toren und Fensterläden an verlassene Siedlungen erinnerten, dann einen großen, städtisch wirkenden Friedhof mit eigener Gärtnerei, die trotz hellichtem Tag grell erleuchtet war. Zwei Personen kletterten an einem Strommasten hinauf – längst dachte man dabei in diesen Zeiten nicht mehr nur an Reparaturarbeiten, sondern auch an einen Anschlag. Die Straße, der unser Weg inzwischen folgte, war so gut wie nicht befahren. Kaum merklich hatten wir an Höhe gewonnen und konnten, wenn wir uns umdrehten, mit einem Mal die Stadt überschauen. Auch sie war von Weinbergen umgeben, in einem engen Halbkreis lagen sie um sie herum, obendrauf sah man Ruinen, Fahnen und, wenn nicht alles täuschte, Reklametafeln. Nur in einer Richtung war die Landschaft offen, nach Osten, in der Herkunftsrichtung; dort erhoben sich am Horizont die Löwensteiner Berge: zuerst steil aufsteigendes Rebland, darüber die schwarzblaue Wand des schwäbisch-fränkischen Waldes. Hinter dieser Wand, keine dreißig Kilometer Luftlinie entfernt, lag das Dorf Rotach, in dem Wenzel und ich zusammen aufgewachsen waren. Und auch das näher gelegene Weinsberger Tal, in dem wir während der Kindheit bei unseren Ernteverwandten Kirschen gepflückt hatten, ließ sich von hier aus mit dem Blick immerhin streifen. Doch ich erwähnte weder das Tal noch den Wald noch die Kirschen, und er schien von alledem nichts zu ahnen, so sehr war Wenzel in seine Gegenwart eingetaucht. In einem fort pries er, mal hier, mal da hin fuchtelnd, das Weinland, durch das wir wanderten, und ich konnte nicht widerstehen, ihn zu fragen, wie es ihn seinerzeit eigentlich nach Bayern verschlagen habe.

»Bayern? Da bin ich doch immer gelandet, wenn ich bei euch weglief«, antwortete er, so als wäre das allbekannt, »und wie dann die Leute vom Jugendamt mich nach meinem Rausschmiß gefragt haben: Wohin willst du? – sagte ich: nach Bayern!«

»Wie ist es denn, wenn man so abschließend, so kompromißlos hinausgeworfen wird?«

»Man hat hinterher nicht so viel Heimweh …«

Als mein Vater ihn im frühen Sommer 1972 wegschickte, fing Wenzel zu erzählen an, da habe er an einem einzigen Tag alles verloren,

»einem Sonntag«, wie er noch wußte: sein Zuhause, seine Lehrstelle, seine Verwandten, die sich geweigert hätten, ihn aufzunehmen, obwohl er noch minderjährig war, und auch seinen Freund Ralf, den anderen Saxophonisten, mit dem er im Rotacher Musikverein zusammenspielte und von dem er, Wenzel, sich nicht einmal habe verabschieden können, »so rasch wolltet ihr mich loswerden«. Auf dem Bahnhof hätten mein Vater und ich in einigem Abstand gewartet, wie um zu sehen, ob er auch in den Zug steige; keinem sei ein Grußwort eingefallen, soweit er sich entsinne, auch ihm nicht. Eine Stunde später, schon in der Kreisstadt, wurde er von einer Vertreterin des Jugendamts in Empfang genommen und in ein internationales Lehrlingswohnheim eingewiesen, wo er so lange wohnen sollte, bis man in München eine Unterkunft für ihn gefunden hatte. Während der ersten Tage habe er nur auf der Bettkante gekauert, ohne sich auszukleiden, vollkommen unbeweglich, die Füße auf seinem Saxophonkasten. Und auch nachts sei er so dagesessen, allerdings im Dunkeln, weil seine Zimmergenossen schlafen wollten. »Ich hab einfach nicht verstanden, weshalb ich fort mußte, und dachte: Das war ein Versehen, eine Überreaktion, ein Ausbruch. Gleich kommt der Max, um dich heimzuholen; so oft, dachte ich, ist der Max dir nachgelaufen, und plötzlich war er da – aber diesmal nicht.«

Wenn er, fuhr Wenzel zögernd fort, damals auch nur geahnt hätte, wie verlassen er sei, so hätte er gewiß Hand an sich gelegt. Doch mit dem dumpfen Lebenswillen eines Schlafwandlers sei er weitergegangen, Schritt für Schritt, ohne zu wissen, wo er hintrat. Auch danach – mehr als verwunderlich – habe er nie wieder mit dem Gedanken an Selbstmord gespielt, sowenig wie er je wieder Drogen nahm. Dafür sollte, Jahre später, als er sich schon sicher fühlte vor seiner Vergangenheit, ein anderer von seinen »ältesten Quälgeistern« ihn noch einmal heimsuchen: der Fluchtzwang. Beides, Drogenexperimente und Selbstmordversuche, sei also der letzten und unglücklichsten Zeit bei uns vorbehalten geblieben – zwei nicht zu unterdrückende »Reflexe« auf den Tod seiner Mutter vielleicht, der er »nachsterben« wollte. »Wenn ich weiter bei euch gelebt hätte, dann wäre mir das bestimmt auch noch gelungen«, sagte er mit auftrumpfendem Witz. In dieser Lage habe mein Vater als einziger begriffen, daß er, Wenzel, »herausmußte« aus dem Waldtal, das für ihn »total verpestet« war von Trauer, Sehnsucht und abgestorbenen Hoffnungen.

Kaum in München eingetroffen und nunmehr fest überzeugt, daß ihn niemand zurückholen werde, schaffte Wenzel sein Saxophon ab. Er hatte es noch im ersten Lehrjahr gekauft und auf Empfehlung meines Vaters in Raten abbezahlt (das erste Geschäft seines Lebens). Unterwegs fürchtete er noch, daß es ihm gestohlen werden könnte und bewachte es. »Aber dann hab ich das Ding, ohne zu überlegen, einfach verschenkt an einen meiner Mitbewohner im Kolpinghaus. Erst später hat mich das gereut, am Anfang war es eine große, große Erleichterung.«

Er lebte auf beim Erzählen, und obwohl er im Gehen viel und atemraubend redete, war Wenzel mir, wie schon als Kind, fast immer um eine Schrittlänge voraus, weshalb ich bisweilen über seine Schulter einen kritischen Blick zugeworfen bekam. Ich staunte, denn weder stakste noch stammelte er und mußte auch nur selten um ein Wort ringen; fast wie einstudiert klang sein Bericht oder zumindest wie oft vor anderen oder auch vor sich selber aufgesagt. Mein Eindruck von unseren ersten beiden Begegnungen bestätigte sich – aus einem schweren Stotterer war ein begeisterter, ja fanatischer Redner geworden. Er besaß ein Leben, das er erzählen konnte. Erzählend hatte er es in Besitz genommen, erzählend hatte er viel nachzuholen, und jetzt war ihm auch noch der ideale Zuhörer begegnet: der einzige, der seine Vorgeschichte kannte, der um seine einstige Sprachlosigkeit wußte und der deshalb auch seine Siege zu würdigen wüßte. Wie hatte ich bloß glauben können, Wenzel seine Geschichte abhandeln zu müssen?

»Nachdem der erste Schreck ausgestanden war«, so berichtete er weiter, »fühlte ich mich mit einem Mal frei. Dabei hatte ich etwas ganz anderes erwartet, nämlich daß ich ohne euch abrutsche, daß ich verdrecke und versumpfe, daß ich nie wieder arbeite, den Halt verliere und zugrunde geh. Aber statt dessen war ich frei, von einer Sekunde auf die nächste – ich hab gezittert vor Freiheit, Max, und mußte deinem Vater zum erstenmal dankbar sein, daß er mich verstoßen hat. Versteh mich recht: Nur das *Gefühl* der Freiheit war anfangs da, und es dauerte noch eine ganze Weile, bis mir klar wurde, wovon ich eigentlich frei war.« Wenzel legte eine Pause ein. Dann sagte er, daß ihm diese Freiheit »verboten« und »unanständig« vorgekommen sei.

»Aber warum?« fragte ich.

»Weil es meine Eltern waren – immerhin meine *Eltern* –, von denen ich mich befreit fühlte, von der Hoffnung vor allem, mit ihnen doch noch zusammenleben zu können. Der Tod meiner Mutter hat diese Hoffnung zwar zerstört, aber erst jetzt wurde ich frei von ihr. Daß mein Vater noch lebte, änderte daran nichts, der Winsler war für mich mitgestorben!«

Doch auch von uns, seiner Gastfamilie, habe er sich befreit gefühlt, besonders von dem Zwang, von jetzt an ein für allemal zu uns zu gehören. Bis zum Tod seiner Mutter sei er »immer nur vorübergehend« bei uns gewesen – so habe zumindest er es empfunden; er nannte das sein »großes Geheimnis«, das er allezeit vor uns gehütet habe. Wir jedoch hätten wohl geglaubt, daß er »endgültig« bei uns bliebe, zumal seine Mutter nicht einmal mehr das Sorgerecht über ihn besaß (während sein Vater froh darum war, es nicht länger wahrnehmen zu müssen). Und auch sie selbst, Ida, habe ihre Familie längst aufgegeben gehabt und sich – vorsätzlich oder nur gleichgültig? – mit ihrer elenden Trinkerei ums Leben gebracht. Einzig und allein *er*, ihr Sohn, hoffte weiter, trotz alledem, mit Aussichten wie einer, der auf die Rückkehr der Toten hofft. Wenzel zögerte und dämpfte seine Stimme, als mute er mir im nächsten Augenblick eine Enttäuschung zu, sagte dann aber in alter Lautstärke:

»Und *nach* ihrem Tod, da habt ihr gleich meine Adoption eingeleitet und mir ein Erbe versprochen; ein Zimmer im neuen Haus war ja schon länger geplant für mich. Gut, ihr habt mich gefragt, ob ich das will – und ich hab zugestimmt, aber ohne zu wissen, was ich tu. Ihr hättet wissen können, daß ich nicht weiß, was ich tu … Als ich rausgeflogen war, hatte ich, nicht gleich, aber bald, das erlösende Gefühl, nun auch kein Pflegesohn mehr sein zu müssen, und das bedeutete: nicht mit euch in das neue Haus zu ziehen, kein eigenes Zimmer zu bekommen und später, Max, nicht zusammen mit dir zu erben … so ein Erbe stand mir doch gar nicht zu! Ein geschenktes Leben hab ich bei euch geführt, ausgehalten und geduldet war ich. Im Dorf haben sie mich nur geachtet, weil ich bei euch wohnte – und ständig darauf gelauert, daß deine Familie scheitert mit mir, dem Ziehsohn, dem unnatürlichen Kind, dem Sprößling dieser widerwärtigen Bogatze. Alles hatte ich euch zu verdanken, und jeden Tag wäre noch mehr dazu gekommen. Ich dachte: Sei doch glücklich, daß du gerettet bist! Aber nein … Es ist schwer, Max, die Liebe von fremden Leute anzunehmen, wenn man sich von den eigenen nicht geliebt fühlt.«

»Am Bodensee hat das noch anders getönt«, sagte ich.

»Ja!« rief er trotzig, und davon sei nichts zurückzunehmen: Meine Eltern hätten ihn vor dem Untergang bewahrt – meine Eltern seien wichtiger für ihn gewesen als seine eigenen. Doch das habe er lange Zeit nicht einmal geahnt und erst in den Leiden erfahren, die noch auf ihn warteten, etwa als ihm seine erste Frau starb und er eine üble Entdeckung machen mußte, oder als man ihn zur Gewalt gegen die Gesellschaft überreden wollte, oder auch als er sich mißbrauchen ließ auf mancherlei Art und dabei noch einmal die eigenartige Lust des Gedemütigten empfand. Jedesmal also, wenn er in der Gefahr schwebte, den Blick für seinen eigenen Wert zu verlieren, wenn es ihn lockte, sich selber wegzuwerfen und sich versinken zu lassen in dem Dreck, aus dem er gekommen war. Erst da habe er entdeckt, was meine Eltern in ihm vorbereitet hätten, nämlich die Grundlage für »Stolz, Würde, Lebensmut, Verantwortung und Duldsamkeit« – wie selbstverständlich, ja geradezu bedenkenlos er diese großen Worte in den Mund nahm! Eine solche Grundlage könne auf keinen Fall von *seinen* Eltern stammen, weil weder sein Vater noch seine Mutter Stolz, Würde, Lebensmut, Verantwortung und Duldsamkeit besessen hätten (er wiederholte die Worte in derselben Reihenfolge). Nur, *wie* meine Eltern »das Gute«, das er im rechten Moment in sich fand, angelegt hätten, das könne er nicht sagen: nicht ein einziger »Merkspruch« oder »Lehrsatz« aus ihrem Mund falle ihm ein, nicht einmal eine »Durch-halteparole«, alles bei dieser Erziehung müsse »irgendwie heimlich« vor sich gegangen sein.

Ich war mir schon eine ganze Weile nicht mehr sicher, ob Wenzel meine Eltern und damit auch mich verhöhnen wollte. Diesen Argwohn schien er zu spüren; er blieb stehen und wandte sich dramatisch zu mir her: mit ausgestreckten, weit geöffneten Händen, als beabsichtige er, mich anzufassen. Doch sofort hielt er wieder inne und verzog wie unter Schmerzen den Mund – Gebärden fast wie früher, als er noch vom Stottern übermannt und tageweise zum Verstummen gebracht werden konnte. Ich sah ein Leuchten in seinen Augen und begriff: vor mir würde dem die Sprache nicht versagen. Darauf setzte er von neuem an, und was Wenzel mir zu sagen hatte, war etwa dies:

»Als Kind hab ich überhaupt nicht gewußt, was Eltern sind, richtige, erziehende Eltern; für mich waren Eltern eher wie feindselige ältere Geschwister, die sehr grob sein können und nicht viel Worte machen. Bis ich zu euch kam, kannte ich nur den Stumpfsinn meines Vaters und die Rücksichtslosigkeit meiner Mutter – manchmal begriff sie, was sie mit mir anstellte, dann überschüttete sie mich mit Zärtlichkeiten und Geschenken, war ganz wild vor Liebe und Schuldgefühlen … Stunden- und tagelang eingesperrt zu werden und nichts zu essen zu bekommen, hab ich für normal gehalten, Prügel sowieso … so lebten, in meinen Augen, die Menschen nun mal zusammen. Bei euch ging es anders zu, ihr wart freundlich, habt mit mir geredet, wie noch nie jemand in meinem Leben mit mir geredet hatte; nie zuvor hatte ich so wenig Angst auszustehen wie in eurem Haus. Das alles war ungewohnt – und ich fing an, auf den ersten Gewaltausbruch zu warten. Doch der kam nicht, niemand tat mir etwas zuleide. Ich wartete weiter und spürte meine alte Angst wieder, obwohl mir immer noch nichts passierte. Daraus hab ich den falschen Schluß gezogen, daß deine Eltern mir nichts taten, weil sie mir nichts tun *durften*. Ich war ein Fremder, ein Kind, das ihnen nicht gehörte; einen anderen Grund, nicht mißhandelt zu werden, erkannte ich nicht. Natürlich, mir hätte auffallen können, daß deine Eltern, Max, auch mit dir nicht anders umgegangen sind, aber ich nahm es nicht wahr – als Kind war ich nur mit mir selbst beschäftigt: jeden Morgen fing der Überlebenskampf von vorn an, wenn er nachts überhaupt aufgehört hatte … weißt du, wenn man ständig damit rechnen muß, daß Gewalt über einen kommt … weißt du, wie das ist? Schwach und weich kamen deine Eltern mir vor, nicht einmal ausgeschimpft haben sie mich – auch ihr vieles Reden war für mich lange nur ein Zeichen von Schwäche. Ich hab sie gesiezt, so wie man Fremde siezt: Herr und Frau ... später durfte ich Onkel und Tante zu ihnen sagen, aber nie wollten sie von mir Vater und Mutter genannt werden, du weißt es, Max: weil meine leiblichen Eltern noch lebten, darum. So sehr hat man mich geschont; noch ein Grund, dankbar zu sein. Und selbst als ich die ersten Male weggelaufen war, redeten sie nach meiner Heimkehr immer sanft mit mir und appellierten an meine Vernunft, ohne zu merken, daß ich gar keine besaß. Doch dann kam der Rauswurf, vollkommen unerwartet. Plötzlich gab's da keine Schwäche und keine Weichheit mehr und keine sanften Reden, sondern nur Strenge und Ernst. Zum ersten Mal – vielleicht – wurde ich in eurem Haus richtig erzogen, und auch zum letzten Mal, aber ohne Gewalt, nur mit Worten. Davon hatte ich auch nichts gewußt, nicht einmal geahnt, daß Worte so viel Gewalt in sich haben können und nicht rückgängig zu machen sind, genau wie Schläge. Für diese Härte hab ich deinen Vater bewundert! Er war nicht grausam, als er mich fortschickte, nein, ich hab ja gesehen, wie er sich quälte und wie ungern er es tat: den Tränen war er nah, näher als ich ... Ich bewundere ihn bis heute für diese Härte, Max: Wenn ein Mann wie dein Vater einen rauswirft, dann *muß* das in Ordnung sein, dann ist es berechtigt und ergibt einen Sinn. Das klingt idiotisch – aber den Urteilsspruch deines Vaters hab ich schnell akzeptiert und darauf sogar mein Leben aufgebaut. Plötzlich sah ich ein Ziel vor mir: nicht untergehen! Denn das *wollte* dein Vater doch – daß ich nicht untergehe, darum hat er mich ausgeschafft, er sah, daß mir bei euch nicht zu helfen ist ... So hab ich mir diesen Rauswurf zurechtgelegt, einen anderen Grund konnte ich sowieso nicht erkennen, ich hatte doch nichts verbrochen, für was wurde ich denn bestraft? Nein, dein Vater konnte nur *einen* Grund haben, mich zu verstoßen: daß er mich retten wollte! Das war meine einzige Wahrheit, die einzige nützliche und positive Wahrheit in meinem Besitz. Deshalb hab ich deinen Vater nie gehaßt, im Gegen-teil – mir war immer, als schaue er mir von ferne zu, und vor ihm hätt ich mich ganz besonders geschämt, wenn ich gescheitert wäre ... und schwor mir, deine Eltern zu besuchen, wenn ich es geschafft hatte und gefestigt war. Ja, ich wollte tatsächlich zu ihnen nach Rotach fahren, so Ende der achtziger Jahre, aber meine erste Frau war dagegen, sie hat es abgelehnt.«

Man hätte auf diesen eigenartigen Monolog vielerlei sagen können, doch ich zog es vor zu schweigen, zumal Wenzel völlig überzeugt, ja geradezu überwältigt schien von seinen Worten. So ersparte ich ihm, hören zu müssen, was *mir* einfiel, wenn ich an den Grund für seine Vertreibung aus unserem Haus dachte, nämlich an die unvergeßlichen, mir lange Zeit auch unverständlichen Worte meines von Wenzel so hoch gerühmten Vaters: »Weil du *den* umbringst!« – wobei mein Vater unübersehbar auf mich gezeigt hatte.

Vielleicht mußte ich Wenzel einmal daran erinnern.

2

Wenzel war, wie er weitererzählte, als wir unseren Gang fortsetzten, von uns aus keineswegs nach Bayern geflohen, weil er sich dort am stärksten mit seiner toten Mutter verbunden fühlte. Wenn seine verzweifelten Fluchten am Ende der Rotacher Zeit überhaupt einen Grund gehabt hätten, dann den, daß er in der Ferne und in der Einsamkeit zu spüren hoffte, ob er zu uns gehörte, ob er bei uns, den Stollsteins, wirklich daheim war; doch er spürte es nicht und nahm an, daß er noch nicht weit genug geflüchtet sei. In Bayern, behauptete Wenzel mit unerwarteter Heftigkeit, in Bayern sei er immer nur zufällig gelandet, etwa weil der Eisenbahnzug, in den er wahllos eingestiegen war, oder das Auto, das für ihn, den Tramper, angehalten hatte, genau dorthin fuhren. Jede andere Annahme nannte er eine »Unterstellung« und ein »Klischee«. Doch schließlich, so sagte er wieder in ruhigem Ton, sei dieses Bayernland ihm unversehens zur Heimat geworden, als erstes Land überhaupt – und das wolle er auf keinen Fall seiner Mutter zu verdanken haben. Einer wie er, dürfe das Wort »Heimat« sowieso nur flüsternd aussprechen oder in die hohle Hand hinein, und darum gebrauche er es eigentlich nie, sondern sage nur:

»Do taugt's ma!«

Dann erzählte er mir die folgende Geschichte, die ich teils in seinen, teils in meinen Worten und außerdem ungeglättet – was vor allem heißt: ohne die Widersprüche, Dunkelstellen und Ungereimtheiten daraus zu entfernen – nacherzähle:

In seinem ersten Münchner Jahr wollte Wenzel gleichsam über Nacht ein neues Zeitgefühl besessen haben. Zum ersten Mal, so kam es ihm damals vor, konnte er nun Vergangenheit, Gegenwart und Zukunft sauber voneinander unterscheiden. In Rotach war ihm das noch unmöglich gewesen, doch Rotach lag hinter ihm, zum erstenmal in seinem Leben war etwas für ihn vergangen; jetzt, in München, umgaben ihn lauter neue Menschen, die ihn alle nicht kannten, jeder war ein Geheimnis, jeder ein Versprechen. Nur einer von ihnen konnte sagen, daß er Wenzel einigermaßen kenne – zumindest wußte er, was in der Akte mit der Aufschrift »Wenzel Bogatz« stand: sein Vormund beim Jugendamt, Anton Seidelbast, der stets eine Fliege trug und ihn an den gutmütig-vertrottelten Schulleiter aus einer alten Schwarzweißkomödie erinnerte. Seidelbast besorgte ihm eine Lehrstelle in einer der besten Druckereien der Stadt. Dem dortigen Lehrmeister freilich fiel schnell auf, daß Wenzel in seiner bisherigen Ausbildung fast nichts gelernt hatte, und so mußte er seine Buchdruckerlehre noch einmal von vorn beginnen. Das tat er gerne, weil damit auch im Berufsleben alles auf Neubeginn gestellt war. Wenzel empfand es nach seinen eigenen Worten wie eine Reinigung, eine Läuterung, eine Wiedergutmachung.

Zuerst wohnte er mit anderen Lehrlingen im Mehrbettzimmer eines Wohnheims zusammen, dann zog er in eine Wohngemeinschaft aus jungen Arbeitern und Studenten, die von einem Psychologen und einem Sozialarbeiter betreut wurde, und wo er zum ersten Mal in seinem Leben ein Einzelzimmer erhielt. Niemand gängelte ihn, niemand erteilte ihm Befehle. Er ging regelmäßig zur Arbeit und schwänzte auch die Berufsschule nicht – kein allzu hoher Preis, den er da zahlen mußte, um von seinem Vormund nicht gedrückt zu werden; denn es fehlten ihm noch etliche Monate bis zur Volljährigkeit, und Wenzel hätte jederzeit in ein geschlossenes Heim eingewiesen werden können. Das wollte er nicht riskieren. Über seinen Einzug in die Wohngemeinschaft hatte er frei entscheiden dürfen, vom Jugendamt war ihm dazu lediglich geraten worden. Vormund Seidelbast sprach von einer »therapeutischen Wohnsituation«, die er zu kontrollieren glaubte, worüber die Insassen aber nur lachten. Weil das Jugendamt auch für ihn die Miete bestritt, blieb Wenzel sein voller, wenn auch knapper Lehrlingslohn. So lebte der Fürsorgezögling Bogatz in seinem achtzehnten Jahr mit anderen zusammen und dennoch allein – besser war es ihm nie gegangen. An den Wochenenden reiste er oft in die Berge oder an einen der bayerischen Seen, mit seinem neuen, seinem ersten Personalausweis. Oder er erwanderte sich München und entdeckte den Städter in sich, obwohl er angeblich von lauter Landbewohnern abstammte. Niemanden nannte er damals seinen Freund. Das war ihm recht und beruhigte ihn. Kein Mensch störte sich an seinen Schrullen und anderen Eigenheiten. Wenzel hatte viele, meist kurze Liebschaften, ohne das Verlangen, mehr daraus werden zu lassen. Die

Mädchen, denen er begegnete, waren – für seine Erwartungen – recht leicht zu haben, und genau wie Wenzel genossen sie ihre Treulosigkeit und Experimentierfreude. Zum erstenmal schlief er in München mit einer Frau – und hatte sich schon während der letzten Zeit in Rotach immer mehr danach gesehnt … da war die Liebe ihm noch fremd gewesen, doch jetzt, nur wenige Monate danach, wurde er als Liebhaber geschätzt. Wenzel entdeckte, daß er etwas Besonderes an sich hatte – nur was? Es erregte Frauen, aber auch manche Männer, und hin und wieder löste dieses Besondere selbst bei viel Älteren eine Begierde aus, die ihn verblüffte und die ihm Angst machte. Der einzige Grund, den er dafür fand, war der: Du bist allein, du hast keine Familie, du gehörst niemandem – und die wittern gern Freiwild! Solchen Leuten ging Wenzel aus dem Weg, sobald er ihre Gier spürte; doch manchmal gab er sich ihnen auch hin, mit einer seltsamen Lust daran, sich einem fremden Willen auszuliefern. Nur Huren, Säufer und Herumtreiber mied er mit sicherem Instinkt; denn wo sie waren, das wußte er nicht nur vom Hörensagen, da war auch der Abgrund nicht fern.

Bald begriff er, daß es von Vorteil sein konnte, als Gezeichneter zu gelten. Fast überall, wo Wenzel verkehrte, wurde er, so wie andere auch, im Opfersein bestärkt. Gewalterfahrung, kaputte Herkunft, Abhängigkeit von Drogen oder Alkohol – all das wirkte in diesen Kreisen wie in Bürgerkreisen ein Einserzeugnis! Je hilfloser einer war, desto geachteter war er. Alles liebte Kaputtgeschichten – der große Erregungsstoff der Zeit. Wenzel fühlte sich abgestoßen davon. Das Angebot, sich als Opfer zu betrachten, verwirrte ihn und forderte ihn fast über seine Kräfte heraus. Im wohlig-unterwürfigen Leiden, das ihn gleichwohl anzog, erkannte er sein Vatererbe und bäumte sich auf dagegen; denn wie sein Vater, der Lois, wollte er auf keinen Fall sein: wimmernd, kraftlos, verheult. Nichts schien ihm weniger zu seiner geschenkten Freiheit zu passen als eine Opferrolle.

Wenn er nicht bei der Arbeit oder in der Berufsschule war, verbrachte er seine Zeit meistens unter Therapeuten und Therapierten. Sein Amtsvormund erwartete von ihm, einmal pro Woche eine »Sprach- und Verhaltenstherapie« in einem weit über München hinaus berühmten psychiatrischen Institut zu besuchen; sein dortiger Arzt hieß Gutzweiler, war Mediziner und Psychologe in einem und besaß zwei Doktortitel. Daneben nahm Wenzel an einer zweimal wöchentlich stattfindenden »autonomen Gruppentherapie« teil, an der auch die übrigen Fürsorgezöglinge aus seiner Wohngemeinschaft teilnahmen, freiwillig, wie es ausdrücklich hieß, obwohl keiner es sich erlauben durfte, zu fehlen. Die Gruppe war alles, der Einzelne nahezu nichts! Fast immer ging Wenzel auch zu den Treffen der kleinen Sportgemeinschaft, die von rund einem Dutzend Zöglingen sowie ihren teils bestallten, teils ehrenamtlichen Helfern aus verschiedenen therapeutischen Wohngemeinschaften des Stadtteils gebildet wurde; in dieser Gruppe war er am liebsten und tatsächlich aus freien Stücken, wobei er sich vorwiegend im Kraftraum aufhielt, um vielleicht jene Ochsenkraft noch zu entwickeln, die sein Vater besaß – das einzige, worum er den Lois beneidete. Auch den anschließenden Stammtisch, an dem wiederum ausgiebig Gespräche geführt werden konnten, versäumte er selten. Überhaupt, so schien ihm damals, wurde unentwegt, ja sturzartig gesprochen in dieser Zeit, als wäre für die Menschen grad ein langes, hartes Schweigegelübde aufgehoben worden; vor dem Reden aber hatte er doch Angst wie kein Zweiter.

In seiner Umgebung gab es, Wenzel betreffend, der von allen der Jüngste war und wie ein Benjamin umhätschelt wurde, zwei Fraktionen. Die erste Fraktion wollte ihm schlicht helfen und ermutigte ihn, jeden Tag zur Arbeit zu gehen, vollends sprechen zu lernen und seine Fähigkeit zu steigern, mit anderen gedeihlich zusammenzuleben. In der »autonomen«, vom Jugendamt jedoch gewollten und sogar geförderten Therapiegruppe versagte er andauernd und fiel in sein tiefstes, ältestes Schweigen zurück – die Aufgabe, vor anderen geständnishaft offen zu reden, verschlug ihm jedesmal die Sprache. Die zweite Fraktion verblüffte ihn mit einer sozusagen politischen Deutung seiner Leiden. Sie sah in Wenzel eine Art Kolonialopfer und zählte ihn zu den »Verdammten dieser Erde«. Sein Stottern, hieß es, könne nur ein Zeichen seiner gesellschaftlichen Entmündigung sein, seine Sprachnot nur eine Folge von Unterdrückung; das Vermögen, menschenwürdig zu reden, sei ihm geraubt worden, damit das »Kapital« ihn wie ein Haustier halten und seine Arbeitskraft besser ausbeuten könne. Dagegen solle er sich empören – einem »Subproletarier« wie ihm sei es sogar erlaubt, gegen die Verursacher seines Elends mit der Waffe vorzugehen, er müsse nur die in ihm angelegte Gewalt entdecken, bejahen und freisetzen. Jetzt zeigte sich, was hinter dem Vorteil, als »Kaputtnik« anerkannt zu sein, lauerte: Man sollte scharf gemacht werden für den Klassenkampf von unten! Doch Wenzel begann sich zu fürchten vor jenem Haß, den er angeblich in sich trug und der vielleicht herauswollte aus ihm ... ja, zum ersten Mal in seinem Leben fürchtete er sich davor, anderen zur Gefahr zu werden.

Und schon bald lernte er die ersten kennen, die für den Rachegedanken empfänglich waren und es kaum erwarten konnten, anderen zu schaden und sich selbst ins Unrecht zu setzen. Sie verschwanden oft über Nacht, schlossen sich sogenannten Untergrundzellen an oder wurden gewöhnliche Gauner, die stahlen und betrogen, doch stets mit dem vermeintlich höheren Recht auf ihrer Seite; selbst Laden- oder Taschendiebe genossen damals den Ruf von Widerständlern. Was aus manchem so wurde, las Wenzel zuweilen in der Zeitung: einen erschoß die Polizei, einer verunglückte mit einem geklauten Auto schwer und verlor sein Augenlicht, andere gingen, mitunter für lange, ins Gefängnis, wieder andere kehrten unauffällig zurück und versuchten, sich wegzuducken. Wenzel fühlte durchaus die Versuchung, diesen »Kämpfern« nachzueifern, doch keineswegs aus Haß oder Rachsucht, sondern weil er es nicht gelernt hatte, hart und endgültig nein zu sagen und alleine abseits zu bleiben; sein Muttererbe, wie er glaubte. Aber vielleicht trieb ihn auch nur das Heimweh nach dem altvertrauten, liebgewordenen Elend, dem Ausgestoßen- und Verlorensein, das in der Kindheit sein einzig sicheres Gehäuse gewesen war.

Doch letztlich widerstand er der Versuchung, sich für politische Zwecke mißbrauchen zu lassen, und das fiel ihm sogar einigermaßen leicht, weil er keinerlei tiefere Leidenschaft fürs Politische besaß und Gewalt verabscheute. Nie war er bereit, den zu dieser Zeit oft gehörten und vermutlich von Bewährungshelfern erfundenen Satz für wahr zu halten: »Nach allem, was mir angetan wurde, habe ich das Recht zu verletzen und zu töten!« Er wurde kein »Terrorist« – damals noch ein neues Wort –, obwohl er mit dem Privileg »Opfer der Gesellschaft«

in den gewaltseligen Siebzigern mehrfach die Chance dazu gehabt hätte, umworben von einer Initiative mit dem Namen »Verrückte zu den Waffen«, von den »Südstadt-Guerilleros« oder von den besonders witzigen »Randgruppen-Bombern«, die Spaß, Rausch und Krieg miteinander verquicken wollten. Er schämte sich (staunend, daß er es noch konnte), schämte sich allein bei der Vorstellung, einer von den Wehleidig-Brutalen zu werden, dieser ihm am meisten verhaßten Spezies ... so wie er sich später bei dem bloßen Gedanken schämen sollte, zu den Big Brother- und Talkshow-Verelendungs-Prominenzen zu gehören, die sich öffentlich suhlten und wälzten und permanent selbst bedauerten, statt Verantwortung für ihr Leben zu übernehmen. Denn für ihn, Wenzel, so wie er vor mir stand und es mit seiner ganzen Person zu beglaubigen versuchte, war Verantwortung das größte, wundervollste Abenteuer, das sich unter Menschen denken ließ.

Was ihn rettete, das waren, auf den kürzesten Nenner gebracht: Arbeit und Sprache. Stur, auch verbissen – denn zu allem Regelmäßigen mußte er sich anfangs noch durchringen – hielt Wenzel sich zuerst an seinen beruflichen Pflichten fest. Jeden Morgen erschien er pünktlich in seinem Lehrbetrieb, auch wenn er gar nicht oder nur wenig geschlafen hatte. In seiner Familie gab es, soweit er wußte, keinen einzigen, der jemals einen Beruf erlernt hatte, ihn beherrschte und zeitlebens ausübte; Wenzel wünschte sich, der erste aus dieser erbarmungswürdigen Sippe zu sein, der über ein Dasein als Hilfsarbeiter, Haus- und Stallknecht oder einfache Magd und Bedienerin hinauskam. Kein anderer als mein Vater, Fritz Stollstein, soll diesen Wunsch in ihm geweckt haben, und zwar durch das stille Vorbild, das er Wenzel gegeben hatte, wenn er in seiner Werkstatt arbeitete, allein und ohne Anleitung, nur aus sich heraus und seinem Wissen, seinen Gedanken, versunken in eine Aufgabe, die zu lösen war. Am meisten hatte Wenzel angeblich schon als Kind bewundert, wie mein Vater von Hand sägen konnte: schnell und doch geradlinig wie eine Maschine. Mit Andacht sah er ihm, oft auch verstohlen, bei der Arbeit zu – und entsann sich dieser Werkstatteindrücke unverhofft und mit starken Gefühlen später wieder, in München, wenn er einmal an seinem Entschluß irre wurde, ein Mensch mit einem Beruf zu werden, ein Mann vom Fach oder einfach jemand, der etwas konnte. Auch darin erblickte Wenzel einen Beleg für die ihm so wichtige *heimliche* Erziehung, die er in den Jahren bei uns von meinen Eltern erhalten haben wollte und die er nach Rauswurf und Neuanfang dankbar in sich zu entdecken glaubte.

Komplizierter verlief sein Kampf um eine menschenwürdige Sprache, wie er sagte – um diesen Kampf zu gewinnen, war mehr als *ein* glücklicher Zufall nötig. Von Anfang an hatte Wenzel sich in der »autonomen« Gruppe so wie nirgendwo sonst überfordert gefühlt. Das lag besonders an dem allgegenwärtigen Rede- und Geständniszwang, der dort herrschte. Alle um ihn her redeten und gestanden andauernd etwas, doch was sie erzählten, kam ihm nicht halb so schlimm vor, wie das, was er selbst erlebt hatte: im Wald mit seiner Mutter zum Beispiel, auf einer ihrer gemeinsamen Fluchten, damals, in stockfinsterer Nacht, als sie vor Rausch und Müdigkeit hingefallen und nicht wieder aufgestanden war, woraufhin er, mit seinen acht, neun Jahren, gedacht hatte: sie ist gestorben, ich muß sie eingraben, jetzt ist alles vorbei, heb ein Loch aus, und mit blutenden Händen und splitternden Fingernägeln grub Wenzel sich durch Steine, durch Wurzeln ins Erdreich hinab, schwebend zwischen Furcht und Hoffnung; doch plötzlich war seine Mutter wieder zu sich gekommen, hatte im Dunkeln fluchend nach ihrem Sohn getastet und ihm, nachdem er gefunden war, zielsicher ins Gesicht geschlagen, zur Strafe für ihre vorzeitige Beerdigung; ja, es war oft lustig gewesen mit der Mama …

Dieses oder ähnliche Erlebnisse konnte und wollte er keinem Fremden erzählen (ich war der erste, der überhaupt davon hörte); doch weil Wenzel auch sonst nicht viel von sich gab, rückte die Gesprächsgruppe ihm nah und näher, kreiste ihn ein und trieb ihn mit ihrer Forderung, endlich seine Leidensgeschichte preiszugeben, in die totale Stotterlähmung. Da kam er auf den Gedanken, das Stottern könnte ihm vielleicht auch einmal hilfreich sein und begab sich zu Seidelbast aufs Jugendamt. Es gelang ihm dort, seine Artikulationsschwierigkeiten so anschaulich darzustellen wie noch nie, und Wenzel schlug vor, seine längst begonnene »Sprach- und Verhaltenstherapie« in jenem namhaften Institut für Psychiatrie zuerst abzuschließen, bevor er die Therapie in der Gruppe, die sich auch – mit einem Lieblingswort jener

Zeit – »Selbsthilfegruppe« nannte, fortsetzen wollte. Seidelbast war beeindruckt von diesem Vorschlag, lobte Wenzel für konstruktive Mitarbeit und erteilte ihm die Genehmigung, die Gruppe vorübergehend zu verlassen und sich ganz um seine Sprache zu kümmern. Wovon der Vormund nichts erfuhr, das waren die übrigen Gründe, die der Zögling Bogatz besaß, um aus der »autonomen«, vom Jugendamt mehr als nur geduldeten Gruppe auszuscheiden: vor allem die ewige, so hirn- wie nutzlose Politisiererei, das – zumindest zeitweise – gegenseitige Aufstacheln zur Gewalt oder auch die peinlich überwachte Pflicht jedes Gruppenmitglieds, wenigstens hin und wieder Agitationsschriften auf der Straße zu verteilen, kurzum: die tagtägliche Einübung in Unfreiheit und Fremdbestimmung … Von alledem schien Seidelbast nichts zu wissen, ja, er ahnte wohl nicht einmal, welche Freibeuter da unter der Flagge des Jugendamts klammheimlich mitsegelten, und Wenzel schwieg dazu, denn zum Verräter wollte er selbst nicht an Schuften werden.

»Richtig zu sprechen ist mehr als nicht zu stottern!« Mit diesen Worten wurde er von Dr. Gutzweiler in der Sprechstunde empfangen. Nie mehr wollte Wenzel diesen irritierenden, aber auch faszinierenden Satz vergessen, was ihm bis zu diesem Tag immerhin gelungen war – ein Wunder bei seinem, wie er meinte, von Beginn an durch Schläge, Angst und Einsamkeit gefährdeten Gedächtnis (das ich am Bodensee allerdings als eine großartig funktionierende und einschüchterne Macht erfahren hatte). Dieser Gutzweiler war ihm gleich sympathisch gewesen: ein Fachmann mit weißem Kittel, Oberlippenbärtchen, Brille und Namensschild, der ihn sogar siezte und ihm bei ihren Gesprächen stets eine Tasse Tee anbot, wodurch er sich irgendwie erhoben fühlte. Bevor Wenzel ihn diesmal aufsuchte, hatte er Gutzweiler am Telefon mitgeteilt, was er beabsichtigte. Noch nie war seine Sprachnot ihm so zur Last gewesen, noch nie hatte er so stark den Wunsch verspürt, ein vollwertig Sprechender zu werden – vermutlich eine Folge all der anderen Befreiungen, die er in dieser Zeit durchlebte. Und wie sprach er damals! Allermeist in Wortbrocken und Satzfetzen, denn darauf war er trainiert; die Hoffnung, längere Äußerungen zu Ende führen zu können, hatte er nahezu aufgegeben. Seine einzige Chance, zu sprechen, bestand darin, rasch ein paar Wörter auszuspucken, bevor seine Rede wieder von innen her abgewürgt wurde; sein Sprechen war wie ein Springen – von Eisscholle zu Eisscholle, wenn er im Fluß vorankommen und nicht ertrinken wollte.

Der Doppeldoktor der Psychologie und Medizin zeigt sich hocherfreut, daß Wenzel aus eigenem Antrieb seine Sprachtherapie vorantreiben wollte, weil er im verschärften Gruppengespräch an Grenzen gestoßen war; alles teilte Wenzel ihm über seine Redehemmung in diesem Kreis aber nicht mit.

Schöne Dinge vernahm er aus dem Mund seines Arztes, mehr als einmal! Gutzweilers Art – sein Enthusiasmus und seine Ermutigungen vor allem, aber auch sein Witz – rissen Wenzel mit. Es beglückte ihn, zu hören, daß auch er, Wenzel Bogatz, die Fähigkeit des Sprechens voll und ganz besitze und daß nur bei seiner Sprachaneignung etwas schiefgelaufen sei: zur Sprache komme man eben nicht wie man zu Zähnen komme. Wobei das gemeine Stottern noch lange nicht das schlimmste Unheil sei, das Menschen beim Spracherwerb widerfahren könne, weit schlimmer sei die selbst verschuldete sprachliche Armut: eine vernachlässigte, ja verhunzte Aussprache etwa, ein zu kleiner, nie mehr voll ausgebauter Wortschatz oder auch das unwahrhaftige, nur von den Lippen fallende Geplapper, das in keinerlei Verbindung zum inneren Menschen stehe. Für ihn, Gutzweiler, sei dies ein großes Elend der Gegenwart – daß immer mehr Menschen freiwillig darauf verzichteten, beim Sprechen ihre Möglichkeiten auszuschöpfen; darum verdiene es Lob, daß Wenzel immerhin versuchen wolle, über das hinauszugelangen, was man in der Therapiesprache – mit einem hübschen Zungenbrecher – »Stottermodifikation« nenne.

Wenzel indes bezweifelte offen, irgendwann doch noch richtig sprechen zu können. Damals sah er im Stottern den letzten, unüberwindlichen Giftrest seiner Herkunft, ein bleibendes Erbe seiner Eltern, seiner Kindheit, aber Dr. Gutzweiler beruhigte ihn: Sein Sprachproblem dürfe er nicht als Krankheit auffassen, es gehe in seinem Fall also nicht um »heilen«, sondern um »lernen«. Doch Gutzweiler ließ ihn ebenso wissen, daß er geduldig an sich arbeiten müsse; er selbst und kein anderer habe bei diesem Versuch die Hauptlast zu tragen.

Plötzlich unterbrach Wenzel unsere Wanderung und wandte sich auf dem Feldweg so scharf zu mir her, daß ihm fast der Hut vom Kopf geflogen wäre. Er rief, daß er sich schon in der Kindheit aufgrund seiner Sprachnot als Ausgeschlossener gefühlt habe; sogar bereit sei er gewesen, ganz zu verstummen und sich mit seinem Schicksal abzufinden. Seinen Mund habe er gehaßt, diese Wunde, dies gräßliche Stotterloch – und öfter mal draufgehauen oder beinahe dem Wunsch nachgegeben, ihn zu verletzen, damit er endlich einen *echten* Grund besäße, so schlecht zu sprechen. Nicht einmal nach innen, lautlos, gewissermaßen in Gedankenrede, sei er des Sprechens mächtig gewesen. Selbst das Gebetchen, das seine Mutter ihm beigebracht hatte, glückte ihm auf diese Weise nicht; einzig mit ihr, Mund an Mund, halblaut, war er imstande, es aufzusagen. Wie er überhaupt in ihrer Nähe noch am ehesten ungestottert sprach, wenn sie nicht allzu betrunken war und friedlich blieb. Doch beim besten Willen – als Kind verstand er einfach nicht, was da in ihm lauerte, welche Krankheit, welches Leiden jederzeit ausbrechen, über ihn herfallen konnte, und nie erklärte es ihm jemand, den meisten sei sein Gestotter nur peinlich oder gleichgültig gewesen.

Erst Schwester Thaddäa, nach seiner Einlieferung ins Kinderheim Mitte der Sechziger, habe ihm und ein paar anderen Stammlern – denn dort stieß er zum ersten Mal auf weitere von seiner Art – das Grauen und die Angst genommen und mit ihnen zusammen sogar darüber gelacht, freundlich, so wie man über ein lustiges Mißgeschick lacht. Den bescheidenen Sprach- oder Singübungen dieser Franziskanerin verdanke er viel, von da an sei es ihm immerhin erspart geblieben, für ganze Tage ins Schweigen abzugleiten, so wie einst in Rotach und jedesmal von dem Schrecken begleitet, nie wieder daraus aufzutauchen und sprachlos zu bleiben. Nein, bei Schwester Thaddäa mußte jeder von ihnen reden, egal wie es klang, und nicht nur einzelne Wörter oder Halbsätze waren vor ihr zu sprechen, sondern vollständige Sätze, teilweise lang und gewunden wie ein Güterzug, so daß ihr Ende nicht abzusehen war. Und wenn die Schwester ihnen einmal vorlas – was seine Mutter nie getan hatte –, dann bewegte Wenzel still seinen Mund mit, und ihm war, als spräche er selbst.

Darauf konnten wir unsere Wanderung fortsetzen, und Wenzel erzählte mir weiter aus seiner frühen Zeit in München:

Bevor er damals in die Übungen eingewiesen wurde, die sein Leben über Jahre begleiten sollten, überraschte Dr. Gutzweiler ihn mit der Aufforderung, vom Dialektsprechen abzulassen. Seine künftige Sprache müsse die deutsche Hochsprache sein, denn die sonderbare Mundart, die Wenzel spreche, sei vom Stottern befallen durch und durch. Er solle sie einmal näher betrachten, diese Mundart – ein Gemisch aus mehreren Dialekten oder auch nur Dialektanklängen: etwas Bairisch, etwas Schwäbisch, etwas Fränkisch wohl auch. Ihm komme es so vor, sagte Gutzweiler, als irre Wenzel in verschiedenen Dialekten umher, auf der Suche nach einer Muttersprache; doch offenbar könne er sich nicht entscheiden. Und der Doktor war sich sicher: Verfangen in einem Gehedder aus Naturlauten, würde Wenzel nie richtig sprechen lernen, er müsse da heraus, um in einer neuen, künstlichen, noch nie zuvor von ihm gebrauchten Sprache – wenn er so wolle, in seiner ersten Fremdsprache –, das Sprechen von Grund auf zu lernen: in der Hochsprache.

Die erste Übung, die Wenzel machen mußte, jagte ihm einen gehörigen Schrecken ein; nie hätte er gedacht, daß man etwas Derartiges von ihm verlangen würde, nämlich absichtlich zu stottern! Gutzweiler ermunterte ihn immer wieder dazu, aber schon bald wollte es ihm kaum mehr gelingen. Wenzel mußte sich richtig anstrengen, um überhaupt noch ins Stottern zu geraten, und er lauschte ungläubig, wo es geblieben war. Die zweite Übung verlief ähnlich: Jetzt sollte er sein *unwillkürliches* Stottern zulassen und sich nicht länger – mitunter bis zum Zittern und Verkrampfen – dagegen wehren. Doch er hatte gar nicht gewußt, daß er sich wehrte, und mußte nun entdecken, daß die Körper- und Seelenpein, die ihm seit langem vertraut war, nicht mit dem Stottern selbst einherging, sondern mit dem Versuch, es zu verhindern. Tatsächlich stotterte es sich leichter, unangestrengter, wenn man dem Stottern seinen Lauf ließ, und schon nach kurzer Zeit wurde es sogar weniger. Wenzel freute sich darüber und hätte fast verkündet, daß er nur noch vor Freude stottere, doch Dr. Gutzweilers Blick schien ihm davon abzuraten.

Gleich zu Beginn hatte man ihm im Institut ein kleines, hektographiertes Regelbuch ausgehändigt, das er stets bei sich tragen sollte. Darin standen Merksätze wie »Ich habe keine Angst« oder »Ich spreche nicht zu laut und nicht zu leise«. Auch Atem- und Entspannungsübungen fanden sich in dem Büchlein, das aber so schlecht gebunden war, daß er es in seinem Lehrbetrieb noch einmal band, um es für einen häufigen Gebrauch haltbar zu machen. Doch Wenzel stieß auch auf Begriffe, die ihn einschüchterten, weil sie das Stottern furchtbarer erscheinen ließen, als er es inzwischen wahrhaben wollte, »zäher Block« vor allem; er schwor sich, diese Formulierung nie zu benutzen, nicht einmal in Gedanken. Dann folgten die praktischen Sprechübungen, zuerst auf der Ebene von Konsonanten und Vokalen – Wenzel nannte das Gutzweiler gegenüber arglos »Buchstabensprechen«. Dabei griff er viel zu forsch an, ließ jeden Vokal laut und röhrend erschallen oder knallte mit den Konsonanten, daß die Spucke flog und sein Arzt ihn aufforderte, die Vokale lieber zu dehnen und die Konsonanten, besonders zum Wortauftakt, zu erweichen; zusammen probten sie minutenweise langgezogene As und Es sowie butterweiche Ps und Ts.

Den Einzellauten folgten die Wörter und schließlich die Sätze, die Wenzel vom Blatt sprechen mußte. Seine Aufgabe dabei war, alle Sätze außergewöhnlich langsam, hochkonzentriert und ohne Unterbrechungen zwischen den einzelnen Wörtern zu sprechen, grad als wäre jeder Satz auch nur ein Wort. So zu sprechen, erzeugte eine monotone, eigentümlich schwebende, schweifende Melodie, die unwirklich klang, fremdartig, ja künstlich, grad als wäre der Sprecher sein eigenes Echo; manchmal bekam Wenzel eine Gänsehaut davon. Aber Gutzweiler sagte ihm, wenn er diese bewußt gesteuerte Art zu reden über Jahre hin oft und regelmäßig übe, dann könne er zwar vielleicht nicht flüssig sprechen, aber immerhin flüssig stottern. Das klang wie ein Witz. Doch sein Arzt tröstete ihn und meinte, Wenzel dürfe nicht zuviel erwarten. Nur selten gelinge einem Stotterer ein vollkommen stotterfreies Sprechen; so einer zu werden, hatte Wenzel sich aber vorgenommen.

Alles, was er im Institut lernte, war natürlich auch draußen im Alltag und unter normalen Leuten anzuwenden. Dort ereignete sich der Ernstfall, und im Ernstfall war er allein und ganz auf sich gestellt. Wenn Wenzel in Sprachnot geriet – so war es vereinbart –, dann sollte er absetzen, eine Pause einlegen und das widerspenstige Wort in aller Ruhe wiederholen, auch mehrfach. Und Wörter, die ihm Angst machten, weil er an ihnen üblicherweise ins Straucheln kam, durften auf keinen Fall gemieden, sondern mußten mutig und bewußt angesteuert und in jener erlernten, zeitlupenhaft verlangsamten, eintönig schleppenden Weise ausgesprochen werden, selbst wenn man dafür verlacht oder beleidigt wurde. Stets war viel zu bedenken, vorherzusehen und nachzubereiten, auch im »Dialog« mit Gutzweiler – ein Wort, das Wenzel bisher nicht gekannt oder wieder vergessen hatte, das ihm aber, wie er sagte, von Anfang an »mundete«. Tag für Tag begab Wenzel sich auf offener Straße, am Arbeitsplatz oder in seiner Wohngemeinschaft in einen Kampf, den ihm kaum einer ansah, der ihn aber schlauchte und den er nicht verlieren wollte, den Kampf darum, als Sprechender unter Sprechenden doch noch heimisch zu werden.

Dr. Gutzweiler empfahl ihm außerdem ein paar Übungen, die Wenzel ausführen konnte, wenn er alleine war, gleichsam Sprachtrainingseinheiten, eingestreut in seinen Tageslauf. So sollte er – aber keinesfalls schludrig! – vor sich hinsagen, was er im selben Moment vor sich sah, von der Parkbank aus in seiner Mittagspause oder daheim beim Blick aus dem Fenster: Vögel, Wolken, Bäume, Häuser, Flugzeuge, Menschen … Das Wichtigste dabei sei, aus dem Gesehenen eigene Sätze zu bilden und sie mit den eingeübten Techniken geduldig immer wieder auszusprechen, bis sie so rein erklängen wie möglich. Und sobald er, Wenzel, glaube, einen Satz zu beherrschen, könne er ihn wieder aufgeben, sich das Material für einen neuen suchen und diesen zusammenbauen. Und ruhig dürfe er auch mal ausprobieren, wie ein solcher Satz töne, wenn er in den Maschinenlärm seiner Druckerei hineingesprochen werde oder ins Wasserrauschen an einem Flußwehr, doch immer mit so viel Stimme, daß der Satz noch gut zu verstehen sei. Auch laut vorlesen solle Wenzel sich, zum Beispiel aus der Zeitung. Um anschließend aus dem Gehörten wiederum eigene Sätze zu fertigen. Und warum das alles? Damit ihm die Sprache näherrücke, damit ihm das Sprechen geläufiger und schließlich selbstverständlich werde, zumal Stotterer, vor allem schwere wie er, sich schon aus Furcht von der gesprochenen Sprache fernhielten, den Umgang mit ihr scheuten und sich erst daran gewöhnen müßten, vertraut mit ihr umzugehen, vielleicht sogar intim. Der Stotterer und die Sprache – ein Paar, das lange getrennt gelebt hatte! Diese Vorstellung gefiel Wenzel, und seine Phantasie spielte oft damit.

Er hielt durch, insgesamt sechs Jahre: mehr als zwei davon in Gutzweilers Therapie, vier weitere mit freien Übungen, die er sich – unterstützt von seiner ersten festen Freundin und späteren Frau Reni – nicht aufzugeben traute, aus Angst vor dem großen Rückfall. Doch der kam nicht; nur kleine Rückfälle ereigneten sich mitunter: in Lebensnöten kehrten meist auch seine Sprachnöte zurück. Darum vergaß Wenzel nie, was Gutzweiler ihm einzuschärfen versucht hatte, nämlich daß er bis in alle Zukunft ein Gefährdeter sein werde, ganz gleich wie gut zu sprechen er gelernt habe.

Auch eigenartige Ängste begleiteten diesen nachgeholten Spracherwerb. So hatte Wenzel während seiner ermutigenden Fortschritte unterwegs zur Sprache immer wieder das Gefühl, sich auf einer Treppe zu befinden und abwärts zu steigen, hinunter in ein Unbekanntes – eine verblüffend lebendige Raumvorstellung, wie er noch immer meinte. Je tiefer er stieg, desto mehr fürchtete er, *da unten* Entsetzliches zu entdecken, das er auf keinen Fall ertragen würde, doch was es war, wußte Wenzel nicht, und er konnte es sich auch nicht denken. Also berichtete er Gutzweiler davon, der ihn ohne Zögern wissen ließ, was ihn plage, sei das stotternde Kind in ihm, das sich fürchte, sein Stottern aufgeben zu müssen, die einzige Sprache, die es doch beherrsche.

Eine zweite Angst oder Sorge rührte gleichfalls von Wenzels Fortschritten her. Denn je mehr ihm das Sprechen gelang, desto mehr sorgte er sich um seinen Mund. Bei vielen Gelegenheiten – selbst beim Küssen – fürchtete er, vor allem seine Zunge zu verletzen. Und wenn er sich beim Essen tatsächlich einmal biß oder sich leicht verbrannte, durchzuckte ihn die Angst, sein neuerworbenes Vermögen zu beschädigen oder gar zu zerstören. Er wußte natürlich, daß es unsinnig, wenn nicht albern war, so zu empfinden; dennoch gab er häufig dem Zwang nach, sich in den Mund zu schauen, ihn sogar auszuleuchten und seine

Sprechwerkzeuge eingehend zu betrachten. Auch begann er mit einer schon hysterisch zu nennenden Mundpflege, schrubbte, schabte, gurgelte – und hatte als Kind meist nicht einmal eine Zahnbürste besessen, geschweige denn eine vermißt. Einfache Zahnbehandlungen versetzten ihn in Aufregung, und sie wuchsen sich zum Alptraum aus, wenn dazu eine Betäubungsspritze nötig war: Das schwere, gelähmte, auf einer Seite schlaff herunterhängende Maul weckte in Wenzel schmerzhafte Erinnerungen an den sich versagenden, störrischen Mund bei seinen schweren Stotteranfällen von einst. So zahlte er mit allerlei Befürchtungen, Ticks und Irritationen für den Stolz, immer flüssiger sprechen zu können, ein Preis, der ihm nicht zu hoch erschien, zumal im Lauf der Zeit sein Wortschatz größer, sein Denken reicher und seine Gefühle stärker wurden – mit der Sprechfähigkeit schien auch seine Persönlichkeit zu wachsen. Nur in einem lag Wenzel (Gutzweiler folgend) falsch: der Dialekt, zumal der bayerische, in dem er täglich heimischer wurde, war kein Hindernis auf dem Weg zu besserem Sprechen, und darum frönte er ihm mit Lust.

3

Um die Mitte der siebziger Jahre glaubte Wenzel, seine Lebenswende hinter sich zu haben – aber sie sollte erst noch kommen. Alles schien ihm damals zu gelingen, und München leuchtete wie nie zuvor. Er wurde gemustert und für wehrdienstuntauglich erklärt, auf Grund der seelischen Schäden, die ihm in der Kindheit zugefügt worden waren. Im Frühjahr 1976 beendete er seine Druckerlehre und legte mit passablen Noten die Gesellenprüfung ab. Danach arbeitete er in einer linken Kellerdruckerei nahe der Universität, für einen so mickrigen Lohn, daß er sich nach wenigen Monaten wieder in seinem alten Lehrbetrieb bewarb, der zu dieser Zeit expandierte. Dort stellte man ihn tatsächlich ein, bot ihm sogar ein unbefristetes Arbeitsverhältnis, in dem Wenzel anderthalb Jahrzehnte aushielt, bevor er es während seiner schwersten Lebenskrise selbst zerstörte. Auch zog er nach der Prüfung sofort aus seiner Wohngemeinschaft aus, um die dort ausgeübten Zwänge vollends abzustreifen; er mietete eine kleine Wohnung, richtete sie notdürftig ein und schlief nun zum ersten Mal in einem Bett, das ihm selbst gehörte. Keine Behörde beaufsichtigte ihn mehr; von seinem Amtsvormund, der ihn freiwillig über die Volljährigkeit hinaus betreut hatte, nahm er Abschied, und Dr. Gutzweiler, sein Sprachheiler, war ihm nach dem Ende der Therapie nicht wieder begegnet. Mitunter kehrte Wenzel zurück in seine alte Wohngemeinschaft, als Besucher an langen Sonntagnachmittagen etwa oder wenn er sich einsam fühlte oder nichts zum Essen eingekauft hatte. Bei einem dieser Besuche lernte er – wohl 1978 – die etwa gleichaltrige Reni kennen, die als angehende Sozialarbeiterin zu dieser Zeit in mehreren betreuten Wohngemeinschaften des Stadtteils hospitierte. Sie verliebten sich ineinander, und erst jetzt, in seinem dreiundzwanzigsten Jahr, erfuhr Wenzel, was es heißt, geliebt zu werden – dank Renis Liebe glaubte er sogar, noch einmal in schneidender Schärfe jene Lieblosigkeit wahrzunehmen, die ihn bisher umgeben hatte. Sein Wunsch nach Familie erwachte wieder oder wurde von Reni geweckt, ja wiederbelebt, und die beiden beschlossen zu heiraten und Kinder zu haben. Nachdem Reni zwei Jahre später ihr Studium an einer Fachhochschule erfolgreich beendet hatte, schien ihnen der richtige Zeitpunkt gekommen; auf Bitten von Renis katholischen Eltern ließen sie sich sogar kirchlich trauen. Wenzel war diesen Menschen dankbar, er konnte gar nicht sagen, wie sehr: Sie hatten ihm – einem wie ihm! – ihre Tochter zur Frau gegeben ... welch unverdientes Glück! Dafür nahm er gerne in Kauf, daß man ihn in der Bildungsatmosphäre dieses Elternhauses – Renis Vater wie auch ihre Mutter waren Lehrer – häufig spüren ließ, wie barbarisch ungebildet er war. Wenzel mußte versprechen, diesen Zustand zu ändern, indem er viel lesen und Volkshochschulkurse besuchen würde; auf seine Herkunft durfte er sich nicht hinausreden, nicht mehr in seinem Alter, wie seine Schwiegereltern meinten.

Gleich nach der Hochzeit nahmen Reni und er ihre erste gemeinsame Wohnung, am nördlichen Stadtrand, weil die Mieten dort billiger waren. Und im Jahr darauf, am 7. Juli 1982, wurde ihnen Natalie geboren. Ein Schwindel ergriff Wenzel, wenn er daran dachte, welche Veränderung mit ihm vor sich gegangen war – vom Fürsorgezögling und Staatsmündel zum Ehemann, Schwiegersohn, Familienvater ...

Reni blieb weit über den Mutterschutz hinaus daheim bei ihrem Kind, während er den Lebensunterhalt der Familie sicherte; da die Eltern seiner Frau ihnen öfter Geld zuschoben, lebten sie sorgenfrei. Trotzdem drängte es Reni nach wenigen Jahren – Natalie war noch im Vorschulalter –, nun endlich, nach Studium und Familiengründung, in ihrem Beruf zu arbeiten. Ohne Mühe erhielt sie in der Stadt eine Stelle, zuerst als Bewährungshelferin, dann als Sozialarbeiterin im Jugendstrafvollzug. Von jetzt an waren beide Eltern tagsüber fort, während die Tochter den Vormittag im Kindergarten, den Nachmittag in einer privat organisierten Kindergruppe verbrachte, für die sie teuer bezahlten. Nur die Abende und die Wochenenden verbrachten sie zusammen, unternahmen Radausflüge, wanderten, kochten oder erledigten gemeinsam die Hausarbeit.

Eigentlich hatten Wenzel und Reni immer ein weiteres Kind gewollt, wenigstens eines noch – ein Versprechen, das sie sich gegenseitig oft und feierlich gegeben hatten. Jahrelang wartete er auf ein Zeichen von ihr, sie war die Stärkere, die Reifere, die Mutigere, kurzum: das heimliche Familienoberhaupt, dem er, je länger, je mehr, alle Entscheidungen überließ. Doch Wenzel wartete umsonst. Reni wollte kein Kind mehr, zumindest nicht gleich und vor allem nicht mit ihm; nicht, bevor *er* sich geändert hätte. Sie ließ ihn wissen, daß er ein viel zu gewöhnlicher Mann sei, vor allem aber ein schlechter Vater. Genau so sagte sie es ihm, als er doch einmal nach ihrem Kinderwunsch fragte, sie sagte es klar und direkt – daß ihm jählings die Luft wegblieb. Doch seine Frau hatte recht, Wenzel mußte ihr zustimmen. Für einen Familienvater hielt er sich allzu sehr am Rand. Und fühlte sich dort, auf der Außenbahn, wie er sagte, auch noch wohl: ein Ernährer, der jeden Tag von morgens bis abends aus dem Haus war und keine Erziehungsaufgaben hatte. Doch wenn ihre kleine Familie einmal für Stunden unter einem Dach zusammenfand, dann schlüpfte Wenzel sofort in eine Nebenrolle. Er setzte sich ab, werkelte im Keller, in der Garage, auf dem Dachboden oder pumpte im Garten die Fahrräder auf, während er Mutter und Tochter auf der Veranda miteinander reden hörte, stets fasziniert davon, wie es Reni gelang, auf das Kind einzugehen, es zum Lachen oder zum Nachdenken zu bringen, ihm auf spielerisch leichte Art die Welt zu öffnen; ihm war das verwehrt. Doch sonderbar: Wenn Mutter und Tochter zärtlich miteinander umgingen, fühlte er sich bei ihnen geborgen, gleichsam aus der Distanz.

Freilich verbrachte auch Wenzel gerne Zeit mit seinem Kind, aber nur, wenn seine Frau dabei war, und er sich mit der Rolle des Stichwortgebers, des Zuhörers oder Zuschauers begnügen durfte. Ganz allein mit Natalie, stieß er schnell an seine Grenzen. Spielten Vater und Tochter miteinander auf dem Wohnzimmerfußboden, kam er sich ungeschickt und einfallslos vor; wollte er zärtlich sein zu seinem Kind, fand er sich grob und fürchtete, ihm weh zu tun; fing er ein Gespräch an, fielen ihm selten die richtigen Worte ein, hilflos stammelte Wenzel im Kreis herum und sprach Albernheiten aus, die selbst der Sechsjährigen zu kindisch waren. Als Natalie ihn einmal als knolligen Kartoffelmann mit Stummelarmen malte – neben einer möhrenschlanken, strahlenden Mutter, die ihre Arme ausgebreitet hielt –, da wußte er, wie seine Tochter ihn sah. Alles, was er als Vater anfing, erschien ihm ungenügend und fade, worauf seine Frau meinte, er müsse sich eben mehr anstrengen, dürfe nicht so nachgiebig sein mit sich, so verdammt weich, und selbst das Kind fing bald damit an, ihn auf seine Fehler aufmerksam zu machen und zu erziehen – Erziehung lag daheim bei ihnen immer in der Luft! Auch bestand Natalie darauf, ihn mit seinem Vornamen anzusprechen; das hatte er bei seinem Vater, dem Lois, zeitweise auch getan, aber ungefragt und aus Verachtung ... jetzt rächte es sich! Nachts, im Bett, wenn die Verzweiflung über ihn kam, glaubte Wenzel zu begreifen: Du bist selbst ja viel zu wenig Kind gewesen, um Vater sein zu können, du hast zu wenig Familie erlebt, um in einer Familie leben zu können! Zugleich suchten ihn allerlei Phantasien heim von furchtbaren, unerträglichen Gefahren, in die seine Tochter geraten könnte, und Wenzel erkannte, daß er neben dem Ernährer nur eine einzige Vorstellung vom Vatersein hatte, nämlich die sehr antiquierte des Beschützers – zweifellos hätte er sich umbringen oder verstümmeln lassen für sein Kind, doch das war nicht gefordert.

Etwa zur selben Zeit machte er seiner Frau und seiner Tochter den Vorschlag, mit ihm zusammen meine Eltern in Rotach zu besuchen: die Stollsteins, deren Pflegesohn er einst gewesen war. Er wußte selbst nicht, was er sich davon versprach, ja, er wußte nicht einmal, wie er grad in diesem Augenblick darauf kam. Vielleicht wollte er mit diesem Ausflug nur einen Beitrag zur familiären Freizeitgestaltung leisten, vielleicht aber auch die Anerkennung meiner Eltern gewinnen, um seiner Frau ins Bewußtsein zurückzurufen, wo ihr Mann einst begonnen und wie weit er es inzwischen gebracht hatte. Doch Reni und das Kind verspürten keine Lust, mit ihm zu verreisen – irgendwann später einmal, sagte seine Frau unwillig, denn im Augenblick stünden ihnen allen wichtige Neuerungen bevor.

Und voll Freude teilte Reni ihm mit, welche Entscheidungen sie diesmal getroffen hatte, unterstützt, womöglich getrieben von ihren Eltern, wie Wenzel annahm. Er jedenfalls war nicht gefragt worden. Seine Frau erwartete nicht allein Zustimmung von ihm, sondern daß er sich auch mit ihr freute; nur so konnte sie die fast hysterische Aufbruchstimmung, in die sie sich versetzt hatte, genießen. Aus Furcht, Reni könnte ihn verlassen, unterwarf sich Wenzel und spielte ihr Freude vor, während er mühsam seine Enttäuschung verbarg. Reni hatte entschieden, zuerst – in einem stadtnahen Dorf – ein von ihr ausgesuchtes Haus zu erwerben, das sie ihm noch zeigen wollte. Finanziert werden sollte der Kauf mit dem von ihren Eltern vorab ausbezahlten Erbe, für den stattlichen Rest müßte ein Kredit aufgenommen werden, den er, ihr Mann, mittragen durfte. Alle Verträge waren bereits aufgesetzt, sie mußten nur noch unterschrieben werden. Der Umzug in das neue Haus hatte zu erfolgen, bevor Natalie – im September 1989 – eingeschult werden würde; denn nach dem Wunsch ihrer Mutter sollte das Kind wenigstens die ersten vier Jahre in dem noch übersichtlichen stadtnahen Dorf zur Schule gehen. Wenzels Schwiegereltern würden vorher ebenfalls herausziehen aufs Land und in der Nähe eine Wohnung nehmen, um ihr Enkelkind mitbetreuen und mitversorgen zu können, vor allem tagsüber, wenn er, Natalies Vater, in der Stadt bei der Arbeit war. Und dann trug Reni ihm ihren folgenreichsten Entschluß vor: Sie selbst wollte in Kürze ihre Stellung in München aufgeben, um gemeinsam mit einigen überaus erfahrenen Kollegen ein Unternehmen für Streetworking zu gründen, das seine Dienste in kleinen und mittleren Städten Bayerns anbot. Streetworking war damals noch eine ziemlich neue Form der Sozialarbeit, und Reni sah dafür rings einen Markt entstehen. Längst hatten großstädtische Jugendprobleme auch auf Landstädte übergegriffen, doch die Gemeinden zögerten noch, für diese Art von Straßenarbeit eigene Stellen zu schaffen, und würden wohl schon deshalb fachkundiges Personal verpflichten, das von außen Hilfe bringen konnte. So stellte Reni sich ihre berufliche Zukunft vor – unbedingt wollte sie ganz vorne dabei sein, wenn in der Jugendarbeit ein neues Zeitalter anbrach. Und tatsächlich erhielt ihre Firma schnell Aufträge. Fortan war Wenzels Frau jede Woche zwei bis drei Tage am Stück unterwegs und kümmerte sich in fremden Orten – vor Bahnhöfen, in Unterführungen und provisorischen Jugendhäusern – um Obdachlose, Drogensüchtige, junge Arbeitslose oder auch minderjährige Prostituierte. Wenn seine Frau von einem ihrer Einsätze zurückkehrte, war sie erschöpft und mußte zuerst ausschlafen, danach verbrachte sie mindestens einen Tag im Firmenbüro, um Rechnungen zu schreiben, Angebote aufzusetzen oder nachbereitende Gespräche zu führen; manchmal fuhr sie auch zu einer Fortbildung und war abermals über Nacht fort. Nur hin und wieder kreuzten sich ihre Wege, etwa wenn Wenzel nach Feierabend heimkam, und sie zusammen aßen. Doch danach zog sich Reni meist in ihr Arbeitszimmer zurück.

Wenzel führte ein einsames und dennoch umständliches Leben, aber er beklagte sich nicht, bei wem auch. Früh, schon als kleiner Junge, war er Fatalist geworden, wie er meinte, und hatte gelernt, zufrieden zu sein, solange der Schmerz nicht noch zunahm. Morgens holten seine Schwiegereltern das Kind bei ihm ab und brachten es zur Schule, abends, nach Arbeitsschluß, holte er es wieder bei ihnen und brachte es nach Hause, meistens zu Fuß, weil Reni das gemeinsame Auto brauchte, um an ihre Einsatzorte zu gelangen, die oft hundert und mehr Kilometer entfernt lagen. Auch Wenzels Weg zur Arbeit war mittlerweile um einiges weiter geworden: zuerst mit dem Bus, dann mit der Straßenbahn brauchte er bis zu seinem Betrieb in der Innenstadt fast doppelt so viel Zeit wie von der alten Wohnung aus. Im neuen Haus war noch viel zu tun, während der ersten Wochen hatte er es noch nicht annähernd bewohnbar eingerichtet, überall standen volle Umzugskartons herum, und nur das Nötigste war bereits ausgepackt. Dieses Haus, das sie – wahrscheinlich zu überhöhtem Preis – gekauft hatten, war ein enges, altes, geducktes Bauernhaus mit einem zugewachsenen Garten davor und einem gut erhaltenen Viehstall dahinter; im Stall sollten die Wände gestrichen und anschließend Regale aufgestellt werden, damit der Raum als Abstell- oder auch Vorratskammer genutzt werden konnte. So hatte seine Frau es ihm aufgetragen. Doch Wenzel verspürte wenig Lust dazu, ihm fehlte der Antrieb – für welche Zukunft denn!

Waren er und seine Frau am Ende? Sie wollte, daß er ein Nest baute und dabei endlich ein (nach ihrer Vorstellung) richtiger Vater und Ehemann wurde. Das war der Liebesbeweis, den Reni von ihm forderte, während sie selbst viel zu oft abwesend war, um das Nest zu bewohnen. Ja, sie hatte mit ihm die Bahn getauscht, hatte ihn auf die Innenbahn gesetzt und selbst die Außenbahn genommen! Von Anfang an war Wenzel überzeugt gewesen, *das alles* werde auch veranstaltet, um ihn zu einer Korrektur zu zwingen. Zwang wäre dazu allerdings nicht nötig gewesen, man hätte ihm nur mehr Zeit lassen müssen, vielleicht erreichte er ja noch, was Reni von ihm wünschte, aus eigener Kraft und nicht mit Druck. Er fühlte sich überfordert, überfordert bis zur Lähmung – und reagierte beleidigt, auch trotzköpfig, was seiner Frau nicht verborgen blieb. Sie redeten immer weniger miteinander, und so fand Wenzel heraus, daß seine Frau auch noch besser schweigen konnte als er.

Er war kein Nestbauer – erwartete sie wirklich von ihm, einer zu sein? Eigentlich wurde ihm nie ganz klar, was Reni erwartete; gerade sie hätte doch wissen müssen, was von ihm nicht erwartet werden konnte. Er verfügte keineswegs über ihre seelische Kraft, schöpfte nicht aus den gleichen Reichtümern wie sie – an Selbstbewußtsein, Unbeirrbarkeit und Lebensmut –, sondern mußte mit weit weniger auskommen, ein Hungerkünstler fast, schwerfällig und arm an Phantasie. Stets erschrak Wenzel zu früh oder zu spät – und durfte schon froh sein, wenn sich kein Abgrund unter ihm auftat. Wußte seine Frau das nicht? Er hatte ihr doch alles von sich erzählt, in hundert Stunden und mehr war sie, wie ihm schien, zur liebe- und verständnisvollsten Mitwisserin seines Lebens geworden, während er, nicht lange nach der Stottertherapie, vor ihr zu einem furchtlosen und aufrichtigen Sprecher herangereift war. Sie heizte ihm ein – und wenn er klar artikuliert und rhythmisch pulsierend sprach, fühlte sie sich sogar angemacht davon und zog ihn ins Bett … Immer hatte es Reni beeindruckt, daß er trotz elendester Ausgangsbedingungen nicht untergegangen war, sondern sich, mit nur wenig fremder Hilfe, selbst gerettet hatte. Daraus zog sie – verständlich! – den falschen Schluß, Wenzel könne sich immer weiter verbessern, erneuern und umschaffen. Auch er selbst glaubte daran, und nicht allein ihr zuliebe. Denn schließlich war ihm in seiner Münchner Zeit bisher so gut wie alles gelungen: er hatte einen schwierigen Beruf erlernt und sich eine halbwegs menschenwürdige Sprache zugelegt. Als Reni aber sehen mußte, daß er als Ehemann und Vater keine nennenswerten Fortschritte mehr machte, war sie enttäuscht. Dazu hatte Wenzel nicht das Recht – er war doch *ihr Projekt*! Sie versetzte ihm einen Schock, zuerst mit grausamen Worten, dann mit erpresserischen Entschlüssen, was ihn vollends entmutigte und in die Resignation stieß. Doch er erkannte auch seine Mitschuld an ihrer gemeinsamen Misere

und begriff, daß er ihr nicht den unendlich Wandelbaren hätte vor-
spielen dürfen – ein Lieblingsspiel dieser Zeit, jeder gab den Proteus.
Viel richtiger wäre es gewesen, sich aufzuraffen und Reni die Wahrheit
zu gestehen, nämlich: Ich, Wenzel, dein Mann, bin schwächer als du
ahnst. Ich liebe dich, bin aber eigentlich nicht der Richtige für eine so
bewegliche, ehrgeizige, willensstarke und gebildete Frau. Ich bin aufs
Überleben trainiert, nicht aufs Zusammenleben, aufs Grade-mal-
nicht-Verrecken, verzeih mir, nie werde ich dir wohl ein gleichwertiger
Ehepartner sein können, etwa in der Kindeserziehung; nein, ich muß
und will gelenkt, geführt, gedeichselt werden, mindestens eine Weile
noch, gib du mir die Richtung vor, trag du für mich die Verantwortung
mit, laß mich nicht allein mit mir selbst!

Doch konnte man so reden vor der eigenen Frau?

Auch seine Tochter schien sich immer mehr von ihm abzuwenden;
wenn er Natalie bei den Großeltern abholen wollte, weigerte sie sich
immer öfter, mit ihm zu kommen. Wenzel fragte sich, wie sie damit
fertig wurde, daß ihre Mutter häufig abwesend war – empfand sie
denn keine Sehnsucht nach ihr? Oder konnte er Natalies Sehnsucht
nur nicht fühlen? Unter seinem Seelenpelz? Wahrscheinlich war ihr
von Reni rechtzeitig *alles* erklärt worden, und sie verstand oder tat
zumindest so. Doch mit seinem Kind offen zu reden, getraute er sich
nicht, dazu fühlte er sich bereits zu sehr als Fremder, als Außenseiter
in der eigenen Familie; wie leicht ihm doch solche Rollen fielen …
Trotzdem begab er sich auch weiterhin jeden Tag unverdrossen und
gleich nach Arbeitsschluß zur Wohnung seiner Schwiegereltern und
bot sich wortkarg als Abholer an. Und zu seiner Überraschung folgte
seine Tochter ihm manchmal nach Hause – den Schulranzen auf dem
Rücken, ein Spielzeug oder ein Buch in der Hand –, um zusammen
mit ihrem Vater in dem neuen Haus zu übernachten, in dem noch
keiner von ihnen heimisch geworden war und vermutlich auch keiner
mehr heimisch werden würde. Wenzel dachte: Das macht sie nur aus
Mitleid! Und tatsächlich fing Natalie im Lauf des Abends vorsichtig
an, ihn zu trösten, so als wäre er ganz allein der Verlassene. Fast hätte
Wenzel darüber gelacht: Sie, die Tochter, war in der neuen Lage gereift,
nicht er, der Vater, und es hätte ihn (nicht nur im Scherz) gefreut, wenn

Natalie an Stelle der abwesenden Mutter das Kommando im Haus übernommen hätte.

Er fühlte Renis Stärke in seinem Kind und wurde verlegen, fast so linkisch wie vor seiner Frau. Du hast ihr nichts zu bieten, rief es aus ihm, deine Vaterschaft ist nur eine Anmaßung! Und bald fing er an, sich nach Feierabend in der Stadt herumzudrücken und sein Essen an Imbißbuden einzunehmen. Noch lieber meldete er sich im Betrieb freiwillig, wenn Überstunden gemacht werden mußten, die Frage, ob das Kind bei ihm übernachten wollte, kam dann gar nicht erst auf. Spät in der Nacht betrat er das dunkle, unbewohnte Haus und legte sich allein in ein Bett für zwei; wenn Reni später noch kam, legte sie sich still neben ihn, als wäre er gar nicht da. Schon bald konnte er sich nicht einmal mehr daran erinnern, wann sie das letzte Mal zu dritt, als Familie, als Vater-Mutter-Tochter unter einem Dach geschlafen hatten. Wie sollte es weitergehen mit ihnen? Auch rächte sich nun, daß Wenzel niemanden hatte, dem er vertraute und der ihm raten konnte. Einer wie er war kein Freundschaftsmensch, beileibe nicht; zur Freundschaft gehörte eine Offenheit, eine Unbeschwertheit, die er nicht besaß, woher auch? Er, Wenzel Bogatz, hatte einzig und allein auf Reni gesetzt – auf die Zweisamkeit mit ihr, ihre ihn umfassende, bergende, erlösende Liebe. Das war ein Fehler gewesen! Doch wie, so fragte er sich wütend und zugleich traurig, wie sollte einer von seinem Schlag denn *überhaupt* leben, wie sich das Leben dauerhaft einrichten? Hätte er für sich bleiben sollen, einsam, ungeliebt, kinderlos, gleichsam in nicht endender Gefühlsquarantäne, ausschließlich damit beschäftigt, katastrophenfrei über die Runden zu kommen?

Wie hatte er sich nur so täuschen können in seinen Möglichkeiten?

Da meldeten sich Wenzels Fluchtimpulse wieder, seit zwanzig Jahren zum ersten Mal. Schon der Wunsch, immer öfter Überstunden zu machen, um nicht heimkehren zu müssen, war ein erstes Anzeichen dafür gewesen, was Wenzel aber erst nachträglich begriff. Und aus einzelnen Impulsen wurde Zwang, ein Zwang, dem kaum zu widerstehen war. Wenzel kämpfte dagegen an, indem er im neuen Haus hektisch zu räumen begann, Stallwände strich, Regale zusammenbaute, und so mit allerlei Mitteln versuchte, sich abzulenken und zu erschöpfen; er verzichtete auf Schlaf und machte Dauerläufe mitten in der Nacht. Seine Hände flatterten, die Beine schlotterten ihm – grad wie bei einem Süchtigen, der sich aus eigener Kraft seiner Droge verweigert. Morgens schleppte Wenzel sich geschwächt zur Arbeit, putschte seine Nerven mit Kaffee und Zigaretten auf; ja, sogar das Rauchen fing er nach Jahren wieder an. Er hoffte, schon aus Entkräftung nicht fliehen zu können, wußte aber auch, daß er noch nie gegen den Fluchtzwang gewonnen hatte, jedenfalls nicht im Alter von zehn oder von siebzehn Jahren – doch vielleicht schaffte er es jetzt, mit knapp siebenunddreißig. Wenzel faßte den Vorsatz, genau zu beobachten, was in seinem Inneren vor sich ging, wenn der Zwang über ihn kam. Auch Panik befiel ihn. Würde sein Leben, nach so viel Aufbauarbeit, doch noch auseinanderbrechen? Diese Panik hatte ihn früher nie heimgesucht, da waren die Folgen einer Flucht ihm gleichgültig gewesen, ein Unterschied zur Gegenwart, wie ihm schien.

In seiner Kindheit bereits hatte diese Flieherei ihren Anfang genommen. Große Fluchten, kleine Fluchten – früh war er Experte fürs Weglaufen geworden und hatte andauernd damit gerechnet, daß die ganz große Flucht erst noch bevorstand. Das lag an seiner Mutter, die immerzu auf der Flucht oder zumindest fluchtbereit war. Bestimmt zwanzig Mal zog sie mit ihm los, ihre Hand in seiner Hand, meist nachts, ohne ihm zu erklären, warum oder wohin, getrieben von einem Heimweh ohne Heimat. Jede Strecke legte sie zu Fuß mit ihm zurück, auf Landstraßen, durch Wälder, und nie bestiegen die beiden einen Zug oder einen Bus. Übernachtet wurde bei Fremden, und für Verpflegung und Unterkunft bezahlte Ida mit sexuellen Diensten, während ihr Sohn im Keller oder in der Scheune auf sie wartete, manchmal hinter einer von außen verschlossenen Tür. Hin und wieder wollte einer der Gastgeber ihn auch ganz dabehalten, als Sohn oder Enkelsohn, sogar Geld wurde seiner Mutter für ihn geboten, doch um keinen Preis ließ sie Wenzel je zurück.

Schon mit fünf, sechs Jahren hatte er angeblich einen außerordentlich geschärften Fluchtinstinkt besessen. Und seine Mutter arbeitete unentwegt daran, diesen Instinkt noch weiter zu schärfen – eben für die Flucht aller Fluchten, wie er glaubte, die gewiß von ihr vorbereitet wurde, die sie aber nie zusammen antraten. So wurde das Fliehen für ihn zur Antwort auf alle schwierigen Lebenslagen, oft genug auch auf seine Sprachnöte. Mindestens ein halbes Dutzend mal floh er allein aus seinem Kinder- und Jugendheim, einmal zu seiner Mutter, die in einer pietistischen Arbeitskolonie ihre letzte Entziehungskur angetreten hatte, bevor sie sich endgültig aufgab, dann zu uns, nach Rotach – mit über dreißig Kilometern sein weitester Fluchtweg zu Fuß und an einem Stück. Als Fluchten bezeichnete Wenzel auch sein Fernbleiben von der Schule, das Sich-Unerreichbar-Machen am Fenster, wenn ich, sein Freund Max, draußen seinen Namen krähte; ebenso die häufigen Umwege, mit denen er auf der Straße eine Begegnung mit mir vermied, den Sprung um eine Hausecke oder hinter den nächsten Baum, wenn ihm zufällig der Falsche entgegen kam, sowie den aberwitzigen Dauerdrang zu rennen, zu laufen, zu sprinten, mit und ohne Verfolger. Sich auf so viele Arten zum Verschwinden bringen zu können, gab ihm eine sonderbare Befriedigung, ja, womöglich war es das einzig echte Glück seiner jammerwürdigen Kindheit gewesen, sich in nichts aufzulösen, wie Wenzel ernsthaft beteuerte.

Weder seine Mutter noch er handelten beim Fliehen planmäßig oder vorausschauend, sie hauten einfach ab, türmten, büxten aus, kratzten die Kurve, brannten durch, nahmen Reißaus, und zwar ohne Ziel und ohne Zweck, blind hinein ins Ungewisse. Beide waren sie sehr gut zu Fuß, richtige Kilometerfresser, und während Mutter und Sohn ausschritten, lagen ihre Hände heiß und pulsend ineinander. Als Wenzel nach Idas Tod, in der Zeit bei uns, noch ein paarmal aus Rotach weglief, folgte er ebenfalls wieder einem blitzartig auftretenden Impuls, der von Tag zu Tag stärker und bezwingender wurde und am Ende obsiegte. Doch *daß es mal wieder so weit war*, wurde ihm immer erst dann bewußt, wenn er – etwa nach dem Ende des Kunstschulunterrichts auf dem Stuttgarter Hauptbahnhof – in einen Zug stieg, der ihn mit Sicherheit nicht zu uns, sondern woandershin tragen würde. Alles mußte sehr schnell gehen, so als wäre jemand hinter ihm her und wollte ihm Gewalt antun; seine Fahrkarte löste Wenzel beim Schaffner nach, sobald er wußte, wohin die Fahrt ging. Die ersten

Stunden waren die schlimmsten, weil er sich von der Vorstellung nicht lösen konnte, wie wir daheim auf ihn warten, wie wir zur Tür laufen, aus dem Fenster sehen oder nach der Uhr. Erst allmählich wurde er ruhig – je weiter weg, desto ruhiger. Wir gerieten in Vergessenheit, unser Bild in seinem Gedächtnis verblaßte: für ihn der beruhigende Beweis, daß wir ihm nicht allzu viel bedeuteten und er keine Rücksicht auf uns zu nehmen brauchte. Von da an konnte er jede seiner Fluchten als eine Art Schonzeit oder Auszeit erleben, in der nichts und niemand Macht über ihn besaß, Vergangenheit und Zukunft ihn nicht bedrängten und jede eigene Verantwortung erlosch, vor allem die Verantwortung, andere nicht in Furcht und Schrecken zu stürzen, indem man sie hinterrücks verließ. Von jetzt an brauchte er sich nur noch um sich selbst zu kümmern, jetzt durfte er von Augenblick zu Augenblick leben, von Stunde zu Stunde, von Tag zu Tag: Essen beschaffen, Schlafplatz organisieren, sich nicht erwischen lassen, etwas Nützliches finden oder klauen, gefährlichen Blicken ausweichen; und er war auch niemandem mehr Rechenschaft schuldig ... Schon deshalb erschien das Dasein auf der Flucht ihm reichlich unkompliziert; mühsam zwar, doch abenteuerlich schön, und Wenzel lebte auf wie sonst selten, nicht zuletzt, weil niemand von ihm verlangte, zu reden (eine Fähigkeit, die ihm während seiner bayerischen Familienkrise wieder weitgehend abhanden gekommen war). Doch wenn er seine Illusionen nach ein, zwei Wochen Flucht aufgebraucht hatte, kehrt er jedesmal wie aus einem Urlaub nach Rotach zurück, um sich verdreckt und dünngehungert wieder bei uns, seiner Pflegefamilie, einzufinden. Dabei rechnete er nie mit Konsequenzen, weil er wußte, daß man ihn sehnlich erwartete und ihm noch dankbar für seine Heimkehr war. Kalt, reuelos, unbelehrt hielt er wieder Einzug in seinem Pflegeelternhaus, und beinahe, so gab Wenzel zu, hätte er damals zumindest von mir, seinem Pflegebruder, auch noch Bewunderung für seinen Mut und seine Entbehrungen verlangt. Er ahnte nicht einmal – auch das gestand er ein –, wie schmachvoll es eigentlich war, als verlorener Pflegesohn wieder und wieder zurückzukriechen zu den Leuten, die ihn aus dem Schmutz seiner Herkunft gezogen und freiwillig bei sich aufgenommen hatten; und wie peinlich, ausgerechnet vor ihnen die

Nase hoch zu tragen, als wäre ihm bereits zum wiederholten Mal der Ausbruch aus einem Gefängnis gelungen.

Auch in seiner Münchner Zeit, zwanzig Jahre danach, widerstand Wenzel seinem Fluchtzwang auf Dauer nicht. Doch bevor er ihm unterlag, gelangen ihm immerhin zwei Siege über diesen Zwang, der eine im Hauptbahnhof, der andere auf der Fahrt zum Flughafen. Wenzel war planmäßig vorgegangen, hatte zum erstenmal vor einer Flucht sogar ein Ziel oder Scheinziel ausgewählt – nach Rom mit dem Zug, nach Brasilien mit dem Flugzeug –, jeweils ausreichend Geld abgehoben vom gemeinsamen Bankkonto der Eheleute, mit dem Geld ein Ticket gekauft und sich auf die Abreise vorbereitet. Erst in letzter oder vorletzter Minute konnte er sich retten, obwohl er von Anfang an Widerstand geleistet hatte. Doch der Zwang war stärker gewesen. Wenzel hatte gehandelt wie unter Hypnose, wie ferngelenkt, wie fremdgesteuert. Dabei war ihm klar geworden: Es ist unverantwortlich, du wirst alles einreißen, was dir heilig ist! Doch mit Gedanken ließ sich eben nicht gegen den Zwang aufkommen, und Wenzel mußte erkennen, daß die Flucht länger als in seinem Kopf in seinem Körper saß und ihn von da aus beherrschte. Je stärker er aber widerstand, desto mehr wehrte sein Körper sich gegen diesen Widerstand, mit Schweißausbrüchen, Herzrasen und Kurzatmigkeit. Alles drängte aus seinem Inneren heraus zum Aufbruch. Doch er gab nicht nach, sondern trank sich (im ersten Fall) mit Rum voll, bis die Bahnhofsmission sich um ihn kümmerte, oder kettete sich (im zweiten Fall) im Omnibus, der ihn zum Flughafen brachte, mit Handschellen aus einem Spielwarengeschäft, die er vorsorglich bei sich trug, an einer Haltestange im Mittelgang fest und warf das Schlüsselchen von sich (hinterher berief er sich einigermaßen glaubwürdig auf den schlechten Scherz eines entschwundenen Fahrgastes). So war es Wenzel geglückt, zweimal seine eigene Flucht zu vereiteln, und niemand, weder in seiner Familie noch an seinem Arbeitsplatz, schien etwas von seinem Ringen bemerkt zu haben. Doch zu begreifen, was andere bemerken, war noch nie seine Stärke gewesen.

Als es dann doch noch geschah, geschah es ohne inneren Kampf. Seine Abwehrkräfte waren erlahmt, und Wenzel ging, während der

Mittagspause, die er meistens in einem kleinen Park verbrachte, einfach beiseite und schlich sich davon. Er hatte nichts vorbereitet, wollte weder nach Brasilien noch nach Rom, sondern trottete einfach zur Stadt hinaus, südwärts, bis ins Alpenvorland, die ganze Strecke zu Fuß. Rund vierzehn Tage zog diese Flucht sich hin, und als das Geld, das Wenzel zufällig bei sich trug, ausgegeben war, trottete er einfach wieder zurück, alles zu Fuß und ebenso apathisch, genau wie er losgezogen war. Zu keiner Stunde erfrischte und belebte ihn diese Flucht so wie frühere Fluchten. Nur schwach und gleichgültig saß, stand oder ging er herum. Er hatte kapituliert vor allen Ansprüchen, die seine Frau, sein Kind, sein Gewissen an ihn stellten. Nicht einmal das Unverzeihliche seines Verschwindens bedrückte ihn mehr − er schien entleert und ausgebrannt von Jahrzehnten zähesten Überlebens. War das jetzt der Zustand, in dem sein gebrochener Vater dahingelebt hatte? Auch als Wenzel wieder nach München zurückwanderte, tat er es ohne Schuldgefühl, ohne Reue; wie betäubt stellte er sich vor die Tür seiner Schwiegereltern und drückte auf den Klingelknopf.

Man verzieh ihm nicht, doch das war Wenzel egal. Alle schienen viel zu verletzt, um ihm ihre Gefühle offen zu zeigen. Seine Schwiegereltern hatten nach seinem Verschwinden eine Vermißtenanzeige aufgegeben. Erst von seiner Frau waren sie aufgeklärt worden. Sie hatte Wenzels Abhebungen vom gemeinsamen Konto freilich nicht übersehen, außerdem kannte sie die Geschichte seiner Fluchten aus Rotach. Aus alldem war nur zu folgern gewesen, daß er sich von seiner Familie abgesetzt hatte, daß er desertiert war. Sicher hatte Reni auch ihre Tochter ohne Mühe davon überzeugen können. Und jetzt drohte Wenzel die Strafe; er war bereit, sie zu empfangen. Seine Strafe konnte nur lauten: Trennung und Abschied − nichts anderes war von Reni zu erwarten. Auf Flucht würde wieder Vertreibung folgen, genau wie einst in Rotach. Schon im voraus hatte er insgeheim allem zugestimmt, was man über ihn verhängen würde.

Seine Schwiegereltern baten Wenzel am Tag seiner Wiederkehr in ihre Wohnung, damit er Reni anriefe. Sie war bei der Arbeit an irgendeinem sozialen Brennpunkt des Landes und nicht leicht zu erreichen. Es dauerte eine Weile, bis sie zurückrufen konnte. Er sagte: Ich soll dir sagen, daß ich wieder da bin. Reni schwieg lange ins Telefon, bevor sie ihm erklärte, daß es an der Zeit sei, eine bessere und dauerhaftere Regelung zu finden. Was sie damit meinte, sollte Wenzel tags darauf, nach Renis Heimkehr, erfahren. Doch er erfuhr es nie mehr, da seine Frau auf der spätabendlichen Fahrt nach Hause tödlich verunglückte. Sie kam mit dem Auto von der Straße ab, schoß eine Wiesenböschung hinunter und prallte ungebremst gegen einen Mähdrescher, der im Dunkeln auf einem Feldweg stand. Es passierte während der Erntezeit, im Juli 1992, nicht lange nach Natalies zehntem Geburtstag. Ob Reni beim Fahren eingedöst oder mit überhöhter Geschwindigkeit gefahren war oder beides zusammen, sollte nie ganz sicher ermittelt werden. Bei der Obduktion der Leiche ergab sich aber, daß seine Frau seit längerem in stetem Wechsel Aufputsch- und Beruhigungsmittel eingenommen hatte, und zwar in großen Mengen, was ihre Kollegen bestätigten. Ihm, Wenzel, war das nie aufgefallen; als er sich fragte, warum, fielen ihm rasch zwei Gründe ein: zum einen hatten sie sich als Ehepartner entfremdet und längst aufgehört, Sorge füreinander zu tragen; zum anderen – und dieser Verdacht traf ihn hart –, war wohl kaum einer so glänzend darauf trainiert, Unangenehmes zu übersehen und in eine andere Richtung zu schauen, wie er, Wenzel Bogatz. Ebenso wurde ihm klar, wo er dieses zur zweiten Natur gewordene Wegschauen gelernt hatte: bei Ida natürlich, seiner Mutter, deren unheilbare Trunksucht Wenzel zu keiner Zeit hatte wahrhaben wollen, während die Mutter sich vor seinen Augen Schluck für Schluck in den Tod trank.

So endete Wenzels erste Ehe.

Bei der Beerdigung seiner Frau stand er für sich allein. Natalie, seine Tochter, hatte sich eng zu ihren Großeltern gestellt und hielt die beiden fest an der Hand; zu ihrem Vater sah sie nicht ein einziges Mal her. Wenzel verstand das als Bekenntnis zur Familie ihrer Mutter – und gegen ihn. So schwand allmählich die Angst, die ihm in diesen Tagen fast so sehr zusetzte wie die Trauer um Reni, die Angst nämlich, sein Kind von nun an alleine großziehen zu müssen oder zumindest hauptverantwortlich. Doch niemand forderte ihn dazu auf. Er wurde als Vater sozusagen stillschweigend ausgemustert, man erließ ihm seine Pflichten, und auf seine Rechte verzichtete er freiwillig. Auch Unterhalt mußte Wenzel keinen bezahlen. Er durfte sich in jeder Hinsicht fernhalten, obwohl er der Form nach immer noch der Erziehungsberechtigte war. Wenn er bei einem seiner seltenen Besuche mit Natalie sowie deren Großeltern am Tisch saß, war aus jeder Geste zu spüren, daß sein Kind ihn nicht vermißte.

Sein Arbeitgeber kündigte ihm fristlos, sobald er die wahren Gründe für Wenzels unentschuldigtes Fehlen erfuhr; im Betrieb wog am schwersten, daß er seine Kollegen mitten in einem Großauftrag im Stich gelassen hatte. Darauf besorgte er sich Arbeit auf dem Land, wurde Holzfäller und Sägewerker – und war jetzt doch noch bei den ungelernten Arbeiten angekommen, gleichsam auf der Knechts- und Tagelöhnerstufe seiner Vorfahren. Er nahm sich wieder ein Zimmer und war froh darum, das Bauernhaus, das er mit Reni gekauft und nach ihrem Tod geerbt hatte, endlich hinter sich lassen zu können. Sogleich überschrieb er es seiner Tochter Natalie; der Kredit, den Wenzel und seine Frau um 1988 aufgenommen hatten, lief weiter auf seinen Namen und war auch zwanzig Jahre später noch nicht vollständig abbezahlt.

Als Reni tot war, lebte Wenzel, wie er sich ausdrückte, mit dem Rücken zur Welt. Er trauerte lange um seine Frau und blieb ihr treu – Trauer, Treue: alles Dinge, die sie ihn lehrte, noch über das Grab hinaus arbeitete Reni an seiner Vervollkommnung. Sein erster Halt wurde wieder die selbstauferlegte Pflicht, berufstätig zu sein; und die Sprechübungen, wie schon einmal, sein zweiter, nur daß Wenzel sich diesmal fragte, für wen er seine Aussprache noch verbessern sollte. Er wollte alleine bleiben und hielt sich, so oft wie möglich, zu Hause auf, um niemanden kennenzulernen. Die einzige Freude, die er sich zu dieser Zeit gönnte, war das Musizieren. Wenzel schaffte sich nämlich wieder ein Saxophon an – ein gebrauchtes, ziemlich billiges, mit eingedelltem Blech und Gießkannensound – und machte sich auf die Suche nach Noten. Volksmusik wollte er keine mehr spielen, nur noch Jazz, Blues oder Pop, alles, was er mit Reni durch die Jahre so gehört hatte (bis am Ende zwischen ihnen auch die Musik verstummt war). Fürs erste erstand er in einem Münchner Antiquariat die Saxophonläufe eines gewissen Graham Bond und übte sie ein, meist samstags oder sonntags und am liebsten draußen im Garten, wozu sein Vermieter ihm die Erlaubnis gegeben hatte. Bondmusik war nichts für geschlossene Räume, sondern wollte zum Himmel auffahren; ja, wahre Himmelfahrtsmusik war sie … Auch änderte er zu dieser Zeit seinen Namen, ganz offiziell, und aus dem deutschböhmischen Wenzel wurde ein gemeindeutscher Wolfgang, so als wartete doch noch ein neues Leben auf ihn. Und dann ließ er eine seiner lebenstragenden Maximen folgen: Ein Name, den man selbst achtet, eine würdige und einigermaßen reiche Sprache sowie die Fähigkeit, das eigene Leben zu überschauen, so daß man es vor- und rückwärts erzählen kann – darauf beruht, wie er wörtlich sagte, die Macht der Machtlosen.

Um seinen vierzigsten Geburtstag lernte er beim Spazierengehen eine Frau namens Adelheid kennen; sie war um einiges jünger als Wenzel und lebte nach allerlei Enttäuschungen alleine. Sie gefiel ihm nicht besonders: für seinen Geschmack zu dick und zu derb. Aber schon bald sollte er sich wundern; denn ohne viel Worte, verstand es diese Adelheid, ihn zu trösten, so erfolgreich, daß er nicht länger daran glauben mochte, seine Leiden und Verluste auch noch *verdient* zu haben. Denn das hatte er wirklich geglaubt und als Strafe angenommen. Zu seiner Überraschung, zu seinem Entsetzen verliebte er sich. Beide legten sie die wenigen Hoffnungen, die ihnen verblieben waren, wie Kleingeld zusammen und beschlossen, es miteinander zu versuchen. Adelheid wollte Familie, so sehr und so dringend, daß selbst Wenzels tot geglaubter Familienwunsch noch einmal wachgerüttelt wurde. Auch *diese* Frau war stärker als er, doch offenbar wurde sie von keinerlei pädagogischem Ehrgeiz getrieben, sie erhob keine lebensreformerischen Ansprüche an ihren Partner und wollte auch seinen Charakter nicht verfeinern. Bei ihr mußte Wenzel keine Angst haben, nicht zu genügen; sie nahm ihn, wie er war, nämlich langsam, träge, einfühlungsschwach, so dem Sinn nach seine Worte. Und sie wollte auch nichts von seinem Vorleben wissen, beinahe demonstrativ fragte Adelheid ihren Wolfgang nicht nach seiner Vergangenheit oder Vorvergangenheit; zwar wußte sie, daß er ein Kind aus erster Ehe hatte, unterließ es aber, herauszufinden zu wollen, warum er sein Kind nur selten besuchte und es auch nie mit nach Hause brachte.

Wenzel schien sein kleines Bürgerglück unverhofft doch noch gefunden zu haben – im zweiten Anlauf und bei einer Frau, die völlig anders als die verstorbene Reni war: mütterlich, warmherzig, auch zu ihm. Er ertappte sich bei wohliger Zufriedenheit und brauchte eine Weile, um sich einzugestehen, wie sehr ihm das gefehlt hatte: das einfache Leben. Diese Frau paßte zu ihm! Sie war sogar dankbar dafür, daß er sie heiratete und wehrte ab, als er sich gleichfalls bedanken wollte. Nach einer schnellen Eheschließung zogen sie noch weiter hinaus aufs Land und mieteten ein Haus mit Garten, zum Zweck der Familiengründung. Adelheid, die Bäckertochter aus Ingolstadt, deren Eltern nach wie vor dort lebten, arbeitete zu dieser Zeit in einer Brotfabrik. Wenzel suchte sich wieder eine gutbezahlte Stellung in der Stadt und fand sie bei jener Großdruckerei, für die er nach wie vor tätig war. 1997 wurde ihnen Emanuel geboren und knapp vier Jahre darauf, nach etlichen Hormonbehandlungen, die Zwillingsmädchen Vanessa und Laura, die im kommenden Sommer eingeschult werden sollten.

Mit seiner Tochter Natalie hatte Wenzel nach Renis Tod zuerst nur selten, dann gar keinen Kontakt mehr; obwohl er sie selbst nicht besuchen mochte, ließ er ihr stets seine jeweilige Adresse zukommen. Doch sie besuchte ihn nie. Nur durch Zufall erfuhr er, daß sie Krankenschwester geworden war. Als ihre Großmutter starb, seine frühere Schwiegermutter, schickte Natalie ihm grußlos die Todesanzeige. Bei der Beerdigung konnte er ihr mitteilen, daß er wieder verheiratet war; seine Tochter zur Hochzeit einzuladen, hatte Wenzel sich seinerzeit schlicht nicht getraut. Erst als Natalie im Januar 2007 schwanger wurde – ihr Großvater lebte inzwischen in einem Pflegeheim –, meldete sie sich überschwenglich, um mit ihm, ihrem überflüssigen Vater, ihre Freude zu teilen; inzwischen war sie knapp fünfundzwanzig Jahre alt. Seither trafen die beiden sich öfter. Doch immer allein, nie in Begleitung eines seiner neuen Familienmitglieder fuhr Wenzel zu dem kleinen Dorfhaus, auf dessen Kauf Reni einst bestanden und das er nach ihrem Tod unverzüglich an seine Tochter überschrieben hatte. Mit achtzehn war Natalie mutig in dieses Unglückshaus gezogen – mochte sie dort mit ihrem Kind und ihrem vietnamesischen Freund glücklicher werden als er und seine erste Frau es gewesen waren!

Doch inzwischen fürchtete er bei jedem Besuch, daß Natalies schon vor längerem (mit Renis Eifer) verkündeter Plan vollends ausgereift sein könnte, zusammen mit ihrer Familie nach Vietnam auszuwandern, und daß sie demnächst abreisen würde. Er war empfindlicher für drohende Abschiede als jemals zuvor, versuchte aber, sich nichts anmerken zu lassen, und zwang sich sogar, seine Tochter weder nach den Gründen für diese Auswanderung zu fragen noch sie zum Bleiben aufzufordern – denn einem Vater wie ihm, daran zweifelte er nicht eine Sekunde, fehlte dazu doch jedes Recht.

4

Auf unserer Wanderung waren wir mittlerweile am Fuß des Heuchel-
bergs angelangt. Nur ein kurzes Wegstück lag noch vor uns, wenige
hundert Meter hinauf durch die Weinberge zu dem Aussichtsturm
namens Warte. Es war Spätnachmittag geworden. Über uns hing nied-
rig ein graublauer Himmel. Zum erstenmal seit Stunden trat längeres
Schweigen ein – nach so viel Reden schallte es geradezu in den Ohren.
Auf unserem Weg nach oben blieb Wenzel plötzlich stehen, drehte
sich vom Berg weg und breitete seine Arme gegen den Horizont aus.
In dieser Position verharrte er stumm und irgendwie feierlich. Wortlos
stieg ich weiter und war froh, ihn für einmal hinter mir zu lassen.

Die Warte war eine Art Bergfried von vielleicht dreißig Metern
Höhe. Unten führte eine Tür mit Spitzbogen hinein, die offenzustehen
schien. Oben ragte über den Turm noch ein seltsames Türmchen hinaus,
das die eigentliche Warte trug, den obersten Ausguck, zu dem eine
schmale Wendeltreppe hinaufführte. Auf der Ebene unterhalb des
Turms, dort, wo ich am Ende unseres Aufstiegs als erster ankam, lag
ein Restaurant, auf dessen Freiterrasse ein Mann mit Holzfällerhemd
und grüner Schürze den Boden fegte. Er hatte sein Lokal erst vor
wenigen Tagen wieder eröffnet und klagte über einen schleppenden
Saisonauftakt. Mittlerweile war Wenzel nachgekommen. Er freute
sich, hier oben ein offenes Wirtshaus vorzufinden und verlangte gleich
die Speisekarte. Das Angebot des Wirts, drinnen im Gastraum Platz
zu nehmen, lehnte er ab – ohne mich zu fragen zwar, aber durchaus
in meinem Namen. Wir wollten im Freien sitzen, sagte er, schon der
Aussicht wegen, und bugsierte mich zu einem Tisch, der am Rand der
Terrasse und unmittelbar vor einem großen kargen Holunderbusch
stand, an dem noch kein Grün zu sehen war; sein Rucksäckchen behielt
er seltsamerweise auf dem Rücken. Wir bestellten eine Vesperplatte für
zwei, mit Räucherspeck und Romadur, mit Bauernbrot, Essiggürkchen
und Butter, dazu eine Flasche Heuchelberger Riesling. Der Wirt
bediente uns, offenbar seine einzigen Gäste, rasch. Solange wir aßen,
mußte keiner unbedingt reden. Wir tranken einander zu, ohne uns
richtig anzusehen – aus jener Verlegenheit, die gern auf Geständnisse

folgt. Ich erwartete, daß Wenzel fortfahren würde; seine Geschichte schien mir noch keineswegs beendet. Zugleich drängte es mich, ihn zu loben: für sein Überleben und auch für seinen Mut, mir ungeschminkt davon zu erzählen, doch ich fürchtete, nicht den rechten Ton zu treffen, und ließ es sein.

Nach dem Essen wollte Wenzel den Wartturm besteigen. Er bat mich nicht, ihn zu begleiten. Das war mir recht. So konnte ich sitzen bleiben, weiter vom Weißwein trinken und mir eine Pfeife stopfen. Rings fing es zu dämmern an, draußen in der Ebene, in den umliegenden Dörfern, aber auch in der fernen Stadt leuchteten die ersten Lichter auf. Spät war es geworden – im Dunkeln würden wir zurückwandern müssen. Als Wenzel schon kurz darauf wiederkam, schimpfte er unmäßig, weil der Turm bereits geschlossen war. Er setzte sich noch einmal an den Tisch, goß, ja schüttete den letzten Wein aus der Flasche in sein Glas und sah mir dann neugierig ins Gesicht:

»Du siehst müde aus, Max«, bemerkte er fast vorwurfsvoll.

Ich war froh, daß der Wirt zu uns trat und kassieren wollte. Danach räumte er ab und verabschiedete sich; er schließe jetzt und fahre nach Hause, wir könnten aber noch bleiben, in Ruhe austrinken und die Gläser einfach stehen lassen.

Kaum waren wir allein, wurde Wenzel wieder gesprächig; in einem Ton zwischen Spott und Zärtlichkeit sagte er zu mir:

»Ich muß dir ja mal viel bedeutet haben, Max, in der Kindheit – so wie du mir nachgerannt bist. Meiner Mutter und mir war das oft unheimlich: diese Ausdauer, diese Hartnäckigkeit, diese Energie … wie du vor der Haustür nach mir gerufen hast, immer wieder und manchmal fast mit Schluchzen in der Stimme! Als würdest du um Hilfe rufen … Das hat uns Angst gemacht, aber wir fanden es auch zum Lachen. Du hattest so liebevolle und zuverlässige Eltern, ein festes Heim, gute Verpflegung, trotzdem bist du hinter mir hergestreunt – ein wunderliches Kind, dieser Max, schwer verständlich für unsereins, ein Getriebener, aber irgendwie erinnert er mich auch an meinen Sohn Emanuel, verstehst …?«

Ich ahnte, worauf er mit diesem Vergleich hinauswollte, erhob mich vom Tisch und suchte im Halbdunkel einen Weg, um vom Heuchelberg abzusteigen.

»Mir wird kalt, ich muß mich bewegen!«, rief ich über die Schulter zurück. Wenzel folgte mir und holte mich rasch ein; von der Seite sagte er spitzig:

»Du bist nicht bloß müde, sondern auch verfroren …« Zur Antwort beschleunigte ich meinen Schritt, doch Wenzel ließ sich nicht abhängen; ich hörte ihn hecheln. Außerdem schien er damit beschäftigt, seinen Hut in Form zu bringen. Als die Rebhänge hinter uns lagen, gingen wir auf dem erstbesten befestigten Weg sorglos in die Richtung, aus der wir keine zwei Stunden zuvor gekommen waren.

»Hast du's nicht ausgehalten – und mich bei dir daheim schon angekündigt, obwohl ich noch gar nicht zugesagt habe?«, fragte ich so streng wie möglich.

»Nein, nein!«, rief er empört, »nur als ich das Foto deiner Eltern aufstellte, das du mir nach Augsburg mitgebracht hast, da wollte Emanuel natürlich wissen: Wer ist das, was sind das für Leute, von wem ist dieses Bild, sag doch!? Da hab ich ihm geantwortet: Das sind meine Pflegeeltern, bei denen bin ich aufgewachsen, nach dem frühen Tod meiner eigenen Eltern. Sie hießen Stollstein, waren unsere Nachbarn und haben mich bei sich aufgenommen, als Pflegesohn, doch nur für ein paar Jahre, bis ich ins Kinderheim mußte, weil die Familie in wirtschaftliche Schwierigkeiten kam. Sie konnten mich nicht behalten, diese Leute, hatten doch selbst einen Sohn, Max, meinen Pflegebruder … wir haben uns nie mehr wiedergesehen. Heute sind die Stollsteins tot – nur der Max lebt noch, ich hab ihn lang gesucht und jetzt endlich gefunden, von ihm ist dieses Bild, er hat es mir geschenkt, und bald wird er uns besuchen, einmal treff ich ihn noch, dann kommt er ziemlich sicher! Max ist der einzige, der mich von damals kennt, er kann dir von mir erzählen, Emanuel …«

Ich war entschlossen, es Wenzel diesmal nicht so leicht zu machen wie in Augsburg.

»Die Geschichte, die du deinem Sohn aufgetischt hast, ist aber nicht wahr«, sagte ich.

»Und wenn schon! In meinem Fall ist eine Lüge nicht halb so schlimm wie die Wahrheit – die Dreckswahrheit meiner Familie, *sie* würde meinen Sohn und auch meine anderen Kinder vergiften!«

»Aber das weißt du doch gar nicht.«

»Doch!«

»Woher?«

»Frag nicht, Max – *du* hast eine bessere Geschichte!«

»Aber keine Kinder, denen ich sie erzählen könnte.«

Es war dumm, das zu sagen; prompt griff er danach:

»Dann erzähl sie *meinen* – du tätst mir einen großen, großen Gefallen damit. Dich kostet das doch nichts! Und endlich wär Emanuels Mißtrauen weg, der Zweifel an seinem Vater, die Wut auf ihn. Max, ich bin in einer Notlage …«

»Wie kam es denn dazu, daß Emanuel nach deiner Herkunft forschte?«

»Er … er sollte nichts von meiner Tochter und von meiner ersten Frau wissen … an denen hab ich versagt, weißt ja, und … ich will nicht, daß er erfährt, wie ich als Vater schon mal gescheitert bin, also hab ich ihm nichts von Natalie erzählt, doch als ich anfing, sie während ihrer Schwangerschaft hin und wieder zu besuchen, da hat er wahrscheinlich irgendwann aufgeschnappt, wohin ich fahr und daß ich eine große Tochter hab – vielleicht hat sich jemand versprochen, meine Frau zum Beispiel, vielleicht hat auch Natalie bei uns angerufen, bevor ich es ihr ausdrücklich untersagte, vielleicht hat Emanuel auch nur gespürt, daß ich vor ihm und den Zwillingen ein Geheimnis hab … ich stehl mich aus dem Haus, wenn ich Natalie besuche und plötzlich bin ich wieder da, so als wär ich gar nicht fort gewesen … seither forscht er hinter mir her, fragt mich aus, verhört mich: Papa, wo gehst du hin? Papa, wo kommst du her? Papa, warum bist du so alt? Papa, warum hast du keine Eltern, keine Geschwister? Papa, warum bist du so allein auf der Welt? … Max, für einen wie mich ist Familie ein Labyrinth!«

»Was weiß dein Sohn denn überhaupt von dir?«

»Nichts – daß meine Eltern tot sind, hat er erst erfahren, als ich ihm das Foto aus Augsburg erklärte.«

»Und wie hat er reagiert?«

»Er hat geweint, mich getröstet!«

»Was weiß er von deinen Geschwistern, du hast doch zwei oder drei?«

274

»Von meinen Geschwistern weiß ich ja selber nichts, will auch nichts wissen! Sie sind tot – und wenn sie dreimal leben. Emanuel hat schon recht: Sein Papa ist allein auf der Welt, keiner um ihn herum, außer Max. Der Max ist der einzige, der seinen Papa kennt! So hab ich es meinem Sohn gesagt: Wenn der Max nicht zu uns kommt, dann kommt keiner zu uns, Junge!«

Ich dachte: Wie der wieder dramatisiert! – ersparte ihm aber meinen Kommentar. Im blassen Mondlicht schritten wir auf unserem Weg dahin.

»Erst bei Emanuel«, fuhr Wenzel mit gehobener Stimme fort, »bin ich ein richtiger Vater geworden, erst bei ihm hab ich verstanden, was ein Vater eigentlich ist und was er tun muß! Doch plötzlich begehrt der Junge auf, Max, warum muß ausgerechnet ich so einen schwierigen Sohn haben? Und dabei ist er zum Glücklich- und Geborgensein erzogen … Ich hab Angst, daß meine Geschichte noch nicht zu Ende ist, und dachte doch immer: Wenn mir eine Familie gelingt, hab ich meine Herkunft überwunden und darf sie vergessen.«

»Vielleicht verschweigst du deinem Sohn zu viel«, sagte ich so hypothetisch wie möglich.

Wenzel gab keine Antwort darauf.

Doch nach einer Weile entwarf er – tastend, als habe er noch nie darüber gesprochen – ein Bild von der Lage, in die er mit seinem Sohn geraten war: Emanuel vertraue ihm inzwischen nicht mehr, fing Wenzel an, sondern ziehe alles, was von seinem Vater komme, in Zweifel. Irgendwann während der Schulzeit habe das angefangen, jedenfalls lange bevor sein Sohn die Herkunftsfrage stellte – diese ständig wiederholte, immer fordernder vorgetragene Frage sei nicht der Anfang, sondern erst der Höhe- und Endpunkt einer mehrjährigen Entwicklung gewesen.

»Er läßt mich nichts mehr gelten, und das Vertrauen, das er einmal zu mir hatte, ist aufgebraucht.«

Von Beginn an wollte Wenzel sich mit aller Kraft um dieses Kind gekümmert haben. Schon bei der Geburt sei er dabei gewesen. Und fortan habe er jede freie Minute seinem Sohn gewidmet: ihn auf der Brust herumgetragen, im Kinderwagen ausgefahren, ihn gewaschen, gefüttert und gewickelt, ihn zu Bett gebracht und ihm vorgelesen – mit einem Mal konnte er zart, ja sogar zärtlich sein. Selbst beim Sprechenlernen sei er hilfreich gewesen und habe so dazu beigetragen, daß Emanuel nicht zum Stotterer wurde, was doch zu befürchten gewesen sei, bei dem Vater. Ohne Vernachlässigung, sogar lückenlos umsorgt konnte sein Sohn aufwachsen, ganz anders als er, Wenzel. Nein, diesmal durfte es nicht schiefgehen so wie bei Natalie! Wenn er am späten Nachmittag von der Arbeit heimkam, wartete sein Sohn bereits an der Gartentür auf ihn. Sie spielten zusammen Fußball oder mit Murmeln, und an der Hand seines Vaters machte Emanuel auch die ersten Schritte über die Grenzen des elterlichen Anwesens hinaus, um die Umgebung zu erkunden, vor allem die Tier- und Pflanzenwelt. Sein Sohn brauchte keinen Freund – er hatte seinen Vater zum Freund! Als er älter wurde, gingen sie miteinander samstags zum Paddeln auf der Donau, fuhren mit den Rädern durch die Hopfenfelder oder besuchten Kühe, Pferde und Ziegen auf einem Bauernhof. Wenzel baute im Garten ein Baumhaus, um Höhenangst bei seinem Sohn erst gar nicht aufkommen zu lassen. Und etwa zur selben Zeit errichtete er im Dachstock ihres Hauses eine Modelleisenbahn mit typisch süddeutscher Landschaft, wie er anfügte. Auch richtige Bahnreisen unternahmen sie von da an – als zwei »Rucksackdeutsche«, wie er spaßig sagte –, in allen Arten von Zügen, und kamen dabei bis nach Paris oder Prag, ein wenig Fremde konnte schließlich nicht schaden. Bei alledem habe seine Frau ihn vorbildlich unterstützt und die Aufmerksamkeit des Jungen ganz allein auf ihn, den Vater gelenkt: als die wichtigste Person in Emanuels Leben. Da sie kein Einzelkind wollten, Adelheid aber jahrelang nicht wieder schwanger wurde, benötigten sie ärztliche Hilfe. Wenn bei seiner Frau also wieder einmal eine Untersuchung oder Behandlung anstand, blieb Wenzel daheim oder die Schwiegermutter reiste an, um die Mutter zu vertreten, aber nur solange er bei der Arbeit war – weshalb man sagen könne, daß er als Vater in den ersten Lebensjahren überdurchschnittlich viel Zeit mit seinem Sohn verbracht habe. Alles fest zusammenhalten! Das sei sein Vorsatz gewesen, aus Angst vor den Fliehkräften, die ihm schon einmal eine Familie auseinandergetrieben hatten. Dabei habe er Emanuel im engeren Sinn gar nicht erzogen (zu erziehen traute Wenzel sich nach wie vor nicht zu …), sondern lediglich versucht, ihm ein Vorbild zu sein und lebendige Beispiele zu geben, gleichsam nach dem Gesetz jener heimlichen, unbemerkbaren Erziehung, die er an meinen Eltern entdeckt zu haben glaubte und die ihm offensichtlich zur fixen Idee geworden war.

Doch drohte dem Jungen auch nur das allerkleinste Leid, griffen er und seine Frau sofort ein. Als Emanuel im Kindergarten gelitten habe, vor allem unter den Kindern, aber auch unter den Erzieherinnen, da nahmen sie ihn wieder heraus und behielten ihn daheim. Elternhaus und Heimat, davon war Wenzel überzeugt, und er schrie es fast in die Nacht hinaus, seien die tragenden Pfeiler einer guten, glücklichen und gesunden Kindheit, so wie ich, Max Stollstein, sie einst gehabt hätte.

Bis dahin, das sagte ihm sein Gefühl, hatte er als Vater bestanden. Erst als Emanuel in die Schule mußte, kam es anders, ganz allmählich, so daß seine Frau und er lange gar nicht begriffen, was da vor sich ging. Anfangs zeigten sich nur ein paar unbedeutende Probleme, wie ein wohlbehütetes Kind sie gleich nach der Einschulung durchaus haben konnte. So überfiel Emanuel mitten im Unterricht hin und wieder das Heimweh, und er verlangte, nach Hause gebracht zu werden; oder er störte, weil ihm langweilig war und sich keiner mit ihm befaßte. Schon bald bat die Schulleitung das erste Mal darum, ihn zur Beruhigung für einen Tag vom Unterricht fernzuhalten. Auf dem Schulweg, der dem Jungen mehrmals gezeigt worden war, verlief er sich mitunter und mußte von fremden Leuten, die ihn zufällig aufgabelten, zu seinem eigentlichen Ziel gebracht werden. Das war seinen Eltern peinlich, weshalb sie Emanuel ein Notfallhandy mitgaben, um ihn schließlich dort abholen zu können, wohin er sich verirrt hatte, vorausgesetzt, er war in der Lage, den Ort auch anzugeben. Wenn nicht, fuhr man eben so lange mit dem Auto im Dorf herum, im Schrittempo, mit angeschalteter Warnblinkanlage, öfter mal hupend und Aufmerksamkeit erregend, bis der Sohn gefunden war. Das Telefon indes machte ihm so viel Spaß, daß er sich die Nummer von Wenzels Firma erbettelte, um seinen Vater am Arbeitsplatz anrufen zu können, wann immer er wollte. Und er wollte oft! Widerspruch oder gar Ablehnung ertrug Emanuel nicht, meist reagierte er mit Trotz- und Schweigeattacken

277

darauf. Immer öfter fiel es ihm ein, seine Eltern nachts im Bett zu besuchen, ja zu überraschen – das war in der Vorschulzeit nur selten vorgekommen, jetzt wurde beinah eine Gewohnheit daraus. Auch schnüffelte er in den Nächten bisweilen in der Wohnung herum, als suche er etwas. Verunsichert holten Wenzel und seine Frau den Rat eines Psychologen ein, der sie jedoch beruhigte: Ihr Sohn sei nicht krank, nur überreizt. Sie erhielten die Empfehlung, ihn in einen Sportverein zu schicken, damit er Kameraden oder vielleicht sogar einen Freund finde, aber sowohl im Fußball- wie auch, wenige Jahre darauf, im etwas weiter entfernten Schwimmclub, den der Junge selbst vorgeschlagen hatte, gab Emanuel nach kurzer Zeit wieder auf und sammelte so seine ersten Niederlagen.

Dafür entwickelte er eine andere Neigung, und zwar bis zur Leidenschaft. Immer öfter nämlich krittelte Emanuel an seinen Eltern herum, vor allem am Vater; und aus Kritteleien wurden Angriffe, aus Angriffen Überfälle, gegen die Widerstand oder gar Gegenwehr zwecklos waren. Denn mit einem Mal entdeckte der Sohn überall Gefahren, und je länger, desto mehr. Daheim am Eßtisch wies er mit dünnem, aber scheltsüchtigem Stimmchen auf verseuchte Nahrung hin und forderte, daß man gesünder leben solle; wenn er länger in der Sonne war und seine Haut sich rötete, fing er vom schwarzen Hautkrebs an; bei jeder Gelegenheit belehrte er seine Eltern und nicht minder die kleineren Schwestern: über das wachsende Ozonloch, die Gefährlichkeit der Atomkraft, die allgegenwärtige Emission von Giften und Gasen. Plötzlich hatte Emanuel tausend Ängste, aber noch wichtiger schien es ihm zu sein, diese Ängste gegen seinen Vater zu wenden, wütend, vorwurfsvoll und oft genug weinerlich. Erstmals fürchtete Wenzel um seinen Sohn, doch auch *vor* ihm und seinem kindlichen Fanatismus, der Freude am Schimpfen, Greinen und Herunterputzen begann er sich zu fürchten. Einzig im Beisein der Mutter hielt Emanuel sich bisweilen zurück, doch wenn sie beide allein waren, dann zerstörte der Junge im Handumdrehen jede Freude und zerredete jede Gemeinsamkeit zwischen Vater und Sohn. Was hatte er, Wenzel, nur falsch gemacht? Wie konnte Emanuel ihm so sehr zum Feind werden? Als guter, wenn auch inzwischen ratloser Vater lasse er die Ausbrüche des Sohns einfach über sich ergehen, sagte Wenzel. Doch mit wachsendem Schrecken stelle er fest, wie immer öfter Sprachlosigkeit zwischen ihn und seinen Jungen trete – zwingen müsse er sich bereits, den überempfindlichen, allzeit kampfbereiten Emanuel nicht zu meiden. Es sei schwierig, zu schwierig für einen Vater wie ihn, der leicht zu verunsichern und noch leichter anzugreifen war. Kaum preise er bei einem Ausflug die heimische Landschaft, schon schreie der Sohn dazwischen: Du weißt nix, du weißt nix! So verbiete Emanuel ihm den Mund – *dafür* habe er, Wenzel, nicht unter Qualen nachträglich das Sprechen gelernt. Sein düsteres Wissen beziehe der Junge übrigens aus dem Schulunterricht oder aus dem Fernsehen, doch er lese auch so manches, ja, sein Sohn sei wohl auf dem besten Weg, ein Büchermensch zu werden! Doch woher nur dieser wilde Ehrgeiz, ihm, einem harmlosen und gutwilligen Vater tagtäglich zu beweisen, daß die Welt, die er seinem Sohn eingerichtet hatte, schlecht und verkommen sei? Wieso bloß dieser Haß auf das Wenige, das diesem armseligen Vater heilig, weil schwer errungen war: Heimat, Sicherheit, Gleichklang? Warum denn nur diese Bloßstellung, der Versuch, ihn als Lügner dastehen zu lassen, als nur angemaßten Vater, der seinen Tauglichkeitsbeweis erst noch zu erbringen hatte? Wieder einmal fühlte Wenzel sich weggestoßen und zeigte sogleich die Bereitschaft, am Rand Platz zu nehmen und sich einzukrümmen, eine Haltung, der er offenbar nicht entrinne. Wie müsse die Kindheit sich seit unseren Zeiten verändert haben – viel zu spät sei er dran und viel zu lang habe er wohl gewartet, um mit seinen geringen Mitteln in dieser Welt noch Vater sein zu können! Und jetzt sei er am Ende, rief Wenzel aus, und es bleibe ihm nur noch, um Hilfe zu bitten, wenn er seinen Sohn nicht endgültig verlieren wolle …

»Aber was kann ich da tun?«, entfuhr es mir viel zu laut.

»Du hast mir ein Versprechen gegeben!«, antwortete er und griff mir grob an den Arm.

»Ich bin kein Kinderpsychologe – hab ja nicht mal Kinder!«

Wir beschleunigten beide unseren Schritt.

Was, wenn er alles erlogen hatte, fragte ich mich. Aber zu welchem Zweck? Um mich noch einmal in sein Leben zu verstricken? Doch wieso sollte er das tun? Aus Rachegelüsten! Um mich zu strafen für meine Treulosigkeit bei seinem Rauswurf, damals … Hatte ich doch einen Grund, diesen Menschen zu fürchten?

»Aber auf keinen Fall werde ich lügen!«, sagte ich fest, ohne zu echtem Widerspruch in der Lage zu sein.

»Das ist ja auch nicht nötig«, kam es umgehend zurück.

»Gut!«

»Max, du bist doch ein gebildeter Mensch, ein Doktor sogar. Es ist kein Opfer für dich, meinem Jungen zu helfen. Sag ihm, daß sein Vater in Ordnung ist, schließlich kennst du mich – von Anfang an. Ich bin kein Betrüger, kein Hanswurst, kein Luftmensch, auch kein … Prügelknabe; behandle mich in seiner Gegenwart mit Achtung, und zeig ihm, daß ich es wert bin, so behandelt zu werden. Wisch seinen Verdacht weg, mach ihm klar, daß ich liebenswert bin und einmal geliebt wurde – von dir, von Leuten wie deinen Eltern. Du kannst ihn überzeugen, meinen Sohn, und er wird sich sagen: Der Max, der gefällt mir, mit dem ist mein Vater aufgewachsen, die beiden waren Kameraden.«

Darauf sagte ich nichts, sondern zog, spann und dehnte mein Schweigen so lange und hartnäckig aus, bis auch Wenzel offenbar nichts mehr sagen mochte und in mein Schweigen einfiel. Wir hatten ungefähr noch eine Stunde Nachtmarsch vor uns. Heilbronns Lichter gaukelten uns vor den Augen wie winzige Lampions. Ich war nun wirklich müde, beinahe erschöpft, und auch Wenzel schien mir am Ende seiner Kraft. Ja, ich hatte ihm ein Versprechen gegeben – dennoch war das letzte Wort noch nicht gesprochen … erst einmal schlafen, erst einmal aufwachen … Und wie wir so dahinschritten, fiel mir eine jener urseltsamen Weisheiten ein, mit denen meine Großmutter mich einst auf das Leben hatte vorbereiten wollen und die auch in einer von Hebels Kalendergeschichten hätte stehen können:

Geh mit einem, den du zu kennen glaubst, durch die Nacht, und die Nacht wird dir zeigen, wie vertraut oder wie fremd er dir ist.

5

Mit meinem Wechsel auf das Gymnasium begann ein Abschied von zu Hause, der sich über fast zehn Jahre hinziehen sollte. Noch nie war jemand aus unserer Familie zuvor in den Genuß höherer Bildung gekommen – einer Bildung, die unweigerlich dazu führen würde, das Dorf gleichsam als Bildungsauswanderer mit Zielrichtung Stadt schließlich verlassen zu müssen und eine jahrhundertlange Handwerkertradition ein für allemal zu beenden. Das war uns allen bewußt, als ich mich im Frühjahr 1966 darauf vorbereitete, von nun an Tag für Tag frühmorgens mit dem Bus ins zwölf Kilometer entfernte Roßweil zu fahren und nach Schulschluß wieder zurück, meist käsebleich, mit wackligen Knien und dem Würgen der Fahrübelkeit im Hals. Ich war knapp elf Jahre alt, als auf diese Weise das Bildungsversprechen meiner Kindheit eingelöst wurde, das mir indes nur hatte gegeben werden können, weil ich ein Geschwisterloser war. Höhere Bildung, vielleicht sogar bis zum Universitätsabschluß, kam bei uns nur für einen einzigen in Frage – nicht einen von mehreren, sondern einen ohne weitere. Zugleich war Bildung als Ausgleich oder Entschädigung für fehlende Geschwister gedacht, also für jenen Mangel an Naturwüchsigkeit, unter dem wir anscheinend litten und für den wir mal bedauert, mal beleidigt wurden, weil ein Einzelkind zu dieser Zeit noch als Schadensfall galt, grad als würde man sich an der Zukunft aller versündigen. Nur die Juden in den großen Städten – »früher!« – hätten weniger als zwei Kinder gehabt, belehrte uns die ehemalige Ortsbauernführerin Rademacher.

Eines Tages – lange bevor Lehrer Schumann meine Eltern ermutigte, mich auf die Oberschule wechseln zu lassen – brachte mein Vater ein Plakat mit nach Hause, auf dem ein kleiner Junge mit gewaltigem Schulranzen zu sehen war, der sich fröhlich von seinen winkenden Eltern verabschiedete; in alarmroten Buchstaben stand daneben:

»Schick dein Kind auf höhere Schulen!«

Staunend saßen wir davor und überlegten, ob diese Aufforderung auch für uns gelte. Der Gedanke war so verführerisch, daß einige sogleich ins Träumen gerieten: Meine Großmutter wünschte sich ihren Enkel als Pfarrer und geistlichen Herrn, mein Großvater hingegen sah mich als Rechtsanwalt, der auch in der Politik mitmischte, mein Vater jedoch war fest überzeugt davon, daß aus mir nur ein Bank- oder sonstiger Geldmann werden könne. Einzig meine Mutter hatte keinen Berufswunsch für mich, vielleicht zweifelte sie ja daran, daß höhere Bildung überhaupt das Richtige für ihren Sohn sei, obwohl sie es so nicht sagte. Am Ende aber waren sich alle einig, daß nur ich allein darüber entscheiden dürfe, welchen Beruf ich einst ergriffe – *sie* könnten mir dabei sowieso nicht helfen mit ihren sieben Jahren Volksschule pro Kopf, nein, in das Niemandsland hoher und höchster Bildung müsse ihr armer reicher Max alleine aufbrechen.

Für meinen Vater und meinen Großvater, die beiden Schreinermeister, war Bildung ein Zauberwort, das so vieles zugleich versprach: die Überwindung der körperlichen Arbeit sowie der ärmlichen Herkunft, endlich Teilhabe am Fortschritt und den Respekt der anderen, vor allem der großen Bauern, die im Waldtal noch immer vorrangig die Oberschicht stellten und von denen die Handwerker seit unvordenklichen Zeiten abhängig waren; aber auch Aufklärung und Verstandesschärfe, um nie mehr Spielball böswilliger politischer Mächte sein zu müssen. Sie wußten, daß unser Unheil immer aus Armut und Unbildung gekommen war – und konnten sich kein Unheil vorstellen, das aus Bildung und Wohlstand käme.

Da ich nun der erste in unserer Familie war, dem die neuen Segnungen zuteil wurden, hatte ich auch die Pflicht, der Welt zu beweisen, was in unserer Sippschaft steckte, ich allein sollte einen in Jahrhunderten aufgehäuften und immer wieder enttäuschten Ehrgeiz befriedigen. Meine Mutter und – leiser – auch meine Großmutter schienen aber zugleich zu ahnen, wie gefährlich dieser Aufbruch in die Zukunft war. Sie wagten es sogar, das Kind zu bedauern, weil sich ja noch nicht ermessen ließe, welcher Preis ihm dafür abverlangt würde. Vor allem fürchteten sie, daß ich auf meinem Bildungsgang mir selbst und anderen fremd werden könnte, ein künstlicher Charakter, hochmütig, unehrlich, womöglich menschenverachtend, denn niemand könne wissen, ob bei allem Gewinn am Ende die Seele nicht Schaden genommen hätte.

Im Dorf sprach sich flugs herum, wer aus meinem Jahrgang auf die Oberschule wollte: sieben, davon zwei Jungen und fünf Mädchen.

Alle bestanden die Aufnahmeprüfung. Noch nie zuvor hatten so viele Rotacher Kinder auf einen Streich ins Gymnasium von Roßweil, unserer traditionellen Schulstadt, gedrängt. Am Wechsel der meisten nahm niemand Anstoß – wieso sollten ein Sägewerksbesitzersohn, die Töchter des Bankvorstehers, des reichsten Wald- und Viehbauern oder auch eines wohlhabenden, aus der Stadt zugezogenen Rentiers und »Zinspickers«, wie mein Großvater sagte, nicht eine höhere Bildungsanstalt besuchen? Das war gewissermaßen ihr angestammtes Recht, auch wenn Bildung für Mädchen selbst aus der dörflichen Oberschicht noch ungewohnt war. Nur an *meinem* Aufrücken ins Gymnasium (sowie dem einer Arbeitertochter aus einem Rotacher Teilort) fand man etwas auszusetzen. Denn Leute unserer Herkunft – »Hobelbänkler«, »Balkenscheißer« und »Fabrikler« – hatten dieses Recht noch nie besessen oder nur ausnahmsweise und nicht, weil sie gleich unter Gleichen gewesen wären. Natürlich konnten die Gegner der jäh erweiterten Bildungsteilhabe nicht die Demokratie verdammen, das verbot sich damals (noch), sie konnten aber, jeder auf seine Weise, immerhin Zweifel und Ängste säen: Und so fragten uns die, denen die Bildung seither allein gehört hatte, mit sorgenvoller Miene, ob bei *unseren* Voraussetzungen mein Sprung aufs Gymnasium nicht vielleicht doch zu riskant sei, und ich zwangsläufig scheitern müsse. So ein Schulscheitern berge Gefahren, denn wer einmal von höherer Bildung gekostet habe, der sei für harte, ehrliche Arbeit verloren. Die nächsten, die es ehrlich mit uns meinten, hatten noch nie irgendwelche Bildung genossen und hielten Bildung auch ganz allgemein für ungenießbar. In vorwurfsvollem Ton wollten sie wissen, wie man für jahrelange Schulbankdrückerei eine so herrliche Familientradition wie die unsrige aufgeben könne. Wozu habe mein Vater denn eine neue Werkstatt gebaut und damit unser Handwerk in die neue Zeit gerettet, wenn er mich, seinen Einzigen, gar nicht Schreiner werden lassen wolle, so fragten sie und schauten mich giftig von der Seite an. Am erbittertsten aber setzten uns jene zu, die wie wir selbst aus der schwachen, ängstlichen, fortwährend mit und ohne Grund verunsicherten Mittelschicht des Dorfes kamen und in diesem historischen Augenblick zusammen mit uns erstmalig Zugang zur Bildung erhielten, sich aber, anders als wir, nicht getrauten, zuzugreifen. Voller Zorn warfen sie uns statt dessen vor, daß wir, getrieben von einem »Allmachtsgraddel«, schon immer danach gestrebt hätten, uns über andere hinauszuheben – und bei der ersten Gelegenheit täten wir es nun auch … Schuldbewußt und kopfhängerisch hörten wir uns diesen und manch anderen Schimpf an und wußten nicht, wie wir uns rechtfertigen sollten, außer natürlich dadurch, daß ich mit meinen Erfolgen schon sehr bald alle Einwände widerlegte. Mit einem Festessen – Sauerbraten vom sogenannten Bürgermeisterstück – besiegelten wir im kleinsten Familienkreis meinen Übertritt ins höhere Bildungswesen. Und danach durfte ich das Geschenk auspacken, das ich zum Schulwechsel von meinen Eltern erhielt: den einbändigen, tausendseitigen und reichbebilderten »Volks-Brockhaus«, der auf meinem Bücherbrett auf Jahre hinaus mit Abstand das dickste Buch sein würde.

Die alte dörfliche Klassengesellschaft wurde um die Mitte der sechziger Jahre durcheinandergewirbelt wie noch nie. Es war, als würde das Dorf aus einem langen Schlaf gerissen. Eine eigenartige Erregung und Angriffslust, ja eine ganz und gar neue, bisher noch unbekannte republikanische Lebhaftigkeit griff um sich. Die Zeit, die nun begann, brachte immer mehr Gleichheit, während die alten Unterschiede dahinschmolzen. Im Sog der Gleichheit aber – der sich ausbreitende Wohlstand war nur der Anfang gewesen – schienen neue Unterschiede nötig zu werden, und das Dorf bot ungeahnte Energien auf, um sie zu erzeugen. Nachdem viele ein Haus gebaut, fast alle ein Auto sowie einen Fernseher angeschafft hatten und immer mehr Leute ihre Kinder auf höhere Schulen schicken konnten, traten die ersten aus der evangelischen Kirche aus und schlossen sich einer der damals auch im Waldtal grassierenden religiösen Sekten an, um dort wieder eine neue, höchst eigene und unvergleichliche Erwählung zu finden. Ein paar wenige wurden sogar Kommunisten, weil die neue Gleichheit ihnen angeblich nicht weit genug ging. Andere begaben sich auf Reisen nach Orten im Süden, an denen sonst noch keiner gewesen war, nannten es »Urlaub« und berichteten ausführlich darüber in Wort und Bild – auch das eine noch nicht sehr weit verbreitete Leidenschaft: das Fotografieren. Ebenso wurden neue Vereine gegründet, ein Anglerverein etwa, der unüblich hohe Mitgliedsbeiträge verlangte, oder auch ein Musikverein, dessen aktive Mitglieder Instrumente und Uniformen selbst finanzieren mußten; während das gleichfalls jüngst ins Leben gerufene Jung-Landvolk sich Trachten schneidern ließ, die unsere bäuerlichen Vorfahren einst getragen haben sollten. Auch einen Schützenverein gab es plötzlich – seit dem Krieg hatte außer Jägern und Wilderern niemand aus dem Dorf mehr geschossen. Und der Fußballclub, bisher Rotachs einziger Sportverein, erlebte – trotz einer kurz zuvor errungenen Bezirksmeisterschaft – zwei Abspaltungen, aus denen ein Tischtennisclub sowie ein kleiner ehrgeiziger Verein für Leichtathletik hervorgingen; letzterer hatte sogleich geschworen, dem Dorf schon bald einen Weltmeister oder Olympiasieger zu schenken. Selbst ein Jugendclub wurde eröffnet, im Keller unter einer Junglehrerwohnung, und bald zogen Feierabendgammler oder Sonntagsnachmittagshippies im Dorf umher, die eine andere Musik hörten und eine andere Sprache sprachen als die übrigen. Da unsere Vorstadt auch weiterhin wuchs, wurden die Dorfbewohner sinnvollerweise in Neubürger und Altbürger eingeteilt. Selbst von einer ersten Ehescheidung – in eben jener Vorstadt – war zu hören. Das Trennende schien allmählich mächtiger zu werden als das Einende, was die Alten verstörte und die Jungen reizte – allesamt wurden sie aber reicher an Selbstbewußtsein und an Einbildungskraft, wenn auch mißtrauischer gegeneinander. Allerdings blieb noch eine ganze Weile die Scheu oder gar Furcht erhalten, die neugewonnenen Unterschiede politisch umzumünzen. In den Gemeinderat wurde seit dem Kriegsende nur nach Personen gewählt, und noch für gut zehn Jahre sollte es in Rotach keinen Ableger irgendeiner Partei geben. Das Zusammentreffen beim alljährlichen Volkstrauertag, am Kriegerdenkmal auf dem alten Kirchhof, war bis auf weiteres die einzige – wenn auch nur unterschwellig – politische Kundgebung im Dorf.

Lediglich zwei uralte Tätigkeiten überlebten den Kampf um neue Unterschiede, und sie sollten die meisten Dorfbewohner noch lange miteinander verbinden, nämlich: Singen und Sägen.

Sägenmusik lag, außer an Sonntagen, eigentlich immer über dem Dorf; werktags kam sie vor allem aus Rotachs größtem, ständig ausgebauten Sägewerk, und zwar mehrstimmig: lauter und höher als alle übrigen klang die große Kreissäge, die fast zwei Meter Durchmesser besaß und mit der auf dem Holzplatz teils meterdicke Baumstämme abgelängt wurden; tief darunter, mit ihrem gleichmäßigen Stampfen und Fauchen, war die Gattersäge zu hören, die aus den gekürzten Stämmen Bretter machte, während dazwischen, mit staunenswerter Bösartigkeit, hin und wieder eine Motorhandsäge aufschrie; mit seinem unablässigen Gestampfe übrigens erschütterte das Gatter in der engeren Nachbarschaft den Erdboden und brachte einem Wohnhaus immer mehr Risse bei, so daß es einzustürzen drohte und mit viel Geld gerettet werden mußte. Samstags schwieg das Sägewerk von Mittag an, doch kaum zwei Stunden später setzte die Sägenmusik von neuem ein, jetzt als noch viel reicher instrumentiertes Privatkonzert aus Vorgärten und Hinterhöfen, aus Scheunen, Schobern und Remisen. Am Werk war alles, was Zähne hatte und ausreichend Holz vorfand, um sie hineinzuschlagen: Handsägen – besonders bei abgestumpftem Blatt waren sie schwer zu bewegen und sprangen mitunter auf den Säger zurück; dann Bandsägen verschiedenster Art und Größe, aber auch Loch-, Stich- oder Baumsägen und hier und da ein zierlicher Fuchsschwanz, gleichsam die Geige unter den Sägeinstrumenten, und, wäre man mit dem Ohr nur nah genug herangekommen, gewiß auch die eine oder andere Laubsäge. Von überallher erhob sich ein Rasseln und Surren, ein Schrillen und Kreischen, ein Kratzen, Jaulen und Heulen – ja, manchmal waren fast Klagetöne darunter – zum Himmel empor, und das Dorf duftete von einem Ende zum anderen nach Holzmehl und Harz.

Niemand war sich zum Sägen zu fein, nicht einmal der Herr Pfarrer, auch wenn er andere Künste besser beherrschte. Alle sägten. Und fast jeder zeigte sich gern dabei, an einem zernarbten Sägebock oder an einem mit Tierfett eingestrichenen Sägetisch aus blankem Stahl. Wer sägte, war glücklich – oder durfte dafür gehalten werden. Das Sägen galt als eine der friedlichsten Handlungen des Menschen. In einem Gespräch über den letzten Krieg war einmal die entsetzte Frage zu hören:

»Ja, wie kann man denn auf Leute schießen, die Holz sägen?«

Aber seit alters tat das Sägen auch not, in den langen Zeiten vor der Ölfeuerung vor allem, um an Brennholz zu kommen. Alle im Dorf hatten Holz, entweder aus dem eigenen Wald, von einer der häufig stattfindenden Versteigerungen oder durch ein für wenig Geld auf dem Rathaus erworbenes Los, das auch den wenigen Armen, die es noch gab, die Möglichkeit bot, in den Gemeindewäldern Bruchholz aufzulesen. Man mußte sein Holz dann nur noch heimwärts schaffen, zersägen, falls nötig aufspalten und schließlich an einem trockenen, wind- und wetterfernen Platz lagern. Das geschah meist in Stapeln und Beigen, die, festgezurrt mit Drähten und geschützt von Dächern aus Wellblech oder Teerpappe, überall im Dorf zu sehen waren, auch im Neubaugebiet, wo sie ebenfalls nicht als Unzierde galten.

Die zweite Tätigkeit, die der Unterscheidungswut entging, war das Singen. Mit dem Singen hatte auch im Waldtal einst die Freiheit begonnen, das heißt: Als die Obrigkeit den Dörflern die Erlaubnis gab, öffentlich den Mund aufzumachen – da sangen sie! Und damit ihnen diese Freiheit nicht wieder verlorenginge, gründeten sie einen Verein und ließen ihn schwarz auf weiß eintragen, den Rotacher Männergesangverein von 1848 e.V., dessen Gründung sich während meiner Jugend zum hundertfünfundzwanzigsten Mal jährte. Durch all die vielen Jahre hatten sie gesungen, auch in Kriegszeiten mit reduzierter Mannschaft, und selbst als das freie Wort vorübergehend einmal verboten war, hörten sie nicht auf zu singen.

Die Rotacher glaubten, das Singen sei ihnen gegeben wie niemandem sonst – und fanden sich oft darin bestätigt, da sie mit ihrem Gesangverein auch in fernen Sängergauen und gegen starke Konkurrenz beinah mühelos Wettbewerbe gewannen; selbst im Radio war ihr Chor schon erklungen. Wenn er aber wieder einmal zum Wettsingen ausfuhr, begleitete ihn das halbe Dorf in Privatautos und Bussen; trat er zu Hause auf, meist in der Turn- und Festhalle, blieb im Saal kein Platz unbesetzt.

Aus alteingesessenen Handwerker- und Bauernfamilien waren im Lauf der Zeit wahre Sängerdynastien geworden – nur singend konnte man sich noch adeln. Auch wir, die Stollsteins, sangen seit der Vereinsgründung bereits mit, inzwischen in der vierten Generation; mit mir sollte diese Tradition (ebenso wie das Sägen) zum Ende kommen. Doch auch Neueingesessene gingen zum Singen, und sie waren willkommen: Zugezogene, Heimatvertriebene, Gastarbeiter. Nur Frauen waren nicht zugelassen in diesem Verein, sie konnten allenfalls »Sängerfrauen« werden, was ein eigener Begriff, eine eigene Rolle, ja eine eigene Ehre war, die das Recht einschloß, die singenden Männer so scharf und gründlich zu kritisieren wie niemand sonst es tun durfte, auch in der Öffentlichkeit.

In späteren Jahren, wenn ich mit meiner Frau daheim zu Besuch war, forderten meine Eltern uns hin und wieder dazu auf, sie zu einem Auftritt des Chors zu begleiten. Sie packten uns bei unserer literarischen Neugierde, und mein Vater, der nun schon fast ein halbes Jahrhundert im Verein sang, erzählte schwärmerisch von neu einstudierten Liedern nach Gedichten Eichendorffs, Geibels oder Hoffmann von Fallerslebens. Es waren – natürlich – vor allem Waldlieder. Doch als ich beim letzten Mal meinen alt gewordenen Vater auf der Bühne der Festhalle zwischen seinen dreißig Mitsängern stehen sah – halblinks im ersten Baß und genau wie die übrigen in weißem Hemd mit offenem Kragen –, da ging mir auf, daß der Chor selbst ein Wald war und jeder Sänger ein Baum. Noch nie zuvor hatte ich die Macht des Gesangs so stark zu fühlen bekommen. Vor unseren Augen und Ohren verwandelten die Sänger sich singend in Bäume, und zwar besonders beim vierten oder fünften Lied des Abends, nämlich bei Kerners »Wanderer in der Sägemühle«, das seit Jahrzehnten gesungen wurde und vielleicht längst die heimliche Hymne des Waldtals war. Während dieses Lied erklang, herrschte ein ungemein angespanntes Lauschen im Saal, manche Zuhörer erhoben sich sogar von ihren Plätzen und hörten im Stehen zu, besonders von der Stelle an, da der Baum selber zu singen anhebt: jenen unerhörten Gesang einer Tanne, in die eine Säge sich »bahnt«. Ja, der Chor sang den sterbenden, langsam zu Brettern zerlegten Baum, der sich sozusagen im Tod als singendes Wesen entpuppt – welch seltsamer Rollentausch, wenn auch vielleicht nicht für Leute, denen Singen und Sägen so sehr am Herzen lagen! Die Natur singt in Menschenworten und erinnert – sterbend – den Menschen an seinen eigenen Tod. So wird Gerechtigkeit wiederhergestellt für das viele baumvernichtende, wälderlichtende, gleichwohl aber lebensspendende Sägen – und wohl darum erscholl nach den beiden Schlußstrophen …

Du kehrst zur rechten Stunde,
O Wanderer, hier ein,
Du bist's, für den die Wunde
Mir dringt ins Herz hinein!

Du bist's, für den wir werden,
Wenn kurz gewandert du,
Dies Holz im Schoß der Erden
Ein Schrein zur langen Ruh!

… dankbarer, immerfort anschwellender, kaum endender Beifall.

6

Meine ersten beiden Schuljahre auf dem Gymnasium waren Kurzschuljahre und dauerten jeweils sieben Monate einschließlich der
Ferien. Als ich, so wie fast alle Schüler aus meinem Dorf, in Roßweil
gescheitert war, gab man dafür in meiner Familie vor allem »diesen
verdammten Kurzschuljahren« die Schuld – was bequem, aber falsch
war. Denn meine Schwierigkeiten begannen erst später und zogen sich
mehr oder weniger quälend über drei Jahre hin, Langschuljahre, von
denen ich eines auch noch wiederholen mußte. Immerhin scheiterte
ich nicht als Erster, sondern als Zweiter hinter dem Sägewerksbesitzersohn, der mir um mindestens ein Jahr vorausging. Auf mich wiederum
folgten, eins nach dem andern, vier der fünf Rotacher Mädchen, doch
alle gaben sie freiwillig auf, während ich mit lautem Krach hinausgeworfen wurde. Einzig die Fabrikarbeitertochter aus einem unserer
Teilorte, die mit Abstand den weitesten und beschwerlichsten Schulweg hatte, sollte durchkommen und in Roßweil das Abitur machen,
ohne auch nur ein einziges Mal sitzenzubleiben. Auf unserem ersten
Klassenfoto steht sie genau hinter mir, Dora: Sie lächelt wissend und
selbstbewußt, während ich hochmütig und ahnungslos grinse; kein
Wunder, daß niemandes Scheitern das Dorf später so freute wie meins.

Heute scheint mir, als wäre mit uns Rotacher Kindern in der fremden Stadt vom ersten Tag an eine Verwandlung vor sich gegangen,
die keines von uns durchschaute. Zwar schadeten wir einander nicht
gerade mit Absicht, doch ließen wir uns gegenseitig wie auf Verabredung im Stich – so tief hatte die Unterscheidungswut der neuen Zeit
sich auch in uns eingefressen. Jeder verhielt sich, als wäre er in einen
Wettstreit geschickt worden, den am Ende nur einer gewinnen konnte.
Stumm und verbissen suchte man den eigenen Erfolg. Weder gaben
wir einander Hausaufgabenhilfe noch den häufig nötigen Trost. Unsere
Eltern tauschten sich nicht über die neuen Schulerfahrungen ihrer
Kinder aus, und im Krankheitsfall traute sich kaum jemand, einem
der Mitschüler aus dem Dorf eine schriftliche Entschuldigung für
den Klassenlehrer mitzugeben. Schon morgens im Bus – einem stets
überfüllten, hart gefederten Arbeiterbus, in dem auch noch unbändig

geraucht wurde – saß oder stand jeder von uns in der Regel für sich. Wenn einer den ergatterten Sitzplatz im nächsten Ort an einen der zugestiegenen Lehrlinge oder Berufsschüler verlor, von denen er einfach weggescheucht wurde, dann grinsten die übrigen in die andere Richtung. Um dreiviertel sieben kam dieser Bus täglich in Roßweil an, rechtzeitig zum Arbeitsbeginn in der Möbel- oder Maschinenfabrik, und der nächste Bus folgte nicht vor Mittag. Die Schüler aus den Dörfern des Waldtals waren morgens also unfreiwillig immer die ersten, die nach einem Fußmarsch durch die oft noch dunkle Stadt bereits gegen sieben das Gymnasium erreichten, in dem zwar die Lichter brannten, das aber noch verschlossen war, ein flacher, weiß getünchter, neuhäßlicher Bau, der teils von Betonsäulen getragen wurde und für mein Auge zumindest von weitem aussah wie eine Schuhschachtel auf Stelzen. Wenn der Hausmeister aufgeschlossen hatte – nie früher als er mußte und nur selten mit einem Morgengruß –, verflüchtigten sich schleunigst alle in ihre Klassenzimmer, ich zusammen mit drei der Rotacher Mädchen ins Zimmer der Klasse 1b. Dort setzten wir uns schweigsam und verlegen auf unsere weit voneinander entfernten Plätze – längst waren im Reformzeitalter die schweren, unbeweglichen Schulbänke durch leichte, bewegliche Tische und Stühle ersetzt –, packten brav unsere Mappen aus und warteten mit gesenkten Köpfen auf den Beginn des Unterrichts.

Mittags, nach Schulschluß, mußte man sich beeilen, um den Bus heimwärts zu bekommen, der bereits zwanzig nach zwölf vor dem Amtsgericht abfuhr und bis in den frühen Abend die einzige Gelegenheit bot, wieder nach Rotach zu gelangen. Auch andere Schüler stürzten und stolperten jetzt ihren Haltestellen entgegen – wir waren überwiegend ein Pendlergymnasium –, und so ergoß sich ein breiter, dichter, unruhiger Schülerstrom Richtung Innenstadt, in dem man oft nicht recht voran- oder sogar zu Fall kam. Darum verpaßten jedesmal einige ihren Bus oder Zug – von uns sieben Rotachern war seltsamerweise immer ich es und immer allein und mußte nun zu Fuß nach Hause, mit meiner viel zu großen Schulmappe an der Hand und, nicht selten, meinem goldbraunen Diercke-Weltatlas, der dennoch nicht in diese Mappe paßte, unter dem Arm. So wanderte ich zwölf Kilometer die Fahrstraße entlang, in der Hoffnung, unterwegs von einem der wenigen Autos, die vorüberfuhren, auf mein zaghaftes Winken hin mitgenommen zu werden. Wie weit ein Weg von zwölf Kilometern doch sein konnte und wie schwer und sperrig mein Atlas, in dem ich sozusagen die ganze Welt mit mir trug! Und noch oft mußten meine Eltern und meine Großeltern mich daran erinnern, welch ein Glück es war, auf die Oberschule zu dürfen.

Manchmal las mich der Stracken-Attl auf. Er hatte mit seinem Opel »Blitz« fein geschnittenes und zu Bündeln geschnürtes Anfeuerholz für Industrieöfen – sogenannte »Spächtele« – nach Roßweil auf den Bahnhof gebracht. Das geschah zweimal in der Woche, danach fuhr er zurück in unser Dorf. Kupplung und Gaspedal betätigte der Stracken-Attl über Drahtzüge; trotzdem hatte er immer eine Hand frei zum Rauchen. Im Krieg waren ihm beide Beine zusammengeschossen worden und zu fast nichts mehr zu gebrauchen. Ich fühlte mich in seinem Kleinlaster immer ein wenig unwohl, weil mir nicht klar war, wie der Fahrer die Bremse betätigte. Und den geschundenen Mann danach zu fragen, getraute ich mich nicht. Wenn der Stracken-Attl auf der Straße daherkam, hielt er einfach bei mir an und fragte zum Fenster heraus: »Willsch mit, du Brunzbürzel?«

Während meiner Rotacher Grundschulzeit war meine Schulklasse immer von höchstens zwei Lehrern unterrichtet worden, in meinem ersten Jahr auf dem Gymnasium wurden daraus sieben oder gar acht. An nur einem Vormittag konnte der Lehrer drei- oder viermal wechseln. Jeder betrat – mit einem vierfachen Gongschlag aus dem Lautsprecher an der Wand – zügig das Klassenzimmer, jeder verließ es nach dem Eintrag ins Klassenbuch ebenso zügig wieder. Die Pausen waren kurz. Sie reichten kaum aus, wenn wir von einem Unterrichtsraum in einen anderen umziehen und über zwei, drei Treppen hinuntersteigen mußten zum Musik- oder zum Biologiesaal, wo uns jeweils wieder ein neuer Lehrer empfing. Wir waren über vierzig Schüler in der Klasse, fast doppelt so viele wie in meinem letzten Dorfschuljahr. Kein Lehrer, nicht einmal Fräulein Feistritz, unsere Klassenlehrerin, die im weißen Mantel, eine Damenkrawatte um den Hals, Erdkunde und Biologie bei uns gab, kannte alle unsere Namen, auch nicht die Nachnamen.

Hoffnungslos ließ sie ihren Blick über unsere zahlreichen Köpfe gleiten. Nur ein paar wenige Kinder aus Roßweil waren bei den Lehrern anscheinend besser bekannt, meist Söhne und Töchter von Apothekern und Ärzten, von Architekten und Autohausbesitzern, wie man erfuhr; doch es war schwer, ja aussichtslos, das Vertrauen dieser Mitschüler zu erwerben, um durch sie vielleicht näher an die Lehrer heranzurücken. Wir anderen mußten uns auch weiterhin geduldig verwechseln lassen oder hießen einfach nur »Du!« oder »Da!«. (Mein Großvater, der mich trösten wollte, sagte, wenn jeder mit jedem verwechselt werden könne, dann nenne man das Demokratie …) Aber schon auf dem Pausenhof, wenn sie Aufsicht hatten, schienen unsere Lehrer uns nicht einmal mehr von Angesicht zu kennen. Daran änderte sich in den Kurzschuljahren wenig. Jede Nähe war ausgeschlossen, und keinem meiner Roßweiler Lehrer konnte ich auf Dauer meine Anhänglichkeit beweisen, so wie ich sie daheim Lehrer Schumann bewiesen hatte, dem ich näher gewesen war als jedem meiner Klassenkameraden. Darum hatte ich ja auch nur gute Leistungen erbracht – was mir auf dem Gymnasium also von Anfang an fehlte, war der Segen eines Lehrers, die Erwählung durch ihn, die Rolle eines Lieblingsschülers, und sei es eines eingebildeten.

Doch Lieblingsschüler schien es hier überhaupt nicht zu geben, nicht einmal im Schwimmunterricht, wo ich zu meiner Überraschung einer der besten war und als erster den Fünfkiloring aus drei Metern Tiefe herauftauchte oder als Schnellster über zehn Bahnen schwamm. Trotzdem wies Lehrer Harm mich mit meinen roten, sehnsüchtig auf ihn gerichteten Chloraugen ohne Lob oder auch nur namentliche Erwähnung zurück ins Glied zu all den übrigen – seltsam kühle Gleichheit der neuen Zeit, die mir, nicht nur beim Schwimmen, eine Gänsehaut machte.

Einzig negative Lieblingsschüler schien es noch zu geben, zu denen ich mich glücklicherweise nicht zählen mußte. Das waren jene, denen ihre ärmliche Herkunft anzusehen war: Jungen, die auch im Winter manchmal mit kurzen, zerschlissenen Hosen in den Unterricht kamen, Sandalen trugen und darin Strümpfe mit Löchern oder die – leicht erkennbar – einen Schlafanzug unter der Schulkleidung anhatten oder auch ungewaschen rochen. Sie wurden bei jeder Gelegenheit gedemütigt, in unserer Klasse stets von den gleichen Lehrern, von Maier, dem Mathematiklehrer, der im Unterricht hin und wieder angetrunken war und Schülerköpfe gegen die Wandtafel oder auf die Tischplatte knallte, bis sie bluteten, sowie Schalkmann, Deutsch und Englisch, der einen übelriechenden Schüler sogar zwang, sich auszuziehen und vor uns allen seine Füße und seine Achselhöhlen am Lehrerwaschbecken zu waschen, mit kaltem Wasser und so lange wie er, Schalkmann, es für nötig hielt. Diese beiden Lehrer schienen miteinander befreundet auf ungute Art, jedenfalls waren sie oft zusammen zu sehen, rauchend, lachend, fäusteballend auf dem Pausenhof. Maier, hieß es, hätten die Russen in der Schlacht am Kursker Bogen einen Kopfschuß verpaßt, der zum Sterben aber nicht ausgereicht, sondern ihn nur noch wilder gemacht habe, während der jüngere Schalkmann Sparringspartner von Max Schmeling gewesen und rund hundertmal zum Kampf gegen ihn angetreten sei – immer ohne Kopfschutz. So redeten ältere Schüler, um uns Angst zu machen. Aber Maier und Schalkmann waren auch ohne ihre Vorgeschichten längst zum Schrecken der unteren Klassen geworden, sie brüllten, traten, schlugen, rissen an Haaren, knufften in Rippen, stießen zur Tür hinaus, zwangen stundenweise zum Eckenstehen, erregten Durchfall und Erbrechen mitten im Unterricht. Allein in den beiden Kurzschuljahren gelang es ihnen, aus zwei Parallelklassen ein halbes Dutzend männliche Schüler zu vertreiben, jeweils von einem Tag auf den nächsten, einfach mit Handgreiflichkeit und Einschüchterung. Ihrem Satz: Von morgen an will ich dich nicht mehr hier sehen!, wurde in jedem Fall entsprochen, und Beschwerden folgten nie; Mitschüler vermuteten, daß sämtliche Vertreibungen im Einverständnis mit der Schulleitung geschahen, die so viele Bildungspendler wie möglich wieder dorthin zurückjagen wollte, wo sie herstammten: aus den Wäldern.

Ich kannte also die Gefahr, fühlte mich aber sicher vor ihr, weil meine ärmliche Herkunft mir nicht anzusehen war. Ja, ich hielt mich sogar für einen gepflegten und ziemlich gut gekleideten Jungen vom Lande, mit meinem grauen Stehkragenhemd – der Kragen weinrot gefüttert –, darüber einen himmelblauen Kapuzenanorak, mit meiner langen schwarzen Kniebund- oder wechselweise kurzen schwarzen Lederhose, dazu jeweils schwarzrote oder rotschwarze Kniestrümpfe und, dank meiner Mutter, immer sauber geglänzte, seitlich streng geschnürte Haferlschuhe. Auf dem Kopf trug ich einen exakten linken Scheitel, den ich mit einem Taschenkamm in fast jeder kleinen Pause auf der Schülertoilette nachzog, nachdem ich meine Kleidung überprüft, meine Hände mit Seife gewaschen und die Angst verbannt hatte, die oft in meinem Gesicht zu finden war. In der großen Pause setzte ich mich draußen so anmutig wie möglich an den Rand des Schulbrunnens und öffnete mein Vesperpaket. Meine Mutter schnürte mir riesige Pakete, seit ich täglich nach Roßweil fuhr, mit gedoppelten Wurst- und Käsebroten, hartgekochten Eiern, Äpfeln, Dörrpflaumen oder Hutzeln sowie protzigen Kuchenstücken – grad als müsse der Fremde bewiesen werden, daß wir daheim nicht darbten. Und ich, noch nie ein schlechter Esser, aß alles auf, im fernen Roßweil überkam mich der Hunger meines Lebens, ich stopfte mich und nahm zu, doch jedesmal, wenn ich die rußig-bittere Kruste des von meiner Mutter selbst gebackenen Brotes schmeckte, würgte mich Heimweh.

Zwei Kurzschuljahre lang ging alles gut, die beiden Prügler ließen mich tatsächlich in Ruhe, an meiner Kleidung, meiner Sauberkeit, sogar an meinen Noten hatte niemand etwas auszusetzen. Ich war ein ganz und gar durchschnittlicher Schüler und schien dafür geboren, Durchschnitt zu sein und mich meiner Durchschnittlichkeit auch noch erfreuen, ja dafür dankbar sein zu dürfen – so wie alle Eingeschüchterten und Verängstigten. Ich hatte weder Freunde noch Feinde, zog weder Liebe noch Haß auf mich, ein beinahe Gesichts- und Namenloser, der irgendwo in der Klassenmitte saß und hin und wieder den Arm hochreckte, aber nur, wenn er sicher war, etwas zu wissen. Sonst hielt ich mich klein und schwieg, besonders wenn wieder mal ein Mitschüler verschwunden war, über Nacht gleichsam, abgemeldet von seinen Eltern, und einen leeren Sitzplatz hinterließ, der noch eine Weile an ihn erinnerte.

Unverhofft konnte ich dann aber doch noch die Zuneigung meiner Klassenlehrerin gewinnen und mir, zumindest vorübergehend, einen Namen bei ihr machen. Dazu verhalf mein Vater mir, denn eines

Tages brachte er einen toten Greifvogel in die Küche mit, der gegen die Frontscheibe unserer Werkstatt geflogen war und das Genick gebrochen hatte: ein Sperber, klein, schmal, dunkelblau und braunweiß gefiedert, mit einem abgewetzten Schnabel, gelben, einwärts gedrehten Krallenfüßen und noch im Tod weit offenen Augen.

»Bring ihn doch deiner Lehrerin«, schlug mein Vater lachend vor, »sie kann ihn ausstopfen lassen für ihre Sammlung … und sag ihr, daß man den Sperber bei uns *Taubenstößer* nennt.« Meine Mutter wickelte den Vogel in Zeitungspapier, und ich trug ihn am anderen Tag in die Schule. Fräulein Feistritz gruselte sich ein wenig vor dem toten Tier und wollte es nicht anfassen. Doch mich lobte sie – mit meinem vollen Namen! – für einen nützlichen Beitrag zum Biologieunterricht und ließ mich meine Geschichte vor der Klasse erzählen. Mit zwei Fingern hob ich dabei einen der Flügel an, und dieser Flügel faltete sich mit seinen unzähligen Federn fast von selbst auf wie ein Fächer, was alle in Staunen versetzte. Daß der Kopf des Vogels so locker, ja haltlos herumbaumelte, erklärte ich genau wie mein Vater es erklärt hatte: mit dem gebrochenen Genick.

Ich fühlte mich ermutigt und wollte meine neugewonnene Stellung ausbauen, vielleicht mit weiteren Gaben vom Land, einer Baumscheibe etwa, an der man im Biologieunterricht das Zählen der Jahresringe hätte üben können, oder mit noch mehr toten Tieren, einem Glas Waldhonig, einer Speckseite, mit Beeren, Pilzen, Einmachgläsern. Doch meine Eltern rieten mir strikt davon ab: Ich sei nun nicht mehr auf einer Dorfschule, sondern auf dem Gymnasium, dort zähle einzig und allein der Charakter, die Persönlichkeit. Also versuchte ich auf höchst charaktervolle Art, das Fräulein Feistritz für mich einzunehmen; bei jeder Gelegenheit drängte ich meine Dienste auf, hielt die Tür, riß ihre schwere Tasche an mich, um sie ins Lehrerzimmer mehr zu schleifen als zu tragen, und selbst in fremden Klassenzimmern besuchte ich unsere Lehrerin zuweilen, und sei es nur, um sie kurz zu grüßen oder, falls möglich, in die nächste Klasse zu begleiten und ihr auf dem Gang notfalls mit Gewalt den Weg freizumachen. Auch andere, Schüler wie Lehrer, bemerkten meine erbitterte Anhänglichkeit – das Fräulein fühlte sich blamiert und blickte böse, konnte mich aber nicht loswerden. Auch im Unterricht erschien es mir wichtig, hervorzukehren, was meine Eltern Persönlichkeit nannten, zum Beispiel in Erdkunde, wo ich neuerdings der eifrigste Schüler war. Herrlich, wie klein, rund und übersichtlich unsere Welt sich in »Erdkäs« doch darbot! Ich verabscheute diesen Namen, seit Erdkunde drauf und dran war, mein zweitliebstes Fach zu werden. Ständig streckte ich im Unterricht, auch fingerschnippend, zungeschnalzend, backenblasend, und wenn Fräulein Feistritz mich übersah, übersehen wollte, sprang ich vom Sitz auf und schrie meine Antwort ungefragt über die Köpfe hinweg in ihre Richtung. Meine Aufregung war manchmal so groß, daß ich zitterte, ja, daß mir fast die Tränen kamen, und mehrmals fegte ich dabei zornig meinen Atlas mitsamt den herumliegenden Büchern, Heften und Schreibsachen vom Tisch. Irgendwann wurde es meiner Lieblingslehrerin zuviel, sie fuhr herum, machte ein paar schnelle Schritte auf mich zu und packte mich mit zwei Händen bei den Ohren. So nah war sie mir noch nie gewesen – ich konnte ihr Parfüm riechen! In dieser Haltung, dieser uns gemeinsam umhüllenden Wolke aus Duft, verurteilte sie mich zu drei Stunden Nachsitzen, nachmittags, ich ganz allein im riesigen Klassenzimmer, vergeblich hoffend, daß Fräulein Feistritz die Zeit mit mir verbringen würde. Meine Eltern wurden schriftlich benachrichtigt, sie hielten die Strafe für angemessen, ja nützlich, und hofften, daß ich dadurch ein noch besserer Schüler würde. Als Strafarbeit mußte ich den afrikanischen Kontinent maßstabsgerecht aus dem Atlas abzeichnen, mit allen Landesgrenzen, Hauptstädten sowie den großen Flüssen.

Dennoch war ich mit meiner ersten Roßweiler Schulzeit zufrieden, oder besser: eisern bemüht, zufrieden zu sein. In allem Elend suchte ich das Gute und fand es auch, etwa die dicken, bunten, teuren Bücher, die meine Eltern alle für mich gekauft, nicht etwa geliehen hatten, ebenso die farbglänzenden Kunstblätter, die man für ein paar Pfennige im Zeichenunterricht erstehen konnten. Dergleichen hatte ich noch nie zuvor gesehen oder gar besessen, dann die Karten und Kartenständer im Erdkundeunterricht, die hellen hohen Räume, auch die gußeisernen, bis an die Hüfte heraufreichenden Heizkörper überall im Schulgebäude, die man – im Winter als wärmende, im Sommer als kühlende – Sitzgelegenheiten nutzen konnte, und nicht zuletzt die stillen, sauberen, duftigen Klos. Am meisten aber hatte es mir der Schwimmunterricht angetan, in dem ich während der beiden Kurzschuljahre zwei Leistungsabzeichen erwerben sollte, fast mein einziger Roßweiler Erfolg überhaupt; noch lange würden diese Abzeichen mit ihren blauweißen Wellenspitzen meine Badehose zieren. Ehrlich und dankbar freute ich mich an all dem Neuen und ließ es vor meinen eigenen Augen noch prächtiger erscheinen, als es von sich aus schon war: Mengenlehre zum Beispiel oder (trotz Schalkmann, diesem Menschenfresser in Lehrergestalt) Englisch – für mich das Fach aller Fächer, Herzklopfen bekam ich, wenn diese Sprache an mein Ohr drang; andächtig hörte auch meine Mutter, die nur unseren Dialekt beherrschte, zu, wenn sie mich daheim englische Vokabeln abfragte. Wie sie mich bewunderte, daß ich etwas so Schönes lernen durfte. Alle, ringsherum im ganzen Land, *wollten* Englisch lernen, ich *durfte!* … Nirgends klang und schwang das Zukunftsversprechen der Zeit so deutlich mit wie in dieser Sprache, einer Jungen-Leute-Sprache, die für mich tönte, als wäre sie erst vor wenigen Wochen erfunden worden, und zwar von den glücklichsten Menschen der Welt. In unserem Haus war Englisch bisher nur aus dem Radio gekommen, vor allem gesungen, doch von jetzt an sollte es auch aus meinem Mund kommen. Dafür konnte man doch ruhig ein bißchen Schülerelend ertragen! Ich hatte eine ungeheure Chance erhalten und würde sie nutzen, allein wegen meiner Eltern, meiner Familie, meiner Ahnen und meiner ungeborenen Geschwister. Bereits in zwei, höchstens drei Jahren lägen die Schwierigkeiten des Anfangs hinter mir, das Traurige und Trostlose, das ich täglich erlebte und erlitt.

Denn vor allem fehlten mir Menschen – so wie noch nie. Wenzels Verlust war nicht vergessen, geschweige denn verschmerzt. Ratlos und trotzig beschloß ich, vorläufig alleine zu bleiben. Doch manchmal fror es mich vor Einsamkeit selbst in der Sonne. Und überall entdeckte ich Einzelgänger, nirgends in meiner Schulstadt gab es ein einziges Freundespaar, zumindest unter den gleichaltrigen Schulpendlern nicht, die offenbar allesamt so versprengt und verlassen waren wie ich. Die meisten schienen sich damit abgefunden zu haben, sie wußten wohl, was ich erst ahnte: daß Bildung einsam macht – ein Opfer, das anscheinend von allen gebracht werden mußte, nicht nur von Geschwisterlosen. Ein Junge aus der Parallelklasse wurde mir unversehens zum Inbild dieser Einsamkeit, wenn er allein auf dem Pausenhof in der Menge stand und sich darüber zu wundern schien, wie er hierher gekommen sei. Diesem Jungen fehlte fast von der Schulter an ein Arm. Wenn der Wind wehte, begann sein langer, leer herabhängender Hemdsärmel sich zu bewegen, gar zu flattern, ja, manchmal flog er sogar richtig auf und streifte oder peitschte einen der Umstehenden mehr oder weniger zart.

Mit Pitt, einem Jungen aus einem anderen Waldtal, der mein mir von Fräulein Feistritz zugeteilter Nebensitzer war, verbrachte ich die ein- bis zweistündigen Pausen, wenn wir Mittagsschule hatten. Wir gingen zusammen in Roßweil herum, aßen eine Rote Wurst am Stand des sogenannten Kirchenmetzgers und tranken dazu ein (mir bis dahin unbekanntes) Getränk namens Coca-Cola. Auf Schritt und Tritt begegneten wir anderen Pendlern, die sich zur Essenszeit in der Stadt breitmachten, auf Mauern saßen, durch Grünanlagen spazierten oder, wie unter Schock, nur still verharrten und vor sich hinschauten; manche setzten sich auch in die Kirchen und wollten nicht wieder heraus. Noch nie, hieß es, habe der alte Pferdemarktflecken Roßweil so viele Schulpendler aufnehmen müssen wie im Jahr 1966, ja, von einer wahren »Pendlerplage«, einer »Schülerschwemme« war die Rede. Manche dieser Kinder tauchten sogar, wenn sie Geld hatten, in den Wirtshäusern der Stadt auf, um eine Mahlzeit einzunehmen – was den Wirten recht, unserer Schulleitung hingegen peinlich war. Deshalb bat der Direktor in einem Rundbrief die Eltern ortsansässiger Schüler um Hilfe. Diese sollten sich bereit erklären, Pendler zum Mittagessen einzuladen, also sozusagen »Eßpatenschaften« übernehmen – man mochte es in Roßweil immer ein wenig steif und geschwollen. Wer eingeladen wurde, entschied sich im Klassenzimmer: Alle Pendler mußten aufstehen – mehr als die Hälfte der Schüler –, die Ortsansässigen durften sich einen oder auch zwei von ihnen aussuchen und mit nach Hause nehmen, wenn wir nachmittags noch Unterricht hatten. Pitt wurde erwählt, ich nicht. Mein Nebensitzer freute sich, als wäre ihm ein zweites Leben geschenkt worden, während ich meine

Eltern daheim um mehr Zehrgeld bat für eine anständige Mahlzeit in einem der Roßweiler Wirtshäuser, in denen ich von nun an regelmäßig den ersten Teil meiner Mittagspause verbrachte, darunter die noble »Germania« mit ihrem ewigen Sauerkrautdunst ebenso wie der leutselige »Limpurgische Mundschenk«, der mich zu meiner grimmigen Freude an das »Rocky-docky« in seiner schlimmsten Phase erinnerte.

Den zweiten Teil der Pause verbrachte ich auf Roßweils Straßen und Plätzen, und zwar immer öfter mit Bauchweh und Übelkeit, offenbar Folgen meiner fettigen Mittagsmähler. In einem Moment der Leere hatte ich mir vorgenommen, diese Stadt zu erkunden, entdeckte aber, ohne danach gesucht zu haben, stets nur Schutthalden, Schrottberge, verschissene und verkotzte Ödflächen oder auch eine heruntergekommene Reparaturwerkstatt, vor der augenscheinlich alte Autos ausgeschlachtet wurden – rings lagen überall Trümmer, sickerte Öl ins Erdreich, türmten sich Reifen. Und mit einem Mal konnte ich das Trostlose nicht mehr nur fühlen, sondern auch seinen Reiz verspüren: eine Bitterkeit, die erfrischte, eine Hoffnung, die sich wohlig mit Wut verband und sogar mit Haß, Haß auch auf mich selber (und wußte gar nicht, warum) … Nur kurz, fast anfallartig empfand ich so, doch diese stark gemischten Gefühle jagten mir auch Angst ein, Gefühle gleichsam mit falschen Vorzeichen – Bitterkeit, aber ohne Zerknirschung, Wut ohne Reue, Haß aus Langeweile und Überdruß –, dergleichen überforderte mich und war kraft Erziehung in meiner ländlich-evangelischen Lebensordnung nicht vorgesehen. Ich floh von den Dreckplätzen der Stadt zurück unter die Menschen, schaute mir in der Hauptgeschäftsstraße die Fotos im Aushang eines Kinos namens »Sonnenlichtspiele« an (Vorstellung war erst abends – keine Ahnung, ob ich mich hineingetraut hätte) oder stellte mich ein paar Häuser weiter ans Schaufenster der Schallplattenhandlung Schroof und sah dahinter Kunden mit geschlossenen Augen, die sich merkwürdige Telefonhörer ans Ohr hielten, zu einer unhörbaren Musik tanzen oder zumindest sich wiegen. Das alles war anziehend modern, Erlebnisse, wie ich sie aus dem Dorf nicht kannte, und voller Vorfreude ermutigte ich mich, doch vielleicht eine Art Beobachter zu werden und so meinem Roßweiler Dasein einen eigenen, von mir selbst gewählten Sinn zu geben.

Mit Pitt blieb mir fast nur der Weg, den wir gemeinsam zurücklegen mußten, um pünktlich unsere Busse zu erreichen, die zur gleichen Zeit nebeneinander abfuhren. Beide konnten wir uns, eingekeilt im Schülerpulk des Mittelgangs, allenfalls noch einmal mit einem Kopfnicken grüßen, bevor jeder wieder in sein Waldtal getragen wurde, den Hausaufgaben entgegen. Doch schon nach den ersten großen Ferien erschien Pitt nicht mehr zum Unterricht in Roßweil, offensichtlich hatte er die Schule gewechselt, wenn auch ohne Abschied von mir.

7

Als Wenzel gegen Ende der Sommerferien unverhofft wiederkehrte, war bei uns daheim seit Monaten nicht mehr von ihm die Rede gewesen – so hatte einer dem anderen Mut gemacht, ihn vollends zu vergessen. Tag und Stunde seiner Rückkehr waren gut gewählt: ein Samstagnachmittag, wir saßen bei Kaffee und Kuchen zu Hause, meine Eltern, meine Großeltern und ich, da rief von draußen eine Stimme meinen Namen. Jeder am Tisch erkannte die Stimme sofort, und alle fünf waren so flink bei der Tür, als hätten sie auf diesen Ruf nur gewartet. Daß meine Familie aber derart prompt und vollzählig vor ihm auftauchte, erschreckte Wenzel. Er machte ein paar Schritte zurück, als fürchte er, wir könnten auf ihn losgehen. Ich schwankte zwischen Lachen und Weinen. Niemand sagte etwas. Alle sahen sprachlos diesen Jungen an, der sich in kurzen Hosen vor unser Brennesselspalier hingestellt hatte und grinste: fröhlich, stolz, auch siegesgewiß. Nach und nach wurden ihm doch ein paar Fragen zugerufen, von denen Wenzel aber nur eine einzige beantwortete, nämlich die etwas schreckhafte, die mein Vater ihm stellte:

»Was willst du?«

Worauf er ohne zu zögern zurückgab:

»Bei euch meine Ferien verbringen – immer!«

Wenzel wurde hereingebeten, durfte sich setzen, Kuchen essen und süßen gelben Sprudel trinken, so viel er wollte, wobei wir alle ihm still und respektvoll zuschauten, bis mein Vater sagte:

»Du bist abgehauen!?«

Wenzel seufzte und nickte zwischen zwei Bissen.

»Ich will doch nur zu euch – schon lang!«, murmelte er.

»Und wieso?«, fragten gleich mehrere von uns.

»Ich hab niemand, zu dem ich in den Ferien kann, fast alle im Heim gehen weg in den Ferien, nur ich muß dableiben, aber ich möchte auch weg, in allen Ferien, zu euch, zu Max, darf ich in den Ferien zu euch kommen?«

So wenig hatte ich Wenzel noch nie stottern hören.

Was er uns aber außerdem erzählte, klang derart unwahrscheinlich,

daß ich vermutlich der einzige am Küchentisch war, der es ihm abnahm: Wenzel wollte an diesem Tag mehr als dreißig Kilometer zu Fuß
zurückgelegt haben, nur um zu uns zu kommen; morgens, gleich nach
dem Frühstück, sei er »über den Zaun« des nach dem Heiligen Fran-
ziskus benannten Kinderheims »Franzenshort« in der Stadt Gmünd
gestiegen, um sich auf den Weg zu machen. Mein Vater bestätigte, daß
das katholische Gmünd, im Volksmund des evangelischen Umlands
»Schwäbisch Nazareth« genannt, in der Tat etwa so weit entfernt
war – doch wie hatte der Zehnjährige seinen Weg gefunden durch
die vielen Dörfer, die Wälder, die kleinen Städte »bis zu uns«? Das
konnte Wenzel nicht befriedigend erklären, aufgeregt, fast übermütig
sprach er von Straßenschildern, auskunftsfreudigen Bauern, und auch
eine Mitfahrgelegenheit auf einem Heuwagen erwähnte er, wollte es
am Ende aber unbedingt so aussehen lassen, als habe er ohne echte
Streckenkenntnis, einzig und allein einer Art Herzenskompaß folgend,
zu uns gefunden – was *mir* als Erklärung genügte. Daß Wenzel in kaum
acht Stunden eine solche Strecke vorwiegend zu Fuß bewältigen konnte, bezweifelte nach kurzem Nachdenken niemand mehr. Wenn einem
Kind diese Leistung zuzutrauen war, dann ihm, dem Fluchtwanderer
und getriebenen Sohn der Ida Bogatz. Für mich hatte er damit vor
allem einen Beweis seiner Ernsthaftigkeit erbracht – er wollte doch
noch mein Bruder werden, mir allein galt diese Flucht, ich war seine
Heimat und sein Endziel (und hoffte inständig, daß niemand in der
Runde es aussprechen würde, so wund war ich an dieser Stelle bereits
geworden).

Mein Vater verlangte, sämtliche Angaben zu überprüfen.

Wenzel zog wie vorbereitet einen Zettel aus der Tasche, auf dem
Anschrift und Telefonnummer seines Kinderheims vermerkt waren,
und hielt ihn meinem Vater vors Gesicht. Jedes Heimkind bekomme
einen solchen Zettel ausgehändigt, für den Fall, daß es draußen in der
Welt einmal verloren ginge.

»Ich hab meinen von Schwester Thaddäa«, sagte er.

Zum ersten Mal fiel dieser eigenartig biblische Name.

Mein Vater ging darauf ins Wohnzimmer, um zu telefonieren. Wir
hörten, wie er hinter geschlossener Tür die Wählscheibe drehte, oft,

geduldig, eine lange Nummer. Wenzel genoß dabei jeden Augenblick, kaum merklich schien er das Geschehen zu lenken und konnte anscheinend sogar voraussehen, was noch kommen würde. Jetzt hatte mein Vater Verbindung; wir hörten ihn sprechen, verstanden aber nichts, obwohl er fast schrie.

»Man wird für Flucht bestraft«, sagte Wenzel, »aber nicht arg … ich will doch bloß zu euch in Ferien …«

Wir pflichteten ihm bei, und meine Mutter fragte:

»Bekommst du nie Besuch im Heim, auch nicht von deiner Mutter?«

Er schüttelte den Kopf und legte eine Pause ein, dann gab er diese seltsame, leicht verstümmelte Antwort:

»… darf nicht zu ihr, ist verboten …«

»Daß dein Vater noch hier im Dorf wohnt, weißt du!? Bei Bauer Bernroth, das Haus kennst du doch … willst du ihn nicht besuchen? Der wird Augen machen!«

»Vielleicht morgen«, antwortete Wenzel.

Mein Vater kam schließlich aus der Stube zurück und schien erleichtert. Er hatte mit der Schwester namens Thaddäa gesprochen, die im Heim Wenzels Zieh- und Pflegemutter war. Sie bestätigte seine Geschichte, mein Freund habe nicht gelogen. Den Grund für seine Flucht fand sie sogar verständlich und meinte, daß so viel Mut belohnt werden müsse. In diesem Fall sei Flucht eben nicht nur eine strafwürdige Tat, sondern vor allem ein Akt der Liebe und der Herzensstärke. Wenn Wenzel also unbedingt wolle und wir damit einverstanden seien, dann dürfe er von nun an bei uns seine Ferien verbringen, alle, mit Ausnahme der noch andauernden Sommerferien – das sei die Strafe für seinen unerlaubten Abgang aus dem »Franzenshort«. Nur einmal könne er bei uns übernachten, doch am morgigen Sonntag, spätestens gegen Abend, werde er in der Stadt Gmünd mit dem Bus aus Roßweil zurückerwartet, so entschied es die offenbar allmächtige Schwester in der Ferne.

Wir freuten uns mit ihm wie über einen eigenen Erfolg. Wie schnell wir uns seine Sache zueigen machten, ohne es zu recht merken!

Mein Vater berichtete noch, daß Wenzel schon gleich nach seiner Einweisung ins Heim allen dort von unserer Familie vorgeschwärmt habe, und seither immer wieder. Und als man ihm Wochen später mitteilte, daß seinen leiblichen Eltern das Sorgerecht aberkannt worden sei und er nie wieder bei ihnen wohnen dürfe, da habe er ausgerufen: Dann sind jetzt die Stollsteins meine Familie! Darauf habe die Schwester ihm geantwortet: Das mußt du ihnen selber sagen – und ihn aufgefordert, sich zu überlegen, wie. Bis heute habe Wenzel sich mit seiner Antwort Zeit gelassen, aber jetzt wisse man es: Lieber wandert er kilometerweit in der Sommerhitze als auch nur einmal zu telefonieren oder einen Brief zu schreiben. Weglaufen sei offenbar das Überzeugendste, was dieser Junge zu bieten habe.

»Wie sieht so eine Heimschwester eigentlich aus?«, wollte meine Mutter wissen, die sich von Anfang an mit größter Neugier immer wieder nach Schwester Thaddäa erkundigte.

»Ganz schwarz, mit ein bißchen Weiß am Hals und aufgekrempelten Ärmeln«, antwortete Wenzel, »ziemlich dick und auch stark. Schwester Thaddäa ist eine Nonne, kann aber durch die Finger pfeifen …«

Er hielt sich die Ohren zu und lachte; wir lachten mit ihm.

Obwohl meine Eltern vor der endgültigen Entscheidung noch mit Wenzels neuem Vormund – Vater Staat – verhandeln sollten, stand für mich bereits fest, daß mein Freund in Zukunft alle seine Ferien bei mir verbringen würde. Und als wir beide nachts in der Bubenkammer jeder in seinem Bett nebeneinander lagen, wurde Wenzels Flucht und Rückkehr noch wahrer und wirklicher als sie es in den Stunden zuvor gewesen war. Ich konnte mein Glück nicht fassen – und preßte die Augen so fest zu, daß ich die Glücksfunken stieben sah. Ärgerlich schien mir nur, Wenzel nicht gleich im Dorf herumgeführt und überall vorgezeigt zu haben, mit dem Schrei: Er ist wieder da! Aber das ließe sich nachholen, in den Herbstferien oder an Weihnachten, ich würde noch genügend Zeit haben, meinen Sieg überall zu verkünden.

In dieser Nacht redete Wenzel im Dunkeln lange auf mich ein – so viel Gesprächigkeit war neu an ihm. Er erzählte vom Heim: daß er mit fünf anderen Jungen zusammen in einem Zimmer »oben im vierten Stock« schlafe, daß sie in ihrem »Gemeinschaftsraum« einen Käfig mit einem Kanarienvogel hätten, der unentwegt singe und schaukle, daß im Hof ein Heiliger Franz aus Eisen stehe mit einem Eichhörnchen auf dem Kopf, daß ihr alter Pfarrer »Herr Superior« heiße und der einzige

Mann im Haus sei, daß ihre oberste Schwester mit »Mutter Oberin«
angesprochen werden müsse, daß zum Heim auch ein Schwimmbad
gehöre und eine neumodische Kapelle mit Glöckchen und Weihrauch-
dampf ... Ich war, vor lauter Glückseligkeit, ein lausiger Zuhörer und
versuchte andauernd nur herauszuhören, ob Wenzel denn auch gerne
in dieser für mich kaum vorstellbaren und noch weniger glaubhaften
Heimwelt lebte; ihn danach zu fragen, traute ich mich nicht.

Auch von seiner Flucht sprach er noch einmal und war sich sicher,
bei seinen »Kameraden« damit Eindruck geschunden zu haben. Er
malte sich aus, wie er nach seiner Rückkehr im Sechsbettzimmer
davon erzählte, wie die anderen schwiegen und staunten über den
möglicherweise »größten Ausbruch«, den ein Insasse des »Franzens-
horts« je unternommen hatte. Dabei patschte er mit den Händen auf
die Bettdecke und lachte hemmungslos, so wie ich Wenzel noch nie
hatte lachen hören, wohl vor Freude über dieses Abenteuer, das für
ihn vor allem ein gelungener Streich zu sein schien. Die Strafe, die er
im Heim zu gewärtigen hatte, hieß übrigens »Ausgangssperre«, und
Wenzel versprach, sie gleichmütig zu erdulden.

Mit weit weniger Schrecken blickte ich von diesem Tag an dem
Ende der ersten großen Ferien während meiner Gymnasialzeit entgegen. Meine Einsamkeit und Verlorenheit in der neuen Schulstadt
würde von nun an gewiß erträglicher werden, weil ständig und immer
wieder Ferien vor mir lägen, in denen Wenzel zu Besuch käme: in den
kurzen Pfingst- oder Herbstferien ebenso wie in den ausgedehnten
Sommerferien – Zeitinseln, auf denen wir rund um die Uhr zusammen sein könnten. Wie unter Zwang überschlug ich oft und öfter,
daß Wenzel künftig fünf mal im Jahr seine Ferien bei mir verbrächte,
und tatsächlich sollte er fünf Jahre hintereinander insgesamt rund
fünfundzwanzigmal seine Ferien bei mir verbringen, jeweils vom ersten bis zum letzten Tag und so lange, bis er die Schule abgeschlossen
hatte und ganz zu uns zog, um ein gleichberechtigtes Mitglied meiner
Familie zu werden. Nur ein einziges Mal verpaßte er zwischen 1966
und 70 den Bus und konnte erst am Tag darauf anreisen – für mich
ein Grund, Wenzel eine Nacht lang zu grollen, weil er zwischen uns
ein Hindernis zugelassen hatte.

8

Die Erlaubnis, ihn während seiner Ferien in unserem Haus beherbergen zu dürfen, war tatsächlich nicht schwer zu bekommen. Eines Tages, noch zeitig vor Wenzels erstem Aufenthalt in Rotach, erreichte uns ein Schreiben des Jugendamts aus der Kreisstadt, in dem ein Besuch von Wenzels gesetzlichem Vormund angekündigt wurde. Dieser Vormund hieß Schlee, und vor dem Namen stand ein amtlicher Titel, mit dem wir nichts anzufangen wußten. So erwarteten wir einen strengen grauen Herrn wie den hinkenden Steuerprüfer Germar in seinen knolligen Kinderlähmungsschuhen, der uns nicht lange davor auf den Hals gehetzt worden war, und zwar von einem anonymen Verleumder aus dem Dorf, der meinem Vater sein berufliches Fortkommen neidete und ihn darum – völlig zu Unrecht – des Steuerbetrugs bezichtigt hatte. Statt des erwarteten Herrn kam jedoch eine junge, freundliche Frau, die Auto fahren konnte wie meine Mutter – dieselbe Frau, die ein paar Monate früher in Begleitung der Polizei das Grasersche Haus gestürmt und Wenzel zusammen mit Clara und ihren Brüdern ins Kinderheim geschafft hatte. Frau Schlee nun erzählte uns beinahe überschwenglich, daß sie außer Wenzel noch ein rundes Dutzend weiterer Staatsmündel zu betreuen habe, doch dann wurde sie ernst: Dies seien schlechte Zeiten für Kinder, sagte sie, immer mehr Familien versagten, und der Staat habe dankbar zu sein, wenn Leute wie wir ihm bei seinem Rettungswerk zur Hand gingen, damit Kinder wie Wenzel nicht verlernten, was Familienleben heiße.

Meine Eltern hatten damit gerechnet, einer scharfen Prüfung unterzogen zu werden und unzählige Fragen beantworten zu müssen, bis erkennbar wäre, ob sie als Gasteltern für einen Heimzögling taugten. Mit größten Bedenken blickten sie vor allem der Inspektion unseres zugigen Lokus im Hof oder auch unserer dürftigen Waschgelegenheit in der Küche entgegen. Aber dazu kam es nicht; Frau Schlee begnügte sich kaffeetrinkend, zigarettenrauchend mit einem längeren Gespräch an unserem Eßtisch, und am Ende schien sie erleichtert, daß meine Eltern im Lauf ihrer Ausführungen nicht wankelmütig geworden waren und Wenzel immer noch wollten. Es war sogar etwas Unerhörtes geschehen. Die Frau vom Jugendamt hatte nämlich behauptet, daß es für Wenzel von Vorteil sei, in eine Familie mit nur einem Kind aufgenommen zu werden, weil er sich neben einem einzelnen besser entfalten könne als unter vielen. Frau Schlee schien dafür Zustimmung zu erwarten, doch meine Eltern schwiegen – wie immer bei diesem Thema – starr in sich hinein und wagten es nicht einmal, Zustimmung zu zwinkern, geschweige denn mit Worten auszudrücken; mir aber war, als sei ich, ganz unverhofft, warm und weich aufs Auge geküßt worden.

Als Frau Schlee wieder fort war, bedachten wir noch einmal in Ruhe, was sie uns alles gesagt hatte, und versuchten, die richtigen Schlüsse daraus zu ziehen: Wenzels Eltern waren von nun an ohne Macht über ihren Sohn – das schien uns am wichtigsten. Wenn aber der Staat solchen Leuten ihr Kind vorenthielt, dann konnte man es doch wohl getrost bei sich aufnehmen. Der Staat wußte, was für dieses Kind gut war, er handelte nicht aus Leidenschaft, sondern aus Vernunft, und stand auf unserer Seite. Fast ebenso wichtig schien uns, daß Wenzel sich selbständig und aus freien Stücken für die Familie Stollstein entschieden hatte – durch seine grandiose Flucht aus dem Heim. Beides mußte im Dorf noch herumerzählt und bekannt gemacht werden, damit bösartige Fragen wieder verstummten oder gar nicht erst aufkamen, Fragen wie diese: Warum verkehrt der junge Bogatz plötzlich wieder bei denen? Und was haben die davon? Geld? Oder hilft jetzt der Staat solchen Leuten, doch noch zu einem Kind zu kommen?

Wir fürchteten jeden Verdacht, als wäre er die Wahrheit.

Wir zählten uns, lutherisch bescheiden, zu den Guten im Dorf, zu den Fortschrittlichen, den Modernen, und mußten nun dafür büßen. Doch wieso? Weil wir zu viele Fortschritte auf einmal gemacht hatten: zuerst eine neue Werkstatt, dann höhere Bildung für den einzigen Sohn, schließlich, mit unklaren Absichten, die Aufnahme eines Pflegekindes. Dafür mußte man sich rechtfertigen, das verstanden wir – unsere Fortschritte machten uns ja selber bisweilen Angst! Was würde das Dorf erst sagen, wenn wir auch noch ein Haus bauten, wundervoll und einzigartig? Wir hielten es nur schwer aus, unsere neu erworbene Lebensweise derart feindselig angezweifelt zu sehen, von den großen

Bauern, den Ladenbesitzern, Sägemüllern und »Zinspickern«, die, selbst wenn sie nur flüsterten, rings den Ton angaben, aber auch von unseresgleichen. Wir wußten nicht, wie viele im Dorf schlecht über uns redeten. Wenn uns etwas zu Ohren kam, glaubten wir: So denken alle, und in Wirklichkeit noch viel schlechter! Wir waren Sozialdemokraten (davon gab es nur wenige in Rotach, im Waldtal wurde man schon aus Rachsucht eher Kommunist als »Soze«), die in christlicher Demut auf Anerkennung, Wertschätzung und sogar Zuneigung hofften; außerdem waren wir Handwerker, die es immerzu allen recht machen mußten, wenn sie Aufträge von ihnen wollten, um zu überleben. Rivalität, Entzweiung, sogar Streit waren verpönt bei uns. Darum kosteten drei oder vier Jährchen erfolgreicher Aufstiegskampf meine Familie wahrscheinlich mehr Kraft als die vorangegangenen Jahrzehnte in beinahe aussichtsloser Armut. Wie gern hätten wir, zumindest in manchen Augenblicken, unsere alte Ohnmacht wiedergehabt, die Wut und den Schmerz der Zurücksetzung, die berechtigte Klage über die Behinderung unseres Strebens nach Glück und die endlose, aber lustvolle Suche nach den Schuldigen. Doch damit war es vorbei – wir hielten unser Schicksal selbst in der Hand! Und nur noch peinlich konnte uns jene radikale Verwandtschaft berühren, die sonntags manchmal aus Stuttgart zu Besuch kam, um sich durchzufressen: Oskar, ein Vetter meines Vaters etwa, der sich stundenlang darüber beschwerte, daß es für ihn im Polizeidienst nicht mehr vorangehe, seit er in die SPD eingetreten sei; oder Erwin, ein weiterer Vetter und mit Abstand der rabiateste Kopf unserer Sippe, der in russischer Kriegsgefangenschaft auf einer »Antifa«-Schule Kommunist geworden war und seither, freilich nie ohne ausführliche Begründung, verkündete:

»Der Hauptfeind, Leutchen, ist und bleibt die Kirche!«

Von Frau Schlee wußten wir auch, daß Wenzel im »Franzenshort« noch nie von seinen Eltern besucht worden war, so wenig wie von einem seiner Verwandten. Die Frau vom Jugendamt fand das keineswegs bedauerlich, viel eher trug sie es vor wie zu unserer Ermutigung und Stärkung. Laut Schwester Thaddäa bestehe nicht einmal Briefkontakt, weder zum Vater noch zur Mutter – bis auf weiteres sei Wenzel wohl

»fertig« mit seinen Eltern, zumindest rede er nicht von ihnen. Natürlich wußte Frau Schlee, daß Lois, der Vater, in Rotach lebte; wir zeigten aus unserem Küchenfenster und riefen: »Ja, dort! Wenn Wenzel will, kann er ihn jederzeit besuchen …« Wo die Mutter sich aufhalte, wisse zur Zeit dagegen niemand, behauptete sie. In der Tat, wir wußten es auch nicht, aus unserem Gesichtskreis war Ida Bogatz seit dem Zusammenbruch des Graserschen Haushalts spurlos verschwunden. Allein Wenzel wußte es. Kaum zu seinem ersten Ferienaufenthalt im Herbst 1966 in Rotach eingetroffen, knöpfte er meinen Eltern selbstbewußt das Versprechen ab, seine Mutter jedesmal einen ganzen Tag lang besuchen zu dürfen, wenn er bei uns war; sie wohne bei seinem Onkel Hans und dessen Familie in dem Nachbardorf Fronbach, in einem alten Haus an der Bahnlinie, das etwas außerhalb lag. Er bat fast wütend darum – meine Eltern *müßten* es erlauben, weil Heimleitung und Jugendamt ihm verboten hätten, seine Mutter zu sehen, was gelogen oder ein Irrtum war, er durfte nur nicht bei ihr wohnen, zumal sie kein Sorgerecht mehr über ihn hatte. Leicht und eilfertig sagten meine Eltern ja, denn sie wollten um jeden Preis den Eindruck vermeiden, Wenzel seiner Mutter abspenstig zu machen oder auch nur von ihr fernzuhalten; seinen Wunsch, sie zu besuchen, begrüßten sie, als wäre es ihr eigener. Kein Wunder, daß er sich auch noch getraute, meine Eltern frech darum zu bitten, sowohl der Schwester im Heim wie auch der Vormünderin im Jugendamt nichts von diesen Besuchen bei seiner Mutter zu verraten. Auch das wurde ihm erfüllt! So kannte ich Wenzel, wußte bereits von ihm, wie er andere zur Mitwisserschaft verlockte und sie in seine Heimlichtuereien verstrickte. Jetzt hätten es auch meine Eltern wissen müssen, aber sie waren anscheinend noch dankbar dafür, ihm ihre Selbstlosigkeit beweisen zu dürfen.

Regelmäßig verlebte Wenzel von nun an in allen Ferien einen Tag mit seiner Mutter und knüpfte damit eine Verbindung, die bis zu ihrem Tod nicht abriß. Für jeden Besuch bei ihr zog er Sonntagskleider an, bat mich um mein Fahrrad, nachdem er von mir gelernt hatte, damit umzugehen, und wollte ausdrücklich von niemandem begleitet werden; oft trug er ein Geschenk bei sich, das er bereits verpackt aus seinem Seesack gezogen hatte. Wenn er abends – und wie von meinen Eltern

gefordert: stets vor Einbruch der Dunkelheit – aus Fronbach zurückkehrte, war er auf so unnahbare Weise versonnen und schweigsam,
daß niemand ihn etwas zu fragen wagte. Und von sich aus erzählte er
nie, wie es bei seiner Mutter gewesen war; auch Grüße gingen keine
hin und her.

Meine Eltern verfielen an Wenzels Besuchstag, vor allem zu Beginn,
jedesmal in Scham oder doch in Verlegenheit. Wie mußte es sich in
den Augen der Mutter ausnehmen, daß ihr Sohn seine Ferien bei uns
verbrachte, während er bei ihr nicht einmal eine Nacht zubringen
durfte? So fragten sie einander und fürchteten die Antwort. Wußte
Ida Bogatz denn, daß Wenzel vom Heim aus eigenem Antrieb zu uns
geflohen war? Hatte er ihr das erzählt? Auch daß meine Familie es ihm
ausdrücklich erlaubte, seine Mutter zu besuchen – oder haßte diese
Frau uns, weil sie in dem Glauben gelassen wurde, wir teilten dem Sohn
seine Zeit mit ihr selbstherrlich zu, vielleicht sogar im Auftrag des
Staats? Ja, war ihr denn überhaupt gesagt worden, daß Wenzel nur als
Feriengast zu uns kam, oder lebte sie in der schrecklichen, wenn auch
falschen Gewißheit, er gehöre inzwischen fest zu uns und sei ein Teil
unserer Familie? Mit solcherlei Fragen quälten und verwirrten meine
Eltern sich zusehends, statt einfach ins nahe Fronbach zu fahren und
mit Ida offen zu reden; oder wenigstens Wenzel danach zu fragen, was
er ihr mitgeteilt hatte, und ihn gegebenenfalls zur Wahrheit zu er-
mahnen. Doch meine Eltern blieben noch für einige Zeit wie gelähmt
von der Vorstellung, daß jeweils an Wenzels Besuchstag in Fronbach
gnadenlos Gericht über uns gehalten werde. Darum vermieden sie es,
vor Wenzel oder mit ihm über seine Mutter zu reden, sowenig wie
auch ich von ihr sprach, wenngleich aus anderen Gründen. Er mußte
den Eindruck gewinnen, als kümmerte uns Ida nicht im geringsten –
keiner von uns wollte etwa wissen, ob sie noch trank, ob sie von Lois,
seinem Vater, nur getrennt oder inzwischen auch geschieden war, ob
sie Arbeit und Auskommen hatte. Doch je weniger wir wußten, desto
mehr fürchteten wir, besonders meine Eltern.

Weder meine Eltern noch ich sollten Ida Bogatz übrigens je wiedersehen; bis in die zweite Hälfte des Jahres 1971, als sie infolge ihres
Alkoholismus an einer Leberzirrhose starb, wußten wir zwar, daß

Wenzel sie öfter besuchte, aber nicht, daß sie inzwischen auf den Tod erkrankt war und im Krankenhaus lag. Erst als sie nicht mehr lebte, erfuhren wir davon. Auch die Sterbende hatte Wenzel noch besucht, von seiner Lehrstelle in Roßweil aus an vielen Tagen – jedesmal ein kleiner Abschied und am Ende der große. Danach fuhr er heim und aß mit uns zu Abend, ohne ein Wort darüber zu verlieren, daß er bei seiner Mutter gewesen war, am Krankenbett, am Sterbebett, und daß sie nicht mehr lang zu leben hatte. Er schaffte es, vor uns das vermutlich qualvolle Ende seiner Mutter verborgen zu halten, und wir merkten nichts und fragten ihn auch nach nichts. Erst nach seinem letzten Besuch sagte er uns, wortkarg genug, Bescheid: »Die Mama ist tot …« Und auch später – es dürften ein paar Monate gewesen sein – kam er nur ein einziges Mal darauf zu sprechen, indem er mir schilderte, welch gewaltiger Bauch seiner sterbenden Mutter noch gewachsen sei, grad als würde sie »bald ein Kind kriegen«. Wie sehr er sich aber immerfort um sie gesorgt und mit ihr gelitten haben mußte, deutete Schwester Thaddäa an, als mein Vater ein Jahr darauf im »Franzenshort« anrief, um ihr von Wenzels Rauswurf bei uns zu berichten: Leider habe sie uns verheimlicht, sagte die Schwester kleinlaut, daß Wenzel, zu der Zeit, als er noch unser Feriengast war, ein weiteres Mal aus dem Heim weggelaufen sei, und zwar zu seiner Mutter, die damals in der Kolonie »Rabenhof« bei Ellwangen einen allerletzten Versuch unternahm, sich von ihrer Trunksucht zu heilen; wieder zurück, sagte Wenzel, mit dieser Flucht habe er seiner Mutter Mut machen wollen, durchzuhalten – uns aber, seiner Gastfamilie, dürfe Schwester Thaddäa kein Wort davon erzählen, weil er sonst vermutlich nicht mehr nach Rotach in die Ferien kommen dürfe. So verzweifelt habe er darum gebeten, daß sie gar nicht anders konnte, als uns diesen Zwischenfall zu verschweigen. Selbst diese ehrwürdige Nonne hatte Wenzel im Handumdrehen zu seiner Mitwisserin gemacht.

Wenn Wenzel bei uns zu Gast war, besuchte er auch immer seinen Vater, Lois Bogatz. Er tat es aber scheinbar lustlos, ging bisweilen, ohne sich bei meinen Eltern abzumelden, einfach hinüber zu Bauer Bernroths Haus, fand ihn dort in der Knechtskammer vor oder auch nicht, und kehrte oft schon nach wenigen Minuten wieder, nicht selten mit

Geld, das er keineswegs vor uns verbarg, bevor er es in seinen Reisesack steckte. Als wir ihn fragten, ob er seinen Vater an Sonn- oder Feiertagen hin und wieder zum Essen bei uns einladen wolle, bat Wenzel sich Bedenkzeit aus, kam aber nicht mehr darauf zurück. Nur seine Besuche behielt er auch künftig bei, wenngleich eher wie eine Pflicht, einen unvermeidlichen Gang. Wenzel hatte sich inzwischen offenbar gegen »den Lois« – so nannte er ihn lange bevor es unter Söhnen üblich wurde, ihre Väter beim Vornamen zu rufen – entschieden und ihn aufgegeben. »Nur sein Geld nimmt er gern«, merkte mein Vater an, der allerdings nicht wußte, was ich wußte, nämlich daß Wenzel noch vor Jahresfrist geglaubt hatte, seine *ganze* Familie, einschließlich des Vaters retten zu müssen. Jetzt wollte er ihn anscheinend nicht mehr. Und auch der Lois schien nicht unglücklich über den Verlust seiner gesetzlichen Vaterpflichten sowie der Zuneigung seines Sohnes, ihm nahmen wir also nichts weg, ihm machten wir niemanden streitig, und darum mußten wir dem Lois zuliebe auch kein schlechtes Gewissen haben. Einmal – irgendwelche Ferien standen unmittelbar bevor – besuchte Lois Bogatz uns in der Werkstatt, um Geld für Wenzel zu hinterlegen. Mein Vater fragte ihn:

»Warum wartest du nicht, bis er kommt? Oder willst du verreisen?«

»Nein«, antwortete der Lois, »nur dem Buben den Weg ersparen …«

»Den Weg zu dir, die paar Meter?«, rief mein Vater höhnisch. »Das glaubt dir keiner! Du hast bloß Angst, das Geld bis dahin zu versaufen, stimmt's?«

Der Lois lachte verwundert auf und fing gleichzeitig an zu weinen. Mein Vater machte eine Faust, hielt sie dem Lois vors Gesicht und sagte:

»Dein Bub – der hat dich fest im Griff, was?«

Worauf Wenzels Vater unter Tränen feierlich nickte.

Weshalb meine Eltern sich vor Wenzels Mutter hingegen regelrecht fürchteten, begriff ich nie ganz; heute glaube ich, daß es vor allem Schuldgefühle waren, die sie plagten. Sie spürten, daß Wenzel seine Mutter liebte. Diese Liebe rührte und empörte sie zugleich: eine Liebe trotz allem, trotz Schlägen, Einsperrung und Hunger. Eine Liebe – vollkommen unverdient: reine, bedingungslose, unfaßbare Zuneigung des Kindes zu jener elenden Frau, die es zur Welt gebracht hatte. Erschütternd groß war diese Liebe! Sie überstieg jedes vernünftige Maß und machte Angst. Ragte aus ältesten Zeiten herein in die moderne Gegenwart – so fortschrittlich waren meine Eltern dann auch wieder nicht, daß sie sozusagen die Urgewalt dieser Sohnesliebe zur Mutter nicht wahrgenommen hätten (das war *ihr* ländlich-archaisches Erbe). Dennoch mischten sie sich ein, stellten sich dazwischen, wirkten trennend; so müssen sie es selber empfunden haben. Während sie in Gedanken an Lois, den kraftlosen Vater, völlig sicher waren, Wenzel allein aus Nächstenliebe beizustehen, verfielen sie in Selbstzweifel, sobald sie an die Mutter dachten. Ausgerechnet vor Ida Bogatz wurde meinen Eltern die eigene Nächstenliebe fragwürdig und zweifelhaft, so als wäre diese Liebe lediglich eine Tarnung für etwas anderes. Darum vermieden sie es, über Ida zu sprechen, schon gar mit Wenzel. Im Glanz seiner Liebe schien selbst diese miserable Mutter noch liebenswert – und meine Eltern fühlten sich im Unrecht. Hätten sie ihr in dieser Zeit auch nur einmal unter die Augen treten müssen, sie hätten gewiß gefürchtet, von Ida etwas über das ganz Andere ihrer Nächstenliebe zu hören, zum Beispiel über den Wunsch, noch ein Kind zu haben, weil ihnen das eine nicht genügte, oder den daraus folgenden jahrelangen Versuch, ihr Wenzel wegzunehmen, oder, nachdem der Staat ihn ihr schließlich weggenommen hatte, ihr jetzt auch noch die Liebe des Sohnes streitig zu machen und auf sich selbst zu lenken. Meine Eltern hätten Ida Bogatz selbst auf so grausame Unterstellungen wohl nicht widersprochen – derart verunsichert und an sich selbst irre geworden waren sie nach all den Angriffen, denen man sie im Dorf wegen ihres natürlichen Mangels jahrelang ausgesetzt hatte.

Trotzdem wollten sie Wenzel helfen.

Die Furcht meiner Eltern vor Ida wurde erst ein wenig gedämpft, als mein Vater die folgende Entdeckung zu machen glaubte: Wenzel ist gar nicht vorrangig aus dem Heim geflohen, um bei uns seine Ferien verleben zu dürfen, sondern um seiner Mutter nahe zu sein. Zur Begründung sagte er, ihm sei schlagartig aufgegangen, daß Wenzel nur hier bei uns in Rotach seine gesamte mütterliche Verwandtschaft in großer Nähe um sich habe: die Großeltern samt zwei kleineren

Geschwistern, Mizzi und Hossassa, in Murr; einen größeren Bruder, den Autobesitzer namens Schlockel, ebendort; dann die Mutter selbst in Fronbach, untergeschlüpft bei einem Onkel, von dem wir bezeichnenderweise erst kürzlich erfahren hätten, ja, vielleicht hätten sich noch andere Familienangehörige in der näheren Umgebung eingenistet … und kein einziger weiter entfernt von uns als neun oder zehn Kilometer.

Zuerst erschraken meine Eltern über die Möglichkeit, von Wenzel derart belogen und ausgenutzt worden zu sein, doch schließlich erleichterte, ja entlastete sie die Vorstellung, daß es in seiner Familie immerhin noch einen Rest von liebevoller Gemeinsamkeit gebe. Dann konnte *ihre* Schuld so groß ja nicht sein! Meine Mutter verstieg sich sogar zu dem Gedanken, daß Ida es gewesen sei, die Wenzel zur Flucht aus dem Heim angestiftet habe, um mit ihrem Sohn ein paarmal im Jahr wenigstens stundenweise zusammenleben zu können. Wogegen mein Vater einwandte, daß sie mit Wenzel nach wie vor tagtäglich zusammenleben könnte, wenn sie nicht eine so üble Mutter gewesen wäre. Was wiederum meine Mutter nicht gelten lassen wollte, weil Leute wie die Bogatze wahrscheinlich erst im tiefsten, allertiefsten Unglück zur Liebe fähig seien, sozusagen nach dem Verlust aller Hoffnung … Einig waren meine Eltern sich nur darin, daß sie Wenzel und seine Mutter gewähren lassen wollten, was auch immer aus ihrer kleinen Liebesverschwörung entstehen mochte. Die beiden durften ruhig ein Geheimnis besitzen, das uns zwar bekannt war und das wir durchschauten, an das wir aber niemals rührten (darauf mußte auch ich mein Wort geben), eine Art stummer Mitwisserschaft, zu der wir uns selbst verpflichteten und die zumindest meinen Eltern ein Gefühl der Großzügigkeit, des Gönnerhaften und vielleicht sogar der Überlegenheit schenkte.

Auch ich hielt diese für unsere Familie eher ungewöhnliche Abmachung ein, was mir nicht im mindesten schwer fiel, weil Ida Bogatz, diese Säuferin mit der verbrannten Stimme und den ertrunkenen Augen, mir nämlich gleichgültig war. Ich versuchte aber immerhin, mir ein Gefühl der Achtung für Wenzels Mutter zu bewahren, so wie es mir bei seinem Vater gelungen war, den ich auf der Straße oder sonstwo im Dorf hartnäckig siezte, obwohl mir der Lois immer wieder und manchmal mit weinerlicher Stimme das Du anbot, ja aufnötigen wollte, einmal auch mit der Begründung, daß er »doch nur ein Knecht, ein armer Knecht« sei. Nein, ich blieb beim Sie – »Herr Bogatz!« –, auch Wenzel zuliebe, der mich dafür allerdings auslachte und mit befehlerischem Unterton rief:

»Zum Lois sagt jeder Du, sogar der Hund!«

Doch es gelang mir, auch Ida zu achten – aus der Ferne. Sie war immerhin seine Mutter. Aber fürchten? Nie! Meine Eltern redeten, wenn wir unter uns waren, viel zu viel über diese Frau. Ich hielt es da lieber mit Wenzel, der nur äußerst selten von seiner Mutter sprach und seine Besuche bei ihr schon allein durch dieses Schweigen lediglich als kleine, nebensächliche Tagesausflüge erscheinen ließ. Wieso sollte das nicht seinen wahren Gefühlen entsprechen, statt der großen, verzweifelten Sohnesliebe, für die es keine Beweise gab? Auf hundert Stunden, die Wenzel bei uns zubrachte, kam eine einzige bei Ida, das war leicht zu errechnen. Weniger Aufmerksamkeit konnte eine lebende Mutter doch gar nicht bekommen! Sollte Wenzel sie nur besuchen – bei ihr war er ein Gast, bei mir aber hatte er eine Heimat (denn meine Heimat reichte für zwei).

Ida Bogatz tat mir nicht leid, nicht im geringsten. Sie hatte ihren Sohn verloren und war selber daran schuld. Punktum! Es machte mich – oft, aber nur im Stillen – sogar wütend, daß meine Eltern unter dem Gefühl litten, ihr den Sohn wegzunehmen. Ein Leiden, das sie nicht verdienten. Eher hätten sie wie ich befürchten sollen, daß umgekehrt Ida versuchen würde, ihn uns wegzunehmen, und Vorkehrungen dagegen treffen ... Eigentlich wäre es angebracht gewesen, sich für ein so herzloses Denken zu schämen. Ich war nicht dazu erzogen, ohne Mitleid zu sein, ebensowenig dazu, Schuld zuzuweisen. Ich spürte erste Härten in mir – das waren die unerfüllten, zu Stein gewordenen Wünsche. Aus ihnen baute sich allmählich etwas Neues auf, Stein für Stein, etwas, das mir Angst einflößte und die Luft nahm. Weder Schweigen noch Schreien halfen dagegen; was half, war einzig die Bejahung, das trotzige: Ja, ich darf so sein! Ja, das steht mir zu! Ja, warum denn immer nur die andern und nicht ich?

9

Das Heim verlieh Wenzel schon nach kurzer Zeit eine ungeahnte
Würde, es verschaffte ihm vermutlich zum ersten Mal in seinem Leben
eine echte Herkunft und einen häuslichen Rückhalt; wenn er von dort
zu uns kam, tat er es als Gast oder Besucher, nicht als Bittsteller an der
Hand seiner Mutter oder gar als Gefangener, den mein Vater und ich,
womöglich gegen seinen Willen, befreit hatten. Auch die gelungene
Flucht dürfte sein Selbstvertrauen noch gestärkt haben, denn mit
dieser Flucht hatte er für einmal selbst gewählt: mich, uns, Rotach
im Wald – so jedenfalls wollten wir, meine Eltern, meine Großeltern
und vor allem ich, es sehen, denen er mit der Wahl seines Fluchtziels
überaus geschmeichelt hatte. Von nun an konnte er einfach kommen
und wieder gehen, beides freiwillig, ein adretter reisender Junge von
elf, zwölf Jahren, der bei jeder Ankunft zuerst seinen kriegsmäßigen
amerikanischen Seesack abstellte, um mir die Hand zu drücken, und
zwar mit jenem übermäßigen Druck, der das Gegenteil von Unter-
werfung bedeutete. Wenn ich aufstöhnte und in die Knie sank, war
die Begrüßung gelungen.

In der Zeit zwischen unseren Ferien pflegten wir kaum Kontakt, wir
trafen uns nie, schrieben einander Karten oder Briefchen allenfalls zum
Geburtstag und telefonierten nur sekundenlang, wobei stets Wenzel
anrief, um seine Ankunftszeit am Bussteig in Roßweil mitzuteilen.
Telefone waren eigentlich tabu: für ihn das Stockwerktelefon im Heim,
das er und seine Mitinsassen nur mit Genehmigung der Schwester
benutzen durften, für mich das »Kommandantentelefon« in unserer
Wohnstube, das meinem Vater zur Ausübung seines Feuerwehramts
von der Gemeinde zu Verfügung gestellt worden war und das ich nur
anzufassen hatte, wenn es von sich aus Laut gab, um stellvertretend
etwa die Meldung eines Brandes oder eines Hochwassers entgegen-
zunehmen. Hätte ich damit selbsttätig telefonieren dürfen, ich hätte
überhaupt nicht gewußt, mit wem; ich kannte nur eine einzige Nummer, unsere eigene, die lautete: 2 3 4. Nur manchmal nahm ich heimlich den Hörer ab und lauschte den drei immergleichen, rätselhaften
Tönen des Amts; beim Wiedereinhängen war darauf zu achten, daß

der Hörer richtig in der Gabel lag – nicht auszudenken, wenn er falsch gelegen hätte und mein Vater im Katastrophenfall nicht erreichbar gewesen wäre.

Da Wenzel und ich also über Wochen und Monate so gut wie nichts voneinander sahen oder hörten, war ich gegen Ende einer jeden Wartefrist völlig ausgebrannt vor Sehnsucht. Besonders in den letzten Stunden vor seinem Erscheinen hielt es mich auf keinem Stuhl mehr, selbst im Auto, mit dem meine Mutter und ich ihn abholten, konnte ich nur stehen, gekrümmt hinter dem Fahrersitz, den Kopf zur Seite geneigt, und meine Freude zum Fenster hinausheulen. Das Aushalten oder Haushalten mit dem Wunsch hatte nun ein Ende. Zähes Warten ging über in jähe Erwartung. Es war jetzt-jetzt-jetzt, daß er ankam – *mir* kam der beste Freund an! (Freund: mein Deckwort für Bruder) Wie in einem Sog riß es mich auf ihn zu, obwohl meine Mutter recht gemächlich auf der Landstraße dahinfuhr. Sie freute sich an meiner Freude, die sie mir allein wegen meines öden Schülerdaseins gönnte. Schon Tage vor der Ankunft erlebte ich alles im voraus und sah, wie Wenzel hinter der Fensterscheibe des noch fahrenden Busses bereits Zeichen gab, wie er sich von seinem Platz erhob, den Reisesack mit der Aufschrift *U.S. Navy* umhängte und nach vorn in Fahrtrichtung lief, um noch schneller bei mir zu sein, sah auch, wie er steil von oben trotz seines schweren Gepäcks zu mir auf den Bordstein heruntersprang, mit begeistertem Blick und spitzen »Eiiy, eiiy«-Rufen, die er sich im Heim angewöhnt hatte. Und wenn ich das alles lange genug vor mir gesehen hatte, dann traf es auch ein.

Jedenfalls fand ich auf diese Weise keinen Grund zu bezweifeln, daß Wenzel sich genauso auf mich freute wie ich mich auf ihn. Natürlich wunderte es mich, wie verwandelt er war. Bei der Heimfahrt vom Bussteig saßen wir auf dem Rücksitz unseres Opel »Rekord« nebeneinander, während der Seesack vorne mitfuhr. Ich schämte mich nicht, Wenzel offen zu zeigen, wie nah ich ihm sein wollte. Und er nahm, scheinbar spielerisch, aber auch voll Sanftmut, meine Hand in seine und hielt sie eine Weile fest, und zwar ohne plötzlich zuzudrücken; das war die zweite, die wortlose Begrüßung, mit der wir unsere doch vorhandene Scheu überwanden. Er konnte es im Lauf der Zeit offenbar mehr und mehr zulassen, von mir gewünscht, ja vielleicht geliebt zu sein. Und meist noch im Auto fragte er neugierig, was ich für unsere Ferien geplant hätte: Spiele, Touren, Feste. Er erwartete glanzvolle Pläne von mir – und trug manchmal selbst dazu bei, indem er Vorschläge für Erfindungen wie das Fußballstadion in der Wohnstube machte oder zufällig das Gießkannensaxophon entdeckte, auf dem er der einzige Virtuose weit und breit wurde, so wie ich sein einziger Zuhörer. Meine größte Freude beim Wiedersehen aber war es, jeweils zum ersten Mal den eigenen Namen aus seinem Mund zu vernehmen, meist ebenfalls noch im Auto: Max! Bevor die Stimmung danach zu feierlich wurde, riß Wenzel einen Witz, über meine Haare zum Beispiel, die er zu kurz fand und »nicht gerade eine Mähne« nannte; »Mähne« war nämlich sein Ideal, auch wenn er im Heim keine tragen durfte. Doch immerhin, seine Haare waren bei jeder Messung mit einem der Meterstäbe meines Vaters deutlich länger als meine, und schon bald wollte er mit »echten Koteletten« vor mir aufwarten.

Erst mit der Zeit begriff ich es ganz: Wenzel war ein Stadtjunge geworden, der sich mit Haar- und Kleidermoden viel besser auskannte als sein dörflicher Freund. Wenn er aus seinem Alltag erzählte, konnte man ohne weiteres spüren, wie sehr er sich überlegen fühlte. Zwar trumpfte er nie auf mit direkten Vergleichen, deutete aber oft wie beiläufig an, was das Heimleben schön und angenehm machte, alles Dinge, die ich entbehrte: Duschen und einen eigenen Fernseher auf jedem Stockwerk, Geschenke wie die schwarze Kunstlederjacke mit den vier Generalssternen, die er in einer amerikanischen Kaserne erhalten hatte, oder auch ein Fernrohr auf dem Flachdach ihres hochhausartigen Heims, mit dem die Insassen in den Himmel blicken konnten »bis hinter die Sterne«, wie er sich ausdrückte. Auch neue Wörter brachte Wenzel mir aus seiner katholisch-städtischen Welt mit, zielsicher stets Wörter, die ich nicht kannte: »Oblate« zum Beispiel oder – für ihn ein wahrer Zungenbrecher – »Wolkenkuckucksheim« oder auch den Vereinsnamen »Normannia«. Schon bald war es nicht mehr zu übersehen: Im »Franzenshort« hatte er gelernt, mich oder auch meine Familie genauer einzuschätzen, und dabei entdeckt, daß wir nicht halb so gebildet und wohlhabend waren, wie es vom »Rocky-docky« aus vermutlich den Anschein gehabt hatte.

Ich ließ ihn gewähren, gönnte ihm von Mal zu Mal seine kleinen Prahlereien und fühlte mich nie beleidigt – schließlich war er zu mir geflohen, nicht ich zu ihm. Wenn ich ihn wirklich um etwas beneidete, dann um die vielen gleichaltrigen Jungen, die ihn umgaben, »Typen«, wie er bald schon sagte: allein fünf auf seiner Schlafstube! Darunter befand sich auch ein Ingo, der aus Hamburg stammte und angeblich sein »bester Freund« war, »im Heim«, wie Wenzel einschränkend dazusetzte, wohingegen ich mich wohl für seinen besten Freund *draußen* halten durfte. Bei fast jedem Besuch in Rotach kamen neue Namen hinzu, so etwa Bernd, Theophil, Ludwig, Romeo, Walter oder auch Hakki (ein Name, der mich frösteln ließ), und zu allen konnte er eine Geschichte vortragen, die ich mit größerer Andacht hörte, als Wenzel ahnen mochte. Hakki zum Beispiel, mit richtigem Namen Hakop, entpuppte sich als älterer Bruder Claras, jenes früh gereiften, fürsorglichen und liebevollen Mädchens, das zusammen mit Wenzel und zwei jüngeren Brüdern seinerzeit aus Opa Grasers Haus ins Kinderheim geschafft worden war – ins selbe Heim nach »Schwäbisch Nazareth«, wo sie seither auf einem »Mädchenstock« wohne. Außer den beiden seien auch alle ihre großen und kleinen Geschwister im »Franzenshort« untergebracht, insgesamt sechs oder sieben, die mit Abstand größte geschlossene Sippe im Heim; keines von diesen Kindern könne je wieder nach Hause zurück, weil der Vater, »ein Armenier«, wie Wenzel mit hörbarem Wissensstolz sagte, ermordet worden sei, und die Mutter »auf den Strich« gehe – als auffallend hoch Gestiefelte habe sie eine Weile zu Juniors Anhang gehört und mir, wie jeder leicht merken konnte, sehr gefallen … (ich traute mich nicht zu fragen, was »auf den Strich« heiße – ich kannte nur »gegen den Strich«).

Wenzel erzählte meist mitleidlos, süffig und freudig erregt wie ein Erwachsener, auch schien ihm alles gleich wichtig zu sein. So sagte er, daß Hakki der »härteste« Junge sei, den man sich denken könne, mit heller Haut und dunklen Haaren, ein »Staatenloser«, der auf andere Weise beten und das Kreuz schlagen dürfe als die Katholischen; er habe schon einen ziemlich kräftigen Bartwuchs, und auf dem Landgut, das zum Heim gehöre und nur wenige Kilometer entfernt sei, arbeite er in der schulfreien Zeit als Roßknecht.

Doch gleich, was Wenzel mir im Lauf der Jahre erzählte, meine an diesem Punkt besonders reizbare Phantasie setzte schon früh noch aus den winzigsten Bruchstücken ein stetig wachsendes Mosaik zusammen – das Bild des Kinderheims als eines riesigen Bruder- oder Geschwisterhauses, in dem nie einer alleine und erst recht keiner einsam war. Und zuweilen erträumte ich mir sogar ein Leben in diesem Heim, allerdings ganz verschwiegen und mit schlechtem Gewissen, weil ich mich dazu als einen von meinen vier Erwachsenen verlassenen Jungen denken mußte, was ein Unrecht an ihnen war, wenn auch nur ein eingebildetes.

Bewußt oder unbewußt gab Wenzel meinen Träumen noch zusätzlich Nahrung, weil er mir schon frühzeitig verriet oder gestand, mich vor seinen »Kameraden« im Heim »Jure« zu nennen.

»Ist das ein Name?«, fragte ich.

»Ein … Vorname«, antwortete er verdruckst.

»Und was bedeutet er?«

Das wollte Wenzel nicht verraten – nur so viel:

»Nichts Schlechtes, eher was Gutes …«

Jure, das sei der Name, den er mir in seiner Geheimsprache, dem Bonnadischen, gegeben habe, Jure mit rollendem R.

Ich erinnerte mich an diese wüste Sprache und fragte ihn:

»Wann?«

»Gleich als ich im Heim ankam.«

»Und … warum?«

»›Jure‹ klingt anders als ›Max‹, weißt; kräftiger, mutiger.«

»Und was hast du deinen Kameraden von Jure erzählt – daß er verwandt mit dir ist?«

» … daß er mich mal befreit hat aus einem Haus … daß seine Familie mich öfter aufgenommen hat, nur weil er es wollte … daß ich zu ihm geflohen bin aus dem Heim … daß wir in den Ferien zusammen Abenteuer erleben …«

Alle hätten ihm zu diesem Jure gratuliert.

Dann sagte Wenzel noch tonloser, daß er mich von jetzt an in den Ferien nicht mehr »Max«, sondern »Jure« nennen wolle. Erst nach einigem Hin und Her erlaubte ich es ihm.

»Aber nur, wenn meine Eltern nicht in der Nähe sind.«

Er feixte: »Danke, Jure!«

Mir war überhaupt nicht klar, was Wenzel da trieb. Einerseits fühlte ich mich gekränkt, weil mein richtiger Name ihm nicht mehr genügte; andererseits erregte mich die Vorstellung, im Heim, diesem großen Bruderhaus, bekannt, ja berühmt zu sein, wenn auch unter falschem Namen. Ich war dort wer: ein gewisser Jure mit rollendem R. Das schien mir ein annehmbarer Preis dafür, Wenzel noch näherzukommen und in die Gemeinschaft, zu der er gehörte und in der er eine schwer zu durchschauende Rolle spielte, aufgenommen zu werden, vielleicht sogar als Bruder.

Doch nach wie vor gab er mir Rätsel auf.

Weniger rätselhaft verhielt er sich vor meinen Eltern, und sie waren von Anfang an begeistert von ihm: In ihren Augen hatte Wenzel »gewaltige Fortschritte« gemacht, die dem Heim im allgemeinen und dieser Schwester Thaddäa im besonderen anzurechnen waren. Seine Angst wie auch seine Scham hatten sich verflüchtigt; er redete jetzt oft und öfter stotterfrei, seine Zähne waren reguliert, und insgesamt wirkte er heiterer, auch gesünder und sauberer als früher. Inzwischen besaß er sogar Waschzeug und Zahnbürste – ja, selbst ein paar Bücher, vorwiegend Reiseberichte, trug er in seinem Seesack bei sich und las manchmal abends in ihnen. Seine Körperpflege, besonders die häufigen Fußwaschungen, vollzog er mit der natürlichen Eitelkeit eines jungen Mannes und ohne Scheu vor irgendwem. Hin und wieder betete er auch, still, aber mit bewegten Lippen, oder bekreuzigte sich mehrfach hintereinander voll Inbrunst – und konnte, wenn er nur wollte, »danke« oder »bitte« sagen. »Was aus einem verwahrlosten Kind werden kann, wenn es in gute Hände gerät!«, riefen abwechselnd meine Eltern, auch in Wenzels Gegenwart. Sie glaubten, ihn mit solchen Lobsprüchen aufzumuntern. Und vor allem meine Mutter strahlte hellauf, wenn er sie mit blitzenden Augen anlachte. Er war »brav« und »lieb« geworden, so schien es, und selbst Tischmanieren hatte er bereits nach wenigen Monaten im Heim angenommen. So beschlossen meine Eltern überraschend schnell, ihm das Du anzubieten und sich »Onkel Fritz« und »Tante Gertrud« von ihm rufen zu lassen, wozu Wenzel sich bereit fand, ohne darüber in Jubel auszubrechen. Am allermeisten bewunderten meine Eltern ihn jedoch dafür, daß nie eine Klage aus seinem Mund drang, weder über das Leben im Kinderheim noch über den Zustand seiner Familie. Ebensowenig kam es bei all seinen Besuchen zwischen ihm und mir jemals zu einem ernsten Streit. Wenzel war von geradezu unheimlicher Ausgeglichenheit, schien nie traurig, zornig oder unglücklich, und offenbar kannte er im Gegensatz zu mir auch keinen Weltschmerz, was wir, seine Gastfamilie, wiederum ausschließlich zu unseren Gunsten deuteten: Es gefiel ihm bei uns!

Mir freilich war die gemeinsame Zeit mit ihm jedesmal zu kurz. Wenn daher eines unserer Vorhaben scheiterte oder enttäuschend verlief, packte mich die Wut – ich duldete kein unerfülltes, nicht vollkommen glückliches Beisammensein. Wenzel dagegen schon, er besaß Geduld, mit sich, mit mir, mit dem Glück und konnte lachend jedes Mißlingen überspielen. Und so gern, wie er zu Ferienbeginn anreiste, so gern schien er zum Ferienschluß auch wieder abzureisen, während mich der herannahende Abschied bereits Tage vorher langsam in Trauer versacken ließ. Wie oft wollte ich daher die Zeit anhalten, mit Bitten und Beschwörungen aller Art und Stärke, aber nichts half – schon saßen wir wieder im Auto und brachten ihn zum Bussteig nach Roßweil, wo mein Freund mit kaum zu fassender Gleichgültigkeit in den Postbus stieg und davonfuhr. Bis zuletzt hatte Wenzel mich getröstet und mir wieder und wieder den Kraftnamen »Jure« ins Ohr geflüstert, aber auch das hatte nur geholfen, solange er da gewesen war; jetzt mußte ich mich wieder ins Alleinsein fügen, die schwerste und grausamste Aufgabe meiner Kindheit. Meine Mutter sprach während der Heimfahrt kein Wort, sie wußte, daß ich im Augenblick untröstlich war, und trauerte still mit mir. Nur Wenzel, er allein, hätte helfen können, doch mein Freund, der vorerst nur ein Bruder auf Zeit war, saß, seinen Seesack neben sich, in einem schmutziggelben Omnibus, der ihn von mir fortbrachte. Wahrscheinlich freute er sich auf die Ankunft im Heim, wo seine »Kameraden« bereits auf neue Geschichten von Jure warteten, immerhin. Wenn er bei der Abreise doch nur ein einziges Mal gejammert oder ein bißchen geweint hätte: über das Unglück, mich verlassen zu müssen. Doch Wenzel schied jedesmal fühlbar leicht von mir und schien keinerlei Trost zu benötigen. Ja, womöglich mußte er mir schon seit Tagen verbergen, daß er es kaum erwarten konnte, mich, meine Familie und unser Dorf endlich wieder hinter sich zu lassen.

Gänzlich wahr wurde sein Abschied aber immer erst in der folgenden Nacht, der ersten in der Bubenkammer wieder allein verbrachten, wenn sich um mich her ein fast vergessenes Dunkel staute. Ich lag flach auf dem Rücken im Bett und versuchte, die Stimme meines abgereisten Freundes zu hören – dazu mußte zuerst sein Name gerufen oder zumindest laut ausgesprochen werden, was mich Überwindung kostete, weil dieser liebe Name so furchtbar tönte in einem Zimmer ohne Wenzel. Dann – vielleicht – antwortete die körperlos gewordene Stimme, mit nur wenigen, meist unverständlichen Worten zwar, die aber allesamt von beruhigender und tröstender Kraft waren.

Als Kind hing ich dem vermutlich meiner Einsamkeit entsprungenen Glauben an, daß Menschen in Räumen Klangreste und Lautfetzen hinterlassen. Alles Überbleibsel, die sich nicht allzu lange hielten, aber, wenn man nur wußte wie, für kurze Zeit noch wahrgenommen werden konnten und einem die Möglichkeit gaben, immerhin sekundenweise Verbindung mit einem Abwesenden zu unterhalten. Nicht Gott oder die Natur oder das innerste Wesen der Dinge waren Ziele dieser kleinen, hausgemachten Mystik, sondern ausschließlich der schwer entbehrte Andere.

Auch tagsüber war ich noch eine Weile mit dem Nachfühlen beschäftigt, etwa indem ich unsere gemeinsamen Plätze aufsuchte und dort wartete, mit häufigem Blick auf meine Armbanduhr, so als wären wir verabredet, und er verspäte sich nur; indem ich Dinge berührte, die Wenzel berührt hatte, mich beim Essen daheim auf seinen Platz setzte, sein Gestotter imitierte und mir dabei im Spiegel zuschaute oder hinter Hausecken darauf lauerte, daß er um sie herumbog. Vor allem dank dieser Übung gelang es mir, so viel Anwesenheit heraufzubeschwören, daß ich im nächstbesten Passanten Wenzel erblickte und zusammenzuckte vor Glücksschreck. Kurz schien es dann so, als wäre er zurückgekehrt, weil er unsere Trennung nicht ertrug und von mir getröstet werden wollte – eine Vorstellung, über die sogar ich lachen konnte. Manch einer auf der Straße sah mir an, was ich litt und sagte mit spöttischem Unterton: »Oooch, hast du ihn wieder hergeben müssen?!« Auf diese und andere Weise verging allmählich mein Abschiedskummer, und die bergauf-bergab steinerollende Mühsal des Sehnens konnte wieder von vorn beginnen – mit seiner Flucht aus dem Heim jedenfalls hatte Wenzel meinen nur noch schwelenden Bruderwunsch wieder voll angefacht.

10

Am Ende der beiden Kurzschuljahre stand im Frühsommer 1967, unmittelbar vor meiner Versetzung in die dritte Gymnasialklasse, die Wahl der zweiten Fremdsprache an. Ich meldete mich für Latein, um gleich nach den Ferien festzustellen, daß ich von allen Rotacher Schülern der einzige war, der so entschieden hatte, die übrigen sechs zogen am ersten Schultag gemeinsam in die Französischklasse ein. Sie lachten und jubelten dabei, als hätten sie die Zukunft gepachtet – und ich wieder mal den Bus verpaßt! In ihrer Klasse – das konnte man schon von weitem hören – war die Stimmung ausgelassen und fröhlich, unerwartet viele, vor allem Pendler, wollten »Franz« lernen, die vorhandenen Sitzgelegenheiten waren zusammengerückt, weitere herangeschafft worden, damit auch alle Schüler ins Klassenzimmer paßten; und, für die Betroffenen die beste Nachricht, keiner der Prügelpauker, weder Maier noch Schalkmann, würde im kommenden Jahr in der Französischklasse unterrichten. Dafür jedoch in meiner, und zwar beide, während wir von den vielen Junglehrern, die frisch an unserer Schule begannen, nur einen einzigen bekamen, die Französischklasse hingegen drei. Auch unser künftiger Latein- und Klassenlehrer, Herr Landquart, war zwar noch ziemlich neu und nahezu unbekannt in Roßweil, aber bereits zu alt, um zu Hoffnungen Anlaß zu geben. So hatten Schüler aus höheren Klassen es uns auf dem Pausenhof eingeredet; deren Ideal, wenn ich recht verstand, war zu dieser Zeit der Lehrer, der so alt ist wie seine Schüler, oder gar der Schüler, der zum Lehrer wird und sich selbst unterrichtet. Die Bedenken gegen Landquart sollten zumindest in meinem Fall voll und ganz bestätigt werden.

Die Stimmung in der Lateinklasse kam mir von Anfang an trüber und gedrückter vor als in den vorigen Klassen – das hätte mir eine Warnung sein können. Aber ich wußte noch nichts von jenem düsteren Ernst, der sich überall ausbreitet, wo Erfolgsdruck und Ehrgeiz grenzenlos herrschen. Wir zählten kaum zwanzig Schüler, darunter, soweit mir bekannt, sämtliche Streberinnen und Streber der Parallelklassen 2 a und b, die sich wie auf Absprache an den lehrernahen vorderen Schreibtischen niederließen; die meisten von ihnen waren

Einheimische und stammten aus Roßweiler A-Familien: Anwälte, Apotheker, Architekten, Ärzte … Dann zwei sehr abgeklärte Sitzenbleiber und ein Neuer, der morgens in Rotach erstmals in unseren Bus eingestiegen war und sich neben mich gesetzt hatte. Mir war dieser blonde Junge unbekannt gewesen. Er schien mindestens zwei oder drei Jahre älter als meine übrigen Klassenkameraden, hatte den Stimmbruch schon hinter sich und trug einen ansehnlichen, wenn auch noch flaumweichen Bart. Trotzdem war seine Erscheinung wie die eines Mädchens; die langen, glatten, zurückgekämmten Haare fielen ihm unablässig ins Gesicht und über die Brille, so daß er sie mit der Hand immer wieder nach hinten streichen oder auch werfen mußte, was er sichtlich gerne tat. Er nannte sich Utz – erst später begriff ich, daß es sich dabei um einen Vor- und nicht um einen Nachnamen handelte – und war der jüngste Sohn des neuen, erst kürzlich zugezogenen Rotacher Dorfarztes Dr. Gabele. Ich hätte nichts dagegen gehabt, wenn dieser Utz auch in der Schule mein Nebensitzer geworden wäre, schon aus Angst, wieder alleine zu sitzen und schließlich einen Tischpartner zugewiesen zu bekommen. Doch bevor er neben mir Platz nehmen konnte, kam überaus entschlossen ein anderer ihm zuvor: Tassilo, schmalschultrig, langgewachsen, mit vollen schwarzen Locken, einem ersten Bartschatten ums Kinn und jugendlichem Baß, ein auffälliger, auch schon ein wenig älterer Junge, der bisher in meine Parallelklasse gegangen war und den ich vom Sehen kannte. Er war der erste, nicht nur auf der Oberschule, der mich erwählte, und sei es bloß, um bei der Sitzplatzsuche nicht seinerseits ohne Nebenmann zu bleiben. Es traf mich mit sentimentaler Wucht, daß plötzlich einer sich freiwillig neben mich setzte und mir zur Begrüßung auch noch wie ein Erwachsener die Hand hinhielt – mein erster Roßweiler Handschlag.

Ich hatte mir einen Platz an der hinteren Wand ausgesucht, denn von meinem Wunsch nach Lehrernähe war ich seit dem Zwischenfall mit Fräulein Feistritz kuriert. Die acht bis zehn Schüler, die sich gleichfalls im Rückraum des Klassenzimmers tummelten und Latein notorisch »Lat« oder »Latte« nannten, schienen wohltuender Durchschnitt zu sein: nett, unfrei und – im erwartbaren Umfang – leidensbereit; zu ihnen fühlte ich mich hingezogen. Doch als Lehrer Landquart in seiner Begrüßungsrede wie zu meiner prompten Entmutigung sagte, daß Durchschnittlichkeit im Lateinzug eines Gymnasiums nichts verloren habe, und darauf niemand widersprach, kamen mir die ersten Zweifel, in der Klasse III a am rechten Ort zu sein. Wahre und echte Bildung beginne erst mit Latein, tönte es scharf aus seinem Mund, und wer diese Sprache nicht beherrsche, der sei die ganze höhere Bildung nicht wert ... allerdings, so fügte er leiser hinzu, dürfe man das heute nicht mehr überall sagen ...

Als dieser Lehrer dann auch noch von jedem Schüler auf forsch herausfordernde Art wissen wollte, weshalb er sich für Latein entschieden habe, wurde mir angst und bange. Ich ahnte, daß meine Antwort nicht genügen würde, auch wenn sie der Wahrheit entsprach: Es sei mein alter Dorfschullehrer Randolph Schumann gewesen, sagte ich so treuherzig wie möglich, der meinen Eltern geraten habe, mich Latein lernen zu lassen. Sofort setzte Gelächter ein, überfallartig, zuerst lachte der Lehrer, dann lachten die Schüler auf den vorderen Plätzen und drehten sich wie auf Befehl nach mir herum. Wie oft sollte ich im kommenden Schuljahr noch in diese hämisch grinsenden Gesichter blicken wie in einen Abgrund, der sich eigens für mich aufgetan hatte. Auch in meiner näheren Umgebung lachten einige, nicht jedoch Tassilo, der mich nachher tröstete – keine Ahnung mehr, was *er* auf Landquarts Frage antwortete. Ich brach ab, verstand nicht, was so falsch daran gewesen sein sollte, sich auf den hilfreichen Schumann zu berufen. Auch schien jetzt niemand mehr zu erwarten, daß ich fortfuhr, zu meinem Glück; denn sicher hätte ich, um mich weiter zu rechtfertigen, auch noch verraten, daß mein alter Lehrer mich für den Lehrerberuf vorherbestimmt sah, und dieser Beruf ohne Lateinkenntnisse seiner Ansicht nach doch gar nicht zu denken sei.

Landquart war der erste Lehrer, den ich als meinen Feind zu sehen lernte, und Latein, die tote Sprache, die er uns beibringen sollte, kam mir so vor, als wäre sie ein besonders edles Bildungsgut, das er vor Leuten wie mir beschützen mußte. Alles, was ich über Lehrer zu wissen glaubte, wurde vor diesem Mann zunichte. Im Unterricht schauspielerte er unentwegt, gab den Römer, den Kavalier, den Grobian – und nannte sich »Ironiker«, worüber einige in der Klasse lachten, als hätten sie verstanden. Nie schlug er zu, außer mit Worten. Es gefiel ihm, mit Sprachgewalt die Phantasie zu reizen, auch meine: zuerst bis zur Sinnestäuschung, dann bis zum Alptraum. Wie fuhr mir etwa der Schreck in die Glieder, als ich im Anhang unseres Lateinbuchs, der »Hora Romana«, das Abbild eines steinernen Kopfes entdeckte, der dem seinen ungeheuer ähnelte; darunter stand »Pompeius«. Römer war er also, ein Römer mit schwarzer Hornbrille, der mir, wenn er wieder einmal auf dumm geborene und lernunfähige Hinterwäldler zu schimpfen kam, das Gefühl gab, nichts als ein kleiner struppiger Waldgermane zu sein. Dabei wurde unser Klassenlehrer nie eindeutig, keinem von uns sollte je ganz klar werden, auf wen genau seine Pöbeleien gemünzt waren. So etwa wenn er ins Politische ausschweifte, was nicht selten geschah; dann konnte er in gespieltem Flüsterton sagen: Unter Hitler sei die Oberschicht ermordet, verjagt oder im Krieg dezimiert worden, die Unterschicht jedoch habe man massenhaft zur Fortpflanzung ermuntert – und was dabei herausgekommen sei, das firmiere heute unter dem Titel *Das deutsche Bildungswunder* ... Ich ahnte zwar nur, was er damit ausdrücken wollte, fühlte mich aber auf bösartige Weise angegriffen und meine Bildungsberechtigung in Zweifel gezogen. Dazu kam, daß Landquart mich so wie fünf oder sechs andere Jungen in der Klasse nur beim Nachnamen rief, manchmal sogar bei einem falschen oder mit »Mensch« davor, womit er mich auch noch enttäuschte, weil er der jüngste männliche Lehrer war, den ich je gehabt hatte und folglich nicht Soldat gewesen sein konnte (von meinem Großvater wußte ich, daß die Demütigung mit dem eigenen Namen zum militaristischen Erbe des deutschen Bildungswesens gehörte). So wurde mir immerhin bewußt, wo ich jetzt stand, nämlich dort, wo einst in Lehrer Schumanns Klasse Wenzel und die übrigen Schüler ohne Vornamen gestanden hatten. Keinen Namen zu haben und nur mit »Du!« oder »Da!« angerufen zu werden, erschien mir dagegen nicht halb so schlimm.

Es war jedoch ein und derselbe Landquart, der schäkernd die hübschesten Mädchen der Klasse umrundete und spitzmündig – »Lavinia! Calpurnia!!« – allerlei Tanzbewegungen vollführte. Häufig lehnte er rücklings am Lehrertisch, stützte sich mit dem linken Bein auf dem Fußboden ab, hob das rechte Bein hoch in die Luft und deutete mit der Schuhspitze wortlos auf den Schüler oder die Schülerin, die er aufrufen wollte, um sie eine Konjugation oder Deklination herunterschnurren zu lassen. Das war lustig – und lachpflichtig wie alle seine Scherze. Mit schmatzenden Handküssen konnte er »den Damen« ihre Vokabeltests zurückgeben, wogegen unsereins von ihm das Heft aus nächster Nähe ins Gesicht geschmissen bekam, dazu die geflügelten Worte: »Wenn ich deinen Scheißdreck lese, gefriert mir der Urin in der Blase!« Auch das sollte wahrscheinlich nur Schau sein, ein Sprachspektakel à la Landquart, inszeniert für seine Anhänger unter den Schülern. Ich aber beschloß, über dergleichen nicht einmal mehr in Gedanken zu lachen, sondern diesen Menschen als meinen Feind zu betrachten – und schämte mich nicht einmal dafür. Im Gegenteil, diese Feindschaft war mir hochwillkommen, ja, ich fühlte mich endlich reif für meinen ersten Feind unter den Erwachsenen und genoß dieses herbe, aber erhebende Gefühl.

Die tagtägliche Mischung aus Klamauk und Kaserne, aus Latein und Latrine, die Landquart uns bot, versetzte mir immer wieder aufs neue einen Schock. Und die wachsende Angst, aber auch der Ekel vor ihm sowie seiner Art, zu unterrichten, verschärfte sich wenigstens in meinem Fall rasch zu einer regelrechten *Latinophobie*, die es mir unmöglich machte, diese Sprache richtig zu erlernen.

Doch überhaupt schien das dritte Jahr auf der Oberschule schwerer zu werden als jedes andere davor. Das lag zum einen an den zwei neuen Fächern, die wir dazubekommen hatten, Latein und Geschichte, zum anderen aber an mir selbst, auch wenn ich nicht wußte, inwiefern. Eine eigenartige Verwandlung ging vor mit mir. Oft verlor ich mich am hellichten Tag in Träumereien, war abwesend wie im Halbschlaf, mußte wegen Kleinigkeiten bis zur Erschöpfung lachen oder fing grundlos zu weinen an. Eine unbestimmte, aber mächtige Sehnsucht konnte mich in Sekundenschnelle überwältigen und gefangen nehmen, ebenso jedoch, aus schwachem oder gar nichtigem Grund, eine rebellische Wut. Es kam mir so vor, als wären all diese neuen, ungewohnten Gefühle noch vor ihrem jeweiligen Gegenstand da, ja, als suchten sie diesen Gegenstand erst. Quälend war auch das Doppeldeutige – ohne daß man es wollte, erhielt vieles plötzlich einen zweiten Sinn: das Ernste einen albernen, das Gescheite einen dummen, das Anständige einen unanständigen, das Vertraute einen fremden. Mit einem Mal fühlte ich mich sogar fremd in meiner eigenen Haut, und da mir niemand erklärte, daß auf diese Weise die Pubertät nahen kann, vermutete ich den Ursprung meiner Fremdheitsgefühle in der fremdesten aller Fremdsprachen sowie in den befremdlichen Erfahrungen mit jenem Mann, der sie uns lehren sollte.

Schon bei der stillen Lektüre im Lateinbuch überkam mich ein körperlicher Widerwille, der sich indes bis zur Übelkeit steigern konnte, wenn ich laut zu lesen begann oder im Unterricht vorsprechen mußte. Dann geriet ich zuerst ins Stottern, darauf ins Stocken, und nach kurzem Aufbäumen mit allerlei Gestammel verstummte ich schließlich ganz und gar. Landquart stänkerte und empfahl mir, das Maul mit Benzin auszuwaschen. Es war unmöglich, ihm zu gestehen, was ich hörte, wenn ich Latein hörte: nur Laute und Klänge, die mein Scham- und mein Schönheitsgefühl verletzten: »Urbs«, das war doch reinste Verdauung, »ut«, »dum«, »hic«, »hoc« oder gar »adhuc«, aber auch »sum« sowie »sumus« nur peinlich-kindliche Lallsprache; am schlimmsten und zudringlichsten aber tönten die vor allem im zweiten Halbjahr auf uns losgelassenen x-Wörter – »dixit«, »vixit« –, verzerrte Echos frühpubertärer Zoten, wie ich sie neuerdings in den Pausen oder im Bus manchmal aufschnappte, und ebenfalls in diese Gruppe gehörten die überaus heiklen Silben »fic«, »fec«, »fac« oder die monströsen »iter« und »titer«. Auch ganze Wörter waren von unaussprechlicher und dabei lächerlicher Häßlichkeit, vor allem wenn unser Lehrer sie noch selbst aussprach: »quondam«, »coturnix«, »vulpecula«, »aegrotus«, »monstraverat«, »hodie«, »strenuus«, »fuisse« – er schrie und fletschte die Zähne dabei, als wolle er uns beißen – oder gar die unsäglichen Namen »Piso« und »Porcius«. Nur unter Geschrei und Drohungen nahm ich solche Verbalmißgeburten aus Landquarts Pompeiusmaul in meinen Mund, und mir war dabei, als wären es Spinnenbeine oder tote Fliegen.

Ich wollte mich zwingen, das Lateinische gleichsam teilnahmslos auswendig zu lernen: Wort für Wort, Fall für Fall, Geschlecht für Geschlecht. Doch die Fülle dieser Sprache war übergroß. Wörter traten in ganzen Kolonnen an, Fälle gab es gleich sechs an der Zahl, und die Geschlechter trugen in jeder Deklination ein anderes Röckchen. Alles strömte, alles sprang, alles sprudelte – immer an mir vorbei. Ich fand keinen Halt an dieser Sprache, sondern glitt ab; mir fehlten die Haltegriffe, vor allem in Gestalt von Artikeln. Also schaute ich auf die Endungen, in den Endungen saß angeblich der Sinn, doch die Endungen konnten wechseln, was den Wörtern immer wieder ein neues Aussehen verlieh. Jedes Wort hatte zahllose Verwandte – und alle quasselten durcheinander! Auch wurde man nie fertig, denn ständig floß Neues nach, Adverbien, Gerundien, Numeralien; selbst die Benennungen für die Wortarten und Satzteile waren lateinisch und wollten erst einmal behalten und verstanden werden. Diese Sprache hielt keinen Moment still, fortwährend mußte sie sich bewegen, sie war eitel, herrisch und ungeduldig, stieß einen unentwegt vor den Kopf oder schnitt Grimassen. Ich erkannte in ihr nicht den Hauch einer Ordnung, alles zerfiel mir zu Silben und Buchstaben, zu Klängen, Tönen, Lauten, alles schepperte, klirrte und hallte obszön oder blödsinnig wider. Latein stürzte mich in Verzweiflung und zeigte mir die Grenzen meiner Lernfähigkeit auf. Zugleich zog es alle meine Kräfte auf sich und verbrauchte sie, ohne mir etwas zurückzugeben. Wenn im Unterricht ein Satz gemeinsam gesprochen, zerlegt und übersetzt wurde, bildete ich mir ein, folgen zu können – und wunderte mich jedesmal, welch langer deutscher Satz in dem kurzen lateinischen eingepuppt war. Doch wieder allein, schien es mir so, als rolle noch der kürzeste Satz sich unter meinem Blick zur Kugel zusammen, um mich desto gründlicher abweisen zu können. Ich fühlte mich jämmerlich hilflos und einsam; daß es eine Sprache war, die sich von mir nicht lernen ließ, tat doppelt weh.

In seinen Lateinunterricht flocht Landquart hin und wieder Erzählungen über Rom ein, die er mit dem üblichen Bühneneifer vortrug. Da dieser Lehrer auch Geschichte bei uns gab und in diesem neuen Fach zu Anfang ebenfalls das Altertum behandelt wurde, fand er immer öfter Gelegenheit dazu. Wenn man unserem Lehrer glaubte, dann lagen die Römer andauernd im Streit und im Krieg miteinander. Auch mir war bereits aufgefallen, daß Latein sich erst belebte, wenn es vom

Krieg sprach, und es sprach immer häufiger, lauter und begeisterter vom Krieg, je weiter wir im Lehrbuch voranschritten. Der Krieg war sozusagen ein Glücksfall für diese Sprache, denn erst wenn sie ihm Ausdruck verlieh, schien sich ihr Reichtum zu entfalten, sie räkelte und erwärmte sich, sie reckte und streckte sich hoch auf und geriet in eine Mordsstimmung: kämpfen, töten, zerstören – wie viele Wörter sie dafür kannte, wie viele Namen die Schlacht bei ihr hatte, und wie es in immer mehr Sätzen nur so blitzte und krachte von Waffen! Die Vokabeln »pilum«, »hasta«, »gladius« kamen derartig oft in den Lektionen vor, daß sogar ich mir dauerhaft merken konnte, was sie auf deutsch heißen: »Wurfspieß«, »Lanze«, »Schwert«. Schon in der ersten Hälfte des dritten Schuljahrs hatten wir drei Kriege durchlaufen, den trojanischen, den punischen und den Bürgerkrieg; weitere sollten folgen. Aber nicht allein auf dem Schlachtfeld führten die Römer Krieg, sondern überall, auf dem Marktplatz, vor Gericht, im Zirkus, ja, selbst wenn sie spielten oder redeten (dann hieß der Krieg »Redeschlacht« oder »Wortgefecht« und wurde von der »Rostra« aus geführt). Die Römer konnten gar nicht anders, denn zum Krieg in jederlei Gestalt schienen sie erzogen, zumindest wenn man unserem Lehrer glaubte. Eine solche Welt war mir noch nie untergekommen. Dabei erregten Landquarts Erzählungen die widersprüchlichsten Gefühle in mir – Abscheu zunächst, dann aber auch Lust und eine leicht erschrockene, gleichsam stirnrunzelnde Freude. Wie sonst nie hing ich an seinen Lippen und starrte auf seine Gesten: wenn er theatralisch den Daumen senkte, und der unterlegene Gladiator sterben mußte; wenn er mit dem Holzlineal an einem Schüler demonstrierte, wohin der Legionär am wirksamsten stach; wenn er vorführte, wie die Todgeweihten ihren Caesar grüßten … Mit noch nie Gehörtem heizte dieser Mann meiner Phantasie ein und faszinierte mich mit Schrecknissen – und es war nicht schwer, meine Phantasie mit Worten zu entzünden (vorausgesetzt, ich verstand sie)! So ließ er blutige Tier- und Menschenkämpfe im Kolosseum vor mir aufleben oder stellte den tarpejischen Felsen vor mich hin, von dem die Römer jene ihrer Mitbürger hinunterstießen, die wegen »Blutschande« oder »Hochverrat« zum Tod verurteilt waren, auch das beides Begriffe, die ich bis dahin nicht gekannt hatte.

Unser Lehrer lobte nun zwar die Römer nicht für ihre Eigenarten, obgleich er sie dafür auch nicht tadelte. Er sprach, ohne zu bewerten, die Begeisterung jedoch, mit der er sprach, schien mir Zustimmung zu verraten. Jawohl! Dieser Mensch begeisterte sich für Streit und Krieg, zum ersten Mal stand mir einer gegenüber, der selbst todbringende Gewalt bejahte und an Grausamkeiten seinen Spaß fand; beides war noch geächtet zu dieser Zeit, zumindest in meiner Familie. Mich aber steckte Landquart mit seinen Neigungen an, überraschend legte er offen, daß auch in mir eine Begeisterung für Streit, Krieg und Vernichtung schlummerte und ohne viel Mühe geweckt werden konnte. Selbstvergessen lauschte ich von Mal zu Mal seinen Geschichten, und die wutbebende Genugtuung, die ich dabei empfand, tat wohl; das Mitleid jedoch, zu dem man mich erzogen hatte und das jetzt immer öfter ausblieb, vermißte ich nicht. So leicht und läßlich, so einfach und erlaubt hörte sich alles an, was da vorgetragen wurde in der Arena des Klassenzimmers. Und im Stillen strickte ich sogar noch weiter daran und überbot Landquart mit meinen Einbildungen. Es dauerte immer länger, bis ich darüber erschrak, daß Grausames mir gefiel, daß ich empfänglich war für Böses und Gemeines, daß die verbotene Freude daran jedesmal auf mich übersprang aus dem Mund dieses Lehrers, den ich nicht mochte, der aber immerhin ein Erwachsener war, eine Autoritätsperson, auch wenn er sich zuweilen wie ein Kindskopf aufführte, besonders bei seinen römischen Darbietungen. Dann konnte er mit gewollt komischer Schmerzensmiene seine Arme ausbreiten, um einen gekreuzigten Sklaven nach dem Spartakus-Aufstand darzustellen; oder er faßte sich an den Hals, tat so, als ziehe er hart seinen Schlips zu, und streckte dabei die Zunge heraus, um einen Strangulierten zu mimen; oder er verabschiedete die Delinquenten vor ihrem Sturz in die Tiefe mit einem saloppen »… und schwupp über den Fels …«

Viele in der Klasse lachten daraufhin. Sie taten es in einer Art überlegenem Einverständnis, von dem ich mich ausgeschlossen fühlte. Bei mir kam alles ungebrochen an: ernst, eindeutig und wortwörtlich; mein Auge – auch mein inneres – war nicht fernsehgeschult, und ich besaß noch kein Ohr für Ironie. Selbst wenn Landquart zu seinen Gewaltgeschichten eine rote Karnevalsnase getragen hätte, mich hätte er trotzdem nicht zum Lachen gebracht. Er verwirrte mich nur, rief Gefühle in mir wach, die mich zuerst aufpeitschten, dann ängstigten, und nährte so auf Dauer meine Zweifel an mir selbst. Noch aus dem Durchschnittlichkeitsparadies wollte dieser Mensch mich vertreiben! Was konnte ich tun? Nur eines: mich anstrengen und willig zeigen, meine Abneigung gegen Landquart vergrößern, allerdings ohne es ihn merken zu lassen ... und auf die Wende hoffen – bangen, warten und wiederum hoffen, daß alles von selbst sich zum Guten änderte ... und ich eines Morgens aufwachte und Latein konnte ... denn niemand lernte doch so lange umsonst ...

11

Die ersten Ferien, noch in den Kurzschuljahren, verliefen unbeschwert, da bislang nur wenig auf mir lastete. Wenzels Anwesenheit entschädigte mich reich für die Widrigkeiten meines Roßweiler Schülerlebens. Alle Wünsche und Träume hatte ich jedesmal sorgsam aufgespart, um sie an seiner Seite zu erfüllen. Wir waren fast immer zusammen, drinnen oder draußen; zeitweise kamen wir nur zu den Mahlzeiten heim oder zum Schlafen, dann wieder, nicht nur an nassen und kalten Tagen, nisteten wir uns im Wohnzimmer ein, um zu spielen. Meine Eltern ließen uns gewähren, sie freuten sich daran, daß die Zweisamkeit mit meinem Gast mir so wohltat. Nichts und niemand störte uns, aus der wirklichen Welt fiel hin und wieder höchstens ein flackernder Schatten in unsere Spielhöhle.

Das Spiel, das uns für Stunden und Tage beschäftigte, hatte Wenzel im Heim ersonnen und mir als Gastgeschenk mitgebracht. Es war eine Art Tischfußball – allerdings unter dem Tisch – und setzte sich aus mehreren anderen Spielen zusammen: vom Tipp-Kick stammten die Tore, die Wenzel besorgt hatte, weil es daheim bei uns dergleichen nicht gab; eine der kleinen, etwa pfenniggroßen Scheiben aus dem Floh-Hüpf-Spiel war der Ball, und elf Mensch-ärgere-dich-nicht-Männchen bildeten eine Mannschaft – beides war zu meiner Verwunderung tatsächlich in unserem an Spielen so armen Haus zu finden gewesen. Zehn der Männchen mußten von gleicher Farbe sein, doch so viele hatten wir nicht, weshalb einige andersfarbige in der Werkstatt meines Vaters umlackiert wurden. Die Torhüter waren schwarz, und alle elf zusammen trugen winzige, von uns aufgeklebte, aus weißem Briefpapier herausgeschnittene Rückennummern. Geschossen wurde, indem man mit einem der Männchen schräg von oben auf die am Boden liegende Floh-Hüpf-Scheibe drückte, immer kräftiger, bis sie davonsprang, wegglitt oder auch fortrollte, dem Tor zu oder zu einem Mitspieler. In Ballbesitz blieb man nur, wenn die Scheibe näher bei einem der eigenen Männchen zu liegen kam als bei einem gegnerischen. Bevor wir in Streit gerieten, welches der kürzere Abstand sei, einigten wir uns darauf, in Zweifelsfällen mit dem Meterstab nachzumessen – ein Verfahren, das ich vorgeschlagen hatte. Wer ein gegnerisches Männchen umschoß, beging ein Foul; war das Foul ein böses, konnte das schuldige Mensch-ärgere-dich-nicht-Männchen vom Platz gestellt werden; darauf gab es ein »Pfeifkonzert«, und wieder hatte ich ein neues Wort gelernt. Spielfeld war der harte wiesengrüne Bodenteppich, der schon von sich aus und ohne Zutun der Phantasie einem Kampfrasen ähnelte, was auch Wenzel bemerkt hatte. Wenn wir spielen wollten, mußten nur der Wohnzimmertisch und die dazugehörigen Stühle um knapp einen Meter verschoben werden – fertig war das »Waldstadion«. Zum Spielen lagen oder knieten wir außerhalb des Feldes, das nur mit der Hand oder dem Arm berührt werden durfte; trotzdem brachte es jeder von uns teils unter schweren Verrenkungen zu einer beachtlichen Schußtechnik, selbst Lupfer und Schlenzer gelangen mit der Zeit. Eine Partie – ohne Seitenwechsel – dauerte zweimal zehn Minuten; ein Reisewecker, den seltsamerweise meine Eltern besaßen, ohne je zu reisen, ersetzte die Stadionuhr. Und jeder von uns hatte im Wechsel die Pflicht, ein Spiel zu kommentieren von der ersten bis zur letzten Minute, auch das gehörte zu Wenzels Erfindung, weil er Sprechübungen machen wollte, um später einmal Sportreporter werden zu können, der erste Berufswunsch aus seinem Mund. Sein Spiel nannte er stolz »Bundesliga«, ein Name, der noch jung war und selbst in unserer fernsehlosen Stube einen guten Klang hatte, zumal mein Vater sich an Samstagnachmittagen aus unserem zigarettenschachtelgroßen Transistorradio oft die Fußballübertragungen anhörte; da mir das Wort zu großspurig klang, nannte ich unser Spiel »Teppichliga«.

Wenzel kannte sich im Fußballwesen hervorragend aus, und ich eiferte ihm nach; sein Wissen stammte zum einen aus der mir unbekannten Zeitschrift »Kicker«, die einer seiner Freunde im Heim sich angeblich leistete und die er mitlesen durfte, zum anderen aus der »Sportschau«, die Schwester Thaddäa ihm und seinen Mitzöglingen samstags um sechs erlaubte. So waren meinem Gast lange vor mir unzählige Namen vertraut, von Spielern, Vereinen und Fußballstadien, ja, selbst von Schiedsrichtern, die er mit Namen und Herkunftsort niemals zu nennen vergaß – »Herr Linn aus Altendiez«, »Herr Tschentscher aus Mannheim« –, weshalb seine Reportagen, zumindest für mich, so lebensecht klangen, selbst wenn er sie mitunter arg zerstammelte. Es waren Ansprachen an die Welt, und jede von ihnen begann, bei geschlossenen Augen, mit den ernsten und feierlichen Worten: »Meine sehr verehrten Damen und Herren …« Oft wünschte sich Wenzel, daß seine Stimme noch drunten auf der Straße zu hören wäre und die Vorübergehenden glaubten, da spräche einer von ferne »aus dem Äther« zu ihnen.

In sämtlichen Ferien spielten wir jeweils eine Meisterschaft aus, immer mit acht bis zehn Mannschaften. Wer wer war, wurde kurz vor Anpfiff ausgelost. Die Ergebnisse trug Wenzel in ein Notizbuch ein, und am Ende eines Spieltags erneuerte er regelmäßig die Tabelle. Vor Probleme stellten uns einzig die wiederkehrenden Unterbrechungen, die meist zustande kamen, wenn wir nach Fehlschüssen in der Tiefe des Raumes den Ball suchen mußten. Manchmal verschwand unser kleines, dünnes Fußballscheibchen auch in einer Bodenritze, so daß wir gezwungen waren, mit Messer oder Schere das Parkett aufzustemmen, um unseren Ball zwischen Mausdreck und Staub wiederzufinden. Die Zeit, die dabei verstrich, wurde nachgespielt – da unser Stadionwecker aber nicht angehalten werden konnte, stoppten wir sie mit dem Gedächtnis, wobei jeder etwas anderes herausbekam, und die fällige Nachspielzeit erst noch ausgehandelt werden mußte.

Mir machte dieses Spiel ungemein Freude, vor allem weil mein Wunschbruder es für mich und sich ersonnen hatte: ein klares Bekenntnis zu unserer Zusammengehörigkeit. So lernte ich doch noch das Fußballspielen, seine Regeln, seine Sprache, seine Atmosphäre, wenn auch nicht auf einem Sportplatz mit anderen Jungen, gegen die ich mich hätte behaupten müssen, sondern allein mit Wenzel auf einem grünen Teppich unter dem Tisch und ebenso unverzichtbar wie er. Herrlich war die Stille vor dem Schuß! Und noch herrlicher der Torjubel danach! Selbst Niederlagen schmerzten kaum – solange ich mit IHM vereint war. Was dem Einzelkind über Jahre nur schwer hatte gelingen wollen, jetzt durfte ich es wie im Rausch nachholen: das Spielen. So wurde aus mir noch mit zehn, wenigstens stunden- und tageweise, ein beglücktes, selbstvergessenes Spielkind. Doch auch meine frühreife Seite kam auf ihre Kosten, vor allem wenn Vernunft gefordert war und wir uns einigen mußten, dann erblickte das Erwachsenenkind, das ich war, in der Einigung, im Kompromiß, ja, selbst noch im Nachgeben stets einen Sieg der Brüderlichkeit, weil doch Brüder nach meiner Vorstellung nichts anderes waren als der fleischgewordene Gleichklang. Das Rechthaben wäre mir daneben vorgekommen wie die einsamste, unbrüderlichste Sache der Welt (recht haben wollte ich erst wieder, wenn ich allein war).

In der wärmeren Jahreszeit gingen Wenzel und ich oft an den Rotacher Feuersee, um zu baden. Ich zeigte mich gern öffentlich mit meinem Gastfreund und hoffte überdies, ihm das Schwimmen beibringen zu können, aber er hatte es im heimeigenen Hallenbad bereits gelernt. An den heißesten Tagen kam das halbe Dorf zum See, vor allem Kinder und junge Leute; es waren so viele, daß man in dem kleinen, neuerdings mit Steinplatten ausgelegten Feuerlöschteich keine drei Züge hintereinander schwimmen konnte. Und auch draußen auf der abgemähten Obstbaumwiese war kaum genug Platz zum Liegen. Hin und wieder tauchten auf dem Fußweg vom Dorf her Erwachsene in Arbeitskleidung auf, schauten dem Massentreiben erst ungläubig, dann fassungslos zu und entfernten sich schimpfend wieder. Damals kamen Wörter wie »Urlaub« oder »Freizeit« in Umlauf.

Wachtmeister Stiel machte stundenweise den Bademeister und lief aufgeregt immer wieder um den See herum, in voller Polizeiuniform, die Mütze auf dem Kopf, die Pistole am Gürtel. Drohend hob er bisweilen den Zeigefinger und rief über das Wasser hin:

»Daß mir ja keiner versauft!«

Wenn Stiel auf der Wiese einen jungen Mann im arbeitsfähigen Alter entdeckte, fuhr er ihn an:

»Hast du nichts Besseres zu tun?«

Mir erschien es höchst unterhaltsam, ringsherum nur zuzuschauen und zuzuhören; sogenannte gesellschaftliche Erfahrungen waren noch ziemlich neu für mich. Wenzel dagegen langweilte sich schnell dabei, er sagte:

»Abends sollten wir hier sein, da baden die Erwachsenen – nackig!«

»Woher weißt du das?«, rief ich.

»Kann man vom Bett aus hören!«

» … und wie hörst du ›nackig‹?«

Er spitzte den Mund und sagte mit gespieltem Stottern:

»Ü-ü-überhaupt kein Problem …«

Einige unserer ehemaligen Mitfußballer schlenderten in Badehosen heran und setzten sich ungebeten auf unsere Decke. Dabei begrüßten sie allerdings nur den »Sprinter« und fragten ihn, ob er nicht wieder in den Fußballverein eintreten und mit ihnen in einer Mannschaft spielen wolle. Nein, antwortete Wenzel lässig, er wohne jetzt in der Stadt Gmünd und spiele dort bei der »Normannia« in der C-Jugend. Sie blickten einander verwundert an:

»Dann bist du … nur in den Ferien da?«

»Mhm.«

»Bei dem faden Kerle da, dem Oberschüler?«

Wenzel sagte nichts darauf – schaute mich jedoch an, als ahne er zum erstenmal, wie wenig ich in meinem Dorf galt. Unsere Besucher schwiegen ebenfalls und nickten versonnen. Sie mochten sich noch nicht entscheiden, wieder zu gehen. Einer riß einen Grashalm aus, klemmte ihn zwischen seine Daumen und versuchte, auf ihm zu blasen. Ein zweiter kratzte sich geräuschvoll den Grind. Ein dritter blies die Backen auf und schien zu überlegen, ob man sonst noch etwas von Wenzel oder auch von mir wollen könnte. Schließlich verfielen sie alle in ein vielsagensollendes Grinsen, erhoben sich ächzend wie krumme alte Männer und gingen ohne Gruß davon.

Auf dem Heimweg sagte Wenzel zu mir:

»Laß uns woanders baden.«

»Ja wo denn?«

»Wo uns keiner kennt!«

Mir war ein Ortswechsel nur recht, zumal ich fürchtete, die rüpelhaften Kicker könnten mit einem verlockenderen Angebot wiederkommen und mir Wenzel doch noch abspenstig machen.

Meine Mutter empfahl uns, zum Freibad von Rieden zu wandern, in dem sie selbst als Kind das Schwimmen gelernt hatte; Wenzel war begeistert, Ratschläge meiner Mutter beherzigte er besonders gern. Das Dorf Rieden lag jenseits der schwäbisch-fränkischen Waldhügel.

Wir mußten, um es zu erreichen, zuerst den Berg erklimmen, von dem meine Mutter stammte, und von dort durch den weit herum berühmten Tendelwald, auf dessen einziger, kurvenreicher Straße schon Motorradrennen stattgefunden hatten, wieder hinab in eine weitläufige, an Feldern und Wiesen reiche Ebene namens Rosengarten. Aufmerksam, fast gierig lauschte Wenzel der Wegbeschreibung; ich hatte vergebens gehofft, meine Mutter werde uns mit dem Auto zu diesem Bad fahren und auch wieder abholen, denn Rieden war immerhin sieben oder acht Kilometer entfernt.

Es wurde, zumindest für mich, wieder ein Ausflug über alle Grenzen hinweg, denn schon bei dem nahen Waldweiler, in dem meine Mutter aufgewachsen war und in dem noch immer der Großteil ihrer Familie lebte, endete für dieses Mal meine Welt. Ich verschwieg Wenzel, daß ich den Tendelwald nur vom Hörensagen kannte, und er fragte nach nichts, sondern übernahm wie selbstverständlich die Führung. Am Morgen hatten wir kräftig gefrühstückt und unsere Rucksäcke, in denen sich das Badezeug sowie ein Hemd zum Wechseln befand, vollends mit Proviant aufgefüllt, vor allem mit Obst und Keksen. Es war ein heißer Hochsommertag; zu trinken würden wir an einer der vielen Quellen finden, die es angeblich im Tendelwald gab. Früher – das hatte meine Mutter mir erzählt, als ich noch klein war – tranken Menschen und Tiere zusammen Schulter an Schulter aus diesen Quellen. Kein Reh, kein Fuchs, kein Wildschwein mußte die Menschen hier je fürchten, denn im Tendelwald war noch nie gejagt worden, noch nie ein Schuß gefallen oder eine Falle gestellt; allezeit, bis heute, sei dieser Wald ein Ort ohne Angst und Leid gewesen, und zwar weil Hiltisnot, jenes Adels- und Klosterfräulein, dem er einst gehört und das ihn weitervererbt habe, es so wollte und die Jagd für immer verbot. Daheim hätte ich solch eine Geschichte wohl nie mehr geglaubt, aber hier, wo die Fremde unter jedem meiner Schritte wuchs, hielt ich sie durchaus wieder für möglich – wie wundergläubig der Tendelwald mich doch stimmte!

Wir wanderten mitten auf der Hauptstraße bergabwärts, Kehre um Kehre, und nicht ein einziges Fahrzeug begegnete uns während der ganzen Zeit. Wenzel trieb und zog gar nicht wie sonst, sondern schien darauf zu achten, daß wir gemächlich vorankamen und gleichauf miteinander blieben. Hin und wieder blickte er lächelnd zu mir herüber, strahlend vor Verantwortung. Einmal mehr konnte er beweisen, was er als Streckenmacher und Weitgeher zuwege brachte. Ich fühlte mich gut aufgehoben an seiner Seite, wir würden nicht fehlgehen. Der Heimausbrecher führte mich auf den Kindheits- und Jugendbahnen meiner Mutter, die von hier aus beinahe geheimnisumwittert auf mich wirkte.

Im Wald war es angenehm dunkel und kühl; nur selten erklang in der Stille ein Vogelruf und gleich darauf mitunter sein Echo. Über den Bäumen stand ein großes gleißendes Licht, und zwischen den Wipfeln sah man vom Himmelszelt kaum mehr als ein paar immer gleichblaue, nur verschieden gezackte Flicken. Im Wechsel roch es nach allerlei blühenden Pflanzen, nach Harz und Nadelölen, nach Pilzboden – die hochsommerliche Wärme lockte noch die verborgensten Düfte hervor. Wenzel sprang zuweilen seitwärts ins Gebüsch – links ging es den Hang hinunter, rechts hinauf – und kam jedesmal mit einer Handvoll Himbeeren oder auch Brombeeren zurück, die er mit mir teilte. Er wußte, was man im Wald essen kann und was nicht. Er wußte ebenso, wie man sich im Gehen ausruht und erfrischt: indem man die Augen schließt, den Kopf zurücklegt und das Gesicht in der Luft badet. Er behauptete, im Gehen sogar schon geschlafen zu haben. Auch das glaubte ich ihm – so glaubensbereit, ja glaubenshungrig war ich an diesem Tag. Ich hätte ihm sogar geglaubt, kilometerweit auf den Händen gegangen zu sein. Da wir nie die Straße verließen, stießen wir auf keine der vielen Quellen, die im Tendelwald aus dem Boden sprangen, nur einen Brunnen fanden wir, gleich am Rand unseres Wegs. Sein Becken bestand aus einem nicht sehr dicken, der Länge nach halbierten und ausgehöhlten Baumstamm, es war jedoch nahezu leer, nur eine kleine Pfütze auf dem Beckengrund hatte sich erhalten – und in ihr lag, glänzend vor Feuchtigkeit, eine Schlange mit schwarzem Leib und gelber Zeichnung, die indes keine Anstalten machte, vor uns zu fliehen, sondern aus ihrer Pfütze zwinkernd zu uns aufsah. Es war eine Kreuzotter, die einzige Giftschlange unserer Breiten, wie ich aus dem Heimatkundeunterricht wußte; doch außer auf Bildern hatten weder Wenzel noch ich je eine gesehen.

Im Riedener Freibad erlebten wir eine weitere Überraschung: das Sprungbrett. Um es zu besteigen, mußte man ein paar steinerne Stufen überwinden; das Brett ragte in rund zwei Metern Höhe über das Wasser hinaus, in dessen waldgrünen Wellen es sich verzerrt und verfließend widerspiegelte, grad als schmelze es in der Sonne. Wir taten fast eine Stunde lang nichts anderes, als wieder und wieder über seine Kante zu springen, auch rückwärts. Selbst Wenzel war nicht schwer und kräftig genug, das Brett zum Federn zu bringen, bei mir zitterte es nicht einmal. Mit Jauchzern, die in Gegurgel übergingen, tauchten wir nach jedem Sprung ein. Doch kaum im Wasser, kraulten wir hastig zum Ausstieg und traten von vorn an. Wir konnten nicht innehalten, gerieten in eine Art Glücksschwindel mit Lachrausch, und am Ende torkelten wir japsend und rülpsend herum – wegen des vielen geschluckten Wassers – und ließen uns, zu schwach zum Springen, nur noch kopfüber vom Brett fallen, bereits in der Luft den toten Mann mimend.

Später, als wir auf unseren Handtüchern lagen, erholt und von der Sonne aufgewärmt, besuchten uns zwei etwa gleichaltrige Jungen, die uns schon beim Springen zugeschaut hatten, und fragten, ob wir mit ihnen »Reiterkampf« spielen wollten. Wir waren einverstanden, stiegen mit den beiden ins Nichtschwimmerbecken und stellten uns auf. Aber nur wenn Wenzel das Pferd war und ich der Reiter, hatten wir im Kampf eine Chance – umgekehrt sanken wir jedesmal schnell um und gingen unter. Nachher teilten wir mit den beiden unseren Proviant, vor allem die Kekse mit der klebrig gewordenen Schokoladenfüllung. Sie kauften uns dafür am Kiosk etwas zu trinken, großzügigerweise sogar Limonade. Wir verstanden uns aufs Wort mit diesen Jungen. Keiner von ihnen fragte, ob wir Brüder oder Freunde seien, sie wollten nur unsere Namen wissen und woher wir kämen. In Wenzels Augen meinte ich sogleich die Lust am Flunkern aufblitzen zu sehen und blickte ihn streng an; seine Neigung zum Übertreiben und Angeben war mir inzwischen vertraut. Es hätte mir keineswegs gefallen, von ihm hier als »Jure« vorgestellt zu werden; so stellte ich mich sicherheitshalber selbst und mit meinem richtigen Namen vor. Diese sozusagen einfache Fremdheit genügte mir, ja, ich genoß es geradezu, ein Fremder zu sein vor unseren Freibadfreunden. Das war überraschend schön – fremd unter Fremden schien ich mehr zu gelten als halbwegs bekannt unter Bekannten und nahm es als Versprechen für meine Zukunft.

Beim nächsten Mal, noch im selben Sommer, fuhren wir mit den Fahrrädern nach Rieden, kamen dort allerdings nie an. Auf unser Bitten hatte mein Vater sein Rad aus der frühen Nachkriegszeit wieder flott gemacht und überließ es Wenzel, der sich über sein erstes eigenes Fahrrad freute, obwohl es zu groß und zu schwer für ihn war. Da mein Freund die Pedale im Sitzen fast nicht erreichte, versuchte er es im Stehen, aber da war ihm die Stange im Weg, und seine Beine reichten wieder nicht hinunter. Erst als Bert der Schmied die Stange des Herrenrads mit dem Schneidbrenner herausgetrennt hatte, langten sie ganz hinab – aufrecht stehend konnte Wenzel nun fest und sicher in die Pedale treten, wenngleich er dabei ziemlich tief stand und kaum über den Lenker hinausschaute. Das war unbequem, anstrengend und vielleicht auch gefährlich, aber wir wollten die Strecke auf keinen Fall noch einmal zu Fuß zurücklegen, weil uns das zuviel Zeit kostete, Zeit, die beim Baden und beim Freundschaftschließen fehlte.

Durch den Tendelwald fuhren wir eng nebeneinander den Berg hinab. Wir waren wieder allein unterwegs und konnten unsere Räder getrost rollen lassen. Aus jeder Kurve kamen wir mit größerem Schwung. Ich hatte nicht gewußt, wie herrlich es ist, gemeinsam zu fahren, gemeinsam zu beschleunigen. Wenzel stand im Gleichgewicht – den linken Fuß vorn, den rechten hinten – auf seinen beiden Pedalen; wenn er mal sitzen wollte und sich auf den Sattel hinaufwuchtete, mußte er von den Pedalen herunter und damit auch von der Bremse; jetzt hatte er vorübergehend nur noch die Handbremse, die bei jeder Betätigung fauchte und kreischte.

Mit einem Mal hörten wir von hinten Gebell und blickten uns um – nichts war zu sehen. Ich wünschte mir, daß es ein von uns aufgeschreckter Rehbock sei, der da bellte, doch schon im nächsten Augenblick sprang von der Böschung aus ein Hund auf die Straße und folgte uns in gestrecktem Lauf. Er war keine fünfzig Meter von uns entfernt: ein grauschwarzer, mittelgroßer, gedrungener Vorstehhund, wie die Bauern in abgelegenen Weilern und auf Einödhöfen ihn hielten und mitunter zur Belohnung für treue Dienste von der Kette ließen. Wir versuchten, ihm zu entkommen. Ich stieg in die Pedale und gewann rasch einen Vorsprung, während Wenzel zuerst von seinem Sattel herabrutschen und mit den Füßen drunten im Tretwerk seines Rads erst wieder Halt finden mußte. Deshalb blieb er einige Meter hinter mir zurück, und der Hund hatte ihn bald eingeholt. Knurrend und schnappend raste er an ihm hinauf, der auszuweichen versuchte und dazu Schlangenlinien fuhr. Um Bissen zu entgehen, schwang Wenzel sich wieder in seinen Sattel hoch und zog die Beine an, ein paarmal trat er auch nach dem Hund und kam dabei arg ins Schlingern, ja, mir war, als versuche er, ihn mit dem Rad sogar zu rammen oder wegzuboxen. Immer wieder hörte ich hinter mir Wenzels Schreie:

»Scheißköter, verreckter!«

Ich hielt meinen Vorsprung, obwohl ich häufig über die Schulter zurückschaute und dabei einmal beinahe von der Straße abgekommen wäre. Flotter als wir konnte keiner durch den Tendelwald hinunterfahren! Doch das steile Schlußstück der Strecke – es hatte mich schon bei unserer Fußwanderung beeindruckt – lag noch vor uns, da würden wir noch einmal einen Zacken zulegen und den Hund vielleicht abschütteln – wenn nicht, dann müßten wir uns ihm stellen, weil danach die Strecke verflachte und wir zwangsläufig an Fahrt verloren … Ungebremst schoß ich in das Steilstück hinein, allein der Fahrtwind raubte mir den Atem und trieb mir die Tränen ins Gesicht. Nie hätte ich es gewagt, mich bei dieser Geschwindigkeit noch einmal umzusehen, doch als von hinten ein Klagelaut an mein Ohr drang – etwas wie Aufjaulen oder jähes Winseln –, tat ich es dennoch und sah den Hund nicht mehr. Das mochte an meinem flüchtigen und überdies verhangenen Blick liegen, aber noch im selben Augenblick brüllte Wenzel:

»Er ist weg!«

Trotzdem fuhr ich, tief auf den Lenker gebeugt, weiter, grad als gäbe es noch immer einen Grund zu fliehen – nur zum Umdrehen und Zurückschauen gab es keinen mehr. Ich ließ mein Rad in die Ebene hinausrollen, bis es von selber stehenblieb, und wartete am Straßenrand auf Wenzel, ungeduldig, weil alles, was wir im Tendelwald erlebt hatten, doch erst wahr werden konnte, wenn wir es laut und fuchtelnd miteinander besprachen. Alles, was man dagegen allein erlebte, wurde höchstens halbwahr – es fehlte der Zeuge, der zweisambrüderliche. Doch Wenzel kam nicht. Die Straße, die im Sonnenlicht lag und in einem sanften, nicht völlig überschaubaren Bogen nach links in den Wald zurückführte, blieb leer. Mir fiel auf, wie verschwitzt ich war und wie tatterig meine Beine. Hatte ich mir alles nur eingebildet, und der Hund war doch noch dagewesen? Ich radelte zurück, hochaufgereckt in den Pedalen stehend. Die Angst vor dem Hund war nicht so groß wie die Angst um Wenzel – noch größer war nur die Angst *vor* ihm, vor seiner Unberechenbarkeit, seinen Launen, eine Angst, die unerwartet in mir aufstieg. Und noch im selben Augenblick traf mich hart und jäh die Erkenntnis: Er ist abgehauen, wieder weggelaufen, hat dich blitzartig verlassen, und du bist selber daran schuld, hättest nicht vorausfahren dürfen, nicht zulassen, daß der Hund so nah an ihn herankommt, du hast Wenzel enttäuscht, ihm gezeigt, was für ein schlechter Bruder du bist … jetzt liegt es offen zutage … Brudersein ist eine schwere Aufgabe, der du nicht gewachsen bist! Ich stieg ab und schleuderte mein Rad in das Stoppelfeld neben der Straße, daß es von sich aus klingelte. Dann rannte ich im Kreis wie ein Eingesperrter und tobte, heulte, schrie. In Sekunden war alles zu Bruch gegangen, wir hatten keine Fortschritte gemacht seit Anbeginn, waren nicht zu Freunden geworden, geschweige denn zu Brüdern – ich hatte mich getäuscht, getäuscht, getäuscht …

Minuten später, nachdem wir uns wiedergefunden hatten, mußte ich ihm mit aller Kraft meine Freude darüber verhehlen, daß er nur gestürzt war. Wenzel wußte nicht, wie er es fertig gebracht hatte, im Straßengraben zu landen. Der Hund war bereits zurückgeblieben und hatte von ihm abgelassen … da sei es passiert. Vielleicht, so meinte Wenzel nach Luft ringend, habe die Sonne ihn geblendet, als er aus dem Steilstück im schattigen Wald mit voller Fahrt in die lichtüberflutete Senke hinausgeschossen sei, vielleicht habe er sich dabei erschreckt und sei von der Straße geflogen. Erst nach einer Weile war er wieder zu sich gekommen und betäubt aus dem Graben gekrabbelt. Dann hatte er aus einigen hundert Metern Entfernung nach mir gerufen und gewunken.

»Jure! Jure!!«

Ich war aus meiner Enttäuschungswut hochgeschreckt und sofort zu ihm hingeradelt. Jetzt stand er schwach und wacklig vor mir, hatte Schrammen im Gesicht, hielt sich den Schädel; kurz darauf klammerte er sich an mir fest, weil Schwindel und Übelkeit ihm zusetzten, er wurde weiß, begann zu würgen. Dennoch redete er weiter, stoßartig, während ich ihn mit forschem Griff auf meinem Gepäckträger plazierte, um anschließend selbst auf mein Rad zu klettern und loszufahren. Ich mußte handeln, helfen – beweisen, daß ich ein Freund und Bruder sein konnte, ihm, aber noch viel mehr mir selbst. Währenddessen hörte Wenzel nicht auf zu reden, und was da von hinten an mein Ohr drang, war kaum zu glauben: Er bedankte sich, sagte, daß ich immer für ihn da sei, auch wenn es schwierig werde, ich, Jure, sein Freund, sein Retter, der ihn auch dieses Mal nicht im Stich gelassen habe. Er redete im Kreis herum, sagte alles zwei-, dreimal, als hätte er es inzwischen wieder vergessen. Ich schämte mich, ihn verkannt zu haben, und war froh, ihm jetzt mein Gesicht nicht zeigen zu müssen. Als ihm nichts mehr einfiel, fluchte er, aber so gewählt, daß ich lachen mußte.

Wir fuhren an der Abzweigung vorüber, die über einen letzten Hügel in unseren Badeort Rieden führte; ich hatte mich entschieden, auf der leicht abschüssigen Hauptstraße zu bleiben, in der Hoffnung, hier zügiger voranzukommen und eher auf Menschen zu treffen. Es war mühselig, Wenzel auf dem Gepäckträger zu haben. Er hielt sich mit beiden Händen an mir fest, so daß ich mich nicht aus dem Sattel erheben konnte, um kraftvoller in die Pedale zu treten, gleichzeitig drückte er mit seinem Hintern das Schutzblech nieder, so daß es mit einem häßlichen Geräusch am Reifen rieb und wie eine Bremsbacke wirkte. Manchmal stöhnte Wenzel auf, manchmal stammelte er vor sich hin oder fluchte wieder. Ich wollte ihn beruhigen und rief:

»Hab keine Angst!«

»Hab du auch keine …«, schallte es zurück.

Es dauerte nicht lange, bis wir an eine Sägemühle kamen. Sie lag rechts ein wenig abseits der Straße, und ein Weg, unterbrochen von einer Brücke über den Mühlenkanal, führte zu ihr hin. Zwei Männer vermaßen Stämme auf dem Holzplatz. Ich ließ Wenzel beim Fahrrad, lief mit klopfenden Schläfen zu ihnen hin und sagte, was mit uns geschehen war. Den Hund erwähnte ich nicht, es hätte ihrer sein können. Bereits von der Brücke aus war er zu sehen gewesen, vor seiner Hütte, den Rücken uns zugewandt, mit glänzendem Fell, so lag er da und tat unbeteiligt; man sah nicht einmal, ob er angekettet war. Die Männer schickten mich ins Haus zum Telefonieren, denn ich hatte darum gebeten, meine Eltern anrufen zu dürfen: zum ersten Mal – wie würden sie zusammenfahren, wenn das Kommandantentelefon schellte, und ich dran war! Doch mein Vater hatte mich selbst dazu aufgefordert: Wenn es wirklich wichtig ist, ruf an! Ein Mädchen in unserem Alter kam herbei und brachte mich in das Sägerhaus. Zuvor hatte sie Wenzel sanft und freundlich zu einer Bank im Schatten geleitet und ihm ein Glas Wasser geholt; von weitem war zu hören gewesen, wie er sich erbrach.

In einem engen Büro stand auf dem Schreibtisch das Telefon, schwarz und sockelschwer, mit einem stark geschwungenen Hörer, dessen Mund- und Ohrmuschel fast so groß waren wie meine Fäuste. Ich hob ihn ab, drehte die schnurrende Wählscheibe dreimal für unsere Nummer 2 3 4, hielt den Atem an und horchte. Ein Tuten erklang wie von einem fernen Horn und mehrmals hintereinander – dann meldete sich jemand, doch niemand, den ich kannte, ja, ich wußte nicht einmal, ob es sich um eine Frau oder einen Mann handelte. Diese Person war, kaum daß sie meinen Namen gehört hatte, schon wieder weg. Ich wählte noch einmal und brauchte eine Weile, um zu begreifen, daß man dazu vorher auf die Gabel hauen mußte, erst dann klappte es; Sekunden später hatte ich dieselbe Stimme im Ohr. Wieder sagte ich meinen Namen, diesmal fast vorwurfsvoll. Die Person am anderen Ende wurde ungehalten und leugnete, mich zu kennen. Wer, verdammt, trieb sich da in unserem Wohnzimmer herum? Ich war beunruhigt, ja entsetzt, rannte hinaus auf den Holzplatz und berichtete alles den Sägern, die lachten:

»Wo seid ihr denn her?«, fragte einer.

»Aus Rotach!«, antwortete ich trotzig, ahnend, daß er uns beleidigen wollte. Darauf erklärte er mir die Sache mit den Vorwahlnummern, nannte mir die unsrige, die er auswendig wußte, und forderte mich auf, sie mir einzuschärfen und nie wieder zu vergessen.

»So wie den Geburtstag deiner Mutter!«

Ich merkte sie mir, krallte mich im Geist daran fest und bekam das Gefühl, unendlich viel weiter und länger von daheim fort zu sein als nur ein paar Kilometer und einige Stunden. Ächzend erzählte ich nachher meiner Mutter, was sich seit unserer Abfahrt alles ereignet hatte. Einige Versuche waren noch nötig gewesen, bis sie zur Koch- und Essenszeit endlich abnahm und unseren Namen sagte. Als ich ihre Stimme hörte, empfand ich keinen Trost, sondern fühlte mein Elend erst ganz und mußte die Tränen unterdrücken, was auch am Telefon nicht einfach war.

Bald kam mein Vater mit dem Auto, um uns heimzubringen. Er bedankte sich bei den Sägern, die er kannte, seit sie ihm einmal Dielen geliefert hatten. Langsam rollten wir in Richtung Tendelwald; Wenzel saß vorn auf dem Beifahrersitz, während ich mich auf die Rückbank verkrochen hatte, erschöpft und mit wirren Gefühlen. Wir kamen an Wenzels Rad vorbei, das immer noch verdreht und verbogen im Straßengraben lag. Meins war im offenen Kofferraum untergebracht und brauchte dort allen Platz alleine; als wir das seine am Tag darauf abholen wollten, war es verschwunden. Im Kriechgang ruckelten wir das rampenartige Steilstück hinauf – bis hierher hatte der Hund uns verfolgt. Mein Vater streckte den Kopf zum Fenster hinaus und suchte die Straße ab. »Da!«, sagte er, »und da auch …« Er hatte Spuren entdeckt, Abdrücke einer Hundepfote, wie er meinte, vereinzelt und dunkelrot, wahrscheinlich von Blut.

»Das Vieh hat sich wundgelaufen auf dem rauhen, harten Belag und deswegen aufgegeben – Mensch, habt ihr Glück gehabt, ihr zwei!« Mein Vater schrie diese Worte fast, die Angst vor dem Hund war jetzt bei ihm angekommen. So konnte sie auch mich noch ein- mal packen, denn die Gefühle meines Vaters, besonders seine Ängste sprangen leicht, wie Flämmchen von Span zu Span, auf mich über. Doch diesmal setzte sich auf Dauer ein anderes Gefühl durch. Es wurde von mehrerlei ausgelöst – von den blutigen Hundsstapfen auf der Straße, den mächtigen Waldschatten, die draußen vorüberglitten, dem Anblick von Wenzels schweißnassem, von der Sonne gerötetem Genick – und war ein Wir-Gefühl, wie ich es noch nie empfunden hatte: WIR hatten etwas erlebt an diesem Tag, WIR waren geprüft worden und hatten bestanden, WIR waren in Gefahr gewesen und nicht darin umgekommen – für dies eine Mal waren WIR mehr gewesen als nur Ich und Du …

Unser Dorfarzt Dr. Gabele erkannte bei Wenzel auf Gehirnerschütterung und befahl ihm, einige Tage das Bett zu hüten. Das war mir recht, denn für die Dauer dieser Zeit konnte ich *ihn* hüten, er würde mein Pflegefall sein, dem ich das Essen brächte, den Nachttopf leerte, aus Büchern vorläse oder, falls nötig, kalte Wickel über die Stirne breitete und mit dem ich viel, viel redete – das vor allem! Denn schon seit einiger Zeit hatte ich das stetig wachsende Bedürfnis zu reden. Der Erzählstau, unter dem ich in Ermangelung eines Freundes so lange gelitten hatte, fing allmählich an, sich zu lösen, und was mir einzig noch fehlte, war ein gleichaltriger Gesprächspartner, ein Vertrauter mit vergleichbaren Erfahrungen, einer, dem ich – endlich! – alles sagen konnte. Oder doch nicht ganz alles: So wäre mir etwa der Irrtum, den ich an unserem Ausflugstag begangen hatte mit der Vermutung, Wenzel sei wieder davongelaufen, nie über die Lippen gekommen, ebensowenig das Geständnis, daß ich in Sekunden dem Wahn verfallen war, von ihm verraten und aufgegeben worden zu sein. Sie schockierte mich ja selbst – diese blitzartige Bereitschaft zu verzagen und zu verzweifeln. Nie hätte ich darüber reden können, um anschließend vielleicht weinerlich die Frage zu stellen: Was wird aus uns, was habe ich von dir zu erwarten, sag es mir, Wenzel – nein und wieder nein, lieber ertrug ich die Qual der Ungewißheit.

Meine Eltern und Großeltern sagten wie im Chor zu mir:

»Laß ihm seine Ruhe, er muß gesund werden, hörst du?«

Doch ich stieg immer wieder, auch heimlich, in die Bubenkammer hinauf, um mit Wenzel so viel Zeit wie möglich zu verbringen, getrennt waren wir oft genug.

Mein damals viel umkreistes Haupt- und Herzthema läßt sich im nachhinein am ehesten auf den Nenner »Heldentum und Selbstopfer« bringen. Irgendwo hatte ich eine Kurzgeschichte gelesen von einem Jungen, der in ein brennendes Haus hineinläuft, um ein Kind zu retten, was ihm auch gelingt, allerdings um den Preis, an den Folgen der Verbrennungen, die er sich dabei zugezogen hat, zu sterben. Dieser Junge ist dick und häßlich gewesen, alle haben ihn gehänselt. Jetzt beweinen sie ihn – und ich weinte mit. Tagelang, wochenlang suchte der tote Junge mich immer wieder heim und mit ihm die Frage, wie weit man für andere gehen mußte, gehen durfte, wenn sie in Gefahr waren. Ich erzählte auch Wenzel die Geschichte, allerdings ohne vor ihm preiszugeben, weshalb sie mich umtrieb. Längst hatte ihr Stoff sich mir mit dem Stoff meiner schon älteren Rettungsphantasien verwoben, in denen ich mich manches Mal wie in einem Labyrinth verlor und kaum wieder herausfand. Auch ich wollte mich opfern, aber auf keinen Fall dabei umkommen, sondern die Früchte meiner Opferbereitschaft als glücklich überlebender Held ernten und mit Liebe, Freundschaft und vor allem Brüderlichkeit belohnt werden. Das brauchte Wenzel nicht zu wissen, er sollte mich nur auf meinen Gedankenflügen begleiten, mit mir reden und an meinem Stoff herumphantasieren – vielleicht steckte er sich ja an! Doch mein Lieblingsgegenstand ließ ihn kalt, stimmte ihn sogar mißtrauisch und ablehnend; offenbar hatte ich nicht die Zauberformel gefunden, mir stand eben kein Jure-Wort zu Gebot so wie ihm, jener machtvolle Name, mit dem er mich, selbst gegen meinen Willen, jederzeit in seine Phantasiewelt hineinziehen konnte.

Das bewies Wenzel auch jetzt wieder, als er mich sichtlich gelangweilt ausreden ließ, um mir sofort und ohne Umschweife vorzuführen, was *ihn* derzeit beschäftigte: das Mädchen von der Sägemühle. Bereits auf dem Holzplatz hatte ich bemerkt, wie er ihr mit glasigen Augen überallhin gefolgt war, wie er mit übertriebenem Zwinkern ihren Blick gesucht und mitunter auch gefunden oder mit bebenden, aufgeworfenen Lippen hinter ihr hergeschmatzt hatte – und war überzeugt gewesen, daß es sich bei diesem sonderbaren Verhalten um eine Folge seines Fahrradsturzes handeln müsse. Jetzt lag Wenzel strahlend und ausgeruht in seinem Bett, nur eine abschwellende Beule sowie ein paar verschorfte Blessuren im Gesicht erinnerten noch an den Unfall – da sagte er:

»Die hat schon Brüste, hast du gesehen, Jure?«

Ich verneinte, enttäuscht von diesem Themenwechsel.

»Willst du ihren Namen wissen?«, fragte er.

Ich nickte, obwohl der Name mir nicht wichtig war.

»Du willst gar nicht …«

»Doch, doch!«, rief ich.

»… aber ich sag ihn dir nicht.«

Wir schwiegen beide ausweglos, bis er mit gewolltem oder ungewolltem Stottern raunte:

»Mo-Monika …«

Wir lachten, ohne aneinander anzusehen; darauf sagte er:

»Wär schön, wenn die jetzt bei uns wär … und wir *beide* krank, jeder in seinem Bett, das Mädchen würde uns pflegen, Tag und Nacht, und sich zu uns herabbeugen … verstehst, Jure, ganz weit *herab-beu-gen*!?«

»Ja doch, jaa …«

Abends, wenn die Sonne unterging, saßen wir oft eng nebeneinander auf dem Fenstersims der Bubenkammer, streckten unsere nackten Füße in die Luft hinaus oder ließen sie an der Hauswand hinabbaumeln. Die Katzen meiner Großmutter, die mittlerweile ausgeschlafen hatten, kamen hervor und stiegen über ein schmales Laufbrett sowie das Dach des Klohäuschens herauf, um die Aussicht mit uns zu teilen. Wir lauschten in die anbrechende Nacht hinein, deren Dunkel geradewegs aus der dichten Krone unseres Kastanienbaums zu strömen schien; wir rochen die Düfte vom Wald und von den Wiesen her und betrachteten hoch über uns die Spitzen einiger Tannen beim Friedhof, die sich vor dem letzten gelbroten Lichtstreifen der Sonne abhoben wie schwarze Scherenschnitte. Keiner von uns sprach ein Wort, ich war glücklich ohne nagenden Wunsch, hatte Wenzel nahe bei mir, so als wäre nichts auf der Welt selbstverständlicher, und vielleicht fühlten wir in der Stille sogar dasselbe, nämlich wie das Leben mit diesem schönen, lauen Sommerabend um unser Zutrauen buhlte.

12

Mein Halbjahreszeugnis in der Klasse III a war von einer Beschaffenheit, die mein Vater »durchwachsen« nannte. Aber noch trug mich um diese Zeit die Hoffnung, wovon ein Blatt zeugen mag, das sich unter den wenigen Überbleibseln meiner Roßweiler Gymnasialzeit befindet. Auf diesem Blatt wird, unzweifelhaft in meiner Handschrift, jeder Schulnote eine Farbe zugeordnet, zusammen mit einem mehr oder weniger poetischen Vergleich, der mich als heiter-verspielten, weitgehend sorgenfreien Jungen zeigt; ein solch »guter Junge« wollte ich offenbar nach wie vor sein oder zumindest bis auf weiteres:

Die **1** ist demnach »eisweiß wie eine leere Seite im Klassenarbeitsheft und mir leider unbekannt«;

die **2** »rot wie ein Schmollmund, das netteste Mädchen unter den Noten, läuft aber fast immer weg«;

die **3** »waldgrün wie ein Allwetterjäckchen«, auch gleicht sie einem »Kind im Hopserlauf, das es allen recht machen will«;

die **4** »gelb mit ein bißchen Blässe drin«, wer sie sieht, dem wird »schlecht bis kurz vor dem Kotzen, aber nicht weiter«;

die **5** »blau und ein klein wenig lila, genau wie blaue Flecken, tut auch weh«;

und die **6** ist »schwarz wie die Nacht, der Tod und Coca-Cola.«

Die Farbverteilung in meinem Halbjahreszeugnis von Anfang 1968 nimmt sich in meiner Erinnerung wie folgt aus: Deutsch und Erdkunde *grün*, Englisch und Biologie *gelb*, Geschichte *rot*, Mathematik *blau* und Latein *schwarz*. Bevor unser Klassenlehrer Herr Landquart die Zeugnisse austeilte, schrieb er in propagandagroßen Buchstaben an die Tafel den Satz: »Ein schlechter Schüler ist immer auch ein schlechter Mensch« – dahinter setzte er sowohl ein Frage- wie auch ein Ausrufezeichen, wischte sich den Kreidestaub von den Fingern und meinte in gönnerhafter Laune, daß jeder in der Klasse selbst wisse, auf wen dieser Satz zutreffe und auf wen nicht.

Auch das Zeugnis meines Sitznachbarn Tassilo war kaum besser als das meinige, nur daß er sich weniger Hoffnungen hingab. Man könnte diesen schlaksigen Jungen einen frühreifen Pessimisten nennen; er selber sah sich als geborenen Rebellen. Ich freute mich jeden Morgen auf ihn – meinen ersten Freund neben Wenzel, dem ich jedoch die Wunschbruderrolle nicht aufbürdete, wahrscheinlich weil ein anderer sie bereits trug. Obwohl Tassilo aus Roßweil kam, betrat er das Gymnasium in der Frühe immer mit den ersten Pendlern, unter denen auch ich war, und verschenkte so regelmäßig rund eine Stunde Schlaf. Wenn wir nachmittags noch Unterricht hatten, verbrachte er die Mittagspause wie selbstverständlich zusammen mit mir in der Stadt und ging nicht nach Hause. Auf den Gedanken, mich zum Essen mit heim zu nehmen, kam er anscheinend nie. Tassilo stammte aus keiner der Roßweiler A-Familien, sondern aus der sogenannten Chruschtschow-Siedlung, wo auch viele Flüchtlinge und Heimatvertriebene wohnten. Daß sein Vater beim Straßenbau arbeitete, entdeckte ich erst viel später, bei einem unserer Roßweiler Rundgänge, für die wir den Unterricht schwänzten, nicht lange vor unserem endgültigen Absturz. Denn als plötzlich ein braungebrannter Mann mit schwarzer Schirmmütze unter Flüchen aus einer Grube mitten in der Straße sprang und eine Schaufel Rollsplitt hinter uns her schleuderte, da war es Tassilos Vater, der begriffen hatte, weshalb sein Sohn und ich vormittags gegen halb elf in der Stadt herumstrichen. Gleichfalls sollte es noch eine Weile dauern, bis ich erfuhr, daß mein Freund einen älteren Bruder hatte, der einige Klassen über uns aufs selbe Gymnasium ging und im Unterschied zu ihm und zu mir ein hervorragender Schüler war. Bei der jährlichen Schulfeier wurde er auf die Bühne gerufen, um für besondere Leistungen ausgezeichnet zu werden: ein Junge, der Tassilos Familiennamen trug und ihm auch noch ähnlich sah. Verblüfft fragte ich nach, wer das sei, und erhielt sinngemäß die knappe, unwirsche Antwort: Ja, verflixt, ein Bruder von mir … Doch auch ich verheimlichte Tassilo einiges, so hörte er von Wenzel während unserer zweieinhalbjährigen Schulfreundschaft nicht ein einziges Wort.

Unsere Beziehung stand von Anfang an unter Spannung. Tassilo glaubte unerschütterlich, daß er den Haß der Erwachsenen auf sich ziehe wie der Honig die Wespen und darum zurückschlagen müsse, wovon wiederum ich ihn ununterbrochen abzuhalten versuchte. Immerfort lagen wir im Streit um den richtigen Weg: Widerstand – ja oder nein, angreifen oder stillhalten … Ich warf ihm vor, einseitig, ungerecht und aufbrausend zu sein, er schalt mich dafür feige, schwach und – für mein Ohr ein gänzlich neues Wort –, »angepaßt«. Widerrede ertrug er nur schwer, während es mir, dem Bruderlosen und vernunftgeeichten Erwachsenenkind, an Durchsetzungskraft fehlte; mit *meinen* Mitteln war ich ihm auf Dauer nicht gewachsen. So behielt er schließlich die Oberhand und zog mich in einen Kampf hinein, den wir nicht gewinnen konnten.

Seinen ärgsten Feind sah er in Maier, dem Mathematiklehrer, einem kleingewachsenen und kahlköpfigen Mann, dessen Gewalttätigkeit auch Tassilo kannte; von ihm fühlte er sich am meisten gereizt und getriezt. In jeder Unterrichtsstunde kommandierte Maier mindestens einen Schüler hinaus an die Wandtafel und stellte ihm eine Aufgabe. Wenn der Schüler scheiterte, setzte es Beleidigungen, zuweilen auch Mißhandlungen, wenn er die Aufgabe löste, blieb Maier stumm und blickte enttäuscht; manche Schüler hielt er bis zu einer Viertelstunde draußen fest und quälte sie zu Tränen. Alle hatten Angst davor, auch die Mädchen, obwohl sie immerhin nicht geschlagen wurden, nicht einmal mit dem staubtrockenen, stinkenden Schwamm, mit dem unser Mathematiklehrer mir schon einmal das Gesicht gepudert hatte. Natürlich entging ihm auch Tassilo nicht, der von sich behauptete, »Mathe« zu lieben, und der glaubte, ziemlich gut in diesem Fach zu sein, was ich nicht zu beurteilen wagte. Wenn er an der Tafel jedoch genau dieselben Leiden durchzustehen hatte wie andere Schüler, dann wollte er es nicht wahrhaben. Er wähnte sich vielmehr von Maier jedesmal auf besonders grausame Art gepeinigt und meinte, stets nur die schwierigsten Aufgaben von ihm gestellt zu bekommen, einzig um gedemütigt und um seinen ihm – eigentlich zustehenden – vorderen Platz unter den Mathematikschülern gebracht zu werden.

»Der will doch gar nicht, daß ich gut bin!«, rief Tassilo.

»Der ist zu andern auch nicht anders!«, rief ich zurück.

Eines Tages fand Tassilo sich wieder an der Tafel. Als er nicht weiterwußte, ging Maier zu ihm hin und wollte ihm die Kreide aus der Hand nehmen, um mit der Lösung der Aufgabe selbst fortzufahren. Tassilo gab die Kreide aber nicht her, sondern versteckte sie flugs hinter seinem Rücken. Maier lief um ihn herum und wollte so die Kreide erhaschen, doch als er hinten ankam, hielt der andere sie bereits wieder vor der Brust – drei- oder viermal ließ Tassilo den Maier, mal an seiner Hinter-, mal an seiner Vorderseite, ins Leere laufen, um schließlich den Arm hoch hinauf zur Zimmerdecke zu strecken und die Kreide gänzlich unerreichbar zu machen. So standen die beiden sekundenlang voreinander – Maier, unser kürzester Lehrer, schaute am längsten Schüler der Klasse, der senkrecht stand wie eine Rakete vor dem Start, steil hinauf, mit Blicken, die zu fragen schienen: Springen oder nicht springen? Er sprang nicht, sondern erinnerte sich seiner Gemeinheit und hieb Tassilo mit der Faust in die ungeschützte Seite, daß dieser schräg wegknickte – wenn auch nur für einen Moment und mit Stöhnen –, bevor er sich wieder zu voller Länge aufrichtete und, die Kreide nach wie vor in der rechten Hand, langsam und wuchtig über der linken Schulter ausholte, als wolle er unserem »Mathe«-Lehrer mit der Rückhand quer übers aufgesperrte Schandmaul eine knochenharte Breitseite legen. So blieb er stehen, in seiner Drohgebärde wie erstarrt und ohne zuzuschlagen.

Nachher berief mein Freund sich auf Notwehr und kam erstaunlicherweise durch damit. Zwar mußte er unzählige Stunden Arrest absitzen, jedoch verwies man ihn nicht von der Schule, wie ich es erwartet hatte. Tassilo verstand selber nicht, wie er derart glimpflich davonkommen konnte – zumindest tat er so. Von Maier wurde er in Zukunft mit mehr Respekt behandelt – oder war es Furcht? –, und etliche Schüler vor allem aus den unteren Klassen bewunderten ihn wie einen Drachentöter; tagelang erhielt er in fast jeder Pause, gleich ob im Klassenzimmer oder auf dem Schulhof, Besuch, ganze Abordnungen zogen, wenn kein Lehrer in der Nähe war, jubelnd an ihm vorüber und winkten ihm zu. Auch ich bekam von Tassilos Ruhm ein bißchen ab, denn schließlich war »dieser Max«, den man jetzt zum ersten Mal schulöffentlich zur Kenntnis nahm, andauernd um ihn wie ein Schildknappe oder ein Sekundant. Immer wieder suchte Tassilo Streit mit mir über den Wert seines Sieges. Er hatte recht behalten, und ich sollte ihm bestätigen, daß seine feindselig-kriegerische Haltung den Lehrern gegenüber die einzig angemessene war und nicht meine friedlich-tragische Dulderpose. Ich tat ihm diesen Gefallen, wenn auch mürrisch; im Augenblick fehlten mir schlicht die Gründe, um wirkungsvoll zu widersprechen. Doch mit Entsetzen traf mich die ganz im Stillen gemachte Erkenntnis, daß es mir mit einem so lauten und kriegsbereiten Freund wie Tassilo auf keinen Fall gelingen würde, unscheinbar zu bleiben und gut versteckt auch weiterhin mitten im Pulk der Durchschnittlichen mitzuziehen.

Für die Richtigkeit dieser Befürchtung erhielt ich schon bald einen ersten Beweis: An Pfingsten noch desselben Jahres sollte entschieden sein, wer im Sommer mit auf Schulfahrt nach England gehen dürfte. Viele, allzu viele Schülerinnen und Schüler hatten sich in beiden Parallelklassen dafür beworben, so daß die verantwortlichen Lehrer zusammen mit der Schulleitung eine engere Auswahl treffen mußten. Über Wochen hin wuchs die Spannung – wer würde auf die Reise in die (unweit des vielversprechenden London gelegene) Stadt Saint Andrews verzichten müssen? Auch Tassilo und ich hatten uns beworben und die geforderte Unterschrift unserer Eltern beigebracht. Eine Englandreise wäre meine erste Reise überhaupt gewesen. Ich hatte bisher mein Land noch nie verlassen, ja, nicht einmal meinen Landkreis. Was mir Sorgen bereitete, war jedoch etwas anderes: Wir, meine Eltern und ich, hatten uns mit der Bewerbung zugleich verpflichtet, beim Gegenbesuch der Engländer ebenfalls einen Austauschschüler aufzunehmen. Wenn es ein Junge war von meiner Herkunft – kein Problem. Wenn er aber aus besseren Verhältnissen stammte, dann mußte zumindest unser Hinterhofabtritt ihm einen Schock versetzen. Womöglich reiste er daraufhin ab, und wir wären schuld. In Roßweils einzigem Buchladen blätterte ich, unsichtbar hinter einem Pfeiler, im Wörterbuch nach, was Klosett auf englisch heißt, in der Hoffnung, meine Wirklichkeit mit englischen Augen betrachten zu können, mochte sie dabei günstiger ausfallen. Für Klosett gab es drei Wörter: »toilet«, »loo« und »shithouse« – sofort wurde mir klar, welches Wort in diesem Fall zutraf, und der Eindruck, den es hinterließ, war um kein bißchen günstiger als im Deutschen. Normalerweise traute ich mich wegen unseres Klos nicht einmal, einen hiesigen Mitschüler zu mir nach Hause einzuladen, auch Tassilo nicht. Und jetzt wollte ich mich an einen Ausländer wagen! Ich konnte nicht anders, als mich meiner Herkunft zu schämen; da ich meine Eltern und Großeltern aber liebte, schämte ich mich dieser Scham noch viel mehr.

Meine Sorge jedoch war überflüssig. Sowohl Tassilo als auch mir wurde die Teilnahme an der Reise nach England verweigert. Gründe nannte man uns keine; Schalkmann, Englischlehrer und Prügelpauker, teilte vor der Klasse lediglich mit, daß einige Bewerber leider keine Gastfamilie gefunden hätten, wobei er uns beide nicht einmal anblickte, obwohl wir in der III a die einzigen waren, die nicht mitfahren durften, und auch noch an einem Tisch beisammen saßen.

Tassilo fand einmal mehr seine Regel bestätigt, nur daß die Lehrer jetzt nicht mehr ihn allein bekämpften und mit ihrem Haß verfolgten, wie er glaubte, sondern auch mich, seinen Freund und Nebenmann. Beide seien wir gezielt von der Englandfahrt ausgeschlossen worden. Ich wehrte mich gegen diese Behauptung um so verzweifelter, als zu fürchten war, daß sie zutraf, und schrie zornig und angsterfüllt, die Ablehnung unserer Bewerbung könne nur Zufall sein. Doch mein kaum zu verbergender Schreck war riesengroß, denn nicht nur die Lehrer rechneten Tassilo und mich anscheinend zusammen, nein, er selbst tat es ebenfalls, erklärte uns zum fest miteinander verwachsenen Freundespaar, zum unteilbaren Duo, vereint im Kampf wie im Leiden. Zufrieden, beinahe dankbar rief er mir zu:

»Max, die meinen uns! UNS!!«

In diese Zeit fiel auch ein Ereignis, das die gesamte Schule erschütterte und für Tage lähmte. Es betraf Utz Gabele, den Sohn des neuen Rotacher Dorfarztes, jenen arglosen, verträumten, einzelgängerischen Jungen, der in seine Haare verliebt schien und auch im Unterricht nicht von ihnen lassen konnte; gegen ihn schlug Schalkmann mit einer Feindseligkeit los, die selbst Tassilo überraschte und fast ein wenig neidisch machte. Es war in einer der kurzen Pausen am Vormittag – und nachher konnte niemand sagen, wo und wie alles angefangen hatte –, als plötzlich mit flatternder Mähne Utz durch die Schulgänge rannte, verfolgt von Lehrer Schalkmann. Mehrmals umrundeten die beiden den viereckigen Lichthof, der durch mächtige Glasscheiben von den dunkelgrau gefliesten Korridoren getrennt war. Und wo immer sie

liefen – sowohl Utz als auch Schalkmann konnte man dank des allgegenwärtigen Glases von jedem Punkt unseres Stockwerks aus sehen:
wie sie um die Ecken fegten, wegrutschten, beinahe stürzten, sich wieder fingen und beschleunigten oder wie sie, aus den Kurven getragen,
fast an einem Garderobenhaken hängenblieben. Rasch standen die
Gänge voll mit Schülern, auch ältere, aus den oberen Klassen, waren
herbeigeeilt, manche hatten sich auf die Heizkörper gestellt, um nicht
niedergerannt zu werden, manche schauten durch offene Klassenzim-
mertüren zu. Es war eine Hetzjagd. Anfangs hatten viele noch gelacht,
waren fröhliche Gesichter zu sehen gewesen. Doch das Lachen, die
Fröhlichkeit erstarben beim Anblick der Laufenden: Utz, bleich und
mit angstzerfurchten Zügen, Schalkmann in Anzug und Krawatte,
das tiefschwarze Haar naß und klebrig in der Stirn, der Mund klein,
hart, böse. Erstaunlicherweise hält unser Lehrer ein Englischbuch in
seiner linken Hand; mit der rechten versucht er in vollem Lauf immer
wieder nach Utz zu fassen, wie es scheint vor allem nach dessen Haar.
Sobald Utz Schalkmann in Griffnähe spürt, schreit er auf vor Angst
und beschleunigt. Die Angst teilt sich den zuschauenden Schülern
mit, viele werden blaß wie der fliehende Utz, einige beginnen zu
weinen, sie fühlen den – vielleicht schon mörderischen – Ernst dieser
Hatz; mir verursacht Schalkmanns Wildheit einen trockenen Mund
und weiche Knie. Niemand greift ein, alle werden still und stiller, um
so lauter hallt das Schulhaus wider vom Ächzen und Keuchen der
Läufer, von ihren klatschenden Schritten auf dem Fliesenboden, von
Schalkmanns Wut- und Utzens Angst. Bis ins Lehrerzimmer oder
hinein ins Hausmeisterkabuff müßte der Lärm zu hören sein, aber
kein Erwachsener zeigt sich, nicht einmal zufällig kommt einer des
Wegs. Nach etlichen Runden um den verglasten Innenhof nimmt
Utz die Treppe ins Erdgeschoß, halsbrecherisch überspringt er immer
wieder mehrere Stufen, kommt ins Straucheln, kann sich aber auf den
Beinen halten und verliert nur seine Brille; Schalkmann ist ihm ohne
zu zögern nach unten gefolgt. Utz rennt auf den Ausgang zu, er hat
genügend Vorsprung, die Tür zum überdachten Teil des Pausenhofs
aufzustoßen, ohne von Schalkmann eingeholt zu werden. Das Publikum setzt sich in Bewegung und folgt den beiden wie auf Befehl,

auch ich, allerdings nicht, ohne unterwegs Utz' Brille aufzuheben. Als wir zu Dutzenden die Balustrade des überdachten Hofs erreichen, durchqueren die Läufer auf einem der schottergrauen Fußwege bereits den Schulpark. Den Brunnen haben sie hinter sich gelassen, vor ihnen liegt nur noch das Wäldchen, das sich vom nahen Fluß heraufzieht und das Schulgelände von der Innenstadt trennt. Utz hat, soweit zu ermessen, seinen bisher größten Vorsprung herausgelaufen – da bleibt er auf einmal wie entkräftet im hellen Sonnenlicht stehen und dreht sich zu Schalkmann um! Die Zuschauer stöhnen auf, als würden sie gleich selbst verprügelt; längst hat es wieder zum Unterricht geläutet, doch alle sind dageblieben, auch ist kein Lehrer herausgekommen, um sie in ihre Klassenzimmer zu treiben, sie stehen eng bei eng an der Balustrade und schauen schweigend weiter zu. Utz geht Schalkmann jetzt sogar einige Schritte entgegen, er fuchtelt mit Armen und Händen und scheint auf seinen Verfolger einzureden; der steht still und lauscht, was noch über zwei- oder dreihundert Meter zu erkennen ist, schließlich wendet er sich fast mit Gleichgültigkeit von dem Jungen ab und geht zurück zum Schulgebäude, nach wie vor mit dem Buch in der Hand. Und noch im selben Moment reißen sämtliche Schüler sich von ihren Stehplätzen los, sie schnellen regelrecht weg und fort von ihrem Ausguck und stürzen zurück in die Klassen – jetzt bloß Schalkmann nicht ins Blickfeld geraten!

Utz Gabele tauchte nicht wieder bei uns im Unterricht auf, auch mittags, im Bus nach Rotach war er nicht zu finden. Ich hatte seine verwaisten Schulsachen an mich genommen und wollte sie ihm nach dem Essen vorbeibringen, auch die von Tränen und Schweiß verschmierte, ja überkrustete Brille, die mich so traurig stimmte, daß ich sie mit meinem Taschentuch sorgfältig putzte. Meinen Eltern würde ich unter keinen Umständen von diesem Vorfall berichten, grad als hätte er mir selbst gegolten. Aber so war mir in der Tat zumute – nur daß *mein* Lauf noch vor mir lag! Ich schämte mich dieser Schule, und meine Eltern sollten nicht erfahren, auf welche Art von Anstalt sie mich da entsandt hatten. Wahrscheinlich hätten sie mir sowieso kein Wort geglaubt, bei ihrer Verehrung für höhere Bildung. Utz' Schultasche versteckte ich für die Dauer des Mittagessens in unserem

Wasch- und Schlachthäuschen, das auch von der Straße aus zu betreten war. Meine Niedergeschlagenheit mußte nicht eigens erklärt und gerechtfertigt werden – niedergeschlagen kam ich oft aus Roßweil heim. Meine Stimmung war diesmal vermutlich mit jener Stimmung vergleichbar, in der meine Großmutter sich befand, wenn sie einen ihrer Helden aus der Reformationszeit zitierte mit den Worten: »Wir wollen des Elends harren …«

Erst am Spätnachmittag fand ich endlich den Mut und die Gelegenheit, Utz aufzusuchen, in dem Haus am Ortsrand, das seine Eltern jüngst gebaut hatten und in dem Dr. Gabele auch seine Arztpraxis betrieb. Utz saß in einem glitzernden Gewand, das er »Kimono« nannte, neben seiner Mutter auf dem Sofa, sah verheult aus und frisch gebadet. Seine Mutter rauchte und hielt ihren Sohn im Arm. Beide bedankten sich bei mir, daß ich die sehr edle Schultasche ablieferte, vor allem aber, daß ich Satz für Satz beglaubigen konnte, was Utz von diesem Schreckensmorgen erzählt hatte. Aus welchem Grund es zu der Verfolgungsjagd gekommen war, wollte er mir indessen nicht verraten, sowenig wie seine Mutter. Desto leichter war in Erfahrung zu bringen, wie er seinen Verfolger überzeugt hatte, von ihm zu lassen, nämlich mit dem Hinweis, hier ende das Schulgrundstück, und auf städtischem Boden dürfe die Jagd aus gesetzlichen Gründen nicht fortgesetzt werden. Lehrer Schalkmann habe daraufhin gestutzt und kehrtgemacht, vermutlich aus Angst vor Strafe.

»Und woher hast du das gewußt?«, fragte ich.

»Gar nicht – alles erfunden!«, lachte Utz, und seine Mutter lachte mit und streichelte ihm das Haar. Ich fühlte mich aufgefordert, ihren Sohn für seinen »Trick«, wie sie sich ausdrückte, gleichfalls zu loben. Er schien davon so gerührt, daß er beinahe weinen mußte. Ich gönnte Utz seinen kleinen Triumph mitten in der großen Demütigung.

In der Schule war es an den kommenden Tagen ruhig wie nie. In Schalkmanns Englischstunde wagte kaum jemand zu schnaufen, geschweige denn seinen Blick aus Buch oder Heft zu erheben. Auf den Gängen, im Hof und im Park schlichen die meisten Schüler – die Jungen noch mehr als die Mädchen – herum wie auf Glasscherben. Manche blieben während der Pausen an ihren Plätzen sitzen und konnten es anscheinend kaum erwarten, bis der Unterricht weiterging. Es gab auffallend viele Krankmeldungen. Einige Lehrer erschienen mir sanftmütiger als sonst. Von ihnen ging eine ungewohnte Freundlichkeit aus, die allmählich um sich griff, eine Freundlichkeit wie in Krankenzimmern oder bei Beerdigungen. Nur der Hausmeister zeigte sich glotzbockig wie eh und je. Überall wurde weich und lächelnd geredet. Jeder schien, wenn er das Wort ergreifen mußte, allein schon mit seiner Tonlage beweisen zu wollen, daß er nicht von Schalkmanns Gewaltausbruch sprach. Sowenig wie von Utz, der gleichsam bis in alle Ewigkeit unentschuldigt fehlte und, wie ich als einziger wußte, freilich ohne es weiterzusagen, in Kürze auf ein Internat wechseln würde. Häufig sind Schüler bestrebt, ihre Unwissenheit zu verbergen. Jetzt mußte fast eine ganze Schule, eine Heerschar von Mitwissern, ihr *Wissen* verbergen, vor sich und anderen. Doch die meisten beherrschten das gut – wo immer sie einander begegneten, wichen sie sich kunstvoll aus, hielten die Köpfe geneigt, als suchten sie etwas am Boden, sie versteckten ihre Hände hinter dem Rücken, ja, sie schienen sich ihrer Hände geradezu schämen zu wollen, schritten zerstreut oder vergrübelt auf und ab, blickten durch andere hindurch in eine unermeßliche Ferne oder beschäftigten sich hingebungsvoll mit ihrem Vesperbrot; selbst gekaut wurde in diesen Tagen sanfter und friedlicher als sonst.

Nur Tassilo blühte auf. Mein Freund war der einzige, der sich vor nichts und niemandem zu fürchten schien. Sein Gesicht brannte hellauf vor Mut.

»Siehst du«, sagte er immer wieder, sobald wir unter uns waren, »alle lassen sich einschüchtern, nur wir nicht!«

Wie konnte er sich so täuschen in mir?

»Was haben wir vor?«, fragte ich ängstlich.

»Ich weiß es nicht«, antwortete Tassilo, schaute mich dabei jedoch an, als wisse er es wohl; so machte er mir noch mehr Angst, und ich verstummte. Darauf sagte er:

»Es wird schlimmer – die wollen uns loswerden!«

Das konnte und durfte ich mir nicht vorstellen. Nein! Zuerst rief man Familien wie die meine dazu auf, ihre Kinder auf höhere Schule zu schicken, und dann vertrieb man sie wieder von dort? Unmöglich!

Es ging doch gerecht zu in meiner Welt, im großen und ganzen. Wenn mich die Härte der Lehrer traf, dann war ich wahrscheinlich selbst daran schuld. Vielleicht war auch Utz selber schuld an seinem Unglück – wer wußte schon, wie er Schalkmann derart gegen sich aufgebracht hatte. Oder Tassilo, der in Erwachsenen nur Feinde erblicken konnte, im Unterschied zu mir, der ich Erwachsenen vertraute, jedenfalls mehr als Gleichaltrigen (oder auch mir selbst). Dieses Vertrauen hatte in Roßweil zwar Risse bekommen, zuletzt den Maier-Schalkmann-Riß, dennoch trug es auch weiterhin. Undenkbar für mich – noch! –, gegen Erwachsene aufzubegehren, trotzig und widerständig zu sein, oder sie gar anzugreifen. Alles verdankte ich ihnen, sie waren meine Bündnispartner und Beschützer, vorneweg meine Eltern. Doch wieso ging ich dann nie zu ihnen und klagte mein Leid, gestand meine Ängste, bat um Hilfe, Zuspruch, Erläuterung? Weil meine Eltern – sie hatten es ja oft genug gesagt – mich aufgrund ihrer Unbildung nicht mit Rat und Tat unterstützen konnten, weil sie von mir erwarteten, aus eigener Kraft zurechtzukommen in dieser eigens für mich eröffneten neuen, vor Schrecken und Wundern nur so wimmelnden Bildungswelt. Voller Ehrfurcht fuhren sie sonntäglich gekleidet zu den Elternsprechtagen und kamen stolz oder mindestens zufrieden wieder zurück. Daß ich mich noch mehr anstrengen müsse – Schlimmeres wollten sie aus dem Mund meiner Lehrer nie vernommen haben. Bildete ich mir alles nur ein? Täuschte ich mich selbst, oder war mein Leben wirklich so vertrackt geworden? Fing ich an, die Welt mit Tassilos Augen zu sehen: als Welt von Feinden? Meine Fragen verwirrten sich wie meine Gefühle. War Tassilo, mein erster und einziger Schulfreund, dabei, mir zu schaden? Mußte ich mich vor ihm fürchten? Wäre es vielleicht nützlicher, ihm auszuweichen, ihn auf Abstand zu bringen? Und etwa den Nebensitzer zu wechseln? Niemals – dazu war ich viel zu schwach! Es fehlte mir an jeglicher Brutalität des Zurückstoßens, im Wünschen und Begehren war ich weit besser als im Lossagen und Wegschicken. Ich ergab mich und ließ alles treiben, da träumte mir mehrmals hintereinander von einer Kegelbahn: Schüler waren die Kegel, Lehrer die Kegelbrüder; hart und krachend setzten diese ihre Kugeln auf die Bretter und versuchten jene abzuschießen. Tassilo stand neben mir unter den Kegeln, zugleich aber diente er am anderen Ende der Bahn als Kegelknecht, der den Lehrern die Kugeln reichte. Ich schrie aus vollem Hals, daß ich einer der Kegel sei und man mich verschonen solle, doch niemand schien mich zu hören … Dann wurde ich krank und fiel für den Rest des Schuljahres aus.

Bevor ich jedoch bettlägerig war – mit einer schweren Gelbsucht, die mich für Wochen niederstreckte und mein Bett zu fürchten lehrte –, durchlebte ich eine Zeit andauernden Unwohlseins. Die Gelbfärbung der Haut und der Augen setzte erst nach zwei, drei Wochen ein, woraufhin meine Eltern den Arzt holten. Bis dahin hatte ich mich Morgen für Morgen ohne zu klagen in die Schule geschleppt und meist gleich nach der Ankunft mit dem Bus bereits das erste Mal erbrochen. Tagsüber suchten mich immer wieder Schüttelfröste heim, und meistens tat der Bauch mir weh, vor allem wenn ich etwas gegessen hatte: nach einer einzigen Stulle ein Völlegefühl wie nach einer halben Gans. Ich mußte oft den Unterricht verlassen, litt unter Schwindelanfällen, Schweißausbrüchen, dann wieder unter einer großen, unwiderstehlichen Müdigkeit, die mir sogar die Sprache raubte und mich lallen machte. Mein Urin trübte sich ein und wurde immer dunkler, mein Stuhlgang verfärbte sich gräulichweiß. Ich war zeitweise so schlotterschwach, daß ich lachen mußte, wenn auch, vor Kraftlosigkeit, ohne dabei einen Laut hervorzubringen. Da meine Beine mich manchmal kaum trugen, setzte ich mich immer wieder und überall hin – halbstundenweise döste ich sogar im Schulklo hinter verschlossener Tür, bis ich mich wieder einigermaßen standfest fühlte. Ich übergab mich mehrmals am Vormittag, oft gallig grün und gallig bitter; elend war mir wie nie zuvor, all mein Schwung gebrochen, und jede noch so leichte Berührung meines Leibes bereitete mir Schmerzen wie ein Schlag oder ein Stich. Selbst ein Windstoß konnte mir wehtun. Erst nachmittags zu Hause wurde mir wieder ein bißchen besser. Ein merkwürdiges, unbekanntes Gefühl beherrschte mich mehr und mehr: Mein Körper nahm überhand, er verselbständigte sich, pumpte sich auf, wuchs und wucherte über sich selbst hinaus, während meine geistige Person – Wille, Sprache, Verstand – schrumpfte oder erdrückt wurde, als sollte alles, was nicht Fleisch war an mir, rückgängig gemacht werden. Ich wollte durchhalten, auf keinen Fall fehlen in der Schule; weil das Fieber ausblieb, glaubten meine Eltern, es handle sich um eine verschleppte Sommergrippe, von der ich so nebenbei wieder genesen könne. Bei uns gab man der Krankheit nicht ohne Widerstand nach, sondern wollte von ihr überwältigt und auf der ganzen Linie besiegt werden.

Tassilo erwies sich in dieser Lage als geduldiger und zarter Freund. Er war der einzige, dem ich mein Unwohlsein nicht verheimlichte, und zwar weil es sich, je länger, je mehr, gar nicht verheimlichen ließ. Ich spürte, daß er sich um mich sorgte und mir zugleich seinen sorgenvollen Blick nicht zeigen mochte. Sogar seine Streitlust und Rechthaberei unterdrückte er für mich – gehaßt zu werden von unseren Lehrern schien zumindest für eine Weile nicht sein vornehmstes Problem. Wenn ich um die Mittagszeit von vier, fünf Stunden Unterricht völlig erschöpft war, brachte er mich zum Bus und wollte mir mit handfesten Mitteln sogar einen Sitzplatz verschaffen. In der Schule begleitete er mich sowieso auf Schritt und Tritt, und selbst in die Schultoilette kam er mir nachgelaufen, wenn ich mich in meiner Schwäche dort für sein Gefühl zu lange aufhielt. Dann stieg er in der Nachbarkabine auf den Klositz, schaute über die Trennwand und sprach tröstend zu mir herab; andere Schüler ermahnte er, leise zu sein, als wäre der Lokus mein Privatgemach. Ohne Zweifel war Tassilo der erste Mensch außerhalb meiner Familie, der mit mir fühlte und mit mir litt. Ich hätte große Dankbarkeit für ihn empfunden und sie ihm auch gezeigt, wenn meine Apathie es erlaubt hätte.

Tassilo war auch der erste, der mir auf den Kopf zu sagte: Du bist krank! Doch ich wollte es nicht wahrhaben, redete mir vielmehr ein, daß ich mich in einem fortgeschrittenen Stadium jenes Zustands befände, der mich seit Monaten durcheinanderbrachte, mich mir selbst fremd und fremder hatte werden lassen und von meinen Eltern »Geschlechtsreife«, von meinen Großeltern »Mannwerdung« genannt worden war. Wie auch immer, ich hatte mich verwandelt und tat es anscheinend auch weiterhin, seelisch wie körperlich. Sich ständig fort und fort zu verwandeln, war abenteuerlich, zugleich jedoch unheimlich, und manchmal trat ich mit Herzklopfen vor den Spiegel, weil ich nicht wußte, was mich diesmal erwartete. Jetzt kamen noch Schmerzen, Übelkeit und Schwindel hinzu – wie sollte das enden?

Einige der harmloseren Veränderungen waren mir von meinen Eltern richtig vorausgesagt worden, so etwa Stimmbruch und Bartwuchs. Nicht gewarnt hatten sie mich vor unangenehmen Begleiterscheinungen wie schwerer Heiserkeit oder blutigem Auswurf; mein Hals fühlte sich zeitweise an, als ernährte ich mich von Eisenspänen. Außerdem sprossen zwischen meinen ersten Bartstoppeln rings ums Kinn eitrige Pickel und Pusteln. Andere Körperstellen, etwa die Achselhöhlen, behaarten sich ebenfalls und wurden zu juckenden Nestern. Mein noch immer kurzgeschnittenes Kopfhaar verlor in wenigen Wochen sein schneeiges Blond und nahm dafür eine sauerkrautartige Unfarbe an. Freßanfälle rissen mich hin. Ich wuchs, zuerst in die Höhe, dann in die Breite, bekam sogar ein Doppelkinn. Der Glanz meiner Augen verschwand über Nacht, dafür glänzten um so mehr meine dicker gewordenen Backen. Jeden Abend, manchmal auch tagsüber und selbst auf dem Scheißhaus, stellte sich zwischen meinen Schenkeln eine Härte ein, die meist nur mit Handgreiflichkeiten wieder zu vertreiben war. Alles Gewölbte und Gegabelte zog meinen Blick an und erfüllte mich mit kaum gekannter Gier; im stets eng zugestellten Zwischengang des Busses ließ ich mich – ganz anders als früher – gern von den Mädchen einquetschen, schnupperte so unauffällig wie möglich an ihnen herum und trug ihren Geruch davon, um ihn abends mit ins Bett zu nehmen. Manchmal konnte ich im Bus vor Schwellung kaum aufrecht stehen. Ich haßte meinen neuen, andersartigen Leib, der sich jeden Tag ein Stück weiter aus dem alten hervorschob und derb, unfein und wulstig war. Ich liebte ihn aber auch, weil er mir ungewohnte Wonnen schenkte und mir das Versprechen gab, bald erwachsen und somit ein anderer zu sein. Vielleicht wuchsen sich meine Leiden ja auf diese Weise aus, vielleicht wurde ich sogar das Einzelkind los mitsamt seinen unmäßigen Wünschen und Sehnsüchten. Nach einem meiner zahlreichen Gefühlsausbrüche wußte ich oft nicht, ob ich geweint oder gelacht hatte. Wie auch? Komisch und traurig waren für mich in dieser Zeit kaum noch zu unterscheiden.

Doch dank meines Körperwachstums wuchs ich fürs erste nur aus meinen Kleidern heraus und benötigte neue. Meine Eltern erlaubten mir zu ihrem baldigen Bedauern, selbst zu wählen, und ich entschied mich zuerst für eine hellgraue Röhrenhose mit dunkelgrauen Karos und dunkelbraunen Würfeln, dann für spitze schwarze, ziemlich hochhackige Schnallenschuhe sowie dickflauschige, karottenfarbene Frotteesocken; dazu trug ich am liebsten (direkt über dem Unterhemd oder auf der nackten Haut) einen alten, kratzigen, von meiner Mutter einst selbst gestrickten blauen Wollpullover mit speckigen Wildlederflecken über den Ellbogen, der mir während meiner fülligen Phase einzig deswegen noch paßte, weil er völlig ausgeleiert war. Und je nach Wetterlage kam ein weites, graubraunes Mäntelchen mit einem Kragenbesatz aus nikotingelbem Kunstfell dazu. Da ich mich nach wie vor sehr gut angezogen wähnte – nun eben dem mutmaßlichen Zeitstil gemäß –, war ich nur selten bereit, meine Kluft zu wechseln. Wenn jedoch mein Großvater recht hatte, und auch Kleider eine Heimat sind, dann konnte man an diesem Klamottenensemble auf den ersten Blick erkennen, wie unbeheimatet ich war.

Auch alle Leichtigkeit war dahin; meine Großmutter hätte den körperlichen Zustand, in dem ich mich befand, »nolpig« genannt, mich selbst einen »Nolp«, also einen dicklichen Taumler und Stolperer von ausgesuchtem Ungeschick. Ständig fiel ich über meine eigenen Beine, stürzte Treppen sowohl hinauf als auch hinab, lief gegen geschlossene Türen, blieb an Ecken hängen oder plumpste mitten im Unterricht vom Stuhl auf den Boden. Es schien, als hätte ich jedwede runde, natürliche, unwillkürliche Bewegung verlernt. Selbst im Stehen knickte ich um. Mein Hirn war offensichtlich nicht imstande, den sich neu erschaffenden Leib zu steuern. Der aufrechte Gang wurde an mir exemplarisch in Frage gestellt – als sollte die Art wieder hinunter auf alle viere! Da ich es mir angewöhnt hatte, im Freien möglichst oft und möglichst mannhaft auszuspucken, spie ich auch bei meinen täglichen Brückenüberquerungen in Roßweil mehrmals hinunter in den Fluß. Es mußte im Gehen geschehen – den Kopf nach links weg über das brusthohe Geländer hinausgestreckt, um zu sehen, wie mein Speichel im Wasser aufschlug, achtete ich nicht auf den Pfosten der Straßenlampe, die in der Mitte der Brücke aus dem Geländer emporwuchs, und rammte ihn mit dem Schädel voraus. Fast jeden Tag zog ich mir eine andere Blessur zu, hatte im Wechsel eine in allen Farben schillernde Beule am Kopf, ein zugeschwollenes Auge, blaue Flecken mal hier, mal da, einen verstauchten Knöchel, ein geprelltes Knie, einen Riß im Ohr oder auch – zumindest einmal – einen abgebrochenen Schneidezahn. Bei den Heimfahrten im Bus bot ich oft einen lustigen Anblick und zog mir den lateinischen Spitznamen »Maximus« zu. Kein Wunder bei alledem, daß ich und mit mir meine Eltern andauernd im Vorgefühl der Katastrophe lebte; vielleicht hat mich einzig die Gelbsucht, die mich für Wochen aufs Krankenbett warf, vor dieser Katastrophe bewahrt.

Mein nach seinen eigenen Gesetzen handelnder Körper befreite mich von der Schule und verschaffte mir eine Pause, die ich vor allem zum Schlafen und Vergessen nutzte. Auch Tassilo rückte rasch in große Ferne und verschwand schließlich in ihr. Die wenige Kraft, die mir geblieben war, verwandte ich auf den herrlichen, wenn auch unsinnigen Gedanken, nie wieder ein Schulgebäude betreten zu müssen. Ja, ich malte mir sogar aus, daß man es mir verböte, lebenslänglich. Als aber noch einige Zeit vor den Sommerferien ein Brief des Roßweiler Gymnasialdirektors bei uns daheim ankam, fürchtete ich schon, er fordere mich auf, sofort – also gleichsam tot oder lebend – im Unterricht zu erscheinen. Doch es stand etwas anderes in dem Brief: Die Schulleitung machte uns nämlich den recht freundlich gehaltenen Vorschlag, mich das dritte Schuljahr wiederholen zu lassen, da ich viel zu lange abwesend sei, zahlreiche Klassenarbeiten nicht mitschreiben könne und meine bisherigen Leistungen erhebliche Zweifel zuließen, ob ich das Klassenziel überhaupt erreichen würde.

Meine Eltern waren enttäuscht, daß ihr Sohn wiederholen sollte, erklärten sich jedoch damit einverstanden, weil sie in mir so etwas wie einen Sitzenbleiber von höherer Gewalt sehen konnten. Ich selbst empfand sogar Dankbarkeit, weil wir, meine Eltern, meine Großeltern und ich, bei diesem Ausgang wenigstens vorläufig nicht herausfinden mußten, wie es auf der Oberschule mittlerweile wirklich um mich bestellt war.

13

Mir träumte während meiner Krankheit so viel wie nie zuvor, ein paarmal auch von Wenzel, dem ich in den bevorstehenden Sommerferien
kaum mehr zu bieten haben würde, als einen Sitzplatz an meinem
Krankenlager. Dieses Lager war in der Wohnstube aufgeschlagen
worden, auf dem Sofa, und davor stand ein niedriges Tischchen, das
ich leicht mit der Hand erreichte, wenn ich unser Transistorradio anschalten, mir ein Buch greifen oder aus einer Tasse mit Kamillentee
trinken wollte. Dr. Gabele hatte mir strenge Bettruhe verordnet und
eine noch strengere Diät. Gegen meine Krankheit, sagte er, helfe keine
Arznei, sondern nur Ruhe, Zeit und fettarme Kost. Meine Mutter
bekochte und versorgte mich, mein Vater schaute nach Feierabend
für eine Stunde zu mir herein und verbreitete den Holzduft aus seiner
Werkstatt im Zimmer. Auch meine Großeltern besuchten mich regelmäßig, aber nie zusammen, damit ich mehr von ihnen hätte. Doch
selbst wenn mich niemand besuchte – und das war die meiste Zeit der
Fall –, fühlte ich mich keineswegs einsam, denn dazu war ich viel zu
ermattet. Zu lesen gelang mir nur in kleinen Portionen, auch lag das
Buch, das meine Mutter mir beschafft hatte – Schwabs Sagensamm-
lung – mir jedesmal schon nach kurzem so bleiern in der Hand, daß ich
es auf den Fußboden gleiten ließ. Selbst zum Umblättern war ich oft
zu schwach. Einzig in meinen Träumen hatte meine Lebenskraft sich
voll erhalten, dorthin reichte meine Kraftlosigkeit nicht. Ich träumte
Schönes und Häßliches – und vor allem die sexuellen Phantasien, die
den Kranken im Wachen verschonten, suchten ihn im Schlaf heim.
Doch auch Wenzel kam in meinen Träumen vor: Einmal gingen wir
nebeneinander jenen Dorfweg hinunter, den mein Vater halb ernst-,
halb scherzhaft »Partisanenweg« nannte, meist verbunden mit der
Aufforderung, ihn zu meiden. Es war im Winter, ein Schlachttag. Vor
einem der Bauernhäuser, an denen wir vorüber mußten, hingen die
Schweinehälften vom Balken; Blut, mit Wasser vermischt, hatte sich
davor in einer Kuhle gesammelt und war gefroren, im Eis, wie hinter
rotem Glas, Büschel von Borsten, einzelne Zähne und sogar ein Auge.
Einige junge Männer, wohl die Metzgerburschen, versperrten uns den

Weg und griffen sich Wenzel. Ich ging auf sie los, schrie und schlug um mich, bis mein Freund wieder freikam. Darauf ergriffen sie mich und wurden von Wenzel geschlagen, so lange bis sich die zwei Größten auf ihn stürzten, und wir beide in ihren Händen waren. Kopfüber steckten sie uns in einen Schweinekorb, der leer und mit geöffneter Klappe nahebei stand. Der Korb, aus Weidengeflecht, wurde über uns geschlossen. Die jungen Männer hoben ihn vom Boden auf und schwenkten ihn mitsamt dem Inhalt hin und her, immer schneller, wilder, höher. Wir wurden im Stroh, das kotverschmiert war, herumgeschleudert und flogen mit den Köpfen gegen die Korbwände, brüllend aus Leibeskräften. In meinem Schrecken versuchte ich, mich an Wenzel festzuhalten, doch der stieß mich zurück. Irgendwann wurde der Korb wieder abgesetzt, man kippte uns einfach aus, zwischen Stroh und Schweinekot, und ließ uns laufen – aber wir konnten nicht laufen, sondern schlingerten über den »Partisanenweg« davon, prallten gegeneinander, strauchelten und hielten uns vor lauter Schwank- und Drehschwindel nur mit Mühe auf den Beinen …

Sobald Wenzel am ersten Ferientag aus dem Heim angekommen war, erzählte ich ihm diesen Traum, der mich so beunruhigt hatte, daß ich ihn nicht für mich behalten konnte. Seine Reaktion ist mir entfallen – doch Jahrzehnte später, bei unserem Treffen in Heilbronn, sollte Wenzel mir denselben Traum wiedererzählen: diesmal als wahre Geschichte, die er an meiner Seite durchlitten zu haben glaubte und die ich vor seinem Sohn Emanuel, wie er hoffte, als gemeinsames, ländlich rauhes Jugenderlebnis aus unseren Rotacher Zeiten beglaubigen würde.

Erst im Auto, während der Heimfahrt vom Bussteig in Roßweil, hatte meine Mutter ihm von meiner Krankheit berichtet. Nach seiner Ankunft war Wenzel gleich zu mir in die Wohnstube geeilt. Jetzt stand er, die Arme in den Seiten, vor meiner Bettstatt, starrte mich ungläubig und mit kaum verhohlener Enttäuschung an.

»Wann bist du wieder gesund?«, wollte er wissen.

Wie zur Antwort hob ich meine gelblichen Hände.

»Jure … Mensch, Jure!?«, schob er nach, halb bedauernd, halb fordernd. Doch auch sein stärkstes Macht- und Zauberwort – »Jure«! – würde mich nicht eher gesunden lassen.

Am Abend fragte meine Mutter ihn scharf:

»Hätten wir dir absagen sollen?«

Wenzel antwortete nicht.

»Willst du zurück ins Heim?«

Jetzt fuhr er auf, jetzt schien er zu begreifen.

»Nein!!«

Meine Eltern hatten vor Ferienbeginn durchaus überlegt, ob sie Wenzel benachrichtigen sollten, daß ich für längere Zeit krank sei. Doch mein Vater war schließlich dagegen gewesen, mit der Begründung:

»Er wollte doch *immer* zu uns in Ferien kommen. Bitte!«

Auch hatten sie Dr. Gabele gefragt, ob mein Freund sich bei mir anstecken könne. Kaum, war die Antwort gewesen, außer wenn er sich zu mir ins Bett lege … Hätte ich einen echten, einen leiblichen Bruder gehabt, wären mir solch peinliche Vorbesprechungen sicher erspart geblieben.

Anfangs wollte Wenzel sich mit meinem Zustand nicht abfinden. Er stürmte immer wieder in die Wohnstube und fragte mich, was wir unternehmen könnten.

»Nichts«, sagte ich, meine Trauer verbergend.

»Und spielen – Teppichliga!?«

Ich schüttelte den Kopf.

»Auch nicht vom Bett aus, wenn du raushängst?«

Meine Mutter ermahnte ihn, nicht an mir herumzuzerren. Er dürfe mich zwar besuchen, müsse aber Ruhe bewahren; auch könne ich nicht viel mit ihm reden, denn reden erschöpfe mich schnell … vielleicht wolle er ja *mir* etwas erzählen, aus dem Heim, von Schwester Thaddäa …

Fortan setzte Wenzel sich jeden Morgen nach dem Frühstück auf einem Stuhl an mein Lager und versuchte, so lange wie möglich bei mir auszuharren. Er saß weit nach vorn gebeugt und hatte seine Hände zwischen den Knien ineinander gekrampft; Schweiß glänzte auf seiner in Falten gelegten Stirn, unruhig wippten seine Füße, so daß unter ihnen das Parkett knarrte. Es gelang ihm nicht, ein Wort an mich zu richten. Ich meinte zu sehen, wie die Wörter an ihm vorbeizogen, hin und wieder öffnete er den Mund, um nach einem von ihnen zu schnappen und es festzuhalten. Doch er erwischte keins. Es blieb still zwischen uns; die Anspannung wuchs. Wenzel verlangte zuviel von sich. Vor Scheu schien er ganz starr geworden. Die Krankheit hatte mich lahmgelegt, er sah mich leidend, bedürftig, wortkarg – also in jener Rolle, in der oftmals er selbst sich befunden hatte, während ich herangebraust war, um zu helfen, zu retten, mit einer Saftflasche und mit guten Worten. Unversehens fühlte er sich gezwungen – am meisten vielleicht von meinen Eltern –, nun dasselbe für mich zu tun, mir seine Freundschaft zu beweisen, Trost zu spenden, die Zeit zu vertreiben, sich für den Kranken etwas auszudenken. Doch es gelang ihm nicht. Meine Krankheit legte auch Wenzel lahm und verschlug ihm, einmal mehr, die Sprache; nur so konnte er offenbar mit mir leiden, und wenn ich mich, geplagt vom ständigen Juckreiz des Gelbsüchtigen, kratzte, dann kratzte er sich wie ferngesteuert mit. Währenddessen hing sein Blick an meinen Lippen, als könne nur von dort das befreiende Wort kommen. Ich hielt diese absonderlichen Sitzungen nicht lange aus und schickte ihn mit einem fadenscheinigen Grund weg; erleichtert, aber auch beschämt stob er davon.

Von da an versuchte Wenzel, sich nützlich zu machen, etwa indem er meiner Mutter half, mich zu verpflegen. In ihrer Begleitung trug er mir das Essen herbei – Fisch, Spinat, Tee und Zwieback, eine Banane, weichgekochte Kartoffeln, Salatblätter mit ein paar Tropfen aus einer Zitrone –, schüttelte mir die Kissen auf oder lüftete den Raum. Er hatte sogar darum gebeten, seine eigene Mahlzeit im Krankenzimmer einnehmen zu dürfen, doch mit mir allein konnte er sehr bedrückt und verlegen sein. Wie groß war sein Schreck, als ihm auffiel, daß ich mich wundgelegen hatte. Auch traute er sich kaum noch, in mein Gesicht zu blicken; im Spiegel, draußen in der Küche, nach dem Waschen, sah ich selber, weshalb: spitz war es geworden, die Backen eingefallen, in den trüben Augen schwammen dottergelbe Schlieren. Ich verstand Wenzel – auch mir war mein Körper noch nie so furchteinflößend fremd, ja feindselig vorgekommen.

Meistens schlich mein Freund herum, als warte oder hoffe er sogar darauf, selbst krank zu werden. Abends, wenn er zu Bett mußte, trollte er sich mit gesenktem Kopf und ging allein in die Bubenkammer. Im selben Haus, doch voneinander getrennt, verbrachten wir unsere kostbaren Feriennächte. Es hatte ihn fast beleidigt, zu hören, daß ich bis zur ersten deutlichen Besserung meines Zustandes auch nachts im Wohnzimmer der Eltern bliebe. Ohne mich lag Wenzel droben im Dunkeln. Und zumindest vorläufig fanden keine Nachtgespräche zwischen uns statt, anders als sonst, wenn wir bei gelöschtem Licht von Bett zu Bett aufeinander einsprachen, beflügelt, ja mitgerissen von unserer im Finstern noch gesteigerten Phantasie. Aber auch tagsüber langweilte er sich, was ihm leicht anzumerken war, obwohl er geschäftig tat. So wie früher versuchte er, meinen Eltern bei der Arbeit zur Hand zu gehen, rannte aus der Küche in die Werkstatt und aus der Werkstatt in den Garten. Doch es gab nicht immer etwas zu tun für Wenzel. Darum bot er sich sogar an, mit meinen Großeltern Karten zu spielen, was er bislang stets verschmäht hatte. Wenn er einmal zu mir hereinschaute – Blitzbesuche waren inzwischen seine Spezialität geworden –, und ich ihn bat, ein wenig zu bleiben, rief er »Keine Zeit, keine Zeit – muß schaffen!«. Dennoch fühlte ich seinen Leerlauf, seine Ratlosigkeit, sein verzweifeltes Hoffen auf meine rasche Genesung. Und es kam mir in meiner Kissenburg so vor, als befände er sich in der gleichen Lage wie sonst ich: das geschwisterlose Kind, das alleine einen schulfreien Tag herumbringen muß, ohne Freunde, ohne Zerstreuung von außen, und sich dazu nur auf seinen eigenen Einfallsreichtum verlassen kann.

Zugleich verschaffte es mir Genugtuung, Wenzel so abhängig zu erleben, abhängig von mir, meinen Plänen und Ideen. Er brauchte mich wie einen Bruder – einen besseren Beweis für unsere brüderliche Zusammengehörigkeit konnte es eigentlich nicht geben.

Aber ich bedauerte Wenzel auch in seiner Hilflosigkeit und zwang mich, ihn gleichsam freizugeben und nicht länger mein Krankenlager umkreisen zu lassen. Aus Treue zu mir vermieste er sich die Ferien, und es wäre nicht gerecht gewesen, Wenzel in meiner Nähe zu halten, ohne ihm über Wochen hin etwas zu bieten zu haben. Also sagte ich:

»Willst du nicht unsere Mitkicker besuchen? Die treffen sich bestimmt oft auf dem Sportplatz … geh hin, spiel mit ihnen!«

Es war nun schon das zweite Mal, daß ich ihn wegschickte.

Doch anders als beim ersten Mal tat er gleichgültig, ja, mein Vorschlag schien ihn sogar mißtrauisch zu machen. Wir sprachen nicht mehr darüber. Wenn er einmal länger abwesend war, rätselte ich herum, ob Wenzel nicht auf dem Sportplatz sei oder am Badesee (von dort drangen oft Stimmen in mein Zimmer, aber seine war nicht darunter …) – jedenfalls gemeinsam und vielleicht glücklich mit diesen Jungen, die oft genug gezeigt hatten, wie sehr sie IHN wollten und wie wenig seinen Freund Max.

Allein schon deswegen war, was ich mir da auferlegt hatte, eine Mutprobe. Doch bei allen Ängsten – die Krankheit lehrte mich zum ersten Mal, Wenzel wenigstens eine Handbreit loszulassen und nicht immer nur meinem Wunsch zu gehorchen.

Mitte August zog ich für die Nächte wieder in die Bubenkammer. Es ging mir besser, auch wenn ich noch schwächlich war, mir bei kleinsten Anstrengungen der Schweiß davonlief und die Knie bebten. Jeden Tag blickte ich klarer aus den Augen. Meine Gelbfärbung hatte sich verflüchtigt, und auch meine Speckrollen waren verschwunden. So wie ich im Spiegel vor mir stand, gefiel ich mir – seit langem einmal wieder. Dr. Gabele meinte, daß ich jetzt »ausgeschlüpft« sei. Auch Wenzel, der gar nicht krank gewesen war, schien wieder genesen. Er wich mir nicht länger aus, und seine eigentümliche Befangenheit dem Kranken gegenüber – grad als hätte er Schuld auf sich geladen – war wie fortgeblasen.

Ich ahnte nicht, daß wir auf einen Ausbruch zulebten. Unsere Gespräche bei Nacht hatten ihm offensichtlich sehr gefehlt, jetzt nahmen wir sie wieder auf. Als erster ergriff Wenzel das Wort, und seine Rede erblühte im Dunkeln so klangvoll und stotterfrei wie selten zuvor. Scheinbar absichtslos erzählte er Geschichten aus dem Heim. Alle kreisten sie um ein einziges Thema: Sexualität – und man merkte ihnen an, daß sie über Wochen aufgeschoben und immer wieder vertagt worden waren; ein Drang, fast eine Wut steckte in diesen Geschichten, als seien sie ein Angriff auf mich und meine auch körperliche Unwissenheit. Tatsächlich kam ich aus dem Staunen nicht heraus. Mit seiner sturzartigen Rede, seinem vor Lust und Lüsternheit vibrierenden Ton, erschloß Wenzel mir das große Bruderhaus namens »Franzenshort« noch einmal ganz neu. Ich hatte keine Ahnung gehabt, was man im Nebel des Duschraums alles treiben konnte, an sich und an anderen, während einer Wache hielt, falls die Schwester auftauchte; oder was nachts im Sechserzimmer geschah, wenn Wenzel und seine Freunde in ihren Betten lagen, jeder in Rückenlage bereit zum Wettkampf, und auf »Los!« ging's los ...; oder daß sie ihre Längen maßen, dann verglichen, und bei Hakki dem Roßknecht das Lineal zu kurz war. Als Helden aber galten nur diejenigen, die es wagten »auf dem Mädchenstock herumzupirschen« und »Blicke zu erhaschen« – denn wer dabei erwischt wurde, mußte damit rechnen, aus dem Heim verwiesen zu werden.

Plötzlich brach Wenzel seine Erzählung ab und verfiel in Schweigen; er schien zu lauschen, auf die Wirkung zu warten, die sie bei mir tat. Aber ich schwieg ebenfalls. Meine Stirn glühte, als hätte ich noch einmal Fieber bekommen.

»Und du, Jure?«, fragte er sanft. »Hast du's auch schon mal gemacht, alleine oder mit anderen?«

Ich dachte gar nicht daran, ihm darauf zu antworten.

Da bot er mir an, es »zu zweit« zu machen.

Und hätte danach im Heim wahrscheinlich Bericht erstattet.

Als er nichts von mir hörte, wollte er wissen:

»Hast du schon mal gesehen, wie's *richtig* gemacht wird?«

Und als wieder keine Antwort kam:

»Vielleicht bei deinen Eltern – oder hast du sie wenigstens mal belauscht?«

»Nein! Du aber schon ...«, fuhr es mir heraus.

»Klar ... ganz nah.«

»In Grasers Haus?«

»Ja, da auch, aber nicht nur.«

Mir schoß durch den Kopf: Die Ida, die alte Hur' ...

So hatte ich es manchmal gehört, und jetzt fiel es mir wieder ein, scharf und schneidend, aber ich durfte es nicht sagen, so sehr es mich auch danach verlangte ... und schlug die Zähne in meine Lippen, bis ich Blut schmeckte.

»Also ich hab schon durchs Ofenrohr gehört, wie's dein Opa mit deiner Oma treibt, oft, wenn du schläfst ...«

Ich bedrohte ihn weiter mit meinem Schweigen.

»Und warum haben deine Eltern eigentlich nur ein Kind?«

»Deine haben doch auch nur eins, du Depp!«, rief ich.

»Aber die Mama hat viele.«

»Stottern die alle?«

Ich staunte über meine Bosheit noch mehr als über seine und drückte mir die Hand auf den Mund. Auch Wenzel verstummte. Mit Schweigen hielten wir uns für den Rest der Nacht gegenseitig in Schach. Doch alles, was in Minuten gesagt worden war, hallte noch länger wortlos im Raum nach – die Bubenkammer, der Ort so vieler Bruderträume, schien mir entweiht. Durch einen grundlosen Streit, nur um sich weh zu tun! Wir wußten jetzt, wo und wie wir einander treffen konnten, und hatten uns gezeigt, daß wir es wußten: Ich kenne deine Stelle! Sieh dich vor! Ob das notwendig ist, um erwachsen zu werden, also sich entzweien und wieder vereinigen zu können? Ziehen deshalb mit der Geschlechtsreife auch Gemeinheit und Gehässigkeit herauf und fordern ihren Anteil?

Was nun folgt, weiß ich auf Tag und Stunde genau: Es war am Morgen des 22. August 1968. Meine Mutter betrat, um uns zu wecken, die Bubenkammer ausnahmsweise einmal; sonst rief sie dazu draußen an der Giebelwand hoch oder klopfte mit dem Besen an den Fensterladen. Ich sehe noch immer, was ich damals beim Aufwachen an der Wand über mir erblickt habe: die ruhelosen Schatten der Blätter vom Kastanienbaum in unserem Hof. Auch höre ich immer noch den sorgenvollen Ton, in dem meine Mutter sagte:

»Heut nacht sind die Russen in der Tschechei einmarschiert – es gibt vielleicht Krieg!«

Jetzt würde auch ich, der einzig vom Krieg bisher Verschonte in meiner Familie, einen Krieg erleben ...

Mein Vater war noch ängstlicher und besorgter als meine Mutter. Er sagte, die Russen würden an der tschechischen Grenze bestimmt nicht haltmachen, sondern weitermarschieren, in den Westen, bis zu

uns. Fast zu jeder vollen Stunde kam er an den folgenden Tagen aus
der Werkstatt in die Wohnung herüber, und wir hörten zusammen
die Rundfunknachrichten. Mit angehaltenem Atem saßen wir am
Küchentisch, auf dem unser kleines schwarzes Transistorgerät stand.
Es tönte sehr leise, als wäre Radiohören zur Zeit untersagt, und wir
täten es heimlich. Beim Mittagessen lasen meine Eltern abwechselnd
aus der Zeitung vor. Doch nirgends war die Rede davon, daß ein Krieg
ausbrechen werde. Mein Vater wußte, warum:

»Die trauen sich alle nicht, uns die Wahrheit zu sagen! Wenn der
Russe marschiert, dann marschiert er … und hält erst am Atlantik
wieder!«

Ich wäre gern ins Dorf gegangen, um die Stimmung zu erkunden,
aber meine Mutter verbot es mir, da ich noch nicht wieder gesund sei.
Wenzel versuchte, uns mit dem Hinweis zu beruhigen, daß er regelmäßig hinauf zum Friedhof laufe, um von dort ins Tal zu schauen, ob
sich russische Panzer unserem Dorf näherten. Niemand lachte darüber.
Ich fragte auch meinen Großvater, ob es zum Krieg käme. Er zuckte
mit den Schultern und sagte nur:

»Bei uns gibt's nichts zu holen!«

In den letzten Augusttagen wollte mein Vater beobachtet haben,
»daß sie verstärkt fliegen«. Er meinte die Düsenjäger über dem Waldtal, das seit einigen Jahren Tieffluggebiet war. Normalerweise übte
vor allem die bundesdeutsche Luftwaffe über unseren Köpfen, deren
Flugzeuge leicht an ihren Balkenkreuzen zu erkennen waren. Jetzt,
sagte mein Vater, flögen auch immer mehr von unseren Alliierten mit,
Amerikaner, Kanadier und sogar Franzosen, wie man an den Hoheits-
zeichen sehen könne. Das sei der Beweis – denn alle trainierten sie
für den bevorstehenden Krieg! Von meinem Krankenzimmer aus war
kaum zu beurteilen, wer da alles flog, und meine Mutter ließ mich nicht
hinaus; sie verbot mir auf so herrische Art, aus dem Haus zu gehen, als
fürchte sie, ihr Sohn könne auf der Straße erschossen werden. Auch
gelang es mir nicht festzustellen, ob der Luftverkehr wirklich zuge-
nommen hatte. Von drinnen schien mir alles wie immer zu sein: etwa
jede halbe Stunde ein Flugzeug, mal der schrill heulende Starfighter,
mal der dumpf brausende Phantom, mal der röhrende oder auch

nagelnde Fiat – auf diese drei war mein Ohr vor allem geschult. Doch wenn sie über das Dorf fegten, war ihre Wirkung die gleiche: kleine Kinder fingen zu weinen an, Vieh brüllte auf, minutenlang klirrten die Fensterscheiben in ihren Rahmen und das Geschirr in den Schränken. An den schlimmsten Tagen hieß es: »Heut fliegen sie wieder niedriger als die Schwalben!« Mein Vater nannte die Tiefffliegerei: »Krieg ohne einen einzigen Schuß.« Manchmal konnte man den Schatten eines Jägers für Sekundenbruchteile groß und schwarz auf dem Kirchendach sehen – mich erinnerte er an einen Drachen und kehrte als solcher in meinen Träumen wieder. Einer der beiden Maurer Bareißer und Noll – sie hatten Stalingrad überlebt –, sollte bei einem Richtfest vom Firstbalken aus ein Beil oder einen Hammer »mit Indianerschrei«, wie behauptet wurde, nach einer der heranschießenden Maschinen in den Himmel geworfen haben. Und ich hatte zusammen mit Wenzel schon ein paarmal jene kahle Hochfläche in den Waldhügeln am westlichen Dorfrand aufgesucht, die »Hälberstelle«, die von den Düsenjägern in kaum fünfzig Metern Höhe überflogen wurde. Hier, im Herzen des Donners, konnte man sogar die Piloten in ihrem Cockpit sehen, ungerührt und unbeteiligt wie Puppen; wir sprangen ihnen – so hoch wir konnten – vom Boden aus noch entgegen und berauschten uns an dem von ihnen verursachten Lärm sowie an unserem eigenen Schrecken.

Gegen Ende der Ferien, als der Krieg noch immer nicht ausgebrochen war, stürzte einer der Tiefflieger ab. Es war ein Fiat vom Typ G 91, ein Zweisitzer der Bundeswehr – wir kannten die Maschinen, die uns täglich auf die Köpfe fallen konnten, genau (einzig das fliegende Dreieck namens Mirage kam uns nur selten vor Augen). Der Grund für den Absturz sollte »Vogelschlag« gewesen sein; ein Bussard, ein Sperber, eine Gabelweihe waren dem Jäger also angeblich ins Triebwerk geraten. Qualmend und kreischend schwankte die Maschine zur Mittagszeit mit viel zu wenig Fahrt über dem Dorf dahin und verschwand hinter der »Hälberstelle« vom Himmel; das wußten bald auch jene, die es wie ich gar nicht gesehen hatten. Kurz darauf rief die Sirene zum Feuerwehreinsatz, und mein Vater, der Kommandant, kam in die Wohnung gelaufen, um sich einzukleiden und seinen Helm zu greifen.

Wenzel wollte sich ihm unbedingt anschließen; seit mehr als einer Woche wich er meinem Vater nicht von der Seite, verbrachte Stunden bei ihm in der Werkstatt und saß nach Feierabend in der Küche fast auf seinem Schoß – den Blick lauernd an sein Gesicht geheftet. Mein Vater brauchte eine Weile, um Wenzel abzuwimmeln, der sogar versuchte, sich an sein Lederkoppel zu klammern. Wütend und enttäuscht rannte mein Freund schließlich davon, aber nicht ohne mir vorher zuzurufen, daß er dann eben auf eigene Faust nach dem abgestürzten Flugzeug suchen müsse. Wie gern hätte ich ihn begleitet, doch dazu fehlte es mir bei weitem an Kraft. Also drückte ich mich in der Wohnung herum, besuchte öfter meine Großeltern, lehnte mehrmals aus jedem Fenster des Hauses und schaute der Zeit zu, wie sie meine Geduld aufaß. Erst spät am Abend kehrten Wenzel und mein Vater zurück.

Es war bereits der zweite Düsenjäger, der bei uns im Tal abstürzte. Jahre davor hatte ein Starfighter sich in einen Waldhang gebohrt; sein Pilot war nicht zeitig genug mit dem Schleudersitz ausgestiegen, sondern hatte zugewartet, Dorf nach Dorf überflogen, um über unbewohntes Land zu gelangen – bis es zu spät gewesen war. Später sollte es ein Hubschrauber sein, der vom Himmel über dem Waldtal fiel, und mit ihm sechs amerikanische Soldaten, die alle dabei starben. Ihr Hubschrauber war vom Sog einer allzu tief fliegenden Phantom-Maschine erfaßt worden, wobei es ihm die Rotorblätter verbog oder zerriß.

Als Wenzel wiederkam, schritt er an der Hand meines Vaters und trug dessen Feuerwehrhelm auf dem Kopf. Er war ausgelassen, fast übermütig und trieb alle im Haus, auch meinen Großvater und meine Großmutter, in der elterlichen Küche zusammen. Eilig wurden wir von ihm um den Tisch herum plaziert, während Wenzel selbst mitten im Raum stehenblieb; den tief in seiner Stirn sitzenden Helm behielt er auf. Sein Bericht begann beim Ende: Es ist gut ausgegangen! Die Piloten sind mit dem Leben davongekommen! Diese Botschaft wurde oft wiederholt – ja, sie schien der vorrangige Zweck der Erzählung zu sein. Wenzel sprach laut und recht flüssig, wie bei einer seiner Fußballreportagen auf dem Stubenteppich, wenn er sich vorstellte, seine Stimme käme »aus dem Äther«. Stockte er einmal, verheddderte sich oder begann zu stammeln, rief mein Vater, noch immer erschöpft von seinem Einsatz, ein Stichwort in den Raum, das ihm weiterhalf.

Es war eine Geschichte voll unglaublicher Begebenheiten. So hörten wir, daß Wenzel zeitgleich mit den Bewohnern eines Waldweilers und einigen Feuerwehrleuten einen der beiden Piloten gefunden hatte: hängend in einem Baum, an seinen Fallschirmschnüren. Der Mann war verletzt – trotzdem sprach er vom Baum herab und flehte darum, daß man unverzüglich den zweiten Piloten suche, seinen Flugschüler, denn er sei nur der Lehrer, der Schüler aber sei wichtiger als der Lehrer … Wenn wir auf solche Nachrichten hin zweifelnd dreinschauten, wandte sich Wenzel sogleich an meinen Vater und rief ihn zum Zeugen auf; der Kommandant, von seinen Leuten längst über alles unterrichtet, konnte Wenzels Bericht in diesem und in anderen Fällen aber nur bestätigen.

Glücklicherweise war auch der zweite Pilot schließlich gefunden worden, in drei oder vier Kilometern Entfernung vom ersten. Auf der Suche nach ihm lief Wenzel allerdings mit jenem Trupp, der zu spät am Fundort eintraf; andere waren schneller gewesen und hatten den Flugschüler bereits in den nächsten Ort geschafft, nur der Fallschirm lag noch in einer Lichtung (unterwegs hatten sie in einem Hühnergarten schon den Schleudersitz entdeckt). Wenzel ging nun alleine weiter, weil er auch den zweiten Piloten noch sehen wollte. Doch nicht nur das: Er wollte sich ihm, nach seinen eigenen Worten, auch *zeigen*, und zwar als der »einzige junge Bursch«, der sich an dem Rettungseinsatz für ihn beteiligte. Und er fand ihn auch – in der Küche eines Bauernhauses, in dem sich außerdem mein Vater mit einigen seiner Feuerwehrkameraden aufhielt. Alle standen sie schweigend um einen Mann herum, der blaß am Tisch hockte und aß oder besser fraß: Büchsenwurst, Brot, Gurken und Senf. Dieser Mann war der Pilot! Er hatte nicht einmal aufgeschaut, als Wenzel eingetreten war. Bei ihm saßen die Bauersfrau sowie ihre Tochter und schmierten eine Stulle nach der anderen; trotzdem kamen sie kaum hinterher … Das schien uns dann doch zuviel des Schwanks, und wir lachten argwöhnisch – worauf Wenzel abermals meinen Vater um Hilfe bat, der uns erklärte, der Flugschüler habe nur darum so hemmungslos in sich hineingeschlungen, weil er unter Schock stand.

Am Ende hatte Wenzel mit allem recht behalten; mein Vater versicherte es ihm und uns noch mehrmals ausdrücklich: Die Piloten waren gerettet, der Düsenjäger, ohne weiteren Schaden anzurichten, im Wald zerschellt, und selbst die beiden vom Himmel gefallenen Schleudersitze hatten nur ein paar Hühner erschreckt. Wenzel genoß es, der Zeuge eines gerade noch abgewendeten Unglücks zu sein. Er schien sich zu freuen an Katastrophen, die nicht eintraten. Nicht minder genoß er es, als wahrhaftiger Berichterstatter gelobt zu werden – offenbar eine ganz und gar neue, ungewohnte Rolle für ihn. So endeten unsere Sommerferien 1968. Von heute aus scheint mir, mein Freund habe damals mit seiner auf guten Ausgang angelegten Geschichte vor allem die Unstimmigkeiten und Mißverständnisse der zurückliegenden Wochen aus unserem Gedächtnis vertreiben wollen. Auf diese Weise söhnte er sich mit uns aus und wohl besonders mit mir, dessen Krankheit ihm für die Dauer unserer Ferien viel Langmut, Treue und Bescheidenheit abgefordert hatte.

Und selbst die Kriegsgefahr war inzwischen vergessen.

14

Als ich nach den Sommerferien, die dank meiner Gelbsucht beinahe doppelt so lang gewesen waren wie sonst, wieder in die Schule kam, traute ich meinen Augen nicht. Im alten Klassenzimmer der III a, in dem ich mein Wiederholungsjahr zubringen sollte, erwartete mich, genau auf demselben Platz wie früher: Tassilo. Auch er war sitzengeblieben und trat mit dem heutigen Tag seinen zweiten Durchgang in der Dritten an – die »Ehrenrunde«, wie er mit einem Grinsen sagte, im Unterschied zu mir bereits bestens vertraut mit dem Jargon der Sitzenbleiber. Wir wurden also wieder Nebensitzer, auf denselben Stühlen und am selben Tisch wie im Jahr davor; Tassilo war an diesem Einschulungstag, der nicht mit der ersten Stunde begann, sondern um zehn Uhr mit einem Schulgottesdienst, extra früh im Gymnasium erschienen, um unsere ehemaligen Plätze zu belegen. Mich schauderte – so viel Wiederholung hätte um meinetwillen nicht sein müssen!

»Woher hast du gewußt, daß ich sitzenbleibe?«, fragte ich.

Das wollte er mir nicht verraten. Ich gestand ihm dagegen meine Überraschung, daß auch er sitzengeblieben war.

»Ja«, sagte Tassilo, »das hab ich nur wegen *dir* getan – damit wir wieder zusammen sind …«

Er ahnte nicht, wie nahe ich dran war, ihm zu glauben.

Dennoch wurde es ein gutes Schuljahr. Im Rückblick fällt mir kein einziger Zwischenfall ein, der mich mit Schrecken erfüllt hätte. Von den Problemlehrern war nur Schalkmann geblieben, der uns weiterhin in Englisch unterrichtete. Maier, der zweite Prügelpauker, tauchte in diesem Jahr überhaupt nicht an der Schule auf, es hieß, daß er auf Alkoholentzug geschickt worden sei. Schalkmann vermißte seinen Kumpan, zumindest schien es uns so, denn er gab sich zahm wie nie, besonders mich und Tassilo sowie zwei weitere Schüler aus der alten III a ließ er auffallend in Frieden – vielleicht machte es ihm auch einfach keinen Spaß, schon einigermaßen abgehärtete Sitzenbleiber zu plagen.

Die größte Erleichterung für mich aber war, daß Landquart nicht mehr Latein bei uns gab; ihm folgte das Fräulein Wandel, das auch unsere Klassenlehrerin wurde. Diese Frau, von unbestimmbarem Alter und mit dünnem, langem, aschgrauem Zopf, den sie sich gleich zweimal ums Haupt winden konnte, unterrichtete mein Angstfach ohne jede Ironie und Feindseligkeit. Sie versuchte lediglich, ihren Schülern Latein beizubringen, weil es im Lehrplan so vorgesehen war. Auch erzählte sie uns keine grausig-lustigen Römergeschichten, sondern ließ hin und wieder sogar durchblicken, daß sie dieses Heidenvolk nicht einmal mochte. Natürlich tat ich mich mit Latein auch darum leichter, weil es mein zweites Mal war. Ich kannte die gefährlichen Stellen – und mancher Wortklang, der noch vor Jahresfrist meinen Abscheu erregt hatte, tönte mir mittlerweile in den Ohren wie ein hübsches Echo aus der Vergangenheit. Eine fast schon vergessene Schülerfreude kehrte mir wieder, und ich fragte mich voll Übermut, wieso nicht jedes Schuljahr ein Wiederholungsjahr sein konnte … Daß Fräulein Wandel übrigens auch Leidenschaft besaß, war im Religionsunterricht zu erleben, den sie ebenfalls bei uns gab – da leuchteten die Augen einer Verkünderin aus ihrem hageren Gesicht (ein Glutblick, der mir von meiner Großmutter wohlvertraut war).

Entscheidend für den guten Verlauf unseres Wiederholungs-Schuljahrs waren jedoch zwei andere Lehrer – die ersten wirklich annehmbaren in Roßweil: Herr Wohlrauch und Fräulein Pillath; der eine wurde, ohne es zu ahnen, zu Tassilos Schutzpatron, die andere, wenigstens kurzzeitig, zu meiner Schutzpatronin. Wohlrauch unterrichtete uns, als Ersatz für Maier, in Mathematik, ein streng gescheiter Mann mit getönter Brille, der statt des üblichen Jacketts einen weißen Arbeitskittel trug und Tassilo an einen »Labormann« erinnerte. Außerdem führte Wohlrauch das immergleiche, kampfschildartige und mit einem Holzgriff versehene Geo-Dreieck aus Plastik mit sich sowie ein eigenes Kreidekästchen, das er hütete wie eine Schmuckschatulle und das auch mehrere farbige Kreiden enthielt, darunter sogar eine violette. Seine Tafelanschriebe waren beinahe Gemälde, und was er uns laut Lehrplan gerade zu erklären hatte, etwa beim Wurzelrechnen oder bei der Einführung von Gleichungen, wurde mit Farbe hervorgehoben. Wenn ihm eine Kreide abbrach, legte er die Stümpfe überaus sanft in sein Kästchen zurück. Und die Wandtafel durfte bei ihm nie flüchtig geputzt, sondern mußte richtiggehend gewaschen sein, eine

Aufgabe, die nach kürzester Zeit freiwillig Tassilo übernahm. Denn mein Freund schätzte diesen neuen Lehrer und fühlte sich von ihm ernstgenommen, sein Talent geachtet. Oft wurde er von Wohlrauch für seine Mitarbeit gelobt und glaubte, endlich als einer der besten »Mathe«-Schüler in der Klasse anerkannt zu sein. Tassilo zahlte es ihm zurück mit noch mehr Fleiß und Aufmerksamkeit – und legte dabei eine Nettigkeit an den Tag, die ich nicht bei ihm vermutet hätte. Seine Regel, sich von Lehrern immer nur mit Haß verfolgt zu sehen und deshalb in einem fort Widerstand leisten zu müssen, kassierte er stillschweigend für mindestens ein Jahr. Als ich ihn vorsichtig darauf ansprach, weil ich gegen Tassilo auch einmal recht behalten wollte, brummte er von der Seite:

»Ach, halt doch's Maul!«

Doch mir selbst erging es zu dieser Zeit nicht anders, auch ich fühlte mich zum erstenmal während meiner Gymnasialzeit angenommen und aufgewertet, wenngleich nicht in Mathematik, sondern im Deutsch-unterricht bei Fräulein Pillath. Genau wie unser Latein-Fräulein war dieses Deutsch-Fräulein eine eigentlich noch junge Frau, die sich jeden Tag als alte verkleidete, mit einem Haarknoten am Hinterkopf so groß wie ein Schwalbennest unter Bauer Bernroths Scheunendach. Dutt oder Zopfkranz, knarzige Knollenschuhe, hochgeschlossene Bluse, weite Wollweste und ein bis zu den Waden hinabreichender Rock – daraus bestand die verläßlichste Ältlichkeitstarnung unseres weiblichen Bildungspersonals. Doch von daheim wußte ich, wie es aussehen konnte, wenn ein Dutt aufging, und dachte mir das Fräulein Pillath abends in ihrem Schlafgemach binnen Sekunden überströmt von einem wahren Wasserfall aus Haaren.

Diese neue Lehrerin verhalf mir in nur wenigen Unterrichtsstunden zu einer Entdeckung, die mich zuerst in glückliches Staunen, dann aber in große Unsicherheit versetzte. Wir lasen mit ihr »Krambambuli«, die Geschichte einer zerreißenden Liebe zwischen Mensch und Hund, einer Liebe, die am Ende tötet. Diese Geschichte berührte mich nicht nur in bisher ungeahnter Tiefe, sondern riß mich auch zu begeisterter Mitarbeit hin. Es war eine Erweckung! Ständig mußte ich mich im Deutschunter-richt aus innerem Drang melden. Ich konnte nicht genug bekommen von meinen eigenen Beiträgen und wunderte mich über den Reichtum, den ich vorfand in mir – und so schien es auch meiner Lehrerin zu ergehen, die mich häufig lobte, immer öfter aufrief und außerdem dazu ermutigte, kühner und kühner zu reden. Wenn ich sprach, drehten manche Mitschüler sich sogar nach mir um, aber diesmal nicht aus Häme. So wurde von allen – mich selbst eingeschlossen – meine Textfühligkeit entdeckt; zum ersten Mal zeigte sich im Gymnasium ein Talent bei mir, das Talent, phantasievoll zu lesen, wenn auch ohne Methode. Doch meine Freude daran hielt nicht lange vor, bald mischte sich Verlegenheit darunter, mit der Zeit auch Scham und schließlich Angst.

Denn es kam mir rasch der Verdacht, genau jenen Fehler zu wiederholen, den ich zwei Jahre zuvor bei Fräulein Feistritz begangen hatte, nämlich vorlaut und zudringlich zu sein, um gekannt oder gar gemocht zu werden. Damit war ich gescheitert und hatte mich in der Folge ein für allemal darauf eingeschworen, meine Durchschnittlichkeit anzunehmen und mich mit ihr abzufinden – in der Hoffnung, zwischen den Leisen und Unauffälligen ohne größeren Schmerz ans Ziel zu gelangen. Doch jetzt war bei mir ein Talent bemerkbar geworden, ja, geradezu aufgeschossen, das über Durchschnitt und Mittelmaß hinauswies und mit dem man nicht unauffällig bleiben konnte. Ich genoß dieses Talent, lebte es aus mit pochendem Herzen – und brach meinen Schwur. Obwohl ich zu wissen glaubte, daß Auffälligkeit ins Unglück führt! Und einer wie ich in Roßweil nun einmal nicht zu denen gehörte, die auffällig werden und sich zu voller Größe erheben durften.

Also krümmte ich meinen Rücken und verstummte allmählich. Zwar ermunterte mich Fräulein Pillath noch oft, wieder emsiger mitzuarbeiten, doch hob ich von jetzt an nur selten die Hand, um etwas zu sagen, und falls sie mich direkt dazu aufforderte – zuweilen fast verärgert oder enttäuscht –, gab ich auf ihre Fragen nur knappe, spärliche Antworten, bei denen niemand sich nach mir umdrehte. Ich machte kaum noch Gebrauch von meinem Talent und erfreute mich nur heimlich daran, wenn auch stets mit einem Gefühl der Trauer und der Vergeblichkeit. Immerhin, so ließ man mich in Ruhe; zusammen mit Tassilo erreichte ich sicher das Klassenziel und wurde in die IV a versetzt.

Im nächsten Schuljahr setzten wir beide uns in einem neuen Klassenzimmer selbstverständlich wieder nebeneinander, diesmal aber auf Plätzen viel weiter vorne, in größerer Nähe zum Lehrerpult. Ohne Not gaben wir somit unseren räumlichen Abstand preis und deuteten Aufstiegsbereitschaft an. Und noch am ersten Tag forderte das Fräulein Wandel, das unsere Klassenlehrerin geblieben war, Tassilo und mich dazu auf, das Amt der sogenannten Kartenordner zu übernehmen. Kartenordner – das waren immer zwei und meist Jungen; sie mußten für den Erdkunde- oder den Geschichtsunterricht die nötigen Landkarten aus dem Kartenraum herbeischaffen, diese am Kartenständer aufhängen und nachher wieder wegbringen. Befand eine Karte sich nicht im Magazin, hatten die Ordner sie so lange zu suchen, bis sie gefunden war, oft genug in einem anderen Klassenzimmer, wo man sie nach Gebrauch nur eingerollt, aber nicht abgehängt und zurückgebracht hatte. Wir stöberten jede Karte auf. Die nachlässigen Kartenordner aber wurden von Tassilo angerempelt und ausgescholten – oder auch gezwungen, die jeweilige Karte in unser Zimmer zu tragen und dort am Ständer anzubringen.

Eines Tages suchte uns die Schulsekretärin auf und bestellte uns zum Direktor. Wir wurden bereits erwartet, unter anderem von der Klassenlehrerin der 3 b, Landquarts Ehefrau, sowie dem Kassenwart dieser Französischklasse, der Tassilo und mich mit wässrigen Augen beschuldigte, das Klassen-Kässchen samt dreißig Mark Inhalt gestohlen zu haben. Der ziemlich kleine, verängstigte Junge wies mit dem Finger auf uns, als habe er »die beiden da« beim Diebstahl beobachtet und erkenne sie jetzt wieder. Darauf ergriff der Stellvertreter des Direktors, Herr Keßler, der als oberster Ankläger der Schule galt, das Wort:

»Ihr habt euer Amt als Kartenordner mißbraucht, um auszukundschaften, wo das Kässchen steht – dabei hat man euch auch schon in anderen Zimmern gesehen! Im Klassenschrank, der dummerweise nicht abgeschlossen war, habt ihr das Kässchen schließlich gefunden und an euch genommen, wahrscheinlich in einer der großen Pausen … Los, gebt es zu, ihr Streuner! Jetzt ist ein Geständnis fällig!«

Wir leugneten die Tat und sagten damit die Wahrheit.

Der Stellvertreter des Direktors schlug Tassilo und mich jeweils mit der flachen Hand ins Genick, zog uns an den Haaren und stieß uns im Zimmer umher, während die anderen regungslos zuschauten. Ich sah meinen Freund von unten herauf bitterlich lächeln, mir selbst aber befahl ich: Bloß nicht flennen! Nach einer Weile wurde Fräulein Wandel, unsere Klassenlehrerin, herbeigerufen, vielleicht gestanden wir unsere Tat ja ihr. Alle Beschuldigungen wurden noch einmal vorgetragen, diesmal nur in größerer Lautstärke. Wir leugneten abermals und sagten wiederum die Wahrheit. Doch auch Fräulein Wandel glaubte uns nicht. Niemand glaubte Tassilo und mir. Unsere Schuld schien erwiesen. Und diese Schuld wuchs noch, weil wir nicht gestehen wollten. Unsere Klassenlehrerin schritt auch nicht ein, als wir noch einmal geschlagen wurden. Da es am Ende jedoch keinen einzigen Beweis gegen uns gab, blieb die ganz große Strafe – vermutlich Schulverweis – aus. Nur ein paar kleinere Strafen wurden verhängt: unser Kartenordneramt mußten wir aufgeben, unsere Plätze im Klassenzimmer räumen und nach hinten umziehen in die Loge für Störer sowie außerdem Tag für Tag die strafenden Blicke von Lehrern und Mitschülern aushalten, die an unsere Schuld glaubten – und das waren eigentlich alle. Immerhin, unsere Eltern wurden nicht verständigt, weil die Tat nicht bewiesen war. Und ich verlor zu Hause freiwillig kein Wort über diesen Vorfall, so weh mir auch sein mochte. Allein ein solcher Verdacht war eine Unehre, die ich niemandem in meiner Familie antun wollte. Doch auch mich selbst hatte dieser Verdacht getroffen wie nichts zuvor in meinem dreizehnjährigen Leben. Ich entdeckte mein Ehrgefühl; es war altdörflich, also ans gesprochene Wort gebunden, und galt in der Stadt anscheinend nichts. Meine Eltern und meine Großeltern hatten mich dazu erzogen, stets die Wahrheit zu sagen, und wenn ich etwas sagte – auch noch Auge in Auge mit einem Erwachsenen –, dann wurde mir geglaubt. Noch nie war mir auf eine so wichtige Frage mein Nein nicht abgenommen worden.

Als nach einigen Wochen das Kässchen der 3 b wieder auftauchte – von den dreißig Mark fehlte kein Pfennig –, tat niemand Abbitte bei uns. Tassilo und ich erfuhren davon durch zwei Mädchen aus dieser Klasse, die befürchteten, daß man uns die gute Nachricht vorenthalten wolle. Die beiden erzählten, der Kassenwart habe das Kässchen für eine Abrechnung mit nach Hause genommen, es dort angeblich verlegt und auch nach längerer Suche nicht wiedergefunden. In seiner Angst vor Strafe sei er zur Klassenlehrerin gelaufen und habe das Kässchen als gestohlen gemeldet.

Wir warteten auf eine Entschuldigung. Als keine kam, nicht nach einem Tag, nicht nach einer Woche, ließ Tassilo seine alte Regel wieder in Kraft treten. Er hatte sie inzwischen erweitert: unsere Feinde waren nun nicht mehr allein die Lehrer, sondern ebenso die Mitschüler, ja, eigentlich alle Menschen in unserem näheren Umkreis. Mir, dem Erwachsenenkind, wollte diesmal kein Grund einfallen, der gegen die neue Regel sprach; ich fühlte mich viel zu müde und abgestumpft, um noch gerechte Unterschiede zu machen. Jetzt mußten gröbere Antworten her! Und gemeinsam schlenderten Tassilo und ich in den Kartenraum, ohne vorausgegangenen Beschluß, grad als würde einzig der Instinkt uns leiten. Dort nahmen wir die zusammengerollten und säuberlich aufgehängten Karten von ihren Haken, umfaßten sie mit beiden Händen am einen Ende und schlugen sie mit aller Kraft über das eiserne Geländer der Treppe, die hinunter zu einem Notausgang führte. Wie das krachte, fetzte, splitterte! Und wie in den Karten Löcher aufplatzten, Risse entstanden, das innerste Gewebe hervortrat und die hölzernen Querstangen barsten. Wie fein diese Dinge doch gearbeitet waren … Auch fochten wir miteinander, kreuzten besonders die kurzen Karten wie Ritter ihre Schwerter und schlugen uns damit lustvoll die Finger wund; die Überreste flogen zum Fenster hinaus, an der Waldseite des Schulparks, wo sich nur selten jemand aufhielt. Anschließend begaben wir uns selbst dorthin, schleppten den Kartenabfall seelenruhig ins nahe Wäldchen und zündeten ihn an. Die ganze Zeit über wartete ich auf Gewissensbisse und andere Hemmungen aus meinem Innern – doch nichts regte sich, keine Angst stieg auf in mir, ich empfand über unser Tun nichts als eine teerschwarze, giftigsüße Freude.

Tassilo war stolz auf mich und sagte:

»*Du* solltest mein Bruder sein, Max – nicht dieser Streber!«

Bald war auf den Schulgängen von wüsten Zerstörungen im Kartenraum die Rede, doch an Tassilo und mich schien dabei niemand zu denken. Wir wurden immer vorwitziger bei unseren Streichen, so wie Leute, die ihre Hoffnung aufgegeben und durch eine Art fröhlicher Verzweiflung ersetzt haben. Keinen Moment dachten wir an die Folgen unseres Tuns, sondern fühlten uns so sehr im Recht, daß wir gar nicht merkten, wie wir uns mehr und mehr ins Unrecht setzten.

Vizedirektor Keßler besaß einen braunen Hut aus Wildleder, den wir aus seinem Zimmer entwendeten. Kaum verhüllt trugen wir diesen Hut ins Schulwäldchen und legten ihn an einer uneinsehbaren Stelle auf die Erde, mit der Öffnung nach oben. Dann pißten wir ihn voll, jeden Tag mehrere Male, wenn möglich bis zum Rand. Tassilo wollte ihn nach zwei, drei Wochen mit Haarspray noch einmal so in Form bringen, daß Herr Keßler, ohne etwas zu merken, ihn wieder tragen konnte. Doch das erwies sich als vergebliche Hoffnung – wir sprayten und sprayten, doch unser Duft war nicht mehr zu vertreiben. Also warfen wir Keßlers Hut in den Fluß und grüßten ihn zackig, während er langsam unterging.

Und auf meinen Wunsch hin durchsuchten wir die Vitrinen mit den naturwissenschaftlichen Lehrmitteln nach jenem ausgestopften Taubenstößer, den die Schule mir verdankte; wir fanden ihn auch, nahmen ihn mit und klemmten ihn im Wäldchen auf einem Ast fest, wo er trotz seiner Glasaugen wieder aussah wie lebend. Längst war das eigentlich verbotene Wäldchen zu unserem bevorzugten Pausenaufenthalt geworden war. Wer sich sonst noch hier herumdrückte, etwa zum Rauchen oder zum Knutschen, also auch ältere Schüler, wurde von uns verjagt, das heißt: von Tassilo, der gleichsam die starke Hand unserer Zweimannbewegung war, *meine* Macht war lediglich von ihm geliehen.

Von Tassilo stammte auch der Einfall, das Kofferradio, das er beinahe täglich in die Schule mitbrachte, vollaufgedreht in unserem Klassenschrank einzuschließen und darauf zu warten, wie sich in diesem Lärm der Lateinunterricht von Fräulein Wandel gestaltete – ihre Stunden störten wir am liebsten, nicht selten bis sie weinte. Erst als mein Freund vorschlug, das Fräulein selbst im Klassenschrank einzusperren, verweigerte ich ihm die Gefolgschaft und wurde von ihm einmal mehr als Feigling beschimpft. Doch sonst schreckte mich, zu meiner Verwunderung, kaum noch irgendeine Grenze.

Klassenkameraden, die sich über uns beschwert hatten, paßten wir im Klo ab und verprügelten sie zur Strafe. So lernte ich doch noch das Prügeln, Rippenstoßen und Ohrenschnalzen, späte Lektionen des Einzelkinds, dem die Gewalt bisher fremd gewesen war und das sie immer verabscheut hatte.

Fast jeder, auf den ich losging, hätte es mit mir aufnehmen können, wäre da nicht Tassilo gewesen, mein Beschützer, ohne den ich mich besser nirgendwo sehen ließ; so wuchsen wir noch enger zusammen. Meinem Freund blindlings zu folgen, fiel mir schon bestürzend leicht, und nie hätte ich angenommen, derart lenkbar und verführbar zu sein. Um mir selbst die Illusion meiner Unabhängigkeit zu bewahren, versuchte ich bisweilen, Tassilos Einfälle abzuwandeln oder zu verfeinern; so wurde die »Klobürstenattacke« erfunden. Was ich gar nicht schaffte, war, ihm zu widerstehen oder wenigstens stand- und dauerhaft zu widersprechen; offenbar fehlte es mir dazu an Erfahrungen aus dem Geschwisterkampf.

Immer öfter schwänzten wir den Unterricht und trieben uns in der Stadt herum. Auch dort griffen wir Schüler an und einmal sogar eine Schülerin, ein Mädchen aus einer der Roßweiler A-Familien. Wir nahmen ihm den Ranzen weg und hängten ihn weit über Kopfhöhe in einen Baum; das Strickjäckchen, das sie in der Hand getragen hatte, riß ich ihr fort und warf es in den Fluß. Dafür mußte ich sechs Stunden nachsitzen – den Preis für das Jäckchen bezahlte ich auf Raten von meinem Taschengeld. Wir besuchten auch Kneipen, etwa »Zeltwangers Villa«, in der Tassilo bereits einen Platz am Stammtisch einnehmen durfte, und soffen Bier; anschließend schleppten wir die dort gehörten Zoten in die Schule ein und verbreiteten sie lautstark. An manchen Tagen blieben wir schon von der großen Pause an dem Unterricht fern. Und längst rauchten wir öffentlich – nicht selten die Zigaretten unseres Biologielehrers Bopp, die wir ihm aus der Schachtel geklaut hatten. Es hagelte Einträge ins Klassenbuch; im ersten Halbjahr hatte allein ich rund zwanzig davon angehäuft. Noch einige Zeit vor unserem Schulausflug im Herbst 1969 teilte Fräulein Wandel meinem Freund und mir mit, daß wir dabei nicht erwünscht seien. Auf dem Pausenhof zeigte man inzwischen mit Fingern auf uns. Vor allem natürlich aus Abscheu – doch wurden wir auch als Leistungsverweigerer und Rebellen bewundert. Einige stadtbekannte Wildlinge aus den höheren Klassen ermutigten uns sogar, noch radikaler vorzugehen. Schlechte Leistungen und schlechtes Benehmen galten seit neuestem als politischer Widerstand. Das verstand ich zwar nicht, aber es schmeichelte mir.

Um noch mehr zu beeindrucken, trug ich beim Schulgang hin und wieder das schwarze Ami-Lederjäckchen mit den vier Generalssternen, das Wenzel gehörte und das er auf mein Bitten hin in Rotach gelassen hatte, damit ich es ebenfalls anziehen konnte. Da ich mich mit diesem Bomberjäckchen vor meinem Vater nicht sehen lassen durfte, versteckte ich es in der Waschküche und zog es erst über, wenn ich aus dem Haus ging. Doch auch auf dem Pausenhof kam das lackglänzende, eng auf Hüfte geschnittene Kleidungsstück mit den silbernen Blechsternchen auf den Schultern nicht gut an; vor allem ältere Schüler wollten es mir sogleich vom Leib reißen, »wegen Vietnam«, wie sie erbost sagten.

Im Vergleich dazu gingen Lehrer und Schulleitung nicht besonders hart gegen uns vor, weshalb ich in den Irrtum verfiel, wir hätten uns Respekt verschafft oder würden sogar gefürchtet – doch wahrscheinlich dauerte es nur eine Weile, bis man sich angesichts unseres Gewaltausbruchs wieder faßte. Im Gegensatz zu Tassilo war ich auch blöd genug, zu glauben, daß mein noch recht passabler Notenschnitt sich halten ließe. Ich wollte ein Pausenflegel sein und trotzdem locker das Klassenziel erreichen! Wie weit wir bereits abgestiegen waren, blieb zumindest mir verborgen. Dabei hätte ich nur meinen Lernplatz betrachten müssen: Tiefe Kerben verunzierten den Tisch, mein Schreibmäppchen war außen mit Drohparolen beschmiert und inwendig ein Trümmerhaufen (ich achtete darauf, daß es meinen Eltern nicht unter die Augen kam), die Handschrift in meinen Heften verhunzt und nur noch schwer lesbar; und selbst meine Pausenbrote, Morgen für Morgen von meiner Mutter zubereitet, wurden von mir geschändet, indem ich sie im Park an Fische und Vögel verfütterte oder einfach wegwarf – so umfassend war mein Zorn, daß ich selbst das Brot nicht mehr heilig hielt, wozu man mich daheim doch erzogen hatte.

Meine Eltern schienen von alldem nichts zu ahnen. Sie durchschauten mein Doppelleben nicht, das auf immer mehr großen Lügen und kleinen Schwindeleien aufgebaut war. Wenn ich nachsitzen mußte, erfand ich einen kurzfristig anberaumten Nachmittagsunterricht; wurde ich von der Klassenfahrt ausgeschlossen, brach ich frühmorgens trotzdem mit gepackter Mappe zur Schule auf und verlebte mit Tassilo einen wüsten Tag in der Stadt. Kaum hatte man mich in der Kässchen-Affäre zum Lügner gestempelt und damit tief verletzt, schon fing ich tatsächlich mit dem Lügen an und empfand fast nichts dabei. Das war meine gründlichste Verwandlung: Ich wurde der, den man in mir sah … Manchmal, wenn auch nur selten, saß ich bei der Heimfahrt ratlos im Bus und hoffte nur noch, alles möge bald auffliegen und ich von meiner Falschheit erlöst werden. Aber nichts geschah – mein Doppelleben ging weiter, grad als wäre es meine geheimste Bestimmung, zwei Leben zu führen: zu Hause das des stillbraven Jungen, in meiner Schulstadt das eines kotzwütigen Rabauken.

Meine Eltern glaubten mir wohl vor allem deshalb, weil sie selbst mich zur Wahrheit erzogen hatten; ebenso war ich in der unbeirrbaren Gewißheit aufgewachsen, daß sie mir rückhaltlos vertrauten. Warum sollte ihr Sohn lügen, wenn er ihr Vertrauen besaß? Wundersame Logik elterlicher Liebe! Auch würde er die Bildungschance, die sie ihm gegeben hatten, niemals durch läppische Unwahrheiten gefährden. Und außerdem – solange meine Noten halbwegs ihren Wünschen und Hoffnungen entsprachen, muß alles, was daheim von mir gab, glaubwürdig geklungen haben. Nur bei meiner Großmutter war ich vorsichtig; ihr, die mein Gewissen schon von weitem lesen konnte, wich ich oft mit Blicken aus und schaute ins Leere. Bang wurde mir auch, wenn mein Vater oder meine Mutter oder gleich beide zu einem Elternabend fuhren. Doch selbst in diesem Schuljahr brachten sie keine schlechten Nachrichten von dort – allerdings wäre mir nie der Gedanke gekommen, daß mein Sturz schon beschlossen sein könnte, und ich nur noch ein wenig an meiner Fallhöhe arbeiten durfte. So dachte ich später voller Selbstmitleid, als mir endlich auch auffiel, daß mein Roßweiler Treiben sich sonderbarerweise nie bis in unser Dorf herumgesprochen hatte. Kein Wort meiner aus Rotach stammenden

Mitschüler sowie ihrer Eltern war je bis zu meiner Familie durchgedrungen. Dabei hatten sie doch alles gewußt und mich ganz offensichtlich in eine von mir selbst gestellte Falle tappen lassen.

Tassilo schien gleich nach unserer Demütigung als vermeintliche Kässchen-Diebe jeden schulischen Ehrgeiz aufgegeben zu haben. Doch mit dem endgültigen Bruch zögerte mein Freund noch, höchstwahrscheinlich meinetwegen. Einmal sagte er:

»Ich komme nur noch in die Schule, weil du da bist.«

Und beim nächsten Mal war aus seinem Mund zu hören:

»Ich warte nur noch auf die Gelegenheit, einen Lehrer kurz und klein zu hauen!« Dabei dachte er zu meinem Entsetzen vor allem an Schalkmann, den einstigen Boxer, in dessen Unterricht wir es bisher noch nicht gewagt hatten, zu stören.

Dann wieder malte Tassilo sich aus, mit mir zusammen fortzugehen; »weg von der Schule, weg von daheim«, so lautete seine Losung mehr als einmal in der Woche. Auch wollte er wissen, wie ich mir meine Zukunft vorstellte.

»Ich mach hier das Abitur«, antwortete ich mit trotzigem Schulterzucken. Tassilo lachte über meine Unverbesserlichkeit und schüttelte grimmig den Kopf. Doch ich vertraute nach wie vor auf den Grundvertrag meines Lebens: Bildung für fehlende Geschwister ... als wäre dieser Vertrag durch nichts aufzuheben; aber das brauchte in Roßweil niemand zu wissen, das betraf nur mich und meine Eltern.

Erst sein Jähzorn ließ meinen Freund deutlicher werden: Er brauche keine Bildung und keinen Beruf, rief Tassilo, sowenig wie eine Familie, er brauche nur einen Kameraden, auf den Verlaß sei und der alles mit ihm teile, auch den Schmerz, auch das Leiden.

Aber ich wollte nicht verstehen und schwieg. Er schwieg ebenfalls, weil er anscheinend nicht noch deutlicher werden konnte. So ahnte ich nur, daß er auf meinen begeisterten, freiwilligen Zuspruch wartete: Jawohl, ich bin dabei! Das wollte er hören – und außerdem: Ich begehe mit dir den großen Streich, der uns endgültig zusammenschweißt ... Aber dazu war ich zu ängstlich (Tassilo hätte gesagt, zu feig).

Wenig später fing er an, mir Geschenke zu machen. Ich begriff sofort, daß er von jetzt an auf diese Art um mich warb. Doch jedesmal, wenn er mir etwas Neues schenkte, schien auch sein Zorn wieder geweckt zu werden, so als erinnere er sich an meine ärgerlichen Schwächen, über die er mir hinweghelfen mußte. Nacheinander erhielt ich von ihm draußen im Park einen Sportbogen nebst drei gefiederten Pfeilen mit Eisenspitze, ein Besteck aus mehreren Wurfmessern sowie ein Luftgewehr samt Munition und Zielfernrohr – und zu allem jeweils ein edles Futteral. Ich heuchelte Freude, während der Schreck mir in die Glieder fuhr. Tassilo freute sich an meiner scheinbaren Freude – so leicht war er zu betrügen –, doch woher die Geschenke stammten und mit welchem Geld sie bezahlt waren, das wollte er mir nicht sagen. Zum erstenmal verwünschte ich ihn, wenn auch nur insgeheim. Die Waffen abzulehnen, gelang mir nicht; wieder einmal war der Bruderbedürftige zu weich zum Enttäuschen und Zurückweisen. Da ich sie aber auch nicht einfach mit nach Hause tragen konnte, mußten sie verschwinden. Also stieg ich dreimal hintereinander unter allgemeinem Gespött bereits ein Dorf vor Rotach aus dem Bus und suchte abseits der Talstraße nach einer Scheune, in der ich namentlich das Gewehr und die Messer mitsamt ihren Hüllen verstecken konnte; Pfeile und Bogen schob ich im Vorübergehen kurzerhand in einen Reisighaufen, als wären es dürre Zweige. Dann lief ich auf Feldwegen wie gehetzt meinem Dorf entgegen, ohne je wieder eins der Verstecke aufzusuchen oder gar ein neues finden zu müssen; denn es kamen keine Geschenke mehr.

Seit knapp drei Monaten lagen wir im Krieg mit unserer Schulwelt, und zumindest ich fühlte mich ausgelaugt, ja, geradezu zerfressen von einer um Dauer bemühten Wut – da erhielt Tassilo von der Schulleitung ein Ultimatum. Ich kannte dieses Wort nicht und fragte, was es bedeute. Er antwortete:

»Wenn ich keine Ruhe gebe, flieg ich von der Schule.«

»Und warum ich nicht?«

»Weil du zu brav bist, Mäxle …«

Von da an trieb Tassilo es noch schlimmer als zuvor. Das einzige, was er sich nicht gestattete, war die angeblich so ersehnte Schlägerei mit Lehrer Schalkmann. Mein Freund hätte mich zu gern noch einmal mit sich gerissen, aber mir fehlte inzwischen die Kraft und wohl auch der Haß sowie die Empörung für einen weiteren Aufruhr an seiner Seite.

Schon kurze Zeit, nachdem Tassilo das Ultimatum gestellt worden war, trat uns in der Stadt ein junger Mann in den Weg, in dem ich seinen älteren Bruder erkannte, jenen Spitzenschüler, der auf der letzten von uns nicht geschwänzten Schulfeier einen Preis bekommen hatte. Er schaute uns mit bösem, aber auch tränenvollem Blick an und sagte: »Ihr zwei, ihr versaut mir alles! Wegen euch kann ich mich bald nicht mehr sehen lassen in dieser Schule ...«

Dann sprach er gezielt zu mir, etwa mit diesen Worten: »Weißt du überhaupt, was du tust, du Mitläufer? Du folgst dem da blind – und stachelst ihn wahrscheinlich auch noch an! Das Ultimatum hat der doch nur gekriegt, weil ich für ihn um Gnade gebeten hab. Sonst wär er gleich rausgeflogen! Und was glaubt ihr Dummköpfe, wer ein gutes Wort für ihn eingelegt hat, damals, als er fast den Herrn Maier schlug? Die ganze Stadt ist gegen meinen Bruder und will ihn los sein. Unsere Eltern verzweifeln noch an diesem ... *Verbrecher* ...«

Das letzte Wort war lauthals gestöhnt – doch anders als ich befürchtete, fuhren die beiden sich nicht an die Kehle. Tassilo, blaß geworden, zog mich weg, indem er sagte:

»Du siehst ja, was für ein Idiot das ist. Warum kannst du nicht mein Bruder sein?«

Mit meinem Halbjahreszeugnis vom Februar 1970 wäre ich gerade noch versetzt worden; meine Eltern waren enttäuscht, konnten sich aber nicht vorstellen, daß ihr Sohn die von ihnen erhaltene »einmalige Chance« – längst eine stehende Redewendung bei uns – von nun an nicht mit noch mehr Fleiß und Entschiedenheit nützen werde.

Als ich am ersten Schultag nach den Osterferien frühmorgens mit dem Bus in Roßweil einfuhr, erblickte ich meinen Freund Tassilo bereits am Ortseingang durchs Fenster – grad als hätte er sich eigens für mich dort postiert. Hochaufgereckt, breitbeinig und rauchend stand er vor den Tanksäulen des größten Autohauses der Stadt. Er trug Arbeitskleidung: Werkstattschuhe, Blaumann sowie eine Lederjacke, die mir noch nie an ihm aufgefallen war. Von der Bushaltestelle aus rannte ich sofort zu dem nur einige hundert Meter entfernten Autohaus, traf Tassilo aber nicht mehr an. Erst in der Reparaturwerkstatt, zu der ich mir, kurzentschlossen an zwei, drei Lehrlingen vorbei, Zutritt verschaffte, fand ich ihn. Und bevor der Meister mich mit erhobenem Schraubenschlüssel wieder hinauswies, konnte ich ihm noch die Frage stellen:

»Was machst du hier?«

»Ich lern jetzt Automechaniker!«

Im Klassenzimmer der IV a besetzte ich von nun an alleine unseren Platz. Niemand wollte ihn mit mir teilen, was mich nicht verwunderte. Die meisten meiner Mitschüler schienen eher enttäuscht, daß nur Tassilo einen Schulverweis erhalten hatte. Zwar sprachen sie es nicht offen aus, aber es war ihren Gesichtern abzulesen, wenn sie sich wie auf Absprache im Rudel nach mir umdrehten, damit ich gewiß nicht vergäße, was sie für mich empfanden. Keiner von ihnen hatte vergessen, daß Tassilo und ich ihren Unterricht nicht nur gestört, sondern oft genug zerstört hatten. Schon bald hielt ich den Blicken stand und schaffte es manchmal sogar, zu grinsen oder Grimassen zu schneiden. Jeder sollte wissen, daß ich keineswegs am Ende war. Was wollten sie, immerhin hatte man mich nicht rausgeworfen?! Doch ich übertrieb es und zog mir noch mehr Verachtung zu, weil ich mich als Tassilos Opfer darzustellen wagte – das schien der Klasse dann doch zuviel des Hochmuts und der Heuchelei.

Und als hätte mein wiederentdeckter Ehrgeiz sich bis zu den Lehrern herumgesprochen, befahl mich eines Tages das Fräulein Wandel, unsere Klassenlehrerin, zu sich und sagte zu mir unter vier Augen:

»Mach dir keine falschen Hoffnungen, Stollstein. Du erreichst das Klassenziel nicht – dafür wird gesorgt!«

Sie sagte es so entschlossen, daß auf ihrem Kopf die Haarkrone wackelte. Außerdem bohrte sie mir dabei ihren Zeigefinger fest in die Brust, und jedesmal wenn ich nachher fassungslos an diese Szene dachte, spürte ich auch diesen Fingerstich wieder.

Tassilo besuchte mich während seiner Mittagspausen noch oft am Bussteig, doch fanden wir wie zufällig nie die Zeit, ausgiebig miteinander zu reden. Auch wenn er hin und wieder grob und fordernd war – einmal lief er mit geschwungener Faust einige Meter neben dem Bus her und schlug gegen die Scheiben –, so konnte ich mitten in diesem zähen, von mir ersehnten Abschied doch zum ersten Mal in ganzer Stärke fühlen (mit den Worten meiner Großmutter), »wie lieb und wert« ich ihm war, weit mehr als umgekehrt. Irgendwann tauchte er nicht mehr auf, und ich war froh darum. Erst viel später sollte ich ihn einige Male wiedersehen oder wieder von ihm hören, jenem wohl einzigen Menschen, dessen Wunschbruder ich einst gewesen war – und mit Schrecken wurde mir dabei von Mal zu Mal mehr bewußt, was mir gedroht hätte, wenn wir so unzertrennlich geworden wären, wie Tassilo es sich erträumte:

Das erste Mal, drei oder vier Jahre nach unserer Roßweiler Schulzeit, trafen wir im Zug aufeinander, zufällig, wie mir schien. Tassilo stieß mich den Gang entlang und pöbelte gegen meine »Pazifistenklamotten«;

das zweite Mal, kurz vor meinem Abitur, fuhr er, wiederum zufällig, auf dem offenen Pritschenwagen des Jugendgefängnisses in meiner Schulstadt Hall an mir vorüber. Er trug Häftlingskleidung und grüßte mich höhnisch von oben herab;

das dritte Mal, zwanzig Jahre danach, richtete meine Mutter mir »herzliche Grüße« von ihm aus. Sie waren ihr von einer jungen Metzgersfrau aufgetragen worden, die im Rotacher Dorfladen an der Fleischtheke arbeitete und bei der Tassilo das Futter für seine Schäferhunde bezog;

das vierte Mal, gleichfalls in den Neunzigern, schickte meine Mutter mir einen Bericht aus der Heimatzeitung, in dem zu lesen war, daß der mehrfach vorbestrafte, in Roßweil ansässige Tassilo T. vor dem Landgericht in Heilbronn von einer Anklage wegen Totschlags freigesprochen worden sei, »aus Mangel an Beweisen«;

das fünfte Mal hörte ich von ihm, als er wieder grüßen ließ;

das sechste Mal, als er wegen Drogenbesitzes ohne Bewährung verurteilt wurde;

und das siebte Mal, im Sommer 2003, als meine Mutter mir seine in der Zeitung erschienene Todesanzeige zusandte, unterzeichnet von seinen Brüdern (es gab da offenbar noch einen zweiten, den ich nie kennengelernt hatte) sowie seiner Mutter. Tassilo war im Alter von nicht einmal fünfzig Jahren gestorben, »nach langer schwerer Krankheit«, und wurde in Roßweil beigesetzt.

Es dauerte ein paar Tage, bis Fräulein Wandels Worte ihre volle Wirkung entfalteten. Ich erschrak, daß man mir so übel wollte. Was konnte ich tun? Das war eine unmißverständliche Ankündigung gewesen, und wenn sie zutraf, würde ich am Ende des Schuljahrs wieder sitzengeblieben sein. Aber noch schlimmer – von der Schule verwiesen werden, weil man zwei Klassen hintereinander nicht wiederholen konnte! Diese häßliche Folge war unter allen Schülern, nicht nur den Sitzenbleibern, so bekannt, daß sie von Fräulein Wandel nicht eigens hatte erwähnt werden müssen. Gut und fleißig zu lernen, wäre also aussichtslos gewesen. Wenn mein Untergang in Roßweil mir schon sicher vorherbestimmt schien, dann brauchte es eine andere Lösung, eine, die jenseits aller von mir bisher anerkannten Grenzen lag. Und mein vermeintlich rettender Einfall war, daß ich meine Klassenlehrerin überraschend daheim besuchen und überzeugend darum bitten mußte, ihre Ankündigung zurückzunehmen.

Doch dazu mußte ich zuerst herausfinden, wo das Fräulein wohnte. Ich schlich ihr also nach Schulschluß auf ihrem Heimweg hinterher. Wie groß war meine Enttäuschung, als sie nur zum Bahnhof ging, in den nächsten Zug stieg und davonfuhr. Mußte sie gerade heute verreisen? Am nächsten Tag tat sie wieder dasselbe. Offenbar wohnte sie gar nicht in Roßweil. Ich fragte am Schalter, wohin der Zug, der in diesem Moment den Bahnhof verließ, fahre. Er fuhr nach Backnang, unsere damalige Kreisstadt, nicht weiter. Ich kaufte mir zum ersten Mal im Leben eine Zugfahrkarte – Backnang hin und zurück –, die eine Woche lang gültig war; das dafür nötige Geld hatte ich mit Lügen von meinem Großvater erbettelt. Zwei, drei Tage darauf bestieg ich in einigem Abstand hinter Fräulein Wandel den Zug. An jeder Station mußte ich nachsehen, ob sie ihn wieder verließ, und beim Blick aus dem Fenster mein Gesicht mit den Händen bedecken. Wir fuhren bereits eine Stunde, als es endlich soweit war. Ich stieg ebenfalls aus und folgte ihr umsichtig durch das mir fremde Dorf, bis ich meine Klassenlehrerin in einem mehrstöckigen, düsteren Haus, das aus Backsteinen gemauert war, verschwinden sah; mochte sie darin zu Hause sein … Dann fuhr ich zurück – für meinen Besuch bei ihr würde ich noch einmal neu Anlauf nehmen müssen, denn dafür reichten meine Kräfte an diesem Tag nicht.

Ich entschied mich, die rund zwanzig Kilometer zu Fräulein Wandel mit dem Fahrrad zu bewältigen, meinem ockergelben zehngängigen Rennrad vom Typ Staiger »Milano«, das ich mir von den Geldgeschenken zu meiner Konfirmation gekauft hatte. Schnell und entschlossen, aber auch sehr alleine, überquerte ich zunächst die so dicht bewaldeten wie dünn besiedelten Wolfenbrücker Berge und kam in das Städtchen Murr, wo ich mit meinen Eltern schon einmal auf einer Beerdigung gewesen war; von dort aus mußten die Straßenschilder mich leiten. Die Zeit, die für meine Reise vonnöten war, hatte ich mir daheim wiederum mittels Lügen verschafft; nie würden meine Eltern von diesem Gang erfahren.

Die Tür – oder wohl eher Pforte –, die in das große, so gar nicht dörfliche Backsteinhaus führte, in dem ich das Fräulein Wandel vermutete, stand weit offen; nirgends war eine Hausglocke oder ein Namensschild zu entdecken. Ich betrat über eine breite Steintreppe das Gebäude und sah gleich, daß es sich um eine Schule handelte – kaum zu glauben: meine Klassenlehrerin hauste auch privat in einer Schule! Die Zimmertüren waren einladend geöffnet, doch weit und breit keine Schüler und auch kein Lehrer; es wurde gelüftet, und überall waltete die Stille eines Nachmittags im hohen Frühling. Ich folgte dem Schild »zur Lehrerwohnung« und stieg durchs Treppenhaus hinauf, bis ich oben unter dem Dach vor einer Tür mit dem Namen Wandel stand und an der Klingelschnur zog.

Ich wähnte mich gut vorbereitet und hatte allerhand Möglichkeiten durchgespielt, vom Bitten um Gnade über das Mitleidschinden bis hin zum geschickten Aushandeln einer allerletzten Chance. Auch meine Mittel waren sorgfältig bedacht worden – das Erwachsenenkind hatte ja Erfahrung genug: Langsam und leise würde ich sprechen, mitunter in flehendem Ton, und dabei auf keinen Fall vergessen, ein weiches, verletzliches Bubengesicht herzuzeigen; nur Kniefälle waren zu vermeiden.

Doch jedes Wort, das, in welchem Ton auch immer, gesprochen wurde, ist mir längst entfallen. Ich kann mich nur noch daran erinnern, daß wir viel geschwiegen haben. Fräulein Wandel, die auch zu Hause ihren Zopfkranz trug, fuhr sich vor Schreck mit der Hand ans Kinn, als sie ihren ungeliebtesten Schüler vor der Türe stehen sah. Sie bat ihn trotzdem herein, bot dem Verschwitzten ein Glas Hahnenwasser an und hieß ihn, wenn auch widerwillig, Platz nehmen, nur wenige Schritte entfernt von einer alten Frau im Sessel, die sie als ihre Mutter vorstellte. Die Alte blickte mich neugierig und keineswegs unfreundlich an; sie freute sich wohl über den unverhofften Besucher. Fräulein Wandel setzte sich neben sie, so nahe, als müsse sie ihre Mutter beschützen – vor mir! Und da erkannte ich, daß meine Klassenlehrerin sich fürchtete, daß meine Anwesenheit in ihrer Privatwohnung sie tief verschüchterte, zum Schwitzen und zum Beben brachte. Ihre Angst und ihre Spannung übertrugen sich auf die alte Mutter, die rasch aufhörte, mich freundlich und sogar mit einem Lächeln anzuschauen. Was war ich in ihren Augen – ein junger Gewaltmensch im Stil der Zeit? Ein Mörder? Ein Geiselnehmer? Anscheinend besaß ich eine Macht, die ich mir nie zugetraut hätte. Bedrohlich, so schien mir, waren doch immer nur die anderen! Wie konnte ich denn bedrohlich sein? Und wie konnte man mich anders sehen, als meine Eltern und meine Großeltern mich sahen? Oder ich mich selbst? Diesen Max hätte auch meine Klassenlehrerin erkennen sollen, das war die Hoffnung gewesen, hier, bei sich daheim, fern vom Gymnasium, in aller Ruhe. Doch in ihren angsterfüllten Augen ließ sich nur entdecken, daß es diesen Max nicht mehr gab, daß er sich verlaufen und verloren hatte zwischen all den Bildungsreichtümern, und ärmer als ich ausgezogen war, würde ich heimkehren.

Die Ankündigung, mich von der Schule zu drängen, wurde von Fräulein Wandel während meines Besuchs weder bestätigt noch zurückgenommen. So kam zu allem, was mich bereits bedrückte, auch noch die Qual des Hoffens. Im Unterricht würdigte diese Lehrerin mich fortan keines Blicks und keines Wortes mehr, nicht einmal eines geringschätzigen. Selbst das Abschlußzeugnis ließ sie mir von einem Schüler aus der vordersten Reihe an meinen Platz tragen.

Mir den Rest zu geben, war einfach: Kurz vor Schuljahresschluß wurde eine mündliche Prüfung in Biologie – nicht in Latein, wie ich es erwartet hatte – angekündigt, um, so »Bio«-Lehrer Bopp, meinen »wahren Wissensstand« zu ermitteln. Ich war in diesem Fach auf einem

Klassenarbeitsschnitt von 4,2 gestanden, besaß aber, wie Bopp während der Prüfung sicher erkannte, »ein Talent zum Schlimmeren«; so handelte ich mir für mein Abschlußzeugnis in Biologie eine verdiente 5 ein! Das war aber ein Fünfer zuviel, einer, der nicht ausgeglichen werden konnte. Auch drei andere Schüler wurden der »natürlichen Auslese« (Bopp) einer mündlichen Sonderprüfung unterworfen; im Pausenhofjargon hieß dergleichen übrigens »Runterkorrigieren«. Alle kannten anscheinend diese Methode, doch niemand beklagte sich darüber; auch meine Eltern hätten sich nicht beklagt, weil sie doch glaubten, daß es in der Welt höherer Bildung nicht ungerecht zugehen könne … Von den vier geprüften Schülern war ich nun zwar nicht der einzige, der sitzenblieb, aber der einzige, der nicht wiederholen konnte. Unser Direktor teilte es mir mit, mündlich, und er berief sich spröde auf Paragraph 6, Absatz 2 der Versetzungsordnung; meine Eltern, so fügte er hinzu, würden es in den letzten Tagen des Schuljahrs per Post erfahren. Punktum und raus! Fast zwei Wochen lang fuhr ich jeden Tag im Bus nach Hause – stets in dem sicheren, mich ganz und gar ausfüllenden und beinahe zum Bersten bringenden Wissen: Heut ist der Brief da! Aber er sollte erst am letzten Schultag eintreffen. Bis dahin schaffte ich es nicht, meinen Eltern zu sagen, was auf sie zurollte.

An einem der letzten Tage auf dem Gymnasium hatte ich noch ein Erlebnis, das mir auf unbestimmte Art Hoffnung machte für die Zukunft, ein Zeichen, ein Vorausweis auf Kommendes … Wir lasen im Deutschunterricht bei Fräulein Pillath zu der Zeit die »Fragen eines lesenden Arbeiters« von einem Bertolt Brecht, meine erste Begegnung mit einem modernen Gedicht – reimlos, nicht liedhaft, ganz kurze und ziemlich lange Verse, irgendwie wohlgeordnet und doch befremdlich. Die erste Strophe, als Gebilde auf meiner Lesebuchseite, war sehr umfangreich, ein wahrer Wörterblock, die zweite schon schmaler und feiner, die dritte nur noch ein einziger Vierzeiler, die letzte winzig, verschwindend, fast zerbröselnd. So etwas hatte ich noch nie gesehen, noch nie gelesen; es erregte mich auf ungeahnte Weise und ließ mich trotzdem ratlos. Ich versuchte, das Gedicht laut zu sprechen – die Fragezeichen sollten mir dabei helfen. Ich hielt mich an ihnen fest, schwang vom einen zum andern. Manche Sätze mußte man lesend erst zusammenbauen, auch um Ecken herum, über Klüfte hinweg, und indem man Großbuchstaben für Kleinbuchstaben nahm. Doch wie das schließlich klang! Wie eine Rede, geschrieben für mich. Ich deklamierte, bald auch stehend; Gesten fielen mir dazu ein, Kopfbewegungen, Gesichtsausdrücke. Bis ich das Ganze auswendig konnte, was bei mir nicht lange dauerte, da meine Auswendigkraft in der Kindheit gut trainiert worden war. Jetzt hatte ich sie wiederentdeckt. Welch ein Glück! Was für eine Gänsehaut! Das erste starke und echte Glücksgefühl meiner fünfjährigen Gymnasialzeit; aber zu spät.

In der nächsten Deutschstunde, am äußersten Ende des Schuljahrs, als wir ein letztes Mal über die »Fragen eines lesenden Arbeiters« redeten, meldete ich mich und sagte ohne Vorwarnung dieses Gedicht auf, im Stehen, fehlerfrei, gewaltig intoniert; die Fragezeichen sah ich gleichsam vor mir in der Klassenzimmerluft vibrieren. Niemand unterbrach mich. Etliche meiner Mitschüler drehten sich noch einmal nach mir herum, doch wollte ich ihre Gesichter nicht mehr sehen und blickte darüber hinweg. Danach herrschte Stille – als Antwort, auf die von mir vorgebrachten Fragen. Mir war, als hätte ich allen eine Lektion erteilt, gewissermaßen in eigener Sache und mit Hilfe eines Gedichts, das für mich sprach. *Mein* Sklavenaufstand war das gewesen. Fräulein Pillath drohte mir lächelnd, fast zärtlich mit dem Zeigefinger und sagte:

»Stollstein, ich sehe dir an der Nasenspitze an …«

Doch was, sagte sie nicht.

Das mußte als Abschiedstrost genügen.

Am letzten Tag, als der blaue Brief, der eigentlich schmucklos weiß war, endlich mein Elternhaus erreichte, ließ ich in meiner Schulstadt den Bus abfahren und walzte die ganze Strecke zu Fuß nach Haus. Auch den Stracken-Attl, der mich unterwegs aufgreifen wollte, winkte ich grob vorbei. Die heutige Heimkehr sollte eine schmerzhaft langsame sein, meinem Scheitern, wie ich glaubte, einzig angemessen. Meine Eltern warteten in der Werkstatt auf mich, Mutter hatte – eigentlich undenkbar – nichts gekocht, Vater keinen Hunger. Sie waren ahnungslos gewesen bis zum Schluß, selbst auf einem der Elternabende, den sie noch besucht hatten, war ihnen nicht eröffnet, ja nicht einmal angedeutet worden, wie es um ihren Sohn stand. Jetzt hielten sie mir, gleichsam zu vier Händen, das Schreiben des Direktors entgegen. Am härtesten traf sie, daß ich ihr Vertrauen nicht wert gewesen war, sozusagen das Urvertrauen der Eltern zu ihrem einzigen Kind. Der großzügig mit mir abgeschlossene Vertrag – Bildung für fehlende Geschwister – schien ein für allemal geplatzt, die Chance, die ich für meine bisher bildungschancenlose Familie hätte nutzen sollen, blieb ungenutzt ... und so brachte ich Schande über uns alle ... katapultierte uns gleichsam zurück ins Mittelalter ... unser Befreiungsversuch aus der Enge von mindestens zwei Handwerkerjahrhunderten war an mir gescheitert ... erst allmählich begriff ich, wieviel Rettung und Erlösung von mir allein abgehangen hatte ... und ahnte, daß ich schon bald auch erleichtert sein würde, all diese bisweilen unerträglichen Pflichten endlich losgeworden zu sein und im Müll unserer Illusionen wiederzufinden.

»Dann wird er jetzt Schreiner!«, rief meine Mutter.

Sie sagte es keineswegs strafend oder wutentbrannt, sondern vielmehr gerührt, so als ginge ihr ein langgehegter Wunsch unverhofft doch noch in Erfüllung.

Mein Vater, der die ganze Zeit über mit Tränen in den Augen auf und ab gegangen war, lief plötzlich los, griff sich von einem Stapel ein vierkantiges Holz, einen sogenannten Rahmenschenkel, und hieb damit – nein, nicht auf mich, sondern auf seine Maschinen ein, daß Splitter und Spleißen nur so herumflogen. Er keuchte und schrie; erst nach einer Weile verstand ich, daß er mir, mit dem allmählich in Stücke gehenden Holz immerfort um sich hauend, seine Arbeitsleiden aufzählte: die mir schon bekannte Staubfresserei von früh bis spät, den faustgroßen Leistenbruch, der notdürftig von einem Bruchband zugehalten wurde; eine von der Fräse schwer versehrte Hand, die in der Kälte dunkelblau anlief; oder auch Hörschäden, dauernd verschleimte Bronchien, einen Zehn- bis Zwölfstundentag sechs mal in der Woche, das Schaffen-bis-zum-Verrecken, die Not, ständig seinem Geld hinterherlaufen zu müssen, die Verachtung der Idioten, der Neid der Proleten, ein ewig unruhiger Schlaf und kaum freie Zeit ...

»Willst du das? Willst du das?«, brüllte mein Vater quer durch die Werkstatt; und gab darauf selbst, als er sich wieder einigermaßen gefangen hatte, die Antwort, die eindeutig an meine Mutter gerichtet war: »Nein, *eine* Chance kriegt er noch!«

Die folgenden Sommerferien verbrachte ich fast vollständig im größten Sägewerk unsers Dorfs, als erster Ferienarbeiter und für drei Mark achtzig auf die Stunde. Das hatte mein Vater mir abverlangt, gewissermaßen als Bußtat – schwere Arbeit als Buße, damit kannte er sich aus. Mein Arbeitstag dauerte von sieben Uhr morgens bis sechs Uhr abends, wobei ich überwiegend im Freien tätig war, in Sonne und Regen, auf dem Vermessungsplatz, an den Gatterkanälen, durch die ich Stämme heranzuflößen hatte, oder beim Bündeln von Schwarten und anderen Holzabfällen. Nach Feierabend war ich todmüde, und die Kraft, die ich durch die schwere Arbeit erwarb, sollte sich erst Wochen später wohltuend bemerkbar machen. Meine Pausen durfte ich im sogenannten Ofenloch verbringen, einem engen, fensterlosen Raum unter der Schleifbude, der nicht beheizt werden konnte. Im Ofenloch waren die drei Sonderlinge des Sägewerks zu Hause, drei alte Männer zwischen sechzig und siebzig, die mich täglich mit hinunter nahmen und die ich duzen durfte: Gustav, Wilhelm und der einäugige Karl (das andere Auge hatte mit ihrem Horn eine Kuh ihm ausgestoßen). Wir verspeisten gemeinsam unser Vesper – wie die Brote meiner Mutter mir nun wieder schmeckten! –, tranken Bier aus Flaschen und spielten manchmal Skat. Baumstümpfe dienten uns als Tische und Stühle. Das ganze Sägewerk wunderte sich, daß die drei mich in ihr verqualmtes Refugium ließen, das etliche Meter unter der Erde lag, nur über eine steile, unsichere Eisentreppe zu erreichen war und manchmal durch eine Dole mit dem stinkenden Wasser aus den Sägemühlenkanälen vollief. Ich nahm das Geschenk der Alten dankbar an und wurde dort unten nach nichts gefragt, mußte nichts erzählen, nichts erklären; sowieso war mir alle kindliche Geschwätzigkeit in den Roßweiler Schuljahren vergangen. Meine Gastgeber wußten von mir zwar den Namen, sie benutzten ihn aber nie, sondern nannten mich wie aus einem Mund »Rübezahl«, weil ich mit ihnen unterirdisch hausen durfte. Auch war ich im Ofenloch all den richtenden oder spottenden Blicken entzogen, durch deren Spalier ich, der »Oberschulversager« – so hatte man mich auf der Straße einmal genannt –, droben im Dorf derzeit oft mußte.

Abends, daheim in der Küche meiner Eltern, hatte ich viel zu erzählen. Bisweilen saß Wenzel mit dabei, dessen Heimzeit vorüber und der nun ganz bei uns eingezogen war; stumm vor Staunen hörte er, was ich in meiner Roßweiler Schulzeit alles erlitten hatte. Auch er hörte es zum ersten Mal und sein Blick schien zu sagen: Wie kann ein Glückskind nur so viel Pech haben, Max – Leid und Elend waren doch immer mein Fach gewesen und nicht deins?! Wochenlang ging der Stoff mir nicht aus. Und immer wieder beharrte in unserer kleinen Runde mein Vater darauf, daß ich meine so lang vor ihm und meiner Mutter verschwiegene Schulgeschichte ohne Auslassungen vortrug; streng sagte er:

»Wir wollen alles hören – nur nicht daß du unschuldig bist!«

Viertes Kapitel

1

Nach meiner Rückkehr aus Heilbronn Ende März 2008 entsann ich mich, daß Wenzel in unserer Kindheit manchmal erwähnt hatte, seine Mutter stamme aus Bayerisch Eisenstein. Und selbst ihr wunderlicher Mädchenname war mir im Gedächtnis haften geblieben: Hoiblik lautete er; von Wenzels Vater hingegen wußte ich nichts, außer daß er nach Kriegsende ebenfalls aus dem ehemaligen Sudetenland geflüchtet oder vertrieben worden war, allerdings nicht, aus welcher Stadt oder aus welchem Dorf. Voller Bewunderung hatte ich als Kind den gewichtig von der Zunge rollenden Ortsnamen wieder und wieder nachgesprochen. Und noch heute glaube ich, etwas von der Kraft zu spüren, die Wenzel damals aus diesem Namen sog, um sein Fremdsein unter uns besser auszuhalten: EI-SEN-STEIN – während *meine* Mutter aus einem kleinen, unweit von Rotach in den Waldhügeln gelegenen Weiler kam, der den niedlichen Namen *Seehölzle* trägt.

Ein Blick in den Straßenatlas ergab, daß dieses Eisenstein am östlichen Rand Bayerns, unmittelbar an der deutschen Grenze zur Tschechischen Republik liegt, also in Deutschland – unmöglich konnte man nach dem Krieg von dort vertrieben worden sein. Ich rief auf dem Eisensteiner Rathaus an und fragte nach einem Geschichtskundigen dieser Gegend; man nannte mir, ohne nachdenken zu müssen, einen Mann namens Wudy, der dort und dort im Zwieseler Winkel wohne und dessen Telefonnummer bei der Auskunft mühelos zu bekommen sei. Wenn ich schon Wenzels Geschichte schreiben wollte, dann nicht, ohne die Vorgeschichte wenigstens seiner Mutter zu erforschen, vielleicht war es ja möglich, diesen spröden Menschen mit dem Ergebnis zu beeindrucken.

Franz Wudy nahm selbst den Hörer ab, als ich anrief. Mit überraschend grobem, mißtrauischem Ton wollte er wissen, was man von ihm wünsche. Auch redete er unmäßig laut, mit einer geschult klingenden, volltönenden bayerischen Volksschauspielerstimme, in der ein schlecht unterdrückter Groll mitzuschwingen schien. Noch öfter sollte dieser rauhe, zürnende Ton mich erschrecken – bis ich gelernt hatte, den Mann einzuschätzen. In respektvoller Kürze fragte ich, ob er mir dabei helfen könne, etwas über eine Frau mit dem Namen Hoiblik, Ida, geboren um 1920, in Erfahrung zu bringen, die Mutter meines einstigen Pflegebruders Wenzel; auch erwähnte ich noch die Ungereimtheit, daß diese Frau zwar eine Heimatvertriebene gewesen sein solle, merkwürdigerweise aber nicht von tschechischem, sondern von deutschem Boden aus vertrieben wurde, nämlich von Bayerisch Eisenstein. Mit strenger, unerbittlicher Stimme gab Wudy mir darauf zwei Antworten.

Zuerst sagte er ohne erkennbare Regung:

»Was Sie eine Ungereimtheit nennen, ist ganz einfach zu erklären. Viele Vertriebene haben im späteren Leben behauptet, aus Bayern zu kommen, weil sie nicht als Böhmen, Sudetendeutsche oder gar Tschechen gesehen und das heißt: verachtet werden wollten. Doch sind sie genauso barfuß gegangen wie wir!«

Und seine zweite Antwort lautete:

»Rufens mich in einer Stunde wieder an.«

Auf die Minute genau, die Uhr in der Hand, meldete ich mich wieder, und Wudy hatte mir folgendes mitzuteilen, so stoffreich, dicht und eilig, daß ich, um mit dem Protokollieren nachzukommen, Kurzschrift benutzen mußte: Ida Hoiblik war in der Tat eine Vertriebene oder ein Flüchtling gewesen, endgültig lasse sich das jetzt noch nicht abklären, sagte Wudy, doch er werde die Wahrheit schon herausfinden, sein Leben drehe sich seit zwanzig Jahren fast ausschließlich um Eisensteiner Schicksale. Nicht im mindesten schien er daran zu zweifeln, daß sie die von mir gesuchte Frau war.

Geboren wurde Ida Josefa Hoiblik am 5. April 1921, als älteste Tochter des Sägereiarbeiters Josef Hoiblik und seines (ja, so redete er) *Eheweibs* Filomena, geborene Klaubholzner, und zwar in Markt Eisenstein, einem Nachbarort von Bayerisch Eisenstein, der zwei, höchstens drei Kilometer nordöstlich davon liegt, unmittelbar hinter der deutsch-tschechischen Grenze, im einstigen Sudetengebiet. Heute sei dieser Ort, durch den seit 1877 die – vom kommunistischen Regime später für Jahrzehnte unterbrochene – Bahnlinie zwischen Innerböhmen und Bayern führt, auf normalen Reisekarten nur noch unter seinem tschechischen Namen Železná Ruda zu finden. Vor dem Krieg habe dieses Eisenstein, dessen Name vom längst aufgegebenen Eisenbergbau herrühre, mit all seinen Teilgemeinden rund viertausend Einwohner gehabt, darunter einige wenige Tschechen und Juden.

Die Ida kam im Haus Brunnengasse Nummer 163 zur Welt, das zur damaligen Zeit entfernten Verwandten von ihm, Franz Wudy, gehört habe. Sie wuchs mit drei jüngeren Geschwistern heran, zwei Buben und einem Mädchen; vier weitere Geschwister verstarben bereits im Säuglingsalter. Anno 1930 zog die Familie um ein Haus weiter, nach Nummer 164, ins sogenannte Doktor-Geldner-Haus, das die Hoibliks käuflich erworben hätten, vermutlich weil es ein weitaus größeres Anwesen war und ihnen den nötigen Platz bot – bisweilen wohnten unter dem Dach dieses langgestreckten, zweistöckigen, mit dunklen Brettern verschalten und mit Schiefer gedeckten Hauses bis zu vierzig Personen aus dem stark verzweigten Hoiblik-Clan zusammen; dieser Clan lebte mehr schlecht als recht von der Landwirtschaft, die erwachsenen Männer verdingten sich meistens als Fuhrleute, Holzhauer oder Glasschleifer. Heute diene das ehemalige Haus der Hoibliks übrigens als Bordell, wie es im Grenzland viele gebe.

Diese Hoibliks, fuhr Wudy fort, ohne auch nur sekundenlang abzusetzen, waren in Markt Eisenstein keine von den alteingesessenen Familien. Wahrscheinlich seien sie aus dem heute zerstörten und unbewohnten Dorf Roisko, nahe dem Bergkirchl St. Maurenzen im tieferen Böhmerwald, zugewandert, ungefähr im Jahr 1890, weil sie sich in der Region an der Grenze, die damals noch die Grenze zwischen dem Habsburgerreich und dem deutschen Kaiserreich war, ein auskömmlicheres Leben erhofften. *Wenz(e)l* – so habe in deutsch-böhmischen Großfamilien pro Generation jahrhundertelang immer mindestens *einer* geheißen. Erst nach der Vertreibung sei dieser Name allmählich ausgestorben; man könne sagen, daß er auf fremdem Boden dauerhaft keinen Halt fand. Und der Nachname Hoiblik lasse ohne weiteres die Vermutung zu, daß es sich um eine Familie mit beiderlei Wurzeln, deutschen und tschechischen, handle.

Idas Vater, der Josef, arbeitete die meiste Zeit als Platzmeister, also Vorarbeiter oder Kapo in verschiedenen Sägewerken vorwiegend auf der deutschen Seite, so etwa in der »Sachsensäge« von Bayerisch Eisenstein; dort dürfte sein Lohn um einiges höher gelegen haben als im ärmlichen Sudetenland, das vom tschechoslowakischen Staat, dem es 1918 ungefragt einverleibt worden war, ökonomisch niedergehalten wurde.

Doch Vater Hoiblik könnte auch darum in Deutschland Arbeit angenommen haben, weil er hin und wieder Abstand zu seiner Sippe brauchte, deren häusliches Durcheinander ihm wahrscheinlich öfter den letzten Nerv raubte. So blieb er bekanntermaßen nicht selten über Nacht weg, trank mehr als er vertrug (und er vertrug viel), prügelte sich und ging wohl auch ein bißchen fremd; wenn also diese Hoibliks noch in der nächsten und übernächsten Generation unregelmäßige Leute mit Neigung zum Streunen und Herumtreiben hervorbrachten – und so hätte ich es ja angedeutet –, dann zeige sich darin zweifellos das ungute Erbe von Idas Vater Josef Hoiblik.

Die Ida selbst, sagte, ohne Atem zu schöpfen, Franz Wudy, habe 1939, nicht lange nach Kriegsbeginn, den gleichaltrigen Wehrmachtssoldaten Alfred Heim aus Speyer kennengelernt. Sie war damals gerade erst achtzehn Jahre alt und verdiente ihren Lebensunterhalt mutmaßlich als Kellnerin in Bayerisch Eisenstein. Die Tschechoslowakei hatte 1938, nach dem Münchner Abkommen, das Sudetenland an Hitlers Reich abtreten müssen und war im Frühjahr darauf von deutschen Truppen überfallen und besetzt worden. Inzwischen betrieb die Wehrmacht im deutsch gewordenen Eisensteiner Hochtal eine stattliche Anzahl von Lazaretten, die in den vielen leerstehenden Hotels und Ferienheimen untergebracht waren, in Erwartung von immer mehr Verwundeten aus den Kriegsgebieten im Osten. Der Soldat Alfred Heim könne einer der ersten Verwundeten gewesen sein, die in diesem Lazarettdorf aufgenommen wurden; vielleicht sei er ja dort auf

Ida Hoiblik getroffen, die sich womöglich als Krankenpflegerin oder Küchenhilfe hatte anwerben lassen, weil das Kellnern in diesen Zeiten nicht mehr genug abwarf.

1940, am 28. *Erntemond* (wie er für August sagte) wurde Ida ein erstes Kind geboren, ein Knabe, den man auf den Namen Gerhard taufte. Es war ein uneheliches Kind, das der Soldat Heim, ein Protestant, jedoch ohne Umstände als das seinige anerkannte. Erst zwei Jahre darauf hätten Ida und Alfred geheiratet, man könne annehmen, daß es eine Fernheirat gewesen sei, wie sie bei Soldatenehen damals häufig vollzogen wurde. Jedenfalls trugen von diesem Zeitpunkt an Mutter und Sohn den Nachnamen Heim, ebenso wie die übrigen Kinder, denn er, Wudy, sehe da bis spätestens Anfang 1945 unzweifelhaft noch mindestens zwei, wenn nicht drei weitere Kinder zur Welt kommen – ein Segen, wenn man in friedlichen Zeiten lebe … mit drei oder vier Kindern also, das jüngste wahrscheinlich sogar noch als Säugling auf ihrem Arm, müsse Ida Heim, geborene Hoiblik, zusammen mit aberhundert anderen schließlich aus dem Eisensteiner Hochtal vertrieben worden oder geflüchtet sein, einer ungewissen Zukunft entgegen, er nehme an (und dann wieder so eine Formel) *im Jahre des Herrn* 1946.

All das werde in den nächsten Tagen noch eingehender zu prüfen sein, mehr sei ihm an Erkenntnissen momentan nicht möglich, ich dürfe ihn also durchaus noch einmal bemühen … der Wudy arbeite gründlich und rede nicht gern ins Blaue hinein. Wehrmachtssoldat Heim jedoch, fügte er abermals ohne Pause an, trete in dieser Geschichte traurigerweise nicht wieder in Erscheinung, nein, der Alfred werde aus dem Krieg wohl nicht nach Hause zurückkehren und müsse fortan als gefallen oder vermißt gelten.

Hier hörte er auf, und eine unangenehme, fast schmerzende Stille breitete sich aus zwischen uns. In einer solchen Tonlage war mir Geschichtliches noch nie zu Ohren gekommen – einer Mischung aus Nachbarschaftstratsch, Polizeibericht, Ahnenforschung und Heimatkunde, überwiegend dargeboten in der Diktion eines königlich-bayerischen Amtsschreibers. Woher wußte dieser Wudy das alles? Vieles aus seinem Mund hatte geklungen wie soeben auf der Straße erfragt, so als gäbe es das alte Dorf noch, als läge es in Rufweite vor seinem Fenster, als wäre man mit allen dort bekannt, auch mit dem Josef und mit der Ida, so als wäre nie jemand auf immer und ewig fortgegangen, nicht einmal die Toten.

Es dauerte eine Weile, bis ich mich zu sprechen getraute: »Sagen Sie, kannten Sie diese Leute persönlich?«.

»Nein!« entgegnete er schroff.

»Ja wie, ja woher – wissen Sie das alles denn ... und in so kurzer Zeit ... !?«

»Das geht Sie gar nichts an, mein Herr«, sagte er ruhig, verabschiedete sich und legte auf.

Ich schrieb am Computer alles soweit wie möglich ins Reine und las es mehrmals durch. Wenzel rückte mir auf den Leib wie seit der Kindheit nicht. Waren das seine Leute? Las ich hier seine Vorgeschichte? Und damit die Vorgeschichte unserer gemeinsamen Jugend? Der ältere Bruder, aus der ersten Ehe von Wenzels Mutter, Gerhard Heim – konnte das Schlockel sein, der Autobesitzer, der Ida und Wenzel in Rotach mitunter zu Ausflügen abgeholt hatte? Oder die Großeltern, Josef und Filomena Hoiblik. Sie hatte ich in der kleinen, gleich hinter unseren Wäldern gelegenen Stadt Murr mehr als einmal auf- oder besser heimgesucht während Wenzels letzter Flucht im Jahr 1972; doch ich kannte die beiden bis zum heutigen Tag nur als Herrn und Frau Hoiblik. Voller Hoffnung war ich gewesen, daß Wenzel bei seinen Verwandten untergekrochen sei und ich ihn hier fände: Nein, er ist nicht da, sagten sie, und er kommt auch nicht, komm du ebenfalls nicht mehr, es nützt nichts; trotzdem war ich wieder hingegangen, um sie wenigstens meine Angst, meine Sorge spüren zu lassen. Und ebenso wie bei den Großeltern hatte ich, am Rand einer tristen Neubausiedlung von Murr, ein- oder zweimal bei Schlockel nachgesucht, dessen richtiger Name mir bis zu dieser Stunde gar nicht bekannt gewesen war. Wie hatte ich wissen können, wo er wohnt? Andererseits war ich erschrocken, weil er Wenzel so ähnlich sah. Aber auch dieser echte Bruder, unendlich viel gleichgültiger als ich, der unechte, hatte nur den Kopf geschüttelt und abgewinkt. Oder hatte er mich sogar bedroht? Und beim Weggehen dann – war mir da vor der Garage nicht der schwarze VW mit dem Fuchsschwanz an der Antenne aufgefallen, den

412

ich aus Wenzels Erzählungen kannte? Jetzt, vor dem Computer, fiel ich in Verwirrung, und eisig streifte mich der Alptraum, den ich im Alter von siebzehn mit dem Wunschbruder durchlebt hatte.

Nach einer unruhigen Woche rief ich Franz Wudy wieder an.

»Wollen Sie nicht hierher kommen?«, fragte er, noch bevor ich etwas fragen konnte, und fuhr dann unerwartet freundlich fort: »Ich könnte Ihnen vieles zeigen – auch bin ich fündig geworden, mehrmals.«

»Wieso sind Sie so sicher, daß diese Leute *meine* Hoibliks sind?«

»Erstens war dieser Name in Markt Eisenstein einmalig: nur diese Sippe hieß so. Zweitens habe ich mittlerweile mehrere Dokumente einschließlich der offiziellen Vertreibungsliste gefunden, die alle zusammen beweisen, daß *meine* Hoibliks mit dem Zug genau in den Landstrich verfrachtet wurden, in dem Sie in Ihrer Jugend der Ida über den Weg gelaufen sind. Ich sage nur: Zielbahnhof Backnang – und faxe Ihnen gleich einige Seiten zu.

Drittens: Wer sucht, der muß auch finden wollen. Oder möchten Sie gar nicht wollen? Die meisten haben nämlich Schiß vor der eigenen Courage … Also los, kommen Sie bei mir vorbei, meinetwegen noch heute.«

Und zum ersten Mal war ein Lachen von ihm zu hören.

Wudy sandte mir gleich einen ganzen Wust von Papieren, allerdings ohne Begleitbrief. Zuerst war ein einzelnes Blatt angekommen, auf dem stand: »Verzeichnis der im Transport vom 4. 9. 1946 abgeschobenen Personen«, außer in Deutsch auch in Tschechisch und Englisch. Es handelte sich um einen Vordruck, in den das Datum, die Waggonnummer (38) sowie die Namen von Vertriebenen nebst ein paar dürren Angaben zur jeweiligen Person mit Schreibmaschine eingetragen waren. Der vorletzte Name auf der Liste, die Nummer 14, war umkringelt: Franz Wudy lautete er, »Age: 3, child«, in derselben Reihe vier weitere Wudys, allem Anschein nach die Eltern und die Geschwister; dazu keine Anmerkung, kein Kommentar – nur dieser Kringel.

Dann, auf einem zweiten Blatt, noch einmal der gleiche Vordruck, diesmal war es die Vertreibungsliste mit den Angehörigen der Familie Hoiblik: neun Personen aus vier Generationen, alle im Alter

413

zwischen 2 und 77 Jahren (das war der Großvater), darunter Ida, 25, ihr Sohn Gerhard, 6, ihre Tochter Mizzi, 2. Weitere Kinder Idas, von denen Wudy am Telefon mit bebender Hoffnung gesprochen hatte, waren nicht zu finden. Viele Male las ich die Kolonne rauf und runter. Nur einen Jungen im Alter von 9, Bruno, entdeckte ich, sowie einen anderen im Alter von 15, Johann, vermutlich zwei jüngere Brüder Idas. Johann – und daneben stand in drei Sprachen: »Zaměstnání – Occupation – Beruf: butcher«; ob dieser Metzgerlehrling der »Fronbacher Hans« gewesen war, den ich vom Hörensagen kannte? Wenzels Onkel, der an der Bahnlinie in der Nähe unseres Nachbardorfs Fronbach in einem Haus ohne fließend Wasser und Strom gewohnt und der sich, auch er ein heilloser Trinker, geraume Zeit vor Idas Tod mit einem Kleinkalibergewehr erschossen hatte?

Außerdem schickte Wudy mir noch einen von Hand geschriebenen mehrseitigen Bericht mit der Überschrift: »Erläuterungen zur Vertreibung aus Eisenstein und Umgebung«. Ich konnte nur folgern, daß dieser gut leserliche Bericht von ihm selbst verfaßt worden sei; darin heißt es:

»Wie Sie der beigefügten Liste entnehmen können, wurde die Familie Hoiblik am 23. 8. 1946 vertrieben, zusammen mit weiteren 1.150 Personen, von denen 498 aus dem Eisensteiner Hochtal stammten. Es war der achte von insgesamt zehn Vertriebenentransporten, die am Grenzbahnhof Eisenstein auf die Reise gingen und in weniger als sieben Monaten, zwischen April und November 1946, sage und schreibe 2.713 Menschen aus ihrem ›Hoamatl‹ fortschafften. Mit 21 anderen wurden die Hoibliks in Zugwaggon 3 verladen, wie alle übrigen ein Güter- oder Viehwaggon.

Doch zu viele Zahlen löschen das Leid aus.

Die Transportlisten wurden von den Tschechen ausgefüllt, wenn sie die Züge zusammenstellten. Ein Duplikat erhielt das amerikanische Militär sowie der ihm unterstellte deutsche ›Grenzkommissar‹, der in der oberpfälzischen Stadt Furth im Wald mit seinem Stab die Vertriebenen in Empfang nahm und in andere Züge umsteigen ließ, nachdem sie versorgt, mit DDT entlaust und registriert waren. Erst dort, im Further Durchgangslager und kurz vor der Abreise, dürfte die

Familie Hoiblik erfahren haben, daß ihr Bestimmungsort Backnang in Württemberg war. Daß die Wahl auf diesen Ort fiel, muß als Zufall betrachtet werden. An einem anderen Tag hätten die Hoibliks auch nach Augsburg oder Schwäbisch Gmünd verschickt werden können und sogar in die Sowjetzone. Einer Aufstellung sämtlicher Züge mit Eisensteinern, die ebenfalls beiliegt, läßt sich jedoch zweifelsfrei entnehmen, daß der Zug vom 23. 8. 1946 nach Backnang fuhr.

Erst seit wenigen Jahren dürfen die Vertreibungslisten – ›Seznam osob v transportu‹ – in tschechischen Archiven eingesehen werden. Sie waren den Tschechen nach der Wende zuerst kreuzpeinlich, weil sie die bürokratische Kaltblütigkeit bezeugen, mit der die ›Abschiebung‹, wie die Tschechen bis heute die Vertreibung nennen (in ihrer Sprache: ›Odsun‹), besonders im Hauptjahr 1946 betrieben worden war. Den Sudetendeutschen mißfallen die Listen übrigens wegen der verräterischen Rubrik ›Anmerkungen‹, in der in aller Regel verläßlich festgehalten ist, ob jemand einer nationalsozialistischen Organisation angehörte. Aus dieser Rubrik erfuhren die Amerikaner, welche der Neuankömmlinge der Entnazifizierung – oder auch einem Strafgericht – zuzuführen waren.

Alles in allem verlief die Vertreibung der Deutschen aus dem Eisensteiner Hochtal glimpflich. Hier kam es nicht zu solch grausigen Bluttaten wie in Aussig und Postelberg, Prag oder Brünn. Das ist sicherlich dem Lagerkommandanten Václav Stěpanek zu verdanken, einem tschechischen Lehrer, der das Sammellager in Elisenthal geleitet hat. Dieses Lager, hart an der bayerischen Grenze gelegen, befand sich auf dem Gelände einer ehemaligen Glashütte, deren verlassene Wirtschafts- und Wohngebäude als Baracken dienten. Nach der Vertreibung wurde die gesamte Glashütte, eine Gründung des Ritters von Hafenbrädl aus dem Jahr 1841, nach und nach abgerissen; heute ist von ihr kein Körnchen mehr in der Landschaft zu finden. Im einstigen Herrenhaus war die Lagerleitung untergebracht, und das Gepäck der für die Vertreibung vorgesehenen Eisensteiner sowie anderer Böhmerwäldler wurde in der alten Spiegelglasschleiferei, ›d'Schleif‹ geheißen, aufbewahrt. Das Lager war eingezäunt und wurde von bewaffneten Posten bewacht. Es faßte bis zu 1.500 Menschen, die auf engstem

Raum zusammengesperrt waren und unter miserablen hygienischen Verhältnissen zu leben hatten. In der ›Aufnahmekanzlei‹ wurden auch die eingangs erwähnten zehn Eisenbahntransporte zusammengestellt und die besagten Listen geschrieben: ein Transport bestand jeweils aus einer vollen Lagerbesatzung.

Fast jeden Tag fanden in Elisenthal Gepäckkontrollen statt. Gesucht wurden verbotene Gegenstände wie zum Beispiel Spiegel oder Lampen. Doch auch wenn nichts gefunden wurde oder wenn längst schon alles gefunden war, ließ der Lagerleiter die Kontrolle wiederholen, immer draußen vor den Baracken, auf der Lagerstraße. ›Gepäck‹ ist in diesem Zusammenhang freilich ein schwaches Wort, angemessener erscheint mir ›Habseligkeiten‹. Denn in den Kisten, Säcken oder Taschen befand sich alles, was diesen Menschen noch geblieben war – der letzte, sozusagen heilig gewordene Rest ihres bisherigen Lebens ... und jede Gepäckkontrolle mußte und sollte bei ihnen wohl die Angst wecken, daß dieser Rest auch noch verloren gehen könnte.

Die Internierten schliefen auf Stroh, erhielten täglich Wassersuppe und eine kaffeeartige Brühe, zu der sie meist das von ihnen selbst mitgebrachte, schnell schimmelnde Brot verzehrten. Wenn jemand aus dem Dorf zum Lager kam und ihnen Nahrungsmittel durch den Zaun zusteckte, frischgebackenes Brot, Käse oder sogar Reiberknödel und Schwammerlsoße in einem Krügchen, dann sahen die Wachen meist zur Seite und ließen gewähren. Durch den Zaun hindurch wurden oft auch Hände gehalten. Den Kindern und den Alten, so ist überliefert, fiel der Abschied am schwersten.

Mindestens einmal während des ein- oder zweiwöchigen Aufenthalts mußte jeder im Lager zur Entlausung. Dazu wurden Männer und Frauen getrennt, man befahl ihnen, sich nackt auszuziehen und in einem kahlen, fensterlosen Raum zu warten, bis sie nacheinander zum Duschen gerufen würden. Da erfaßte manche die Panik, weil sie glaubten, hinter der nächsten Tür vergast zu werden. Aber sie wurden nicht vergast, sondern desinfiziert.

Die Vertreibung begann bereits, wenn daheim ein Bote erschien und mitteilte, daß man sich anderntags in der Frühe in Familienstärke im Sammellager Elisenthal einzufinden habe. In der letzten Nacht wurde gepackt – ein, aus und wieder ein – ebenso Wegzehrung hergerichtet, das schon erwähnte Brot sowie hartgekochte Eier. Jede erwachsene Person durfte fünfzig Kilo Gepäck mitnehmen und 1.000 Reichsmark. Besonders schlaue Kinder zogen all ihre Kleider übereinander an, so daß sie sich kaum noch regen konnten. Wer Hühner, Schafe oder eine Kuh besaß, überließ sie Nachbarn, die noch nicht vertrieben waren, oder tschechischen Verwandten. Die Hunde wurden von der Kette gelassen, damit sie nicht verhungerten. Oft schlossen sie sich ihren Besitzern auf dem Weg nach Elisenthal an und trieben sich noch tagelang in der Nähe des Lagers herum. Beim Abmarsch zum Grenzbahnhof waren sie wieder da, machten ihre Leute ausfindig und trotteten auf der letzten Strecke noch einmal neben ihnen her.

Ein Zeitzeuge berichtet in einem Schreiben an mich:

›In Reih und Glied – die meisten aufrecht, andere gebeugt – marschierten wir von den Hüttenhäusern zum Grenzbahnhof, ein Weg von nicht ganz einem Kilometer Länge. Die verbliebenen Deutschen begleiteten uns oder säumten die Straße. Auf dem Bahnhof warteten tschechische Zugbegleiter, die mit russischen oder deutschen Handfeuerwaffen ausgerüstet waren. Zu unserer größten Verwunderung trugen sie teilweise sogar deutsche Wehrmachtsuniformen und waren über und über mit (ebenfalls deutschen) Orden und Ehrenzeichen behängt – uns zum Hohn. Als wir den Viehwaggons mit den bereits geöffneten Türen näherkamen, rief die alte Oberlehrerin Fritsche, die mitten in der Kolonne ging, wir sollten alle zusammen ein Lied anstimmen. Zuerst zaghaft, dann lauter, schließlich mit Inbrunst sangen die Böhmerwäldler des ersten Aussiedlerzugs: ›In der Heimat, in der Heimat, da gibt's ein Wiedersehn …‹ Die schadenfrohen Wachleute stutzten, dann zeigten sie betretene Mienen, schließlich senkten sie die Köpfe und sahen zu Boden. Wie der Zug endlich losfuhr, erschraken alle in unserem Waggon. Durch die wegen der Luftzufuhr einen Spalt offenstehende Tür mußten wir erkennen, daß der Zug nicht die wenigen Meter in Richtung Westen und über die deutsche Grenze fuhr, sondern nach Osten! Ja, wurden wir denn auch noch betrogen? Geschrei und Geheul brach aus in großer Lautstärke: Wir fahren nach Osten, sie bringen uns nach Sibirien! Niemand hatte uns

417

mitgeteilt, daß wir an die deutsche Grenze auf dem Weg über Taus gebracht werden sollten, bei langsamer Fahrt eine Halbtagesreise durch das Inland. Wir erkannten es mit der Zeit jedoch von selbst, an den Stationen, durch welche wir kamen. In Grenznähe rissen die Leute sich die weißen Armbinden herunter, die von den Deutschen fast seit Kriegsende schon getragen werden mußten, und warfen sie aus dem fahrenden Zug. Das war der einzige Augenblick der Freude während der ganzen Zeit.‹«

Mit einem Mietwagen reiste ich bald darauf, nicht lange nach dem Heilbronner Treffen mit Wenzel, in den Zwieseler Winkel und nahm Quartier in einem Landgasthof. Erst von hier aus sollte Franz Wudy erfahren, daß ich seiner Einladung gefolgt war. So hätte ich unterwegs, auf der Autobahn, jederzeit umkehren und wieder heimfahren können, ohne ihn zu enttäuschen oder zu verärgern; er hatte schließlich einiges für mich getan, sozusagen aus der Ferne, ohne daß ich auch nur einen Finger zu krümmen brauchte. Was mir fehlte, war also ein triftiger Reisegrund. Ich hatte gehofft, daß mir während der Fahrt einer einfiele, doch mir war keiner eingefallen, so wenig wie ein Gegengrund. Nur eine mythenhaft schlichte Begründung flog mir bei der Ankunft in Zwiesel zu, die allerdings den Vorteil besaß, unwiderlegbar zu sein; sie lautete: Es ist an der Zeit …

Die Tage mit Wudy vergingen rasch. Er war ein Mittsechziger von ungebrochener Energie, eher klein und gedrungen, mit kaum angegrautem, noch vollem Haar und einer feinrandigen Brille. Stets blickte er ernst drein und ging genau wie er stand: leicht nach vorne gebeugt, fast geduckt, wie kurz vor dem Start. Seine Gesten waren auffallend sparsam – Wudy beschränkte sich auf die Macht seiner Stimme, das allezeit scheltende und grollende Organ, mit dem er aber klar und ohne jede Altersrauheit intonierte. Mit hörbarer Lust schwang seine Stimme hin und her zwischen Hochsprache und Bairisch. Nur wenn er Verse sprach – und das tat er mehrmals in diesen Tagen –, dann stürzte seine Stimme ins kläglich Sentimentale ab: »Nennt mich nicht Flüchtling, denn ich war es nie. / Tut ihr's, so nennt ihr mich mit falschem Namen …« Wie gut seine körperliche Verfassung war, konnte man daran erkennen, daß er auch bei forschem Gehen gleich laut und gleich rein artikulierte. Ich dachte: der trainiert, indem er spricht. Nicht ein einziges Mal hörte ich ihn hüsteln oder sich räuspern. Nur das Zuhören schien nicht seine Stärke, um so mehr das Über-, Weg- oder Knapp-daran-vorbeihören, von dem er öfter Gebrauch machte, wenn ich etwas äußerte. Er war ein Mann mit Auftrag, vielleicht sogar mit Mission. Es gab bei ihm kein Schultergeklopfe und kein wohlfeiles Grinsen oder Nicken. Offenbar wollte er niemanden für sich einnehmen. Wer etwas von ihm wünschte, mußte ihn aushalten – das war die Bedingung. Sein Gegenüber schien ihn überhaupt nicht zu interessieren, weder Herkunft noch Titel, weder Gesundheit noch Beruf. Man hätte einen blutigen Verband um den Kopf tragen können, Wudy hätte ihn nicht bemerkt. Er wollte im anderen nur das Medium sehen, in das er seine Botschaft einsenken konnte, hoffend, sie möge sich in der Welt ausbreiten.

Als Kind gemeinsam mit seinen Eltern und Geschwistern vertrieben, war er im Bahnhofsgebäude Spitzberg im hinteren Teil des Eisensteiner Hochtals geboren worden. Wudy sagte genauer: »im dritten Eisenstein«, das er auch mit dem Namen Dorf Eisenstein bezeichnete und wo seine Familie, überwiegend Bauern, drei Jahrhunderte lang ansässig gewesen war. Sein Vater, ein Bahnangestellter, hatte in den Monaten vor der von ihm vorausgesehenen, von anderen für unvorstellbar gehaltenen großen Zwangsaussiedlung des Jahres 1946 nachts bei Dutzenden von Gängen den Hausrat der Familie über die Waldberge auf die andere Seite der Grenze geschafft. Mehrmals war der Vater bei seinen Transportmärschen durch die Finsternis des Böhmerwalds von tschechischen Partisanen beschossen, zum Glück aber nie getroffen worden. Alles, was er auf der Schulter oder am Leib weggetragen hatte, konnte bei einem Zwieseler Onkel in der Scheune untergestellt werden. Der Rest war verloren, Haus und Grund ebenso wie die 100.000 Tschechenkronen, die er und seine Frau für die Zukunft ihrer Kinder bei der Sparkasse angelegt hatten. In Zwiesel sollten die Wudys ein paar Wochen später ein neues Leben beginnen. Sie gehörten zu den wenigen, die nach der Vertreibung nicht nach Westen ins Unbekannte weiterreisen mußten – anders als die Hoibliks –, sondern in der Nähe ihrer verlorenen Heimat bleiben durften, weil sie dort Verwandte hatten, die bereit waren, ihnen Obdach zu geben. Doch nach wenigen Wochen starb der Großvater, der bereits am Tag der Abreise ein für allemal verstummt war.

Im Alter von drei hatte Franz Wudy fortgehen müssen – im Alter von knapp fünfzig war er wiedergekommen. Eine Reise in den Ostblock, sagte er, sei ihm als Berufssoldat lange verwehrt gewesen. Bei einer Einheit der Bundeswehr mit Fördergruppen für Hochleistungssportler habe er gedient, hier, im östlichen Bayern. So etwas wie ein Trainer und Manager sei er gewesen, im Besitz sowohl von A- wie auch B-Lizenzen, um Spitzenleute aus verschiedenen Wintersportarten, zum Beispiel dem Biathlon, während ihres Wehrdiensts bei Laune und auf Wettkampfniveau zu halten. Erst nach der Samtenen Revolution durfte er in die Tschechoslowakei fahren, vorher hatte er sich für Jahrzehnte mit Erkundungsgängen entlang der Westseite der Grenze begnügen müssen, zu Fuß, mit dem Rad, auf Skiern. Das war *sein* Anrennen gegen den Zaun gewesen, das Fernglas in der Hand und nicht selten Blick in Blick mit der tschechoslowakischen Wachmannschaft, die das Feuer eröffnen konnte, wenn jemand tschechoslowakisches Staatsgebiet betrat, das eigentümlicherweise schon auf der deutschen Seite, nämlich hundert Meter vor dem Zaun begann. Manchmal, sagte Wudy, sei sein Rededrang so bezwingend gewesen, daß er etwas hinüberrufen mußte – immerhin habe das Echo geantwortet. Da vorne, da fühlte er das von seinen Eltern und Großeltern geerbte Heimweh am deutlichsten, vermengt mit Wut und zeitweise auch Verachtung: Zuerst, dachte er, haben die Tschechen uns vertrieben, zur Strafe müssen sie jetzt in einem großen Gefängnis leben, das sie sich selbst gebaut haben, recht so! Wenn er sich wieder gefaßt hatte und mit dem Feldstecher eine günstige Position bezog, konnte er bisweilen hinter Drahtverhau, spanischen Reitern und Betonhöckern fern im Wald oder in einer Lichtung die Ruinen eines deutschböhmischen Dorfs erkennen, das, entvölkert und verwüstet, im Vorland der eigentlichen Grenzbefestigung lag, im Todesstreifen. Näher wirst du dieser untergegangenen Welt nie kommen, sagte Wudy sich mit einem Gefühl der Ohnmacht, die Teilung der Welt hat Bestand, für den Rest deines Lebens und darüber hinaus.

Doch als unverhofft der Kommunismus am Ende war, die Grenze geöffnet und der Grenzzaun abgeräumt wurde, unternahm er seine ersten Tagestouren hinüber. Zuerst erkundete er natürlich das Eisensteiner Hochtal, dann begab er sich tiefer in den Böhmerwald hinein und lernte bei einem seiner Streifzüge zu Beginn der neunziger Jahre zufällig den Tschechen Vilém Kudrlička kennen, einen bereits im Ruhestand lebenden Diplomingenieur und Industriefilmer aus Prag, der zwanzig Jahre älter war als Wudy. Als einsame Wanderer seien sie einander begegnet, jeder in sich selbst versunken, keiner der Sprache des anderen mächtig, was ihm, Wudy, besonders zu schaffen gemacht habe, weil er nun einmal reden müsse, wenn er unter Menschen komme. Anfangs hätten sie sich mit Zeichen und Gebärden verständigt. Sprachlos zeigte einer dem anderen, worauf er im Unterholz gestoßen war: den Sockel eines Steinkreuzes, Mauerreste von Waldkapellen, zerhaue Bildstöcke, verrostetes Werkzeug, ein Glockenfragment; oder die beiden erfreuten sich gemeinsam an den Naturschönheiten ringsum, an den schwebend dahinziehenden Nebeln im Hochwald, in die ein Sonnenstrahl fiel, an einem tischartigen Baumstumpf, auf dem mächtige Pilze wuchsen, an Bussarden und Falken, die über ihnen ihre Kreise zogen, an spielenden Fuchskindern in einer Lichtung. Wie zwei kleine Jungen seien sie durch die Landschaft gestöbert und hätten sie miteinander und füreinander entdeckt. Je öfter sie sich zu ihren Waldgängen verabredeten, desto mehr erwachte in Vilém das Deutsch wieder, das er in seiner Jugend im Böhmerwald recht flüssig gesprochen hatte, während Wudy, gleichsam als Gegengabe, einen der damals im Grenzland oft angebotenen Crashkurse in Tschechisch absolvierte, wenn auch mit mäßigem Erfolg.

Bis ins Innerste habe es ihn gerührt, hier draußen einen Tschechen anzutreffen, der genau wie er, Wudy, im Böhmerwald Spuren des Vergangenen suchte, getrieben von der gleichen Sehnsucht, die verlorene Kindheit und Jugend wiederzufinden, die eine böse, stiefmütterliche Geschichte ihnen geraubt hatte. Denn auch für den anderen, seinen Prager Professor, wie er ihn am liebsten titulierte, sei das an einzelnen Stellen bis zu zwanzig Kilometer tiefe Niemandsland die meiste Zeit gar nicht zugänglich gewesen oder nur unter Gefahren. Wer der

Grenze zu nahe kam, geriet in den Verdacht, nach Westen fliehen zu wollen oder ein Spion zu sein, er konnte verhaftet und peinlich befragt werden – oder man schoß ihn gleich ab wie einen Hasen. Beide seien sie also Ausgesperrte gewesen, Suchende und Heimatvertriebene, jeder auf seine Art und auf seiner Seite. Jetzt waren sie zurückgekehrt, der eine als alter, der andere als nicht mehr junger Mann, und vielleicht sei das Bild von den stöbernden Knaben, das er benutzt habe, ja falsch, vielleicht seien sie eher wie zwei Überlebende einer verschwundenen Zivilisation gewesen, die nun zusammen durch die Ödnis wanderten.

Doch ein Glücksfall war der Diplomingenieur Kudrlička laut Wudy nicht nur für den Böhmerwald, sondern auch für ihn selbst, denn sein Prager Professor machte ihn zum Historiker – eine Neugeburt, die der Soldat und Sportler sich nie hätte träumen lassen. Anfangs, noch während ihrer Feldgänge, erlitt Wudy oft Anfälle von Zorn und Empörung. Wenn diese wieder abklangen, trat Vilém lächelnd neben ihn und sagte: »Jetzt ist dir wohler.« Väterlich riet er ihm, sich nicht bei jeder Gelegenheit von Gefühlen überwältigen zu lassen, sondern seinen Schmerz der Arbeit fernzuhalten, kurz: ein Wissenschaftler zu sein. Aus Emotion müsse Methode werden. Über ein Jahrzehnt arbeiteten sie zusammen. Ihre Arbeit war oft hart und nicht selten ergebnislos. Wudy freute sich, wenn es ihm gelang, seinen alten Lehrer in Augenblicken der Enttäuschung aufzumuntern. Sein Professor brachte ihm bei, Archive zu benutzen, das Staats- und Zeitungsarchiv in Pilsen ebenso wie das Kreisarchiv in Klattau (Klatovy) oder die Gemeindearchive des Eisensteiner Tals diesseits und jenseits der Grenze. Tagelang streiften sie durch Prager Antiquariate auf der Suche nach historischen Postkarten; sie forschten in Nachlässen und Familiensammlungen, erörterten den Wert mündlicher Überlieferung sowie die Methodik, sie auszuwerten, und liefen mit dem Tod um die Wette, wenn wieder ein Zeitzeuge wegzusterben drohte. Und dies alles, um ein gerechtes Bild entwerfen zu können, vom untergegangenen Leben der Deutschen und der Tschechen im einstigen Böhmerwald. Allerdings gelang es den beiden Freunden nicht mehr, das zweisprachige Buch, das sie dazu geplant hatten, fertigzustellen; es hätte Schluß- und Höhepunkt ihrer Arbeit sein sollen, wurde aber von Kudrličkas Tod vereitelt.

Für unser erstes Treffen hatte ich mich mit Wudy vormittags am Bahnhof von Bayerisch Eisenstein verabredet; wir wollten hinüber, mehr war nicht ausgemacht. Er stieg zu mir ins Auto und ermahnte mich, spätestens beim Grenzübertritt die Scheinwerfer einzuschalten, weil man in Tschechien auch bei Tag mit Licht fahren müsse. In diesem Land wolle er sich nicht das Geringste zu Schulden kommen lassen, nicht einmal eine Verkehrswidrigkeit, nein, diesen Gefallen tue er den Tschechen gewiß nicht, sagte Wudy mit grollendem Ernst, obwohl es eigentlich komisch war. Er schnallte sich an und überprüfte den Sicherheitsgurt so oft und so heftig, als brächen wir zum Kunstflug auf. Grenznähe schien diesen Mann nach wie vor zu erregen. Ich beschloß, mich strikt an alle Richtlinien zu halten, die Wudy an diesem Tag noch ausgeben mochte. Auch nahm ich mir vor, nur knappe und möglichst kluge Fragen zu stellen. Was er sagte, würde ich, außer wenn ich am Steuer säße, stets mitschreiben – Stift und Blöckchen als Dauersignale meiner Aufmerksamkeit ständig vor der Brust. Das mußte ihn freundlich stimmen. Doch Stunden sollten vergehen, bis Wudy sich einigermaßen entspannte.

Es war ein trockener Tag im April mit vielen Wolken und wenig Sonnenschein. Auf dem Arbergipfel lag Schnee, und auch die Wälder in niedrigeren Lagen hatten mitunter noch einen weißen Saum. Das Eisensteiner Tal kam mir weitläufig und flach vor; vom »Hochtal«, von dem Wudy unaufhörlich geredet hatte, bemerkte ich nichts. Wir passierten die alte Grenzstation, an der längst nicht mehr kontrolliert wurde. Jeder von uns hätte sagen können: Hier war einmal der Eiserne Vorhang – und jetzt: unglaublich! Aber wir schwiegen beide, so wie bereits davor. Ich lenkte und fragte nicht, wohin; er würde es mir sagen. Rechts und links der Straße standen aufdringlich geschmückte Kioske für Schnaps, Würste und Geselchtes. Häufig waren Leuchtreklamen von Spielcasinos und Bordellen zu sehen, daneben verschmuddelte Gaststätten mit Blumenkästen vor den Fenstern, dann Tankstellen, eine nach der anderen, überfüllte Parkplätze und mehrstöckige Wohnanlagen, vermutlich Ferienappartements, die sich den Hang hinaufzogen. Irgendwann kam das Ortsschild mit der Aufschrift: Železná Ruda; das war Markt Eisenstein.

Ob Wenzel je hier gewesen war?

Wudy dirigierte mich mit einem Fingerzeig nach links. Über holperige Sträßchen ging es durch eine Siedlung, die nicht zum alten Dorf gehören konnte, bergan; man hatte Mühe, an Autos vorbeizukommen, die vor den Gärten abgestellt waren. Wir erreichten das Ortsende, darüber begann der Wald. Nur ein steiler Stichweg führte noch weiter hinauf und endete bei den ersten Bäumen; den wollte Wudy nehmen. Als ich langsam, aber mit viel Gas die Steigung überwand, auf der auch noch Wasser zu Tal rann, fragte er mich, ob mein Wagen, ein französisches Fabrikat, dem er nicht recht zu trauen schien, das auch schaffe. Oben ließ er mich auf engstem Raum wenden. Wir hielten nicht an und stiegen nicht aus, sondern rollten, ich den Fuß sorgenschwer auf der Bremse, über den steilen Weg wieder ins Dorf hinab. Einmal, schon weiter unten, stieß ich freiwillig zurück und wich in eine Garageneinfahrt aus, weil ein hochrädriger Traktor nicht an uns vorbeipaßte. Wudy grunzte nur kurz. Scheinbar ziellos kurvten wir in dieser Siedlung herum, die auf mich zufällig und zusammengewürfelt wirkte, bestenfalls postprovisorisch – und nicht ein Hauch vom Ewigkeitsanspruch schwäbischer oder bayerischer Neubaugebiete. Wir kurvten stillschweigend weiter, bis Wudy auf seiner Seite aus dem Fenster wies und sagte, das Haus, an dem wir soeben vorüberfuhren, sei das Elternhaus seiner Mutter gewesen. Zum achtzigsten Geburtstag vor einigen Jahren habe er sie überrascht mit dem Vorschlag, hierherzukommen und der tschechischen Familie, die das Haus jetzt bewohne, einen Besuch abzustatten – einen Besuch, der mit dem Hausherrn nicht abgesprochen war. Er, Wudy, habe ihn an einem Samstagnachmittag einfach herausgeklingelt, ihm die Lage erläutert und um Einlaß gebeten. Man verstehe hier durchaus noch Deutsch, sagte er, seltsamerweise wieder mit einem Anflug von Wut. Fast eine Stunde seien sie in dem Haus zu Gast gewesen. Ein schönes Geburtstagsgeschenk. Seine Mutter habe geweint, als sie die elterliche Kommode wiedererkannte, die noch immer am selben Fleck stand. Als er fertigerzählt hatte, schien er mir noch wütender.

Wudy lotste mich zurück zur Hauptstraße, auf der wir das Dorf der Länge nach zweimal abfuhren, zuerst in westlicher, dann in östlicher

Richtung – so ging die von ihm verordnete Irrfahrt weiter. Wir kamen dabei auch durch den alten Ortskern, mit gemächlichem Tempo, weil um die Mittagszeit viel Verkehr war. Ich hielt an einem Zebrastreifen und ließ Fußgänger über die Straße. Wudy konnte es nach anfänglichem Knurren nicht unterlassen, zu fragen, ob ich überall so freundlich zu den Leuten sei wie hier im Tschechischen. Beim Weiterfahren fiel mir zur Linken die Kirche Maria Stern ins Auge. Sie hatte eine unsagbar große, ja monsterhafte Zwiebelkuppel, die dick und lastend auf dem Kirchlein hockte und den Anschein erweckte, es hinab ins Erdreich drücken zu wollen, statt es, wie ein Turm, hinauf in den Himmel zu heben. Der Anblick dieser einzigartigen Kirche verwirrte mich, ließ mich ein Déja-vu erleben, und sekundenlang empfand ich die Gewißheit, schon einmal hier gewesen zu sein, oder dieselbe Kirche, dieselbe Kuppel, dieselbe Riesenzwiebel schon woanders gesehen und mich vor ihr gefürchtet zu haben, wußte aber nicht, wo. Kurz darauf, während wir wieder schneller vorankamen, zeigte Wudy mir rechts in den Gärten beiläufig das Hoiblik-Haus, an dessen Vorderfront ein breites Transparent angebracht war mit der roten Aufschrift »Thai-Massage«.

Etwa beim Ortsschild wies er mich mit einer Handbewegung auf einen linkerhand gelegenen Platz mit Ständen und Läden für alles und nichts; dort hieß er mich umkehren, zurück zur Dorfmitte, wo er mich wiederum aufforderte, nach rechts zu fahren, diesmal auf die andere Talseite hinüber. Wir überquerten im Schrittempo einen Markt, auf dem Asiaten ihre Waren anboten, Taschen und Gürtel, wie mir vor allem schien, und zwar aus jedem Material, das sich nur denken ließ, offenbar selbst aus getrocknetem Gras. Die Vietnamesen, sagte Wudy, gesprächiger werdend, seien seit der Vertreibung der Deutschen die ersten Einwanderer im Eisensteiner Hochtal gewesen. Sie stammten allermeist aus der untergegangenen DDR, und während die Frauen im Licht des Tages mehrmals pro Woche legal ihre Märkte abhielten, betrieben die Männer in Eisensteiner Kellern ihre illegalen Zigarettenfabriken und wer weiß, was sonst noch. So gingen die Eltern jeweils emsig ihren Geschäften nach – während gleichzeitig die vietnamesischen Kinder in den tschechischen Schulen die besten

Noten schrieben und die Kinder der Einheimischen überflügelten. Ihm kämen die Vietnamesen wie die geborenen Grenzlandbewohner vor; scheinbar hielten sie den Streß zwischen den Fronten mühelos aus – vielleicht weil sie (genau wie die Deutschen) aus einem lange zweigeteilten Land stammten, jeder Teil auch noch ein Frontstaat des jeweiligen Machtblocks, dem er angehörte. Der Zigarettenschmuggel nach Deutschland übrigens blühe, so sei zu lesen, wie nie zuvor, obwohl auch in früheren Zeiten dieses grenznahe Gebiet mit Rückzugsräumen in den Wäldern bereits ein recht fruchtbarer Boden für Pascher, Hehler und Schieber aller Art gewesen sei.

Wieder erreichten wir den Ortsrand. Die Dorfstraße ging in einen schmäleren Weg über, der diesmal lückenlos geteert war und in sanftem Anstieg den Hang hinaufführte. Daß wir angekommen waren, begriff ich, als Wudy, noch bevor er ein Wort sprach, den Sicherheitsgurt löste und nach dem Türöffner griff. Ich fuhr in eine der in den Wiesenhang gegrabenen Parkbuchten, und wir stiegen erstmals seit Fahrtbeginn aus dem Wagen. Es war draußen kühler als erwartet und windig; die frische Luft tat wohl. Hinter einem Holzzaun sowie einigen Bäumen und Büschen erstreckte sich ein Friedhof schräg bergaufwärts; er war anscheinend unser heimliches Ziel gewesen – der letzte Friedhof der Eisensteiner Deutschen vor der Vertreibung, der Friedhof an der Deffernikstraße.

Die Toten, rief Wudy gegen den Wind, könne man nicht so leicht loswerden wie die Lebenden, darum habe es wohl einige Zeit gedauert, bis der deutsche Friedhof zuerst aus dem Blickfeld, dann aus dem Bewußtsein verschwunden war. Als die Deutschen fortgewesen seien, habe man sich zuerst über die Gräber hergemacht, Grabmale zertrümmert, schmiedeeiserne Kreuze abgesägt und steinerne Einfassungen zerhauen, um mit den Brocken die Hohlwege im Wald aufzufüllen. Die meisten Grabstellen wurden auf diese Weise zerstört und schließlich eingeebnet, nur von den neueren blieben ein paar Dutzend erhalten. Vielleicht, so denke er, habe man sich bei den jüngeren Toten ja zurückgehalten, weil ihre Ruhefrist noch nicht abgelaufen war (auch eine Art von Pietät). Ein paar Jahre später wurde der Friedhof, für jedermann vom Dorf aus nur allzugut erkennbar, mit einer übermannshohen Mauer umgeben und zugesperrt; so habe man ihn der Natur überantwortet.

Als Wudy ihn nach der Wende aufsuchte – auch Vorfahren von ihm lagen hier begraben –, war der Friedhof vollkommen zugewachsen, ein Grabtrümmerfeld unter sechzigjährigem Wildwuchs; kaum ein Lichtstrahl sei durch das Gestrüpp bis auf den Boden gedrungen. Er begab sich aufs Rathaus von Železná Ruda und bat, den Friedhof freilegen zu dürfen. Man hatte nichts dagegen einzuwenden und händigte ihm den Schlüssel aus. Es wurden sogar Arbeiter des örtlichen Bauhofs angewiesen, ihm beim Sägen, Roden und Mähen zu helfen. Er veröffentlichte Aufrufe, trommelte um Geld, ein Verein wurde gegründet. Eisensteiner von überallher boten ihre Mitarbeit an. Auch Tschechen kamen zu Hilfe; überaus nützlich seien ein Bauer und sein Sohn mit einem fahrbaren Kran beim Aufstellen größerer Grabsteine gewesen. Das stille Begreifen des Notwendigen, sagte Wudy, habe ihn bei allen Freiwilligen am meisten beeindruckt, das wortkarge Zupacken, ein gemeinsamer Wille, der nicht begründet werden mußte.

Schon bald zeigte sich, daß viele Monumente nicht zu retten waren, sondern erneuert werden mußten, wenigstens teilweise: Kreuze waren beim Schmied in Auftrag zu geben, oft mit dem zugehörigen barocken Schmuckwerk nebst Strahlenkränzen; rußverdreckte, algen- und flechtenüberzogene, von Rindenlohe verfärbte Steine mußten mit Hochdruck dampfgereinigt oder wenigstens mit Wasser und Seife abgebürstet werden; verflachte Inschriften waren neu einzumeißeln und mit weißer oder Goldfarbe nachzuziehen, fehlende Alabasterköpfe Christi oder auch der Muttergottes zu ersetzen; die in älterer Zeit noch häufigen Namensplatten aus schwarzem Glas ließen sich zum Glück mit Fensterreiniger säubern, wenn sie jedoch beschädigt oder zerstört waren, konnten nur Zwieseler Glasmacher Abhilfe schaffen.

Wudy führte mich zwischen den Gräbern hindurch, mit leuchtendem Gesicht und wirren Haaren. Einige schön gewachsene Bäume aus dem einstigen Friedhofsurwald hatten er und seine Helfer stehenlassen; ich sah Birken, Fichten, Thujas und Zypressen. Auch Rasen war eingesät worden, manches Grab bepflanzt, mit einem Rosenstock, mit flachwachsender Eibe oder Tamariskenwacholder. Beim Blick auf das gesamte Gräberfeld fiel oder besser stach die Übermacht der Farbe Gold ins Auge, besonders die zahlreichen frisch vergoldeten Figuren des Gekreuzigten, die aus diesem »Kreuzelgarten«, wie Wudy seinen Friedhof nannte, geradezu herausblinkten; man wünschte ihnen, unter dem Einfluß des Wetters bald ein wenig zu verblassen.

Auch Tschechen ließen sich seit einiger Zeit auf diesem Friedhof bestatten. Ihre Gräber lagen nur ein paar Schritte weit von den deutschen entfernt. Als Wudy davon zu sprechen begann, sah ich bereits seine Stirne sich kräuseln und hörte ein schwaches, aber anschwellendes Grollen in seiner Stimme. Was ihn zornig mache, sei nur ein Einzelfall – doch der dürfe sich nicht wiederholen. Wir gingen über sandige Wege den Berg hinauf und hielten vor einem Grab mit mächtigem Eisenkreuz. Darin lag, wie das Namensschild verkündete, Jakub Dvornik, der 2006 mit wenig mehr als sechzig Jahren gestorben war. Dieser Dvornik, sagte Wudy, sei Offizier der tschechoslowakischen Grenzwacht im Böhmerwald gewesen und knapp zwanzig Jahre nach dem Abbau der Grenzanlage an seiner unheilbaren Trunksucht zugrunde gegangen. Doch sei auch zu hören gewesen, der Mann habe sich umgebracht. Nun liege er jedenfalls im Grab, allerdings nicht in seinem, sondern in dem der Girglbäuerin, die schon 1929 verstorben war. Zu ihr habe man den Dvornik einfach hineingelegt – vermutlich seine ehemaligen Regimentskameraden –, dann das schöne alte Namensschild aus Messing weggestemmt und dafür das blecherne des Tschechen ans Kreuz gelötet. Wie eine Hundemarke sehe das doch aus! Billiger als der Säufer Dvornik im Grab der Girglbäuerin sei bestimmt noch nie einer zur letzten Ruhe gebettet worden. Doch inzwischen habe er, Wudy, auf dem Rathaus angefragt, ob sich in dem Grab nur eine Urne oder ein Sarg mit der leibhaftigen Leiche befinde. Sei es ein Sarg, so dürfe er bleiben; eine Urne aber könne man doch ohne weiteres umbetten.

Antwort habe er noch keine erhalten.

Wudy tippte gegen seine Armbanduhr. Wenn wir uns Hurkenthal noch vor Beginn der Dämmerung ansehen wollten, müßten wir uns beeilen, sagte er. Ich hatte nicht gewußt, daß an diesem Tag noch Hurkenthal auf unserem Reiseplan stand. Trotzdem blitzte Wudy mich vorwurfsvoll an. Offenbar hielt er es für ausgemacht, mir sämtliche Hinterlassenschaften der Vertreibung zu zeigen. Auf der kurzen Fahrt durch den Wald verfiel er in sein altes Schweigen.

Wir stellten unser Auto bei der Heiligkreuzkapelle ab, dem einzigen Gebäude, das von diesem Dreihundertseelendorf noch übrig war. Das Kapellendach schien erst vor kurzem mit Schieferplatten neu gedeckt, die Außenmauer frisch verputzt und geweißt worden zu sein. Wudy sagte mit finsterer Miene, auch dieses Gebäude würde wohl kaum mehr aufrecht stehen, wenn die Grenzer eine Öffnung in seinem Dach nicht als erhöhten Beobachtungsposten gebraucht hätten, mit Blickrichtung Süd und Südwest, auf den nahegelegenen Grenzzaun zu ... die Kapelle, die einen Wachturm ersetzt! Da Hurkenthal auf einer ausgedehnten Rodungsinsel lag, hatte es nach links und rechts viel freies Sichtfeld gegeben: nur an wenigen Stellen sei der Todesstreifen so weitläufig überschaubar gewesen. An der Wand der Kapelle hing eine – wie Wudy behauptete: unvollständige – Gedenktafel mit den Namen sowie den Geburts- und Todesdaten von 28 Flüchtlingen, die am Grenzabschnitt Böhmerwald bei dem Versuch, ihr Land zu verlassen, umgekommen waren, und er fügte hinzu: erschossen von Grenzern, zerfetzt von ihren Hunden, getötet vom elektrischen Strom in den Drähten oder, wie das junge Liebespaar František und Bohumila, im Wald durch eigene Hand gestorben, weil sie erkennen mußten, daß nur einer von ihnen es hinüber schaffen würde, bevor die Wachsoldaten ihre Flucht entdeckten.

Gleich nach der Vertreibung der Deutschen 1946 setzten die Grenztruppen sich in Hurkenthal und Umgebung fest. Sie lebten hier mit ein paar tschechischen Zuwanderern zusammen – den sogenannten Goldgräbern –, die deutschen Besitz übernommen hatten. Bei Tag und bei Nacht patrouillierten die Grenzer in Stoßtrupps durch die Wälder, spürten tschechische Flüchtlinge auf, die nach Westen wollten, auch versprengte Wehrmachtssoldaten, SS-Angehörige, geflohene deutsche Kriegsgefangene, die versuchten, sich nach Hause durchzuschlagen; oder sie jagten die sogenannten Heimläufer, vertriebene Sudetendeutsche, die in der Dunkelheit zurückgekehrt waren, um ihre einstigen Wohnungen auszuräumen, sofern sie noch unbewohnt waren. Wen die Grenzwächter, darunter ehemalige Partisanen, aber auch Leute, die in der Protektoratszeit für die Gestapo gearbeitet hatten, erwischten, den brachten sie um, selbst Frauen und Kinder. Die Toten machten wenig Mühe – man grub sie im weichen Waldboden ein, doch meistens nur oberflächlich. Die letzten Waldbewohner aus der damaligen Zeit, sagte Wudy zögerlich, könnten bis auf den heutigen Tag bezeugen, daß die streunenden, seit der Vertreibung der Deutschen herrenlosen und verwilderten Hunde die Leichen oft wieder ausgegraben hätten, um sich an ihrem Fleisch und ihren Knochen zu nähren. Viele solcher Geschichten habe er nach der Wende gehört, denn auch die Tschechen hätten sich nach so langer Schweigezeit endlich Luft machen müssen.

Nach einer Pause wiederholte er ächzend: »Luft!«

In den fünfziger Jahren kehrten in der Grenzzone sozusagen geordnete Verhältnisse ein. Die Gegend wurde Sperrgebiet, aus der man die noch verbliebenen Bewohner ins Hinterland verscheuchte, in sorgsam überwachte Dörfer und Kleinstädte, in denen sich sonst nur Linientreue ansiedeln durften, die Flüchtlingen gewiß keinen Unterschlupf boten. Vorne begann derweil der große Ausbau, mit dem dreistufigen Drahtverhau, mit Stolperfallen und Minenfeldern, mit dem denkwürdigen »geeggten Streifen«, in dem jeder Fußtritt mühelos auszumachen war, vor allem aber mit dem Elektrozaun, der unter einer Spannung von 5.000 Volt stand. Bei feuchtem Wetter phosphoreszierte das stromgeladene, über zwei Meter hohe Drahtgeflecht mitsamt seinen Stacheln, und bei Regen gar erzeugte die sich entladende Hochspannung bläuliche Blitze, die über dem Zaun tanzten oder knisternd ins Unterholz fuhren; von weitem, sagte Wudy, habe er dieses gespenstische Schauspiel mehrmals beobachten können.

Statt der Freischärler in ihren Phantasieuniformen zogen nun reguläre Truppen ein; für zehn Kilometer Grenze waren sechzig Beamte nötig, schwer bewaffnet, teils beritten, auch motorisiert – und auf jedem ihrer Kragenspiegel waren zwei Hundsköpfe abgebildet, oder waren es die Köpfe von Wölfen? Im Böhmerwald wurde außerdem Militär stationiert, tschechisches und sowjetisches. Der Ostblock formierte sich. Hunderte von Kilometern Schützengräben entstanden, ebenso Bunker und Unterstände, ein Truppenübungsplatz, in dessen Schußfeld das inzwischen menschenleere Hurkenthal lag, mit seinen Bauernhöfen, dem alten Forsthaus, mit Schule und Pfarrkirche, der Gaststätte »Zum Schnepfen« und dem Hotel »Laka« des tüchtigen Herrn Schmid. Schon nach den ersten Schießübungen mit schweren Waffen erhob sich kein einziges Gebäude mehr, und an ihrer Statt türmten sich Schutthäufen, die sogleich abtransportiert wurden, weil sie Flüchtlingen auf den letzten Metern zum Zaun noch einmal Deckung hätten bieten können – und Fluchtwillige kamen immer wieder hierher, bis zuletzt; zu bestimmten Zeiten wie im Herbst 1968, nach dem Ende des Prager Frühlings, sogar in richtigen Wellen. So sei das Dorf, bis auf ein paar steinerne Überbleibsel, vom Erdboden verschwunden, ein Menschenwerk aus Jahrhunderten, mühsam erhalten, gepflegt und verbessert unter den harten Bedingungen des Lebens im Böhmerwald, jenem Wald, von dem der Volksmund nicht von ungefähr sage: »Nei Mounat Winter, drei Mounat koid – dees is da Woid!«

Wudy wirkte ausgelaugt und vom Sprechen müde, seine Unterlippe hing wie tot herab. Wir hatten uns nicht von der Kapelle wegbewegt, berührten, einander gegenüberstehend, jeder mit der Schulter beinahe die Kapellenwand. Ich sagte nichts. Auch Wudy schwieg, schüttelte nur stumm den Kopf und schien mit sich zu kämpfen. Darauf zog er mich aus dem Schatten der Wand und führte mich über eine struppige, niemals wieder gemähte Wiese in eine Lichtung hinaus. Bevor die Dämmerung anbreche, wolle er mir noch etwas zeigen, einen unscheinbaren alten Baum zwischen Waldrand und Todesstreifen, der, soweit er sehe, ohne Schaden zu nehmen, durch die Zeiten gekommen sei. Wudy hielt an und streckte den Arm aus. Da, wo er hinzeigte, konnte ich tatsächlich freistehend im Gelände, keine fünfzig Meter entfernt, einen Baum sehen, der anscheinend noch nicht ausgeschlagen hatte; grau, vom Winter mitgenommen, erhob er sich im letzten Tageslicht. Ein Kirschbaum, sagte Wudy, genannt »die Bauernkirsche des Böhmerwalds«, mit kleinen, festen, schwärzlichen Früchten, die einzige Kirschsorte, die im Bergklima auf tausend Metern über dem Meer gedeihe. Noch trage der Baum jedes Jahr Früchte, wie zum Gedenken an das untergegangene Dorf, auch wenn sie nur von den Vögeln verzehrt würden. Es dauere gewiß keine fünf Wochen mehr, bis er wieder blühe.

Als ich aus dem Zwieseler Winkel zurückgekehrt war, vergingen nur anderthalb Tage, bis mein Faxgerät unvermutet einen von Hand geschriebenen Brief Wudys auswarf, mit folgendem Wortlaut:

»Bedauerlicherweise habe ich vergessen, von den Eisensteiner Juden zu berichten. Das will ich auf diesem Weg nachholen, weil sich sonst kein vollständiges Bild ergibt.

In Markt Eisenstein waren bis 1938, als das Sudetenland dem deutschen Reich angeschlossen wurde, zwei jüdische Familien ansässig, die Familien Unger und Weigel. Beide lebten schon seit Kaisers Zeiten hier, die Ungers betrieben im Ortskern ein Geschäft mit Kolonial- und Galanteriewaren, die Weigels eine Landwirtschaft und einen kleinen Gemischtwarenladen. Nach dem Münchner Abkommen, als auch bei uns die Rassengesetze eingeführt wurden, siedelten diese Familien fluchtartig ins Innere des noch übriggebliebenen tschechoslowakischen Rumpfstaats über. Soweit mir bekannt, überlebte zumindest Markus Unger, der ehemalige Geschäftsinhaber, die bald darauf ganz Europa ergreifende Judenverfolgung und stattete Eisenstein gleich nach Kriegsende einen Besuch ab. Mehr als über ihn und seine Familie habe ich im Lauf der Zeit jedoch über die Weigels erfahren, wenn auch nur durch einen glücklichen Zufall.

Es muß 1975 oder 76 gewesen sein, als ich in meinem Sommerurlaub wieder einmal auf den Großen Arber wanderte. Viele Heimatvertriebene bestiegen Jahr für Jahr diesen Berg auf bayerischem Boden, um mit Ferngläsern auf ihre Kindheitsorte hinter dem Eisernen Vorhang zu blicken, so auch ich. Bei gutem Wetter sah man weit in den Böhmerwald hinein. Auf dem Gipfel traf ich einen Bekannten, der mir erzählte, im Arberhaus habe sich ein älterer Herr einquartiert, der behaupte, ein Jude aus Markt Eisenstein zu sein. Sofort suchte ich den Herrn auf und konnte mit ihm sprechen. Er war etwa siebzig Jahre alt, ein lebhafter, geistreicher Mensch mit einem herrlichen Wiener Dialekt, in dem er mir mitteilte, sein Name laute Hans Weigel, er arbeite als Musik- und Theaterkritiker und sei in Österreich nicht ganz unbekannt, und zwar besonders dafür, keinem noch so scharfen Streit aus dem Weg zu gehen.

Ich erfuhr, daß er, bereits in Wien geboren, während der Kindheit bei seinen Eisensteiner Großeltern, Ludwig und Babette Weigel, jeweils die Sommerferien verlebt habe. Seinen Großvater nannte er einen Bauern und jüdischen Schriftgelehrten, die Großmutter eine introvertierte und wunderliche Frau, die immerzu Selbstgespräche führte. Im Hause Weigel seien die rituellen Gesetze zwar eingehalten worden, doch aus Rücksicht auf die kaum mehr religiöse Wiener Verwandtschaft nicht demonstrativ. Nach dem Tod der Großeltern hat Weigels jüngste Tante zusammen mit ihrem Mann den Kaufladen weitergeführt. Auch während dieser Zeit ist Hans Weigel noch oft in Eisenstein zu Gast gewesen. Sinngemäß sagte er mir: Ich fühlte mich dort immer daheim und tue es noch; traurig bin ich, daß es mir nun schon über dreißig Jahre lang nicht möglich gewesen ist, wieder einmal dort zu sein, nicht am Schwarzen See, nicht am Teufelsee ... und wissen Sie, wir haben diese Seen ›Augen‹ genannt ...

Den Nationalsozialismus hat Weigel in der Schweiz überlebt, seine Eltern sind zeitig nach Amerika ausgewandert. Doch die drei Schwestern seines Vaters sowie ihre Männer, die 1938 aus Eisenstein geflohen waren, wurden von den Nationalsozialisten nach der Besetzung der restlichen Tschechoslowakei an ihren Zufluchtsorten verhaftet, deportiert und ermordet. Auch eine Cousine und ihr Ehemann kamen in einem Konzentrationslager um. Nur wenige Weigels konnten sich retten und emigrierten nach Israel, Kanada und Chile. Mit deren Kindern könne er nur Englisch reden, sagte der alte Herr. 1945 sei er nach Wien zurückgekehrt, und zwar ›unverzüglich‹, wie Weigel dazusetzte, als hätte er Schuld auf sich geladen, wenn er länger im Exil geblieben wäre. Seine ungebrochene Heimatliebe bewegt mich bis auf den heutigen Tag.

Ich hatte mich ihm ohne nachzudenken als sudetendeutscher Landsmann vorgestellt. Weigel antwortete barsch, das Wort ›sudetendeutsch‹ sei grob mißverständlich, und er möge es nicht; es gehöre ins Museum für gemeingefährliche Sprachdummheiten, wie er sich ausdrückte. Schon 1938, beim Anschluß, habe man deutsch und ›sudetendeutsch‹ in verbrecherischer Weise gleichgesetzt und darüber vergessen, daß in den deutschsprachigen Randgebieten der Tschechoslowakei auch Sozialdemokraten und Juden lebten, die schon bald zu Flüchtlingen wurden und um ihr Leben laufen mußten. Nach dem Krieg hätten dann leider auch die Tschechen ›sudetendeutsch‹ mit deutsch verwechselt und einfach alles aus dem Land getrieben, was Deutsch sprach, darunter, sofern sie Hitler überstanden hatten, auch Juden und Sozialdemokraten. Darum sei das Wort ›sudetendeutsch‹ für ihn nichts anderes als ein Inbegriff der Verstümmelung Mitteleuropas, die vermutlich nie wieder heilen werde. Unser Treffen fand, wie gesagt, in den siebziger Jahren statt. Wieder daheim, habe ich alles, was Weigel mir mitgeteilt hatte, notiert und Jahre später auch seine Bücher dazu gelesen, vor allem ›Das Scheuklappensyndrom‹ (für jemand aus *meinen* Kreisen zu dieser Zeit ein nahezu unverdaulicher Stoff!).

Schweigsam schauten wir zwei Eisensteiner damals Schulter an Schulter vom Großen Arber ins Tal hinab, und nach einer Pause sagte Hans Weigel zu mir:

›Zuerst habt ihr uns vertrieben und seid dann selbst vertrieben worden. Jetzt haben wir immerhin eine gemeinsame Blickrichtung.‹«

Vor meiner Heimreise hatte ich mit Franz Wudy noch einen gesprächsreichen Tag auf der deutschen Seite verbracht, bei einem ausgiebigen Waldspaziergang sowie daheim in seinem beheizbaren Gartenhaus, in dem die »Sammlung Wudy« untergebracht war und wo es nur einen einzigen Sitzplatz gab, seinen eigenen, an einem derb gezimmerten, schwer überladenen Arbeitstisch, der mir standhaft und belastbar wie die alte Hobelbank meines Vaters vorkam. Diesseits der Grenze schien der Mann ruhiger und ausgeglichener zu sein. Er sagte, daß er hin und wieder Abstand zu seinen Forschungen brauche, doch wenn er sich zu weit entferne, etwa bei dem Versuch, Urlaub zu machen, und es auch nur wage, für ein paar Stunden zu vergessen, dann überkomme ihn ein Schuldgefühl, das ihn heimwärts treibe. Widerstehe er diesem Gefühl, könne er nachts nicht schlafen – irgend etwas zwinge ihn immer, nach Hause zu fliehen.

In einem Kuvert gab er mir noch einige Papiere mit auf den Weg, die ebenfalls den Stempel »Sammlung Wudy« trugen und die Frage beantworteten, die Wudy bei unserem ersten Telefongespräch noch nicht hatte beantworten können: die Frage nach Idas Kindern. Er war ja davon ausgegangen, daß Ida zusammen mit drei oder vier eigenen Kindern vertrieben worden sei, das kleinste vielleicht sogar noch als

Säugling oder Kleinkind auf ihrem Arm. In der tschechischen Vertreibungsliste jedoch waren nur zwei eingetragen, die ihren angeheirateten Namen trugen: Gerhard und Mizzi Heim (Mizzi, hatte Wudy handschriftlich für mich angemerkt, das sei der bei den Deutschen im Böhmerwald landläufige Kosename für Maria gewesen). Am Telefon war er von den Einträgen im Geburtenregister ausgegangen, die er mir inzwischen ebenfalls abgeschrieben hatte: Demnach hatte Ida Hoiblik außer Gerhard und Mizzi noch zwei weitere Kinder zur Welt gebracht, Wilhelm im Februar 1943 und Josef im Januar 1944 – doch beide Namen fanden sich nicht in der Vertreibungsliste. Darum hatte Wudy bei einem seiner Archivgänge ahnungsvoll einen Blick ins Sterbebuch der Gemeinde Markt Eisenstein geworfen und entdeckt, daß Wilhelm im Alter von zwei Monaten an »Lebensschwäche« gestorben war, Josef im Alter von drei Monaten an einer Lungenentzündung; Josef war der Zwillingsbruder von Mizzi gewesen und am 5. April 1944 gestorben, dem dreiundzwanzigsten Geburtstag seiner Mutter. Schon als recht junge Frau hatte also die Mutter meines zeitweiligen Pflegebruders Wenzel noch in der alten Heimat zwei ihrer Kinder ins Grab legen müssen – wußte er davon? Über ihren Ehemann, den Soldaten Alfred Heim, konnte Wudy keine weiteren Angaben machen, und so nahm er an, daß Heim im letzten Kriegsjahr gefallen sei. Alte Eisensteiner, nur eine Handvoll von ihnen sei noch am Leben, teilten diese Annahme; auch das hatte er am Rand für mich notiert.

Wer aber war Hossassa, ein drittes Geschwister, Junge oder Mädchen, von dem Wenzel zu unserer Kinderzeit erzählt hatte? Das Kind Hossassa, für mich allein seines Namens wegen schon geheimnisumwittert und überaus anziehend, das mit den beiden älteren Geschwistern, oder zumindest in deren Nähe, bei den Großeltern in Murr aufgewachsen sein mußte, während Ida bereits eine verheiratete Bogatz war und mit ihrem Mann und ihrem Sohn Wenzel bei uns in Rotach gelebt hatte? War sie noch ein drittes Mal verheiratet gewesen, war Hossassa unehelich geboren worden oder war dieses Kind nur eine Kopfgeburt Wenzels, der vor mir, dem Einzelkind, mit seinem Geschwisterreichtum hatte prahlen wollen? Ich wußte nicht, ob ich ihn einmal danach fragen sollte.

Nach Beendigung meiner Lektüre rief ich Wudy ein letztes Mal an, um ihm meinen Dank abzustatten – der Mann, sein Forscherdrang, sein Wissen, seine Sammlung, waren mir ganz und gar unverdient zum Glücksfall geworden, und das sollte Wudy wissen. Seine Antwort kam prompt:

»Bildens Eahna bloß nix ei'!«

Dann hängte er noch die überaus klare Bemerkung an:

»Und wenn Sie über diese Menschen schreiben – ein Buch, eine Abhandlung, egal was –, erwähnen Sie mich darin auf jeden Fall und nennen Sie mich bei meinem richtigen und vollständigen Namen, denn *ich* bin der Chronist dieser Unglücklichen und hüte ihr Gedächtnis, *ich* bin mit ihnen barfuß gegangen – und nicht *Sie!* Tuns also nicht so, als hätten *Sie* das ganze Material entdeckt.«

Ich versprach es ihm.

Im August 1946 kam der Aussiedlerzug mit den Hoibliks in Backnang, unserer ehemaligen Kreisstadt, an. In deren Chroniken ließ sich ohne Umstände ermitteln, wie es für die Neuankömmlinge dort in der Regel weitergegangen war: Sie wurden in den Unterkünften von Industriebetrieben einquartiert, in denen wenige Jahre davor noch Zwangsarbeiter zusammengepfercht waren, die die SS aus dem Osten hierher verschleppt hatte, oder auch in einem ehemaligen Lehrerseminar. Von der Lagerstadt in Backnang schickte man die Vertriebenen ebenfalls mit dem Zug nach kurzer Zeit in vier Durchgangslager; von dort aus wurden sie mit Lastwagen oder Fuhrwerken auf die einzelnen Gemeinden verteilt, wo man sie fürs erste in Turnhallen, Wirtshäusern oder größeren Scheunen unterbrachte. Binnen vierzehn Tagen sollten nun die zuständigen Bürgermeister ihre »Zuweisungen«, so der Verwaltungsjargon, schließlich mit privaten Unterkünften versorgt haben – oft eine Sisyphosarbeit, weil die Hausbesitzer sich mit Händen und Füßen gegen ihre Gäste wehrten und die Amerikaner eingeschaltet werden mußten, die Geldstrafen verhängten, um die Aufnahme der Fremden zu erzwingen.

Mein Großvater Paul Stollstein war zu dieser Zeit Bürgermeister von Rotach im Wald. Er, der sozialdemokratische Landhandwerker, hatte sich dem Hitler-Regime verweigert, und die amerikanische Militärregierung in Stuttgart ließ ihn gleich im Juli 1945 für den Pool »politische Parteien« zu, in dem sämtliche Anwärter auf die ersten Wahlämter zusammengefaßt waren. Mein Großvater sollte mir später oft erzählen, wie er mit dem Rad durch seine Gemeinde gefahren war, um für die Heimatlosen zu betteln, zu schelten, zu drohen. Unvergessen ist mir der Satz, den er, der Schreiner, den Unwilligen auf ihrer Türschwelle entgegengehalten hatte: Sag mir nicht, daß du keinen Platz hast, ich kenne dein Haus!

Mein Dorf, tief eingesenkt in einen der hinteren Waldwinkel jener historischen Landschaft, die einst Limpurger Land hieß, hatte bis in die frühen Nachkriegsjahre in fast vollkommener ethnischer und kultureller Geschlossenheit gelebt, vermutlich seit dem Dreißigjährigen Krieg oder sogar der Reformation. Jüdische Gemeinden siedelten sich in den abgelegenen Waldtälern nie an, es gab sie erst einige Kilometer weiter, außerhalb der Wälder, im Kochertal, in der Hohenlohe, in Tauberfranken. Zu den wenigen Fremden, die zuwanderten, gehörten auch die Familien meines Großvaters und meiner Großmutter. Er stammte von Hugenotten ab, die aus Frankreich geflohen waren, sie von Salzburger Protestanten, die man aus Österreich vertrieben hatte.

1946 strömten Tausende von Heimatvertriebenen und Flüchtlingen ein, wenig später teils gut ausgebildete Flüchtlinge aus der DDR. Nur ein paar Jahre darauf folgten die ersten Gastarbeiter: Türken, Spanier, Jugoslawen. Da es vor allem im größten Sägewerk am Ort Arbeitsplätze gab, fand zur selben Zeit auch noch eine westdeutsche Einwanderung statt. In den siebziger und achtziger Jahren kamen, wenn auch in geringerer Zahl, Osteuropäer, ebenso politische Flüchtlinge aus Asien, etwa Pakistan, teils mit, teils ohne Asylantenstatus, hinzu. Und während des Balkankriegs in den Neunzigern entstand eine kleine, aber stattliche Kolonie von Kosovaren. Beinahe gleichzeitig zogen im Waldtal deutschstämmige Spätaussiedler aus der zerfallenden Sowjetunion ein sowie Migranten aus Gebieten der untergegangenen DDR, in denen mehr als ein Fünftel der Bevölkerung arbeitslos war. Alle brachten sie ihre Hoffnungen mit, und man hätte unser weit über tausend Jahre altes Rotach im Wald, allein dieser letzten Einwanderer wegen, getrost in *Hoffnungstal* umbenennen können. So wuchs in vier Jahrzehnten ein neues Dorf heran, gerade rechtzeitig, um in einer neuen Weltordnung zu bestehen, die sicherlich auch wieder Flüchtlinge in Massen hervorbringt.

Wie Ida Hoiblik nach Rotach gelangt war, konnte ich mir nur ausmalen. Je mehr diese Frau ins Unglück geriet, dachte ich, desto tiefer zog sie sich in die dünnbesiedelten Wälder um unser Dorf zurück. Sie hatte nach der Vertreibung gewiß nicht bei uns einen Neuanfang gesucht, im ärmlich ländlichen Ostteil des Kreises, sondern eher im städtisch wohlhabenden Westteil. Dort erhielt sie die nächsten Schläge, dort spürte sie das Gewicht ihrer Verluste in der alten Heimat und setzte sich von ihren Eltern und ihren Kindern ab, als ließe sich damit ihr Schmerz vergessen – die Verantwortung starb ihr zuerst. Idas Erscheinen bei uns im kalten, rauhen, unverblümten Waldtal konnte ich mir nur als Resignation vorstellen. Vielleicht brannte dort ihre Scham nicht so wie an den feineren Orten. Das Unglück hatte ihr Beine gemacht, zuerst hin zu den Kampfplätzen des Lebens, auf denen sie bestehen wollte, dann fluchtartig weg von ihnen, ans entgegengesetzte Ende, dorthin, wo sie aufgeben konnte, ohne davon abgehalten und beschämt zu werden. Ihr Einzug beim alten Graser scheint mir der letzte Schritt einer Anpassung nach unten gewesen zu sein; tiefer hinab ging es in diesem Dorf nicht. Und vielleicht war nicht nur Ida, sondern auch Alois Bogatz, Wenzels hilfloser Vater, im Verlauf eines solch schamvollen Rückzugs zu uns ins Waldtal verschlagen worden – in einer trüben Schenke mögen sie aufeinander getroffen sein. Glückliche sollen sich mit Macht anziehen, Unglückliche tun es wahrscheinlich auch: zwei Stürzende, die im freien Fall nacheinander griffen.

Selbst ihr gemeinsamer Sohn – Wenzel, der mit dem erinnerungsträchtigen Böhmerwälder Namen, geboren in einem Viehstall, wie er mir in späteren Jahren nicht ohne Schicksalsstolz erzählte, um nach einer Pause mit einer gewissen Andacht hinzuzufügen: »wie das Jesuskind« –, selbst dieser gewollte oder auch ungewollte Sohn konnte die beiden nicht retten, am wenigsten seine Mutter.

»Mammole, Mammole.«

2

Als Wenzel im Frühsommer 1970 nach seinem Hauptschulabschluß aus dem Heim entlassen wurde und zu uns zog, war er auffallend ängstlich und bedrückt. Es schien ihm den Atem und damit zeitweise auch die Sprache verschlagen zu haben, daß er sich so vollständig in unsere Macht begeben hatte, diesmal ohne die Möglichkeit auszuweichen, und sei es nur ins armselige »Rocky-docky«, in das Kinderheim mit Namen »Franzenshort« oder in die Illusion, seine Familie werde irgendwann doch noch zusammenfinden. Wenzel gehörte jetzt zu den Stollsteins, auch wenn er nach wie vor seinen eigenen Namen trug und der Staat sein Vormund war. Fürs erste wurden wir nur seine Pflegefamilie, aber schon bald sollte er von meinen Eltern adoptiert, sprich: an »Kindes Statt« angenommen und folglich auch dem Gesetz nach mein Bruder werden. Mein Vater hatte frühzeitig darauf bestanden, in mehreren Schritten klare Rechtsverhältnisse zu schaffen, allerdings nicht bevor Wenzel wieder und wieder gefragt worden war, was er selbst sich denn wünsche, und sinngemäß geantwortet hatte: zu euch kommen, mit euch leben, euer Sohn und Bruder werden für immer …

Dazu war er von niemandem überredet oder gar gedrängt worden, nicht einmal von mir. Frau Schlee vom Jugendamt und Schwester Thaddäa, seine »Stockwerks-Mutter« im Heim, hatten ihm allenfalls zugeraten, sich für uns zu entscheiden, weil er so gut zu uns passe wie wir zu ihm. Doch Wenzel wird schon selbst geahnt haben, daß wir seine letzte Chance auf Familie und auf ein halbwegs bürgerliches Leben waren. Seine einzige Alternative wäre wohl ein weiteres Heim gewesen, eine kasernenartige kirchliche Unterkunft für mehr oder weniger alte Junggesellen. Er hatte gewählt – nun mußte er sich ins Endgültige fügen, was ihm spürbar schwer fiel, obwohl man ihn nie klagen hörte; scheu und schüchtern ging er zwischen uns herum, als wären wir mit einem Schlag wieder Fremde für ihn geworden. Ich fragte Wenzel offen und auch ein wenig gekränkt, ob er es so zeitig schon bereue, zu uns gezogen zu sein, worauf er mir viel zu laut und energisch die Antwort gab:

»Aber nein, Jure, nein-nein!«

Auch eine zweite Entscheidung, nicht minder schwer, hatte er treffen müssen, die Entscheidung für einen Beruf. Mein Vater war ihm dabei zwar behilflich gewesen, hatte ihn aber am Ende geradezu genötigt, selbst zu wählen. Über Wochen war Wenzel immer wieder im Dorf herumgelaufen und hatte auf Vaters Vorschlag hin dessen Altersgefährten zu ihren Berufen ausgefragt; mit dem Wunsch, Buchdrucker zu werden, war er eines Tages heimgekehrt. Mein Vater hatte ihm daraufhin ein Praktikum im Roßweiler Zeitungshaus verschafft und ihm schließlich eine eigene Entscheidung abgefordert mit den Worten: »Damit du nachher nicht sagen kannst, ich hätte dir etwas eingeredet!« Wenzel war bezaubert gewesen von seiner plötzlichen Freiheit und Selbständigkeit, doch man merkte dem knapp Fünfzehnjährigen noch über Wochen an, daß die Verantwortung, die ihm da aufgeladen worden war, ihn beinahe zu Boden drückte.

Seit langem hatten Wenzel und ich nun wieder eine Gemeinsamkeit – beide standen wir an einem Neubeginn, so wie bei unserer Einschulung. Morgens nach dem Frühstück gingen wir zusammen aus dem Haus und stiegen in den Bus nach Roßweil, den ich in Viechberg am Bahnhof wieder verließ, um den Zug in meinen neuen Schulort zu nehmen, während Wenzel bis zur Endstation weiterfuhr. Ich besuchte jetzt – in einem Industriedorf an der Bahnlinie nach Stuttgart – eine Realschule, war dort gnadenhalber versetzt worden in die neunte Klasse, obwohl ich auf dem Gymnasium die achte nicht überwunden hatte. Es belustigte und beruhigte mich zugleich, dort statt Latein so lebensnahe Dinge wie Maschinenschreiben und Stenographie lernen zu dürfen. Ich hatte zwei Jahre zur Bewährung. Was danach folgen sollte, ließen meine Eltern absichtsvoll im Dunkeln – diesmal schlugen sie keine Bögen in die fernste Zukunft. Wenzel indes war ein Druckerlehrling im ersten Ausbildungsjahr geworden. Der Zeitungsverlag, der in Roßweil das Lokalblatt druckte, hatte ihn bereits nach kurzer Probezeit eingestellt und ihm den Vorzug vor etlichen Mitbewerbern gegeben, für ihn ein ganz und gar unverhoffter Sieg, der ihn mit Stolz erfüllte.

Abends, wenn wir wieder zu Hause vereint waren, saß er mit druckerschwarzen Händen und seiner ihm erst jüngst vom Arzt verordneten, goldgeränderten Brille auf der Nase neben mir beim Vesper. Feierlich ernst erzählte er von seinem Arbeitstag, flocht mitunter altmeisterliche Sprüche ein wie »Lehrjahre sind keine Herrenjahre« oder »Es ist noch kein Meister vom Himmel gefallen« und redete bereits von seinem Gesellenbrief oder gar mehr. Einmal sprang er mitten unter der Mahlzeit auf und zog seinen grauen Werkstattmantel an, um mir vorzuführen, wie er im Betrieb aussehe. Sein Fleiß und seine Gewissenhaftigkeit trugen ihn leicht bis in den späten Feierabend, und manchmal schien Wenzel es kaum abwarten zu können, nach dem Essen in der Wohnstube seine Fachbücher aufzuschlagen, sich die Hausaufgaben aus der Berufsschule vorzunehmen oder unter satz- und drucktechnischem Blickwinkel die Zeitung des Tages noch einmal durchzugehen. Diesen Wenzel kannten wir nicht: umsichtig, pflichtgetreu, fehlermeidend. Meist ging er, zumindest anfangs, früh zu Bett, mit dem Vorsatz, immer gut ausgeschlafen zu sein, um an den Maschinen keinen Schaden anzurichten. Säuberlich packte er am Vorabend auch stets seine Arbeitstasche und stellte sie griffbereit neben der Haustür ab. Nur selten gelang es mir, ihn zu einem Spiel zu überreden, »Mensch-ärgere-dich-nicht« zum Beispiel, doch leider niemals mehr zu unserer auf dem Boden gespielten »Teppichliga«, dazu schienen wir ihm nicht mehr jung genug. Manchmal setzte er sich auch zusammen mit den übrigen Mitgliedern seiner neuen Familie für eine Stunde vor den Fernsehapparat, den meine Eltern um die Zeit von Wenzels Einzug wortlos angeschafft hatten.

Während der Fernseher lief, saß ich im Hintergrund auf dem Wohnzimmersofa und las oder hielt mich zumindest lesebereit, wie meistens in den letzten Monaten. Mein Deutschlehrer in der Realschule, Herr Hunger, hatte mir mehrere Gedichtbände empfohlen und mir auch erklärt, wo man sie kaufen konnte, nämlich im Schreibwarenladen meines neuen Schulorts; er selbst hatte die Ladenbesitzerin gebeten, Gedichte vorrätig zu halten. Von diesen Bänden führte ich stets einen mit mir, um in allen Lebenslagen hineinblättern und darin lesen zu können; mein derzeitiger Band hieß »Menschheitsdämmerung« und setzte mir mit jedem Vers, mal zermürbend, mal aufpeitschend, zu.

Ich entdeckte auch meinen »Volks-Brockhaus« wieder; er hatte jahrelang unberührt auf dem Bücherbord über meinem Bett gestanden, von mir vergessen, ja verschmäht während meiner Roßweiler Schulschreckenszeit. Jetzt nahm ich dieses dicke schwere Lexikon wieder zur Hand, um nach gründlicher Entstaubung immer wieder eines der vielen Fremdwörter nachzuschlagen, die damals im Waldtal Einzug hielten. Mitunter las ich aber auch Seite um Seite darin, wie in einem Roman, und erschrak über den mir noch nebelhaften und kaum bekannten Reichtum der Welt.

Wenzel und ich verbrachten nahezu jeden Abend daheim und umkreisten einander unmerklich. Keiner von uns schien es zu wagen, noch einmal auszugehen und sich einen Freund oder eine Freundin zu suchen. Meine Mutter fragte enttäuscht: »Was seid ihr denn für junge Männer – könnt leben ohne Tanz und ohne Liebschaften?!« Meinem Vater hingegen gefiel unsere »Konzentration auf das Wesentliche«, wie er es nannte. Lediglich sonntags verließen wir zusammen mitunter das Haus und begaben uns für einen Nachmittag auf Wanderschaft, jeder mit einem geräumigen Rucksack, in dem außer einer Flasche Limonade und einigen Wecken nur ein Paar Rote Würste lagen, die wir unterwegs an einer Feuerstelle auf selbst zugeschnitzte Stecken spießten und nebeneinander brieten. Dazu führten wir bemüht erwachsene Gespräche, die peinlich steif und pseudoreif waren, ohne jegliche Spannung oder gar Widerspruchsgeist. Leidenschaftlich daran war einzig, wie wir uns gegenseitig Recht gaben, einander zunickten oder beipflichteten, um nie den Eindruck aufkommen zu lassen, wir könnten unterschiedlicher Meinung sein. Wir waren jetzt Brüder – das wollte einer dem andern zu fühlen geben. Dringend schienen wir uns beweisen zu müssen: Du genügst mir, ich brauch sonst keinen … Von heute aus erkenne ich in diesem krampfhaften Verhalten eine Art freiwilliger Selbstverspießerung, die Wenzel und ich uns unabgesprochen auferlegten, vermutlich aus Furcht, alles, was wir erreicht hatten, mutwillig oder tölpelhaft zu zerstören.

Bei mir kam freilich noch hinzu, daß ich inzwischen Puritaner geworden war – eine Antwort auf meine Roßweiler Gymnasialexzesse. Ich trank keinen Alkohol und rauchte keine Zigaretten mehr, war häuslich und harmonisch gestimmt und wollte mich und andere unbedingt davon überzeugen, daß man keine Furcht vor mir zu haben brauchte. Wie nie zuvor verlangte es mich nach Reinheit, und ich wünschte mir meinen ungetrübten Kinderglauben zurück, der einst schweren Schaden genommen hatte, weil meine Bitte um Geschwister nicht in Erfüllung gegangen war. Doch fand ich diesen Glauben nicht wieder, sondern geriet statt dessen in der »Menschheitsdämmerung« an das Gedicht eines gewissen Werfel; es trägt den Titel »Ich bin ja noch ein Kind«, ähnelte verführerisch einem – wenn auch wilden, brausenden – Gebet und fuhr in mich wie der Geist in die Säue, um in meinem Innern herumzutoben und es unter Glückseligkeit und Pein auszudehnen. »Ich bin ja noch ein Kind. / Und wage doch zu singen … / Und sage von den Dingen: / Wir sind!« Ich kam nicht los von diesem Gedicht, las es unzählige Male und schrie es sogar zur Decke hinauf. Sehr bald beherrschte ich es auswendig, aber es beherrschte auch mich, inwendig, riß mich zu Tränen hin und oft genug zu Gewimmer und Schluchzen, und zwar auf eine so beängstigende Weise, daß ich beschloß, es seltener zur Hand zu nehmen und überhaupt mit Gedichten vorsichtiger zu sein. Daß Verse mich derartig trafen und fortrissen, war nun schon zum zweiten Mal geschehen; ein Geschenk, zweifellos, aber auch eins zum Fürchten.

Wenzel ignorierte meine Wunderlichkeiten so wie ich seine Pedanterien. Wir paßten uns eng und ängstlich einander an und spielten uns gegenseitig ein erfülltes Bruderleben vor. Keiner beschwerte sich je über einen Mangel, obwohl jedem etwas zu fehlen schien. Was mir fehlte, war leicht zu entdecken: meine Sehnsucht – sie hatte sich restlos verflüchtigt. Seit Wenzel für immer bei uns wohnte, seit er weder kam noch ging, seither gab es nichts mehr zu wünschen und zu sehnen. Wir lebten neuerdings in einer einzigen Dauer zusammen, unsere alten, rauhen Gezeiten aus Trennung und Wiederkehr, Abschied und Ankunft waren dem immergleichen Beieinandersein gewichen.

3

An einem Dezemberabend noch im selben Jahr saß ich mit Wenzel allein vor dem Fernseher und sah, wie in Warschau der deutsche Bundeskanzler auf die Knie fiel. Wir verstanden nicht, warum er das tat. Wenzel sagte: »Haben wir im Heim ständig gemacht – ist gut katholisch!« Daß auch ich, ein Evangelischer, schon auf die Knie gefallen war, und zwar um für Wenzel zu bitten, behielt ich für mich. Als mein Vater spät aus der Werkstatt kam, erzählten wir ihm von dem Kniefall in Warschau; er war müde und erschöpft, doch kaum hörte er davon, wurde er hellwach. Wir schalteten den Fernseher noch einmal an und jeweils zur Nachrichtenzeit auch unser neues Kofferradio. Mein Vater schaute und horchte stumm; zugleich schien er mir sehr ergriffen, bewegt fast bis zu Tränen. Und ich glaubte zu verstehen: Der Krieg war der Grund.

Am nächsten Tag wurde fast überall nur dieses Ereignis verhandelt, im Bus, im Zug, in den Zeitungen, in der Schule. Herr Hunger, der in meiner Klasse nicht nur Deutsch, sondern auch Geschichte unterrichtete, wollte wissen, was wir davon hielten. Er mochte es, uns herauszufordern, und tänzelte vor der Tafel neugierig schmunzelnd unseren Antworten entgegen. Ich hätte gern zu ihm gesagt: Mein Vater hat darüber geweint! Wieso? – brachte aber kein Wort heraus. An den folgenden Tagen ging ich nachmittags und abends öfter als sonst in die Werkstatt hinüber und hoffte meinerseits auf Antworten. Eine dörfliche Werkstatt war damals noch immer auch ein Umschlagplatz für Gedanken, Gefühle, Gesinnungen; Streitgespräche mit bis zu zehn Teilnehmern fanden dort statt, in Zigarettenrauch und Holzstaub, oft bis nach Mitternacht. Da wurden Gottesbeweise erbracht, Fußballweltmeisterschaften durchlitten, der Mordfall Kennedy aufgeklärt … die ganze Welt hatte Platz in einer Werkstatt! Doch über nichts wurde, zumindest bei uns, so häufig und ausdauernd »diskutiert« – welch herrliches neues Wort! – wie über den Krieg, den die meisten unserer männlichen Gäste als Hitlers Soldaten geführt hatten und den besonders mein Vater sich offenbar nicht verzeihen konnte, den er aber sehnlichst verziehen haben wollte, was ich bisher höchstens ahnte.

Alle, die in diesen Tagen bei meinem Vater aufkreuzten, um sich durch Reden zu erleichtern, hingen dem Glauben an, der Bundeskanzler habe gekniet, um für die deutsche Kriegsschuld Vergebung zu erbitten. Von Lehrer Hunger wußte ich aber, daß der Kniefall, der an der Stelle des ehemaligen Warschauer Ghettos stattgefunden hatte, einer anderen deutschen Schuld galt: der Schuld an der Ermordung von Millionen Juden. Aus Hungers Mund hörte ich die Namen Auschwitz und Treblinka zum ersten Mal, ebenso die aufwühlende Geschichte des Ghettoaufstands, bei dem die Juden in aussichtsloser Lage sich gegen die Deutschen erhoben hatten und besiegt worden waren. Davon freilich sprach niemand in der Werkstatt meines Vaters, bis auf die Frau des Kranführers im größten Sägewerk unseres Dorfs, die gerade ein neues Walkbrett für ihren Brot- und Kuchenteig abholte und sagte:

»Schuld wegen der Juden? Nein! Die Juden haben schließlich meinen Heiland umgebracht …«

Aber auch die Kriegsschuld wollte kaum einer vergeben haben; unser Nachbar, der Küfer Rombach, beinahe so alt wie mein Großvater, sagte:

»Ich hab bereits bezahlt, als mein einziger Sohn in russischer Kriegsgefangenschaft verhungert ist.«

Selbst die beiden Stalingrader Bareißer und Noll tönten aufgeregt und wie im Chor:

»Wir haben doch nicht geblutet – und entschuldigen uns heut auch noch dafür!«

Der junge Heilmann, ein gleichaltriger Freund meines Vaters, der an der Ostfront irrtümlicherweise einen vorgesetzten Offizier erschossen hatte und dafür von einem Kriegsgericht freigesprochen worden war, trug dem Sinn nach vor:

Auf die Knie fallen, das sei völlig aus der Zeit. Ein Kirchenmann falle vielleicht noch auf die Knie, nicht aber ein Politiker, und wenn er es trotzdem tue, dann aus Schwäche. Ein Mensch, der aufrecht gehe und stehe, wie die Natur es vorgesehen habe, werfe sich vor niemandem auf die Knie …

Und Bauer Weidle, der gern erzählte, daß er im Krieg sogar das

Reiten gelernt hatte, meinte, die Deutschen seien überhaupt ganz und
gar schuldlos geblieben:

»Wer seine Pflicht tut, den kann keine Schuld treffen.«

»Alles Quatsch!«, rief der Postbote, »Bott« genannt, dazwischen, der
manchmal auch in Zivil zu uns kam. »Wir Jungen *können* gar nicht
schuldig sein – nur die Alten sind schuldig, die Alten, weil sie uns vor
Hitler nicht bewahrt haben!«

Allein mein Vater sowie der Glasvertreter Elsner, der uns gerade
seinen monatlichen Kundenbesuch abstattete und in der Werkstatt
weithin der einzige Krawattenträger war, verteidigten den Kniefall.
Sie waren beide Willy-Brandt-Anhänger und ließen es unter keinen
Umständen zu, daß ihr Bundeskanzler auch noch als »Vaterlandsver-
räter« beschimpft wurde – es gab Leute, die dafür schon vor die Tür
gesetzt worden waren. Herr Elsner zeigte in die Runde und rief unter
dem feindseligen Gejohle einiger Gäste:

»Jeder hier drin – jeder! – hätte Grund zum Knien, aber keiner traut
sich, aus Stolz oder aus Feigheit – darum mußte der Brandt es tun!
Aber mit seinem Kniefall ist noch nichts vergeben und vergessen. Die
Deutschen müssen erst noch beweisen, ob sie auch auf Dauer mit anderen in Frieden und Freiheit leben können. Zahlen allein genügt nicht! «

Und mein Vater vertrat die Ansicht, daß Brandts Geste demütiger
Schuldanerkennung vor allem »der jungen Generation« zugute komme,
wobei er auf mich und Wenzel wies, der mich an einem der Abende
begleitet hatte und in der Werkstatt neben mir stand. Wir, die Jungen,
hätten den größten Vorteil von diesem Kniefall, weil er bis in die ferne
Zukunft hinein befreiend wirke und die Last der Vergangenheit ganz
allmählich von unseren Schultern nehme. Er, so sagte mein Vater,
ertrage es nicht, wenn seinen Söhnen – dabei zeigte er wieder auf uns
beide – seine Schuld aufgelastet werde (zu der Zeit wußte ich noch
nicht, was er mit Schuld genau meinte). Erst wenn die Väter um Verzeihung für ihre Taten gebeten hätten, verdienten die Söhne mit der
Zeit das Vertrauen der Welt. Für diese Väter sei der Kanzler auf die
Knie gesunken – damit aus Schuld keine Erbschuld werde.

Darauf griff höchst überraschend Wenzel in das Streitgespräch ein
und bewies damit einen Mut, den ich nicht aufgebracht hätte. Denn

fast aufbrausend behauptete er vor all den in Wallung geredeten Erwachsenen in unserer Werkstatt, daß man sich für andere gar nicht entschuldigen könne, auch nicht auf Knien, sondern nur für sich selbst; zudem werfe man sich niemals vor Menschen auf die Knie, sondern einzig und allein vor Gott – so hätten seine Franziskanerinnen es ihm beigebracht. Niemand antwortete auf diesen Einwand, der, wenn auch mit schwachen Stotteranklängen, in einem seltsam kindlichen Propheten-Ton vorgetragen wurde. Erst als Wenzel und ich wieder unter uns waren, erhielt er von mir die Antwort, zumal mich seine freie Rede in der Werkstatt mit Neid erfüllt hatte, und ich ihm beweisen mußte, daß der Max ebenfalls zu einer solchen Rede in der Lage war. Doch ich redete vor lauter Eifer nur dumm im Kreis herum und unterließ es oder getraute mich nicht, ihm ins Gesicht zu sagen, daß ich selbst schon einmal erfolgreich für einen anderen gekniet hatte, und zwar für ihn. Das wäre die einzig richtige Antwort gewesen.

So schenkte der Kniefall von Warschau Wenzel und mir eine neue Gemeinsamkeit, die erste seit wir ganz und für immer zusammenlebten. Denn plötzlich fingen auch wir an, miteinander zu diskutieren, und waren Tag für Tag erpicht darauf, zu erfahren, was der andere jeweils dachte und fühlte. Doch unsere Gespräche drehten sich nur selten um uns selbst, unseren Alltag, unsere Nöte, sondern meistens – auch das so ein zündendes neues Wort – um ein »Thema«. Auf diese Weise entdeckten wir in ersten Umrissen das Politische, jene reiche und spannungsvolle Welt jenseits von Heimat, von Herkunft – und ahnten wohl zum ersten Mal, daß es eine Freundschaft zwischen uns geben könnte, die frei wäre von meinem Bruderwahn und seinem Familienschrecken. Ich weiß nicht, ob Wenzel diese Ahnung wirklich mit mir teilte, doch die beiden Fünfzehnjährigen, die wir damals waren, erscheinen mir im Nachhinein derart beseligt und erleuchtet von jener neuen Gemeinsamkeit, daß es fast nicht anders sein kann. Wir waren zwei junge Männer, die sich an ihrem gemeinsamen Reiferwerden erfreuten. Wir hörten auf, einander etwas vorzuspielen und legten alles Antrainierte und Einstudierte ab. Wir entdeckten, wie unsere Kindheit mitsamt ihren Ängsten, Zwängen und Mängeln sich erstmals entfernte. Nie wurde uns langweilig, wir redeten, sobald wir zusammen waren, beinahe ununterbrochen aufeinander ein und berauschten uns einer am anderen (reiner als damals sprach Wenzel übrigens selten). So viel zweisam-einige Vertraulichkeit hatte keiner von uns je zuvor erlebt; ja, zu unserer Verblüffung träumten wir oft sogar dasselbe, wenn auch in unterschiedlichen Farben.

Da wir nicht motorisiert waren und die Grenzen des Waldtals nur überschritten, wenn wir zur Arbeit oder in die Schule mußten, saugten wir alles, was die Gegenwart zu bieten hatte, gleichsam zu uns herein. Wir steckten in unserer ländlichen Enge und fühlten trotzdem allumfassend. Ich las nach wie vor Gedichte, mittlerweile auch zeitgenössische, etwa zur »Verteidigung der Wölfe« oder »Botschaften des Regens«, wobei ich mich hüten mußte, sie nicht wie Prosa flott hintereinander weg zu verschlingen, während Wenzel abends sein Junggewerkschafterblättchen namens »ran« aufschlug oder sich – öfter als ich – den Leitartikel in der Zeitung vornahm. Wir sahen auch gemeinsam fern, am wachsten die Polit-Magazine, und hörten Radio, am gierigsten die Jugendsendungen mit ihrem Gemisch aus Musik und Interviews. Alles Gehörte, Gesehene und Gelesene wurde anschließend wieder sturzartig in mündliche Rede überführt.

Was Wenzel und ich im einzelnen besprachen und wie wir es taten, ist mir größtenteils entfallen, ich weiß nur noch, in welcher Stimmung es geschah, nämlich in jener gehobenen Fest- und Feierstimmung, die unserer Friedensliebe entsprang. Der Frieden war unsere bisher gewaltigste Entdeckung – ja, manchmal hielten wir ihn fast für unsere Erfindung. Uns war nämlich aufgefallen, daß wir sozusagen blindlings mitten im Frieden lebten und diese Selbstverständlichkeit nach all den Kriegen vielleicht nicht hoch genug schätzten. Fortan wollten wir friedensbewußter leben und darauf achten, selbst friedfertig zu sein, auch gegeneinander, was beim Diskutieren nicht immer gelang. Das ganze Land schien uns getragen von Friedensstimmung; anderes, gar Unruhen und Gewalt auf der Straße, nahmen wir kaum wahr. Nur die Erinnerung an meinen eigenen Unfrieden während des letzten Roßweiler Schuljahrs versetzte mir noch hin und wieder einen Stich. Wir begeisterten uns – jawohl, auch Wenzel, der Flüchtlingsjunge! – für die sogenannte neue Ostpolitik und sammelten, wie man seit kurzem selbst in unseren Kreisen sagte, »Argumente« zu ihrer Verteidigung. Unbedingt wollten wir uns für Entspannung und Versöhnung stark machen, falls wir einmal auf einen träfen, der dagegen wäre; doch fanden wir keinen, zumindest nicht in unserem Alter. Weil uns somit ein Betätigungsfeld fehlte, verfielen wir ins Schwärmern, so hemmungslos wie nur sehr junge Menschen ins Schwärmen verfallen können. Jeder von uns trug das Friedenszeichen gut sichtbar an seinem »Parka«, den wir im »Ami-Laden« von Murr gekauft hatten. Immer wieder prüften wir uns, ob wir auch wirklich keine Feinde oder, vielleicht, irgendwo in unserem Innern versteckt, »Feindbilder« hätten – auch das eines der Schlüsselwörter der Zeit. Um unseren Friedenswillen noch zu unterstreichen, sagten wir nie »Deutschland«, sondern immer »Bundesrepublik«.

Überaus gründlich beschäftigten wir uns auch mit der »A-Bombe«, wie Wenzel sie eingeweiht nannte, und von der er oft genug sagte, daß sie »die ganze Menschheit auslöschen« könne. Für ihn war das die größte Bedrohung der Gegenwart; mein Vater jedoch lachte ihn aus und meinte:

»Wer soll denn so verrückt sein, einen Atomkrieg anzufangen? Die Bombe ist derart gefährlich, daß sie schon wieder harmlos ist! Der nächste Krieg, wenn er kommt, wird geführt wie der letzte.«

Auch mir jagte die Bombe keine Angst ein: »die ganze Menschheit auslöschen« lag für mich jenseits alles Vorstellbaren. Schon beim Lesen in meinem Gedichtbuch »Menschheitsdämmerung« hatte die weltumspannende Übergröße namens Menschheit die Vorstellungskraft des Einzelkinds bei weitem überstiegen, und mir war auch nie klar geworden, ob die Dichter diese Menschheit nun herauf- oder hinunterdämmern sahen. Ich hielt mich fernerhin an Vaters Krieg und fürchtete ihn, grad als läge er in der Zukunft, als stünde er erst noch bevor. Die väterliche Kriegsschuld, oder was ich bis dahin von ihr ahnte, wurde mir zur strengen, unausweichlichen Verpflichtung, und ich beschloß, den Dienst mit der Waffe zu verweigern. Das war ich meinem Vater schuldig, und das war ich ebenfalls dem für alle Deutschen knienden Willy Brandt schuldig; ein junger Deutscher wie ich konnte doch *nach alledem* kein Soldat mehr sein. Nie wieder! Ich forderte auch Wenzel auf, den Dienst mit der Waffe zu verweigern, und stellte es mir erhebend vor, mit ihm zusammen Kriegsdienstverweigerer zu werden und anschließend vielleicht Ersatzdienst zu leisten in einem Heim für behinderte Kinder. Wenzel mochte sich aber noch nicht entscheiden, er zuckte unwillig mit den Achseln und sagte:

»Kriegsschuld der Väter? O je! Ich weiß doch nicht mal, ob mein Vater überhaupt Soldat war!«

»Wie kommst du jetzt auf deinen Vater? Du wohnst doch jetzt bei uns«, antwortete ich.

»Aber *dein* Vater ist nicht *mein* Vater, Max … jedenfalls nicht *so* …«

»Wie *so*?

»*So* halt – daß ich büßen muß für ihn, weißt.«

»Das muß ich doch auch nicht!«

»Aber es ist sein Krieg, Max, seiner …«

»Es geht nicht um meinen Vater, es geht um alle Väter.«

»Scheißegal! Wenn die Bombe fällt, sind wir eh alle tot!«

4

Um den Jahreswechsel herum hatte mein Vater einen Auftrag für Wenzel und mich: Wir sollten eine Glasscheibe zu ihrem Empfänger schaffen, einem jungen Mann, fünf oder sechs Jahre älter als wir, der Kunibert Ickinger hieß und der Sohn einer ehemaligen Schulkameradin meines Vaters war, eben jener Kranführersgattin, die kürzlich in unserer Werkstatt ein neues Walkbrett für ihre Küche abgeholt hatte. Bei diesem Besuch hatte sie für ihren zweit- oder drittältesten Sohn auch die besagte Scheibe bestellt, in einer Größe von 140 mal 80 Zentimetern, aus stoßfestem Glas und mit abgeschliffenen Kanten.

Ich wußte, wo Kuniberts Elternhaus stand: am Fuß des Kaffeebergs. Den jungen Mann selbst kannte ich nicht, sowenig wie Wenzel ihn kannte; von meinem Vater erfuhren wir nur, daß er vor einem halben Jahr aus Indien heimgekehrt sei und danach längere Zeit in einem psychiatrischen Krankenhaus zugebracht habe. Die Glasscheibe, die seine Mutter für ihn bestellt hatte, sollte als Platte für einen Tisch dienen, und mein Vater vermutete:

»Na, ein Frisiertisch wird's ja wohl nicht sein ...«

Vorsichtig trugen Wenzel und ich die Scheibe durchs Dorf, in der sich graue, schneepralle Wolken spiegelten.

Vor dem Haus der Ickingers riefen wir laut an der Fassade hinauf, weil wir zum Klopfen – eine Klingel war nirgends zu sehen – keine Hand freihatten. Es dauerte nicht lange, und ein Fenster ging auf, allerdings im Haus nebenan, das alt und halbverfallen war und eigentlich unbewohnbar aussah; hier wohnte anscheinend der Sohn Kunibert. Kaum hatte er uns erblickt, stand er auch schon in der offenen Haustüre vor uns, ein wendiger, zart gebauter, fast dürrer Mann, kaum größer als wir; dunkel waren die Augen, der Vollbart und das wirre Haupthaar, sehr blaß, mutmaßlich krankenhausblaß, seine Haut. Er hatte eine Pluderhose an, darüber ein dünnes, besticktes Hemd ohne Kragen und Knöpfe, in das, wenn ich meinen Augen trauen durfte, winzige Spiegelscherben eingenäht waren. Obwohl dieser Kunibert für unsere Waldtäler Winterjahrzeit viel zu leicht bekleidet war und außerdem noch barfuß daherkam, schien es ihn nicht zu frieren. Jedenfalls ließ er sich Zeit, um uns mit seiner gläsernen Tischplatte sicher durch das kalte und unbeleuchtete Treppenhaus hinaufzudirigieren, hinein in ein kahles Zimmerchen, das ebenfalls nicht beheizt war und von einem massiven Tisch aus Eiche oder Buche beinahe ausgefüllt wurde; darauf mußten wir die Glasscheibe ablegen. Wir wurden noch gelobt für unseren schonungsvollen Transport, aber sogleich wieder aus dem Raum gedrängt.

»Was haben Sie denn eigentlich vor mit dem Ding?«, fragte Wenzel wenig respektvoll.

Kunibert sagte kein Wort, sondern legte nur den Zeigefinger an seine Lippen, worauf mir wieder einfiel, was ich nicht vergessen durfte:

»Die Rechnung schickt mein Vater später.«

»Soll er an meine Mutter schicken«, gab Kunibert zurück.

Dieser in allem so fremde Mensch sprach tatsächlich dasselbe Waldschwäbisch wie wir; noch nie hatte ich mitten in der eigenen Heimat einen fremderen angetroffen. Als Wenzel und ich wieder auf die Straße traten, fuhr über uns noch einmal das Fensterchen auf, und Kunibert zeigte sich:

»Kommt in einer Woche wieder – da könnt ihr dann was sehen … und wenn ihr im Dorf ein paar Mädchen kennt, bringt sie mit!«

An einem Sonn- oder Feiertag gingen wir noch einmal zu ihm, ich aus echter Neugier, Wenzel wohl eher aus Langeweile. Mädchen hatten wir keine dabei; mit der Aufforderung, welche mitzubringen, hatte Kunibert unsere schwächste Stelle berührt, denn wir kannten keine, zumindest im Dorf nicht, die mit uns ausgegangen wären.

Der Tisch war fertig. Er stand in einem Zimmer, das wir bei unserem ersten Besuch nicht betreten hatten – offenbar Kuniberts Wohnraum, in dem drückende Hitze herrschte. Unser Gastgeber, noch immer so sommerlich gekleidet wie beim letzten Mal, wies auf einen Ölofen in der Ecke und sagte:

»Ich hab extra eingebrannt, damit ihr nicht friert!«

Den Handschlag verweigerte er uns mit dem Hinweis, daß »so altmodische Sitten wie Shakehands« längst hinter ihm lägen. Dafür bot er uns umgehend das Du an und nannte auch den Namen, mit dem wir ihn ansprechen durften: nicht Kuno oder Kuni, wie zu erwarten gewesen wäre, sondern Kosmo; unsere Namen schien er nur flüchtig zur Kenntnis zu nehmen. Ich aber hatte währenddessen nur Augen für den Tisch, der schwer, ja wuchtig die Mitte des Raumes einnahm. Es war derselbe Tisch, auf dem wir im Zimmerchen gegenüber Tage zuvor die Glasscheibe abgelegt hatten – jetzt zierte sie ihn als durchsichtige Tischplatte und bedeckte ein Bild, das mir die Luft nahm mit seinem Gewimmel aus Menschen und Tieren, seinen brennenden, fast übernatürlichen Farben, seinen Figuren, Szenen, Gebilden meist jenseits aller Wirklichkeit, seiner zumindest auf den ersten Blick einschüchternden Kraft und Wildheit.

»Schaut ihn nur an«, rief Kosmo, »das ist mein Boschtisch!«

Das Bild war auf die Größe der hölzernen Tischplatte zugeschnitten – 140 mal 80 –, darüber die gleichgroße Scheibe; alles lag Kante auf Kante und wurde zusammengehalten von mehreren kleinen, aus Kupferblech gefertigten Händen, die gleichsam den Rand des Tisches umklammerten, unten mit dem Daumen, oben auf dem Glas mit den vier übrigen, eng an eng liegenden Fingern. »Das hält doch nie und nimmer«, sagte Wenzel vor sich hin, worauf ich entgegnete, daß man dieses Werk nur bewundern könne.

»Ich bin gelernter Schlosser«, antwortete Kosmo.

»Und wo arbeitest du?«, fragte Wenzel.

»Zur Zeit bin ich krankgeschrieben …«

Beide wollten wir wissen, wieso er das Bild auf einem Tisch angebracht habe. »Weil ich es immer vor mir haben will«, sagte Kosmo, »und an den Wänden kein Platz ist.« Das leuchtete ein. An der einzigen Stelle, wohin es gepaßt hätte, hing ein kunstvoll gestaffeltes Regal mit einer Musikanlage, die mir hochmodern und teuer vorkam: Plattenspieler, Radio, Tonbandgerät, darunter, auf weiteren Regalbrettern, Schallplatte an Schallplatte, zudem jede Menge Tonbänder; Bücher waren nirgends zu sehen. Vor der nächsten Wand, links davon, erhoben sich zwei für mein Augenmaß riesige Lautsprecher. Und auch die übrigen Wände eigneten sich nicht für ein größeres Bild, weil sie entweder Fenster hatten oder bucklig und wellig waren wie unser Waldhügelland. Die Decke des sehr niedrigen Zimmers übrigens wölbte sich mit ihren Wasserflecken so bedenklich weit auf unsere Köpfe herab, daß ich, als wir endlich Platz genommen hatten, immer wieder nach ihr aufblicken mußte. Wir saßen um den sogenannten Boschtisch herum, aber nicht auf Stühlen, sondern auf Autositzen. Kosmo hatte Tee gekocht, süßen und starken, der uns noch mehr einheizte, und später tranken wir von einem Rotwein mit dem Namen »Katzenbeißer«. Unser Gastgeber rauchte in einem fort Selbstgedrehte und nebelte uns ein. Neben sich, auf die Glasplatte, hatte er eine Lupe sowie eine Taschenlampe gelegt und versichert, daß er beides zur Bildbetrachtung brauche. Als es zu dämmern begann, mußten zwei Glühbirnen, die nackt von der Decke hingen, uns Licht geben.

Wir besuchten Kosmo noch öfter, bis Wenzel sich weigerte, zu ihm zu gehen, mit der Begründung, daß »alles dort«, der Mann, die Kammer, das Bild, ihm »zu unordentlich« sei. Ich schloß mich widerwillig an – noch war unser Gemeinsamkeitszwang stark; insgeheim aber bedauerte ich unser jähes und wortloses Fernbleiben (das besser zu Wenzel paßte als zu mir), denn ich war gern zu Kosmo gegangen, hatte es auf- und anregend gefunden, mit ihm zu reden oder Musik zu hören, aber nicht die netten, ohrschmeichlerischen Popliedchen, die wir aus dem Radio kannten, sondern schwarzen Blues, Bob Dylan, Dr. John oder eine Band mit dem sagenhaften Namen »Pearls before Swine«.

Der »Boschtisch« hatte seinen Namen, wie ich kurz angenommen, zum Glück jedoch nie ausgesprochen hatte, keineswegs von dem in Schwaben hochberühmten Zündkerzenmagnaten gleichen Namens, sondern von einem älteren, fast noch aus dem Mittelalter stammenden Maler mit dem fremdartigen Vornamen Hieronymus.

Als wir wieder daheim waren, forderte Wenzel mich auf, im Brockhaus nachzuschlagen, ob es diesen »Bosch« überhaupt je gegeben habe; er hielt ihn für eine ziemlich verrückte Erfindung unseres Gastgebers. Doch Wenzel lag falsch – Kosmo hatte die Wahrheit gesagt, und ich konnte einmal mehr stolz sein auf mein Lexikon.

Laut Kosmo war dieser holländische Bosch bei seiner Malarbeit jedesmal über sich hinausgewachsen, wenn er unter Drogen stand, natürlichen Drogen wie Tollkirsche, Stechapfel oder Fingerhut, deren Wirkung seine Phantasie in Aufruhr versetzt, sein Bewußtsein erweitert und seine Sensibilität gesteigert hatte – bis zur Vision! Eine solche

Vision oder Schau habe Bosch auch im vorliegenden Bild festgehalten, das den Titel trage: »Garten der Lüste«. Es handle sich dabei um ein sogenanntes Triptychon, ein dreiteiliges Gemälde, das im Original zwei Meter hoch und vier Meter breit sei und im »Prado«-Museum in der Stadt Madrid hänge, »drunten in Spanien«, wo er, Kosmo, es einige Monate zuvor während seiner Heimreise aus Indien zum ersten Mal gesehen habe. Stunden und Tage wollte er davor verbracht haben, allerdings sei es ihm nicht gelungen, vom »Garten der Lüste« eine Nachbildung aufzutreiben, die größer gewesen wäre als eine Postkarte. Erst neulich habe er das Bild durch Zufall im Katalog eines Londoner Modeversands in Posterformat entdeckt und sich sofort besorgt.

Jedesmal, wenn ich auf das Boschbild schaute, geriet ich in einen wahren Schaurausch und konnte meinen Blick nicht mehr abwenden. Wie unter Zwang mußte ich von Einzelheit zu Einzelheit springen, doch je öfter ich sprang, desto mehr Einzelheiten schienen es zu werden – ein Reichtum, der unter dem eigenen Blick erst entstand und immer undurchdringlicher wurde. Kosmo bemerkte mein unruhiges Hin und Her und lachte:

»Nichts für Ungeduldige, was? Aber dieses Bild kann dich vom Schielen heilen!«

Mein Blick schweifte von einer Sau in Nonnentracht über einen Fisch, der auf dem Rücken liegend einen anderen Fisch verschlingt und auf seinem Bauch einen kleinen Hasen trägt, bis hin zu einer Menschenmenge, die in ein riesenhaftes aufgeplatztes Hühnerei hineinspaziert. Alle Menschen, die das Bild bevölkern – unzählige –, sind nackt, bis auf Jesus im linken Bildteil. Im rechten, vor einer brennenden Stadt, ist einer von ihnen an eine übergroße Gitarre gefesselt, ein anderer hängt in den stählernen Saiten einer Harfe. Hier, rechts, sozusagen im gewalttätigen Teil des Bilds, sind auch aus den Tieren Feinde der Menschen geworden; sie haben sich in häßliche Fabelwesen, ja Monster verwandelt. Im mittleren dagegen sind sie noch freundlich und zugewandt, viele lassen sogar reiten auf sich, selbst auf dem Rücken eines Bären darf ein Mensch sitzen. Gleich dahinter ragen aus einem blauen See mit eisglatter Oberfläche rätselhafte, an Brunnen oder Zierpflanzen erinnernde Gebilde auf, mal wie aus Marmor, mal wie aus Fleisch. In einem zweiten See, weiter vorne, baden Vögel zusammen mit Menschen und füttern sie dabei; ein Distelfink ist doppelt so groß wie der Mann neben ihm. Ein Stück weiter laben sich vier, fünf Badende an einer schwarzblauen Riesenrebe, die vor ihnen im Wasser schwimmt. Der Mittelteil, geradezu erleuchtet von hellstem Rasengrün, das war der Garten! Soviel begriff ich, aber kaum mehr. Auch die Freude, den Appetit, das harmonische Miteinander, das hier herrschte, konnte ich nachfühlen, mußte Kosmo allerdings fragen:

»Und wo sind die Lüste?«

»Überall«, antwortete er.

Dann wollte er von uns wissen, in welcher Richtung wir gern »durch das Bild wandern« würden, von links nach rechts oder von rechts nach links? Ich wußte ihm keine Antwort, verstand nicht einmal die Frage, und auch Wenzel setzte nur sein schon länger währendes Schweigen fort. »Alle«, sagte Kosmo, »wollen bei ihrer Betrachtung von links nach rechts wandern – man muß aber umgekehrt gehen und in der brennenden Stadt rechts oben beginnen!« Erst dann sei zu erkennen, was Boschs Bild wirklich zeige, nämlich den »Siegeszug der Jugend«.

»Habt ihr gemerkt, daß darin keine Kinder und keine Alten vorkommen? Nur Jugendliche sind zu sehen, junge Männer und Frauen, alle schlank, alle schön.« Diese Leute hätten sich »eben erst« befreit aus einer Welt von Krieg und Mord – der Welt ihrer Eltern und Großeltern. Auch den andauernden Verstümmelungen durch falsche Erziehung, falsche Bildung und falsche Religion seien sie entronnen, verursacht von denselben Eltern und Großeltern und von Bosch verkörpert in Musikinstrumenten, die als Folterwerkzeuge dienen, oder Ordenskleidern, die von Schweinen getragen werden. Unsere gesamte Gegenwart, mit all ihrer Gewalt, selbst der Sport-, Spiel- und Unterhaltungssucht, habe in seinem Bild Platz gefunden. Und jetzt, nach ihrer Befreiung, liefen diese vielen jungen Leute im »Garten der Lüste« zusammen, um die Erde gewaltlos in Besitz zu nehmen und eine neue Menschheit zu erschaffen – der stärkste Ausdruck ihrer Friedfertigkeit aber sei ihre Nacktheit.

Kosmo unterbrach und wandte sich an mich:

»Du hast nach den Lüsten gefragt? Hier!«

Damit hielt er die Lupe über ein Paar, das auf dem Kopf stand. »Mann und Frau«, sagte er erläuternd, »probieren eine neue Liebesstellung aus – im Handstand! Und dem da wachsen Blumen aus dem Arsch ... Bei Bosch muß man sich für nichts mehr schämen.«

»Aha«, sagte ich. Und Kosmo fuhr fort:

»Auch daß in dem Bild nicht gearbeitet werden muß, ist eine Lust. Und den Menschen fehlt trotzdem nichts, alles fällt ihnen einfach zu.«

Statt sich krumm und krank zu schuften, widmeten sie sich wichtigeren Dingen, der Versöhnung zum Beispiel, die unverzichtbar sei für eine friedlichere Zukunft: der Versöhnung zwischen den Rassen, der Versöhnung zwischen den Geschlechtern, der Versöhnung mit der Natur, der Versöhnung mit der eigenen, oft von Schuldgefühlen zerfressenen Phantasie. All das sei in dem Bild angelegt – wir sollten ruhig mal die in ihrer Schönheit vollkommen gleichberechtigten Menschen mit schwarzer Hautfarbe zählen oder auf die Zärtlichkeit und Leidenschaft der Männer gegenüber den Frauen achten. Und daß diese Jugend sich am Ende zu Recht befreit und losgesagt habe von den Alten und ihren grausamen Sitten, das werde ihr, ganz links im Bild, von Jesus Christus bestätigt, der sie bei sich empfange und segne. Eine höhere Rechtfertigung für ihren Ausbruch aus der Welt der Eltern und Großeltern könnten die jungen Leute nicht erhalten.

Damit endete unsere Wanderung durch das Boschbild.

Doch unser Gastgeber sprach, nachdem er sich eine weitere Zigarette gedreht und mit einer schwarzen Flüssigkeit aus einem warmgehaltenen Schälchen – etwas wie Teer oder wie Lauge – bestrichen hatte, noch ein Nachwort, das alles bisher Gesagte in ein schärferes Licht rückte.

»Man sollte keine Eltern haben müssen«, fing er an, entzündete seine Zigarette, sog tief den Rauch ein und fuhr in lässigem, beinahe gemütlichem Ton fort: »Am besten wäre die elternlose Zeugung – ich bin sicher, daß der Schlüssel dazu ebenfalls in Boschs Bild zu finden ist ... man muß weitersuchen.« Wenn mit dieser Art der Fortpflanzung die Natur jedoch überfordert sei, dann gebe es nur eine Lösung: den Eltern ihre Kinder so früh wie möglich wegzunehmen und in freien Gemeinschaften aufzuziehen, wo sie wahrhaft geschwisterlich miteinander aufwachsen könnten. Vom herkömmlichen Elternpaar aus führe nun mal kein Weg zur Menschheit, sondern höchstens zur Familie, zur Nation – und das »alte Unheil« werde fortgesetzt: Krieg, Schuld, Ehe, wieder Familie, Gewalt, sklavische Arbeit, ein Kreislauf, der endlich unterbrochen werden müsse.

Ich staunte stumm, lauschte fassungslos. Wenzel hingegen schien nur auf eine Gelegenheit zum Widerspruch gewartet zu haben und fand sie, als Kosmo lächelnd innehielt, als wäre es für uns nun an der Zeit, ihm beizupflichten.

»Was ist denn an Eltern so schlecht?«, fragte Wenzel drängend. »Sag mir's, denn ich hab keine … keine richtigen! So wie du reden doch bloß Leute mit guten Eltern. Was dir fehlt, ist frische Luft und Arbeit, die müde macht, verstehst!«

So ging unser letzter Besuch bei Kosmo zu Ende.

Auf unserem Nachhauseweg im Schneetreiben ereiferte Wenzel sich weiter. Er sperrte sein Maul so weit auf, daß der Wind ihm dicke große Flocken, die im Waldtal »Bäckerbuben« hießen, hineinwehen konnte. In seiner Wut fiel ihn sogar ein Stottern an und mußte, ganz wie früher, mit Schlägen auf die Lippen verscheucht werden:

»Der schämt sich doch nur, daß seine Eltern arm sind«, bollerte er los. »Oder daß er Vater und Mutter auch mit fünfundzwanzig noch lieb hat. Kosmo! Was für ein saudummer Spitzname! Und du, Jure, sprichst ihn auch noch die ganze Zeit über mit diesem Namen an. Kosmo! Ich hab ihn nicht ein einziges Mal so angesprochen – hast du's gemerkt? Schlepp mich nie wieder mit zu so einem Typen! Wenn der sich schneuzt, dann nicht in ein Taschentuch, sondern in einen Waschlappen. Pfui! Und mit sich selbst spricht er Englisch zwischendurch. Toll! Und raucht wahrscheinlich Lebkuchengewürze, so wie's da riecht … Bist du überhaupt sicher, Jure, daß der von hier ist?«

Jetzt mußte ich mich für Wenzel schämen. Töne, wie er sie anschlug, waren mir nur aus dem Sägewerk oder aus Roßweiler Kneipen bekannt, namentlich von den Wühlern und Schaffern, die auf jeden losgingen, der von anderer Art war als sie. Ich empfand Trauer und Fremdheit. War mein Freund und Bruder, kaum in einer Arbeitsstelle untergekommen, ebenfalls zu solch einem scheltsüchtigen, schollenträgen Schaffer und Wühler geworden? (»Wühlen« – sprich: »wuale« – war im Waldtal das Wort für besinnungslose, hirn- und herztötende Arbeit). Sollte schon das erste Lehrjahr seine Friedfertigkeit und seine »Toleranz« – auch so ein klangvolles neues Wort – aufzehren? Am liebsten hätte ich ihn das selbst gefragt, traute mich aber nicht. Mit dem Wunschbruder zu streiten, gar zu rechten, war und blieb dem Einzelkind verwehrt.

Nicht lange nach unseren Besuchen bei Kosmo fand Wenzel seinen ersten Rotacher Freund, und ich verliebte mich in ein Mädchen namens Uta; sie saß zwar seit einem halben Jahr mit mir im selben Klassenraum und oft genug auch im selben Wartesaal oder Zugabteil, doch erst jetzt wollte mir auffallen, wie schön sie war.

5

Wenzels Freund hieß Ralf, erlernte den Werkzeugmacherberuf in Roßweil und fuhr jeden Morgen mit demselben Bus wie wir. Er stieg immer an der zweiten Haltestelle des Dorfs zu, in der Vorstadt, wo seine Eltern, schlesische Heimatvertriebene, ein Haus gebaut hatten. Ich erfuhr von diesem neuen Freund erst, als Wenzel mich bat, in dem sich schnell füllenden Bus einen Sitzplatz für ihn freihalten zu dürfen. Er meinte den Platz neben sich, meinen Platz, auf dem ich üblicherweise saß, bis ich am Viechberger Bahnhof aussteigen mußte. Ich suchte mir einen neuen Platz und fand ihn hinten auf der Querbank, so wie von nun an täglich. Einmal, noch bevor Ralf sich setzen konnte, stand Wenzel auf, drehte sich herum und wies über alle Köpfe hinweg auf mich; dabei sagte er etwas zu seinem Freund, der daraufhin die Hand hob und mich lachend und kopfnickend grüßte. Mir erzählte Wenzel daheim ausführlich von Ralf, den er während seiner Mittagspause an einem Roßweiler Lehrlingstreff näher kennengelernt haben wollte. Er pries diesen Jungen geradezu an, rühmte ihn als »Freund, der ganz prima zu mir paßt«, und gab mir mit seiner Freude, seinem Überschwang zu verstehen, daß ich allein ihm auf Dauer doch zu wenig war.

Ralf brachte Wenzel schon nach kurzer Zeit dazu, dem örtlichen Musikverein beizutreten, den es noch nicht lange gab und dem sich vor allem sogenannte Neubürger angeschlossen hatten, Zugezogene aus der Stadt etwa oder die bereits hier geborenen Kinder von Flüchtlingen. Es versetzte mir einen mittleren Schock, daß Wenzel plötzlich die Volksmusik liebte, doch ich übte mich in Duldsamkeit und verbarg mein Entsetzen. Insgeheim freute es mich aber auch, daß eine Schamröte ihm ins Gesicht stieg, als er mir von seiner neuen Liebe erzählte. Wie zur Entschuldigung hängte er die Bemerkung an, daß für ihn eigentlich nur das modernste aller Blasinstrumente in Frage komme, nämlich das Saxophon. Er habe seine Wahl sehr schnell getroffen, um so bald wie möglich hinter Ralf der zweite Saxophonist des Vereins werden zu können.

»Ich wollte immer ein Instrument lernen«, sagte er. »Hätt'st du gedacht, Jure, daß das irgendwann noch mal klappt?«

Sein Wunsch, ein Musikinstrument zu beherrschen, war mir nie bewußt gewesen; ich erinnerte mich nur, daß Wenzel während der Ferien einmal eine blecherne Gießkanne in die Hand genommen und zum Saxophon erklärt hatte. Rasch war es ihm gelungen, darauf zu spielen, und zwar indem er das nackte Ausgußrohr an seine Lippen preßte und – nein: nicht hineinblies, sondern hineinbrummte, tief aus der Brust oder aus dem Bauch heraus, jedesmal hingerissen von seiner eigenen Darbietung und bis zum Japsen. Er hatte Melodien aus dem Radio oder selbsterfundene Stücke gespielt und sie mitunter durch Faustschläge oder Fingergetrommel auf den Gießkannenbauch begleitet.

Für den Kauf seines Saxophons schloß Wenzel mit einem Roßweiler Musikalienhändler einen Ratenvertrag ab, den er treu erfüllte. Die Vorstellung, das Instrument fürs erste, vielleicht von Ralfs Brüdern – allesamt Vereinsmitglieder, ja fast ein Verein im Verein – nur auszuleihen und nicht gleich selbst zu besitzen, behagte ihm keineswegs; da er aber noch nicht volljährig war, mußte mein Vater den Vertrag mit ihm zusammen unterschreiben. Den flachen schwarzen Kasten mit dem blitzenden neuen Blasinstrument schob Wenzel in der Bubenkammer sorgsam unter sein Bett; zu mir sagte er, grad als hätte ich mich je an seinen Sachen vergriffen:

»Finger weg, Jure!«

Zu spielen lernte Wenzel vor allem in einer Nachwuchsgruppe des Musikvereins, die sich in der Turnhalle traf. Einmal in der Woche ging er abends dorthin zur Probe, brachte Noten und Notenständer aber auch mit nach Hause, um selbständig üben zu können: endlose Tonleitern am offenen Fenster der Bubenkammer. Manchmal kam sein im Saxophonspiel schon weit fortgeschrittener Freund Ralf dazu und lauschte kritisch Wenzels Versuchen; wenn ihm etwas gefiel, sagte er jedesmal »tadellos, tadellos«, so laut, daß man es noch drunten im Klohäuschen hören konnte. Bald sagte auch Wenzel bei jeder Gelegenheit »tadellos, Jure, tadellos«.

Natürlich würde es noch eine Weile dauern, bis Wenzel als zweiter Saxophonist in der Kapelle eingesetzt werden könnte. Bis es endlich soweit wäre, wollte er den Kauf der teuren blaurotschwarzen Uniform, die jeder Musiker bei Auftritten tragen mußte, noch vertagen; darauf zu sparen, hatte er aber bereits begonnen. Wenn der Verein auf Gastspiel fuhr, fuhr Wenzel wie selbstverständlich mit und half zumindest, die Instrumente auf die Bühne zu schaffen. Selbst bei der wöchentlichen Orchesterprobe war er anwesend, und sei es nur, um den Musikern oder »Musikanten«, wie er lieber sagte, die Getränke zu reichen. Begeistert erzählte Wenzel daheim vom Vereinsleben in all seinen Verästelungen.

»Langsam wird er heimisch«, bemerkte mein Vater.

Gemeinsam mit Ralf unternahm Wenzel auch häufig Ausflüge und Wanderungen. Ich sah die beiden Seite an Seite zum Dorf hinauswalzen, jeder die Hand auf der Schulter des andern. Sie pflegten einen Umgang von schwerfälliger Feierlichkeit miteinander, nannten sich gegenseitig ohne hörbare Ironie oft »Herr« und »Sie«, schüttelten sich überaus männlich die Hände, wobei sie einander tief und ausdauernd in die Augen blickten. Wenn sein »Kamerad«, wie das neuerdings bei ihnen hieß, Wenzel abholte, dann versuchte beim Verlassen des Hauses der eine dem anderen die Tür aufzuhalten und ihm den Vortritt zu lassen. Ständig entschuldigten sie sich beieinander, wie mir schien, grundlos. Wenn ich die beiden so erlebte, mußte ich an Stummfilme, Komödien oder auch Pantomimen denken und konnte die Frage nicht unterdrücken:

»Was macht ihr da eigentlich?«

»Manieren trainieren«, sagte Wenzel bissig.

»Ja? Dann hör auch endlich auf, mich ›Jure‹ zu nennen!«

Das war nicht beabsichtigt gewesen – es paßte aber.

Er antwortete nicht, sondern räusperte sich nur.

»Entschuldigung«, sagte ich so ernst wie möglich.

Von ihren Wanderungen und Ausflügen erzählte Wenzel mir jedesmal mit so werbender Fröhlichkeit, daß ich das Gefühl bekam, etwas Großartiges versäumt zu haben. Dabei war er nur mit Vereinskameraden am Vatertag samt Bierfaß und Leiterwägelchen über Land gezogen. Während die anderen sich Schluck für Schluck einen Rausch angetrunken hatten, war es ihm gelungen, »als einziger nüchtern zu bleiben«. Sein Hauptvergnügen allerdings hatte darin bestanden, ihnen vorzumachen, daß er ebenfalls besoffen sei; welche schauspielerischen Mittel dazu nötig gewesen waren, führte er mir nun ausgelassen vor. Oder wenn er allein mit Ralf wieder die »Heilige Verena vom Eitelhof« besucht hatte, eine Waldbauerntochter, die auf einem abgelegenen Gehöft wohnte, mit einem »schwerbewaffneten Vater« und einem Vorgarten voll »reißender Schäferhunde«. Wenzel kündigte häufig an, mir dieses Mädchen morgens im Bus einmal zeigen zu wollen, doch anscheinend vergaß er seinen Vorsatz immer wieder. Die beiden brachten Verena Ständchen um Ständchen, sangen Volkslieder zur von Ralf geschlagenen Klampfe und fühlten sich dank ihrer Schlapphüte und roten Halstücher »wie Handwerksburschen aus alter Zeit«. Manchmal spazierten sie vier-, fünfmal hintereinander unter dem tobsüchtigen Gebell der Hunde am Haus vorbei, um sich Verena »bloß« zu präsentieren. Sie verehrten »eine zu zweit«, wie Wenzel sich ausdrückte, und wachten gemeinsam darüber, daß keiner von ihnen sich einen Vorteil bei ihr verschaffte; jeder hatte dem anderen »hochheilig« versprechen müssen, nie alleine zu Verena hinauszugehen und dort etwas zu versuchen, ein Wort, das beide bisher angeblich gehalten hatten.

Wenn Wenzel von seinen Gängen zurückkehrte und mich sah, schleuderte er die Arme in die Höhe, begrüßte mich lauthals und fing sofort zu berichten an; so gesprächig wie er indes war ich schon lange nicht mehr, weshalb es Wochen dauern sollte, bis er von Uta erfuhr.

Tausendmal war ich diesem Mädchen bereits begegnet, im Zug, in der Klasse, auf dem Pausenhof; erst jetzt aber wurde ich offenbar sehend und entdeckte Blick für Blick voller Verwunderung alles Schöne an ihr, so als wäre sie unlängst noch häßlich gewesen und nur meine Aufmerksamkeit hätte sie verwandelt. Uta bemerkte schnell, wie oft und wie ungehemmt ich zu ihr hinsah, und rief mir in einer Pause zu: »Was guckst du denn so – hast mich noch nie gesehen?«

Da ich aber nicht aufhören konnte, sie anzuschauen, kam sie nach einigen Tagen zu mir her und sagte: »Würdest du mal mit mir trampen? Meine Eltern haben es verboten – zu gefährlich. Ich möchte aber endlich mal trampen. Los, sag!?«

Als ich nickte, warf sie ihr hüftlanges, glattes, goldbraunes Haar von einer Seite auf die andere, und zwar mit so viel Schwung, daß ich den Lufthauch spürte und ein nie gerochener Duft mich sacht betäubte.

Wir stellten uns von nun an alle paar Tage am Ortsausgang vor einem Jägerzaun auf und reckten den Daumen in die Höhe. Als der erste Wagen anhielt, kreischte Uta vor Freude kurz auf. Stiegen wir in ein Personenauto, ließ ich sie hinten sitzen, in einem Lastauto rechts von mir am Fenster. Das Mädchen sollte keinem der Fahrer zu nahe kommen müssen – das war ich ihren Eltern schuldig. Wenn Uta hinter mir saß, griff sie mir zärtlich-grob ins Haar, saß sie an meiner Seite, rückte sie noch näher und suchte meine Hand. Den Fahrer forderte sie auf, »für uns« das Radio an- oder gegebenenfalls lauter zu stellen. Mir gefiel es, den Eindruck zu erwecken, ich hätte eine so hübsche Freundin. Daß Musik und Fahrgefühl ein Mädchen aber derart anhänglich stimmen konnten, war mir unbekannt gewesen. Alles schien so leicht, daß mir sogar im Sitzen die Knie zitterten.

Hin und wieder mußten wir in Etappen trampen; dabei wurden zwischendurch Fußmärsche nötig, zu neuen Trampstellen oder, falls es regnete und wir aufgaben, zum nächsten Bahnhof. Einmal verliefen wir uns unweit von Murr und gerieten in einen Wald. Wie herrlich es war, sich mit Uta ein bißchen zu verirren! Unauffindbar für alle anderen! Noch nie war ich mit einem Mädchen so abgeschieden und alleine gewesen; zum ersten Mal berückte mich das Gefühl, daß ich verliebt sei. Da ich es noch genauer wissen wollte, gab ich ihr einen Kuß auf die Wange. Das störte Uta nicht, im Gegenteil: Sie lächelte, vielleicht sogar ein wenig spöttisch, und erwiderte mein Küßchen – mit einem langen Kuß auf, ja *in* meinen Mund! Dabei war mir, als hätte ich zwei Zungen. Erst jetzt konnte ich in allen Gliedern meine Verliebtheit spüren. Nur beschämte es mich, daß dieses Mädchen mir in der Liebe so viel voraushatte und so beherzt zugriff. Bisher hatte ich einzig die Wunschbruderliebe kennengelernt, dieses ewige Suchen und Sehnen; bei Uta dagegen gingen Wünsche in Erfüllung, noch fast bevor sie gewünscht waren. Wie zur Bestätigung warf sie wieder mit ihren Haaren, die mir sanft Stirn und Augen peitschten.

Uta stammte aus Viechberg, wo sie jeden Morgen in denselben Zug stieg wie ich. Meist trafen wir uns erst kurz vor der Abfahrt auf dem Bahndamm. Doch mit der Zeit kam sie immer früher, zuerst nur einige Minuten, schließlich eine halbe Stunde. Sie wußte, daß ich mit dem ersten und einzigen Frühbus aus Rotach bereits fünf nach sechs den Bahnhof erreichte und eine Dreiviertelstunde im Wartesaal zubringen mußte; diese Spanne verkürzte sie, indem sie zur Unzeit aufstand, nur um bei mir sein zu können. Wir haben hier viele Tagesanbrüche zusammen erlebt, eisiggraue wie feurigrote, während der Saal sich allmählich mit Reisenden füllte und die zigarettenrauchgeschwängerte Luft dicker und stickiger wurde. Wenn Uta noch müde war, sank sie mir einfach an die Brust, und ich mußte mein heftig klopfendes Herz bezähmen, damit es sie nicht weckte. Ich sah ihr Ohr vor mir in einem Nest aus schimmernden Haaren, ihre Nase mit dem Sommersprossensattel sowie die Hand mit den silbrig-weiß bemalten Fingernägeln, die auf meinem Arm lag, als wäre sie dort schon immer zu Hause.

So viel unbefangene Nähe, so viel selbstverständliche Berührung war ich nicht gewohnt. Bei Uta verband sich weibliche Zärtlichkeit mit geschwisterlicher Vertrautheit, aber auch mit robuster Spielkameradschaft – eine Mischung, die mich verwirrte. Ohne Scheu konnte sie mit aufgerissenem Mund so lachen, daß man im Rachen das Zäpfchen sah. Und in kindlichem Singsang sagte sie: »›Max‹ ist mir zu blö-höd – ich tauf dich ›Mac‹ oder ›Mecki‹!« Worauf sie ein berstendes Lachen folgen ließ und einen Boxhieb in meinen Bauch. Wenn Uta fror, packte sie meine Hände, preßte sie an ihre Ohren oder Wangen und rief: »Du bist wärmer als der Ofen!« War ihr zu heiß, im Spätfrühjahr oder Sommer, holte sie sich ein Eis und gab mir ungefragt auch davon ab: Sie drückte es so tief in meinen Mund, daß der Kälteblitz mir bis hinauf unter den Scheitel fuhr. Oder sie zerwühlte mein Haar, zupfte daran herum und rief: »Laß es länger wachsen, damit ich dir Zöpfchen flechten kann!« Dann wirbelte sie ihre eigene Haarpracht herum und hüllte mich abermals in Duft.

Doch nicht selten fühlte ich mich von ihrem Übermut klein und lächerlich gemacht, ein Gefühl, das ich nur aushielt, weil dieses Mädchen mir mit jedem Tag besser gefiel: ihr herzförmiger Po in der engen Jeans; ihr fester Busen, mit dem sie sich ungeniert an mich drückte; die mal milden, mal wilden Lippen, die ich auch bereits kannte. Zu gern hätte ich sie gefragt: Was magst du denn an Max? Was gefällt dir an ihm – wenn überhaupt etwas? Denn ich selbst konnte an mir nichts Liebenswertes finden, jedenfalls nichts, was bis zu einer Uta hinaufgeleuchtet hätte – offenbar liebte sie mich grundlos, schenkte mir ihre Liebe für nichts, denn geliebt fühlte ich mich ja, das war das Beglückende, der Taumel, die Freude, die mich täglich seliger stimmte, zugleich aber beunruhigte, weil ich nicht verstand, warum sie mich liebte. Das mußte noch herausgefunden werden. *Grundlos* war zu wenig, wenn es dauern sollte; und eine Liebe, die nicht dauerte, konnte ich mir nicht vorstellen. Warum überhaupt lieben und geliebt werden, wenn es nicht dauern sollte?

Im Februar 1971 lud Uta mich zu ihrer Geburtstagsfeier ein, da wurde sie fünfzehn. Ich ließ meine Mutter beiläufig wissen, daß ich zu einem Fest müsse und ein Blumensträußchen brauche. Sie sagte fröhlich: »Du hast eine Freundin? Wurde auch Zeit! Aber mach ihr bloß kein Kind …« Mit dem Auto fuhr sie mich, einen viel zu großen Strauß auf meinem Schoß, in unser Nachbardorf, wo Uta in einem Haus am alten Sportplatz wohnte; die vier Kilometer Heimweg in der Nacht würde ich schon irgendwie hinter mich bringen.

Außer mir war niemand eingeladen, auch stieß den ganzen Abend über niemand von sich aus zu uns, um mitzufeiern. Uta hatte mich an der Haustür mit einem Kuß auf die Lippen begrüßt und hinaufgeführt unters Dach – in ihr Zimmer, auf dem direktesten Weg und schon beim ersten Mal hinein in ihr Zimmer! Von ihren Eltern war bei meiner Ankunft weit und breit nichts zu sehen gewesen, erst später meinte ich aus dem Stockwerk unter uns zeitweise einen Fernseher oder ein Radio zu hören. Rechts, beim Fenster, war ein winziger Tisch gedeckt mit Flaschen und Gläsern sowie einer tropfsteinartigen Partykerze. Gegenüber in einer Wandnische stand das Bett, darauf lag eine geblümte Decke, unter der ein Nachthemdärmel hervorlugte. Bloß nicht hinschauen – nicht auf diese Schlafstatt starren, damit Uta nicht merkt, was du auf keinen Fall denken willst! Hinsetzen, wenn möglich mit dem Rücken zum Bett … Und noch einige Male sagte sie, wie sehr ihr mein Strauß gefalle, den sie auf dem Fußboden in eine Vase gestellt hatte.

Wir saßen Knie an Knie auf knirschenden Sitzwürfeln. Uta hatte sich um die Augen herum geschminkt, ihre Lippen glänzten märchen-

haft rot; wir tranken bittersüßes gelbfarbenes Zeug, das mir einen kleb-
rigen Mund machte und rasch zu Kopf stieg. Sie rauchte Zigaretten,
ich ebenfalls, völlig vergessend, daß ich das Rauchen aufgegeben hatte.
Wir tanzten, meistens eng aneinander, küßten uns im Stehen wie im
Sitzen – wieder solche Fieberküsse mit zwei Zungen! Auch durfte ich
Uta streicheln und traute mich überallhin, bloß nicht unter die Kleider.
Damit sollte ruhig sie anfangen. Die Musik war laut und überlaut,
doch niemand kam, um sich zu beschweren. Ich fing an, ihre Eltern zu
bewundern. Wir redeten über Jimi Hendrix, um den Uta in Trauer war,
und ich tat popkundiger, als mir zustand. Daheim in meinem Zimmer
gab es, anders als hier, weder Platten noch Plattenspieler. Heißester,
stahlbesaiteter Rock erreichte mich nur lauwarm und fadendünn aus
unserem Familienradio. Ich besaß auch kein Zimmer für mich allein,
nur ein paar halbzerlesene Gedichtbücher auf einem Wandbrett –
nichts, womit man die ganz und gar Heutigen beeindrucken konnte.
War Uta anders? Vielleicht wäre es mir gelungen, sie mit Kosmo zu
beeindrucken, wenn ich sie zu ihm mitgenommen und gesagt hätte:

»Sieh mal, das ist ein Freund von mir!«

Aber Kosmo war gefährlich, er konnte mir mein Mädchen wegnehmen; schon sah ich die beiden Arm in Arm durch das Boschbild
wandern und verwarf den Gedanken wieder, statt ihn vor Uta auszusprechen.

Keine Ahnung, wie der Geburtstagsabend weiter verlaufen wäre …
doch als ich einmal auf die Toilette mußte, die am Fuß der Treppe im
unteren Stockwerk lag, sprang mich, bei meiner Rückkehr, aus dem
Halbdunkel ein kleiner Junge an, krallte sich auf meinem Buckel fest
und wollte nicht wieder loslassen. Also trug ich ihn, der barfuß und
im Schlafanzug war, mit hinauf in Utas Zimmer.

»Ach Babu!«, rief sie ärgerlich, als sie ihn so an mir hängen sah, ihren
sechsjährigen Bruder, der die gleichen grünbraunen Augen hatte und
den gleichen Sommersprossensattel auf der Nase wie seine Schwester.

»Den haben deine Eltern auf mich gehetzt!«, erwiderte ich so belustigt wie möglich und versuchte, das Kind abzuschütteln.

»Nein, nein«, sagte Uta lachend, »dem fehlt nur ein großer Bruder
…«

Noch ein Brudersucher – nirgends war er so fehl am Platz wie hier in Utas Zimmer.

Von nun an suchte dieser puckartige Knirps uns jedesmal heim, wenn ich zu Gast war. Mitunter hatte er sich bereits am Hauseingang auf mich gestürzt und mußte, eins meiner Beine mit beiden Armen umschlingend, Schritt für Schritt mühsam und mit Gerumpel nach oben geschleift werden. Besonders liebte Babu Kissenschlachten und Zimmerfußballspiele mit fest aufgeblasenen Luftballons, auch wollte er wieder und wieder über Meter hinweg mit Gebrüll auf Utas Bett geschleudert werden, wo er am Ende mehr als einmal wegschlummerte und von uns beiden in sein eigenes Zimmer geschafft werden mußte, das sich drunten in der stets wie verlassenen Wohnung der Eltern befand.

So forderte der kleine Bruder jedesmal seinen Tribut. Uta ließ ihn mal kürzer oder mal länger gewähren, konnte ihn aber auch mit Schimpfen und Schlagen vertreiben; dann weinte er draußen vor der Tür, und ich holte ihn wieder herein. Ohne es zu wollen, führte dieser Junge mir die strenge, sorgenvolle, jedenfalls nicht-übermütige Seite seiner Schwester vor Augen, und ich gewann Uta immer lieber. Doch mochte es droben unter dem Dach noch so laut zugehen, nie erschien ein Vater oder eine Mutter und griff ein. Einmal, als Babu gegen Mitternacht zu uns heraufgestiegen kam, fragte Uta ihn wie aufgeschreckt:

»Wo sind denn unsere Eltern?«

Ihr Bruder faltete mit einem Grinsen die Hände und sagte:

»Die beten …«

Worauf sie ihn stumm, aber bös anblickte.

Eines von Utas Lieblingsthemen war das Auswandern. Sie kam immer wieder darauf zu sprechen, wußte aber anscheinend nicht, wohin sie auswandern wollte. Da hatte dann endlich auch ich einmal etwas zu bieten, suchte aus meinem Weltatlas und meinem Lexikon daheim Vorschläge zusammen und trug sie ihr vor – Stoff zum Phantasieren, den sie dankbar und gierig entgegennahm. Als sie sich Kanada als Ziel ausgemalt hatte, sagte Uta fast feierlich:

»Mac, da gehen wir zusammen hin, mit meinem Bruder.«

Nachts, wenn ich zu Fuß von Uta nach Hause wanderte, zeigte sich mir die Macht des Verliebtseins erst ganz: furchtlos wie nie schritt ich kilometerweit durch die Finsternis dahin und mußte nicht einmal zu den Sternen aufsehen, um mich über mein Alleinsein zu trösten. So stark machte es zu lieben, so stark machte es geliebt zu werden – ich wußte nicht, welches von beiden mir mehr Kraft gab. Auch ließ die Waldtäler Nachtkühle allmählich meine Erregung abschwellen; wenn nicht, gab ich dem von Uta aufgereizten Liebesdrang nach und verströmte am Rand des Finsteratzer Wäldchens meinen Samen im Mondlicht.

Zu Hause wartete Wenzel in seinem Bett auf mich und konnte nicht einschlafen; er ahnte, wo ich die langen Abende verbrachte. Und noch bevor ich das Licht in der Bubenkammer angeknipst hatte, schoß er einen ganzen Köcher voll Fragen auf mich ab:

»Schläfst du mit ihr?«

»Bist du verliebt?«

»Wer ist sie, wie heißt sie, wo wohnt sie?«

Ich wünschte ihm eine gute Nacht und hörte noch eine Weile zu, wie er sich im Bett herumwälzte. Vorläufig wollte ich das Geheimnis namens Uta für mich allein; erst im Lauf des Sommers oder vielleicht noch später oder vielleicht auch gar nie sollte Wenzel, der mich mit seiner Neugierde erschreckt hatte, eingeweiht werden.

Einmal, als Uta krank war und mir die Haustür nicht selbst aufmachen konnte, stand mir unverhofft ihre Mutter gegenüber, eine noch junge Frau, weit jünger jedenfalls als meine Eltern, die sich in lauter alte, nahezu lumpige Kleider gehüllt hatte. Sie ließ mich wie einen längst Bekannten freundlich herein und auch hinauf ins Zimmer ihrer Tochter, doch bevor ich entschwand, drückte sie mir noch einen Entschuldigungsbrief in die Hand und bat mich, ihn unserem Klassenlehrer, Herrn Hunger, zu überbringen.

Uta lag erkältet im Bett. Sie trug ein Nachthemd, schniefte, hüstelte und hatte einen Schal um ihren Hals gewickelt. Als ich sie küssen wollte, sagte sie »Nicht, du steckst dich doch an!« – aber ich *wollte* mich anstecken, und ihre Küsse schmeckten nach Hustensaft. Ich saß am Rand jenes Bettes, in dem sie beinahe nackig lag. Eine Bettdecke und ein Nachthemd waren keine ernsthaften Hindernisse – darunter würde ich mich trauen. Und Uta ließ mich gewähren. Während ich über Wochen darauf gehofft hatte, daß *sie* damit anfängt, weiter zu gehen, hatte sie offenbar darauf gewartet, daß *ich* es tue. Nun wagte ich mich neugierig voran, sozusagen mit unwissender Hand im Dunkel der Betthöhle, während wir oben im Lampenschein küßten und schmusten. Sie so zu berühren, erregte mich wie nichts zuvor, in Utas Gesicht jedoch zeichnete sich keine wachsende Lust ab, sondern immer mehr Lustlosigkeit. Viel zu derb war ich wohl in dieser zartgefurchten, feingefältelten Landschaft unterwegs. Und mochten meine Finger am eigenen Leib inzwischen noch so geschickt sein, an ihrem Körper waren sie blind und plump wie neugeborene Hunde.

Verschämt ließen wir unser Liebesspiel ausklingen.

Uta tröstete mich mit den Worten:

»Wenn wir lang genug zusammen sind, werden wir schon noch miteinander schlafen.«

»Wann?«, fragte ich fordernd, obwohl ich es *darauf* eigentlich noch gar nicht angelegt hatte.

»Bald – aber nicht hier, wo uns jederzeit mein Bruder überfallen kann, sondern … bei dir!«

Ich nickte gläubig und verschwieg, daß bei mir daheim ebenfalls ein Bruder lauerte.

Uta bestand darauf, daß es in einem Bett geschehen müsse, denn nirgendwo sonst sei es so schön wie in einem Bett, grad als hätte sie jene gewisse Erfahrung, die für mich noch in der Zukunft lag, bereits hinter sich.

6

Im Herbst starb Wenzels Mutter, kurz nach seinem sechzehnten Geburtstag. Uns, seine Pflegefamilie, traf ihr Tod nicht annähernd so hart wie die Tatsache, daß wir Ida Bogatz inzwischen nahezu vergessen hatten und erst jetzt wieder mit jäher Wucht an sie erinnert wurden. Nach dem Ende der Graserschen Hausgemeinschaft war Wenzels Mutter unseren Blicken für immer entschwunden; Wenzel hatte sie von Rotach aus zwar regelmäßig besucht, sein Gewohnheitsrecht auf diesen Besuch im Lauf der Jahre jedoch immer leiser und schließlich nur noch stillschweigend wahrgenommen, so daß es für uns längst keinen Grund mehr gab, an Ida zu denken. Nur allzu gerne hatten wir die Erinnerung an diese Frau aus unserem Gedächtnis gelöscht.

»Die Mama ist tot«, sagte Wenzel eines Abends, als er von der Arbeit aus Roßweil heimkehrte. Im dortigen Krankenhaus war sie gestorben, im Alter von gerade fünfzig, an einer Leberzirrhose. Ihr Sohn hatte sie immer wieder am Krankenbett besucht, so wie davor schon in Fronbach, wo sie für Jahre bei Verwandten untergekommen war, oder bisweilen auch in dem Roßweiler Bäckerladen, wo sie zuletzt als Verkäuferin gearbeitet hatte. Von alldem erzählte er uns jetzt – gefaßt und ohne Anzeichen von Trauer; als Ida ihren letzten Atemzug getan hatte, war er nicht zugegen gewesen.

Meine Mutter fragte unsere Dorfschwester, wie schlimm so ein »Säufertod« denn sei. »Sehr schlimm«, sagte Schwester Marie, »und äußerst schmerzhaft.« Die Leber schrumpfe zuerst, schließlich zerfalle sie; der Bauchraum fülle sich währenddessen mehr und mehr mit Wasser, das auf Herz und Lungen drücke, Vorgänge, die sich lange hinziehen könnten, begleitet von Schuldgefühlen, bösartigen Ausbrüchen und mit der Zeit sogar Bewußtseinstrübungen, Umnachtungen, Wahnvorstellungen. »Je weniger die Leber ihre Arbeit tun kann, desto mehr Gift breitet sich im Körper aus … und zerstört am Ende auch den Geist …« Wir wußten nicht, wieviel Wenzel von den Qualen seiner Mutter miterlebt hatte. Darüber schien er nicht reden zu wollen, jedenfalls nicht mit uns.

Jemand mußte mit ihm zur Beerdigung fahren, die auf dem Fronbacher Friedhof stattfand. Da mein Vater mitten in einer wichtigen Arbeit steckte, begleitete meine Mutter ihn. Sie pflückte in unserem Garten einen Strauß Herbstblumen für Wenzel, band ihm eine schwarze Krawatte meines Vaters um und steckte ihm außerdem eins von dessen fahnengroßen weißen Stofftaschentüchern zu. Mir selbst kam nicht einmal der Gedanke, mitzufahren. Und weder er noch meine Eltern baten mich darum.

Nachher erzählte meine Mutter, wie es auf dem Friedhof gewesen sei: Wenzel hatte seine zahlreichen Verwandten einzeln und mit Handschlag begrüßt, zuerst die Großeltern, dann mindestens einen Onkel samt dessen Frau, seine Halbgeschwister, mehrere Kinder, wem immer sie gehört haben mochten, also all jene Leute, »die sich nie um diesen Buben gekümmert, nie nach ihm gefragt, ja, ihn nicht einmal aus der Ferne gegrüßt haben«, wie meine Mutter es ausdrückte. Zum Schluß war Wenzel zu seinem abseits stehenden, von ihm fast übersehenen Vater hingegangen und hatte auch ihm die Hand gereicht. Selbst der Lois war also zu Idas Begräbnis gekommen, im Anzug sogar, und noch nie, so meinte meine Mutter, habe jemand von uns diesen armseligen Mann derart sauber und gepflegt gesehen. Meine Eltern waren sich einig, daß sein neues Leben als Haus- und Hofknecht im Gasthaus »Zum Bären« in Adelmannstann, einem dreißig Kilometer von Rotach entfernten Dorf, dem Lois großartig bekomme. Und sie fragten sich, wann Wenzel seinen Vater wohl zum letzten Mal getroffen habe, seit dieser, etwa drei, vier Jahre zuvor, aus dem Waldtal fortgezogen war – wir wußten es nicht, denn der Vater kam in den Erzählungen des Sohnes ebensowenig vor wie die Mutter.

Lois Bogatz war an Idas Sarg auf dem Friedhof von Fronbach der einzige gewesen, der geweint hatte. Wenzel hingegen war nur mit gesenktem Kopf dagestanden, seinen Blumenstrauß in den gefalteten Händen. Meine Mutter wollte aus seiner Körperhaltung sogar erkannt haben, daß er die Tränen »mit Gewalt drunten hielt«, womöglich um seiner Stieffamilie zu gefallen und ihr zu beweisen: Ich bin »abgenabelt«, habe mich »restlos losgemacht« von meiner üblen Herkunft! Trotzdem, tags darauf zeigte meine Mutter sich immer noch erschüttert, daß Wenzel es während der Beerdigung geschafft hatte, um Ida nicht eine Träne zu vergießen. Das große Taschentuch jedenfalls war ihr aus seiner Hand – wie zum Beweis dafür – unbenutzt und unaufgefaltet zurückgegeben worden.

»Ja, hat ihn denn überhaupt schon mal einer von uns weinen sehen?«, wollte mein Vater wissen und wies auf mich mit den Worten: »Du doch wohl am ehesten …«

»Nein – aber wieso ich?«, fragte ich zurück.

»Oder du«, wandte er sich an meine Mutter.

»Er weint heimlich, Grund genug hat er«, antwortete sie.

»Er weint nicht, er ist stark!«, rief mein Vater. Das hatte er hören wollen.

»Egal wie, keiner von uns wird ihn je weinen sehen, er will es einfach nicht …«, behauptete ich.

»Herrgott!«, stöhnte meine Mutter, »wie schlecht wir diesen Menschen doch kennen!«

Auch in den Wochen nach Idas Tod schien Wenzel nicht zu trauern, zumindest gab er nichts preis, worin wir Trauer hätten erkennen können. Seit der Beerdigung hatte er kein Wort mehr über seine tote Mutter verloren. Sprach man ihn auf sie an, wich er beinahe panisch aus. Eine altbekannte Art der Verlegenheit breitete sich aus zwischen uns. Und bald umgab Wenzel wieder die Atmosphäre des Verstockten oder Unansprechbaren, dem niemand näherkommen durfte. Überhaupt war er sehr schweigsam geworden, doch wenn er einmal sprach, geriet er schneller und gründlicher ins Stottern als sonst. Wenn unsere Blicke sich begegneten, wurde er rot vor Scham. Sein Gesichtsausdruck hatte sich verändert, war gröber geworden – viel Muskelspannung ballte sich in seinen Backen, Adern standen sichtbar an seiner Schläfe. Völlig verkrampft kam Wenzel mir mittlerweile vor, fast wie in frühester Zeit, wenn er sich wieder mal von neuem in unserem Haus hatte eingewöhnen müssen. Und ebenfalls wie in der Frühzeit forderte meine Mutter uns auf, nicht fragend oder anteilnehmend in ihn zu dringen, sondern ihn in Ruhe zu lassen, ihm nicht das Gefühl zu geben, umschlichen und belagert zu werden. Heute bin ich mir sicher, daß er damals ununterbrochen in sich forschte, was der Tod seiner fernen und fremden, ja, eigentlich längst schon verlorenen Mutter für ihn bedeute. Nachts lagen wir wie zwei Taubstumme in unseren Betten nebeneinander, und nie kam es zu einem Gespräch wie dem folgenden:

»Warum trauerst du nicht?«, hätte ich fragen können.

»Weil du auch nicht trauerst«, hätte er geantwortet.

»Es ist *deine* Mutter …«

»Aber ich bin dein Bruder. Oder willst du mich nicht mehr?«

»Doch.«

»Dann traure mit mir …«

»Wie kann ich mit dir trauern, wenn ich nicht dieselbe Trauer empfinde?«

»Traure einfach mit mir, weil ich traurig bin.«

»Genügt das?«

»Ja, das genügt.«

Den ganzen Herbst und den ganzen Winter über hielt Wenzel sich strikt wie eh und je an die Regeln und Pflichten seines Alltags: Woche für Woche ging er zu den Proben des Musikvereins, und auch zu Hause übte er nach dem Tod seiner Mutter ohne Unterbrechung regelmäßig auf seinem Saxophon, selbst die fröhlichen Weisen. Ebenso traf er weiterhin mit Ralf, unternahm Wanderungen und Ausflugsfahrten mit ihm – vielleicht gab er ja diesem Freund seine Trauer zu erkennen. Auch an seiner Liebe zum Druckerberuf ließ Wenzel keinen Zweifel entstehen; er fehlte in seinem Lehrbetrieb zu dieser Zeit nicht einen einzigen Tag, sondern arbeitete genau wie er lebte, nämlich gleichmäßig und nach außen hin ruhig. Am sonntäglichen Mittagstisch zu Hause bei uns war er von einem besonders wortkargen Ernst. Wenn er dort etwas sagte, hielt er seine Hände stets nah am Mund, so als gelte es, gleich einen Stotteranfall abzuwehren. Beim Sprechen zog er oft das Genick ein und senkte die Stimme, womöglich aus Furcht, sonst loszubrüllen oder aufzuheulen. Wenzel war mißtrauisch, als hätten wir ihn geraubt und gefangen gesetzt, doch auch das kannten wir schon. Meine Mutter fand ihn in seinen selbstauferlegten Zwängen »fast unheimlich«, während ich seine Unnahbarkeit und leisetreterische Freundlichkeit darauf zurückführte, daß er uns bewußt etwas vorspiele, um von seinem Weh abzulenken. Insgeheim wollte ich jedoch glauben, daß er so sehr dann auch wieder nicht traure – nicht um eine solche Mutter. Doch war die Trauer mir damals noch ein ziemlich unbekanntes Land.

Im September 1971, mit Beginn seines zweiten Lehrjahres, hatte Wenzel damit angefangen, auf einer Stuttgarter Kunstgewerbeschule einen Kurs über teils historische Druckverfahren zu besuchen, die im Berufsalltag notgedrungen zu kurz kommen mußten, wie etwa Siebdruck oder Lithographie. Dieser Kurs war ihm von seinem Betrieb ohne Umstände genehmigt worden, und so fuhr er an jedem zweiten Donnerstag im Monat morgens mit demselben Zug nach Stuttgart, mit dem ich in meinen Schulort fuhr. Selbst unmittelbar nach Idas Tod versäumte Wenzel diesen Kurs nicht. Und von Anfang an zeigte er mir immer wieder Drucke, die er dort angefertigt hatte, darunter künstlerische Graphiken ebenso wie vielfarbig-grelle Plakate nach Popart.

»Häng sie doch bei uns im Zimmer auf«, schlug ich vor.

»Erst wenn sie besser sind, Max, erst dann!« sagte er.

Im Zug sah er mich zum ersten Mal mit Uta. Ich hatte mich noch nicht entschieden, ihm von ihr zu erzählen, sondern ihn weiter im unklaren über mein Glück gelassen, weil ich oft selbst nicht so recht daran glaubte. Wir saßen in Sichtweite von ihm. Wenzel schaute so verblüfft zu uns herüber, als habe er die nächtliche Vermutung, daß ich eine Freundin haben müsse, zwar wieder verworfen – und jetzt bewahrheitete sie sich doch! Ich küßte Uta, eigens für ihn. Doch abends, daheim, vermied er es, über die Begegnung im Zug zu reden, und auch ich fing nicht davon an.

Da Wenzel mit Worten nicht erreichbar war, wollten meine Eltern »Taten sprechen lassen«, wie sie sagten, und beschlossen, ihn zu adoptieren. Das war als Bekenntnis gedacht, als unmißverständliches Zeichen, daß er jetzt erst recht zu uns gehöre und sich auf uns verlassen könne; mochte die endgültige Aufnahme in unsere Familie ihm helfen, seine Trauer zu überwinden, seinen Verlust zu verschmerzen und möglichst schnell zu vergessen. Meine Eltern holten vorher aber noch Rat bei Frau Schlee vom Jugendamt ein, die bisher die Vormundschaft innehatte. Sie meinte, daß es Wenzel in der Tat hülfe, wenn er von uns vollends an Sohnes und an Bruders Statt angenommen werde, und so sei es ja auch schon länger geplant – allerdings sollten wir mit der Adoption noch zuwarten und ihm Zeit geben, bis die Trauer um seine Mutter abgeklungen sei. Das fanden meine Eltern vernünftig, und sie versprachen, sich daran zu halten.

Nur ich konnte nicht widerstehen, Wenzel zu verraten, daß wir ihn – nicht gleich, aber vermutlich im Lauf des kommenden Jahres – adoptieren würden. Ich wollte meine Freude mit ihm teilen, und er hatte sich ja früher bereits einverstanden erklärt, irgendwann auch nach dem Gesetz einer von uns zu werden, ein Stollstein wie ich. Wir lagen, wohl um die Weihnachtstage, im Dunkel der Bubenkammer, als ich Wenzel frohgemut ausmalte, womit er rechnen dürfe. Wir hatten nach dem Tod seiner Mutter viel mehr miteinander geschwiegen als gesprochen; das sollte wieder anders werden. Also schilderte ich ihm begeistert, welch wunderbare Folgen eine Adoption für ihn hätte: daß mein Vater und meine Mutter nun auch seine Eltern würden, »echte Eltern«, und er sie nicht mehr Onkel und Tante nennen müsse; daß er unseren Familiennamen erhielte, nicht länger Bogatz hieße und mit mir zusammen einst sogar erbberechtigt wäre. Und ich zählte im Überschwang auch gleich auf, was wir einmal miteinander erbten, unsere Wälder, die Baumwiesen, eine Quelle, zwei Gärten sowie Vaters Werkstatt, aber auch das neue Haus, das jetzt noch im Rohbau stand, das wir aber bald schon bewohnen würden, jeder von uns in einem eigenen Zimmer unter dem Dach, brüderlich Tür an Tür ... Taghell sah ich in der vorzeitlichen Finsternis der Bubenkammer unsere Zukunft vor mir: leichter und erfüllter als je zuvor – und wünschte mir, daß Wenzel in meinen Jubel einstimmen möge. Doch am Ende meiner Rede wollte er nach einer ausgedehnten und beklommenen Pause in leisem, unsicherem Ton lediglich wissen, ob man bei einer Adoption seinen Namen »wirklich und wahrhaftig hergeben« müsse.

Ich wußte es nicht und erzählte ihm statt dessen viel lieber von den beiden Waschbecken im gemeinsamen, geräumigen und vor allem geheizten Bad, das im neuen Haus auf uns wartete. Nicht länger die Enge und Kälte der Bubenkammer! Nie wieder die weiten, halsbrecherischen Klogänge durchs schlecht beleuchtete Treppen-

haus hinunter und wieder herauf! Auf keinen Fall mehr nur dies eine
Waschbecken in der Nische neben dem Schrank, das wir miteinander
teilten! Mein Vater hatte es erst kürzlich einbauen lassen, weil wir als
»junge Männer« nicht genötigt sein sollten, uns wie in der Kindheit
drunten in der elterlichen Küche vor allen anderen zu entblößen und
zu waschen. Unter dem Becken hing ein schlichter Boiler, und jeden
Morgen, nach dem Aufwachen, knobelten Wenzel und ich aus, wer
als erster aus dem Bett zu steigen hatte, um ihn anzuschalten. Mir war
es recht, wenn ich mich nicht *nach* ihm waschen mußte, zumal mein
Zimmergefährte Morgen für Morgen und Abend für Abend mit ungebrochener Inbrunst auch an diesem Waschbecken seine Füße zuerst
einweichte und dann mit einer Wurzelbürste unerbittlich schrubbte.
Nachts lagen wir nebeneinander, jeder in seinem Bett, und versuchten,
unsere intimsten Regungen nicht laut werden zu lassen, solange der
andere nicht eingeschlafen war.

Meine Eltern bauten nicht im Rotacher Neubaugebiet, sondern in
unserem eigenen, am Ortsrand und in Waldnähe gelegenen Hauptgarten. Dem neuen Haus mußten der Holzschuppen mit dem ehemaligen Sarglager sowie mehrere Obstbäume weichen, darunter neben
unserem oberösterreichischen Walnußbaum auch jener verwachsene
Apfelbaum, der die sogenannten Gewürzluiken getragen hatte, kleine,
oft unförmige, von graugrünen Warzen übersprenkelte Früchte, die in
voller Reife sogar nach Honig schmeckten. Meine Eltern bauten ein
großes Haus – wie groß, wurde ihnen erst bewußt, als sie es im Alter
alleine bewohnten. Es hatte drei Stockwerke und war für mindestens
drei weitere, hoffentlich fruchtbare Generationen gedacht gewesen,
doch Wenzel zog erst gar nicht dort ein, dann starben meine Großeltern, und ich zog für höhere Bildung daraus fort, um über Jahrzehnte
nur noch besuchsweise wiederzukehren; als schließlich auch meine
Eltern tot hinausgetragen wurden, waren seit dem Bau erst dreißig
Jahre vergangen, aber da gab es freilich nur noch mich, den fernen,
kinderlos alternden Sohn, der das Haus schnöd verkaufte.

Mit der allgemeinen Bautätigkeit brach im Lauf der Sechziger eine
neue Zeit an. Der Boden, auf dem im Dorf gebaut werden konnte,
hieß »Bauerwartungsland«, ein Wort voll von versteckter Religion. Alle
lebten gleichsam in froher Bauerwartung, alle wollten übersiedeln auf
Neuland, auf Erwartungsland. Der Spruch kam in Umlauf: »Wer baut,
vertraut!« – sich selbst, der Menschenwelt, dem Himmel. So erneuerte
und verjüngte sich das Waldtal, ja, sogar das ganze Land, und nicht
länger gab das Alte allein den Ton an. In nur ein paar Jahren war viel
mehr Zeit vergangen als eben nur ein paar Jahre. Sprunghaft hatte
die Vergangenheit sich entfernt. Selbst der Krieg und das Kriegsende
schienen nun mit einem Schlag so weit weggerückt, als wären sie
Geschichte. Man konnte es erstmals wagen aufzuatmen – und fühlte
sich in den neuen Häusern gerechtfertigt wie nie zuvor in den alten.

Und mit dem Alten verging das Dunkel, etwa das Kellerdunkel
oder das Scheißhausdunkel. In den neuen Häusern gab es Licht
im Überfluß, hartes und schneidendes, unzweideutiges Licht, das

in alle Winkel und Ecken vordrang. Die Zeit der Gruselecken und Angstwinkel war vorbei, man konnte nun überall hineingreifen, ohne Spinnen und Asseln, Ratten und Marder aufzuscheuchen, die hier nicht mehr hausten. Keine Vögel oder Fledermäuse nisteten unter dem Dach und machten in der Finsternis tröstliche Geräusche. Keine Katze jagte des Nachts im Haus und rumorte lustig in der Mehlkiste. Still war es in den neuen Häusern, und auch von draußen drang nur wenig herein, wenn die Fenster mit dem teuren Isolierglas geschlossen blieben.

Auch das Wetter hielt man sich erfolgreich vom Leib, hier regnete oder schneite es nicht durch die Löcher im Dach herein, kein Wind strich pfeifend an den Ziegeln entlang oder knarrte im Gebälk, keine Kälte kroch das Treppenhaus herauf bis in die Küche. Wärme gab es in allen Räumen, eine winzige Handbewegung genügte, um es warm zu haben, und niemand sah sich noch genötigt, Feuer zu machen. In den neuen Häusern war das Feuer sogar den Blicken entzogen, nicht länger leuchtete es rot zwischen Herdringen oder im Spalt eines Ofentürchens; auch hörte es keiner mehr prasseln und brauchte seine Funken zu fürchten. Nur wer lauschte, konnte das Feuer bei der Arbeit hören, drunten im Heizraum, ein leises Wummern nur, das ferne Aufbrausen des anspringenden Ölbrenners ... hin und wieder unterbrochen vom Geräusch einer Wasserspülung. Denn auf jedem Stock gab es mindestens ein Klosett, neonhell angestrahlt und reiner als rein, mit weißer Bürste zur Rechten und viel Spülwasser im ebenfalls weißen Kasten darüber, lauter Signale, daß das Abortzeitalter sozusagen verduftet war.

Niemand fürchtete das Neue, keiner weinte dem Alten hinterher, wenigstens vorläufig nicht. Ein paar handverlesene alte Gegenstände wurden mitgenommen in die neuen Häuser und für altertümlich erklärt – altertümlich, das war alt, aber mit Würde: ein Krauthobel, ein Nachttopf, eine irdene Schale, eine gußeiserne Nudelschneidmaschine und ein Schaukelpferd noch aus dem Kaiserreich. Man stellte sie allesamt dekorativ auf und ließ sie stumm für das Vergangene zeugen. Auch ein paar Träume und Erinnerungen schlichen sich gleichsam als blinde Passagiere mit herüber aus dem Alten ins Neue und stifteten im Verborgenen bisweilen Unruhe. Alte Wörter dagegen blieben zumeist auf der Strecke – »Ewwerstuub«, »Hossegaul« »Seichhafe« –; denn man schämte sich ihrer und versuchte, sie zum Schweigen zu bringen. Und schon bald wurden sie übertönt von den tollen, überaus gelenkigen Wörtern des Neuen, die sich zusammen mit den neuen Dingen unablässig vermehrten, die sich auf- und übereinander türmten wie etwa: »Veranda«, »Hobbyraum«, »Zentralheizung«, »Einbauküche«, »Eternit«, »Rasenmäher«, »Elektroherd«, »Gefriertruhe« … Dafür empfand niemand Sprachscham, niemanden erfaßte dabei Babelangst.

Das Neueste vom Neuen aber war die Farbe Orange. Auch Wenzel und ich liebten sie. Zielsicher und in ein und derselben Sekunde deuteten wir auf Orange, als man uns aufforderte, in einem Musterbuch, dicker als Großmutters Bibel, die Wandkacheln für unser Stockwerksbad auszusuchen. Beide wurden wir dabei allein von der Farbe geleitet, die ewige Jugend, Gesundheit und eine frohe, ungetrübte Zukunft zu versprechen schien. Seither war Orange im Waldtal fast nur in der Natur vorgekommen, insbesondere in den Bauerngärten, doch jetzt, mit dem massenhaften Bauen, zog diese Farbe auch in die Wohnstätten ein und verbreitete dort ihre immerwährend gute Stimmung.

Auch lebte man in den neuen Häusern ferner voneinander: draußen waren die Nachbarn weiter weg, drinnen die Mitbewohner. Jeder hatte nun viel mehr Platz für sich allein als früher in den alten, engen, niedrigen, oft von zahlreichen Geschwistern mitbewohnten Familiengehäusen, in denen man, so die häufige Klage, »ständig aufeinandergehockt« oder »sich im Weg herumgestanden« sei, jedenfalls immerzu »eng an eng gelebt« habe. Ermüdet, fast aufgerieben von zuviel Nähe, hatten vor allem die Jungen von Abgeschiedenheit in einem eigenen Zimmer geträumt. Womöglich war dies ja für viele im Waldtal, aber auch sonstwo, der tief-innere, geheime Antrieb zum Bauen gewesen: der Wunsch auseinanderzurücken, auf Abstand zum Nächsten zu gehen und zu sich selber zu kommen. So wurde einer dem anderen fremd und fremder.

Das Zeitalter vor dem großen Bauen will von heute aus fast wie eine archaische, mythisch-märchenhafte Epoche erscheinen, in der ein besonderer, auch von Not und Armut erzwungener Zusammenhalt herrschte; eine Epoche, in der das Wünschen und Sehnen noch geholfen haben soll und die im Wirbel kommender Fortschritte mehr und mehr verklärt wurde (grad als hätte es in ihr weder Weltkriege noch Völkermorde gegeben). Vielleicht war der Wille zur Verklärung in lange zurückgebliebenen, unterentwickelten Landstrichen wie dem Waldtal stärker als an anderen Orten – jedenfalls fing man dort auf einmal an, das Alte zu vermissen. Enge, Armut und Zukunftslosigkeit waren wie vergessen, vermißt und ersehnt wurde die angebliche Menschennähe, die Verbundenheit untereinander, das längst verlorene Vertrauen ohne Neid und Mißgunst. Man wollte das Gefühl zurück, sich gegenseitig zu brauchen und aufeinander angewiesen zu sein, die Dramatik und Intensität eines Lebendigseins, das für ein gedämpftes, gut versichertes, kühl funktionierendes Dasein in neuen Häusern aufgegeben worden war. Ja, man wollte etwas zurück von jenem extremen Humanismus der Armut, der noch keine kulturellen oder technischen Ersatzbefriedigungen gekannt hatte, Surrogate wie das Fernsehen oder eine Bildungskarriere, sondern einzig – im Guten wie im Bösen – die Leidenschaft des Menschen für den Menschen.

Doch es blieb beim Sehnen und Träumen, die Segnungen des Fortschritts erschienen auf Dauer anziehender. Auch waren alle ängstlicher geworden, nicht nur im Waldtal, denn sie hatten nun mehr zu verlieren als je zuvor. Fast jeder war inzwischen ein Eigentümer, ein Besitzer, ein Inhaber. Und während der Wohlstand wuchs, wurden neue Werte nötig. Persönlichkeit, Charakter, Individualität zählten fast über Nacht mehr als Gattung, Sippe, Gemeinschaftsgeist. Auch die teils tyrannischen Werte des alten Großbauerntums verblaßten, und jeder Einzelne gewann zusehends das von den meisten respektierte Recht, für sich selbst zu denken, für sich selbst zu entscheiden. Plötzlich war es auch kein Unglück mehr, Einzelkind zu sein, kein Makel, kein Verstoß gegen die Natur. Die Bauernregel »Volle Ställe, volle Stuben« wurde nicht länger gebraucht und kam ins Museum für alterdümmliche Sprüche. Dafür gerieten jetzt diejenigen in Verdacht, die viele, allzu viele Kinder hatten. Der scharfe Schmerz der Einzelkindschaft – Glut meiner frühen Jahre – klang ab, und beinahe vergaß ich, daß ich einen Wunschbruder hatte.

8

Das Wichtigste, was ich bei meinem Realschullehrer Freimut Hunger lernte, war, daß ein Lehrer nicht notwendig als Feind betrachtet werden muß. Einen wie ihn kannte ich noch nicht. Bei keinem meiner bisherigen Lehrer war es mir jemals so leicht gefallen, Schüler zu sein, also lernwillig, aufmerksam, zugewandt; und bei keinem hatte ich auch nur annähernd so gern im Unterricht gesessen. Zu meinem – noch immer schwer faßbaren – Glück mit Uta kam mein unverhofftes Schülerglück mit diesem neuen, kaum fünfunddreißigjährigen Lehrer.

Freimut Hunger saß, wenn er uns unterrichtete, nie vorne an seinem Schreibtisch, sondern ging, meist in grauer Hose, mit weißem Hemd und einer weinroten Krawatte, zwischen den Bankreihen hin und her. Sein Gehen war ein Tänzeln oder zumindest nahe daran, grad als wolle er vom gewichtigen Ernst der Lehrerrolle ablenken. Manchmal wirkte er auch wie ein Leichtathlet, der trippelnd den richtigen Anlauf sucht für einen Weit- oder Hochsprung. Hin und wieder sprach er mit verstellter Stimme in bollerndem Paukerton oder bleckte knurrend die Zähne, und wir konnten mit ihm darüber lachen. Wenn Hunger lobte, dann stets mit einem tiefen, langgezogenen »Jaaaa …«, wogegen er kurz und mit leisem Bedauern kritisierte oder korrigierte. »Lernen heißt selber denken« lautete seine häufig angebrachte Parole. Und am liebsten verwickelte er uns, seine »geschätzten demokratischen Jungbürger«, in Diskussionen, bei denen es nur faire Streiter, aber keinen Sieger gab. Niemand in der Klasse fürchtete oder haßte ihn, im Gegenteil. Man mußte eher darauf achtgeben, ihm nicht zuviel Zuneigung zu zeigen, weil die anderen das als Einschmeichelei hätten auffassen können.

Wir beschlossen, seinen Geburtstag von ihm zu erfragen, weil wir Hunger etwas schenken wollten, am ehesten ein Buch, das er selber auswählen dürfte. Als die Delegation, zu der auch ich gehörte, ihm das Buch mit dem Titel »Der kurze Brief zum langen Abschied« hinauf in die Lehrerwohnung trug, bat Hungers Frau uns herein und servierte Saft und Kuchen. Zu unserem Erstaunen hatten wir unseren Lieblingslehrer in Freizeitkleidung und mit schwarzen Spritzern im Gesicht beim Tuschen mit seinen Kindern angetroffen.

Im Unterricht las er des öfteren ein Gedicht mit uns. Wir besprachen es manchmal eine ganze Woche lang in jeder Deutschstunde, auch jenes Gedicht, das mit der Aufforderung beginnt: »Lies keine Oden, mein Sohn, lies die Fahrpläne …« – um anschließend aus Hungers Mund zu vernehmen, daß wir uns auch von Gedichten nicht gegen Gedichte aufbringen lassen, sondern versuchen sollten, lebenslang ein gutes Verhältnis zu ihnen zu pflegen. Sinngemäß sagte unser Lehrer:

»Jetzt, mit fünfzehn oder sechzehn Jahren, seid ihr noch offen, noch einfühlsam und nicht allzu sehr verbürgerlicht oder übermäßig politisiert – also genau in der richtigen Verfassung, um Gedichte in euch aufzunehmen. Keine Kunst, auch nicht die Musik, die ihr gerne hört – *laut* hört! –, ist in so außerordentlichem Maß die Kunst der Jugend wie das Gedicht. Zu allen Zeiten haben junge Leute Gedichte geliebt – und warum? Weil das Gedicht selbst eine Art ewig junges Wort ist, das Wort, an dem sich noch kein Erwachsener zu schaffen gemacht hat, kein Funktionär, kein Pädagoge … lernt es also schätzen … und fangt an, mit ihm zu leben …«

Eines Tages, wohl im Frühjahr 1972, brachte Hunger uns ein »Fundstück« mit, auf das er in einer Zeitung gestoßen sein wollte. Er hatte es auf zwei Blättern eigenhändig und mit vielen Zwischenräumen – »für Anmerkungen« – abgetippt und vervielfältigt; jetzt lag es vor uns in blaßlila Buchstaben und trug den unverständlichen Titel »Todesfuge«; darunter stand der Name Celan, den wir nicht auszusprechen wußten. Unser Lehrer forderte uns auf, dieses Gedicht zweimal hintereinander still zu lesen und fügte hinzu:

»Das wird ein Schlag für euch sein!«

Als wir fertig gelesen hatten, fragte Hunger:

»Ist das überhaupt ein Gedicht?«

»Nein!«, antwortete die Klasse im Chor.

Ich schwieg – und wollte mich noch gedulden.

Darauf wurde die »Todesfuge« von Hunger laut vorgelesen.

»Ist es vielleicht jetzt ein Gedicht?«

»Nein!!«

»Was dann?«

»Wortsalat … Klangwüste … Flickwerk …«

»… und ›Deutschland‹ ist darin ein sehr böses Wort!«

Uta mochte das Gedicht ebenfalls nicht und verzog ihr hübsches Gesicht, als hätte sie in einen grünen Apfel gebissen – eine Frucht vielleicht vom Baum der unerwünschten Erkenntnis. Auch für mich tönte das Gedicht wie fremdeste Fremdsprache, obwohl es seltsamerweise aus lauter vertrauten, einheimischen Wörtern bestand. Daß die eigene Muttersprache einem so fremd werden konnte! Ferner war ich meiner Werfelschen Lieblingshymne noch nie gewesen. Diese »Todesfuge« schien mir ein sehr einsames Gedicht und steckte den Leser mit ihrer Einsamkeit an – das galt es wahrscheinlich auszuhalten. Besonders beim lauten Lesen, daheim, kam das Gedicht mir schwankend vor, so als würde es gleich umfallen, einstürzen, in sich zusammenbrechen wie ein morsch gewordener Hochsitz im Wald. Auch glaubte ich nicht, daß man es auswendig lernen könne, denn ihm fehlte ganz offensichtlich der rote Merkfaden. Ja, vermutlich würde es sich sogar dagegen wehren, auswendig gelernt zu werden, zumindest von mir. Wenn ich ein Gedicht auswendig konnte, dann hatte ich es besiegt und beherrschte es. Dieses Gedicht, das spürte ich gleich, wollte nicht beherrscht werden und wies mich ab wie kein zweites. Nicht ein einziges Gefühl, das ich kannte, war darin enthalten.

Volle zwei Wochen beschäftigten wir uns damit.

Lehrer Hunger sagte, daß wir einen weiten Umweg machen müßten, um der »Todesfuge« näherzukommen, einen Umweg durch die Geschichte. Die Klasse folgte ihm, mürrisch, aber bereitwillig, weil sie ihn mochte und nicht enttäuschen wollte. »Was wißt ihr denn über die Welt hinter diesem Gedicht?«, fragte er. Und als keine Antwort kam, führte er das Schwarz der »Milch« auf die Uniformfarbe der SS zurück; das »Grab in den Lüften« auf die massenhafte Verbrennung der Leichen; »es blitzen die Sterne« auf den Judenstern an der Brust der Opfer; »spielt auf nun zum Tanz« auf die Häftlingskapellen in den Todeslagern; und »dein aschenes Haar Sulamith« brachte er in Verbindung mit den Bergen aus Menschenhaar, das die Mörder von den Ermordeten übrig gelassen hatten. Bisweilen löste Hunger sich ganz vom Gedicht und erzählte von Nationalsozialismus und Judenverfolgung; auch die Namen Eichmann und Himmler hörte ich aus seinem Mund zum ersten Mal.

Dann verstummte unser Lehrer und blickte in die Runde.

»Ihr schluckt still, seid beeindruckt, ja entsetzt«, sagte er schließlich, »doch das Gedicht spendet euch keinen Trost.«

»Warum müssen wir so traurige Sachen lesen?«, wurde aus der Klasse gefragt; zustimmendes Gemurmel erhob sich.

»Ja, warum?«, wiederholte Hunger. »Vielleicht gibt uns das Gedicht eine Antwort darauf ...«

Und er wollte wissen, wieso der Tod in mehreren Versen wohl »ein Meister aus Deutschland« heiße. Als wieder keine Antwort kam, sagte er:

»Ihr wißt, was ein Meister ist. Vielleicht besitzen einige von euren Vätern ja einen Meisterbrief.« Worauf ein paar Schüler zaghaft nickten, andere den Kopf einzogen.

Dann erzählte Hunger von »deutscher Perfektion beim Töten«, von Gaskammern, Massenerschießungen, grausamen Experimenten an lebendigen Menschen; auch schrieb er Zahlen an die Tafel sowie einige Namen von Organisatoren. Mehr und mehr, fuhr unser Lehrer fort, werde von diesem Mordsystem bekannt, seit in der Bundesrepublik und anderswo immer wieder einige der Verantwortlichen vor Gericht gestellt würden. Manche dieser »Meister aus Deutschland« blieben jedoch vermutlich leider unentdeckt, und wir lebten mit ihnen, ohne es zu wissen.

»Ihr seht, diese Verbrechen reichen aus der Vergangenheit bis in die Gegenwart und sogar in die Zukunft. Sie bleiben uns, hängen uns an, sind auf keinen Fall abzuschütteln – auch wenn wir sie selbst nicht begangen haben; diese Verbrechen gehören zu unserem Erbe, und es macht uns besser, wenn wir sie kennen und durchschauen ... und nicht vergessen.«

Er sprach diese Worte mit äußerster Nüchternheit, kaum wie ein Lehrer, sondern eher wie ein Freund, der einen Rat erteilt oder einen Weg erklärt, den man selber nie gefunden hätte. Nach einer Pause lächelte Hunger und wollte wissen:

»Und – ist es jetzt ein Gedicht?«

Niemand wagte noch zu antworten.

Darauf überraschte er uns ein weiteres Mal mit einem Schwenk und erklärte uns, was eine Fuge sei: das Schönste in der Musik, vor allem in der deutschen.

Rings in der Klasse große Verblüffung, weil plötzlich und völlig unverhofft das Wort »schön« gefallen war.

Hunger fuhr fort:

»Da staunt ihr! Aber auch in dieser ›Todes-Fuge‹ wird musiziert. Die Schönheit der Fuge und der Schrecken des Massenmords stoßen hier zu einem noch nie gehörten Klang zusammen oder besser: fahren gewaltsam ineinander, versteht ihr? Wenn etwas Ungeheuerliches wie die Judenvernichtung geschieht, dann muß ein Gedicht darüber so verstümmelt sein wie die ›Todesfuge‹, dann muß ein Gedicht genauso verzweifelt musizieren wie sie.«

Danach stellte Freimut Hunger keine Frage mehr.

Er sagte nur noch: »Damit muß ich euch jetzt allein lassen.«

Doch keiner erhob sich, keiner lief los, um eins der Fenster aufzureißen oder aus dem Zimmer zu stürmen wie sonst am Ende des Unterrichts. Auch unser Lehrer blieb vorne einfach stehen und blickte wie selbstvergessen auf die Klasse. Jeder im Raum schien die Stille herbeizusehnen, die sich zögernd, ja, beinahe unwillig zwischen uns ausbreitete.

9

Gleich einem Traumwandler lebte ich einen ganzen Winter und einen halben Frühling neben Wenzel her, benommen von meinem zweifachen Glück und gleichgültig gegen meinen Bruder. Es war am letzten Apriltag, als er mich fragte, ob ich heute mit ihm das Rotacher »Maienfest« besuchen wolle, das erste große Volksfest im Jahreslauf unseres Dorfs. Ich sagte zu – wenn er mich einlud, durfte ich nicht ablehnen. Festgelände war wie immer die hellgraue, staubige Schotterfläche zwischen Turnhalle und Sportplatz. Schausteller hatten dort ein Karussell, eine Schiffschaukel sowie einen Schieß- und einen Wurfstand aufgebaut. Festsaal und Ausschank befanden sich in der Halle, wo auch der Musikverein seine Auftritte hatte. Wenzel und ich lehnten unter dem Vordach bei den Autoskootern an der Brüstung, hier lief die Dorfjugend am liebsten zusammen. Krachender Pop drang aus scheppernden Lautsprechern, immer wieder die gleichen Songs. Es roch nach Motorenöl und heißem Gummi. Gegenüber auf einer Wiese wurde soeben der Maibaum errichtet. Bald flatterten seine Bänder hoch droben im kühlen Abendwind. Wenzel gab mir Zeichen im tosenden Lärm, und ich verstand: Er will Schiffschaukel fahren mit mir. Als wir die Gondel bestiegen, tauchte Wenzels Freund Ralf in seiner Musikantenuniform auf und wünschte uns »guten Flug«.

Ich war beim Schiffschaukeln noch nie über eine Bewegung hinausgelangt, die man flache Fahrt nennen könnte; auch hatte ich noch nie zu zweit geschaukelt, sondern immer alleine, und mich in der Regel zum Gespött der Zuschauer gemacht, die mich unter Gelächter anfeuerten, mehr Höhe zu wagen. Jetzt war Wenzel mit an Bord, der nichts ahnte von meinen Ängsten – oder doch? Wir stellten uns beide breitbeinig auf und hielten uns an den abgegriffenen Eisenstangen fest. Dann ließ Wenzel sich tief in die Knie sacken und schob die Gondel an; ich dagegen knickste nur ein wenig symbolisch und wurde sogleich von ihm aufgefordert, ebenfalls »ordentlich reinzustehen«. Doch wir gewannen auch so an Fahrt, kamen dank Wenzels Bein- und Hüftarbeit hoch und höher hinauf, und mit einem Schaudern erlebte ich, wie es mich jeweils am höchsten Punkt, mal hüben, mal drüben, leicht von den Sohlen hob. Auch der Festplatz schaukelte mit: jedesmal schwappte unter mir die dröhnende Musik hin und her wie Wasser in einer Wanne, und die Lichter aus den Scheinwerfern, mit denen die Schaukel angestrahlt wurde, zerflossen zu blitzhellen Leuchtspuren, wenn wir an ihnen vorüberflogen. So gelangten Wenzel und ich immer weiter nach oben, dem ebenfalls schwankenden Nachthimmel entgegen. Das Gebälk ächzte, das Eisen knarrte, waagrecht lagen wir, einmal links, einmal rechts, übereinander in der Luft; von unten riefen einige Zuschauer:

»Überschlag! Überschlag!«

Da begann es unwillkürlich aus mir zu schreien, und ich flehte Wenzel an, nachzulassen. Doch er hörte nicht oder wollte nicht hören, war wie taub für mich, mein Flehen und mein Gezeter. Selbst wenn er mich ansah, aus einem vor Schaukelwut verzerrten Gesicht, schien er nicht zu begreifen oder begreifen zu wollen, was hier geschah. So lehrte er mich, eine meiner ergiebigsten Angstquellen zu entdecken. Immerhin begriff der junge Schausteller am Fuß der Schaukel, was über ihm vor sich ging, und zog die Bremse. Als Wenzel bemerkte, wie der Bremsbalken Schlag um Schlag unsere Fahrt verminderte, heulte er auf und stemmte seine Beine mit noch mehr Kraft gegen den Boden der Gondel. Es nützte nichts, wir verloren an Schwung und saßen am Ende kläglich auf dem Bremsbalken fest. Ich konnte nun aussteigen, mit schlotterigen Knien und flatterigen Händen, einer plötzlich aufkommenden Übelkeit sowie dem starken Wunsch, in der Dunkelheit zu verschwinden.

Keine Stunde später kehrte ich jedoch zurück, wütend, gekränkt und schwer enttäuscht, auch von mir selbst. Wenzel saß bei Ralf in der Halle und trank Bier mit ihm. Ich wollte ihn stellen, denn rasch war der Verdacht in mir aufgestiegen, daß er vorsätzlich gehandelt hatte, um mich zu erschrecken und zu demütigen. Ich wußte nicht, was schlimmer gewesen war: die Furcht, mich von der Schiffschaukel herab zu Tode zu stürzen, oder die Schmach, meine Angst und meine Pein unverhüllt vor allen zeigen zu müssen. Doch egal – an beidem hatte fraglos Wenzel schuld. Wenzel, dem ich nun aus nächster Nähe unter Tränen ins Gesicht zischte:

»Das hast du mit Absicht getan!«

Und meine eigenen Worte verschlugen mir die Sprache.

Ach, was war nur geschehen mit mir, daß ich ihm so eine Tat zutraute!? Er war doch mein Bruder, nicht? Nein, er war eben nicht mein Bruder, ein Bruder hätte so niemals handeln können; aber was war Wenzel dann, wenn nicht mein Bruder? Fern und dunkel ahnte ich einen anderen Grund für meinen häßlichen Verdacht, nämlich daß ich keinen Wunschbruder mehr brauchte, daß die Geschwistersehnsucht meiner Kindheit ihre Kraft – auch ihre Zauberkraft – eingebüßt hatte.

»Warum hast du nicht aufgehört, als ich losbrüllte?«, wollte ich wissen und mußte mich hüten, nicht noch wütender, noch weinerlicher zu werden.

»Weil ich nicht verstanden hab, *warum* du so schreist! Es hätt ja auch vor Freude sein können …«, antwortete er, selber fast schreiend und sichtlich getroffen von der Schwere meines Vorwurfs. Er sprach so scharf und klar, als hätte er noch nie gestottert.

Jetzt meldete sich auch Ralf zu Wort, der angetrunken war und mehrere Ehrennadeln am Revers seiner Uniformjacke trug. Fachmännisch ernst teilte er mit, daß ihm von seinem Stehplatz aus »auch nichts Besonderes« an mir aufgefallen sei, worauf Wenzel halb belustigt, halb beleidigt sagte:

»Max, du redest dir doch nur was sein … hast halt Angst gehabt da oben, bist überhaupt ein ängstlicher Typ … und das willst du nicht wahrhaben … mit mir hat das gar nichts zu tun. Sag bloß deinen Eltern nichts, sonst glauben die auch noch, daß ich dich von der Schaukel schmeißen wollte!« Wenzel versuchte zu lachen, doch nur Ralf gelang es.

Als auf diese Weise der Vorfall schließlich vollends zerlacht und zerredet war, blieb mir einzig, mich für meinen Irrtum zu entschuldigen.

Erst viele Wochen später, als alles vorbei war, konnte ich in der Schiffschaukelszene den Auftakt zu jener unseligen Reihe von Ereignissen erkennen, die sich über mehr als zwei Monate hingezogen und unser gemeinsames Leben allmählich zerrüttet hatten – so lange, bis Wenzel von meinem Vater aus dem Haus gejagt worden war. Mit dem Gleichmut von Hypnotisierten hatten wir, meine Eltern, meine

Großeltern und ich, bis zuletzt versucht, in Wenzels Ausbrüchen stets auch den Anteil von Trauer und Verzweiflung über den Tod seiner Mutter zu berücksichtigen, ebenso die Willensschwäche, die er von beiden Eltern geerbt zu haben schien. Nur mein Vater war so frei, so mutig und unduldsam gewesen, in diesen Ausbrüchen je länger, je mehr auch Angriffe von plumper Bösartigkeit zu erblicken, Angriffe auf seine Familie, besonders auf seinen Sohn Max.

Wir sollten nie herausfinden, ob er damit recht hatte.

Was hoch über dem Festplatz passiert oder nicht passiert war, behielt ich allein schon aus Scham für mich; und als Wenzel sich wenig später seinen ersten, wie er im Lausbubenjargon sagte, »Ausbüxer« erlaubte, da dachten meine Eltern keineswegs an etwas Schlimmes, sondern wunderten sich lediglich über sein ungewöhnliches Verhalten. Als er nach drei Tagen wiederkehrte, wirkte er erfrischt und fröhlich wie nach einem Kurzurlaub. Wir hatten nichts gewußt von einer bevorstehenden Reise, nur in seinem Lehrbetrieb war bekannt gewesen, daß Wenzel einen mehrtägigen Ausflug machen wollte, und er hatte sich dafür sogar ordnungsgemäß freigeben lassen. Nachdem er abends nicht wie immer von der Arbeit nach Hause gekommen war, hatten wir privat bei seinem Meister angerufen und einzig auf diesem Weg davon erfahren. Andernfalls hätten wir uns damals bereits für ein paar sorgenschwere Tage mit Wenzels spurlosem Verschwinden begnügen müssen.

»Wo bist du denn gewesen?«, fragte meine Mutter ihn nach seiner Rückkehr.

» ... nur ein bißchen rumgefahren ...«, antwortete er sanft.

»Wenn du das nächste Mal ›ein bißchen rumfahren‹ willst, dann kannst du uns das ruhig vorher sagen. Man läßt doch seine Leute nicht so im Ungewissen!«

»Weiß schon, weiß schon ...«, grummelte er, mir aber war, als habe Wenzel dabei kaum merklich – wie unter einem kurzen Schauder –, den Kopf geschüttelt, um sein Bedauern im selben Moment wieder zurückzunehmen, sichtbar nur für den, der es sehen wollte.

Als Wenzel nicht lange darauf das nächste Mal verschwand, hatte er vorher weder uns noch seinem Lehrmeister im Betrieb Nachricht gegeben. Er wählte einen Donnerstag, jenen Tag, an dem er einmal monatlich in die Landeshauptstadt fuhr, um eine Kunstgewerbeschule zu besuchen. Wenn ich mich recht entsinne, dann ist Wenzel von da an zu allen Fluchten an seinem Kunstschuldonnerstag von Stuttgart aus aufgebrochen, dort, in der Großstadt, scheint die Freiheitsverlockung für ihn am unwiderstehlichsten gewesen zu sein. Als er am Abend ausblieb, warteten wir nicht lange auf ihn, sondern begannen die Tage zu zählen; so schnell ergaben wir uns der neuen Wirklichkeit. Und nach knapp einer Woche – es war um die Zeit meines siebzehnten Geburtstags – rief uns frühmorgens ein Wachtmeister von einem Polizeirevier in Lindau an und erkundigte sich, ob ein Bogatz, Wenzel bei uns, der Familie Stollstein, beheimatet sei. Meine Mutter bejahte und erfuhr, daß ihr Pflegesohn am Vortag von Forstarbeitern in einem stadtnahen Wald aufgefunden und der Polizei übergeben worden war, in hilflosem Zustand und vollgepumpt mit einer Droge namens LSD, wie Wenzel selbst zugegeben habe. Der Polizeibeamte kündigte an, ihn noch im Lauf dieses Tages nach Hause zu bringen, und am selben Abend fuhr ein Streifenwagen nach mehrstündiger Fahrt vom Bodensee bis in die schwäbisch-fränkischen Waldberge bei uns in Rotach vor.

Wir, meine Eltern und ich, hatten uns in den vorausgegangenen Stunden mit der Frage abgequält, wie wir Wenzel empfangen sollten: mit Vorwürfen oder dankbar, daß er heil geblieben war? Er nahm uns die Entscheidung zumindest vorläufig ab, indem er sofort und fast noch bei Tageslicht zu Bett wollte, ausgemergelt von seiner Flucht und verstört von seinem LSD-Rausch. Meiner Mutter gelang es nur, ihn zum Waschen zu überreden, bevor er sich hinlegte, denn Wenzel stank und war offenbar sieben Tage nicht aus den Kleidern gestiegen. Wir besprachen seine jüngste Eskapade also in der Küche bloß untereinander und beschlossen, ihn auch diesmal zu schonen; ich sollte lediglich versuchen, Wenzel ohne Druck zum Erzählen zu bringen, vielleicht erführen wir ja auf diese Art etwas über seine Gründe, wegzulaufen und – dies vor allem – Drogen zu nehmen. Denn am allermeisten verwirrte und bedrückte uns, daß Wenzel, der sich dem Rausch doch so sorgsam fernhielt, plötzlich einen oder auch mehrere »Trips geworfen« hatte. Mit dieser Tat war es ihm gelungen, ein ganz und gar neuartiges Fremdheitsgefühl zwischen uns entstehen zu lassen, weshalb es mich allen Mut kostete, ihn am anderen Tag in der Bubenkammer unverblümt zu fragen:

»Bist du jetzt drogensüchtig?«

Wenzel lächelte schwach und mitleidig. »Nein«, sagte er, »das war nur ein Spaß – aber vielleicht mach ich's ja wieder. Es gibt auch noch andere Drogen ... man kann sie kiffen, spritzen, schnupfen, Max.«

»Woher hattest du die Trips?«

»Geschenkt bekommen.«

»Kriegt man davon nicht Halluzinationen?«

»Doch, ganz tolle, bunte und scheckige ...«

Das war am späten Nachmittag. Er lag noch im Bett, hatte großzügig zwei Tage freibekommen von seinem Meister, um sich zu erholen. Am Morgen war mein Vater mit dem Auto eigens zur Druckerei nach Roßweil gefahren, um dort Wenzels Rückkehr zu melden, sich für ihn zu entschuldigen und um Nachsicht für ihn zu bitten. Noch kaum von der Schule daheim, hatte ich mich zu ihm gesetzt, auf die Bettkante, um nicht wieder zu weichen. Stundenlang behütete ich ihn wie einen Schwerkranken oder Sterbenden, obwohl er mich mehrmals fortschicken wollte; allerdings nicht, ohne mir zuvor von seinem neuerlichen »Ausreißer« all das mitgeteilt zu haben, was ihm selbst daran wichtig war. Fast prahlerisch trug er es vor, sprach von einem indianisch kargen Leben im Wald, von sauren Frühäpfeln, mehr oder weniger schmackhaften Baumrinden, von zu dieser Jahreszeit noch unreifen Waldfrüchten sowie aus Ställen gestohlenen Eiern, kurz von allem, was ihn ernährt hatte, nachdem ihm das Geld ausgegangen war. Gebettelt hingegen habe er nie – lieber klauen als betteln, sagte er wissend; auf solchen Reisen müsse man sich zuvörderst seine Unabhängigkeit bewahren. Außerdem wußte Wenzel, wie man sich im Wald die Nachtkälte fernhält oder am Dorfrand ein Gartenhäuschen aufbricht, um darin zu schlafen. Er benutzte auch das mir vollkommen neue Wort »Überlebenstraining«, das ich sogleich für seine Erfindung hielt, und am Ende hatte er mir mit einer Fülle von Beispielen zumindest angedeutet, daß die Freiheit des Weglaufens weitaus wertvoller sei als das Glück des Heimischseins. So wurde seine Flucht auch noch zur Lektion für mich. Danach erhob Wenzel sich aus dem Bett, ging

mit mir hinüber in die elterliche Wohnung, nahm auf seinem angestammten Stuhl am Vespertisch wie selbstverständlich Platz und fraß
sich mit dem Hunger von Tagen stillschweigend voll.

Derweilen führte meine Mutter in der Wohnstube nebenan ein
lange nicht endendes Telefongespräch mit Frau Schlee vom Jugendamt.
Sie hatte Wenzels Vormünderin eigentlich nur um einen Besuch bei
uns bitten wollen, in der Hoffnung, daß diese kluge Vertreterin staat-
licher Autorität vielleicht herausfände, woran unser Pflegesohn und
-bruder so sehr litt, daß er die Flucht vor uns ergreifen und LSD-Trips
schlucken mußte. Auch sollte sie uns einen Rat erteilen, wie wir ihn
am besten behandelten – ob er etwa eine Strafe verdiente. Doch Frau
Schlee lehnte es ab, sich einzumischen und mit bohrender Strenge in
Wenzel zu dringen, und sie riet auch uns, es nicht zu tun, geschweige
denn ihn zu bestrafen. Fast eine Stunde rang meine Mutter mit ihr
am Telefon, um zum Schluß viele, allzu viele Male aus ihrem Mund
gehört zu haben, daß Wenzels Ausbrüche nur Zeichen der Trauer um
seine leibliche Mutter seien; er werde sich schon beruhigen, wenn er
erst »ausgetrauert« habe.

Als Wenzel wieder bei Kräften war, täglich zur Arbeit ging und
einmal pro Woche auch zu den Proben des Musikvereins, da schien es
uns, als tauche er langsam aus einem gänzlich andersartigen Zustand
auf, in den er gegen seinen Willen geraten war, eine Art zeitweiliger
Verwirrung oder Umnachtung. Überraschend suchte er das Gespräch
mit uns, bat um Vergebung, daß er uns in letzter Zeit so viele Sorgen
bereitet habe, und sagte erregt, er begreife selbst nicht, was da über
ihn gekommen sei: dieser Wunsch davonzulaufen, der so mächtig sei,
daß er ihm nicht standhalten könne, sondern gehorchen müsse; ein
Wunsch, der ihm Angst mache. Und Wenzel versprach, sich in Zukunft
besser zu beherrschen, und beschwor es sogar mit erhobener Hand.
Man merkte vor allem an dem Gestotter, das ihn abzuwürgen drohte,
wieviel Mühe diese Erklärung ihm bereitete; uns beruhigte sie nicht,
dennoch gaben wir uns mit ihr zufrieden.

Längst weiß ich nicht mehr, wie oft Wenzel noch geflohen ist oder
wie oft er sich seinen Drogenexperimenten noch ausgesetzt hat. Bald
schon verlor ich nämlich den Überblick, geriet in den Bann jener fixen

Idee, ihn retten zu müssen, und konnte mir vom Großteil des folgenden Geschehens nur ein Bild aus verwirbelten und versprengten Einzelheiten bewahren, eine Art Kaleidoskop aus Erinnerungsfetzen und Gefühlssplittern, die aber nicht mehr zu einem Ganzen zusammengesetzt werden können:

So sehe ich mich im Geist auf verschiedenen Bahnen hinter ihm herlaufen – wenn Wenzel fehlt, bin ich getrieben und muß ihn suchen, vielleicht ist er bei Ralf oder bei dieser Verena auf dem Einödhof und duckt sich weg, wenn ich vor dem Fenster auftauche; ich schwänze die Schule, streiche um Häuser, unternehme Trampfahrten und schaue in jedes Auto, das uns entgegenkommt, ob *er* nicht drinsitzt; seine Verwandten, Witwe und Kinder des durch eigene Hand geendeten Onkel Hans, schicken mich gewollt oder ungewollt ins Leere, ich irre in Wäldern umher, frage einen Förster, ob er Wenzel gesehen habe, den Ausreißer, und werde vom Förster selbst gefragt, ob nicht ich der Ausreißer sei und er mich einfangen müsse; spät nachts kehre ich schließlich heim, meine Eltern schelten mich aus, sie haben um mich gebangt – doch ich will bei meiner Ankunft nur wissen: »Ist er wieder da?« Bei jeder Suchfahrt hoffe ich, daß Wenzel in der Zeit, die unterdessen verstreicht, nach Hause kommt, und selbst auf dem Weg ins Bett hoffe ich noch, daß er sich hinter dem Rücken meiner Eltern eingeschlichen hat, unter seiner Decke liegt und schläft. Ich rede mit seinem leeren Bett, rufe seinen Namen ins Dunkel, durchwache mit ihm seine Abwesenheit und kann keine Ruhe finden vor den Tatsachen. Wenn ich doch einschlafe, suche ich ihn im Schlaf, renne, laufe und japse vor Hoffnung; ich hasse diesen Wenzel aber auch – er stürzt mich in Schmach und Schande, *mir* läuft der Bruder weg, ich kann ihn nicht halten ... was würden im Dorf die Leute sagen? Du hältst ihn zu fest, Einzelkind, er reißt sich los von dir, Flucht ist ein Notschrei, Drogen sind Leidenssignale, würden sie sagen. Darum soll niemand wissen davon, schon gar nicht Uta, nicht Lehrer Hunger, ich muß weitersuchen, allein, an meinen Eltern vorbei, die schon genug durchmachen. Noch nie habe ich Wenzel bisher gefunden. Will er, daß ich ihn finde? Ist das ein Spiel? Ich bin doch so ein schlechter Spieler ...

Und auch wenn Wenzel nicht fehlt, bin ich getrieben und liege wach, jederzeit bereit aufzufahren – aus Furcht, er könne sich in der Nacht vom Bett erheben und hinausschleichen, davon will ich ihn abhalten, und selbst wenn er aufs Klo muß, denke ich: Ob er zurückkommt? Im Zug, unterwegs zum Kunstschulunterricht nach Stuttgart, versuche ich an seiner Haltung, seinem Gesichtsausdruck so etwas wie Fluchtbereitschaft abzulesen. Ich brenne vor Aufmerksamkeit rund um die Uhr, allein die Möglichkeit versetzt mich in Schrecken. Gibt es Zeichen, kleine Hinweise oder Versprecher, die *Flucht* ankündigen? Oder kann man *Flucht* riechen? Wenzel hat gelobt, sich zu beherrschen und der Versuchung zu trotzen. Ob ihm das gelingt? Wenn wir ihn nach der Arbeit daheim erwarten, halte ich oftmals die Spannung nicht aus, sondern laufe unter einem Vorwand zur Haltestelle, um zu sehen, wie er aus dem Bus steigt – und dann, ohne mich ihm gezeigt zu haben, wieder zurück, um ihn ruhig und gelassen, ja gleichgültig zu begrüßen: »Hallo, schon da?« Von dem andauernden Druck, der auf mir lastet, darf er nichts bemerken, keineswegs soll Wenzel sich beobachtet, gar überwacht fühlen; auch meinen Eltern will ich meine Sorge, meine Angst unbedingt verheimlichen. Ich wünsche mir, daß sein Lehrmeister im Betrieb ihn maßregelt, daß er ihm die Kündigung androht für den Fall, daß Wenzel noch einmal absichtlich bei der Arbeit fehlen sollte. Wenn schon das Jugendamt nichts gegen ihn unternehmen will ... Aber auch in seiner Druckerei halten sie zu ihm. Alle warten nur darauf, bis er sich von selbst beruhigt. Bloß ich warte auf den nächsten Ausbruch und werde einstweilen immer müder, dünner, nervöser. Uta will mit mir über meinen Zustand reden, aber ich wimmle sie ab. Vielleicht fällt ja meinem Bruder einmal auf, wie ich leide um ihn, wie sehr er mich in seiner Gewalt hat, vielleicht empfindet er ja irgendwann Mitleid ...

Doch jählings war mein Selbstmitleid verflogen, nachdem Wenzel versucht hatte, sich umzubringen. Wieder erfuhren wir durchs Telefon davon. Der Direktor seiner Kunstgewerbeschule rief an, um uns mitzuteilen, daß der Schüler Bogatz kurz nach der Mittagspause im Unterricht ohnmächtig unter den Tisch gesunken sei, wie sich später im Krankenhaus herausstellte, mit fast einem Röhrchen Schlaftabletten intus. Wenzel liege derzeit mit ausgepumptem Magen auf der psychiatrischen Station des Stuttgarter Bürgerhospitals, sagte der Direktor, und wir, seine Stieffamilie, sollten uns jetzt sofort um ihn kümmern. Nach Erhalt dieser Nachricht saßen meine Eltern und ich, alle drei wie blöd vor Schock, um den Tisch in der Küche:

»Dann ist er nicht tot!?«

»Nein, er hat wohl überlebt …«

»Aber warum ›psychiatrische Station‹?«

» … und wie kommt er an Schlaftabletten, wie?«

»Herrgott, er wollte Selbstmord machen: Selbst-Mord!«

So oder so ähnlich redeten wir durcheinander und lauschten wie begriffsstutzig dem zuletzt gefallenen Wort nach. Als meine Mutter entdeckte, daß im Küchenschrank unsere Schlaftabletten fehlten, war es, als hätten wir allein schon deswegen Schuld auf uns geladen. In unserer Aufregung versuchten wir sogleich, den Besuch im Krankenhaus zu planen. Doch bereits auf die Frage, wer von uns fahren solle, gab keiner mehr Antwort. Meinen Eltern war leicht anzusehen, wie sehr sie die Begegnung im Bürgerhospital fürchteten. Sie waren traurig, verletzt und auch wütend – daß Wenzel zu uns gehören wollte und sich zugleich den Tod wünschte, konnten sie weder verstehen noch verzeihen. Ich würde ihn also alleine besuchen müssen, und das erschien mir nur gerecht. Denn sein Selbstmordversuch betraf mich weit mehr als den Rest meiner Familie. Ja, dieser Versuch war ein Ruf an mich ganz allein, und er sollte die alten, verschütteten, dem Bruderwunsch innewohnenden Kräfte wieder freisetzen. Eine Erkenntnis, die wie ein Schlag in mich fuhr; sie war furchtbar und erhellend zugleich, aber auch tröstlich, weil sie die Zuversicht in mir weckte, durch die Wiederbelebung unserer Brüderlichkeit werde sich alles zum Guten wenden. Von solchen Gedanken und Gefühlen erfuhren meine Eltern freilich nichts, und kleinlaut stimmten sie schließlich meinem Vorschlag zu, daß wir Wenzels Freund Ralf darum bitten könnten, an meiner Seite nach Stuttgart zu reisen.

Am Sonntag darauf, frühmorgens bald, saßen wir im Zug einander gegenüber. Ralf hatte sofort eingewilligt, mitzufahren, und ich war ihm dankbar dafür. Seine Nähe dämpfte meine Angst vor dem Wiedersehen. Nun schaute er aus dem Abteilfenster und schüttelte stumm, aber unentwegt seinen Kopf. Schon als ich ihm daheim die Nachricht überbracht hatte, war er in minutenlanges Schweigen verfallen. Und je näher wir unserem Ziel kamen, desto mehr erbleichte Ralf.

»Wirst du ihn ausschimpfen?«, fragte er plötzlich.

»Nein«, antwortete ich.

»Mir vertraut er anscheinend ja auch nicht …«

»So?!«

»Darf man das Wort ›Selbstmord‹ vor ihm benützen?«

»Weiß nicht.«

»So viele Fragen … Hoffentlich muß ich nicht heulen!«

Es war dann vor allem Wenzel, der weinte. Als er Ralf und mich ins Zimmer treten sah, schloß er flugs die Augen und öffnete sie eine ganze Weile nicht wieder. Wortlos standen wir an seinem Bett, in das man ihn hineingefesselt hatte: von einem breiten Ledergurt, den er um die Brust trug, lief sowohl nach rechts wie auch nach links eine Kette bis zu dem eisernen Bettrahmen, an dem sie befestigt war. Die Kette rasselte, da Wenzel in seinem weißen Krankenhemd vor Weinen bebte; doch seine Augen blieben zu, die Tränen rannen ihm unter den geschlossenen Lidern hervor. Ralf und ich konnten nur mitweinen. Und von all den Sätzen, die ich vorbereitet hatte, kam während unseres Besuchs nur ein einziger aus meinem Mund: »daß du in unserem Haus nach wie vor willkommen bist«. Unausgesprochen blieb auch mein Angebot, mich wieder »Jure« von ihm nennen zu lassen, doch vor dem ins Bett geketteten Selbstmordkandidaten erschien es mir mit einem Mal nur noch lächerlich.

Wenzels Lippen, seine Zähne, seine Zunge, aber auch sein Kinn sowie die Nasenspitze waren blau und lila verfärbt, grad als hätte er sein Gesicht mit offenem Mund auf ein Stempelkissen gedrückt und darauf herumgewälzt. Auf diese entstellenden Flecken hatte die Krankenschwester uns bei der Ankunft hingewiesen: Sie rührten von jenem nach Bittermandel riechenden Schaum her, der ihm während seiner Schlafmittelvergiftung zuerst durch den Schlund herauf und dann aus Mund und Nase gequollen sei. Auch der Zweck der Fesselung war uns von der Schwester erklärt worden – ungeschminkt: damit der Patient nicht aufstehen und aus dem Fenster springen könne, um sich doch noch umzubringen … Wie froh ich war, daß dieser Anblick meinen Eltern erspart blieb; Wenzel fragte übrigens nicht ein einziges Mal nach ihnen.

Wieder daheim, mußte Wenzel noch ein paar Tage das Bett hüten. Wie Bittsteller marschierten meine Eltern und meine Großeltern vor ihm in der Bubenkammer auf. Sie suchten Antworten, aber keineswegs fordernd, sondern demütig, ja, beinahe unterwürfig:

»Junge, was machen wir falsch? Sag es uns bitte!«

»Bist du unzufrieden, unglücklich? Laß es uns wissen!«

»Gefällt es dir nicht bei uns? Willst du zu andern Leuten?«

Wenzel warf auf seinem Kissen den Kopf hin und her, so als schmerzten diese Fragen und Bitten ihn wie die gröbsten Mißhandlungen. »Ihr macht nichts falsch, nur ich mach alles falsch, ich!«, rief er und versuchte, jeden von uns über sein eigenes unberechenbares Tun zu trösten; meiner Mutter küßte er mit seinen noch immer tiefblauen Lippen sogar die Hand. Auch diesmal sei wieder ein unbezwingbarer Wunsch gleichsam über ihn hergefallen – der Wunsch, sich zu töten, sagte Wenzel. Er wisse nicht einmal, ob dieser Wunsch sein eigener gewesen sei oder ein fremder, er wisse nur: »Ich mußte ihm gehorchen, ganz spontan.« Jetzt, im Nachhinein, verstehe er gar nicht mehr, weshalb er sich noch vor wenigen Tagen nach dem Leben getrachtet habe. Es sei genau wie bei seinem Drang wegzulaufen oder Drogen zu essen: schon nach wenigen Stunden unbegreiflich! Sein Bedauern kam uns echt vor, die Sorge um ihn konnte es allerdings nicht schmälern. Besonders peinlich berührte mich die Behauptung, daß seine diversen Wünsche ihm von außen eingegeben worden seien, grad als hätte Wenzel bisweilen Stimmen gehört. Das mochte zu Kosmo, dem Boschjünger, oder zu meiner Freundin Uta passen, die für psychedelische Musik schwärmte und im Traum hin und wieder Jimi Hendrix begegnete, bei einem Anhänger der Blasmusik schien es mir jedoch vollkommen fehl am Platz. Wenzel verwirrte mich – obwohl er im Dorf vermutlich auch der einzige Blasmusiker war, der LSD genommen hatte.

Der bettlägerige Wenzel aß mit gesundem Appetit, während wir gebeugt und wie zusammengestaucht um ihn herumsaßen. Er genoß es, verwöhnt zu werden, und bestellte jeden Tag bei meiner Mutter oder bei meiner Großmutter ein anderes Lieblingsgericht. Essend, ja schlemmend genoß er auch die Macht über uns, die ihm mit seinen Leiden so unvermutet zugefallen war. Bald hörte man ihn von überall im Haus wieder Saxophonläufe üben. Und schließlich konnte er es kaum noch erwarten, in seinen Lehrbetrieb zurückzukehren, um an seiner geliebten Druckmaschine zu arbeiten, oder mit seinen Kameraden im Verein neue Ländler und Polkas einzuüben. Bedrückt und ratlos schienen nur wir zu sein, seine Pflegefamilie. Wer Wenzel in dieser Zeit aus der Nähe erlebte, hätte ohne weiteres den Eindruck gewinnen können, daß so ein Selbstmordversuch ein zünftiges Abenteuer sei, aus dem man nur gestärkt und befreit hervorgehen könne.

Uns, die Stollsteins, versetzte dieser Selbstmordversuch jedoch nicht allein wegen Wenzel in Angst und Unruhe, sondern auch unsretwegen. Meine stets rasch zu entmutigenden Eltern fürchteten nämlich den Verdacht, schlechte Zieheltern zu sein. Ralf, so vermuteten sie, habe bestimmt schon ringsumher ausgestreut, was er wußte. Und längst glaube das halbe Dorf, daß Wenzels Tat eine Verzweiflungstat gewesen sei – und eine vernichtende Anklage gegen uns. Er das Opfer, wir die Täter! Besonders meinen Vater quälten solche Vorstellungen. Und als er abermals den Lehrbetrieb in Roßweil aufsuchte, um Wenzels Meister den Grund für dieses neuerliche Fehlen zu nennen und Verständnis für seinen Pflegesohn zu erbitten, da wurde er mit einem Mal wie zur Bestätigung nicht mehr freundlich behandelt, sondern feindlich gemustert.

Aber noch viel mehr als vor der öffentlichen Meinung fürchteten mein Vater und meine Mutter sich vor Frau Schlee vom Jugendamt. Sie hatte sich gleich beim Empfang der Nachricht auf einen Besuch bei uns angemeldet, mit den Worten: »Ein Selbstmordversuch ändert alles.« Als wir mit ihr schließlich an unserem Küchentisch Platz nahmen, gelang es eine düstere Viertelstunde lang niemandem, das Schweigen zu brechen. Ich ahnte, daß meine Eltern die Verantwortung, die sie für Wenzel übernommen hatten, vor dieser Frau besonders schwer auf sich lasten fühlten. Wehe, wenn dieser Junge sich in ihrer Obhut das Leben nähme! Vermutlich hatten mein Vater und meine Mutter das

Gewicht ihrer Entscheidung, ihn bei uns aufzunehmen, noch nie so drückend zu spüren bekommen wie in diesen Tagen.

Doch Frau Schlee erhob keinerlei Vorwürfe gegen meine Familie. Nur manchmal, in Gesprächs- oder Denkpausen, schaute sie sich unverhohlen in unserer Küche um, grad als habe sie hier bei früheren Besuchen etwas Wichtiges übersehen. Mein Vater bekräftigte vor ihr wieder und wieder, daß es Wenzel in unserem Haus an nichts fehle – »nichts, was wir ihm auch geben können«. Man gehe nicht anders mit ihm um als mit dem eigenen Sohn. Er habe die gleichen Rechte und Pflichten wie dieser. Ebenso sei er noch nie geschlagen worden. Vielmehr werde Wenzel von uns »in allem« nur ermutigt und gefördert. Trotzdem nehme er Drogen, laufe weg von daheim und spiele mit seinem Leben. »Warum?«, fragte mein Vater und gab darauf selbst eine Antwort:

»Wir sind nicht der Grund für diesen Aufstand. Er will seinem Vormund etwas sagen, dem Jugendamt, dem Staat ...«

»Und was?«, fragte Frau Schlee.

»Daß man ihn wegholen soll von uns.«

»Wohin?«

»Zu seinen Verwandten, zur verwitweten Tante, zu einem von den Geschwistern, zu den Großeltern ... seit dem Tod seiner Mutter fühlt er sich wieder sehr zu seiner Verwandtschaft hingezogen.«

»Aber die wollten ihn noch nie, keiner von denen.«

»Deshalb versucht er es jetzt mit Gewalt: Wenn es mir so schlecht geht, daß ich mich sogar umbringen will, dann *müßt* ihr mich nehmen! So lautet die Botschaft an seine Verwandten. Haut mich da raus!«

»Und warum *sagt* er das nicht einfach?«

»Offenheit ist dem Jungen nicht gegeben. Er ist feige, besonders vor dem Wort. Auch schämt er sich, kann uns nicht wehtun, keinem von uns klar ins Gesicht sagen: Ich will weg von euch ... Nein, es soll sich ergeben, so wie ein Zufall, dem er allerdings ein bißchen nachhilft.«

»Wieso ›nachhilft‹?«, wollte Frau Schlee energisch wissen.

»Blicken Sie den Tatsachen ins Auge«, riet mein Vater.

»Und was ist dort zu sehen?«

»Daß Wenzel lügt!«

»Lügt?«

»Ja, lügt – wenn er behauptet, daß es ›über ihn gekommen‹ sei. Es ist nicht über ihn gekommen, nein, er hat es geplant: stiehlt Schlaftabletten aus unserem Küchenschrank, trägt sie stundenlang bei sich, ohne eine zu nehmen, nimmt sie erst in der Mittagspause an seiner Schule, setzt sich danach wieder in den Unterricht und fällt vor aller Augen von seinem Sitz. So kann er gerettet werden. Wenzel wollte nicht sterben, sondern seinen Selbstmord … überleben. Auch sein Gerede von den Wünschen – dem Wunsch, zu sterben, dem Wunsch, abzuhauen –, diesem Gerede ist nicht zu trauen, so hat dieser Junge noch nie geredet … klingt eher nach Reklame, nach Wunschsendung im Radio. Oder das Wort ›spontan‹, woher hat er das? Ist doch alles nicht seine Sprache!«

»Und was folgt daraus?«

»Na, daß Sie sich seiner erbarmen und ihn von seiner Pflegefamilie befreien – *das* folgt daraus, jedenfalls für ihn.«

Frau Schlee wollte meinem Vater jedoch nicht zustimmen, sowenig wie meine Mutter, sowenig wie ich. Meine Mutter sah Wenzel allein überwältigt vom Trauerschmerz um Ida. Frau Schlee teilte zwar diese Ansicht, gestand Wenzel aber gleichzeitig zu, sich in einem besonders schwierigen Lebensabschnitt zu befinden, den sie »Adoleszenz« nannte: der letzten Phase vor dem Erwachsenwerden, nicht sehr vernunftgesteuert, oft voll rätselhafter Neigungen und rabiater Experimente, vor allem bei Menschen mit einer Kindheit wie unser Pflegesohn. Ohne es recht zu wissen, erprobe dieser nun Rollen, die seine Eltern ihm hinterlassen hätten: in Rausch und Flucht sei das Muttererbe zu erkennen, in der versuchten Selbsttötung das Erbe des schwachen, lebensmüden Vaters. Ohne Frage handle es sich dabei um gefährliche Rollen, nicht nur für Wenzel allein, sondern auch für die Gesellschaft, in der sie ausgelebt würden. Jugendliche wie er müßten, bevor sie größeren Schaden anrichten könnten, »entschärft« werden, oder anders: Wenzel benötige Hilfe, und zwar die Hilfe eines sogenannten Psychotherapeuten.

»Kommt diese Hilfe aus Amerika?«, fragte mein Vater.

»Aus Amerika und aus der Stadt«, antwortete Frau Schlee.

Mein Vater schien sich eine Bemerkung zu verkneifen.

»Aber wir können solche Therapien jetzt auch im ländlichen Raum anbieten«, sagte Frau Schlee nicht ohne Stolz.

»Ja, und wie gefährlich ist so ein Sohn?«, wollte mein Vater wissen.

»Man sollte ihn nicht allzu lang sich selbst überlassen«, gab Frau Schlee zurück.

Bevor sie aber eine Psychotherapie anordne, wolle sie Wenzel an seinem Arbeitsplatz besuchen, um aus seinem eigenen Mund zu hören, ob er Beschwerden über seine Pflegefamilie vorzubringen habe. Frau Schlee zwinkerte dazu heftig mit den Augenlidern und lächelte, ihren Bericht über das Gespräch mit Wenzel jedoch erwarteten meine Familie und ich so bang und beklommen wie ein Gerichtsurteil. Als der Bericht schließlich eintraf, war er kurz, es genügte ein Dreiminutengespräch am Telefon dafür: Nein, Wenzel hatte sich nicht über uns beschwert, so lautete die Kernaussage, angeblich lebte er nach wie vor gern mit meinen Eltern, meinen Großeltern und mir zusammen und freute sich wie wir alle auf das neue Haus sowie unsere gemeinsame Zukunft darin. Auch hatte er zugestimmt, schon in wenigen Wochen bei einem Psychologen in unserer Kreisstadt eine Therapie zu beginnen.

Ich glaubte nicht an diesen Weg zur Heilung, er schien mir viel zu glatt und bequem. Keine fremde Macht, weder der gesetzliche Vormund noch ein sogenannter Therapeut, konnte Wenzel retten – retten konnte nur ich ihn. Erst sein Selbstmordversuch hatte mir die Augen geöffnet und gezeigt, daß ich allein, Max, die Schuld an dem Unglück trug, das über Wenzel gekommen war. Ich hatte ihm meine Bruderliebe entzogen, jetzt forderte er sie zurück! Und das waren meine Vergehen: beim Trauern um seine Mutter hatte ich ihn im Stich gelassen; immer wieder ließ ich ihn meine Verachtung für seinen einzigen Freund sowie seinen Musikgeschmack spüren, höchstwahrscheinlich verachtete ich sogar seinen Beruf; besonders unbrüderlich war mein Angriff nach der Schiffschaukelfahrt gewesen, bloß weil er, Wenzel, mich bei meinen kindlichen Ängsten ertappt hatte. Bei keinem dieser Selbstvorwürfe prüfte ich, ob er auch berechtigt sei, ja, fast alles und jedes hätte in den Sog meines Schuldgefühls geraten können, selbst mein Bedürfnis, nachts im Bett noch Gedichte zu lesen und währenddessen das Licht brennen zu lassen, obwohl er schlafen wollte. Meine größte Schuld vor Wenzel freilich war meine Liebe zu Uta, meiner ersten Freundin, die ich immer noch, angestachelt von allerhand Begierden, besuchte, während mein Bruder sich zur selben Zeit darauf vorbereitete, sein Leben wegzuwerfen. Vielleicht war mein Verhältnis zu diesem Mädchen sogar die alleinige Ursache für seine Verzweiflungstaten, Flucht und Drogen inbegriffen. Darum mußte meine Liebesfreude geopfert und Uta aufgegeben werden, so besitzergreifend, so besessen machend war meine Furcht, Wenzel bald tot zu sehen. (In meinen Träumen war es bereits soweit: Mit eingesunkenen Augen und blauen Fingernägeln lag er in einem Sarg, den mein Vater gezimmert hatte ...) Doch bei allem Kummer, es schenkte mir auch Trost und linderte meine Schuldangst, in dieser Trennungsabsicht erkennen zu dürfen, daß die Liebe zum Wunschbruder größere Tiefe besaß als die zu einem Mädchen.

So gab ich Uta auf, besuchte sie nicht mehr in ihrem Elternhaus und zwang mich, ihr auf keinen Fall näher zu kommen als bis auf ein paar Meter. Ohne jede Erklärung! Auch mit Blicken wich ich ihr aus und mimte, im Zug, im Bahnhof, im Klassenzimmer, fortan den Fremden vor ihr. Als wäre sie mir nie zuvor begegnet. Unser letztes Treffen hatte gegen Mitte Juni stattgefunden, wir waren miteinander spazierengegangen, durch blühende Wiesen und duftende Wälder, doch ich hatte während dieser Wanderung bereits gewußt, daß es vorbei war – und mich dabei gefühlt, als wolle ich sie hinter dem nächsten Hügel ermorden, mit den gleichen Händen, die eben noch ihr Haar gestreichelt hatten. Dennoch war es mir gelungen, nahezu unbeirrt den Mund geschlossen zu halten, ganz taub und fühllos vor Sorge um Wenzel. Noch nie hatte der Wunschbruderwahn mich so unerbittlich in seine Gewalt gezogen, noch nie der Wunschbruder in meinem Innern mich so unentrinnbar in Geiselhaft gehalten und von allen anderen Menschen abgeschnitten, sogar, wie sich demnächst zeigen sollte, von Wenzel selbst.

Der Umstand, Einzelkind zu sein, war mir im Lauf der Zeit zu einem Grund fortgesetzter Scham geworden, die ich stets und beinahe unwillkürlich zu verdecken suchte, vor allem mit Verschweigen und Verbergen. Doch dahinter hatten gleichzeitig immer die Wünsche gewuchert, der *eine* vor allem, und er wucherte immer noch, nämlich mit einem Bruder an meiner Seite endlich ganz und heil zu werden. Nichts davon hätte ich im Alter von siebzehn Jahren irgend jemandem auf der Welt erklären können, das meiste war mir damals selbst noch unerreichbar.

Nur ein einziges Mal durchbrach Uta die Grenze, die ich so grausam und unvermutet zwischen uns gezogen hatte. Da kam sie auf dem Schulhof zu mir, blaß vor Entschlossenheit, und nannte mir mit brüchiger Stimme ungefragt den Grund für mein Verhalten: »... weil du nicht mehr warten wolltest!« Sie meinte damit, ohne es eigens auszusprechen, unser gemeinsames Warten auf die große Liebesnacht, die wir einander versprochen hatten und der wir Tag um Tag, Kuß um Kuß näherrückten. Abermals schweigend ließ ich sie in diesem Glauben. Und noch zeitig vor den Sommerferien wurde Uta an einem Samstag gleich nach Unterrichtsschluß von ihrem neuen Freund abgeholt. Er war um einiges älter als ich, hatte schulterlanges Haar, trug eine Lederjacke und hieß angeblich Hermann; mit ihm fuhr sie von nun an Wochenende für Wochenende auf einem Motorrad davon, die Arme von hinten um seinen Leib geschlungen.

Auch Wenzel erfuhr rasch vom Ende meiner ersten Liebe. Wir saßen alle vier daheim am Eßtisch, als meiner Mutter auffiel, daß ich abends nicht mehr ausging. Sie wollte den Grund dafür wissen.

»Ich mag dieses Mädchen nicht mehr, sie ist falsch und verlogen«, antwortete ich ungerührt.

»Dabei hat dir diese Liebschaft nur gut getan, Bub«, sagte meine Mutter, fast empört, daß ihr Sohn so früh aufsteckte.

»In der Liebe ist er nicht gerade ein Kämpfer, unser Max ...« Sie sprach diese Worte wie vor sich hin. Aber ich ließ mich trotz aufsteigender Wut nicht dazu verführen, ihr Widerworte zu geben. Wenzel hob während dieses kurzen, aber inhaltsreichen Wortwechsels nicht einmal den Kopf; er blieb so unbeteiligt, als hätte er bereits mit allem hier abgeschlossen. Immerhin, jetzt wußte er Bescheid.

Doch meine Unsinnstat trug keine Früchte. Anders als von mir erträumt, befreite sie mich nicht zu ihm hin und erneuerte auch unsere Bruderliebe nicht. Im Gegenteil, ohne die Chance, hin und wieder zu diesem Mädchen auszuweichen, empfand ich die Fremdheit, die zwischen uns eingezogen war, noch bedrückender und unverfälschter als zuvor. Was hatte ich mir vorgestellt? Daß Wenzel sagt: Gut, Max, du hast deine Freundin geopfert – jetzt sind wir quitt!? Daß wir uns an meinen jetzt wieder freien Abenden Zeit füreinander nehmen, um zu reden? Reden galt damals als Lösung aller Lösungen; auch Wenzels bevorstehende Therapie sollte ja eine »Gesprächstherapie« sein. Mit Worten retten, heilen, pflegen – diese allen Sprachkindern so teure Vorstellung, diesmal wies sie ins Leere. Und wieso? Weil es ein Todeswunsch war, der zwischen uns stand, ein Selbstzerstörungswille, der mit Worten nicht aus der Welt zu schaffen war, auch nicht von mir. Entschiedener konnte mein Bruderwunsch nicht zurückgewiesen werden. Was hätte ich zu Wenzel sagen sollen? Willst du dich immer noch töten? Wirst du es wieder versuchen? Mach mir doch die Freude, und laß es sein! Wie sprach man über das Verlangen eines geliebten Menschen, sich selbst zu ermorden? Zu einem Bruder, dem man nicht so lieb und wert war, daß er unbedingt leben wollte, nur um bei einem zu sein? Dieser drohende Selbstmord – ich jedenfalls fühlte ihn unablässig drohen und seinen Schrecken voraussenden – entrückte mir Wenzel wie noch nie. Zugleich umgab er ihn mit einem Geheimnis, das zwar in furchtbarer Weise offen lag, aber trotzdem unzugänglich blieb. Selbst mein Versuch, im Dunkel der Bubenkammer, wo schon so viel Unsagbares sagbar geworden war, das richtige Wort zu finden, scheiterte und lief kläglich in Schweigen aus; ich konnte nur daliegen und dem Morgen entgegenwachen, an dem Wenzel ein allerletztes Mal aus seinem Bett aufstehen würde.

10

Seine letzte und größte Flucht trat Wenzel gegen Ende Juni 1972 an, und sie sollte mehr als drei Wochen dauern. Wieder war es einer seiner Kunstschuldonnerstage, an dem er abends auch über die Ankunft des letzten Busses hinaus fortblieb. Am folgenden Tag benachrichtigte meine Mutter seinen Lehrbetrieb sowie das Jugendamt. Und mein Vater schickte mich aufs Polizeirevier im Rotacher Rathaus, damit ich bei dem jungen Nachfolger von Wachtmeister Stiel unseren Pflegesohn und -bruder als vermißt meldete. Es war die erste Vermißtenmeldung, die mein Vater für Wenzel aufgeben wollte. Doch ich führte seinen Auftrag nicht aus, allerdings ohne ihm die Wahrheit zu sagen. Unterwegs hatte ich mich mehr und mehr wie ein Verräter gefühlt, ein Verräter an Wenzel, nicht an meinem Vater; außerdem wollte, ja mußte ich ihn dieses Mal selber finden – mochte dann wieder Friede bei uns einkehren.

Mit der bloßen Macht seiner Abwesenheit stürzte er uns abermals in Zweifel, Angst und Verwirrung – nach dem ersten Selbstmordversuch noch tiefer als zuvor: Meine Mutter etwa suchte die Schuld für Wenzels Verzweiflung plötzlich nur noch bei sich allein und klagte unter Selbstvorwürfen: »Meine Liebe genügt nicht!« Es sei wohl doch schwieriger als angenommen, ein fremdes Kind wie ein eigenes zu lieben. Viel zu mutlos und schamhaft habe sie Wenzel geliebt, so als stehe es ihr gar nicht zu, dieses Kind zu lieben. Sie getraue sich kaum einmal, ihm ihre Liebe zu zeigen – ein Kind wie Wenzel aber brauche keine verzagte, sondern eine starke, von Augenblick zu Augenblick sichtbare und immer wieder beherzt aufs neue erklärte Liebe, sonst fasse es kein Vertrauen und fühle sich nicht geborgen. Und woher diese Scheu, diese Kleingläubigkeit? Aus falscher Ehrfurcht vor Wenzels Eltern und seiner Liebe zu ihnen! Bis heute dürfe er deswegen bloß »Tante« zu ihr sagen, nicht »Mutter«, und meinen Vater nenne er auch nur »Onkel«. Freilich, eine Mutter zu ersetzen, sei schwer, schwerer als Vater oder Geschwister – ihr jedenfalls sei es noch nicht gelungen … wenn Wenzel aber heil zurückkomme, dann werde sie einen Neuanfang mit ihm machen, so daß rasch und für immer in Vergessenheit gerate, »wer ihn eigentlich geboren hat«.

Mein Vater sprang von der Küchenbank auf, er war nicht einverstanden mit den Worten meiner Mutter:

»Was?«, rief er, »*deine* Liebe genügt nicht? Richtiger wäre wohl: *Unsere* Liebe genügt nicht!« Aber so viel Liebe, wie Wenzel sie offensichtlich brauche, habe wohl niemand zu vergeben …

Angesichts unserer Verwunderung fuhr er vorsichtig fort:

»Es ist nicht wichtig, ob er ein fremdes oder ein eigenes Kind ist, auch echte, leibliche Söhne haben oft keine Rücksicht auf ihre Eltern oder Geschwister genommen, sondern sich gegen sie gerichtet … wichtig ist für uns nur, daß wir diesen Jungen nicht mehr verstehen und daß anscheinend auch er uns nicht mehr versteht … plötzlich sprechen wir nicht mehr die gleiche Sprache … so bleibt man keine Familie. Vergessen wir nicht, es gibt Kinder, die zu Feinden werden, Söhne zu Verrätern, Brüder zu Mördern … Max, der Wenzel hat dich – bisher! – noch nie zu irgendwas verführen wollen, Drogen zum Beispiel … aber hältst du es auch aus, ihm nicht nachzulaufen, um ihn zurückzuholen? Manchmal tut es verdammt weh, einen Bruder zu haben, und man kann ihn sogar verlieren! Lauf ihm nicht nach, Max, laß ihn ziehen, wohin er auch will, du rettest ihn doch nicht. Vielleicht sollten wir uns alle darauf einstellen, ihn hergeben zu müssen …«

Keine Frage, unsere Erfahrungen mit Wenzel hatten meinem Vater einmal mehr den Verstand geschärft. Doch seine Warnung beeindruckte mich nicht; keineswegs durfte ich jetzt dem Drang widerstehen, Wenzel nachzulaufen, sondern mußte diesem Drang erst recht nachgeben und ihn in guten Schwung überführen, Bruderschwung, mit dessen Hilfe ich den Flüchtigen diesmal aufstöbern würde. Diese Aussicht stimmte mich geradezu euphorisch; ihn rastlos zu suchen und herumzurennen, war aber auch meine einzige Vorstellung von seiner Rettung, weiter dachte ich nicht. Und solange ich in Bewegung blieb, konnte nichts meine Hoffnung trüben und mich von meinem Ziel ablenken. Nur im Ruhezustand, bei dem Gedanken, Wenzel sei tot oder sterbe in diesem Moment, erstarrte ich vor Furcht und Entsetzen. Auch Schuldgefühle mischten sich darunter und lähmten mich noch mehr, denn er war *mein* Bruder. Kürzer konnte die Schuld, die auf mir lag, doch gar nicht benannt werden: Wenzel war *mein* Bruder und wollte sich töten! In dieser Gestalt lernte ich die Todesangst zuerst kennen – als Angst vor dem Tod eines anderen.

Mit meiner Suche wollte ich indes wieder bei der Verwandtschaft beginnen, wobei Lois Bogatz von vornherein auszuschließen war, bei ihm würde Wenzel bestimmt keine Unterstützung suchen – Geld etwa oder eine warme Mahlzeit –, denn dazu verachtete er seinen Vater viel zu sehr. Am ehesten war er bei seinen Großeltern in der Stadt Murr zu vermuten, wo ich es bislang noch nicht versucht hatte. Die *mußten* ihm etwas bedeuten, schließlich waren sie die Eltern seiner Mutter. Auch stellte ich mir Großeltern wie die meinen vor, treue und gütige Alte, zu denen ein Enkel in jeder Lebenslage kommen durfte. Wäre ich auf der Flucht gewesen, bei meinen Großeltern wäre ich fraglos zuerst untergeschlüpft.

Es war leicht, Wenzels Großeltern im Telefonbuch zu finden, unter dem sonderbaren Namen, den er mir einmal mitgeteilt hatte und der mir nicht mehr aus dem Kopf gegangen war: Hoiblik. Allerdings wollte ich nicht bei diesen Leuten anrufen, sondern prägte mir ihre Adresse ein, um sie am nächsten Morgen aufzusuchen; eine persönliche Begegnung schien mir viel weniger fürchtenswert als diese unheimliche und unglaubwürdige Telefoniererei (am Telefon war man doch bestenfalls sein eigener Stellvertreter ...). Wenzels Großeltern wohnten in einem Neubaugebiet von Murr, an dem ich Tag für Tag, mit dem Zug unterwegs zu meinem Schulort, vorübergefahren war. Vom Bahnhof aus hatte ich mich zu der Anschrift durchgefragt, einem Mietshaus mit acht oder zehn Partien. Wenzels erste Fluchtwoche war noch nicht vergangen, und ich schwänzte wieder einmal den Unterricht. Alles, auch die Schule, mußte der Notwendigkeit untergeordnet werden, IHN zu finden. Mit Entbehrungen und weiteren Opfern würde für meine Suche zu bezahlen sein, doch zu diesem Preis war ich bereit, und mit der Kraft aus eigenen Leiden ließ meine Wenzelnot sich vielleicht sogar besser ertragen.

Auf mein Klingeln hin wurde das zweite oder dritte Fenster über mir geöffnet, und ein alter Mann zeigte sich. Er öffnete mit einem Summer die Haustür, nachdem ich ihm zugerufen hatte, der Grund meines Kommens sei Wenzel, sein Enkelsohn. Stiege um Stiege ging ich durch das Treppenhaus hinauf, bis mir vor einer der Wohnungstüren der überraschend klein gewachsene, hagere und faltenreiche Mann gegenüberstand. Er trug Filzpantoffeln, eine hellgrau Strickjacke mit schwarzweißen Knöpfen, die aussahen wie Spielwürfel, und war tatsächlich Wenzels Großvater. Doch in die Wohnung bat er mich nicht, wir blieben beide vor der einen Spaltbreit offenen Tür miteinander stehen, der Alte in einer Haltung, als wolle er mir notfalls den Zutritt mit Gewalt verwehren. Ich erzählte ihm alles, und meine Worte hallten im Treppenhaus wider, manches so dumpf wie ein Trommelschlag. Das Erzählen ließ meine in Tagen gewachsene Anspannung in Minuten weichen, und ich mußte mich hüten, vor Rührung in Tränen auszubrechen. In meinen seltenen Atempausen war aus der Wohnung ein Winseln wie von einem Hund sowie das behäbige Ticken einer Uhr zu vernehmen. Während ich sprach, zeigte der Alte keine Regung. Aber noch bevor meine Rede zu Ende war und ich die wichtigste Frage, die mich hierher getrieben hatte, überhaupt stellen konnte, schüttelte er vorauseilend den Kopf und sagte:

»Ich hab den Wenzel seit seiner Kindheit nicht mehr gesehen. Er ist nicht da … und kommt auch nicht, du vertust hier nur deine Zeit.« Mit diesen Worten ließ er mich zurück. Doch ich glaubte dem alten Mann nicht und lauschte noch eine Weile an der Tür, hinter der Wenzel zu vermuten war. Auch tags darauf kam ich wieder, auf zwei Stunden von der Schule aus, und baute mich wie ein Wachposten zu Beginn seiner Schicht unter dem Fenster auf, hinter dem bald der Alte erschien. Sollte er mich ruhig sehen, dieser rauhe Großvater, mich und meine Furcht um seinen Enkel, vielleicht erbarmte er sich noch. Und im Gefolge einer Mutter mit Kinderwagen drückte ich mich sogar ins Treppenhaus, stieg noch einmal die steinernen Stufen hinauf und horchte ausgiebig an der Wohnungstür. Meine Überzeugung, dahinter müsse Wenzel sitzen, wuchs, je weniger von drinnen zu hören war; die Stille, diese künstliche, ja mutwillige Stille stärkte nur meinen Verdacht.

Nach einem kurzen Abstecher in den Schulunterricht kehrte ich abermals nach Murr zurück und blieb zunächst bis in die Abendstunden. Das Hoiblik-Haus zu belagern mit Blicken – so wie einst in Rotach das Grasersche vom Frontfenster unserer Werkstatt aus –, war eine Eingebung gewesen, die mich mit Stolz erfüllte. Doch was wollte ich hier eigentlich? Da sein, wenn Wenzel aus dem Haus kam! Irgendwann mußte er ja herauskommen. Und wenn nicht – weil er nämlich gar nicht drin war? Dann mußte er irgendwann einmal hineingehen! Hier erscheinen, sei es von drinnen, sei es von draußen, würde er auf jeden Fall … Weil sich aber weder aus der einen noch aus der anderen Richtung etwas tat, beschloß ich, auch die gerade anbrechende Nacht vor diesem Haus zu verbringen. Es wäre die erste Nacht außerhalb des Elternhauses, ohne daß mein Vater und meine Mutter wüßten, warum ihr Sohn ausblieb und wo er sich aufhielt. Ich hatte angefangen, von daheim auf dieselbe Art fernzubleiben, wie Wenzel es tat, wenn er sich auf eine Flucht begab – und bemerkte es nicht. Unterdessen tauchte er nicht vor meinen müden, brennenden Augen auf, weder betrat er das großelterliche Haus noch verließ er es in all den Stunden, die ich auf der Lauer lag.

Nur der Großvater, einen Hund an der Leine, trat gegen Mitternacht aus der Tür und genau in mein Blickfeld. Ich hatte mich zum Schutz vor der Nachtkühle wie auch vor mißtrauischen Passanten von dem geteerten Vorplatz zurückgezogen und an die Wand eines hölzernen Kioskhäuschens gestellt, als der alte Hoiblik unvermittelt auftauchte, gut sichtbar im weit verstreuten Licht mehrerer Straßenlampen. Schon aus der Ferne beschimpfte er mich lauthals, und seine Kanonade von – wie mir schien: erzbajuwarischen – Flüchen und Verwünschungen rollte ihm wie eine Walze voraus und geradewegs auf mich zu. Anschließend drohte er, mich als jugendlichen Streuner der Polizei auszuliefern. Mehr aus Angst vor dem Hund als vor dem Alten lief ich weg, wenn auch gemächlich, aber beim Blick zurück über die Schulter war mir, als schaue der Hund, ein schwarzer Spitz, recht freundlich und mit Schwanzwedeln hinter mir her, wie wenn er mich nur ungern ziehen ließe.

Im Morgengrauen kam ich zu Hause an, nach einem mehrstündigen Fußmarsch auf der Landstraße, die durch die Wolfenbrücker Berge von Murr nach Rotach führt. Meine Eltern hatten die Nacht schlaflos am Küchentisch verbracht und waren voll Zorn, daß ich es wagte, sie so zu ängstigen. Vater nahm mir mehrmals hintereinander das Versprechen ab, Wenzel nicht mehr zu verfolgen, sondern ihn »aufzugeben«; als Mutter dieses Wort hörte, weinte sie, ausdrücklich um Wenzel *und* mich. Ich versprach, was von mir verlangt wurde, und glaubte vor Erschöpfung sogar daran, dieses furchtbare Versprechen halten zu können. Meinen Eltern jedoch rang ich gegen Ende dieser Nacht noch mit letzter Kraft das Zugeständnis ab, mich nach Stuttgart fahren zu lassen, um vielleicht an Wenzels Kunstgewerbeschule etwas über seine Flucht oder seine Fluchtgründe zu erfahren, insgeheim jedoch angetrieben von der widersinnigen Hoffnung, daß er dort brav im Unterricht sitzt, während er bei uns und an seinem Arbeitsplatz fehlt. Meine Eltern stellten mir die Bedingung – grad als ahnten sie etwas von meinen Schwänzereien – diese Reise nur außerhalb der Schulstunden zu unternehmen. Auch Klassenlehrer Hunger war freilich längst aufgefallen, daß ich oft unentschuldigt fehlte und ließ mich zu sich kommen. Er rückte mir so nahe, daß ich erschrak und glaubte, er wolle an mir riechen, doch Hunger wollte mir nur aus nächster Nähe ins Ohr sagen:

»Warum auch immer du so viel schwänzt, es muß bald wieder anders werden ...«

Am zweiten Donnerstag im Juli, Wenzels Kunstschuldonnerstag, fuhr ich um die Mittagszeit nach Stuttgart. Es war meine erste Reise allein in die Großstadt, und ich glaubte, mich dort zu Wenzels Schule durchfragen zu können, so wie ich mich kürzlich in der Kleinstadt Murr zu seinen Großeltern durchgefragt hatte. Aber schon der erste Passant in den Straßen rings um den Hauptbahnhof zuckte auf meine Frage hin nur mit den Achseln und ließ mich stehen. Auch der zweite und der dritte wußten mir keine Antwort. Ich dachte: Das gibt es doch nicht, daß die Leute sich in ihrer eigenen Stadt nicht auskennen! Du mußt ausführlicher werden und dich besser erklären. Und mit der geständnisartigen Gesprächigkeit, die einen Dörfler in der Stadt leicht befallen kann, nannte ich dem nächsten wie auch dem übernächsten Passanten meinen Vor- und Familiennamen, unterrichtete beide über meine Herkunft, teilte ihnen den Grund meines Besuchs in der Landeshauptstadt mit und erzählte ihnen außerdem die Fluchtgeschichte meines Pflegebruders – freilich so umfassend, daß keiner meine Frage am Ende noch abwarten wollte. Eine alte Frau immerhin besaß die Geduld, mich ausreden zu lassen, konnte mir den gesuchten Weg aber auch nicht beschreiben und verwies mich an einen Taxifahrer, der nicht weit von uns in seinem Wagen saß. Nachdem dieser Mann mich gelangweilt angehört hatte, erhielt ich zur Antwort, daß er kein Auskunftsbüro sei, mich aber zum ortsüblichen Preis an mein Ziel bringen könne. So erreichte ich Wenzels Kunstgewerbeschule, die auf einer Anhöhe lag. Man konnte von dort die ganze Stadt und ihr Umland überschauen, sah dunstblaue Hügel in der Ferne, steile Weinberge in der Nähe sowie den alles überragenden Fernsehturm mit seiner in der Sonne spiegelnden Glaskuppel auf der gegenüberliegenden Seite des Talkessels. Ich fragte mich, ob Wenzel vielleicht diesen Anblick brauche, um fliehen zu können; ob genau dieser Anblick ihm jenen Stich versetze, der sein Fernweh oder, wenn es das gäbe, sein Fluchtweh auslöste, dem zu widerstehen seine Kraft schließlich nicht mehr ausreichte.

Das Schulgebäude lag in dem Park hinter mir. Durch seine großen hellen Fensterscheiben sah ich, daß der Unterricht noch in vollem Gang war. Die Zeit bis zu seinem Ende würde ich mir in der Schulaula vertreiben, an deren Backsteinwänden eng nebeneinander zahlreiche Bilder hingen, wie sich herausstellte, allesamt Arbeitsproben von Schülern eines Kurses im Siebdruckverfahren. Auch ein Bild von Wenzel war darunter, das er mit seinem Namen abgezeichnet hatte. Es zeigte zehn oder zwölf konzentrische Kreise, jeder von einer anderen Farbe, die am Rand jedoch stets mit den Farben der jeweiligen Nachbarkreise in eins geflossen war und dabei winzige Zufallsgestalten – manche ähnelten Tropfen, andere Blättern – hervorgebracht hatte. Mich erinnerte dieses Gebilde an eine Zielscheibe, der allerdings die Mitte fehlte, sozusagen das eigentliche Ziel und Zentrum ... diese Stelle hatte Wenzel einfach frei und weiß gelassen, ein gähnendes rundes Loch.

In der bald darauf anbrechenden Pause fragte ich unter den im Hof herumstehenden Kunstschülern nach ihm. Ein paar kannten ihn und antworteten mir:

»Aber der fehlt heute ...«

»Kann ich im Klassenzimmer seinen Platz sehen?«

512

»Ja – was willst du denn von Wenzel?«

»Er ist … abgehauen.«

»Und du suchst ihn!?«

»Wißt ihr, wo er ist? Sagt es mir, bitte!«

»Wir wissen es nicht und wollen es auch nicht wissen.«

Wahrheitsgemäß erzählte ich Wenzels Mitschülern unsere Geschichte, doch sie lachten nur darüber:

»Du hast Angst um ihn und rennst ihm nach! Das ist doch kindisch!
Gib ihn frei und laß ihn ziehen … und kümmere dich um deine eigene
Freiheit. Du bist es keinem schuldig, ihn zu suchen … ganz egal, ob
er dein Bruder ist oder nicht. Überlaß das Suchen den Suchhunden!«

Nach Unterrichtsschluß, zwei Schulstunden später, nahmen sie
mich mit in ein nahegelegenes Café, in dem auch Wenzel verkehrt
hatte. Ich bereute es längst, diesen modernen städtischen Jugendlichen meine Sorge und meine Angst so offen anvertraut zu haben,
und fühlte mich vor ihnen wie ein Kind, das seine verlorene Puppe
wiederhaben will. Jedes Wort von ihnen ließ mich weiter schrump-
fen. Meine Art der altdörflichen Menschenanhänglichkeit erschien
mir auf einmal selbst nicht mehr zeitgemäß. Ich schämte mich vor
diesen jungen Kunstdruckern dafür – fühlte mich zugleich aber auch
getröstet und ermutigt von ihnen, weil sie mir die Möglichkeit gaben,
Wenzels Fluchten erstmals im Licht der Freiheit zu sehen. Als fast
schon Geheilter verließ ich sie gegen Abend. Während der Heimfahrt
jedoch, im Zugabteil, kehrte langsam, Kilometer um Kilometer, meine
Furcht um den Wunschbruder zurück, und bei der Fahrt durch den
Schanztunnel, kurz vor der Ankunft auf dem Bahnhof von Viechberg,
hatte sie wieder ihre volle Macht über mich gewonnen.

In der dritten Woche von Wenzels letzter Flucht, morgens früh
auf dem Weg zur Schule, sah ich so klar und unwiderleglich wie nie
seinen schon oft erschauten Tod vor mir: Plötzlich hielt der Zug auf
freier Strecke. Er war keine Minute zuvor an jenem ärmlichen, abseits
des Dorfes Fronbach unweit der Bahnlinie gelegenen Haus vorübergefahren, in dem Wenzels Verwandte wohnten und das von mir
täglich mit nicht abnehmender Neugier beäugt wurde, in der Regel
im Stehen. Ich hatte mich noch nicht wieder auf meinen Platz gesetzt,

als der Zug rasch langsamer wurde und schließlich mit einem Ruck stand. Ohne einen mir selbst ersichtlichen Grund, aber hellwach, ja überreizt von dem nun bereits zwei Wochen dauernden Suchen und Harren, machte ich mich auf und schritt in Fahrtrichtung die Gänge ab. Ein flaues Vorgefühl stieg in mir auf. Hier und da erhoben sich Passagiere von ihren Sitzen, drehten die Köpfe in alle Richtungen, murrten und verlangten nach dem Schaffner. Erst aus einem Abteil weiter vorn, schon fast bei der Lok, schien man etwas zu sehen: an den offenen Fenstern zur Linken jedenfalls hingen ganze Trauben von Fahrgästen, die wortlos hinausstarrten. Ich zwängte mich zwischen sie und sah sogleich, was sie sahen: Körperteile, über den Bahndamm verstreut, vor allem ein Bein, oben im Schritt abgerissen vom Rumpf, daneben ein Fetzen von einem Kleidungsstück, der Farbe nach eindeutig Wenzels Parka ... Es war passiert – und ich saß in dem Zug, der ihn überfahren hatte!

Auch das Entsetzen meiner Mitreisenden schien mir nur dies eine zu bestätigen: Es ist Wenzel, der zerfetzt da draußen im Schotter liegt, dein Bruder hat sich vor den Zug geworfen, den Zug, mit dem du gemütlich zur Schule fährst. Zweifel waren undenkbar. Sämtliche Eindrücke und Zufälle, Täuschungen und Ähnlichkeiten, die in diesen Sekunden ihre Wirkung taten, ballten sich zu einer einzigen vernichtenden Gewißheit zusammen – und ich fiel darauf herein, konnte mich durch nichts mehr schützen vor dem längst erwarteten, zu oft vorauserlebten Schrecken, sondern gab ihm nach, ja, gab mich ihm hin, und zwar so selbstverständlich, als hätte ich nicht einmal das Recht, gegen ihn aufzubegehren.

Mehr als ich stieg, stürzte ich aus der Waggontür, nachdem der Zug endlich in Murr eingetroffen war. Und grad, als hätte ich ein Ziel, ging ich, auf Beinen, die mich kaum tragen wollten, in Richtung Innenstadt und fragte in einer Bäckerei nach dem nächsten Polizeiposten. Ich fühlte unausweichlich die Pflicht, eine Tat melden zu müssen oder eine Untat sowie den Namen des Opfers oder auch Täters, den niemand außer mir kennen konnte. Der höhere Beamte, zu dem man mich bei der Polizei vorließ, wußte bereits von dem Selbstmord auf dem Bahngleis. Es war Wachtmeister Stiel, der bis vor wenigen Monaten das Polizeirevier in meinem Heimatort geleitet hatte und auf seinen eigenen Wunsch hierher versetzt worden war.

»Ja, kennst du mich denn nicht mehr, Max?«, rief er.

Freilich kannte ich ihn, sagte aber streng:

»Der Tote am Bahndamm ist Wenzel Bogatz.«

»Wie kommst du darauf? Wir wissen noch nicht, wer er ist.«

»Es war Wenzels Bein ... und ein Stück von seiner Jacke.«

»Was habt ihr Kerle da bloß wieder verbrochen!?«

»Ich war in dem Zug, der ihn totgefahren hat.«

»Quatsch! Der Tote liegt schon seit Tagesanbruch dort – hast du die Polizisten nicht gesehen und den Sarg am Bahndamm?«

»Nein, aber Wenzel ist es trotzdem!«

Im folgenden berichtete ich Wachtmeister Stiel alles, was meine Familie in den letzten Wochen mit ihrem Pflegesohn erlebt hatte; mein Bericht erleichterte mich, als wäre er ein Geständnis.

»Und jetzt willst du heim und alles deinen Eltern erzählen?«, fragte Stiel.

»Ja.«

»Nein, Max, das tust du nicht, nicht bevor wir Gewißheit haben! Zuerst gehst du in deine Schule.«

Und er bot mir an, am Nachmittag mit ihm zu telefonieren.

»Eigentlich dürfte ich dir überhaupt nicht sagen, wer dieser Tote und mutmaßliche Selbstmörder ist – ich tu es aber trotzdem. Hältst du's bis dahin aus?«

Es gelang mir nicht, an diesem Tag auch nur für einen Schluck Hoffnung zu schöpfen, so sehr hielt die falsche Gewißheit mich gefangen. In der Schule hätte ich vor lauter Elend gerne mit jemandem gesprochen, wußte aber nicht, mit wem und wie beginnen. So flehte ich insgeheim darum, daß irgendwer mir meinen Wenzelschmerz ansehen und ein Gespräch anfangen möge. Doch niemand merkte, was mit mir los war, auch Uta nicht, die ich von mir gestoßen hatte wegen des Wunschbruders, von dem sie bis jetzt nicht einmal wußte. Mir war zumute, als hätte ich nicht nur sie, sondern alle Menschen wegen Wenzel aufgegeben und weggewiesen – wie sollten sie mir in dieser Stunde anmerken, was ich seinetwegen litt?

Daheim, vor meinen Eltern, fiel es mir leichter, zu schweigen, denn die Furcht vor ihrer Trauer und ihrem Erschrecken half mir dabei. Ganz verletzlich kamen mein Vater und meine Mutter mir in ihrer Unwissenheit vor! Nach dem Essen, über meinen Hausaufgaben, die immer noch der beste Grund waren, mich werktags allein in der Wohnstube und damit in Telefonnähe aufzuhalten, suchte ich nach Worten für eine möglichst sanfte Botschaft von Wenzels Tod, fand aber keine. Unerschüttert in meiner Gewißheit, daß das Endgültige bereits eingetreten sei, rief ich nachmittags vom Kommandantentelefon aus Wachtmeister Stiel in Murr an, der mir ohne viel Worte zu machen sinngemäß mitteilte, daß der Tote nicht Wenzel Bogatz war.

Damit war mein Bruder wieder ein Lebender auf der Flucht, der von mir gerettet werden mußte. Doch allein aus Entkräftung konnte ich vor Wenzels baldiger Wiederkehr am Sonntag darauf nur noch einen einzigen und letzten Versuch unternehmen, um ihn zu finden: bei seinem »Schlockel« genannten Halbbruder aus der ersten Ehe seiner Mutter. Der wohnte angeblich in Murr – doch wer konnte mir sagen, wo genau?

Fast kommt das Folgende mir vor wie geträumt und nicht wie erlebt: Ich stehe an einem Gartenzaun – ist es in Fronbach, vor dem schäbigen kleinen Haus an der Bahnlinie? – und bitte um Auskunft; Kinder auf der anderen Seite, sie lachen mich aus, genießen ihre Macht über mich, denn längst habe ich durch Bitten und Flehen meine Schwäche verraten; sie schicken mich weg, doch ich komme wieder, mehrmals, und reiche Geschenke über den Zaun, Süßigkeiten und Spielsachen. Schließlich rufen sie die Adresse zu mir herüber, und es klingt, als verfluchten sie mich …

… und Schlockel, dessen richtiger Name mir unbekannt ist, wohnt in einem Arbeiterviertel von Murr oder besser: an dessen äußerstem Rand, in einem einstöckigen, waldnah gelegenen Holzhaus. An seinem Gartenzaun hängt ein Briefkasten, auf dem die Hausnummer steht, die mir von den Kindern genannt wurde. In einer Einfahrt rechts davon ist der Volkswagen mit dem Fuchsschwanz an der Antenne geparkt, von dem Wenzel oft erzählt hat. Über den Zaun hinweg rufe ich gegen das Haus hin, schreie mein Anliegen, noch bevor jemand am Fenster zu sehen ist, gegen seine Fassade, derart, daß mir aus dem Wald dahinter ein Echo antwortet. Schließlich erscheint ein Mann an einem offenen Fenster, zeigt sich mir, wenn auch nur kurz, und winkt, ohne ein Wort zu verlieren, kopfschüttelnd ab. Schnell verschwindet der Mann wieder, so als wolle er sich meinem Blick auf keinen Fall länger als nötig darbieten – und ich denke: Das war doch Wenzel, das könnte doch Wenzel selbst gewesen sein, hier also hat er sich versteckt! Und schon brülle ich seinen Namen so schallend und schmetternd in die Welt hinaus, daß die Nachbarn herbeilaufen und mich vertreiben; aber ich kehre wieder, jede halbe Stunde einmal, und marschiere, aus vollem Hals brüllend und alle paar Schritte gegen den hölzernen Zaun tretend, die Fensterfront des Hauses ab. Selbst Steine werfe ich dagegen, immer darauf achtend, keine der Scheiben zu treffen, was mir nicht gelingt. Wenn die Nachbarn wieder heranstürmen, fliehe ich und ziehe mich für eine Weile zwischen die dicht stehenden Siedlungshäuser zurück, wohin man mich nicht verfolgt. Das geht so lange hin und her, bis der Mann aus dem Gartenhaus die Geduld verliert und auf die Straße herausgerannt kommt. Er breitet die Arme aus, dreht sich vor mir im Kreis und ruft immer wieder: »Schau, so schau doch!« Dabei ballt er die Fäuste und holt wechselweise damit aus, als wolle er mich schlagen. Ich starre den Mann an – seine Ähnlichkeit mit Wenzel ist so groß und so naturecht, daß sie sich auch bei näherem Hinsehen nicht verliert. Nur ein wenig älter sieht er aus, aber das kann von den Strapazen der Flucht herrühren. »Du *bist* es doch, du bist Wenzel!«, schreie ich ihm ins Gesicht, mehr in dem Wunsch als in dem Glauben, daß er es sei, und meine Qual aufhöre. »Nein! Nein!!«, schreit er verzweifelt und zornig zurück, »ich bin doch nur der Bruder, ich kann doch nichts dafür!«

Nichts erhellt meinen Zustand gegen Ende dieser letzten und größten Flucht besser als die Tatsache, daß ich inzwischen Gespenster sah und immerhin minutenweise den Verstand zu verlieren schien. Anders gesagt: Bevor Wenzel wirklich zurückkehrte, ist er mir zweimal erschienen – zum einen als toter Selbstmörder vom Bahngleis, zum anderen in Gestalt seines eigenen Bruders.

Ich lag im Bett, als Wenzel sich dann wieder leibhaftig bei uns einstellte. Es war an einem schönen und lauen Sonntagmorgen Mitte

Juli, und der Tag unserer Trennung ist für mich seither unvergänglich in frühsommerlich helles, klares Licht getaucht. Sowohl meine Eltern wie auch meine Großeltern befanden sich außer Haus, was bei uns nur selten vorkam. Im alten Dorf herrschte in einigen Familien noch der Glaube vor, daß man Kinder oder Halbwüchsige nicht alleine zurücklassen solle, weil sie das Unglück anzögen, einen Brand etwa oder ein Verbrechen. Darum war in den meisten Häusern immer zumindest ein Erwachsener anzutreffen, auch in unserem. Ich ahnte an diesem Sonntag nichts von meinem Alleinsein, bis drunten im Hof die Stimmen von ein paar ferneren Nachbarn zu hören waren:

»Anscheinend ist niemand da.«

»Was sollen wir tun?«

»Vielleicht hängen wir einen Zettel an die Tür.«

»Wenn du einen hast …«

Ich sprang ans Fenster und riß es voller Vorahnung auf.

Sie hatten Wenzel gesehen, keine halbe Stunde zuvor, auf ihrem Morgenspaziergang, und wollten es melden. Er war ihnen vom Schloßwald her in der sogenannten Hohlgaß' entgegengekommen, hatte sich jedoch seltsamerweise nicht an ihnen vorbeigetraut, sondern war rechts an einem Hang hinaufgeklettert und hinter dem Rohbau unseres neuen Hauses verschwunden. Sofort lief ich hin und rief seinen Namen – wie oft hatte ich ihn bereits gerufen, diesen Namen, bei allen Wetterlagen, zu fast allen Tageszeiten und in vielerlei Umgebung, ihn ausgestoßen wie einen Schrei, meinen Bruderschrei, der aber jetzt aus meinem Mund nur noch klang wie ein lautes Winseln oder Schluchzen. Antwort erhielt ich freilich keine, dafür gab Wenzel mir wieder einmal ein Rätsel auf: Denn wieso versteckte er sich selbst noch bei seiner Rückkehr? Drückte ihn die Scham? Empfand er es als Schande, daheim angekrochen zu kommen? Oder hatten die Spaziergänger ihn ertappt, als er sich heimlich ins Dorf schleichen wollte, um uns, seiner Pflegefamilie, etwas anzutun? Diese Vermutung war mehr Gefühl als Gedanke – doch hielt sie mich davon ab, hier auf der unübersichtlichen Baustelle allein nach Wenzel zu suchen. Rasch machte ich mich auf den Weg, um Ralf zu holen, an seiner Seite würde ich mich weniger unsicher fühlen.

Zusammen suchten wir Wenzel auf engstem Raum, konnten ihn aber trotzdem nicht finden – vielleicht war er ja wieder weggelaufen, während ich Hilfe geholt hatte. Wenn es ihm jedoch gelungen sein sollte, sich so gründlich zwischen ein paar Steinhaufen, Erdhügeln und Grasbüscheln zu verstecken, dann mußte er ein wahrhaft begabter Versteckspieler sein! In das noch unfertige Haus hatte er nicht eindringen können, weil dessen – bislang nur provisorische – Tür verriegelt und die bereits eingebauten Fenster geschlossen waren. Mit einem langen Stock drückte ich vorsichtig die Äste eines Haselstrauchs beiseite, um in dessen verschattetes Inneres sehen zu können, grad als laure dort ein gefährliches Tier.

»Ich spür ganz genau, daß er hier irgendwo ist!«, rief ich alle paar Sekunden.

»Er hört jedes Wort, das wir sagen«, gab Ralf jedesmal wie mein Echo zurück.

Wir fanden ihn schließlich in einem Graben, in dem Stromkabel verlegt werden sollten. Dieser Graben war etwa einen Meter tief und kaum mannsbreit – darin lag Wenzel auf dem Gesicht und wandte uns Schultern, Rücken und Hinterkopf zu. Es war Ralf, der ihn entdeckt und mir wortlos Zeichen gegeben hatte, daß ich hinzutreten und Ruhe bewahren solle. So bemerkte Wenzel nicht, daß wir am Grabenrand über ihm standen und auf ihn niedersahen. Jedenfalls blieb er liegen wie tot, so daß ich ihn fest mit meinem Stock anstieß, in steter Furcht vor dem Augenblick, in dem er sich erheben, herumdrehen und mich anschauen würde. Diesem Blick müßte aus seinem oder aus meinem Mund wohl ein Wort folgen, dem Wort eine Geste, der Geste eine Berührung, der Berührung wahrscheinlich Tränen – alles Dinge, die mir schon in der nächsten Sekunde nie wieder möglich schienen. Und Wenzel lag immer noch reglos da, das Gesicht im Dreck vergraben, bis Ralf die Geduld verlor, in den Graben sprang und ihn an seinem Parka hochriß. Kaum oben, nahm Wenzel seine Hände vors Gesicht, besonders vor die verschmierte Brille, die halb zugekniffenen Augen, so als blende das Sonnenlicht ihn übermäßig, ja, er stöhnte sogar auf wie unter Schmerzen; ich aber war mir sicher, daß er lediglich meinen Blick fürchtete, so wie ich den seinen.

Willig ließ er sich abführen.

Erst drunten im Haus waren die Folgen seiner Flucht vollständig zu überschauen und gleichermaßen zu riechen; das Haar verfilzt, die Jacke zerrissen und speckig, die Hände schwarz wie bei einem Kohlenträger; sauer und ranzig die Ausdünstung. In seinen abgetragenen und ausgebeulten Klamotten schien er mir mager wie nie, gänzlich ausgelaugt von seinem dreiwöchigen Lauf weg von uns und wieder her zu uns; die Lippen wirkten blutleer, die Lider hingen schwer und geschwollen herab. Dennoch war Wenzel unverkennbar zufrieden und aufgeräumt, wie im Besitz einer Gewißheit, die er diesmal – endlich! – auf seiner Pilgerschaft errungen hatte. Übrigens versuchte er sich mit keinem Wort zu erklären oder zu rechtfertigen. Stumm, aber ohne sichtbare Qual saß er im Ohrensessel der großelterlichen Küche, in dem er unaufgefordert Platz genommen hatte. Ich war dort mit ihm eingetreten, weil ich hinter der Fensterscheibe meinen inzwischen heimgekehrten Großvater erblickt und es unerträglich gefunden hatte, mit Wenzel alleine zu sein. Zumal Ralf uns nur wenige Minuten davor von der Seite gegangen war, nachdem er sich kurz und knapp verabschiedet hatte, von Wenzel scheinbar unbemerkt; auch das ein Abschied für immer.

Gegen elf Uhr kehrten meine Eltern zurück. Sie waren im Sonntagsgottesdienst gewesen und trugen ihre Gesangbücher in der Hand. Mein Vater hatte einen dunklen Anzug an, meine Mutter ein hellgraues Kostüm – so sehe ich die beiden vor dem hoch aufragenden Sessel mit den schwungvoll gebogenen Armstützen stehen, in dem Wenzel thront wie ein König der Landstreicher. Unter dem Blick meines Vaters flackert eine Röte über sein Gesicht. Er korrigiert seine fläzige Sitzhaltung, richtet sich auf und will anscheinend etwas sagen, wird jedoch von meinem Vater zurechtgewiesen mit den Worten:

»Wir haben so oft auf Antwort von dir gewartet – jetzt brauchen wir keine mehr.«

Vielleicht blieb Wenzel deswegen stumm bis zum Schluß. Jedenfalls kann ich mich nicht an ein einziges Wort erinnern, das an diesem Tag aus seinem Mund gekommen wäre, sowenig wie an eins aus meinem.

Einzig meinen Vater kann ich heute noch hören, erstaunlich genau und lebendig; nur er schien vorbereitet auf diesen letzten Akt, so entschlossen wie er von Anfang an auftrat. Man erkannte seine Entschlossenheit allein schon daran, wie er sich seiner Jacke entledigte, die Hemdsärmel hochkrempelte und seine Krawatte lockerte: als ginge es endlich ans Werk. Auch sollte mein Vater der einzige bleiben, der sich bei diesem sonntagmorgendlichen Familientribunal die ganze Zeit über nicht hinsetzte, sondern in der Küche auf- und abschritt. Dabei schaute er meist vor sich hin – nur ab und zu fuhr er herum, um Wenzel unvorhersehbar mit einem strafenden, bisweilen sogar vernichtenden Blick zu treffen. Seine Stimme klang höher als sonst, auch rauher und heiserer, fast wie wenn er einen zweiten Stimmbruch erlebe.

Inzwischen war meine Großmutter zurückgekommen und hatte bei mir, meiner Mutter und meinem Großvater am Küchentisch Platz genommen. Keiner von uns wußte, was auf ihn wartete. Und wahrscheinlich entging gegen Ende nur mir nicht, daß die Trennung von Wenzel genau in jenem Raum vollzogen wurde, in dem wir ihn sechs Jahre früher – nach seiner unvergleichlichen Flucht aus dem »Franzenshort« – bei uns aufgenommen hatten, zuerst als Feriengast, schließlich als Pflegesohn.

»Ist es die Zeit, die Kinder so sehr gegen ihre Eltern aufhetzt?«, fragte mein Vater. Niemand antwortete ihm, grad als hätte er nicht nur Wenzel, sondern uns allen das Wort verboten. »Woher kommt denn heute – trotz Wohlstand, trotz Bildung – dieses Rebellentum gegen die eigene Familie?«, fragte er weiter, »Rauschgift, Gewalt, von daheim ausreißen, das Leben wegwerfen … gegen eine solche Jugend muß man sich doch wehren!«

Und er fing ohne jeden Übergang damit an, aufzuzählen, was sein Sohn, in den vergangenen Monaten alles unternommen hatte, um Wenzel zu finden und wieder nach Hause zu bringen. Mein Vater redete dabei wie zu allen, obwohl seine Worte nur einem von uns galten, der indes ziemlich verdutzt dreinblickte. Darauf sagte er, daß ich Wenzel gewiß auch in Zukunft nicht aufgeben könne, sondern ihm weiterhin nachlaufen müsse – bis zum Umfallen. Doch dies sei nun einmal die besondere Art von Max, dem Einzelkind, seinen Bruder zu lieben und sich für ihn aufzuopfern. Mein Vater fuhr fort:

»Wir wissen nicht, ob du das alles absichtlich tust oder ob dir gar nicht auffällt, wie du deinen Pflegebruder hinter dir herschleifst, aber wir wollen es auch nicht mehr wissen, denn von heute an sollst du nicht länger unser Sohn und Bruder sein. Ich werfe dich hinaus, weil du sonst den da noch umbringst …«

Und bei »den da« wies mein Vater, als sei er mir gram, mit schroffer Bewegung auf mich – um im selben Augenblick darüber zu klagen, wie weh es ihm tue, seinem Sohn den mühsam erkämpften Bruder wieder wegnehmen zu müssen … aber man habe eben nur dieses eine Kind … und das gelte es vor Gefahren zu schützen, wenn seine Familie eine Zukunft haben solle … Noch bevor der von ihm verbreitete Schrecken alle erreichte, hängte mein Vater in scheinbarer Seelenruhe die folgenden Sätze an:

»Du mußt heut noch gehen, am heiligen Sonntag. Pack also schleunigst dein Zeug zusammen! Du schläfst keine weitere Nacht in einem Zimmer mit dem Max. Und einen Werktag werden wir für dich auch nicht mehr vergeuden. Denn morgen bist du fort!«

Als Sekunden später dann der Schrecken bei uns ankam, fuhren Wenzel und ich zusammen wie vom selben Stromschlag getroffen. Doch keiner von uns bäumte sich gegen die Entscheidung meines Vaters auf; zumindest ich war dazu inzwischen, auch aus Mangel an Kraft, gar nicht mehr in der Lage. Und außerdem: Wenn Wenzel mich wirklich »umbringen« wollte, dann war er ja mein Feind – und das Wort meines Vaters notgedrungen der letzte Hieb, der uns auseinanderriß und zugleich meinem Bruderwunsch den Rest gab.

Doch auch Wenzel schien sich ergeben zu haben, so wie Wenzel sich immer ergab, ohne zu jammern und ohne zu murren, längst heimisch geworden in seinem Unglück. Nur meine Mutter begehrte auf gegen Vater, der sich mit mehlweißem, im Lauf seiner Rede spitz und spitzer gewordenen Gesicht vor ihr aufgebaut hatte, um sie schon durch seine Körperhaltung einzuschüchtern. Sie forderte für Wenzel noch eine »letzte Chance«, denn immerhin habe er nicht aus bösem Willen, sondern aus Ohnmacht gehandelt und sei somit ohne Schuld, ein von Trauer und Schmerz verwirrter Junge, der seine giftige Herkunft noch verwinden müsse, und zwar mit unserer Hilfe, so wie wir es uns und ihm einst versprochen hätten. Diesen letzten Liebesdienst seien wir ihm noch schuldig …

Doch mein Vater war nicht umzustimmen. Böswillig oder ohnmächtig, sagte er, auf diesen Unterschied werde es dereinst nicht ankommen, wenn Wenzel unsere Familie ins Unglück gestürzt hätte. Mein Großvater gab ihm in auffallender Lautstärke recht. Die beiden schauten sich daraufhin so überrascht und wohl auch neugierig an, als würden sie sich nach langer Zeit zum ersten Mal wiedersehen.

Also blieb es dabei – Wenzel mußte gehen; ungewaschen.

»Waschen kann er sich in der Fremde«, sagte mein Vater.

Nur eine letzte Mahlzeit ließ er sich noch abhandeln, und bis sie von meiner Mutter gekocht war, sollte Wenzel seinen Seesack und seinen Koffer gepackt haben. So saßen wir schließlich noch einmal vereint um den Tisch in der elterlichen Küche, jeder auf seinem angestammten Platz. Miteinander zu essen, stimmt weich und empfänglich. Essend hatten wir uns an diesem Tisch stets zusammengehörig gefühlt, wahrscheinlich mehr, als wir es je gewesen waren. Jetzt aber, bei dem Versuch, ein gemeinsames Abschiedsessen einzunehmen, schien jeder von uns zum ersten Mal mit voller Wucht zu spüren, was wir soeben beschlossen hatten, nämlich Wenzel für immer aus unserer Mitte zu verstoßen. Von da an wurde es Minute um Minute schwerer, nicht mit ihm zu leiden.

Und meine Mutter vergaß sogar das Tischgebet.

Mein Vater indes achtete darauf, daß das letzte Essen und der anschließende Abschied sich nicht allzusehr in die Länge zogen. Er hatte beschlossen, Wenzel zu dessen Großeltern nach Murr zu bringen, und war wie besessen davon, ihn noch an diesem Tag loszuwerden und seiner Familie zurückzugeben – mochte die sich um alles Weitere kümmern. Mich nahm er mit auf diese Fahrt, weil ich wußte, wo die alten Hoibliks wohnten. Doch die Großeltern wollten ihren Enkelsohn nicht, nicht einmal für eine Nacht. Während Wenzel auf dem Wohnzimmerboden kauerte und selbstvergessen ihren Hund, den sanften schwarzen Spitz streichelte, der nach wie vor auch mir freundlich gesonnen schien, drängte mein Vater den Alten, Wenzels Halbschwester Mizzi anzurufen, die mittlerweile angeblich in Nürnberg wohnte. Doch auch sie lehnte es ab, Wenzel aufzunehmen, mit der Begründung, daß sie in beengten Verhältnissen selbst drei Kinder großziehe. Auch

Schlockel, der Bruder, der ihm so zwillingshaft ähnlich sah, wies uns am Telefon ab, und zwar ohne Begründung. Ebenso Wenzels Tante in Fronbach, was mir angesichts des winzigen Wohnhauses, der vielen eigenen Kinder sowie der mit Händen zu greifenden Armut noch am verständlichsten schien. Sie alle hatten wir der Reihe nach auch gefragt, wo ein gewisser Hossassa zu finden wäre, doch alle hatten nur gelacht und uns wissen lassen, einen Verwandten dieses Namens habe es nie gegeben.

Mein Vater verfluchte die ganze Sippschaft und rief:

»Dann muß der Lois ihn nehmen!«

Wir benötigten nahezu eine Stunde, um von Fronbach aus die rund vierzig Kilometer bis in das Dorf Adelmannstann zurückzulegen, zumal mein Vater ein bedächtiger und namentlich im kurvenreicheren Limpurger Bergland ein geradezu furchtsamer Autofahrer war. Doch kaum hatten wir vor dem Gasthof »Bären« angehalten, weigerte sich Wenzel, auszusteigen und seinen Vater auch nur zu begrüßen. Lois Bogatz selbst freute sich, uns zu sehen. Er saß im Lokal in der Nische des Knechts, hatte soeben zu Mittag gegessen, trank nach Kräften von der Ration Freibier, die ihm wöchentlich zugemessen wurde, und rauchte einen Stumpen. Als er hörte, weshalb wir ihn besuchten, fing er an zu heulen und zu wehklagen; zuerst bedauerte, dann beschimpfte er sich als »armen, dreckigen Lumpen«, der zu nichts tauge, zum Vater am allerwenigsten, und schlug sich mit der Faust gegen das Kinn und vor die Brust. Nur eine bescheidene Kammer habe er für sich und darin nicht einmal einen eigenen Tisch. Sein Tisch stehe hier in einem Winkel des Gastraums, wo man ihn dreimal am Tag frei verköstige. Das Geld, das er mit seiner Arbeit im Stall, auf der Tenne und in den Wäldern verdiene, verwalteten seine Wirtsleute für ihn, weil er es sonst hemmungslos versaufe und verhure; lediglich alle zwei Wochen, sonntags, werde ihm ein kleines Taschengeld ausbezahlt wie einem Schulbuben, damit er in einem benachbarten Städtchen ins Kino könne.

Als mein Vater und ich wieder aufbrachen, erhob sich der Lois und sagte mit dankbarem Lächeln:

»Hat mich sehr g'freut, ihr Herrn!«

Wir fuhren zurück nach Rotach, immer noch mit Wenzel an Bord. Mein Vater schwieg, doch ich ahnte, was ihn im Inneren umtrieb. Er fürchtete, diesen letzten Kampf mit der Hoiblik-Bogatz-Sippe zu verlieren und von ihr blamiert oder sogar gedemütigt zu werden. Leicht war ihm anzumerken, was er dachte: Nicht von diesen Leuten! Die ihn aussehen lassen wollten wie einen Deppen, einen, der erfolglos versucht, seinen Ziehsohn abzutreten. Wenn sich das auch noch im Dorf herumsprach … Währenddessen saß Wenzel geruhsam auf der Rückbank unseres Autos, den Arm um seinen Seesack gelegt. Ich schämte mich, daß wir ihm diese Rundfahrt zumuteten – um ihm, wenn auch unfreiwillig, zu beweisen, wie allein und verlassen er von nun an in der Welt war. Doch es schien ihn nicht weiter zu bekümmern, denn hin und wieder konnte ich von hinten ein leises Schnarchen vernehmen, als sei er eingeschlafen, was mich nach den Mühen einer dreiwöchigen Flucht nicht verwundert hätte.

Daheim kam sogleich meine Mutter angelaufen und riß die Wagentür auf. Sie hatte vom Wohnzimmerfenster aus erkannt, daß Wenzel immer noch bei uns im Auto war, und innig gehofft, mein Vater habe seinen Entschluß rückgängig gemacht. Als sie erfuhr, was wir erlebt hatten, schlug sie aufheulend die Hände vors Gesicht. Und während mein Vater mich mit sich fortzog, blieb sie bei Wenzel zurück, um ihm einen Trost zu geben, den er allem Anschein nach gar nicht brauchte. Wir riefen Frau Schlee vom Jugendamt an, unter ihrer Privatnummer, die von mir verlesen und von meinem Vater gewählt wurde; er hatte sich diese Nummer von Wenzels Vormünderin bereits vor längerem »für Notfälle« geben lassen. Jetzt sprach er auf sie ein, atemlos vor Furcht, auch noch von ihr und somit vom Staat zurückgewiesen zu werden und Wenzel behalten zu müssen. Je länger das Gespräch dauerte, desto scheltender und herrischer wurde mein Vater. Doch am Ende war er auf bedrohliche Weise überzeugend gewesen – oder auf überzeugende Weise bedrohlich, je nachdem. Frau Schlee bat ihn noch, Wenzel eine Fahrkarte zu kaufen und ihn mit dem nächsten Zug in unsere Kreisstadt, nach Backnang, zu schicken, wo sie den Jungen in Empfang nehmen und ihm eine Unterkunft verschaffen werde; worauf mein Vater in fast schon wieder sorgenvollem Ton fragte:

»Und danach?«

»Danach muß sich zeigen, ob er noch eine Zukunft hat«, soll Frau Schlee geantwortet haben.

Der zweite Abschied fiel meiner Mutter noch schwerer als der erste. Meine Großeltern zeigten sich zum wiederholten Mal scheu an der unteren Haustür und winkten schwach. Und Wenzel, den wir seit Stunden abzuschieben versuchten, blieb auch diesmal vollkommen gleichmütig und schien alles, was um ihn her und mit ihm geschah, über sich ergehen zu lassen, so als gehöre es zum Leben.

Auf dem Bahnhof in Viechberg mußten wir eine Stunde warten, bis der nächste Zug nach Backnang fuhr. Erst bei dieser Auskunft am Schalter rief sich die Zeit, die wir im Lauf des Tages völlig vergessen hatten, uns mit Macht wieder in Erinnerung. Doch wie zäh sie nun verstrich, wie sie auf der Stelle trat – als verweigere sie sich zu vergehen, um uns zu zwingen, unsere Absicht noch einmal zu überdenken. Ich kaufte für Wenzel eine Fahrkarte: einfach. Unterdessen half mein Vater ihm, sein Gepäck auf den Bahnsteig zu tragen, den kleinen, noch neuen Koffer, den altbewährten Seesack aus Kinderheimzeiten und, im schwarzen Kasten, sein Saxophon. Alles ging im Laufschritt vor sich, wie bei einer Untat, von der man so viel wie möglich vertuschen will. Und jetzt nahm die Zeit wieder Fahrt auf, verging nicht mehr kriechend und widerspenstig, sondern schoß plötzlich davon, und von den gemeinsam mit Wenzel verbrachten Jahren blieben nur noch Minuten, Sekunden und Augenblicke übrig. Während mein Vater vom Zug zurückeilte, brachte ich Wenzel hastend seine Fahrkarte hinaus auf den Bahnsteig – unsere letzte Begegnung, unser letzter Blick; an ein Wort des Abschieds, von mir oder von ihm, kann ich mich nicht erinnern, auch nicht an einen Handschlag. Dann stellte ich mich neben meinen Vater in den Schatten des Bahnhofsgebäudes. Wir schauten hinüber, dorthin, wo Wenzel zwischen seinen Habseligkeiten im blendenden Sonnenlicht seinen Zug erwartete und bereits in Fahrtrichtung sah, weg von uns. »Es muß sein, es geht nicht anders«, sagte mein Vater mehrmals, so als müsse er sich und mich noch immer überzeugen. Er scharrte mit den Füßen. Zu gern wären wir beide geflohen von diesem Ort, wir schafften es aber nicht. Da fuhr der Zug in den Bahnhof, denn schon war die Stunde herum – die kürzeste meines Lebens –, und mit dem Zug traf der Moment des größten Mitleids ein, dem aber niemand nachgeben durfte. Auch wir, durchaus mitleidsfähig, konnten also mitleidslos sein. Das lehrte uns dieser Tag. Wenzel stieg ein, schwerfällig und steif wie ein alter Mann; der Schaffner reichte ihm ein Gepäckstück durchs Fenster nach und grüßte ihn mit der Hand an der Mütze. Alles erschien wie selbstverständlich. Jetzt stürmte mein Vater davon, hinaus auf den Parkplatz, und schrie, daß ich folgen solle, so schrill und gehetzt, als könne jeden Moment das Gebäude über uns zusammenstürzen. Doch ich blieb, beinahe andächtig, an meinem Platz, während Wenzel im Anfahren das Zugfenster schloß und wie ein Schatten dahinter verschwand. Das rote Rücklicht, das gleich darauf im Dunkel des Schanztunnels zuerst aufleuchtete und dann erlosch, war das letzte, was ich vom Wunschbruder sah.

Schluß

Erst von heute aus, mehr als ein halbes Leben nach Wenzels Abreise, wird mir in voller Schärfe bewußt, was damals eigentlich geschehen ist: Ohne daß jemand es beabsichtigt hätte, ereignete sich eine zweite Austreibung, ein Davonjagen aus der Heimat, ein »Hinaus!« mit einfachem Handgepäck. Mag sein, daß es aus Notwehr geschah, zum Schutz der eigenen Familie – dennoch war es ein Akt der Wiederholung, bei dem ein Kind von Vertriebenen noch einmal vertrieben wurde! Aber mir sowie meinen Eltern fiel dieser Umstand der zweiten Vertreibung gar nicht auf (weil uns bereits der Umstand der ersten Vertreibung von Wenzels Familie im Jahr nach dem Krieg nie recht bewußt geworden war, so fern hielt man sich damals noch der jüngsten Geschichte).

Nur Wenzel, dessen bin ich mir gewiß, ist es aufgefallen. Er wußte oder scheint zumindest instinktiv begriffen zu haben, daß er mit seiner eigenen Vertreibung der erst kürzlich verstorbenen und trotz aller Gewalt, die sie ihm angetan hatte, überaus schmerzlich vermißten Mutter am nächsten kommen konnte; mehr Nähe zu ihr würde dem Sohn nie mehr möglich sein. Hat er seine Vertreibung darum eigenmächtig heraufbeschworen? Wußte Wenzel, was er tat – und ahnte, was wir, von ihm herausgefordert, schließlich tun würden, nämlich ihn hinausstoßen in eine Welt, auf die er kaum vorbereitet war?

Jedenfalls wurde so sein Leben gerettet.

Wenzel nahm freiwillig Abschied von uns und begab sich auf eine unfreiwillige Reise, zuerst hinunter in seinen allertiefsten Kummer, um danach vielleicht doch noch zu erreichen, was seine Mutter, seine Eltern niemals erreicht hatten: den Neuanfang. Die Leiden, die ihm nun aufgebürdet wurden, waren immerhin seine eigenen und keine fremden Leiden mehr; auch die Heimat, die er nach wie vor suchte, würde nicht sein oder sie würde seine eigene sein. Nicht länger mußte er sich an Hoffnungen klammern, die von seinen Eltern wieder und wieder zerstört werden konnten, und ebensowenig blieb er an die Liebeswohltaten anderer gekettet, vor allem diejenigen meiner Familie. Auch seine Stellvertreterrollen, vorneweg die des Wunschbruders, konnte er jetzt ablegen. Dazu war es unabdingbar nötig gewesen – gleich auf welche Art, aber immerhin lebend –, das zwischen Heimat und Fremde schillernde Waldtal zu verlassen, das für ihn je länger, je mehr von Trauer und Sehnsucht vergiftet war.

Als er den Rollenwechsel vollzogen hatte, wechselte er auch seinen Namen, aus Wenzel wurde Wolfgang.

Verzögert um mehr als drei Jahrzehnte, traf es mich mit unvermuteter Härte, daß wir zur damaligen Zeit keinerlei Gespür besessen haben für jenen Tatbestand, den ich *zweite Vertreibung eines Vertriebenenkinds* nenne. Und so beschloß ich, Wenzel mein gesamtes Böhmerwaldmaterial, nämlich alle von dem Laienhistoriker Wudy besorgten Unterlagen zur Vertreibungsgeschichte seiner Familie mütterlicherseits zuzuschicken und ausdrücklich zu vermachen – gleichsam als verschämte Wiedergutmachung für unser Unverständnis oder doch zumindest als verspätetes Zeichen der Anerkennung von so vielen Leiden. Mein Freund Henry, der Pfarrer, fertigte mir von sämtlichen Dokumenten digitale Kopien an, die ich als E-Mail-Anhänge an Wenzel senden konnte, begleitet von einem knappen Anschreiben, in dem auch mein Finder- und Chronistenstolz anklang.

Umgehend schrieb Wenzel zurück:

»*Lieber Max,*

es ist ja recht lieb von Dir, daß Du nicht nur mein Biograph, sondern auch noch der Geschichtsschreiber meiner Familie werden möchtest, aber dennoch vollkommen überflüssig. Um Dir zu beweisen, wie überflüssig, lehne ich Dein Geschenk ab! Früher hätte ich Dir sämtliche Unterlagen mit der Post zurückgeschickt. Heute muß ich nur auf eine Taste drücken – schon sind sie weg! Ich habe sie vorher nicht einmal gelesen.

Du willst, daß ich mich erinnere, vielleicht sogar bis an mein Lebensende? Es ist mir in all den Jahren aber viel besser bekommen, zu vergessen. Habe ich Dir das nicht deutlich gesagt? Falsche Erinnerungen bekommen in meinem Leben jedenfalls keinen Platz mehr. Gib mir lieber die richtigen, Max! Denn Du besitzt sie … Auch führt es zu nichts, die Unfähigkeit meiner Eltern mit Heimatverlust usw. zu erklären. Weitaus gesünder war es für mich, meine Eltern aus meinem Lebenslauf zu streichen und mit ihnen ihre Geschichte. (Übrigens habe ich auch kein einziges Buch zum Thema Vertreibung & Flucht gelesen und keine einzige Ausstellung dazu besucht, glaub mir.)

An alldem soll sich nichts ändern!

Du aber, Max, solltest Dein mir schon mehrfach gegebenes Versprechen halten und uns endlich besuchen. Wir freuen uns auf Dich! Längst habe ich mit Deiner Ankündigung sowie der überfälligen Frage nach unserer Wohnadresse gerechnet. Statt dessen mailst Du mir Geschichten aus dem Böhmerwald. War dies nun der letzte oder erst der vorletzte Versuch, mich mit der Nase auf meine ›eigentliche‹ Wahrheit zu stoßen, nur damit Du Dein Versprechen nicht halten mußt?

In der Hoffnung auf baldige Antwort …«

So rührte Wenzel wieder gekonnt an unseren wundesten Punkt! Denn in der Tat hatte ich ihm nach dem Treffen in Heilbronn, das bereits über drei Monate zurücklag, kein Zeichen mehr von mir gegeben und den für die bevorstehenden Sommerferien 2008 in Aussicht gestellten Besuch bei seiner Familie weder endgültig zugesagt noch angekündigt oder gar einen Termin dafür vorgeschlagen. Und auch jetzt war meine Entscheidung noch nicht ausgereift. Zwar hatte ich die Absicht, mein Versprechen zu halten, doch fehlte es mir nach wie vor an überzeugenden Gründen. Durfte ich, wenn mir keine einfielen, dieses Versprechen zurücknehmen? Dann müßte Wenzel mir auch seine Lebensgeschichte nicht mehr überlassen, denn wir hatten ja einen (obgleich ziemlich lächerlichen, an kindlichen Tauschhandel erinnernden) Vertrag miteinander geschlossen: meinen Besuch gegen seine Geschichte. Doch andererseits – diese Geschichte wollte ich immer noch haben, um daraus vielleicht *mein* Wenzelbuch zu machen, ein Buch vom Überleben und Sich-selber-Retten. Für dieses Buch gab es zwar schon mehr als einen bloßen Entwurf, aber eben nicht so viel, daß fortan auf Wenzel als Quelle verzichtet werden konnte; dies war der beste Grund, nicht wortbrüchig zu werden.

Nein, meine Wankelmütigkeit rührte eher daher, daß ich bis auf den heutigen Tag nicht recht begriff, was ich seinem Sohn Emanuel bei meinem Besuch eigentlich sein sollte: wohl so etwas wie ein Wahlonkel, der als einziger für seinen Vater zeugen konnte und ihm mündlich eine weniger beschädigte Kindheit und eine heilere Herkunftsfamilie bescheinigte. Wenzel fürchtete auf eine für mich kaum mehr nachvollziehbare Weise, mit der Wahrheit über Lois und Ida seine Kinder zu vergiften, dergestalt, daß sie sein, Wenzels Schicksal vielleicht sogar wiederholen müßten. Das schien mir krudester Aberglaube zu sein! Und bei Emanuel, der ihm jetzt schon mißtraute und ihn als Mann ohne Wurzeln, ja, beinahe als unheimlichen Fremden empfand, der einsam und unwirklich wie ein Findling aus der Familienlandschaft ragte, vermutete er die größte Ansteckungsgefahr. Wie eine »Schandtat« – so sein Wort in Augsburg – käme es ihm vor, diesem Jungen die Wahrheit über sich und seine Vorfahren zu gestehen.

Mir war nun die Rolle zugedacht, das Mißtrauen des Sohns gegen den Vater wieder zu zerstreuen. Ich sollte behaupten, Wenzels Eltern seien früh verstorben, woraufhin meine Eltern ihn als Vollwaise bei sich aufgenommen hätten, freilich nur bis zu ihrem wirtschaftlichen Ruin, der sie gezwungen habe, ihn in ein Kinderheim zu geben. Mit anderen Worten: Wenzel wollte von mir annehmbarere Eltern für sich und tote, aber erinnernswerte Großeltern für Emanuel; also eine Vergangenheit, die ihn in den Augen seines spitzfindigen Sohnes rechtfertigte und ihm die Angst nahm, sich diesem überaus empfindsamen Kind noch weiter zu entfremden und sein Vertrauen, auch seine Achtung vollends zu verlieren. Allgemeiner ausgedrückt, sollte ich mich vor Emanuel für Wenzel verbürgen und ihm signalisieren: Dein Vater ist in Ordnung, auch von den Wurzeln her, also setz ihm nicht zu, sondern hab ihn lieb und vertrau ihm … Oder noch einmal anders: Ich sollte mir die Verantwortung aufhalsen, dem Sohn eines anderen zu einem besseren Vater zu verhelfen. Immerhin, der Irrwitz dieses Ansinnens ließ mich jäh erahnen, wie verzweifelt Wenzel inzwischen sein mußte.

Doch was *meine* Rolle dabei betraf: Für die passende Geschichte würden handfeste Lügen nötig sein, zumindest jedoch halbierte Wahrheiten oder auch nur schönfärberische Erfindungen, sei es durch Hinzufügen, sei es durch Weglassen.

War ich zu solchen Spielereien bereit?

Nein!

War ich zur vollen Wahrheit bereit?

Ebenfalls nein!

Was aber dann?

Tags darauf erhielt Wenzel eine E-Mail von mir, in der ich ihm mitteilte, daß unser geplantes Treffen um ein Viertel- bis ein halbes Jahr verschoben werden müsse, und an deren Ende der Satz zu lesen war: »Die Gründe tun nichts zur Sache.« Mochte er diese kühle, karge Antwort ruhig auch als Reaktion auf seine Zurückweisung meines Böhmerwaldmaterials verstehen, die mir feige vorkam und unverfroren, auch wenn in ihr noch immer die Macht jenes furchtbaren Schweigegebots zu spüren war, das die Heimatvertriebenen sich nach ihrer Ankunft im Westen einst auferlegt hatten, weil dort niemand etwas von ihren Leiden hören wollte.

Wenn ich nach diesem Aufschub jedoch wirklich fahren wollte, dann bräuchte ich dafür eigene, nur aus mir selbst stammende Gründe. Sie allein würden es mir erlauben, Wenzels merkwürdigem Sohn offenherzig und nicht argwöhnisch zu begegnen. Denn längst sympathisierte ich mit ihm, hatte oft über ihn nachgedacht und stellte ihn mir vor als ein feinnerviges Kind, das spürend oder wähnend Gefahren erkannte und dagegen aufbegehrte: zum Beispiel gegen das immer weiter verarmende Zeitgefühl seiner Umgebung. Der Wunsch, von seinem Vater eine Vergangenheit zu erben, schien mir nämlich nichts anderes zu sein als der Wunsch, aus der Gegenwart auszubrechen, der ewigen Gegenwart einer sich selbst belagernden Risikogesellschaft mit ihren tausend Unentrinnbarkeiten, die permanent von allen Seiten drohen, die Blicke bannen und die Herzen lähmen. Und so entdeckte ich in Emanuel einen kleinen Augustinus, der dem ständig bangen Erwarten um sich her wieder ein horizonterweiterndes Erinnern und vertieftes Erleben hinzufügen will, also die beiden anderen, zusehends verlorengehenden

Dimensionen des Zeitempfindens. Ein faszinierendes, ein weises, ein gefährdetes Kind – dem ich unbedingt mein Wenzelbuch, wenn es dereinst fertig wäre, widmen und ganz bestimmt auch schenken müßte, weil dieser Emanuel mit der darin erzählten Geschichte weitaus mehr anfangen könnte, als sein Vater glauben mochte …

Doch zweifelsohne besaß ich auch so genügend Gründe, mich von Wenzels Sohn angezogen oder zumindest eingeladen zu fühlen, etwa den Grund des alternden Kinderlosen, dem es an Verantwortung für mehr als nur sich selber fehlt. Oder den Grund des nicht nur Kinder-, sondern auch Geschwisterlosen, der mit einer lebhaften Freundschaft zu einem ungleich Jüngeren drohender Lebensverarmung im Alter zu entgehen hofft. Oder jenen niemals zu unterschätzenden Grund, der aus einem schlechten Gewissen herrührt, nämlich Wenzel, dem Vater dieses Jungen, einst etwas schuldig geblieben zu sein, und damit vielleicht auch diesem Jungen selbst. Oder einfach nur den Grund des dunklen Reizes, sich einzulassen – einzulassen auf alles, was mich neuerdings in Wenzel-Wolfgangs Welt erwarten würde.

Ich bat meine Frau Irene um Rat, und sie sagte:

»Sei vorsichtig! Übertrag dein Wenzelproblem nicht vom Vater auf den Sohn.«

Mein Freund Henry, der Pfarrer, forderte hingegen:

»Den Vater konntest du nicht retten, jetzt rette den Sohn.«

Beides, sowohl die Warnung meiner Frau wie auch der Aufruf meines Freundes, hätte mich eigentlich nur davon abhalten können, diese Reise anzutreten.

Beides wog schwer.

Mochte es darum federleicht in der Schwebe bleiben …

Würde ich fahren?

Ja, ich würde fahren!

2. Auflage

© 2014 Klöpfer und Meyer, Tübingen.
Alle Rechte vorbehalten.
ISBN 978-3-86351-081-7

Lektorat: Petra Wägenbaur, Tübingen.
Umschlaggestaltung: Christiane Hemmerich
Konzeption und Gestaltung, Tübingen.
Herstellung: Horst Schmid, Mössingen.
Satz: Alexander Frank, Ammerbuch.
Gesetzt aus der Adobe Caslon Pro.
Druck und Einband: Pustet, Regensburg.

Mehr über das Verlagsprogramm von Klöpfer & Meyer
finden Sie unter: *www.kloepfer-meyer.de*

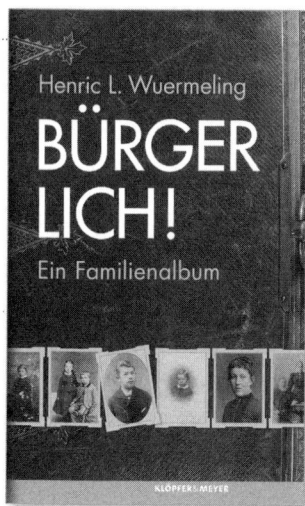

Henric L. Wuermeling
Bürgerlich!
Ein Familienalbum
648 Seiten, 117 Abbildungen,
geb. mit Schutzumschlag und
Lesebändchen,
auch als E-Book erhältlich

»Ein Roman und ein Weltbuch, eine gut lesbare Zeitreise mit zwei badisch-elsässischen Familien: da wird deutsche und europäische Geschichte fassbar.« Badische Zeitung

Ein facettenreich-großrahmiges Familienalbum, das gut und gern ein halbes Dutzend »gewöhnlicher« Geschichtslehrwerke ersetzt. Eine andere Art »Heimatroman«, der richtig Leselust macht. Ein Buch, so farbig, so gescheit, so intensiv wie der große Film von Edgar Reitz.

KLÖPFER & MEYER